空谈

林垚 著

上海译文出版社

目录

1/ 序

上卷 | 究穷象塔屠龙术

3/ 同性婚姻、性少数权益与道德滑坡论

34/ 堕胎权漫谈

52/ "我也是":作为集体行动的公共舆论运动

114/ 死刑、犯罪与正义

127/ 以赛亚·伯林的自由观

156/ 公共理性与整全义理

181/ "政治正确"与言论自由

212/ 权力结构的语境
——如何理解"黑人性命,举足轻重"、"同志骄傲"等口号

215/ 个体与集体

219/ 左翼自由主义需要怎样的中国化?

233/ 灯塔主义

中卷　｜　搅梦频劳西海月

241/ 美国大选暗战
　　　——"选民证件法"之争
251/ 金钱与选举
266/ 休会任命与权力制衡
275/ 邦联旗飘扬
280/ 首席大法官虚假的程序诉求
293/ 最高法院与政党初选改革
304/ 美国政党体系流变
348/ 特朗普、共和党与美国当代右翼极端主义
368/ 美国"国殇日"
　　　——没有硝烟的记忆战争
372/ 拆除邦联雕像问答二则
381/ 美国枪支管理的社会演化
　　　——民兵迷思、种族政治与右翼草根动员
397/ 种族隔离阴霾下的罗斯福新政
　　　——被挟持的宪政转型及其后果
407/ 司法种族主义、警察暴力与抗议中的暴力
429/ "政治正确"、身份政治与交叉性

462/ 自相矛盾的公开信与"取消文化"的正当性

477/ 得克萨斯"赏金猎人"反堕胎法案
　　　——身体自主的权利与政治撕裂的美国

下卷 | 蛇毛兔角多鸡犬

499/ 上帝与罪恶问题

515/ 冗余的冥界与虚妄的慰藉
　　　——《寻梦环游记》背后的哲学悖论

523/ 亚当的"肋骨"

526/ "大造必有主"吗？

529/ 达尔文诞辰二百周年答记者问

536/ 进化论问答四则

544/ 伪科学

579/ 科学、社会与公众参与
　　　——读英国皇家学会《社会中的科学》报告

583/ 简析康德"上帝存在的道德论证"

588/ 自由意志问答七则

601/ 科学家和哲学家的宗教信仰

613/ 霍金悖论
　　　——顶尖科学家何以会是反哲学的哲学盲？

3

土師對韻

天對地海對山遊子對卿關殘詩對濁酒
簞笥對素簽學舌胡知音難鬼話對空談
乘橙常悵惘揭竿每聞兵對匪民
對宦蝶蟻對狼獾高牆對陋巷上等對低
端煤改氣炕成糍手辣對心酸京華對孤月
冷河耕北風寒喧對寂述對州掩再對衙
綵錦衣對白領軟骨對硬盤鹿卯馬苦卯
甘辛葉藥卯仙丹元首新莿夢君王萬日歡光
對對醒對軒舌綠對神舍曲肱對直項立正對
曉安大青果小紅丸漂擂對揭竿盛世無饑
饞電池有湧濤

　　　　西元二零一七年十一月廿九日

天对地，海对山；游子对乡关。残诗对浊酒，箪食对素餐。
学舌易，知音难；鬼话对空谈。乘桴常怅惘，提笔每阑珊。

兵对匪，民对官；蝼蚁对狼獾。高墙对陋巷，上等对低端。
煤改气，炕成棺；手辣对心酸。京华孤月冷，河朔北风寒。

喧对寂，述对删；掩耳对冲冠。锦衣对白领，软骨对硬盘。
鹿即马，苦即甘；毒药即仙丹。元首新朝梦，君王旧日欢。

光对影，醒对鼾；语录对神龛。曲肱对直项，立正对跪安。
大青果，小红丸；漂橹对揭竿。盛世无饥馁，雷池有涌湍。

《土师对韵》
2017年11月29日

序

21世纪的头两个十年，拜互联网初兴等诸多因素所赐，中文世界的公共空间一度敞豁喧嚣，生机勃勃。我有幸躬逢其会，深受熏陶的同时，也零零散散在它的各个角落留下数百万言，绝大多数是仓促草率之作，湮没焚削固不足惜，小部分则自问或有苟存的价值。本书收录了其中一些，大致依照主题划为三卷，尽管具体内容多所交错：上卷《究穷象塔屠龙术》主要是道德哲学及政治哲学方面的探讨，中卷《搅梦频劳西海月》聚焦于美国政治，下卷《蛇毛兔角多鸡犬》漫谈与科学哲学或宗教哲学相关的话题。

书中不少文章背后本来或仍然有着更完整的写作计划，譬如《"我也是"：作为集体行动的公共舆论运动》一文的续篇尚在完成中（暂题为《"我也是"：制度完善与社会文化变革》）；《美国枪支管理的社会演化》只是电脑文档里"美国枪支问题系列"数篇草稿之二（系列之一《美国宪法第二修正案之争》发表于2015年，因本书篇幅有限未予收录）；《霍金悖论》同样曾向编辑与读者允诺过上下两篇，但上篇定稿发表后便分心旁骛，此次只得先将初稿中与下篇有关的某些段落作为"结语"匆匆补入。凡此种种，根源都在于我的自不量力贪多务得，后来者可引以为鉴。

过去几年，出于各种原因，我的写作重心暂时从中文转移到了英文。如果说恰好在四年前今日完稿提交的"灯塔主义"论文是对中国当代自由主义的反思（见本书《灯塔主义》），那么紧随其后发表的关于"景观化的后殖民性"动力学的两篇论文[1]，分析另一些人与事如何令反殖反帝诉求变质变味，则构成前文自然而必要的对位（尽管并未直接反映在本书中）；此外还有若干相关研究正在进行，希望将来有机会一并向国内读者详细介绍。

本书的面世，首先要感谢薛倩编辑的坚持、谅解与努力。我对既往论述是否值得花费心思整理结集，尤其是否值得为其出版而在文字上有所妥协，长期抱持怀疑的态度，也因此推托了多位好意相询的编辑；唯有薛君百折不挠，相识七八年来反复游说至我耳中生茧，同时又百般斟酌，竭尽所能将对文意的折损降到最低。其次要感谢学院内外的诸位师友，特别是曾经共同致力扭转中文世界对美国肤浅认知的"选·美"同仁，以及新闻、公益、法援、社运等各个领域给过我启发与鼓舞的践行者，和与我相互宽慰、令我牵肠挂肚的失败者。最后要感谢爱人袁源一路走来的支持，以及林宝、袁宝姐弟提供的温暖与希望。

几年前的春节，我一时起意，写了一副对联贴在逼仄的寓所里。联中所述，是我深知自己远未全力以赴的，因为有着太多瞻前顾后，犯懒偷安。但也正是如此，不敢不时时自警。这里冒昧抄录，与读者诸君共勉：

浊世不孤应不默

书生无用肯无为

如斯而已

2023 年 9 月 2 日夜

---

1 Yao Lin (2022), "From the Specter of Polygamy to the Spectacle of Postcoloniality: A Response to Bai on Confucianism, Liberalism and the Same-Sex Marriage Debate," *Politics and Religion* 15(1): 215-227; Yao Lin (2024), "Brokered Dependency, Authoritarian Malepistemization, and Spectacularized Postcoloniality: Reflections on Chinese Academia," *American Behavioral Scientist* 68(3): 372-388.

上卷　究穷象塔屠龙术

明月垂怜西海陬，中宵无赖强书愁。
欹言堪退文宣堉，僻性难加季路裘。
曾遇佳人失把臂，欲贪酣饮怕扶头。
究穷象塔屠龙术，见问先生能窃钩。

《生日自嘲》
2007年11月29日

同性婚姻、性少数权益与道德滑坡论

本文初稿撰于 2013 年 5 月 14 日至 18 日之间,以《同性婚姻的滑坡》为题,分三部分先后发表于个人博客,作为对 5 月 17 日"国际不再恐同日"的响应。其时该节日的全称为"国际不再恐惧同性恋与跨性别日(International Day Against Homophobia and Transphobia)",2015 年改为"国际不再恐惧同性恋、跨性别与双性恋日(International Day Against Homophobia, Transphobia and Biphobia)"。定稿刊于《清华西方哲学研究》第 3 卷第 2 期(2017 年冬季卷),第 411—437 页;初稿在网络传播的过程中,有幸收获诸多师友及不知名网友的热烈讨论,令我在修改时受益匪浅,在此一并致谢。

在性少数权益的支持者所遭遇的种种诘难中,最常见的是道德滑坡论。对道德滑坡论的辨析,不仅仅是为了更有效地回应性少数权益反对者的质疑,也有助于澄清"性少数"及"性少数权益"这些概念本身的涵义。本文以同性婚姻合法化为例,从正反两个方面反驳道德滑坡论者。正面的办法是:论证同性婚姻和所有在道德上不可接受的性模式之间均存在关键区别,从而直接拒斥类比、阻断滑坡。反面的办法是:将举证责任转移到反同人士头上,首先要求其给出上述前提中的类比所依赖的原则,而后"以彼之道还施彼身",通过构建相反方向的滑坡,论证这些原则将使反同人士自身陷入道德困境。最后结果表明,反同人士试图在同性亲密关系与某些道德上不可接受的性模式之间建立滑坡、从而在道德上拒绝前者的努力是失败的。

一、引言

过去几十年间，人类社会在对性少数权益（sexual minority rights）的认识与保护方面，发生了突飞猛进的变化。仅以同性婚姻为例，自荷兰2000年首开其端以来，迄今已有二十多个国家以议会立法、公投修宪、司法审查等各种方式，将同性婚姻合法化；这背后体现的，是相应社会的主流民意对同性亲密关系的态度转向。

当然，欢呼性少数权益在全世界范围的胜利还为时尚早：同性之间的性行为，迄今在六十多个国家仍属违法，在十个国家甚至可被判处死刑；即便在那些已经同性恋除罪化、甚至已经同性婚姻合法化的国家，不论是同性恋者还是别的性少数群体，都仍然可能在日常生活中面临教育、就业等诸多方面的歧视。正因如此，为性少数权益辩护，依旧是当下公共哲学的一项重要任务。

在性少数权益的支持者所遭遇的种种诘难中，最常见的大约是各类换汤不换药的道德滑坡（moral slippery slope）论。比如，反对同性婚姻合法化的人士，往往会在辩论中祭出如下的质问："假如把同性婚姻合法化，那就意味着婚姻不再局限于一夫一妻咯，这样的话一夫多妻岂不是也应该合法化？"这背后的逻辑，是将同性婚姻（或其它方面的性少数权益）与某些乍看起来道德上不可接受的性模式（包括性认同、性倾向、性行为、性关系等方面的模式）相捆绑，视同性婚姻合法化（或对其它方面性少数权益的追求）为通向道德堕落的滑坡起点，令支持者望而却步。当然，这并非性少数权益反对者唯一可用的论证策略，但出于篇幅考虑，本文将只围绕这一策略稍作讨论。

这类道德滑坡论的基本推理结构如下：

R：性少数权益支持者力图辩护的某种"非正统的"性模式（比如同

性性行为、同性婚姻、跨性别认同等）；

　　S：目前绝大部分性少数权益支持者并不力图辩护的某种"非正统的"性模式（比如恋童癖、尸交、人兽交、一夫多妻制、乱伦等）。

　　[大前提] 如果 R 在道德上是可以接受的，那么 S 在道德上也是可以接受的。
　　[小前提] S 在道德上是不可接受的。
　　[结论] R 在道德上是不可接受的。

　　对道德滑坡论，支持性少数权益的学者此前已有若干辨析，[1] 本文与这些既有文献的大方向保持一致，但在整体框架以及具体论证上仍有独到之处。其中约翰·科尔维诺（John Corvino）曾将对同性恋及同性亲密关系的道德滑坡式质疑称为"PIB 论证"，"PIB"即英文"多偶制、乱伦与人兽交（polygamy, incest and bestiality）"的首字母缩写。道德滑坡论的变体虽然并不止于"PIB 论证"（R 可能不是同性恋或同性亲密关系，S 也可能不是多偶制、乱伦或人兽交），但后者仍有一定的代表性；同理，本文对道德滑坡论的辨析虽然主要以同性婚姻为例，却完全可以举一反三地用于辩护其它方面的性少数权益。另一方面，本文的讨论也将说明，性少数权益支持者对童交、童婚、尸交、人兽婚等类比的回应，所依赖的理论资源将有别于对多偶制、乱伦等类比的回应。

　　对道德滑坡论的辨析，不仅仅是为了更有效地回应性少数权益反对者的质疑，也有助于澄清"性少数"及"性少数权益"这些概念本身的涵义。

1　比如 John Corvino (2005), "Homosexuality and the PIB Argument," *Ethics* 115 (3): 501–534; Eugene Volokh (2005), "Same-Sex Marriage and Slippery Slopes," *Hofstra Law Review* 33(4): 1155–1201 等。

近年的性少数平权运动通常会采用"LGBT（lesbians, gays, bisexual, transgender［女同性恋、男同性恋、双性恋、跨性别］）"这一首字母缩写来指代相关群体，但也有人建议将其扩展为"LGBTQ（LGBT＋queer［酷儿］）"、"LGBTQIA（LGBTQ＋intersex, asexual［间性人、无性恋］）"等等，以反映对更广泛的性少数群体及其相关诉求的承认。

这时自然而然的问题便是：性少数的边界究竟能拓展到什么程度？是否任何对非正统的性模式的偏好与追求，都应当获得同等的承认？倘非如此，谁才是相关诉求应当受到承认的性少数群体？什么是判定承认与否的标准？换句话说，凭什么不能把具有多偶、乱伦、恋兽、恋童、恋尸等性癖好的人也纳入"性少数"的范畴，承认其癖好的正当性，并保护其满足相应癖好的权利？

本文结论部分将回头处理"性少数"的界定问题。在此之前，我们先以同性婚姻合法化为例，考察如何驳斥反同人士对其道德滑坡论式的质疑。具体而言，同性恋权益的支持者可以从正反两个方面着手。正面的办法是：论证同性婚姻和所有在道德上不可接受的性模式之间均存在关键区别，从而直接拒斥类比、阻断滑坡。反面的办法是：将举证责任转移到反同人士头上，首先要求其给出上述前提中的类比所依赖的原则，而后"以彼之道还施彼身"，通过构建相反方向的滑坡，论证这些原则将使反同人士自身陷入道德困境。

二、异性恋规范

先说反面论证。正如科尔维诺所指出的，把同性婚姻（甚至同性恋本身）与人兽交、尸交、恋童、多偶制、乱伦等性模式相类比，其合理性并非不证自明——毕竟所有这些用以类比的性模式，都既可以发生在同性之间，也可以发生在异性之间。既然如此，我们为什么不可以说"如果**异性婚姻（或异性恋）**在道德上是可以接受的，那么其它一些性模式（比如人兽交、尸交、恋童、多偶制、乱伦等等），在道德上也是可以接受的"呢？[1]

反同人士要想陷同性恋于道德困境，就必须给出一般性的道德原则，来为"男女结合、一夫一妻"的异性恋规范（heteronormativity）奠基，将符合这一规范的性模式，与包括同性婚姻在内的其它"非正统的"或在他们眼中"不正常的"性模式区分开来。大体而言，反同人士能够给出的原则无非四种，一是**神意**（或宗教戒律），二是**传统**（或主流文化），三是**自然**（或目的论），四是**伤害**（或后果论）。

§2.1
神意

将同性恋视为对神祇旨意或律法的违背，这在基督教、伊斯兰教、印度教等各大宗教的基要主义（fundamentalism）派别中是常见的论调。但用"男女结合、一夫一妻是神的安排"之类宗教说辞来反同，至少会面临四个方面的问题。一来这对绝大部分教外人士毫无吸引力，自说自话不利于促成有效的公共讨论，与政治生活中基于"公共理性（public reason）"[2] 进行争论与说服的道德理念相冲突。第二，倘若无视教外人士的意愿，强行根据特定宗教或特定教派的教义来制定公共政策，将直接动摇现代国家普遍接受的政教分离原则。

就算基于宗教立场的反同人士对公共理性与政教分离原则均弃如敝屣，他们也仍然要面对第三重难题：如何证明自己确实获知了，或者正确理解了上帝（真主，或其余相关神祇）关于婚姻问题的旨意呢？要知道，任何宗教的教义（包括对经文的解读与阐释）在历史上都是不断演变和分化的，

---

[1] 前引 Corvino 论文第 510 页。
[2] 关于"公共理性"概念，见 John Rawls (1997), "The Idea of Public Reason Revisited," *University of Chicago Law Review* 64(3):765-807；亦可参阅收入本书的《公共理性与整全义理》一文。

并且当代基督教、伊斯兰教、印度教等宗教内部的各个派别在同性恋问题上也远远不是铁板一块，凭什么认为反同人士的宗教主张就代表了对神意的正确解读呢？

最后第四点，任何用神意来为特定道德主张或政治主张辩护的企图，都难以逃脱"尤叙弗伦悖论（Euthyphro dilemma）"式的诘问：一件事情的好坏对错是出于上帝的规定吗，还是说，上帝对某件事情是好是坏是对是错的规定，乃是出于这件事情本身的好坏对错？事实上，对所有关涉道德或政治的争论（包括前述各个宗教内部不同派别之间对特定教条存废的争论）加以剖析便可发现，诉诸"神意"并不能为这些争论在规范层面上提供任何有效的信息或额外的理由，不过是迷惑听众的修辞手段而已。

§2.2
传统

反同人士有时会采取理论上的保守主义立场，将是否符合传统或主流文化作为判断某类性关系在道德上是否可接受的标准。但无论"传统"还是"主流"，都远比保守主义者所想象的更为复杂多变，难以从中提取一以贯之的、且在道德上站得住脚的原则。譬如一夫多妻或一夫一妻多妾制在诸多文明传统中均长期而广泛地存在；基督教历史上长期禁止夫妻之间进行非阴道的性交，或者采取任何避孕手段；美国各州从殖民地时代就立法禁止跨种族婚姻，直到 1967 年才由最高法院裁定违宪；等等。倘若仅以"传统"或者特定时段的"主流"为标准，保守主义者必将陷入极大的道德困境。

更重要的是，同性恋权益问题的提出，本身就是在拷问"传统"与"主流"性观念的道德合理性；而同性婚姻的观念接受与合法化的过程，同时也就是"传统"与"主流"的转变过程。换言之，若以这种性模式不符合传统或主流文化作为判定其在道德上不可接受的依据，其实是犯了循环论证的谬误。

当然，保守主义者可以坚持说，传统是数千年人类文明的沉淀，我们有理由对其保持敬畏，在试图改变传统时三思而后行，等等。但这些充其量只是"**缺省态的理由**（*prima facie* reason）"，即在双方均未给出充分论证的状态下保持现状不变，却并不构成任何"**阶段性的理由**（*pro tanto* reason）"，即对某一方的论证提供实质性的支持；[1] 只能用以要求主张变革者给出尽可能充分的论证，或在行动时尽可能地慎重，却无法用以判断主张变革者的论证是否**足够**充分、行动是否**足够**慎重。要做出这些判断，最终还得回到议题本身涉及的道德原则上来。作为一种道德或政治理论，保守主义有着天然的内在缺陷。

§2.3
自然

"自然"一词存在多种含义。从某种意义上说，异性婚姻恰恰是"不自然"的，因为婚姻制度本身是人类文明的产物，而"文明"常被视作"自然"的反面；相反，同性恋倒是"自然"的，因为同性之间的性行为在动物中广泛存在，[2] 而且越来越多的证据显示，性取向至少在相当大的程度上是受先天因素影响甚至决定的，无法通过后天手段"矫正"。[3] 当然，

---

[1] 对"缺省态的理由"与"阶段性的理由"的区分，参见 Susan Hurley (1989), *Natural Reasons: Personality and Polity*, Oxford: Oxford University Press, 第 130—135 页。

[2] 参见 Nathan Bailey & Marlene Zuk (2009), "Same-Sex Sexual Behavior and Evolution," *Trends in Ecology & Evolution* 24(8):439–446。

[3] 参见美国心理学会（American Psychological Association）2009 年报告, *Report of the American Psychological Association Task Force on Appropriate Therapeutic Responses to Sexual Orientation*；以及 Alan Sanders et al. (2015), "Genome-wide Scan Demonstrates Significant Linkage for Male Sexual Orientation," *Psychological Medicine* 45(7):1379–1388。

这里需要说明的是，性取向本身的道德正当性并不一定依赖于其到底是先天决定还是后天养成，而且性取向"生理决定论"本身的伦理性也存在争议，[1] 只不过从大众心理学的层面出发，"性取向不能后天改变"这种说法总体上更有利于主流社会对同性恋的宽容与接纳。[2]

不论如何，对反同人士而言，婚姻的"非自然性"与同性恋的"自然性"意味着，倘要以"符合自然与否"作为判断标准，视异性婚姻为"自然"、同性婚姻（以及人兽交、尸交、乱伦等用以滑坡类比的性模式）为"不自然"，就必须对"自然"给出特别的定义。

一种办法是诉诸"自然观感"。一些反同人士声称，大多数人天然地对异性恋感到愉悦或者情绪稳定，而一想到同性恋、人兽交、尸交、乱伦等就觉得恶心，说明前者是自然的、道德上可接受的，后者是不自然的、道德上不可接受的。显然，这一论证首先需要解释，凭什么大多数人的自然观感可以被作为道德判断的标准。即便不考虑这一棘手的道德哲学问题，反同人士的这个论断在事实层面上也站不住脚。近十年来美国公众对同性婚姻的态度一百八十度大转弯，中国网民中"基"、"腐"等词汇最初的贬义逐渐得到消解，都说明无论性取向本身在多大程度上由先天决定，多数人对同性恋的**观感**都并非乍看上去那么"自然"，而是主流文化建构的结果。

因此现今在反同人士中更为流行的办法是，从**目的论**的角度解释"自然"：性交的"自然目的"或者说"自然理性"就是繁衍后代，所以但凡有利于繁衍后代的性关系都是自然的、道德上可接受的，而不利于繁衍后代

---

1 参见 Udo Schüklenk, Edward Stein, Jacinta Kerin & William Byne (1997), "The Ethics of Genetic Research on Sexual Orientation," *Hastings Center Report* 27(4): 6–13。

2 参见 Stacey S. Horn (2013), "Attitudes about Sexual Orientation," in Charlotte J. Patterson and Anthony R. D'Augelli (eds.), *Handbook of Psychology and Sexual Orientation*, Oxford: Oxford University Press, 232–251, 第 245—246 页。

的性关系，包括容易导致后代基因缺陷的乱伦，以及"并不能导向生育"的同性恋、人兽交等，则是不自然的、道德上不可接受的；有学者由此宣称，同性恋者无法"按照实践合理性的要求做出选择"，因为就连"他们性交的方式也是违反理性的"。[1]

类似地，根据这派人士的理论，婚姻的"自然目的"是实现"一种永恒的、排他的、经由共同生儿育女而自然地（内在地）实现的相互承诺"，[2] 所以能够"共同生儿育女"的异性婚姻是自然的、道德上可接受的，而做不到这一点的婚姻形式，比如同性婚姻、人兽婚、童婚等等，则是不自然的、道德上不可接受的。不但如此，他们还断言，由于同性伴侣无法拥有共同的生理后代，他们缺乏"异性婚姻通过生育所建立的家庭对善的追求"，因此"同性之间的感情要比异性婚姻者的感情脆弱很多"。[3]

"同性伴侣之间感情更脆弱"的断言，已被相关研究证伪。[4] 与此同时，对反同人士而言更加麻烦的是，根据他们提出的这种"自然目的论"，不但同性恋、人兽交、乱伦这些性行为是不自然的、道德上不可接受的，而且手淫、口交、肛交、戴避孕套的性交，由于同样不利于繁衍后代，因此也是不自然的、道德上不可接受的（当然确实有虔诚的宗教信徒这么认为）；类似地，不但同性之间、人兽之间，以及与未成年人的婚姻是不自然的、道德上不可接受的，就算在异性之间，缺乏生育意愿（比如丁克家庭）或生育能力的婚姻也是不自然的、道德上不可接受的。

在美国最高法院2013年同性婚姻案"合众国诉温莎（*United States v. Windsor*）"的庭辩中，卡根大法官就曾向代表反同人士的律师提出过这样

---

[1] 郑玉双《婚姻与共同善的法哲学分析——兼论同性婚姻合法化困境》，《浙江社会科学》2013年第5期，第56—64、157页；此处引文见其第63页。

[2] Sherif Girgis, Robert George & Ryan Anderson (2010), "What Is Marriage?", *Harvard Journal of Law and Public Policy* 34 (1): 245-287, 第246页。

[3] 郑玉双《婚姻与共同善的法哲学分析》第63页。

[4] 参见 Michael Rosenfeld (2014), "Couple Longevity in the Era of Same-Sex Marriage in the United States," *Journal of Marriage and Family* 76 (5): 905-918。

的诘问：倘若如你们所言，婚姻的目的是繁衍共同的生理后代，并且我们可以因此立法禁止同性婚姻，那么我们是不是同样可以因此立法禁止 55 岁以上已经绝经的女性结婚？而反同一方则从未对此类诘问给出过稍微靠谱的正面回应。

§2.4
伤害

除此之外，反对同性婚姻合法化的人士还常常声称，与在异性婚姻家庭成长的儿童相比，在同性婚姻家庭成长的儿童会遭到更多的**身心伤害**。然而他们所援引的"研究"，要么在方法论上存在重大缺陷，要么干脆是基督教保守组织资助的伪科学。事实上，时至今日，科学界早已达成共识，同性婚姻家庭背景对儿童的身心发展没有任何负面影响，真正起作用的因素是社会经济条件与家庭关系的稳定性；[1] 而同性婚姻的合法化由于令同性伴侣关系得以见光并受到保护，因此恰恰有益于这些家庭中儿童的身心健康。

另外一种诉诸伤害的方式，是宣称同性婚姻合法化将导致社会总体**生育率**降低，长远而言影响到整个社会的存续与政治经济运作，从而间接伤害社会中的个体。这种论调的质量比前述"婚姻自然目的论"更为糟糕：并非所有异性婚姻都具有高生育率；反之，同性伴侣即便无法拥有共同的生理后代，也完全可以拥有各自的生理后代；再者，禁止同性婚姻并不会增加同性恋者的生育意愿。更何况，为了提高生育率而剥夺特定人群的婚姻权，从道德正当性的角度说，本身就是舍本逐末。

---

[1] 参见 Wendy Manning, Marshal Neal Fettro & Esther Lamidi (2014), "Child Well-Being in Same-Sex Parent Families: Review of Research Prepared for American Sociological Association Amicus Brief," *Population Research and Policy Review* 33 (4): 485 – 502。

§2.5
小结

综上，一旦将举证责任转移到反同人士头上，要求他们对其滑坡论证的前提给出类比的原则，后者便将陷入重重困难之中，要么诉诸只被圈内人接受（甚至可能连圈内人都有争议）的神学理论，要么依赖对传统、主流文化、自然观感、发展心理学等事实材料的简化与扭曲，要么因为刻舟求剑地以复杂多变的传统或主流文化作为标准，或者因为采取对性交与婚姻目的的狭隘理解，而陷入相反方向的滑坡：倘若拒绝承认同性婚姻（或同性恋）的道德合理性，便不得不同时拒绝接受许多即便在"异性恋规范"的道德框架中也完全合理的性模式。

当然，以上并不构成对反同人士道德滑坡论的决定性反驳。如前所述，反同人士可以援引保守主义有关传统的"缺省态的理由"，要求在同性婚姻支持者尚未给出充分论证的情况下维持一夫一妻的法律"现状"不变，即便反同人士本身同样没有给出充分论证。因此，同性婚姻支持者还需要从正面立论，证成同性婚姻与所有在道德上不可接受的性模式之间均存在关键区别，从而拒斥对方构造的类比与滑坡。

三、同意与道德能动性

那么，同性婚姻的支持者该如何正面驳斥道德滑坡论呢？一个很容易想到的论点是，性关系及婚姻关系在道德上可被接受的**必要条件之一**，是其必须以当事人的自愿为前提，或者说符合"同意（consent）"原则。这一原则在当代已被广泛接受，比如《世界人权宣言》第十六条便宣称："只有经当事配偶各方的**自由和完全的同意**，才能缔婚。(Marriage shall be entered into only with the **free and full consent** of the intending spouses.）"[1]

§3.1
道德能动者与道德容受者

不过"自由和完全的同意"这一概念究竟何谓，并非一目了然。不少反同人士正是出于对此概念的误解，而抓住这点大做文章。譬如时评人李铁在《同性婚姻，绝非李银河说的那样简单》（《时代周报》2010年1月21日）一文中连续质问："如果仅仅是当事人自愿便可结婚，那么，父女、兄妹、母子自愿结婚可不可以？三个人结婚可不可以？三男两女呢？人和动物结婚呢？人和板凳结婚呢？"

李铁所举的这一连串例子，可以分为两类。在血亲婚姻（"父女、兄妹、母子自愿结婚"）与多偶制婚姻（"三个人结婚"与"三男两女"）中，当事配偶各方均为人类，后文将另行讨论。至于"人和动物结婚"、"人和板凳结婚"，情况则截然相反，在此李铁的质问显而易见是荒谬的。

我们只消反问：作为婚姻的"当事配偶"，动物或板凳如何能够对该婚姻表达"自愿"、表达"自由和完全的同意"？须知"同意"概念首先蕴含**"道德能动者（moral agents，或曰道德主体）"**概念，只有那些具备在决

---

[1] 此处我依据宣言的官方英文版本重译，与官方中文版本措辞不同。后者此条作"只有经**男女双方**的自由和完全的同意，才能缔婚"，其中"男女"一词预先排斥了同性婚姻，"双方"一词预先排斥了多偶制婚姻。相反，英文版中的"**当事配偶各方**"措辞更为中立。既然本文讨论的正是同性婚姻、多偶制婚姻等非传统模式的道德性问题，此处自以遵从更中立的表述为上，以便进一步讨论。——但这并不是说《世界人权宣言》的起草者们本身就支持同性婚姻。相反，如上节所述，起草者是否接受"传统"的，或在当时占"主流"的婚恋观，对同性婚姻的道德性本身并不造成任何影响；而且此处引用《世界人权宣言》与否，对本文的论证也并无实质影响。此外，诸如《公民权及政治权利国际公约》第二十三条、《经济、社会及文化权利国际公约》第十条等涉及婚姻定义的条款，均存在类似的版本表述差异问题，恕不赘述。

策过程中应用道德原则的抽象概念能力、从而能够且应当对其决策后果负责的行为主体,才有所谓"同意"可言。在童话、寓言等虚构世界之外,我们一般不把非人类的动物(以及死人的遗体)视为道德主体,遑论板凳之类非生命体。显然,人兽婚、冥婚,以及人与物品的婚姻,既然要将动物、尸体、物品也视为"当事配偶"之一,便根本无从满足当事配偶各方均能"自由和完全地同意"的原则,自然更不能与同性婚姻相类比。

有人可能会注意到此处**婚姻关系**与纯粹的**性关系**的不同。诚然,人不能与物品结婚;但大概不会有多少人认为:人同样不能与物品发生性行为,尽管物品无法"同意"与人发生性关系(当然,和板凳性交,听起来似乎不大有可操作性,不妨换成充气娃娃)。既然如此,我们是不是也可以类似地得出:诚然,人兽婚(或者冥婚)在道德上是不可接受的;但人兽交(或者奸尸)在道德上却是可以接受的,尽管非人类的动物(或者死人的遗体)同样无法"同意"与人发生性行为?

与充气娃娃一样,动物和死者并不足以被视为"道德能动者"。但与充气娃娃不同的是,后者仍可被视为"**道德容受者**(moral patients,或曰道德受体)",亦即尽管缺乏道德责任的能力、无法表达同意,却可能遭受(道德意义上的)伤害。[1] 比如动物作为"有感知力的存在(sentient beings)",能够体验不同层次的生理或心理痛苦;而死者虽然已经无法再体验到一般意义上的身心痛苦,但仍然可能在社会建构层面享有尊严权或其它权益(也有人认为,死者本身并不享有尊严权或其它权益,但对其尊严的损害会间接伤害到其仍在世的近亲或其他相关人士的权益)。[2]

充气娃娃根本不是道德容受者,自然也不必被视为性行为的**当事方**,

---

[1] 参见 Tom Regan (1983), *The Case for Animal Rights*, Berkeley, CA: University of California Press, 第 152 页。

[2] 比如 Kirsten Rabe Smolensky (2009), "Rights of the Dead," *Hofstra Law Review* 37(3):763–803。

而只是纯粹的性玩具（注意与相应婚姻关系的区别：倘要赋予充气娃娃"配偶"的法律地位，就必须承认其为婚姻关系的当事方）。相反，作为道德容受者，动物与死者仍可被视为人类对其性行为的当事方，成为道德关切与保护的对象。其无法对人类与其发生性行为的意愿表达"自由与完全的同意"这一事实，也因此必须得到严肃对待。

当然，这并不一定意味着我们必须给予动物与人类同等程度的保护。比如可能会有人坚持说："尽管动物没法表达同意，但只要性交过程不构成对动物的虐待，那么人兽交是完全可以接受的，就像宰杀牲畜、动物临床试验都是可以接受的一样。"无论这种说法成立与否，它涉及的是人兽交这种行为本身的道德性质，已经不再构成对同性性关系或同性婚姻的道德挑战（如前所述，同性恋权益的支持者一般以符合"同意"原则为必要条件之一，而人兽交并不满足这一条件），故与本文主旨无关。

§ 3.2
同性恋与恋童

根据"同意"原则，同性婚姻（或同性性关系）与人兽婚（或人兽交）等性模式之间无法建立滑坡类比，那么与童婚（或成人和儿童性交）之间如何？

反同人士经常宣称，"同意"原则无法区分同性之间自愿的性关系与成人儿童之间自愿的性关系。比如李铁就在其文章中绘声绘色地描述道："早在1972年，美国两百多个同性恋组织的共同纲领便是要求废除性行为的所有年龄和人数的限制。其中有一个'北美男人男孩恋协会'（NAMBLA），正在有组织地争取恋童合法化。对他们来说，多元性爱美不胜收，只要自愿，只要注意卫生，不弄伤儿童，小朋友们开心，性行为就和一起玩过家家游戏一样，有何不可呢？"

在进入理论探讨前，首先需要指出，李铁的上述描述对不了解美国性少数运动史的读者具有相当的误导性，使其以为恋童合法化是美国同性恋群体的主流主张。实则恰恰相反（李铁文中误导读者、污名化同性恋群体处比比皆是，因无关本文主题，恕不一一辨析）。

1972年2月，"全国同性恋组织联盟大会（National Coalition of Gay Organizations Convention）"在芝加哥召开，会上通过了"1972年同志权利纲领（1972 Gay Rights Platform）"，共提出十七条主张，其中一条是废除性行为的年龄限制。

这份纲领的意义，说大也大，说小也小。说大，因为这次会议是美国同性恋群体第一次未受反同人士骚扰中断、成功完成全部议程的全国性会议（从而得以第一次提出一份共同纲领），值得载入历史；说小，因为这次会议是1969年"石墙骚乱（Stonewall riots）"后同性恋群体分裂的产物，对当时以及后来的同性恋权益运动均未产生太大的影响。会议组织者向全国四百九十五个同性恋组织发送了邀请函，但只有八十五个组织约两百名代表与会（李铁误将与会代表的人数和"两百多个同性恋组织"混为一谈）；纲领中有关废除年龄与人数限制的条款，也因得不到未与会人士的支持，而在会后递交给政界人士的过程中被删落。[1]

即便是对纲领中废除性行为年龄限制的条款表示支持的与会代表，多数人也并非出于恋童合法化的考虑。当时美国各州，除某些直接立法禁止同性恋外，其余往往通过对同性恋与异性恋设置不同的法定同意年龄，从而实现对同性恋的歧视。比如马萨诸塞州规定，十三岁即可"同意"与异性发生性关系，但要到十八岁才能"同意"与同性发生性关系。各州这类歧视性的法律直到2003年，才在"劳伦斯诉得克萨斯（*Lawrence v. Texas*）"一案中，被最高法院判决违宪。在20世纪六七十年代的激进

---

[1] 参见 Laud Humphreys (1972), *Out of the Closets: The Sociology of Homosexual Liberation*. Englewood Cliffs, NJ: Prentice-Hall, Inc, 第162—168页。

气氛中，很自然地有人认为，只有完全废除年龄限制，才能防止这类歧视性法律的出现。

另一些人则是出于对某些州过分苛刻的年龄限制的抵触。比如纽约州的法定同意年龄为十七岁，倘若两名十六岁的少年相互发生性关系，则两人都将被定罪。这次会议的发起者是纽约州的"同性恋行动人士联盟（Gay Activists Alliance）"，其成员以大学生为主，对法定同意年龄问题自然格外敏感。之后随着"**法定同意年龄分级制**（graduated age of consent）"概念的提出（见下文），彻底废除年龄限制的激进主张失去了用武之地，"同性恋行动人士联盟"也最终于1981年解散。

考虑到美国同性恋权益运动的发展史，很难说1972年纲领中废除性行为年龄限制的激进条款能够代表同性恋群体的主流态度。倘若非要说美国同性恋组织在这个问题上有什么"共同纲领"的话，1993年华盛顿同志权利大游行的纲领（Platform of the 1993 March on Washington for Lesbian, Gay, and Bi Equal Rights and Liberation）恐怕比1972年纲领有资格得多，毕竟这次游行约有一百万人参加。在这份纲领中，涉及年龄处共两条，一条支持自愿同意的**成年人**之间非强制的性行为，另一条呼吁通过并实施法定同意年龄分级制。

至于李铁提到的"北美男人男孩恋协会"，成立于1978年，从80年代开始一直受到美国其它同性恋组织的集体孤立，1994年时更被"国际同志协会（International Lesbian and Gay Association）"除名。此后该组织被迫转入地下活动，据警方卧底调查显示，全国范围内成员不到千人，是一个毫无影响力的边缘团体。

§3.3

同意与年龄

澄清事实并不足以打消反同人士的疑虑。相反，不少反同人士坚持认为，目前多数同性恋组织之所以反对恋童，纯粹是出于策略上的考虑，步步为营，一旦完成了同性婚姻合法化的任务，就要图穷匕见，暴露出争取恋童合法化的真面目来。因此同性婚姻的支持者仍然需要从理论上说明，同性婚姻合法化与恋童合法化在道德性质上存在关键区别。

这里需要澄清一下"恋童合法化"一词可能存在的歧义。根据世界卫生组织2010年的《国际疾病与相关健康问题统计分类第十版》（ICD-10），"恋童（paedophilia 或 pedophilia）"被定义为"对儿童的性偏好"。但现在已经很少有人认为这种性偏好的存在**本身**应当被定罪（尽管有人可能觉得这种性偏好本身就令人反感）；相反，所谓"恋童合法化"指的是把**落实和满足**这种性偏好的行为合法化。此外，落实和满足对儿童的性偏好也存在多种方式，从在虚拟世界中消费儿童色情产品，到在现实世界中对特定儿童实施性行为，不同方式在道德上的可接受度并不一致。比如有人就曾主张，既然虚拟世界中的杀人游戏合法，那么虚拟世界中的儿童色情产品也应当合法化[1]。

但是在反同人士的道德滑坡论中，与同性之间的性行为以及婚姻关系构成对比的，是现实世界中成人与儿童之间的性行为（"童交"）以及婚姻关系（"童婚"），而非虚拟世界中对儿童色情产品的消费；因此这里讨论的"恋童合法化"，也是特指对（道德可接受度最低的）童交与童婚的合法化。

前面提到，至少在人与人之间，性行为与婚姻关系在道德上可被接受的必要条件之一，是当事人"自由和完全的同意"。恋童癖（以及试图以此进行滑坡攻击的反同人士）会辩称，未成年人完全可以"自愿地"、"自由和完全地同意"与成年人发生性关系，或者缔结婚姻。

---

[1] 比如 Morgan Luck (2009), "The Gamer's Dilemma: An Analysis of the Arguments for the Moral Distinction between Virtual Murder and Virtual Paedophilia," *Ethics and Information Technology* 11(1):31-36。

然而这是对"同意"原则的误解。如前所述,这一原则中的"**同意 (consent)**"并非普通意义上的"**赞成 (agreement)**",而是一个特殊的道德概念,蕴含着对道德能动者资格的认定。只有能够被合理地认为心智已臻成熟、具有民事行为与责任能力的个体,才有所谓"同意"可言。在其心智成熟之前,儿童尽管仍然应当被视为道德容受者,却并不足以被视为道德能动者。正如儿童需要有法定监护人、没有投票权、不能签署医院的知情同意书一样,他们同样不能"自愿地"与成年人发生性关系,或者缔结婚姻。

一些论者反对以上"儿童完全不具备同意能力"的说法,即便他们依旧承认儿童不具备"同意发生性行为的能力"。比如奥利·马丁·莫恩 (Ole Martin Moen) 在其关于恋童的论文中举例说:"假如我问我十岁的儿子要不要一起去打篮球,他说要,于是我们一起去打篮球——这中间并没有任何错处。同样情况还有一起去滑雪、看儿童电影或者烤蛋糕等等。另一方面,有些事情是儿童没办法同意的。如果我建议我儿子和我一起玩枪、醉酒、做爱,不管他同意与否,听从这些建议都不应当被允许";在莫恩看来,这种区别的原因在于有些事情会对自己造成伤害(或对自己造成伤害的风险很高),另一些事情是对自己无害的(或低风险的),而"成人拥有(在一定限度内)同意会对自己造成伤害的事情的特权,但儿童并没有相同的特权,或者并没有相同程度的特权"。[1]

然而只要我们将民事责任及道德责任层面的"同意",与普通意义上的"赞成"相区分,便可发现莫恩的前一类例子涉及的只是儿童的"赞成"而非"同意"——事实上,所有这些建议都是由作为监护人的父亲提出的,倘若在这些低风险的活动中发生意外,负责的同样应当是父亲而非儿子;我们并不会认为:由于这些活动是低风险的,所以儿子有能力"同意"(而

---

[1] Ole Martin Moen (2015), "The Ethics of Pedophilia," *Etikkipraksis: Nordic Journal of Applied Ethics* 9(1):111-124,第 116—117 页。

非"赞成")参加此类活动,以至于一旦发生意外时,责任人将是儿子而非父亲。

当然,即便按照莫恩的理论,儿童仍然无法"同意"发生性行为,因为后者对儿童造成伤害的风险很高;[1] 但"同意"与"赞成"的区分能够更融贯、更自足地解释为何儿童无法"同意"发生性行为。无论如何,根据"同意"原则,同性性行为与同性婚姻在道德上是可接受的,而成人与儿童之间的性行为或婚姻关系在道德上是不可接受的。

两点题外话。首先,个体发育存在差异,有人心智成熟得早,有人成熟得晚。但从法治的角度说,法律规则的内容必须"一般、明晰、众所周知",[2] 不可能也不应当将对少年儿童心智成熟度的判断交给具体案例中的当事人或司法者,而是必须"建构"出一套明确的、一般适用的关于法定同意年龄的规则。

其次,心智成熟是一个渐进的过程,这是否意味着我们可以或者应当对"同意"能力进行相应的差别建构?比如我们可以依据前述的"法定同意年龄分级制"概念制定如下的法律(这里的具体年龄只是举例,在实践中可以进一步论证和调整):任何人均不得与十三岁及以下的儿童发生性关系;任何十八岁及以上的成人之间均可以在"自由和完全的同意"基础上发生性关系;任何人若要与比自己年幼且年龄在十四至十五岁之间的未成年人发生性关系,必须获得对方"自由和完全的同意"且与对方年龄差不得超过一岁;任何人若要与比自己年幼且年龄在十六至十七岁之间的未成年人发生性关系,必须获得对方"自由和完全的同意"且与对方年龄差不得超过两岁。换言之,一名**未成年人**也许无法"同意"与**成年人**发生自愿的、非强制的性关系,但只要**达到一定年龄、不再被视为"儿童"**后,便可以"同意"与

---

[1] 前引 Moen 论文第 113—116 页。
[2] Jeremy Waldron (1989), "The Rule of Law in Contemporary Liberal Theory," *Ratio Juris* 2(1):79-96,第 84 页。

另一名年龄相近的未成年人发生自愿的、非强制的性关系。至于这种观点与传统一刀切的法定同意年龄孰优孰劣，就不在本文讨论的范围之内了。

四、权力结构背景下的平等与自由

如本文一开始所说，反同人士对同性婚姻合法化的滑坡式质疑包含两个前提：大前提建立其与同性恋权益支持者并未全力辩护的其它某种"非正统"性模式 S 之间道德性质的等同，小前提则从道德上拒绝 S；两者结合，得到对同性婚姻的道德否定。当 S 是人兽婚、尸交、恋童等性模式时，只要根据"同意"原则，即可在肯定小前提的同时否定大前提，推翻滑坡类比。

但如果 S 是多偶制或乱伦时，情况就比较复杂。在多偶制或乱伦关系中，当事人均可以是能够担负完全民事责任的道德能动者，从这个角度说确实具有"自由和完全地同意"进入某种自愿的、非胁迫的性或婚姻关系的能力。因此仅从"同意"原则出发，似乎不足以从道德上区分同性之间的性关系与多偶制或乱伦关系。

在这种情况下，同性恋权益的支持者大抵有两种选择。一是坚持认为"同意"原则是在道德上衡量性与婚姻关系的**唯一**必要标准，因此接受滑坡论证的大前提，但同时否定小前提，力证多偶制或乱伦在道德上并非不可接受。[1] 这样一来，就算同性婚姻确实会滑坡到多偶制或乱伦，这一事实

---

[1] 从多偶制角度切入的，比如 Cheshire Calhoun (2005), "Who's Afraid of Polygamous Marriage? Lessons for Same-Sex Marriage Advocacy from the History of Polygamy," *San Diego Law Review* 42(3): 1023 - 1042; Andrew March (2011), "Is There a Right to Polygamy? Marriage, Equality and Subsidizing Families in Liberal Public Justification," *Journal of Moral Philosophy* 8(2): 246 - 272; Mark Goldfeder (2017), *Legalizing Plural Marriage: The Next Frontier in Family Law*. Lebanon, NH: Brandeis University Press 等。从乱伦角度切入的，比如 Andrew March (2010), "What Lies Beyond Same-Sex Marriage? Marriage, Reproductive Freedom and Future Persons in Liberal Public Justification," *Journal of* （转下页）

也无法构成对前者的任何道德攻击。

另一种选择是继续接受小前提，同时否定大前提。这就意味着需要对"同意"原则做出更强版本的解释，或者在"同意"原则之外给出对性与婚姻关系的其它道德约束，这些约束被同性亲密关系满足，但并不被多偶制或乱伦满足。

§4.1
常见论调

在给出最终能够将同性婚姻与多偶制或乱伦相区分的道德原则之前，我们先来考察一下某些常见（但并不靠谱）的用以否定多偶制或乱伦的理由。

乱伦合法化为何在道德上不可接受？对此，最常见的论调有（i_1）"乱伦禁忌深深植根于传统和主流文明之中"，以及（i_2）"乱伦行为天然地令多数人反感厌憎"。比如著名政治理论家乔治·卡提卜（George Kateb）就曾说过，尽管"一个权利至上的社会完全给不出任何有说服力的论证"来支持对成人之间自愿乱伦的禁令，但是由于"我们受规训所理解的（无论是民主的还是不民主的）文明要求我们持续谴责并禁止这些行为"，因此出于对"文明价值（civilization values）"的保护，我们就必须对其持续地加以谴责和禁止。[1]

就道德论证而言，卡提卜的表态近乎自暴自弃。何况，本文前面关于传统、主流文化、自然观感的讨论，在适用于同性婚姻的同时，也一样适

（接上页）*Applied Philosophy* 27(1):39-58; Vera Bergelson (2013), "Vice Is Nice but Incest Is Best: The Problem of a Moral Taboo," *Criminal Law and Philosophy* 7(1):43-59 等。

1　George Kateb (1992), *The Inner Ocean: Individualism and Democratic Culture*, Ithaca, NY: Cornell University Press, 第13—14页。

用于乱伦：要么传统、主流、观感等不足以作为拒绝成人自愿乱伦合法化的有效理由，要么就必须以此为据一并拒绝乱伦与同性婚姻二者的合法化。显然，这种区分策略对同性婚姻支持者完全不可行。

还有一些人试图从乱伦对个人与社会可能造成的实际伤害角度对其加以否定，比如：(i_3)"乱伦产下的后代易存在基因缺陷"；(i_4)"真实案例中，乱伦往往是强制性的，尤其是男性长辈强制女性晚辈发生非她自愿的性关系"；(i_5)"乱伦导致辈分错杂，社会关系混乱"；(i_6)"允许血亲之间通婚将为某些人钻法律空子大开方便之门，比如通过与父母结婚来逃避遗产税"；等等。

在上述理由中，(i_3)实际上意味着承认，乱伦行为本身并不存在道德问题，关键是要做好避孕措施；就算乱伦双方想要后代，也只需等待科技发达到足以检测甚至修正胎儿可能的基因缺陷即可。而(i_5)与(i_6)则更加牵强：八十二岁老翁迎娶没有近亲关系的二十八岁女青年同样会造成(i_5)所述后果，然而我们并不因此禁止双方年龄差距较大的婚姻；至于(i_6)，只需稍稍修改法律条款即可防范。

其中唯有(i_4)所言尚可一议，但需要做出较大的修正：仅仅由某些乱伦案例违背了"自由和完全的同意"原则这一点，并不足以推出"乱伦"这种行为本身在道德上不可接受，或将其余所有那些自愿的乱伦关系一并禁止（就像不能仅仅由某个社会中强奸案频发这一点推出该社会应该完全禁止任何性行为一样）。要否定乱伦行为本身的道德性，必须在"同意"原则的基础上，将"家庭"关系蕴含的"权力结构"一并纳入考量，详见后文。

此外，近年还有一种试图区分同性恋与乱伦的做法是，宣称(i_7)"不同于同性恋，乱伦行为并非受先天因素决定的生理必需"。

上文提到，如今确实越来越多的研究显示性取向很大程度上取决于先天因素，而且"性取向无法后天改变"这种看法总体上也确实更有利于主流社会对非异性恋的接纳。但这并不意味着同性恋在道德上的可接受性本身必须以性取向的先天决定论为前提：一方面，不少同性恋权益支持者争辩说，正是由于不同性取向在道德上并无高下之分，所以即便其来自后天养成或者可以随意选择，个人对自身性取向的自主权仍然应当受到尊重；另一方面，在坚定的反同人士眼中，即便性取向由先天因素决定，也只不过意味着人类应该尽早发展出筛查胎儿"同性恋基因"的技术，以便父母采取堕胎或基因改造手段防止自己的孩子"误入歧途"。

乱伦的道德性质与此同理：即便（i_7）的说法成立，充其量也只意味着主流社会接受乱伦的难度大于接受同性恋，却并不代表乱伦在道德上一定不可接受，或者一定比同性恋更加不可接受。

以下简单列出若干反对多偶制的常见理由，及其问题所在：

（p_1）"多偶制与现代文明的主流背道而驰。"问题同（i_1）。当然，现代文明之所以（在异性恋婚姻上）坚持一夫一妻制，是有切实的道德基础的，特别是**平等**方面的考虑，详见后文。

（p_2）由于一夫多妻（或一夫一妻多妾）制在诸多文明中均长期存在，因此相比于针对乱伦的（i_1）、（i_2），基于"传统"或"自然观感"对多偶制的反对更难立足。若有人出于这两者反对多偶制，则他们实际上抵触的，只有婚姻中出现**多名男性配偶**（一妻多夫制或多妻多夫制）的情况。此外，这种抵触或许正体现出，男性对既有的、由自身占据优势的**性别权力结构**遭到削弱甚至打破这一前景的焦虑。

（p_3）"多偶制易导致儿女对家长的身份认知紊乱等问题，对儿童成长有负面影响。"与上一点类似，鉴于多名女性配偶的婚姻在历史上长期广泛存在、即便在当代也不罕见（尤其是非洲中西部各国），而相关经验研究并无证据显示这类婚姻**本身**会对儿童造成伤害[1]，因此这个反对理由很可能同样是男性权力焦虑的产物。

（p_4）"允许多偶制将为某些人钻法律空子大开方便之门，比如通过群婚方式集体享受政府颁发给家庭的福利补助。"问题同（i_6）。

1　参见前引 Goldfeder, *Legalizing Plural Marriage* 第 73—96 页。

（p_5）"不同于同性恋，多偶制并非受先天因素决定的生理必需。"问题同（i_7）。

（p_6）"真正的爱情是排他的，多偶制与爱情本质相矛盾。"但爱情的排他性并非无可争议的事实，比如哲学家 Carrie Jenkins 就力主"多边恋（polyamory）"的存在；[1] 另一方面，即便"真正的"爱情确实具有排他性，这也顶多意味着多偶制婚姻并非真爱的结晶，却并不能说明多偶制婚姻本身在道德上不可接受——毕竟现实中与爱情无关的婚姻比比皆是，而我们并不因此声称这些婚姻是不道德的，甚至主张立法禁止没有爱情的婚姻。

§4.2
多偶制

如（p_1）、（p_2）、（p_3）所暗示的，相对于历史上长期广泛存在的一夫多妻（或一夫一妻多妾）制，现代文明在异性恋婚姻上坚持一夫一妻制原则，其道德合理性来自对**性别平等**的承诺。很自然地有人会问："多偶制（polygamy）"并不等于"一夫多妻制（polygyny）"，后者从法律上规定了性别之间的不平等，而前者本身并不对男女任一性别的配偶人数做出限制，两性在其中具有平等的法律地位；倘若仅以符合"性别平等"原则（外加符合"同意"原则）为必要条件，难道我们不是应当在道德上接受多偶制，并推动其合法化？

正因如此，以约翰·科尔维诺为代表的一些同性婚姻支持者认为，多偶制本身在道德上确实是可以接受的，所有对多偶制的批评都有意无意地将其与（在道德上不可接受的）一夫多妻制相混淆；既然如此，反同人士

---

1 参见 Carrie Jenkins (2017), *What Love Is: And What It Could Be*, New York, NY: Basic Books。

在多偶制与同性婚姻之间搭建的道德滑坡，也就对同性婚姻失去了杀伤力。换句话说，科尔维诺否定的是道德滑坡论的小前提。

但这并非同性婚姻支持者唯一可行的策略。正如科尔维诺也承认的，在现实人类社会中，多偶制合法化最有可能导致的实践后果是，绝大多数异性恋多偶婚姻是一夫多妻制，而一妻多夫或多夫多妻则寥寥无几；只是他并不认为这一实践后果对多偶制的道德性质有任何影响，因为性别平等的多偶婚姻仍然是可能的。[1] 问题在于，对"平等"的理解不可能完全脱离**"权力结构（power structure）"**的背景（参见本书《权力结构的语境》一文）。多偶制合法化之所以最有可能造成科尔维诺所承认的实践后果，恰恰是因为人类社会根深蒂固的男权结构与性别权力差等。由于欠缺了权力结构的视角，科尔维诺并没有意识到，多偶制虽然无损于两性之间的**"形式"平等**，却将严重加剧二者的**"实质"不平等**。

与此同时，也有人提出：由于在这样一种性别权力结构中，社会规范潜在地将女性的身体视为一种资源，因此多偶制势必加剧女性在婚姻市场上向富裕阶层的流动，导致男性富人三妻四妾、男性穷人孑然一身，恶化了**社会阶层**之间的（实质）不平等。[2] 这个论点的说服力或许不如前一论点那么强，但仍可聊备一格。

总之，在引入权力结构的概念之后，同性婚姻支持者便可在同性婚姻与多偶制之间做出道德区分：同性婚姻在道德上可接受，而多偶制在道德上不可接受，因为后者在既有的权力结构背景下加剧了实质不平等，而前者并未如此。这样一来，便改以接受小前提、否定大前提的策略，回应了反同人士的道德滑坡论。

不过这里有两点需要注意。首先，与"同意"原则或"形式平等"原则不同，"权力结构"与（无论性别之间还是阶层之间的）"实质平等"概

---

[1] 前引 Corvino 论文第 527—528 页。
[2] 前引 Volokh 论文第 1175—1177 页。

念的引入,并不能为拒绝特定婚姻模式提供"**决定性的理由**(conclusive reason)",最多只能提供"**阶段性的理由**(pro tanto reason)"。原因有二。

其一,社会生活中的权力结构无所不在,对不同个体的影响因具体情境而存在差异,倘若政府致力于消除**一切**实质不平等,必将与个体自由发生严重的冲突,因此必须在保障自由与促进平等之间寻找一个恰当的平衡点。

其二,权力结构的存在及其强度并非一成不变。现代以来随着社会的发展,既有的性别权力结构不断遭到削弱;或许将来某一天,多偶制合法化不会再对两性的实质平等造成任何威胁,那时候用"权力结构"为由反对多偶制,自然也就不再成立了。当然,即便出现这种情况,反同人士的道德滑坡论仍然是无效的——因为无论如何,其大前提与小前提都无法同时成立。

需要注意的另一点是,以上讨论更多地适用于多偶制的异性恋婚姻。对于同性婚姻,基于性别平等的反对显然是无效的,而基于阶层平等的反对恐怕也会较弱一些。有人会问:既然如此,我们是否可以先行允许同性婚姻实行多偶制?

对此我的看法是:我们的确可以先行允许特定类型的多偶制,但这里的区别并不落在"**只有同性成员**的多偶制婚姻(亦即多偶制的**同性婚姻**)"与"**包含异性成员**的多偶制婚姻"二者之间,而在"**每位成员均与其余所有成员一对一缔婚**的多偶制婚姻"与"**至少某两位成员并未相互一对一缔婚**的多偶制婚姻"二者之间。

注意:"**每位成员只与异性成员**一对一缔婚的多偶制婚姻"(或者说多偶制的**异性恋婚姻**——比如传统上的一夫多妻制,其实是丈夫分别与各位妻子一对一缔婚,但妻子与妻子之间并不存在同样性质的缔婚关系)一定是"**包含异性成员**的多偶制婚姻",但"**包含异性成员**的多偶制婚姻"却未必是"**每位成员只与异性成员**一对一缔婚的多偶制婚姻",相反完全可以"**每位成员均与其余所有成员一对一缔婚**";同理,"**只有同性成员**的多偶婚姻"也未必就满足"每位成员**均与其余所有成员**一对一缔婚"的条件。在我构想的这个框架下，无论一段多边亲密关系中是只有同性成员还是包含异性成员，当这些成员想要缔结一整段多偶制婚姻时，每位成员均要相应地与其余所有成员缔结一对一的"元婚姻"关系，从而享有或承担来自各个一对一关系的权责。

很容易看出，这个构想的关键，在于将一段多偶制婚姻理解为**若干一对一的元婚姻关系的叠加**，而一段道德上可接受的（从而允许合法化的）多偶制婚姻，其叠加应当具有**完备性**，亦即其中的婚姻关系应当穷尽所有成员的两两组合。显然这里需要回答两个问题：一、为什么多偶制婚姻必须在一对一的基础上叠加，而不是一种整体性的、不可拆解或化约的关系？二、为什么元婚姻关系"不完备"的多偶制婚姻在道德上是成问题的？

这是因为婚姻作为一套（法律的或习俗的）制度，必然要为婚姻当事人个体生成一系列对内对外的权益和责任。比如目前美国的法律体系中，与婚姻相关的权益包括：选择共同报税并享受退税优惠；选择开设共用的银行账户；就配偶的不当伤亡起诉第三方；不经遗嘱认证即可继承配偶财产；以配偶身份享受社保、养老金、失业救济等福利；代替残障或病重的配偶做出医疗决定；共同抚养子女，对继子继女拥有法律地位；等等。[1]

婚姻制度作为一套权责体系，意味着即便多偶制的婚姻，也必须回溯到内部一对一的"元婚姻"关系上，方能明确各成员的相应权责。同时，倘若一段多偶制婚姻内部的元婚姻关系"不完备"（比如传统上丈夫与多位妻子分别缔婚、但妻子之间并无同样的缔婚关系的一夫多妻制），便意味着

---

[1] 正因为婚姻不仅仅是社会对亲密关系认可的表达，而关乎一系列具体的权益与责任，所以某些反同人士"我并不反对你们搞同性恋啊，但是你们干嘛非要搞什么同性婚姻呢"的说法才越发不知所谓：缺少了对婚姻地位的承认，同性伴侣现实生活中的诸多权益便无从保障。其实对这类反同话语，我们同样可以采取本文第二节中的反诘策略（"我并不反对你们搞异性恋啊，但是你们干嘛非要搞什么异性婚姻呢"）即可觉其荒谬。

不同成员由于所在元婚姻关系的数量不同,而在整段婚姻中占据不同的法律地位,享有和承担不对等的权责。

换言之,多偶制婚姻的"完备性",保障的是所有成员之间的权责对等,从而确保多偶制至少并不违背形式平等;同时又可能通过给女性提供更多类型的婚姻选项,而部分削弱性别之间的实质不平等。而诸如伊丽莎白·布雷克(Elizabeth Brake)提出的那种允许不同成员之间存在或宽或窄、或对称或不对称的权责关系的"最低限度婚姻(minimal marriage)"方案[1],便未能意识到性别权力结构下多偶制婚姻权责不对等所造成的问题,因此道德可接受度低于我此处的"完备性"方案。

无论如何,以上对多偶制的讨论意味着反同人士的道德滑坡论是失败的:倘若多偶制在道德上不可接受,只能是因为其蕴含的不平等,而(单偶制的)同性婚姻本身却并不存在这个问题;反过来,倘若在特定社会条件或特定法律规定下,多偶制能够满足平等的要求,与其归为一类便不再令同性婚姻合法化陷入道德困境。

§4.3
乱伦

在乱伦问题上同样需要引入"权力结构"的概念。一般而言在家庭关系中,长辈(尤其是父辈)相对晚辈处于天然的权威地位,掌握着资源与行为空间的分配权,以及行为规范的解释权(由于性别权力结构的存在,在一些社会中,家庭权威地位被赋予成年男性晚辈,而非其女性长辈;另外一些情况下,同辈中的年长者与年幼者之间也可能出现这种权力结构)。

乱伦概念蕴含着家庭(包括核心家庭以外的大家族)关系的概念,对

---

[1] 参见 Elizabeth Brake (2010), "Minimal Marriage: What Political Liberalism Implies for Marriage Law," *Ethics* 120(2):302-337。

乱伦行为道德性质的考察自然无法脱离家庭权力结构的背景。家庭关系中的权威者,除了像(i_4)中那样强制受其支配者发生非自愿的性行为外,大可利用自身权力怂恿或诱导后者"自愿地"与其乱伦。在这种情况下,**"自由和完全的同意"**是否可能存在,便显得十分可疑,因为家庭权力结构的存在,预先排除了一方本可自由选择的诸多选项,或者大大提高了这些选择的难度。

此处可将乱伦与**师生恋**对比。美国大学多数规定,师生恋是违背教师职业伦理的行为,一旦发现将由伦理委员会做出惩罚。这一方面是出于公平的考虑,担心教师在考试、奖学金评选等教学活动中偏袒与其发生亲密关系的学生,另一方面便是考虑到师生之间的权力结构,教师身处的权威地位天然地蕴含着滥用职权、怂恿或诱导学生与其发生关系的危险。后者也是高校师生性骚扰事件频发的结构肇因。[1] 在此情况下,声称学生"自由和完全地同意"与某教师发生关系,便显得十分可疑。

相比于师生恋,乱伦在道德上的可疑性更为强烈。毕竟学生一旦毕业(或者只是调换专业,甚至结束某项课程),便从师生权力结构的服从者地位上解脱出来,重新获得自由选择的余地。与此相反,家庭权力结构往往无所逃于天地之间。

这里与对多偶制的讨论一样,需要注意两点。首先,引入家庭权力结构概念,只为拒绝乱伦提供了"阶段性的理由",而非"决定性的理由"。尽管这一理由足以阻断同性恋与乱伦之间在道德性质上的滑坡类比,但倘若过分强调对权力结构的中和,同样可能导致与个体自由的冲突。针对乱伦的立法,必须在自由与平等(或者不同涵义的自由)之间寻找恰当的平衡。

其次,以上讨论更多地适用于长辈与晚辈之间的乱伦。基于权力结构

---

[1] 参见李军《学术性骚扰的共犯性结构:学术权力、组织氛围与性别歧视》,《妇女研究论丛》2014年第6期,第44—55页。

反对乱伦，在成年的同辈兄弟姐妹之间的效力就要弱很多（尽管同辈之间并非不可能存在类似的权力结构）。有趣的是，在各个文明的乱伦禁忌中，针对成年兄弟姐妹的乱伦禁忌也远远不如针对父女、母子的乱伦禁忌来得强烈和广泛。这显然与两者在权力结构上、从而在道德可接受性上的直觉差异有着密切联系。

五、总结

综上所述，反同人士试图在同性亲密关系与某些道德上不可接受的性模式之间建立滑坡、从而在道德上拒绝前者的努力是失败的。一方面，反同人士并不能给出任何合理区分异性亲密关系与同性亲密关系的道德原则。另一方面，同性恋权益的支持者仅根据"同意"原则，即可将同性性行为及同性婚姻与人兽交、人兽婚、尸交、恋童等行为区分开来；在将性别与家庭中的"权力结构"及其道德后果纳入考量之后，又可将同性亲密关系在多数情况下与多偶制、乱伦区分开来。

至于少数无法做出有效道德区分的情况，比如由一对一婚姻关系完备地组合而成的多偶制，以及成年兄弟姐妹之间经由真正意义上"自由和完全地同意"的乱伦，同性恋权益的支持者大可认为，既然我们无法找到任何拒绝接受这些性模式的道德理由，那么我们就应当承认，这些模式在道德上是可以接受的；既然如此，基于同这些性模式的类比的道德滑坡论，也就丧失了对同性婚姻合法化的反驳能力。

现在我们可以回过头来，简单考察一下本文开头提出的"性少数如何界定"的问题。

从字面上说，"性少数"看似自然地包括所有偏好"非正统"性模式的人群；但问题是，概念区分本身是一种规范性的活动，"性少数应当如何界定"这个问题的重要性，派生于"性少数权益应当如何界定和证成"这个问题，而非后者派生于前者。换句话说，倘若我们证明，不同的非正统性模式的道德属性并不一致（比如与儿童发生性关系由于必然违背"同意"原则，因此在道德上不可接受，但与自愿的成年同性发生性关系则并不违背这一原则），我们在界定相关权益时，就必须在偏好不同的非正统性模式的人群中做出区分，将偏好道德上可接受的非正统性模式的人群纳入保障其"性少数权益"的范畴。

正是在这个意义上，我们可以断言"性少数"至少并不包括恋童者，却至少包括性取向（sexual orientation）有别于完全异性恋的人群，以及对自身性别身份（gender identity）与性别角色（gender role）的认知不严格对应于生理性别（biological sex）的人群；至于具有"多边恋"（注意不等于"双性恋"）偏好者，其多边关系的婚姻地位是否应当纳入"性少数权益"的范畴，同样有赖于其在多大程度上会与平等、自由等根本的道德原则相抵牾。

堕胎权漫谈

2016年"选·美"会员通讯。

一、惩罚医生还是惩罚孕妇
（2016 年 5 月 22 日通讯）

今年堕胎权之争最重头的戏码，无疑是最高法院 6 月份即将宣判的关于得克萨斯州反堕胎法的"'全体妇女健康'诉黑勒施泰特"案（*Whole Woman's Health v. Hellerstedt*）。不过在万众瞩目翘首以待这一判决的同时，还有许多大大小小的斗争在上演。5 月 20 日，俄克拉何马州的共和党州长玛丽·法林（Mary Fallin）否决了州议会刚刚通过的一项反堕胎法案。根据该法案的规定，如果施行堕胎手术并非拯救孕妇生命的绝对必要手段，则施行该手术的医生将会被判处重罪（felony），面临三年有期徒刑并吊销行医执照。

法林并不是堕胎权的支持者。恰恰相反，她是一位坚定的反堕胎权派。否决该法案，只是因为其关键条款实在太过粗糙含混，根据她前几次签署的法案被判违宪的教训，法林知道这次的法案同样毫无在法庭上通过考验的希望，只会因为打官司白白消耗州里的预算，而俄克拉何马目前恰恰深陷预算危机之中。当然，掌握州议会的共和党并不会善罢甘休，已有议员扬言要推翻州长的否决。

由俄克拉何马法案将施行堕胎手术的医生定为重罪，不难联想到前段时间特朗普在堕胎问题上的"失言"。3月30日，特朗普在接受采访时声称，应该对接受堕胎手术的孕妇施加"某种形式的惩罚（some form of punishment）"。结果这番表态不但激起了堕胎权支持者的反弹，而且连（当时尚未退选的）克鲁兹（Ted Cruz）和凯西克（John Kasich）这两位持极端反堕胎权立场的对手（克鲁兹认为即使那些遭到强奸而怀孕的女性也无权堕胎、凯西克在州长任内签署了一系列极其苛刻的反堕胎法案）都跳出来谴责。于是几小时后，特朗普又收回了之前的表态，宣称该受惩罚的绝不是孕妇本人，而是施行堕胎手术的医生（也就是俄克拉何马法案的立场）。

有些人怀疑特朗普之所以会在这个问题上"失言"，是因为他并不真心反堕胎权，也不了解反堕胎权派的具体主张，才会以为表态越强硬越能讨好保守派。梳理特朗普过去在堕胎问题上的立场，这确实是一种可能。1989年特朗普因为设宴招待"全国堕胎权行动联盟（National Abortion Rights Action League，NARAL）"主席罗宾·钱德勒·杜克（Robin Chandler Duke）而遭到反堕胎权分子的威胁；1999年特朗普在接受NBC电视台主持人蒂姆·拉瑟特（Tim Russert）采访时，宣称自己尽管"讨厌堕胎这个概念"，但"坚信堕胎选择权"。直到2011年考虑参选总统时，他才在保守派政治行动会议（Conservative Political Action Conference）上宣称，自己已经成为一名反堕胎权主义者。不过那一次，特朗普的参选野心被奥巴马在白宫晚宴上的一顿调侃打垮，蛰伏了整整四年，才卷土重来、正式参选。

特朗普在反堕胎权上的相对新晋，可能确实导致他不太熟悉保守派的话语策略。但真要追究起来，其实他不熟悉的，也仅仅是当代共和党"狗哨政治"的"话语策略"而已（参见本书《特朗普、共和党与美国当代右翼极端主义》一文）。事实上，"惩罚堕胎孕妇、而不仅仅是惩罚堕胎医生"的做法，保守派早就悄悄付诸实践了；仅在过去一年多的时间里，就有印第安纳州孕妇普尔薇·帕特尔（Purvi Patel）因为在家自行堕胎而被判二十年监禁、田纳西州孕妇安娜·尤卡（Anna Yocca）因为试图用晾衣钩子自行堕胎而被检方指控谋杀未遂、宾夕法尼亚州的珍妮弗·维伦（Jennifer Whalen）因为帮女儿寻找堕胎药而锒铛入狱等案件[1]——而克鲁兹、凯西克这些自命"关爱女性"的反堕胎权派对此却从来不置一词。

反堕胎权派之所以要用"关爱女性"来自我粉饰，顾忌的无非是女性选票，结果导致了立场上的自相矛盾、左支右绌。当然，一个"吾道一以贯之"的反堕胎权主义者，完全可以斥这种为了选票而抛弃原则的做法为怯懦，坚持认为：既然胎儿是人，那么堕胎就是杀人；既然堕胎是杀人，那么不管堕胎的医生还是孕妇，都应当受到相应的法律惩罚。对于这种一以贯之的反堕胎权主义，堕胎权的支持者应该怎样回应呢？

二、即便胎儿有生命权又如何

（2016 年 5 月 23 日通讯）

昨天的通讯说到，一个彻头彻尾的反堕胎权主义者，可以秉持一种看起来无懈可击的逻辑："胎儿是人，堕胎是杀人；如果说杀人要被禁止、被惩罚，那么堕胎同样也要被禁止、被惩罚"。

堕胎权的支持者可以沿着两种不同的思路，来反驳上面这个推理。一种是去争论"胎儿究竟算不算'人'；在什么意义上、什么情况下可以算作是'人'"。另一种是让步式的，搁置"胎儿算不算'人'"这个问题，去论述"就算胎儿是人，堕胎也不应当被禁止、被惩罚"。今天的通讯先聊聊后一种思路，下回再谈前一种。

在现实中，并不是任何情况下的"杀人"都会被禁止、被惩罚。比如刽子手依法处决死刑犯、交战时杀死未投降的敌方士兵、或者平时出于正当防卫而杀人，等等。不同人可能对什么情况下可以杀人有不同看法（比

---

[1] Katha Pollitt, "Abortion and Punishment," *New York Times*（2016 年 4 月 1 日）。

如有人反对死刑、有人反对战争），但至少大家会有一个抽象的共识：在某些特定的情况下，杀人是应当被容许的。这就引出了堕胎权支持者的让步式的思路：即便承认胎儿是"人"、承认堕胎是杀人，堕胎也仍然属于"应当被容许的杀人"范围之内。这里关键在于：怎么论证堕胎是"应当被容许"的杀人？

在这个问题上，较早、较有名、影响较大的一个论证，是由哲学家、法学家茱迪丝·汤姆森（Judith Jarvis Thomson）提出的"小提琴手思想实验"：想象你某天醒来，发现自己躺在医院里，身上插了个管子，和旁边病床昏迷着的一位世界知名的小提琴手连在一起。原来，这位小提琴手近日突发严重肾衰竭，而他的狂热粉丝们通过种种手段发现，整个世界只有你一个人的配型能够救他的命，于是又通过种种手段把睡梦中的你绑架到了医院，并连上了管子。这根管子并不会伤到你，只是让你的肾脏帮助他排除毒素、战胜病魔；整个过程需要九个月时间，在此期间你绝对不能拔掉管子，否则小提琴手会马上死去，但是只要九个月一到，他就能从昏迷中复苏，你也就从管子的束缚中解放、与他两无瓜葛。你对这种不由分说的安排表示抗议，但他的粉丝却辩称：人命大过天，难道（他的）生命不比（你的）意愿更重要么？不就是占用你九个月而已，救人一命胜造七级浮屠，有什么好唧唧歪歪的？——对于这种说辞，难道我们不觉得有什么不对么？[1]

简而言之，汤姆森的结论是：就算胎儿有"生命权"，也并不意味着"维持胎儿生命"构成孕妇本人的义务，而需要以尊重孕妇本人的意愿——或者说"选择权"——为前提；就像不能因为重病缠身的小提琴手有"生命权"，便强迫一个不情不愿的人花费九个月的时间和自己的身体去"维持这位小提琴手的生命"一样。

就像所有的哲学论证一样，汤姆森的思想实验也引来了各方面的批评

---

[1] Judith Jarvis Thomson (1971), "A Defense of Abortion," *Philosophy and Public Affairs* 1(1):47-66.

与辩护,这里不能尽述。2003年戴维·布宁(David Boonin)所著《为堕胎一辩》一书第四章详细整理、分析了对汤姆森论证的各种反驳,感兴趣的读者可以翻阅。[1]

这里特别提一下其中一类在现实政治中很有影响力的反驳,即在"默示同意(tacit consent)"基础上发展出来的"强奸例外论":倘若一名女性自愿地参与了一次没有采取避孕措施的性行为,就意味着她"默示同意"了接受这次性行为所带来的所有可预期后果(包括怀孕),也就"默示同意"了承担起维持胎儿生命的义务。根据这种推理,只有在遭到强奸怀孕等"非自愿"情况下,堕胎才是可以允许、也能够被"小提琴手思想实验"支持的;但是"小提琴手思想实验"并不能支持其它情况下的、更为一般性的堕胎权。

"强奸例外论"作为一种"温和"立场,一度在反堕胎权派中占据主流地位。从国会禁止联邦经费用于堕胎的"海德修正案(Hyde Amendment)",到一部分州的反堕胎法案,都包括有"除强奸、乱伦或危及孕妇生命的怀孕之外"之类条款。不过近年来随着共和党内宗教保守主义势力的越发强硬,"反堕胎无例外"的论调在党内越来越有市场。2012年大选时,共和党时任众议员托德·埃金(Todd Akin)宣称只要是"真正的强奸(legitimate rape)"就绝不可能导致怀孕、凡是最终怀孕的肯定至少半推半就;另一位共和党参议院候选人理查德·莫尔多克(Richard Mourdock)宣称强奸怀孕也是上帝的意愿、不可以违背。这些言论在当时引起轩然大波,导致埃金与莫尔多克双双败选;但他们敢将这种言论公之于众,却也反映了保守派内部极端化的潮流,以至于到了今年大选,不仅克鲁兹这种

---

[1] David Boonin (2003), *A Defense of Abortion*, Cambridge University Press, 第133—281页(Chapter 4, "The Good Samaritan Argument")。布宁的观点是,尽管汤姆森的原始版本存在一些问题,但经过恰当修正后,就能有效回击所有的反驳;相反,读者从本系列第三篇中可以看出,我对"小提琴手思想实验"效力的总体评价并不像他这么高。

极端茶党代言人，就连本来有意争取中间选民的卢比奥（Marco Rubio）都在总统候选人辩论中公开宣布支持"无例外论"。[1]

其实就实践效果看，各州反堕胎法案中所包含的"例外条款"也基本上是形同虚设[2]：本来在男权社会中，被强奸的女性就畏于社会舆论而很少报案；等到过段时间发现自己怀孕后，又要面对埃金式的怀疑目光、证明自己怀孕是因为遭遇了"真正的强奸"而不是"半推半就"的结果，自然更是难于登天（讽刺的是，越是保守派掌权、从而越是反堕胎的州，这种埃金式的怀疑就越盛行）。

那么，堕胎权的支持者如何从理论上反击用"默示同意"和"强奸例外论"作为掩护的反堕胎权立场呢？汤姆森本人在论文中给出的回应是：你有没有生命权，显然并不依赖于你是否"强奸的产物"；因此，怀孕是否出于自愿，也就不会影响到"孕妇选择权与胎儿生命权孰轻孰重"的考量。不过她的这个回应稍嫌粗糙——毕竟"默示同意"论者可以辩称，"强奸"和"自愿性交"的差异，影响的不是"胎儿的生命权"本身，而是"维持胎儿生命"是否构成孕妇个人的义务。

即便如此，反堕胎权主义者从"默示同意"到"强奸例外论"的推理仍然破绽重重。布宁书中（第148—167页）对此有细致的分析，这里恕不赘述，仅举一例：假设现在这个思想实验的条件有所变化，不再由一根管子连着你和小提琴手，而是需要在接下来九个月里从你（作为全世界唯一配型适合、能够救他的人）身上每个月抽取一次骨髓移植给他；医生告诉你每次抽取会很痛，你表示没关系救人要紧，结果抽了两次之后发现痛苦程度远远超出你一开始的想象，于是动了退出后面七次的念头。这时按照"强奸例外论"的思路，医生就会跟你说："倘若你前两次不是自愿的，那

---

[1] Maya Rhodan, "Republicans Clash Over Rape and Incest Exception for Abortion," *Time*（2016年2月6日）。

[2] Tara Culp-Ressler, "The Problem with Rape Exceptions," *Atlantic*（2012年11月3日）。

空谈　39

么尽管你是全世界唯一能够救他的人，你仍然可以想什么时候退出就什么时候退出，这位小提琴手是死是活与你无关；但是现在既然你已经在知道手术会很痛（对疼痛程度预估不足，那是你自己的问题，不是我们对你刻意隐瞒）的前提下自愿参与了前两次，你就丧失了退出后面七次的资格，必须对他的性命负责到底！"换句话说，小提琴手的该救与不该救，以及你对他该不该一救到底，将仅仅因为你自愿参与了前两次手术而有所区别——这样的论断，恐怕很难为大多数人接受（布宁，第165页）。

自愿搭救这位小提琴手，当然是好事一桩，但如果中途转变想法不愿再帮下去，一般而言别人也没什么资格阻拦——除非对这个思想实验的条件做出两类调整。第一类调整是：你本来并非这个世界上唯一配型适合、能够救他的人，但你一开始的自愿搭救却将导致他身体内部产生某种新的排它性（并且你一开始也被告知了这一点）；亦即，如果你一开始不搭救的话，别人是完全可以搭救的，但你一搭救之后，这位小提琴手的身体就产生了排异反应，导致之后别人再也救不得。这样的话，可能你一开始的自愿搭救确实意味着你必须一救到底。

但孕妇与胎儿的关系显然不是这种情况。如果一开始不怀孕，胎儿根本就不可能存在，也就不存在"你没有怀上这个胎儿的话别人就可以怀上同一个胎儿"的可能性。换句话说，即便"自愿性交"意味着"默示同意"，这个"默示同意"的内容最多也只是"同意承担堕胎可能带来的身心痛苦"而已，并不能直接得出"同意维持胎儿生命直至其出生"。

第二类调整，则与现实中围绕"胎儿体外存活力"概念的争论息息相关，详见下篇。

三、汤姆森式让步的实践后果

（2016年5月25日通讯）

上回提到，有一些堕胎权支持者采用类似于汤姆森"小提琴手思想实验"的让步式思路，来论证即便胎儿有生命权，也不构成对女性堕胎权的限制。强硬的反堕胎权主义者当然不会轻易被这些论证说服，但是与此同时，另一些堕胎权支持者也对这种思路大为不满，认为太过于和稀泥，给了反堕胎权派钻空子的机会。

比如想象一下这样的情景：你自愿插上管子用九个月时间搭救那名得了绝症的小提琴手，半年后你改变了主意，想现在就拔掉管子，而不是耗完最后三个月。由于接受了半年的搭救，这名小提琴手的状况正在逐渐好转，即便拔掉管子，在现有的医疗技术手段下，本来也已经有了非常大的概率能够独立存活；但是这时候你发现，由于之前某些操作上的疏忽，导致你身上的管子无法在小提琴手仍然存在生命体征时拔下。换句话说，想要拔掉管子，就先要杀死（经过这半年搭救后本来已经有非常大概率能够借助现有医疗手段独立存活的）小提琴手。在这种情况下，如果你仍然坚持要拔掉管子，似乎总有那么点说不过去。

类似地，假如胎儿和小提琴手一样有生命权的话，那么随着孕期越来越接近尾声，胎儿体外独立存活的概率越来越高，胎儿生命权的分量也就越来越重，堕胎权与生命权之间的天平自然会越来越向后者倾斜。

这其实就是最高法院在一系列堕胎权判决中的思路。汤姆森论文发表之后两年，高院就在奠基性的"罗诉韦德"案（*Roe v. Wade*）中，围绕"胎儿体外存活力（fetal viability）"这个概念，发展出了所谓"三孕期框架（trimester framework）"：第一孕期，亦即从最后一次月经第一天算起的"孕龄（gestational age）"前十三周内，[1] 孕妇有绝对的堕胎权；第二

---

[1] 大多数人并不了解"孕龄（gestational age）"如何计算，而这种无知也常常被反堕胎政客所利用。由于卵子受孕或着床的时间难以直接观测，因此现代医学上（以及法律上）常以"怀孕前最后一次来月经的第一天经期"作为比较直观的替代点来计算，以这一天作为"孕龄"的第一天。事实上，从经期到排卵期大约有两周时间，而从排卵到受孕还要再相差几天；换句话说，早在一名女性发生令其怀孕的性行为之前的两三周，"孕龄"就已经开始了。近年一些保守派力推所谓"胎心法案（fetal heartbeat laws）"，声称一旦孕龄达到六周—八周、能够听（转下页）

空谈　41

孕期（孕龄约第十四周到第二十六—二十七周）各州可以出于保障孕妇健康的目的监管堕胎；第三孕期（孕龄第二十八周开始）胎儿已经具备了（在医学手段辅助下的）体外存活力，因此各州可以出于保障胎儿生命权的目的而禁止堕胎。

但是用"体外存活力"来为堕胎权划界，对堕胎权支持者来说是一个严重的问题：随着医学手段的发展，理论上说，胎儿体外存活的临界时间是能够不断提前、一直提前到刚刚受孕时的；这意味着禁止堕胎的时间也会随之提前，一直提前到刚刚受孕时。事实上，仅仅到了1992年的"规划亲育组织诉凯西"案（*Planned Parenthood v. Casey*，下文简称凯西案），高院就已经把允许各州禁止堕胎的时间，从"罗诉韦德"案规定的孕龄第二十八周，提前一个多月到了第二十三周—二十四周，并且放话说将来可能还会变得更早。凯西案迄今各保守州不断修订的反堕胎法，自然也就顺水推舟地一点一点把禁止堕胎的时间往前挪。比如密西西比和北卡罗来纳目前都定在孕龄第二十周，其它若干州则定在卵子受孕起的第二十周（约等于孕龄第二十二周）。

除此以外，凯西案的判决相对于"罗诉韦德"案，在堕胎权上还有一个另外重大的倒退。"罗诉韦德"案（以及此后1983年的"阿克伦市诉阿克伦健康中心"案［*City of Akron v. Akron Center for Reproductive Health*，下文简称阿克伦市案］和1987年的"索恩伯勒诉美国产科妇科医师大学"案［*Thornburgh v. American College of Obstetricians & Gynecologists*，下文简称索恩伯勒案］）在评判各州反堕胎法的合宪性时，

（接上页）到胚胎的"胎心"（胚胎组织在超声波仪器监测下捕获的律动声，尽管此时其实尚未发育出生理学或医学意义上的"胎儿心脏"），就意味着其有了生命权（甚至有了"体外存活力"），也就应该从此禁止堕胎。但考虑到不同女性在月经频率与稳定性方面的差异，许多人恰恰是在"孕龄六周—八周"时才意识到自己的月经来得比平时晚，也因此才使用验孕棒检测；换言之，等到她们发现自己怀孕时，早就已经错过了"胎心法案"允许堕胎的期限。更详细的讨论，参见收入本书的《得克萨斯"赏金猎人"反堕胎法案》一文。

采取的是美国司法话语中最严格的"严格审视（strict scrutiny）"标准，要求州政府证明其所制定的法案旨在保障"重大利益（compelling interest）"。但是凯西案推翻了阿克伦市案和索恩伯勒案的结论，改而采用较为宽松的"不当负担（undue burden）"标准，只要法案并没有"在目的或效果上对想把没有体外存活力的胎儿堕掉的孕妇造成实质阻碍（the purpose or effect of placing a substantial obstacle in the path of a woman seeking an abortion of a nonviable fetus）"，那么州政府甚至可以限制孕妇堕掉没有体外存活力的胎儿。

这样一来，就为各保守州在何谓"不当负担"、何谓"实质阻碍"上玩弄字眼，出台更为严苛的反堕胎法，打开了方便之门。比如很多州都有所谓的"强制等待时间（mandatory waiting period）"，规定孕妇在和医生沟通决定堕胎之后，必须强制等待若干时间，或者至少去医院两次、或者由医生强制观看胎儿超声波图片或视频、或者听专人宣讲胎儿生命的可贵，诸如此类，才能进行药流（而且药流也必须在医院而不能在家中进行）或手术流产。上周四（5月19日），路易斯安那州刚刚又把二十四小时的强制等待时间延长到了七十二小时。

与此同时，这些州也在医院进行堕胎手术的资格上做文章。目前正在等待高院宣判的"'全体妇女健康'诉黑勒施泰特"案，涉及的就是得克萨斯州2013年新修订的反堕胎法案针对堕胎诊所的装修、位置、与周边医院的关系等提出几乎无法满足的标准，导致整个得州（面积接近七十万平方公里）预计最终只有不到十个地方能够提供药流或堕胎手术，想堕胎的孕妇只好要么驱车上百英里堕胎（而且由于强制等待时间的存在，必须至少去两次），要么转而寻求不那么安全的非法地下诊所帮助。

尽管凯西案设定的"不当负担"标准存在种种问题，但是光靠汤姆森式的论证，并不能有力地从理论上说明这个标准的问题所在。就像上回所说，汤姆森式论证的一个可能推论是："自愿性交"意味着"默示同意"，尽管其默示的内容并非"同意维持胎儿生命直至其出生"，而仅仅是"同意承担堕胎可能带来的身心痛苦"。但是在所有"堕胎可能带来的身心痛苦"之中,难道就不包括各种既有的反堕胎法案给堕胎孕妇造成的额外负担、困扰与痛苦吗?

汤姆森式的堕胎权支持者当然可以细究每一份新的反堕胎法案,争辩说其对堕胎孕妇造成了"不当"负担与"实质"阻碍,但这就意味着保守派每想出一种新的限制方法,堕胎权支持者就得再打一场旷日持久的官司(而且判决结果完全取决于哪一派有机会任命足够多的自己人担任大法官)。最一劳永逸的做法,当然还是拒绝汤姆森式的让步,直接从"胎儿算不算人、有没有生命权"这个根本问题切入。

四、人啊,人

(2016年6月2日通讯)

"胎儿算不算人"这个问题,乍听起来很无稽:胎儿也是人类发育过程中的一个阶段,老人是人,青年人是人,婴儿是人,胎儿怎么就不是人?这还有什么好争论的吗?

有这样的困惑,首先是因为"人"这个概念的多义性。简单地说,并非所有生理意义上的"人类(humans)"这一物种的个体成员,都必然是在规范意义上(包括法律、政治、道德等意义上)的具有"人格地位(personhood)"的"人(persons)";反过来,也不是所有persons都必然是humans。比如法律上有所谓"法人(legal persons)"的概念,指的是有能力承担法律权利和义务、能够参与签订合同、诉讼或被诉讼等法律活动的行为单元。

一个人类个体可能是法人(也可能不是,如果其不能对自己的行为负责的话),而一个组织机构、公司、国家等,同样有可能是法人(相应地,这些法人可能需要有人类个体作为"法人代表");公司在什么情况下可以被视为"人"、什么情况下不能视为"人",一直是宪法争议的焦点之一,比如 2014 年最高法院的保守派大法官们就在"伯韦尔诉好必来公司"案（*Burwell v. Hobby Lobby*）中裁定，所有"紧密持股型公司（closely held corporations，仅由少数股东控股且股权流通性低）"均和人类个体成员一样享有"宗教自由权"，引起了自由派的抗议。类似地，我们有时候也会争论像黑猩猩这样具有一定智力水平的生物，或者像狗这样的宠物，是否应当被赋予一部分"人格地位"并因此受到保护（这就涉及动物福利法、宠物法等的立论依据问题）。

所以提出"胎儿是不是人"这个问题，并不是否认"胎儿是人类发育过程中的一个阶段形态"这样一个生理事实，而是要追问这个生理事实是否足以推出特定的实践后果；换句话说：给定这样一个生理事实之后，我们究竟能不能提出充分的理由和论证，在道德或法律的维度上确立（或者否定）胎儿的人格地位，进而规定出一套恰当的、与此人格地位相匹配的（包括或不包括生命权在内的）胎儿权利。

那么胎儿到底应不应该被算作这种意义上的"人"？乍看起来，这对堕胎权之争的双方都是一个棘手的问题。毕竟从受孕到出生是一个连续变化的过程，要从中挑出某个时间点作为"人"和"非人"的分界，说容易也容易，说难也难：精卵结合了就算人吗？还是受精卵着床？胚胎期结束？抑或听到所谓"胎心"？五官特征出现？脑部开始发育？外生殖器发育？胎动？形成肺泡？拥有所谓"体外存活力"？大脑或神经系统发育到某个特定程度？轮廓基本具备人形？胎毛开始褪除？宫缩？羊水破裂？出生？剪断脐带？单独拎出每个分界点，总能找到一些说辞；但对比起来，似乎又不足以证明某个分界点比其它任何选项都优越（当然，有些分界点明显比其它选项更不合理）。

前面的通讯已经提到过，类似"体外存活力"这种居间调和的做法，只能用来维持一种临时性的、相当不稳定的平衡态。但是反过来，越把"人"和"非人"的分界点往这个连续过程的两端推，需要承受的理论压力就越大。毕竟寻找分界点并不只是在做语言或智力游戏，而是用来支撑起一整套融贯的、可以被辩护的法律措施。比如除了孕妇本人的堕胎权外，至少还有这样一些问题涉及对胎儿人格地位的判定：孕妇在孕早期意外跌下楼梯导致流产，算不算过失杀人？第三方因为直接或间接的健康影响（比如抽烟、化工产品、空气或水污染、辐射等等）导致孕妇流产，算不算过失杀人（甚至更高级别的谋杀罪）？第三方强制堕胎除了违背孕妇本人意愿并对孕妇的身心健康造成伤害外，是否还因为剥夺了胎儿的生命权而应当被加重刑期？胎儿如果没有生命权的话，有没有健康权——比如假设孕妇本人因为抽烟喝酒吸毒导致小孩出生后发育不良甚至残障，是否应当受到惩罚？甚至科幻故事里经常出现的情节——比如对胎儿的基因改良——在不远的将来或许都会造成法律上的挑战。

从历史上看，无论堕胎权的支持者还是反对者，都曾经对这些问题给出过令人不甚满意的回答。一方面，尽管美国在1970年代之前从未开放过堕胎权（纽约州于1970年成为全国第一个允许女性自主堕胎的州），但与此同时，在其它问题上（比如意外流产、第三方有意导致流产、孕妇或第三方导致胎儿发育不良等），各州法律与法院却一直采取的是"胎儿只是母体的一部分，并不具有独立人格与法律权利"的立场。比如伊利诺伊州高院就在1900年的"阿莱尔诉卢克医院"案（*Allaire v. St. Luke's Hospital*）中反问道："假如胎儿出生后有权因为孕期遭受第三方的健康伤害导致自己畸形而起诉该第三方的话，那岂不是说也有权因为母亲在孕期内的不健康行为而起诉母亲？这种大逆不道的行径，怎么可以？"一直到1946年的"邦布雷斯特诉科茨"案（*Bonbrest v. Kotz*，哥伦比亚特区联邦地区法院）、1960年的"史密斯诉布伦南"案（*Smith v. Brennan*，新泽西州高院）等案子，法官们才陆续意识到这种说法简直是在打反堕胎权派的脸，开始承认胎儿出生后有权对孕期遭受的健康伤害进行追诉。

另一方面，早期的一些堕胎权支持者曾经激烈反对政府对孕妇吸毒导致胎儿发育不良的干预和惩罚[1]，除了当时"毒品战争（War on Drugs）"的种族背景外，另一部分原因就是要维持与堕胎权的逻辑一致性。当然，后来的堕胎权支持者已经发现了更好的论证，既不必依赖于汤姆森式的"胎儿是有生命权没错，只不过要低于孕妇的选择权"的让步，又不需要在逻辑一致性与胎儿健康之间进行取舍。

这个论证的大致思路是，胎儿具有一种"潜在但未实现"的人格地位，这种地位一方面保留了其对特定法律权利的追溯声索，另一方面又使这些法律权利的生效依赖于"从母体实际独立"这样一个重要事件，也就是"出生"（或者有人可能认为包括"倘若没有第三方强制违背母亲意愿的话本来可以自然出生"这种反事实条件的建构）。对此更详细的介绍，将留到本系列的下一篇进行。

五、未完结的完结篇

（2016 年 6 月 30 日通讯）

本周一，最高法院终于宣判了本年度的最后几个重头大案。其中的"'全体妇女健康'诉黑勒施泰特"案，是高院历史上少数几次站在堕胎权派一方，[2] 以五比三推翻了得克萨斯州法律中对堕胎诊所的种种刁难，比如要求堕胎诊所的装修和医疗设备符合"当日手术中心（ambulatory surgical centers, ASCs）"的标准，等等。我在本系列第三篇中介绍过这个案子的一些基本情况，包括这些要求为何是无理取闹，以及会对堕胎孕妇造成怎样的负面影响。在本周的判决中，大法官们也毫不客气地指出，得

---

1 比如 Dorothy E. Roberts (1991), "Punishing Drug Addicts Who Have Babies: Women of Color, Equality, and the Right of Privacy," *Harvard Law Review* 104 (7): 1419 - 1482。

2 Oliver Roeder, "Liberal Decisions on Abortion Rights Aren't the Norm at the Supreme Court," *FiveThirtyEight*（2016 年 6 月 27 日）。

州政府辩称这个法案是为孕妇健康着想，其实根本就是双重标准、口蜜腹剑——否则明明分娩比堕胎危险得多，[1] 为何得州政府却对孕妇分娩场所的医疗设备不做任何要求？

更为重要的是，判决书中暗示了一种比凯西案更为精确和严格的对"不当负担"的规定，要求各州法律对合法堕胎渠道的限制必须建立在"医疗必要性（medical necessity）"的基础上，立法者必须证明这些限制对孕妇本人的健康实属必要，而不是仅仅证明"没有对孕妇的合法堕胎造成实质阻碍"（参见本系列第三篇）。这对保守派利用"不当负担"和"实质阻碍"标准的含混来瞒天过海限制堕胎的策略不啻当头一击。目前阿拉斯加、路易斯安那、田纳西、佛罗里达等二十多个州，都有着与得州类似的阻挠堕胎诊所执业的法案。随着高院判决的出炉，下级法院有了指导文件，这些州法都面临着在不久的将来被判违宪的风险。

当然，这个判决仍旧是在"罗诉韦德"案与凯西案的先例框架下进行的，尽管堕胎权派在本案中取得了胜利，但只要继续沿用这个框架，理论上反堕胎权派就永远有可能钻出别的空子来限制堕胎权（遑论宗教保守势力迄今从未放弃通过司法人事任命操作把持高院的愿景，以期直接推翻"罗诉韦德"案的判例、否定堕胎权作为宪法基本权利的地位）[2]。堕胎权

---

1   根据判决书中援引的数据，2001 至 2012 年间得州总共只有五例堕胎孕妇死亡（亦即每十二万到十四点四万例堕胎中只有一例孕妇死亡），而同时期分娩孕妇死亡的概率是堕胎孕妇死亡概率的十四倍之高；但得州法律却允许孕妇在自己家中分娩、不去医院。

2   补注：2016 年 2 月 13 日高院保守派大法官斯卡利亚（Antonin Scalia）去世后，参议院共和党人对奥巴马的提名人选加兰德（Merrick Garland）阻挠了整整一年，拖延到特朗普当选之后，任命反堕胎权的戈萨奇（Neil Gorsuch）接替斯卡利亚的席位；2018 年夏，高院的"摇摆票"肯尼迪大法官（Anthony Kennedy）退休，特朗普提名的反堕胎权保守派卡瓦诺（Brett Kavanaugh）尽管遭到多名女性的性侵指控，仍在参议院共和党护航之下，于 2018 年 10 月 6 日走马上任；2020 年 9 月 18 日，自由派大法官金斯伯格（Ruth Bader Ginsburg）去世，特朗普与参议院共和党人抢在同年大选换届之前，火速任命极端反堕胎权的巴雷特（Amy（转下页）

派要想一锤定音，仍然必须如本系列第四篇所说，找到一种符合人们普遍道德直觉的、能够恰当理解胎儿"人格地位"的范式，确保其既不损害到母亲本人的生育自主权（及其所蕴含的性别平等理念），又不至于忽略对胎儿（或者说由胎儿长成的未来个体）正当权益的保障；只有让这种范式成为民意与司法界的共识，才能从长远上有效制衡宗教保守势力的反扑。

对于这个问题，尽管近二十年道德哲学家们在具体的论证细节上有分歧，但总体结论是一致的：从受孕到出生这个过程中，"人"与"非人"的分界点应该被定在出生时刻，而不是更早；胎儿在出生成为婴儿后，才具有独立的"人格地位"；这意味着，一方面，出生后人格地位的产生，派生于孕妇之前保持妊娠的意愿，因此不能反过来限制孕妇对于是否终止妊娠的选择；另一方面，假如孕妇有意保持妊娠，便意味着如无意外婴儿将顺利出生，于是婴儿未来的利益就需要被考虑进来，从而要考虑到妊娠期内不论孕妇本人还是第三方对未来婴儿身心健康可能造成的影响。

有兴趣深入研究此问题者，可以参考前面提到的戴维·布宁《为堕胎一辩》，以及邦尼·施泰因博克（Bonnie Steinbock）《出生前的生命》、安雅·卡尔奈因（Anja Karnein）《论未出生的生命》等书。[1] 这里不对各家

（接上页）Coney Barrett）接任。这样一来，不惮于推翻"罗诉韦德"案判例的势力就在高院确立了至少五比四的票数优势（除五名坚决反对该案的大法官之外，同为保守派的首席大法官罗伯茨虽然也反对胎权，但出于高院声誉考虑，不主张直接推翻"罗诉韦德"案的判例，而希望采取"切香肠"战术，在"罗诉韦德"案与凯西案的大框架下利用"体外存活力"和"不当负担"标准去逐步砍削堕胎权与堕胎渠道）。在2021年的得克萨斯反堕胎法案问题上，新一届高院已经亮明了态度（参见收入本书的《得克萨斯"赏金猎人"反堕胎法案》一文）；到了2022年6月24日，高院正式在"多布斯诉杰克逊女性健康组织"案（*Dobbs v. Jackson Women's Health Organization*）中推翻了"罗诉韦德"案的先例，将堕胎权剔除出美国宪法基本权利的行列。

[1] Bonnie Steinbock (2011), *Life Before Birth: The Moral and Legal Status of Embryos and Fetuses*, second edition, Oxford University Press; Anja Karnein (2012), *A Theory of Unborn Life: From Abortion to Genetic Manipulation*, Oxford University Press.

空谈　49

的论证细节深入介绍，只简单说一下整个问题中最关键，也最常引人困惑的一点：为什么"出生"这个事情对于划分"人"和"非人"阶段如此重要？

出生之所以重要，原因首先在于，具备"人格地位"的一个必要前提是能够在某种意义上被视为"离散的个体（separate individual）"，从而构成一个"离散的关切单元（separate unit of concern）"。这点对于法律上的"法人"如此（参见本系列第四篇），对于堕胎权争论中的其它立场同样如此。比如假如有人认为精卵一结合就成为"人"，其背后的直觉无非是，精卵结合标识着一个新的、离散个体的形成。随着知道科学发现同卵双胞胎分化（twinning）可以在受精两周后才发生，[1] 许多人对"人"和"非人"的分界也就往后推移，理由同样是因为，如果同卵双胞胎尚未分化，我们就根本无从区分出两个相互离散的、构成独立关切单元的个体。

在婴儿出生以前，母体与胎儿在人身层面是以一种"共生联系（symbiotic connection）"的方式存在的，并且这种共生联系构成了胎儿"生命"过程的内在组成部分。这与汤姆森式思想实验中的小提琴手存在根本区别：在被接驳到志愿者身上形成共生依存之前，小提琴手已经先是一个独立的个体了。与此相反，胎儿的"生命"一开始就共生于母亲的人身及意志，因此处在一种结构性的非离散状态，只有当人身确实发生分离时，这种共生联系才被切断，婴儿才获得离散的关切单元地位，从而也是独立的人格地位。这样一来，就不再存在一种能够对孕妇堕胎权构成限制的"胎儿生命权"——因为谈论权利，只有对于具备人格地位的个体而言才有意义。

但这也并不意味着我们就应该对任何伤害胎儿的举动放任自流了。对于那些根据目前情况（包括母亲本人并未自愿终止妊娠这一事实）而言将来仍会出生的胎儿，我们必须考虑到它们在出生之后作为独立人格个体的

---

[1] 参见 Judith G. Hall (2003), "Twinning," *Lancet* 362:735–743。

各种权益,以及由此衍生出的对于妊娠期健康损害的回溯声索权;比如母亲孕期吸毒酗酒对未来婴儿健康造成的不可逆损害、第三方因为环境污染等行为对未来婴儿健康造成的不可逆损害、第三方在违背母亲意愿情况下的强制堕胎等等。

从道德哲学与法哲学的层面,将胎儿视为具有这样一种"潜在但未实现"的人格地位——或者借用安雅·卡尔奈因的术语"人格地位依赖原则(Personhood Dependent Principle)"——可以说是最为合理和融贯的立场,既为堕胎权提供了基础,又不损害到胎儿(或者说未来婴儿)的重要权益。其实在本系列第四篇中我也提到过,尽管美国历史上堕胎权只是相当晚近才获得承认,但那之前的法律(包括英国的普通法传统)长期在胎儿权益问题上采取"胎儿只是母体的一部分,并不具有独立人格与法律权利"的立场;换句话说,如果没有堕胎权问题引起的争议,这个立场本来拥有相当广泛的共识。

当然,无论历史上的共识,还是哲学上的论证,距离现实中的判例或立法都相去甚远。哲学论证或许完结了,现实斗争却远未完结。"'全体妇女健康'诉黑勒施泰特"案只是美国漫长的堕胎权之争的小小插曲,最终胜负的分晓,也许要再等上一两代人的时间吧。

"我也是"：作为集体行动的公共舆论运动

本文发表于 2019 年，是计划中一系列两篇文章的上篇，旨在对 MeToo 运动质疑者的各种常见观点及论述加以较为全面系统的辨析及回应。第一节以美国与中国为例，梳理反性侵扰运动的地方脉络，及在各自脉络中发展出的问题意识与面临的挑战；在此基础上，总结 MeToo 运动追责、赋能与促变之三重诉求，并将质疑者的论调归纳为三大类型："群氓批判"、"弱女子批判"与"道学家批判"。第二至四节针对"群氓批判"的不同版本做出回应，第五节着力批驳"弱女子批判"，至于"道学家批判"则留待系列的下篇（尚未完成）再行讨论。

具体而言，第二、三两节分别澄清质疑者对"无罪推定"与"舆论审判"概念的滥用与误用，指出为何质疑者将 MeToo 运动（以及其它公共舆论运动）视为践踏法治的群氓狂欢，乃是基于对法治原则的错误理解，以及对历史经验的错位应激。第四节与第五节各自通过对质疑者"虚假指控论"与"自我受害者化论"的剖析，包括对相关经验研究的总结讨论，以及对此类论述中概念与逻辑的抽丝剥茧，揭示性别偏见如何隐蔽而深入地扭曲着我们在性侵扰问题上的认知。恰恰是由于这种扭曲的系统性，导致我们无法以散兵游勇的方式有效反对性侵扰，而必须动员起 MeToo 这样的公共舆论运动，以集体行动的方式促成社会文化观念的变革，并在此基础上建设起新的救济制度。

一、引言：何为 MeToo？MeToo 何为？

2018 年，MeToo（"我也是"、"米兔"）运动的旋风一度席卷中国大陆，从高校、公益圈、传媒界到宗教界，诸多有头有脸的人物在性侵扰指控下纷纷现形。[1] 与此同时，这场公共舆论运动也在推进反性侵扰制度建设方面取得了一些初步的成果，譬如促使中国最高人民法院正式将"性骚扰损害"纳入关于教育机构责任纠纷的民事案由、一些地方出台反校园性侵扰工作机制等等。[2]

不出意外的是，MeToo 运动的短暂成功也引发了强烈的反弹。一方面，官方出于对社会自组织力量的惯性压制，使得与 MeToo 相关的讨论与行动在 9 月份之后一度从本已相当逼仄的互联网公共空间中销声匿迹；随着运动的舆论势头遭到压制，一些施害者亦借机反扑，对敢于出面指证的

---

[1] 本文出于简便起见，将性侵（sexual assault）与性骚扰（sexual harassment）合称为"性侵扰"；关于二者之间的区别，以及二者与性失当行为（sexual misconduct）的区别，参见本文下篇第六节的相关讨论。对截至本文写作时中国 MeToo 运动所涉案例及相关舆论的总结，参见《"我也是"：作为集体行动的公共舆论运动》（联经《思想》第 38 辑，2019 年，第 253—324 页），脚注 1。

[2] 最高人民法院，《最高人民法院关于增加民事案件案由的通知》，法［2018］344 号，2018 年 12 月 12 日；以及比如杭州市西湖区人民检察院、杭州西湖区教育局，《关于建立校园性骚扰未成年人处置制度的意见》，杭西检会［2018］5 号，2018 年 8 月 6 日（有相关报导称是全国第一个出台的反校园性骚扰工作机制）。当然，这些制度倡议早在 MeToo 运动展开之前就有中国的女权主义学者及运动家提出，MeToo 运动的作用则在于为这些倡议获得采纳提供相应的社会意识与舆论助力。参见刘晓楠（2014），《性骚扰的现状及法律规制：以港台地区性骚扰立法为鉴》，《妇女研究论丛》2014 年第 4 期，第 41—48 页；李军（2014），《学术性骚扰的共犯性结构：学术权力、组织氛围与性别歧视》，《妇女研究论丛》2014 年第 6 期，第 44—55 页；等等。类似地，最高人民检察院 2019 年 2 月 12 日公布的《2018—2022 年检察改革工作规划》，提出"建立健全性侵害未成年人违法犯罪信息库和入职查询制度"，虽不在这一波 MeToo 运动的直接要求范围之内，却也不排除相关倡议者从中借力的可能。

受害者秋后算账。另一方面，中国民间对 MeToo 运动的质疑声从未断绝，其中既有对其它国家"反 MeToo 派"主要论点的学舌，又不乏一些颇具"中国特色"的观念与主张。由这些质疑以及相关回应所延伸出的种种争论，虽曾在七八月间形成一场公共说理的小高潮，却因前述压制，导致本来有望继续深入的讨论戛然而止。[1]

本文不揣冒昧，试图对 MeToo 运动质疑者的各种常见观点与论述，加以较为全面系统的辨析及响应。不过在此之前，或有必要简单谈谈 MeToo 运动的脉络、机制与要求，作为后文讨论具体议题的铺垫。

§1.1
反性侵扰的脉络

就其本意而言，"MeToo 运动"特指当前这样一波以反对性侵扰为核心要求的社会运动：其滥觞于 2017 年 10 月的美国，借助互联网上一个同名标签的病毒式传播而兴起，并在此基础上持续动员迄今。当好莱坞制片人哈维·韦恩斯坦性侵惯犯的真面目终于被媒体揭露之后，女明星艾莉萨·米兰诺在推特上发起♯MeToo 标签，鼓励有过被性侵扰经历的女性说出自己的遭遇。此标签当天就有超过 20 万条推文采用，反映出性侵扰问题的普遍与严重。很快 MeToo 运动便从在线拓展到线下，演化为席卷全美的反对性侵扰的社会浪潮，进而蔓延至全球其它国家。2018 年 1 月 1 日，旅居美国的罗茜茜博士在网络上实名举报北京航空航天大学教授陈小武持续性骚扰多名女学生，是为这一波"中国 MeToo 运动"的发端。

---

[1] 对这场公共说理的前半程小结与检讨，参见纪小城《中国♯MeToo 大辩论：并非刘瑜导致撕裂，裂痕一直就在那里》(2018 年 8 月 1 日)。该文提供了当时众多争鸣文章的链接，这里遂不备载。

不过围绕 MeToo 运动得失而展开的公共争论，往往并不限于针对当前这一波特定的社会动员，而是泛及一般意义上的"反性侵扰的制度倡议"、"反性侵扰的公共舆论运动"、"在互联网上曝光性侵扰的做法"等等。毕竟，MeToo 运动与之前其它反性侵扰实践有着高度共享的母题，其要求、策略、政策建议等，很大程度上均早已被过往的相关探讨所覆盖（比如应当如何界定性侵扰、性侵扰指控的可信度有多高、何为性侵扰调查的正当程序及恰当证据标准、公共舆论的意义何在），真正的新议题（比如互联网带来的变化）为数有限；甚至就连运用互联网平台以及"MeToo"标签来开展反性侵扰动员，也并非这一波 MeToo 运动的首创。[1] 然而由于每一波运动都会吸引来一批此前并不关心或了解既有理论及实践积累的评头论足者，所以这些质疑中的绝大部分其实属于闭门造车，而响应者也不得不将许多精力花在对基础议题的反复澄清上；反过来也一样，MeToo 运动出现之后为其辩护的论述（包括本文在内），基本上都承袭前人的洞见，并无太多独出机杼之处。

另一方面，无论在 MeToo 运动的直接发源地美国，还是世界其它地区，反性侵扰的理论与实践，从话语模式、政策议程到问题意识，均受到各自社会、政治、法律条件以及既有抗争脉络的高度形塑，具有隐蔽的**地方性**，值得别国的借鉴者注意分辨。

---

[1] 早在 2006 年，美国黑人女权运动家塔拉娜·伯克（Tarana Burke）便已在互联网上提出 Me Too 口号、并成立相应的线下组织，鼓励遭遇职场性侵扰的少数族裔女性说出自己的遭遇，力图唤起全社会对职场性侵扰问题以及少数族裔女性生存境况的关注。与主流舆论对伯克的长期冷遇相比，2017 年底♯MeToo 标签的爆红，固然有恶迹累累的特朗普当选总统所造成的危机感、互联网生态的变化等各种因素起作用，却也同样反映出美国女权主义运动内部长久以来的种族张力与阶层张力，及其对"注意力"这一稀缺资源在分配上的切实影响。参见 Angela Onwuachi-Willig (2018), "What About ♯UsToo?: The Invisibility of Race in the ♯MeToo Movement," *Yale Law Journal Forum* 128:105 - 126；以及女权主义理论对"交叉性（intersectionality）"的大量讨论。

以美国为例，自 1974 年琳·法尔利（Lin Farley）首创"性骚扰"概念之后，如何在美国的**判例法体系**中为其找到一席之地，用父权社会既有法规与判例的"旧瓶"装下女权主义概念的"新酒"，便成了同情性骚扰受害者遭遇的法官与法学家们首先需要解决的问题。[1] 1986 年美国最高法院决定采纳凯瑟琳·麦金农（Catharine MacKinnon）的理论，将职场性骚扰定义为**"性歧视（sex discrimination）"** 的一种，以便在《1964 年民权法案》**"第七款（Title VII）"** 中创造相应案由；[2] 同理，校园性骚扰也被《1972 年教育修正案》**"第九款（Title IX）"** 对校园性歧视的规定所涵盖。

在这一制度安排下，**雇主/学校**倘若接受了联邦政府的拨款，便有责任受理职场/校园性骚扰投诉。这固然加强了对（接受联邦拨款的）雇主/校方的问责，[3] 另一方面却也导致**法院**只接受当事雇员/师生对**雇主/校方**不作为或处置失当的起诉，而不再接受职场/校园性骚扰受害者针对**作案者本**

---

1 参见 Lin Farley (1978), *Sexual Shakedown: The Sexual Harassment of Women on the Job*, New York, NY: McGraw Hill, 第 xi—xiii 页; Reva Siegal (2004), "Introduction: A Short History of Sexual Harassment," in Catherine MacKinnon & Reva Siegal (eds.), *Directions in Sexual Harassment Law*, New Haven, CT: Yale University Press, 第 1—39 页。

2 *Meritor Savings Bank v. Vinson*, 477 U.S. 57 (1986); Catharine A. MacKinnon (1979), *Sexual Harassment of Working Women: A Case of Sex Discrimination*, New Haven, CT: Yale University Press. 但最高法院对"性歧视"的狭隘定义，又导致美国司法机构后来在处理同性之间的性侵扰案件时遇到很多困难，参见 Katherine M. Franke (1997), "What's Wrong With Sexual Harassment?," *Stanford Law Review* 49(4):691-772 等批评；亦见本文第五节对性侵扰与各类权力结构之间关系的讨论。

3 相比之下，未接受联邦拨款的企业及其它机构（比如频繁爆出神职人员性侵丑闻的天主教会、美南浸信会等宗教组织）却完全不需要对其下属的性侵、性骚扰事件负责（尽管它们仍然需要为其下属除了性侵扰之外的其它民事过失负责）。对此类豁免的批评，参见 Martha Chamallas (2013), "Vicarious Liability in Torts: The Sex Exception," *Valparaiso University Law Review* 48(1):133-193。

人的民事侵权（tort）诉讼，严重限制了受害者伸张正义的渠道与赔偿额度[1]。与此同时，性骚扰投诉受理权从法院转移到雇主/学校行政部门，也令后者是否有充分的能力或动机保证内部调查的专业与公平、反性侵扰机制是否会造成"性官僚机构"的过度扩张、职场/校园违纪处分的证据标准应当比照哪种类型的司法审判、雇主/校方究竟多大程度上应该为职场/校园性骚扰负责等议题，在相当大程度上主导了当代美国关于反性侵扰机制（以及 MeToo 运动会对具体案例及制度造成何种影响）的争论（详见本文续篇第六节）。尤其随着高等教育院校成为美国当代"文化战争"的焦点战场，围绕反性侵扰制度的论战绝大多数时候都把注意力集中在"第九款"的阐释与运用上。2018 年末，部分出于对 MeToo 运动的反扑，特朗普手下的保守派教育部长贝齐·德沃斯推出了一份"第九款"行政规则修订草案，旨在大幅削弱奥巴马时期改良完善的反校园性骚扰机制，再一次将相关争议推到了舆论舞台的中心。[2]

美国的**种族问题**同样对其反性侵扰运动及 MeToo 运动造成了深刻的影响。尤其在后民权运动时代美国黑人受困于"大规模入狱（mass incarceration）"的恶性循环，以及黑人男性遭到错误定罪及过度刑罚的比例远高于其余族裔等现实背景下，对于性侵与家庭暴力的处理，出现了认

---

[1] 参见 Joanna Stromberg (2003), "Sexual Harassment: Discrimination or Tort?," *UCLA Women's Law Journal* 12(2):317-353; Sarah L. Swan (2016), "Between Title IX and the Criminal Law: Bringing Tort Law to the Campus Sexual Assault Debate," *Kansas Law Review* 64(4):963-986 等。

[2] Department of Education, *Proposed Rule: Nondiscrimination on the Basis of Sex in Education Programs or Activities Receiving Federal Financial Assistance*（2018 年 11 月 29 日）；我参与撰写了耶鲁法学院学生工作小组对德沃斯草案的批评意见书，见 Kathryn Pogin, Kath Xu, Alyssa Peterson, Lauren Blazing & Yao Lin, *Comment from YLS Community Members re Title IX NPRM*（2019 年 1 月 30 日）。另外，对"第九款"来龙去脉以及围绕其展开的"文化战争"的综述，参见 R. Shep Melnick (2018), *The Transformation of Title IX: Regulating Gender Equality in Education*, D.C.: Brookings Institution Press。

空谈

为刑事司法的介入多多益善的"**监禁派**女权主义（carceral feminism）"，与认为前一方案的种族主义恶果太过严重，主张改由民事侵权诉讼、社工干预、暴力倾向强制治疗等其它模式取代刑事惩罚的"**反监禁派**女权主义（anti-carceral feminism）"，这两大对立阵营。类似地，对于美国高校的"第九款"反性侵扰机制，有人认为由于学校行政人员往往缺乏充分的法律训练或指导，难以主动排除种族偏见，因此除非提高校园性骚扰违纪处分的举证责任标准（亦即高于民事审判通用的"证据优势"标准，详见后文），否则便会冤枉许多无辜的黑人男学生；但也有人反驳说，学校行政人员的种族偏见其实也经常导致黑人女学生的性骚扰投诉得不到严肃对待，如果进一步提高举证责任标准，对她们就更加不公平。[1] 再如美国 MeToo 运动中不同个案得到的舆论关注度与反应激烈程度，究竟在多大程度上受到种族偏见的影响，也是运动过程中不断引起反思的问题。[2]

中国的情况则大相径庭，一党执政的政治结构、反性侵扰制度建设的一片空白、调查记者业的凋敝、"文革"造成的集体"创伤后应激"等"特色国情"，共同决定了中国 MeToo 争论各方的问题意识与话语策略。比如在中国 MeToo 运动的支持者与反对者中，各有一部分人采取的是基于"国

---

[1] 前一类论点参见诸如 Lara Bazelon, "I'm a Democrat and a Feminist. And I Support Betsy DeVos's Title IX Reforms," *New York Times*（2018 年 12 月 4 日）；后一类论点参见诸如 Antuan M. Johnson (2017), "Title IX Narratives, Intersectionality, and Male-Biased Conceptions of Racism," *Georgetown Journal of Law & Modern Critical Race Perspective* 9(1):57–75。

[2] 比如在南亚裔演员阿齐兹·安萨里（Aziz Ansari）遭到匿名指控一事中，有人认为安萨里被指控的情节相当轻微，指控者只是利用白人女性的身份特权小题大做，媒体对此事的过分关注正是种族偏见的反映，见 Caitlin Flanagan, "The Humiliation of Aziz Ansari," *Atlantic*（2018 年 1 月 14 日）；但也有人认为，亲 MeToo 运动的媒体其实并没有把安萨里作为众矢之的穷追猛打，相反为他辩护或开脱的声音远多于责备一方，可见 MeToo 舆论整体上有着充分的自省与自洁能力，见 Osati Nwanevu, "There Is No Rampaging #MeToo Mob," *Slate*（2018 年 1 月 16 日）。另参前注提及的塔拉娜·伯克首倡 MeToo 运动一事，以及前引 Onwuachi-Willig, "What About #UsToo?"一文。

情"的"让步式"论述策略（前者譬如："MeToo运动在欧美法治国家可能确实有点走过了头，好好的法律途径不走，非要到网上一哭二闹，纯属'白左'们没事儿瞎折腾。但中国MeToo舆论的热度还没有起来就遭到删帖打压。这种情况下还担心中国MeToo运动走过头，实在是太不接地气了吧！"后者譬如："恰恰是因为欧美国家有法治作为保障，造谣诽谤者需要承担相应后果，加上媒体和民众的素质比较高，所以MeToo运动才不会走向极端。中国就不同了，民众素质低容易被煽动。橘生淮北则为枳，MeToo运动到了中国，要是任其发展下去，不变成另一场'文革'才怪！"）；尤其中国的MeToo质疑者普遍将这场运动斥为"大鸣大放大字报"，更与后"文革"时代官方历史叙事对一代人的影响息息相关（详见第三节）。

§1.2
MeToo运动的三重诉求及三类反弹

尽管各国反性侵扰的话语及议程存在地方性的脉络差异，但MeToo运动作为一波持续不间断的跨国社会动员，其机制与要求则是明确与共通的。概而言之，即通过鼓励性侵扰受害者做出关于自身经历的**公开证言**（public testimony），形成对性侵扰经历普遍性的**共同知识**（common knowledge），以及反性侵扰的**公共舆论压力**，从而达到对个案的**追责**，对性侵扰受害者及潜在受害者的**赋能**，和对纵容甚至鼓励性侵扰的制度及文化的**促变**。

个案追责无疑是MeToo运动中最直观、最引人注目的部分；当人们总结MeToo运动的"辉煌战果"时，首先提起的往往也是其成功地将哪些性侵扰犯拉下了马。[1] 不过如果把个案追责视为MeToo运动的首要甚至唯一

---

1 比如参见 Audrey Carlsen et al., "#MeToo Brought Down 201 Powerful Men. Nearly Half of Their Replacements Are Women," *New York Times*（2018年10月29日）；《无法回避的浪潮：中国#MeToo调查全记录》（2018年10月21日）；等等。

要求，就无法理解如下两点：其一，通过传统媒体或互联网平台曝光性侵扰的案例，过去各国均时有发生，其中一些也引起了巨大的舆论反响，但是为何只有在"Me Too"的集结号声中，性侵扰的舆论曝光才超越诸多孤立的**个案**声讨，汇合升华成公共舆论的一场**运动**？[1] 其二，无论前 MeToo 时代，还是 MeToo 运动中，舆论所曝光的性侵扰个案都有很大一部分并未达到追责的效果（比如后文提及的卡瓦诺事件等）；然则追责效果的不尽人意，为何无阻越来越多的性侵扰受害者加入 MeToo 运动的行列，公开诉说自己的遭遇？

在父权社会文化中，遭遇性侵扰是一件耻辱且"不可说"之事，受害者往往在事件本身的伤害之余，又因身边亲友甚至执法人员的冷漠与敌意而受到二重创伤，以及为社会文化偏见所困，陷入对自我的种种责备、怀疑、厌恶与否定。[2] 被压迫群体的公共证言本身具有疗愈（therapeutic）和促进意识觉醒（consciousness-raising）的作用[3]，而"我也是"这一表述

---

[1] 以中国为例，早在罗茜茜举报陈小武之前，互联网上就已爆出过若干舆论影响较大的性侵扰指控，如 2017 年 12 月微博网友爆料，南昌大学国学研究院副院长周斌在院长程水金包庇下长期性侵女生；2017 年 5 月北京电影学院毕业生"阿廖沙"指控班主任之父朱正明以及两名教授宋靖、吴毅性侵，并指控学校掩盖事实、打压举报学生；2016 年 8 月北京师范大学学生康宸玮发表长篇调查《沉默的铁狮——2016 年北京师范大学校园性骚扰调查纪实报告》，揭露该校教授施雪华（报告中称"S 教授"）等惯犯；2014 年 6 月女生"汀洋"指控厦门大学教授吴春明性侵，其后 200 多名声援者联署公开信要求教育部彻查该案；等等（与后来中国 MeToo 运动的个案曝光一样，之前的这些指控中，只有小部分最终实现了一定程度的追责，大多数则石沉大海）。同样地，在 MeToo 运动之前的一两年间，美国互联网上便已有过若干舆论影响较大的、尤其是关于高校教授性侵扰及校方袒护或不作为的指控。

[2] 参见 Jenny Petrak & Barbara Hedge (2002), *The Trauma of Sexual Assault: Treatment, Prevention and Practice*, New York, NY: John Wiley & Son, Inc.。

[3] 参见 Tasha N. Dubriwny (2005), "Consciousness-Raising as Collective Rhetoric: The Articulation of Experience in the Redstockings' Abortion Speak-Out of 1969," *Quarterly Journal of Speech* 91(4):395-422; Lindsay Kelland (2016), "A Call to Arms: The Centrality of Feminist Consciousness-Raising Speak-Outs to the Recovery of Rape Survivors," *Hypatia* 31(4):730-745 等。

进一步强调了性侵扰经历的普遍性与共鸣性,将原本**孤立**的受害者联结成心理上的**共同体**,借此克服现实中的冷漠与敌意,以及由社会文化偏见的内化而导致的负面自我评价,实现集体性的赋能。与此同时,当公共证言的言说内容从个案上升到集体经验时,公众对这一原本遭到忽略的集体经验的共同知识,也将令公共舆论的喧嚣沸腾不单只是针对孤立的个案,而是直指其背后更根本性的制度与文化,在个案追责之外推动长远的社会变革。

MeToo 运动的这些要求,自然也引来了针锋相对的反弹。大致而言,常见的反 MeToo 论调存在下述三类"理想类型(ideal types)"——当然在实际争论中,并非所有对 MeToo 运动的质疑都以如此夸张的形式呈现,很多时候质疑者的表述要显得温和许多;不过即便对于较温和表述的质疑,倘若深究其背后的默认和话语元素,往往万变不离其宗,均可在下述三类"理想类型论调"中找到对应:[1]

(1)"**群氓批判**"声称:MeToo 运动实为"文革"时代"大鸣大放大字报"在互联网上的还魂,怂恿性侵扰受害者绕开法治渠道,凭借社交网络平台散播一面之词,煽动不明真相公众的情绪,狂欢式地展开"指控即定罪"的"舆论审判",践踏无罪推定与程序正义原则,结果不是众口铄金冤枉无辜,就是上纲上线把只是犯下一点无心之失的人打入十八层地狱。

(2)"**弱女子批判**"声称:MeToo 运动是对女性的"自我受害者化",将其描述成任人摆布的木偶,配合"邪恶有权男人/无辜柔弱女人"的叙事

---

[1] 这方面较有代表性的是在中文互联网广为传播的刘瑜《关于 metoo》(2018 年 7 月 27 日)一文,其中集齐了"群氓批判"(如第 3 至 8 段、第 15 段)、"弱女子批判"(如第 2 段、第 10 段、第 13 至 15 段)与"道学家批判"(如第 5 段、第 14 段)的各种话语元素。另据前引纪小城《中国#MeToo 大辩论》一文的总结,刘瑜此文当之无愧是 2018 年中国反 MeToo 运动一方最有代表性的文本,不但罗列的反 MeToo 论点最全面,造成的舆论影响也最大;本文因此将其作为主要的征引与讨论对象。以下出于简便起见,凡引用刘瑜此文时均不再以脚注形式说明出处,仅随文标注"〖〗(L.*n*)",其中 *n* 为该文自带的段落编号。

空谈　61

范本，否定女权主义本该推崇的女性力量、勇气与能动性，借此开脱受害者自身的责任，连"女孩要懂得自我保护、着装不要太挑逗"的善意提醒都当作"荡妇羞辱"大肆围攻，也令一些别有用心的女性得以扮猪吃老虎两头占便宜。

（3）"**道学家批判**"声称：MeToo运动体现的是官僚式的僵化无趣与清教徒式的谈性色变，要么否认性关系建立过程中"暧昧"与"试探"的不可避免，要么否认"暧昧"与"试探"的青涩美好，企图推行"签约抚摸"、"签约接吻"、"签约上床"制度，以一刀切的"同意"标准来规训任何带有性意味的互动，不给"情欲流动"留下任何空间。

值得注意的是，这三类"理想类型"之间并非泾渭分明，个中话语元素往往相互纠缠联系，比如"道学家批判"所强调的"暧昧"，与"群氓批判"所指责的"上纲上线"过度惩罚，根本上均事关如何恰当界定性侵扰行为、何时判定性侵扰成立等问题；"群氓批判"对"虚假指控"可能性的极尽夸张，背后反映出的性别偏见又与"弱女子批判"的"自我受害者化论"相表里；等等。此外，由于MeToo运动对个案的曝光与追责，相比另外两重要求而言更为直观和引人注目，相应的"群氓批判"也便成为质疑者最倚重的理想类型，混杂了最多的话语元素。后文的剖析也因此以"群氓批判"为主要对象（第二至四节、下篇第六节），并通过话语元素的内在关联，兼及另外两类反MeToo论调（第五节、下篇第七节）。

因篇幅较长，本文的写作计划分为两篇，章节连续编号，分别发表。本篇《"我也是"：作为集体行动的公共舆论运动》以下的内容安排如下：第二节与第三节分别考察"无罪推定"与"舆论审判"概念，指出为何质疑者将MeToo运动（以及其它公共舆论运动）视为践踏法治的群氓狂欢，乃是基于对法治原则的错误理解和对历史经验的错位应激。第四节与第五节各自通过对"虚假指控论"与"自我受害者化论"的分析与回应，揭示性别偏见如何隐蔽而深入地扭曲着我们在性侵扰问题上的认知。这几节的讨论，可以认为主要是对MeToo作为**公共舆论运动**的"**消极辩护**"，旨在消除人们对这一运动本身的种种误解与恐慌。

接下来的续篇拟题为《"我也是"：制度完善与社会文化变革》，侧重探讨反性侵扰**制度建设**及**社会文化再造**方面的"**积极议程**"。第六节以美国的校园反性侵扰之争为例，考察非司法或准司法的反性侵扰制度应当采取怎样的程序和标准，"性侵"、"性骚扰"、"性失当行为"等分别应当如何界定，以及性侵扰惩罚的比例原则问题。由性侵扰的界定与惩罚，引出第七节对 MeToo 运动抹杀"暧昧"空间、鼓吹"性规训"等质疑的辨析，以及关于何为恰当的性教育和性文化的讨论。最后，第八节简单回应其它若干仅仅基于时势的策略保留（比如担心 MeToo 运动在当前社会氛围下过于狂飙突进，超出了一般公众的心理接受范围，将许多原本同情反性侵扰要求的人推到对立面，令保守势力得以借机反弹；或者认为反性侵扰虽然重要，却并非当务之急，MeToo 运动消耗了过多本可投入其它战线的社会政治资源；等等），借此总结社会运动的意义及其推动社会变革的前景。

二、望文生义的"无罪推定"

"无罪推定（presumption of innocence）"是 MeToo 质疑者最热衷于使用的概念之一。盖因许多评论者既对该词耳熟能详，又对其内涵不求甚解，从而特别易于望文生义地滥用误用，并在此基础上对 MeToo 运动妄加指摘。具体而言，相关谬误主要体现在两个方面：一是未能注意到无罪推定是为**刑事审判**量身定制的举证责任原则，进而生搬硬套地用其衡量**公共舆论**；二是未能注意到刑事审判中无罪推定所对应的举证责任包含了特别的**证据标准**（standard of evidence），进而臆造出一种"（非刑事审判情境）倘不接受（刑事审判意义上的）无罪推定，即为施行**有罪推定**"的**虚假二元**（false dichotomy）。两相结合，便营造出"MeToo 运动施行有罪推定"的恐慌。以下分别对这两方面谬误予以澄清，并解释其背后的法理依据。

§2.1
无罪推定的约束对象：刑事审判中的断事者

作为一个法律概念，"无罪推定"有其特定的运用范围与对象：它是为刑事司法量身定制的一套举证责任标准，用于约束刑事审判中的"断事者（trier of fact）"，也就是其关于犯罪事实的真假判断将被视为司法事实、构成相应刑事定罪及刑事惩罚的事实基础的那些人（譬如法官或陪审团）。在刑事审判阶段，断事者只有在认为控方用以支持犯罪事实成立的证据达到了无罪推定所对应的举证责任标准时，才能做出"犯罪事实成立"的判断，以此为基础对被告者施加定罪和惩罚。

上述澄清，在两个方面与围绕 MeToo 的争论尤其相关。（1）首先，"无罪推定"所对应的举证责任，是一套专门针对刑事审判而设立的标准。譬如《世界人权宣言》第十一条对无罪推定的表述是："凡受**刑事控告**者，在未经获得辩护上所需的一切保证的公开**审判**而依法证实有罪以前，有权被视为无罪。（Everyone **charged with a penal offence** has the right to be presumed innocent until proved guilty according to law in a public **trial** at which he has had all the guarantees necessary for his defence.）"在这个意义上，无罪推定既不适用于刑事审判之外的司法流程（比如**民事**审判），也不适用于刑事审判之前的司法流程（比如刑事**控告**）。

(1a) 以美国的司法实践为例。其刑事审判"无罪推定"所对应的控方举证责任称为"排除合理怀疑（proof beyond a reasonable doubt）"，意指对犯罪事实的认定不得在一个讲理的断事者心中留下任何疑点，是一个极其严苛的证据标准。[1] 但其民事审判则从不要求起诉方的证据足以"排除

---

1 至于此处的"合理"或"讲理"究竟又该如何界定，则是令法院与法学家们大伤脑筋的问题（亦见第四节对证据评估偏见及"可信度打折"的讨论）。在（转下页）

合理怀疑"，而是绝大多数时候采用"**证据优势**（preponderance of the evidence）"标准，只需某项事实主张"为真的可能性高于为假的可能性（more likely to be true than not true）"，亦即为真的可能性高于50%，案件断事者即须接纳该事实主张；此外另有少数时候采用"**明确可信证据**（clear and convincing evidence）"标准，其门坎虽高于"证据优势"，却仍低于"排除合理怀疑"。[1] 至于为何民事审判的证据标准应当低于刑事审判、刑法体系之外的反性侵扰机制究竟适用"证据优势"还是"明确可信证据"标准，后文将有进一步讨论。

（1b）与此同时，不管在刑事案件还是民事案件中，满足"**引议责任**（burden of production）"（从而将某项事实争议纳入审理范畴）所需达到的"**表观证据**（*prima facie* evidence）"门坎，也总是远远低于庭审阶段"说

（接上页）试图将此标准量化的学者及法官中，有人主张其意味着被告人犯罪事实为真的概率高于95%，比如 Jack B. Weinstein & Ian Dewsbury (2006), "Comment on the Meaning of 'Proof Beyond a Reasonable Doubt'," *Law, Probability and Risk* 5(2):167-173；有人主张只需高于91%，比如 Dorothy K. Kagehiro & W. Clark Stanton (1985), "Legal vs. Quantified Definitions of Standards of Proof," *Law and Human Behavior* 9(2):159-178；还有人认为"远远高于80%"即可，比如 James Franklin (2006), "Case Comment-*United States v. Copeland*, 369 F. Supp. 2d 275 (E.D.N.Y. 2005): Quantification of 'Proof Beyond Reasonable Doubt' Standard," *Law, Probability and Risk* 5(2):159-165。另一方面，也有许多学者及法官坚决反对将"排除合理怀疑"标准加以量化，认为任何量化都会加剧事实审理者的认知混淆与偏见，比如 Laurence Tribe (1971), "Trial by Mathematics: Precision and Ritual in the Legal Process," *Harvard Law Review* 84(6):1329-1393; Jon O. Newman (2006), "Quantifying the Standard of Proof Beyond a Reasonable Doubt: A Comment on Three Comments," *Law, Probability and Risk*, 5(3-4):267-269。本文无意介入相关争论，仅止于指出"排除合理怀疑"远较"明确可信证据"、"证据优势"等其它标准来得严苛。

1 美国司法体系中，其它要求比"证据优势"更低的举证责任标准不一而足，比如行政复议中的"实质证据（substantial evidence）"、逮捕嫌犯时的"靠谱原因（probable cause）"、警察拦路搜查时的"合理猜疑（reasonable suspicion）"等等；因与本文关系不大，故不再逐一讨论。

服责任（burden of persuasion）"（亦即说服"断事者"就该项事实争议作出有利于己方的裁决）所对应的、用以衡量总体证据效力的标准。换句话说，即便对刑事案件的控方而言，"排除合理怀疑"的举证责任门槛也只存在于**审判定罪**阶段[1]，而非之前的**立案提诉**阶段。类似地，一如后文对"舆论审判"的讨论所示，公共舆论中同样存在对这两层举证责任的区分运用，尽管这一过程往往因为公共舆论的**复调性**（polyphonicity）与**可再激活性**（reactivatability）而难以一目了然，遭到其批评者（包括 MeToo 运动的质疑者）忽视（详见第三节）。

（2）另一方面，对于任何刑事案件来说，"无罪推定"所对应的举证责任标准，约束的都只是"断事者"对案件事实具有司法权威、构成刑事定罪与刑事惩罚基础的裁定，而并不约束其余**并不掌握此司法权威者**（比如陪审团外的普通公众）对同一事实的判断。

现实中，公众不认同"断事者"所作事实判断的例子比比皆是。比如在著名的罗德尼·金（Rodney King）事件中，尽管数名白人警察主动围殴

---

[1] 而且即便在刑事审判阶段，也并非每一个事实争议点都适用无罪推定原则、由控方承担"排除合理怀疑"的责任。(1) 某些与案件相关的事实可能不被视为犯罪构成要件（elements of the crime），而是列入积极抗辩（affirmative defense）范畴。美国有一些州在积极抗辩问题上采取"准无罪推定"制度，被告对积极抗辩只需承担门槛极低的"引议责任"，一旦跨过此门槛，"说服责任"便转由控方承担，且控方的举证仍须满足"排除合理怀疑"标准。另一些州的做法则接近于"有罪推定"，即要求被告一并承担积极抗辩的"说服举证"责任；其中绝大部分州要求被告的举证达到"证据优势"标准，但也有极少数州要求被告（注意并非控方）的举证达到"排除合理怀疑"标准，不过后一做法争议较大。(2) 即便对于犯罪构成要件，某些特定情况下也可以不采取无罪推定。比如英美法系中的"另罪谋杀（felony murder）"类案件，即嫌疑人在进行其它犯罪活动（比如抢劫、强奸、入室盗窃）的过程中导致受害者死亡，因此被控谋杀罪（而不仅仅是过失杀人罪）；对此，美国绝大多数州在"预谋杀人"这一犯罪要件上采取的都是有罪推定原则（须由被告证明自己绝无杀人意图），甚至严格责任（strict liability）原则（根本不允许被告举证，直接判为蓄意谋杀），只有极少数州（比如加利福尼亚州 2018 年新修订的刑法典）采取无罪推定原则（须由控方证明被告蓄意谋杀）。

66　"我也是"：作为集体行动的公共舆论运动

这位手无寸铁的黑人青年,并被路人全程录下视频,但一个由白人占绝对多数的陪审团仍然坚持以证据不足为由,将这些白人警察无罪开释;公众对此判决(及其背后潜在的种族偏见)的极度不满,成为了1992年洛杉矶骚乱的导火索。类似地,1995年辛普森(O. J. Simpson)涉嫌杀妻案的刑事无罪判决,并不妨碍绝大多数美国公众至今坚信他是真凶。[1] 反过来,尽管陪审团理论上受到更严格的举证责任约束,但由于不同人在具体**证据评估**(evidentiary assessment)中的判断分歧在所难免(参见后文第四节等),因此同样存在很多陪审团认定被告作案、公众却相信其无辜冤枉的例子。——无论如何,这里的重点在于,由于陪审团外的普通公众并不是相应刑事审判的断事者,因此他们的判断对被告**并不造成刑事上的后果**,从而不必与断事者接受同等性质或程度的判断约束。

在关于 MeToo 的争论中,有人曾否定"无罪推定不适用于公共舆论"的说法,其理由是:〖"无罪推定"原则首先是一种文化,在特定文化上才可能生成特定制度。我不大相信一个公共舆论里大家都普遍适用"有罪推定"的社会,会真的突然在法庭上有效推行"无罪推定"原则。〗(L. 7)——这段话里隐藏着一个滑坡谬误,其逻辑是:只要公共舆论不采取和刑事审判一致的推定原则,那么当普通公众被选为陪审员、到了法庭上之后,也就不可能〖突然〗改弦更张、遵守起无罪推定的要求来。

然而正如前文所指出的,实际情况恰好相反:即便在法治国家,普通公众与陪审团之间的事实判断分歧也比比皆是,但这本身并不影响刑事审判中无罪推定的执行。[2] 之所以如此,是因为某位普通公众之被选中成

---

1 在 2015 年的一份民意调查中,美国白人相信辛普森是凶手的比例为 83%,美国黑人相信辛普森是凶手的比例为 57%;参见 Janell Ross, "Two Decades Later, Black and White Americans Finally Agree on O. J. Simpson's Guilt," *Washington Post* (2016 年 3 月 4 日)。

2 这当然并不是说断事者对案件事实的判断完全不会受到公共舆论左右。正如后文将提及的,媒体对案件的报导总会或多或少地影响到断事者(以及断法者)对当事人的态度,进而影响到判决结果。但对断事者而言,这种影响发生在(转下页)

空谈　67

为陪审员，本质上即为其从一个非断事者到一个断事者的角色转换过程。陪审员本身对这一**角色转换**的自觉，以及法官在"**陪审团指示（jury instruction）**"中的反复提醒，才是前者能够遵循无罪推定原则的关键。换句话说，即便我们承认〖在特定文化上才可能生成特定制度〗，这里的"特定文化"也应当理解为公众对"一旦被选中成为刑事审判的断事者之后就必须遵守无罪推定原则"这一条件式要求的**普遍自觉**，而不是牛头不对马嘴的"**公共舆论**也应该普遍适用无罪推定原则"。

§2.2
无罪推定的证据标准，及其与"有罪推定"的虚假二元

忽视"无罪推定"专用于约束刑事审判中掌握司法权威的断事者，生搬硬套地将其挪用来批评公共舆论，乃是日常讨论中常见的一类谬误。不过相比起来，更加根深蒂固难以破除的，当为另一方面的谬误：由于不了解"无罪推定"所对应的举证责任标准包含了特别的**证据标准**，而望文生义地敷衍出一种**虚假**二元，以为但凡不接受（刑事审判意义上的）"无罪推定"，就等于接受"有罪推定"，除此之外再无其它可能性。

事实上，前一类谬误（在刑事审判情境之外滥用"无罪推定"概念）之所以常见，恐怕恰恰植根于后一类谬误（预设"无罪推定"与"有罪推定"的虚假二元）在语感上的直观自然，从而不易摆脱。不妨设想，当某甲告诉某乙"无罪推定原则专用于刑事审判"时，某乙极有可能的反诘正是："照你这么说，难道其它场合就都该采用有罪推定不成？"——上小节末所引段落，同样体现出这个逻辑：〖我不大相信一个**公共舆论里**大家都普

（接上页）具体证据评估的层面，而非举证责任层面。换言之，即便认为"舆论影响司法"是一个值得严肃对待的问题，也无法由此推出公共舆论必须采取与刑事审判一致的证据标准。详见后文讨论。

遍适用"有罪推定"的社会，会真的突然在法庭上有效推行'无罪推定'原则。]（L. 7）可以看出，作者对"公共舆论不适用无罪推定"一说的拒绝，背后正是预设了这一说法等同于"公共舆论适用有罪推定"；换句话说，预设了"无罪推定"与"有罪推定"的非此即彼。

这种预设的错误在于未能意识到，"无罪推定"作为一个法律术语，其内涵并不能完全通过日常语感的直观来把握。前面已经提到，无罪推定是专用于刑事审判的一套举证责任标准。这套标准包含两方面的元素。一是举证责任的**分派**：无罪推定意味着，在刑事审判中，由控方负责向断事者提供显示被告人行为符合犯罪要件的证据，而非由被告人承担（除了积极抗辩的部分之外）自证清白的责任。二是对证据标准的设置：无罪推定意味着，在刑事审判中，只有当最终支持控方结论的证据达到极高的说服力门坎时，断事者才可以认定被告已被证明有罪（proven guilty）。非法律专业人士的日常语感往往能够直接捕捉到前一方面元素，却对后一方面元素的意义重视不足，从而忽略"无罪推定"与"有罪推定"之外广阔的逻辑空间。

譬如在英美法系中，各国最高司法机构均反复确认：无罪推定原则，等于在刑事审判中要求控方对犯罪要件的举证达到前述的"排除合理怀疑"标准。比如美国最高法院在一项里程碑判决中说道："[排除]合理怀疑标准……为无罪推定提供了具体的实质……而后者的实施是我们**刑法**的执行基础。（The [**proof-beyond-a-**] **reasonable-doubt** standard ... provides concrete substance for the presumption of innocence ... whose enforcement lies at the foundation of the administration of our **criminal law.**）"[1] 类似地，加拿大最高法院在提供给陪审团的指南中如此表述："**排除合理怀疑**的证明标准，与所有**刑事审判**的基本原则——无罪推定，是相互交织不可分割的。（[T]he standard of **proof beyond a reasonable doubt** is inextricably

---

[1] *In re Winship*, 397 U.S. 358(1970), 第363页。

空谈　69

intertwined with that principle fundamental to all **criminal trials**, the presumption of innocence.)"[1]

换句话说，"无罪推定"并不仅仅是要求指控者举证，而是同时要求指控者的举证满足专用于刑事审判的极其严苛的"排除合理怀疑"标准（或非英美法系中的其它相应标准）；反过来，至少在日常语境中，"有罪推定"意味着将主要的（甚至绝大部分）举证责任分派给被指控者来承担。显然，在"无罪推定"与"有罪推定"之间，仍然存在着其余诸多可选的证据标准，譬如前面提及的"明确可信证据"与"证据优势"，等等。公共舆论，以及刑事审判之外的司法程序，即便采取这些低于刑事审判"排除合理怀疑"标准的举证责任原则，也绝不等于其对被指控者施加了"有罪推定"；"（非刑事审判情境）倘不接受（刑事审判意义上的）无罪推定，即为施行有罪推定"的说法，无论在道理上还是现实中均不成立。

§2.3
无罪推定（控方负责"排除合理怀疑"）为何只适用于刑事审判？

上述澄清可能遭到如下反诘：诚然，"无罪推定"一词或许在法律上对应于特定的证据标准、有着专门的适用领域与对象，但是如果无罪推定原则本身是好的、如果控方负责"排除合理怀疑"这种要求本身是合理的，凭什么非要将其运用限定于刑事审判，而不拓展到其它领域，比如用来约束民事审判、衡量公共舆论？反过来，如果"排除合理怀疑"不适用于其它类型的事实争议判断，为何又要求刑事审判的事实结论达到这一严苛标准？[2] 简而言之，刑事审判为何特殊？

---

[1] *R v Lifchus*, [1997] 3 SCR 320，第321页。
[2] 当然，就像其它任何规范性议题一样，"排除合理怀疑"标准在刑事审判中的运用，同样存在争议：一小部分学者认为其即便对刑事审判而言也过分严苛、主张适当降低，尽管大多数学者仍在为其辩护。本节旨在辨析 MeToo 质疑者（转下页）

(1) 首要的原因在于,刑事审判所威胁加诸被告的惩罚,比之其它类型的事实纠纷解决方案,有着截然不同的性质。刑事惩罚的核心要件,是对被定罪者的某些基本权利的剥夺。其中最常见的,是通过非紧急状态下的监禁,较长时间地剥夺人身自由权;[1] 除此之外,某些时代某些地区的刑法,还可能剥夺被定罪者的生命权(死刑)、免受奴役权(强制劳动与囚工)、免受人身伤害权(比如古代中国的肉刑、当代新加坡的鞭刑)、政治参与权(比如美国某些州剥夺犯人投票权的做法、当代中国刑法里的"剥夺政治权利")、隐私权(比如对有性犯罪记录者的住址信息的强制公开,详见后文)等等。中文里之所以将刑法称为"刑"法,正出于其惩罚手段与人身自由及人身伤害的内在关联("刑"与"形"近)。

与此相反,在民事纠纷中,后果的承担绝大多数时候并不以丧失基本权利与自由为代价,无论是上述对人身自由的长期剥夺,还是对其它基本权利的剥夺。比如民事侵权一般以金钱形式进行赔偿,即便法院强制执行,也只是取走责任方的部分财产(并转移给原告方),而并未剥夺其财产权本身;同样,学校开除严重违纪的学生,相当于单方面解除教育合同,虽然收回了学生在该校受教育的特许(license),却并不因此剥夺学生的受教育

(接上页)对"无罪推定"概念的误用,故仅以主流法律理论及实践为立足点,略过这些较为边缘的争议。对此议题感兴趣者可参见 Alec Walen (2015), "Proof Beyond a Reasonable Doubt: A Balanced Retributive Account," *Louisiana Law Review* 76(2):355 – 446; Federico Picinali (2018), "Can the Reasonable Doubt Standard be Justified? A Reconstructed Dialogue," *Canadian Journal of Law & Jurisprudence* 31(2):365-402 等较晚近的讨论。

1 绝大多数司法体系同样允许在未经审判的情况下,出于某些紧急原因极其短暂地剥夺人身自由,比如对刑事嫌犯的临时拘留;这里的关键是"紧急"与"极其短暂",以至于可以被认为不对人身自由权构成无谓而严重的损害。当然,在现实中,各国司法体系均或多或少存在非紧急状态下长期拘留未经审判定罪的嫌犯的情况,也因此引起诸多争议与批评,比如参见 Owen M. Fiss (2013), "Imprisonment Without Trial," *Tulsa Law Review* 47(2):347 - 362;谢小剑(2016),《论我国刑事拘留的紧急性要件》,《现代法学》2016 年第 4 期;等等。

权本身，包括其转入其它学校的权利（若该学生认为自己并未严重违纪，或者违纪程度不足以被开除，也可以此为由对学校提起民事诉讼，其性质相当于指责学校违约）。类似地，公共舆论对一个人施加的"名誉惩罚"，实际上只是个体公众对其所做道德评价的简单集合，而不是对其名誉权或隐私权本身的剥夺（详见后文关于"舆论审判"及"官方谴责之污名"的讨论）。

(1a) 对基本权利的剥夺，一般被认为是极其严重之事，因此做出这一决定时尤其需要谨慎；刑事审判中无罪推定与排除合理怀疑的严苛标准，正是对此谨慎态度的体现。辛普森在涉嫌杀妻一案的刑事庭审中被判无罪，免于牢狱之灾，却在随后的民事庭审中败诉，对受害者家庭支付了巨额赔偿。两次审判结果不同，源于举证责任标准的差异；而举证责任标准的差异，又基于刑事惩罚与民事赔偿的严重性之别。

当然，"严重性"或多或少带有主观意味，比如对于一个饥寒交迫的人来说，罚走其手里最后一点救命钱，未尝不比将其关进监狱更加"严重"；或者有人可能真心觉得，（被公共舆论）千夫所指身败名裂是比（被执法机关）五马分尸身首异处更加"严重"的"惩罚"。不过前一情境可以通过将社会经济权利纳入基本权利的范围而得到响应（政府令其公民陷入饥寒交迫，本身就已经侵犯和剥夺了后者"免于匮乏"的基本权利）；后一情境则可参见后文对"舆论审判"的讨论。

(1b) 基本权利只能剥夺，无法流转；倘若一项刑事判决宣布被告无罪、不予剥夺人身自由，该判决并不因此剥夺了原告的人身自由（亦即并未将原告的人身自由流转给被告）。反之，由于民事判决所强制的内容绝大多数时候并不涉及基本权利的剥夺，而是关于特定物品、资源、渠道或特许在原被告之间的流转，因此其判决结果具有刑事惩罚所缺乏的对称性：争议金额或者归于原告，或者归于被告；合同中的争议项目（或相应补偿）或者归于原告，或者归于被告；诸如此类。

民事审判中要求事实主张"为真之可能性高于50%"的"证据优势"标准，天然地反映了这种对称性。正如美国最高法院一位大法官所总结的：

"举例来说,在双方私人当事者关于金钱损失的民事诉讼中,我们一般并不认为,做出对被告有利的错误判决,和做出对原告有利的错误判决,二者之间有什么严重程度之差。证据优势标准因此显得尤为恰当……另一方面,在刑事案件中,我们并不认为错判一名无辜者受刑所致的社会效用损失,等值于错误释放一名有罪者所导致的社会效用损失。……在刑事案件中排除合理怀疑的要求,反映了我们社会的根本价值取向,亦即认为错判一名无辜者受刑,要比错放一名有罪者逃脱糟糕得多。"[1]

(1c)当然,民事判决并不是绝无可能剥夺某项权利甚至基本权利。比如美国曾有父母因为对孩子长期疏于照料而被剥夺其抚养权的案例,不同法官和学者便基于对其性质的不同认定(该惩罚是剥夺被告对特定孩子的抚养许可,还是剥夺抚养权这一权利本身;抚养权是父母的基本权利,还是包括孩子在内所有家庭成员其它基本权利的派生;等等),各自主张不同程度的举证责任。其中美国最高法院走的是折衷路线,裁定抚养权纠纷相比于其它民事案件有其特殊之处,但其后果又不及真正的刑事惩罚严重,因此适用介乎其中的"明确可信证据"标准,既低于刑事审判的"排除合理怀疑",又高于绝大多数民事审判所适用的"证据优势"原则[2]。注意在这场争论中,判决强制剥夺之物的属性(亦即其与被告方基本权利之间的关系),仍旧是决定相应证据标准的关键考虑之一。

---

1 *In re Winship*, 397 U.S. 358(1970),第 371—372 页。
2 *Santosky v. Kramer*, 455 U.S. 745(1982). 相关讨论参见 Barbara Shulman (1982), "Fourteenth Amendment — The Supreme Court's Mandate for Proof Beyond a Preponderance of the Evidence in Terminating Parental Rights," *Criminal Law and Criminology* 73(4):1595-1611; Patricia Falk (1983), "Why Not Beyond a Reasonable Doubt? Santosky v. Kramer", 102 S. Ct. 1388(1982)," *Nebraska Law Review* 63(3):602-620; Debra Madsen & Karen Gowland (1984), "*Santosky v. Kramer*: Clear and Convincing Evidence — In Whose Best Interest?," *Idaho Law Review* 20(2):343-364; John Thomas Halloran (2014), "Families First: Reframing Parental Rights as Familial Rights in Termination of Parental Rights Proceedings," *UC Davis Journal of Juvenile Law & Policy* 18(1):51-93 等。

（2）刑事案件绝大多数时候是由政府代表受害人及社会提起公诉（英美法系甚至规定刑事案件只能由政府公诉，不能由受害者自诉；受害者只能提起民事诉讼，争取从刑事案件嫌疑人手中获得民事赔偿）；公诉人能够动用强大的资源搜集证据，在刑事诉讼的议程上占有极高的主动权与主导权，其隐然身具的权威光环又容易对断事者的判断造成潜移默化的影响。刑事审判对控方举证责任的极高标准，因此也是对以公检部门为代表的国家暴力机器的必要警惕与防范。相比而言，私人之间的民事纠纷，这方面的担忧便要小很多；[1] 对于缺乏约束力的所谓"舆论审判"来说，就更是如此了。

三、"舆论审判"与"文革"创伤后应激

当代中国人对"舆论审判"的恐惧，深深植根于后"文革"时代的集体无意识。以下心态在这方面颇有代表性：〖♯metoo 作为一场运动也有我不喜欢的地方，最简单而言，我天性不喜欢大鸣大放大字报。尽管我同意

---

[1] 私人之间当然同样存在权力关系，在民事审判中有时也会影响到举证责任的分派，亦即由哪一方承担达到"证据优势"标准的举证（注意"证据优势"要求事实主张为真的概率高于50%，所以举证责任归于原告还是归于被告，仍然是有区别的）。比如在美国，雇员与雇主之间若就后者有否拖欠工资产生民事纠纷，负责就"雇员确切的工作时间长度"做出举证的总是雇主而非雇员；只要雇主无法出示关于雇员上下班时间的确切记录，则雇员对这一争议事项的主张即被相信。之所以如此，原因正在于雇主对雇员具有权力关系，因此理应承担确切记录雇员工作时间的责任。见 *Anderson v. Mt. Clemens Pottery Co.*, 328 U.S. 680(1946), 第687页；*Schoonmaker v. Lawrence Brunoli, Inc.*, 265 Conn. 210(2003), 第240—241页；等等。反过来，即便在刑事审判中，公诉人的证据搜集能力、议程主导权、权威光环等等，也并非在任何争议事项上都会造成令人警惕的影响；有时对某个争议事项（比如嫌疑人在作案时的精神状态）"排除合理怀疑"，即便对于公诉人来说也是无法克服的挑战。此时立法者便可能将其从"犯罪构成要件"中剔除，移入"积极抗辩"范畴，要求由被告进行举证，或至少降低公诉人的举证难度。参见前注对"积极抗辩"的讨论。

很多地方和很多时候，讲究法治是一个很奢侈的事情——如果诉诸法律已经没有可能，那么诉诸网络鸣放不失为一个选项，但我还是宁愿看到法治途径，甚至"找单位找亲友闹"这种"私刑途径"被穷尽之后，大鸣大放大字报作为最后的途径被使用。〗(L.3) 用后"文革"语境中极具负面色彩的〖大鸣大放大字报〗来定义性侵扰受害者在互联网上的公开倾诉，甚至认为后者是比〖找单位找亲友闹〗更加不堪的救济手段，不能不说是非常有中国特色的思路。

然则"舆论审判"究竟可怕在何处，以至于宁可〖找单位找亲友闹〗，都要对其避之唯恐不及？本节从正反两方面对此加以辨析：首先从公共舆论不同于司法审判的几处根本特征着手，指出"舆论审判"这个概念本身作为模拟的限度与潜在误导性；其次探讨该限度在哪些特定条件下可能被打破，导致真正令人担忧的后果。将 MeToo 运动的实际情况从这两方面加以衡量考察，即可有效分辨：批评者对"MeToo 舆论审判"的口诛笔伐，究竟是对真实危险的准确判断，还是基于误解和想象的非理性恐慌。

在进入正式讨论之前，有必要首先说明："舆论审判"一词存在两种不同用法，有时指的是"公共舆论对司法审判施加影响"，有时指的是"公共舆论取代司法机构自行审判"。英文中的"公共意见法庭中的审判（trial in the court of public opinion）"或"媒体审判（trial by media）"多指前者，尤其是案件公诉人或当事人律师（以及其它利益相关方）通过媒体渠道进行公关操作，试图借用同情本方的舆论对法官或陪审团施加影响，促成对本方有利的判决。[1] 后文将另行讨论这类"舆论影响司法"的现象。

---

[1] 绝大多数英文学术论文均在这个意义上使用"媒体审判"或"公共意见法庭"一词，略举数例：Peter A. Joy & Kevin C. McMunigal (2004), "Trial by Media: Arguing Cases in the Court of Public Opinion," *Criminal Justice* 19(2):47-50; Giorgio Resta (2008), "Trying Cases in the Media: A Comparative Overview," *Law and Contemporary Problems* 71(4):31-66; Michele DeStefano Beardslee (2009), "Advocacy in the Court of Public Opinion, Installment One: Broadening the Role of Corporate Attorneys," *Georgetown Journal of Legal Ethics* 22:1259-1333；等等。

空谈　75

与此不同，中文语境下（包括中国的 MeToo 质疑者笔下）的"舆论审判"一词，多指"公共舆论取代司法机构自行审判"。比如前引文章在将 MeToo 舆论模拟为"大鸣大放大字报"的同时，还视其为**独立于**（而非仅仅旨在影响）司法审判的另一场"公审（show trial）"，并且有其自带的、**独立于**司法定罪与司法惩罚的"**舆论定罪**"与"**舆论惩罚**"机制，亦即名誉损失与社会排斥：〖如果诉诸法律**已经没有可能**，那么诉诸网络鸣放不失为一个选项〗(L.3)；〖大鸣大放大字报则是集体性的、远距离的、带有狂欢性质的**公审**〗(L.5)[1]；〖最近的氛围越来越走向"指控即**定罪**"的原则——只要一个人指控过另一个人，"被告"的名字就被反反复复挂出来吊打〗(L.7)；〖性侵犯对受害者可能带来无尽的伤害和痛苦，但是一个"性骚扰分子"的标签也可能对一个男人造成毁灭性打击——即使他并没有因此坐牢或者丢掉工作，**公共领域的身败名裂**也是终身阴影〗(L.4)。本节亦在这一意义上使用"舆论审判"一词。

§3.1
公共舆论作为无约束力的复调可再激活进程

审判是解决争端的诸多手段之一，旨在通过诉诸权威，对特定争端做出有约束力的（binding）判断与处置。比如前面提到，在司法审判中，只有断事者（在衡量庭审举证之后）对于案件事实的判断，才能构成由国家强制执行的定罪与惩罚的事实基础；同时，只有断法者（trier of law）对于适用法律的判断，才能构成由国家强制执行的定罪与惩罚的法律基础（断

---

1 作者此处所说的"公审"，其词义须在特定语境中理解，指审判结果早已内定、庭审只是装模作样的"做秀审判（show trial）"，而非允许公众旁听的"公开审判（public trial）"。正如前引《世界人权宣言》所示，"公开审判（public trial）"恰恰是法治精神的体现（除非有特殊原因使得案件需要闭门审理，比如保护未成年当事人的隐私、涉及军事机密等等）。

事者可能由断法者兼任,也可能由不同人分任)。再如欧洲中世纪流行的"比武审判(trial by combat)"与"神谕审判(trial by ordeal)",均以相信上帝的道德权威及其对人间事务的实际干预为前提,审判结果也因此一锤定音。[1]

人们在使用"舆论审判"一词时,往往容易忘记这只是一个比喻,或者说只是一种矛盾修辞术(oxymoron):公共舆论对争端的评议,无论如何喧嚣,总是天然地缺乏"审判"所包含的权威性与约束力。(1)负责审判任何一个特定争端的权威,无论具体人数多少,在相应争端中均可作为单一的(singular)整体合而视之;即便不同审判官之间存在意见分歧,整个审判机构内部也必有某种强制性的表决机制,产生出唯一可以代表该"单一权威"意见的审判结论,作为后续执行判决的依据。

相反,"公共舆论"从来不是一个单一的整体权威,而是诸多互有分歧的意见共同构成的复调(polyphonic)舆论场域;这些意见的声量难免有大有小,有时某一方意见会对其直接对立的一方在受众人数上取得压倒性的优势,但要将这种优势意见认定为足以代表"公共舆论"单一权威的意见,却无法由"公共舆论"本身来完成(否则便陷入无限倒退),而需要某个额外的权威机构加以解读、作为判决的依据(譬如"舆论影响司法"一说,就预设了司法审判者才是真正的单一权威)。

(2)审判是一个有终点的过程。在走完既定的审判流程之后,权威

---

[1] 当然在实际的"神谕审判"中,真正的"权威"其实是掌握流程设置权及神谕解读权的特定神职人员。这一方面方便神职人员徇私舞弊,另一方面也意味着在中世纪浓厚的宗教氛围下,训练有素的神职人员得以利用普通教徒"上帝无所不知"的信念,仅仅通过案件当事人是否敢于接受火刑等残酷的"神谕挑战",便能准确判断出案情真相,而不必当真动用这些毫无意义的酷刑。相反,"比武审判"由于完全依赖与案情无关的因素决胜,因此极度偏向于武力资源(包括可用于雇佣武力的财力资源)占优的一方,导致大量冤屈错案。参见 Peter T. Leeson (2011), "Trial by Battle," *Journal of Legal Analysis* 3(1):341–375; Peter T. Leeson (2012), "Ordeals," *Journal of Law and Economics* 55(3):691–714。

空谈

机构将在某个时间点上宣布其判决结论，对特定争端的审判至此完结（即便后续可能存在上诉环节，也同样有其终点）；不同司法体系对这种完结性（finality）的规定或严或宽，但即便那些并不十分严格遵循刑事上的禁止"双重危险（double jeopardy）"原则或民事上的"既判力（res judicata）"原则的国家（比如中国），也不可能允许在"没有新的事实、证据"的情况下重新起诉，[1] 否则审判机构的权威便形同无物了。

相反，公共舆论永远处在一种"可再激活（reactivatable）"的状态，其对同一案件、同一事实、同一证据、同一判决的讨论，完全可以无止尽地延续下去，也因此永远不会有一个类似于司法判决那样盖棺定论式的"舆论判决"出台。这当然并不是说一个案件能够在舆论中长期保持同等的热度，而是说即便已经很长一段时间不受舆论关注的案件，也随时可能被旧事重提，引发关于其事实真相及法律判决合理性的又一轮争议。

事实上，审判的完结性同时也反映了它的不完备性（incomprehensiveness）：审判之所以有可能完结，恰恰是因为它是从整个社会互动中单独划出的一个有着严格边界的过程和领域。同理，公共舆论的可再激活性，恰恰是对审判的完结性（或者说不完备性）的必要补充：毕竟错判误判在所难免，而完结性又意味着这些错误将无法（或极难）通过审判程序自身得到纠正，只能在审判程序之外、更广阔的社会互动过程之中，寻求舆论上的公道。

（3）审判之所以要求权威的单一性与过程的完结性，是因为审判的最终目的是给出有约束力的事实结论与处置方案。在司法审判中，断事者所认定的法律事实，对随后的定罪和惩罚具有法理上的约束力；而后者对争端当事人及非当事人的约束力，又来自国家对合法暴力的垄断：经由司法审判确定的特定惩罚（比如通过监禁方式剥夺行动自由），将由国家机构强

---

1. 最高人民法院，《最高人民法院关于适用〈中华人民共和国刑事诉讼法〉的解释》，法释［2012］21号，2012年12月20日，第一百八十一条（五）。

制执行；至于动用私刑（无论是对已被定罪者还是未被定罪者），则本身属于违法犯罪之列。

相反，公共舆论显然既无规范层面也无事实层面的约束力；任何一位公众是否接受所谓"舆论审判"的事实结论（或者更严格地说，究竟接受公共场域中诸多不同事实结论中的哪一种）、是否在此事实结论基础上参与对被指控者的所谓"舆论定罪"及"舆论惩罚"（亦即促成其"公共领域的身败名裂"），都完全取决于其本人的判断。这与司法定罪及司法惩罚所附带的、强制性的"官方谴责之污名（stigma of official condemnation）"，有着根本的区别：经由司法系统认定的案底、败诉或服刑记录，并不随社会对当事人的态度转变而消失，而是成为当事人档案的一部分，直接干预到其后续的求职、租房等日常生活各方面[1]；相比之下，缺乏官方强制作为

---

[1] John Jeffries & Paul Stephan (1979), "Defenses, Presumptions, and Burden of Proof in the Criminal Law," *Yale Law Journal* 88(7):1325-1407，第1374页。比如在美国，雇主惯例要求查看求职者的犯罪记录；不少人认为这种做法属于对有犯罪记录者的歧视，主张通过专门的反歧视法案加以禁止，参见 Elizabeth Westrope (2018), "Employment Discrimination on the Basis of Criminal History: Why an Anti-Discrimination Statute Is a Necessary Remedy," *Journal of Criminal Law and Criminology* 108(2):367-397. 美国另一类更加制度化的"官方污名"是"性犯罪者登记与通知（sex offender registration and notification）"系统；该制度剥夺有性犯罪记录者的住址隐私权，将其居住与迁徙信息自动公开给其所在的小区，导致许多性犯罪者出狱之后难以买房租房，只能流落街头，引发了关于此类制度利大还是弊大的长期激烈争论，参见 Catherine Carpenter (2003), "On Statutory Rape, Strict Liability, and the Public Welfare Offense Model," *American University Law Review* 53(2):313-391; J. J. Prescott & Jonah E. Rockoff (2012), "Do Sex Offender Registration and Notification Laws Affect Criminal Behavior," *Regulation* 35(2):48-55; Kate Hynes (2013), "The Cost of Fear: An Analysis of Sex Offender Registration, Community Notification, and Civil Commitment Laws in the United States and the United Kingdom," *Penn State Journal of Law & International Affairs* 2(2):351-379; David M. Bierie (2016), "The Utility of Sex Offender Registration: A Research Note," *Journal of Sexual Aggression* 26(2):263-273 等。

基础的"舆论定罪"与"舆论惩罚",其实无非是对人际互动中再正常不过的、由社会一部分成员各自表达的"道德非议（moral disapproval）"的统称而已。

与此同时,公共舆论的复调性还意味着,在公共舆论已被激活或有待再度激活的任何一个时间点上,任何人试图对被指控者施加"舆论定罪"与"舆论惩罚"（或者反过来,试图为被指控者提供"舆论免罪"）,都将遭到不同意见者的舆论对冲。——这一点就连"舆论审判"的批评者们也不得不承认,比如下面这段论述:〖还有人说,就算是误伤你了,你可以反击啊、自证清白啊。这话说的未免轻巧。……熟悉网络传播规律的人都知道,谎言总是比辟谣传播要广泛和快速得多、自证清白往往是越描越黑,**信者恒信不信者恒不信**……所有这些,都让"自证清白"这事变得苍白。〗(L.8)

此处作者已经意识到,"公共舆论"并非某个单一确定的审判权威,而是诸多不同意见的集合,以至于对任何事实主张,均由于不同个体在具体证据评估过程中的判断差异,而存在〖信者恒信不信者恒不信〗的现象。但作者并未意识到的是,假如说这种现象降低了〖辟谣〗的边际效用,那么它同时也大大缩小了〖公共领域……身败名裂［的］终身阴影〗(L.4)的"阴影面积"。在缺少（类似哈维·韦恩斯坦等案例中的）压倒性证据的情况下,即便面临极其严重的性侵扰指控,被指控者也并不会因此在**整个**〖公共领域〗身败名裂,相反只是在相信该指控的一部分人们的心目中身败名裂;而在缺少压倒性证据时,这部分相信指控的人（尤其在互联网时代）未必会在日常生活中与被指控者发生任何联系（毕竟实际生活中的人际互动本身足以产生一定程度的信任感）,因此也并不总是能够对后者的生活造成实际的影响。

以 2018 年美国最高法院大法官提名听证期间,福特女士对被提名人卡瓦诺的强奸未遂指控为例。尽管听证会后的民调显示,美国民众相信福特的比例（45%）远高于相信卡瓦诺的比例（33%）,但卡瓦诺不仅如愿以偿地当上了终身制的联邦大法官,而且在事后出席联邦党人协会（Federalist Society）等保守派组织的活动时,还获得了全体起立鼓掌的待遇,体现出后者对他的热烈支持。[1] 显然,"舆论审判"的不利结果远远没有令卡瓦诺在其支持者群体中〖身败名裂〗,遑论对其生活〖造成毁灭性打击〗。

以上对"舆论审判"概念的辨析,并不是要否认"人言可畏"、"三人成虎"、"众口铄金积毁销骨"等古老格言的智慧,也不是要否认虚假的性侵扰指控确实可能对被指控者造成百口莫辩的名誉损害甚至带来牢狱之灾（参见第四节对虚假指控的讨论）。相反,上述辨析有助于我们摆脱修辞话术的诱惑,对 MeToo（以及其它公共舆论）运动的是非利弊做出切合实际的评估。倘非如此,则对所谓〖带有狂欢性质〗的"舆论审判"的批判,本身恰恰会沦为基于非理性恐慌的智识狂欢。

§ 3.2
制造"群氓"：现实条件与错位恐慌

对公共舆论的这种非理性恐慌时常流露于 MeToo 质疑者的笔下。比如用以佐证"舆论审判"之可怕的,竟是下面这样的事例与思想实验:〖即使是对这几天被连续指控的某强奸嫌犯,不也有某些离奇的指控（比如趴女厕）据说是钓鱼帖而已〗（L.6）;〖如果有人指控你"2005 年 3 月 28 号晚上河边强吻了我一次",你怎么证明你没有？或者一个姑娘十年前某次和你上床并没有 say no,但是十年后突然说自己是被逼的,你如何证明你没有逼她？就算你能证明,为什么网上一个人花个十分钟写个命题,你就得耗尽心力、财力、时间去自证清白？万一你刚证明完、他又写个新命题呢？

---

[1] Domenico Montanaro, "Poll: More Believe Ford Than Kavanaugh, A Cultural Shift From 1991," *NPR*（2018 年 10 月 3 日）; John Bowden, "Federalist Society Welcomes Kavanaugh with Standing Ovation," *The Hill*（2018 年 11 月 15 日）。

熟悉网络传播规律的人都知道，谎言总是比辟谣传播要广泛和快速得多、自证清白往往是越描越黑、信者恒信不信者恒不信……所有这些，都让"自证清白"这事变得苍白〗（L. 8）。——可以看出，作者并不信任公共舆论（或者说参与公共讨论的大部分媒体和活跃网民）具备起码的分辨力、能够置〖趴女厕〗之类〖离奇的指控〗于不理；同样，在作者心目中，仅仅靠〖某年某月某日河边强吻一次"、"十年前某次上床并不自愿〗这样缺乏更多细节与证据的空泛指控，就足以让嗜血的公共舆论一拥而上，对被指控者〖反复吊打〗，而后者则不得不〖耗尽心力、财力、时间去自证清白〗，并且还〖往往是越描越黑〗。

现实中的 MeToo 舆论及其反应当然并非如此。诸如〖趴女厕〗之类的离奇指控，即便确曾出现于互联网的某个角落，也必定被其读者不屑一顾而失去传播力，以至于恐怕绝大多数网民（包括我在内）对此指控均闻所未闻，更不见有人当真将其总结到 MeToo 运动的曝光成果之中。真正能够掀起舆论波澜（遑论能够令被指控者名誉扫地）的 MeToo 指控，无不给出了极其详细的直接与间接证据（比如短信记录、足够可信的交往情况叙述、在场人证、心理创伤证明等等），而且情节足够严重、足够引起舆论的持续兴趣；反之，上述思想实验中那类"点到为止"的指控，尽管可能对被指控者造成一时的困扰（要不要回应？要花多大力气回应？回应了大家不信怎么办？），但只要指控方没有进一步的证据可以补充跟进，舆论的关注点很快就会转移，指控也将迅速沉没在注意力经济时代的信息海洋之中。

换句话说，尽管公共舆论并不像司法体系那样试图对"引议责任"与"说服责任"做出明确的界定，但其实际运作仍然以信息受众注意力的稀缺性及其调配为基础，隐而不显地依赖并维持着这两个不同层次的举证责任门坎。在 MeToo 时代用〖趴女厕〗这样的离奇指控来〖钓鱼〗，对大多数读者来说连"引议责任"的门坎都达不到，其传播自然无从谈起；〖花个十分钟写个[十年前某次和你上床其实是被逼无奈]命题〗，即便满足了"表观证据"的要求、激起舆论短时间内的小规模兴趣，但若无法补充更多细节与更实质的证据,绝大多数围观者仍会因为这一指控显然无力跨越"说服责任"门坎而丧失进一步追究的兴趣,〖公共领域的身败名裂〗也就无从提起。

当然,这并不是说公共舆论绝无可能沦为〖带有狂欢性质的公审〗(L.5),任何时候均可高枕无忧。但这种沦陷是有前提条件的,亦即:**公共舆论的复调性遭到破坏(同时相关争议在较长时间内遭到悬置无从再度激活),令其不再构成真正意义上的"公共"舆论,"公众(the public)"被"群氓(the mob)"所取代**。

(1) **社群的规模与紧密度**是对舆论复调程度(及其抗扰性)的天然限制;当社群规模小到一定程度、内部人际关系紧密到一定程度之后,舆论的复调性将变得极其脆弱,一有稍大的扰动便可能完全丧失。以 MeToo 质疑者经常引用的丹麦电影《狩猎》(*The Hunt*,丹麦语 *Jagten*)为例:片中男教师因为5岁女童的谎言而被全镇人一致认定为恋童犯,持续遭到排挤甚至私刑威胁。影片情节之所以真实可信,一大关键便是故事背景设置在一个地处偏远而又鸡犬之声相闻的小镇,人口规模限制了潜在声部的数量,密切的社交关系又令舆论易于高度同步化。

正因如此,当质疑者用《狩猎》来比照 MeToo 运动时,便显得不伦不类。MeToo 是互联网时代的产物,而互联网这个虚拟公共空间的特点恰恰是用户规模庞大却又现实联系松散(即便在党派极化严重的社会,互联网虚拟空间分裂为几个基本上老死不相往来的"同温层",各个"同温层"仍然极其庞大而松散)。诚然,互联网上也存在无数小型的封闭社交群组,但这些群组本身的封闭性并不妨碍组员们各自借助互联网上的其它渠道获取和传播信息。

(2) 毫无疑问,**舆论渠道**也有可能**被选择性地掐断或挟持**,导致支持某方的信息与意见在某个庞大的受众群体中间完全得不到传播的机会,**复调的"公共舆论"因此被统一口径的"宣传"所取代**。这类舆论操纵可能出自私权,也可能出自公权。

（2a）私权操纵舆论，可以基于少数**财团**对媒体的高度垄断。这在传统媒体时代确有较高的可行性，比如全美最大的广播集团辛克莱尔（Sinclair Broadcasting），通过大量收购美国各地的地方电视台，形成了对局部区域内地方电视节目内容的完全掌控，并强迫旗下电视台的主播们按照集团高层拟定好的稿子播报新闻（比如在 2016 年美国总统大选中不遗余力地造谣抹黑希拉里·克林顿［Hillary Clinton］）[1]；其对地方电视台的高度垄断，配合上福克斯新闻台（Fox News）这个全国性的右翼宣传机器[2]，令美国局部区域的电视观众一天到晚处在右翼宣传的狂轰滥炸之下，辟谣信息无从得入，沦为假新闻与阴谋论的重灾区。

互联网上当然也泛滥着各式各样的假新闻与阴谋论，但与传统媒体受众对信息的被动接收及难以储用不同，互联网的留言、存档、上传、搜索、超链接、自媒体等功能，大大增加了争论中相互质证的容易程度（尽管一家公司垄断各大互联网平台、全网随意查删——或用算法掩蔽——特定信息的可能性无疑仍然存在）。比如假设有人发帖指控某甲〖趴女厕〗，不需某甲出面回应，自有网民出言质疑帖子里的离奇之处，而其余网民也很容易看到这些质疑（并且知道除自己之外还有许多网民看到这些质疑）；相反，假如某个高度垄断电视媒体的广播集团强迫旗下主播在节目中指控某甲〖趴女厕〗，那么只要质疑者不被邀请上节目反驳，观众们便无从形成对此类质疑的"共同知识"。

（2b）相比起来，一个强大而专横的**政府**动用公权管制和操控包括互联网在内的各种媒体渠道，恐怕要比任何公司都容易得多。那么有没有可能，

---

[1] 参见 Jacey Fortin & Jonah Engel Bromwich, "Sinclair Made Dozens of Local News Anchors Recite the Same Script," *New York Times*（2018 年 4 月 2 日）等相关调查报导的揭露。

[2] 关于福克斯新闻台在当代美国右翼中的宣传机器角色，参见林垚（2016），《第六政党体系与当代美国右翼极端主义》，《文化纵横》2016 年第 3 期，第 38—45 页；Jane Mayer, "The Making of the Fox News White House," *New Yorker*（2019 年 3 月 11 日）等。

在此类政府操控下，其境内的 MeToo 运动沦为质疑者所担忧的"群氓狂欢"与"舆论公审"，专事打击政府的眼中钉肉中刺，令后者在公共领域身败名裂？理论上的可能性当然存在，但这里必须注意几点：

(2b-1)**"选择性打击"与"虚假指控"是两回事**。公权力可以通过全网查删针对亲政府派人物的性侵扰指控帖，同时放任指控反政府派人物的文章广泛传播，而达到选择性打击与清除异己的效果，或者可以借着校园反性侵扰舆论的东风，大搞"高校师德整风"之类运动，把曾作逆耳之言的教授划入"师德有亏"行列一并整治。但在这些情境中，对反政府派人物的性侵扰指控本身仍旧站得住脚，故而并不等同于 MeToo 质疑者所担忧的：公共舆论无视证据、狂欢式地"指控即定罪"，将明明是被造谣污蔑的人不分青红皂白地扣上"性罪犯"的高帽子批斗示众。

要达到后一种效果，政府必须积极参与到生产虚假指控的过程中（包括让被指控者"自愿"亮相电视台、向全国观众公开"认罪忏悔"），或者至少在出现针对反政府派人物的不实指控时，全网查删后者的辩白与回应，却对指控帖网开一面任其传播，造成信息的高度失衡。不过至少在现阶段，后一类定点扭曲网络舆论的方式所需人力成本太高，政府的舆论操控力还远远没有强大到能够借机利用 MeToo 运动而不必担心引火烧身的地步，于是最自然的也是实际采取的应对方式，便是通过关键词识别，对所有 MeToo 舆论（或者至少是针对特定姓名的指控）不加区分的一并打压，既防范了民间自组织力量的成长，又给本身就是父权制受益者的政府官员们一颗定心丸。

(2b-2)**当公权能够有效操控舆论时，往往同样能够有效操控司法**。因此，以特定政治环境下的公共舆论可能遭到公权操控为由，对"违背法治精神"的"群氓狂欢"与"舆论审判"表示担忧，便成为一个自相矛盾的命题：此时"舆论审判"尽管与法治精神背道而驰，却并不比同一时空中的"司法审判"更加与法治精神背道而驰。

以种族隔离时代的美国南方为例，黑人男青年常常被无端指控"非礼白人女性"、不经正当程序就遭到白人暴民的私刑。表面上看，这似乎佐证了"舆论审判"的恐怖；但倘若我们仔细考察当时美国南方的社会政治细节，便可发现各州政府在黑人公民（以及同情黑人遭遇的少数白人）的言论自由权、公正审判权、政治参与权等方面均设置了重重限制，一切以维护白人至上主义、将黑人踩在脚下永世不得翻身为最高目标。在对黑人的"专政"制度下，白人法官和白人陪审团将无辜黑人男青年判为性罪犯乃是家常便饭，白人"群氓"的私刑狂欢自然也没有什么可以大惊小怪之处。[1] 在这种情况下，相比于司法审判一锤定音的"完结性"，公共舆论的"可再激活性"恰恰为被冤枉者保留了一份将来讨回清白的希望，尽管这份清白很有可能来得太迟。

（2b-3）"文革"与此同理，当"群氓"的狂欢式舆论"公审（show trial）"得以可能时，国家早已让司法审判同样沦为"公审"的舞台。前面提到，对《大鸣大放大字报》忧心忡忡的当代中国评论者，之所以有着强烈的"群氓恐慌"，以至于对 MeToo 等公共舆论运动的"狂欢性"杯弓蛇影、草木皆兵，一个至关重要的促因，是知识分子群体对"文革"惨痛历史经验的"创伤后应激"；然而这种应激实际上是错位的——其所依赖的"文革"叙事受到后"文革"时代官方宣传定调的高度形塑，往往有意无意地忽略了这样一个简单而关键的事实："文革"时代的大字报并不是什么人

---

[1] 时至今日，美国社会对黑人根深蒂固的种族偏见，仍然使得无辜黑人被司法系统误判有罪的概率远远高于白人，相关资料参见 Samuel R. Gross, Maurice Possley & Klara Stephens（2017），*Race and Wrongful Convictions in the United States*, National Registry of Exonerations；注意这些冤枉无辜的案例并非"舆论审判"的后果，而是种族偏见对司法系统的影响所致，因此同样不支持 MeToo 质疑者对公共舆论的恐慌。至于其中所涉虚假指控问题，本文接下来即将论及。对美国种族偏见、种族主义政策及黑人"犯罪率"畸高之间关系的更多分析，参见 Michelle Alexander（2010），*The New Jim Crow: Mass Incarceration in the Age of Colorblindness*, New York, NY: The New Press; James Forman, Jr.（2017），*Locking Up Our Own: Crime and Punishment in Black America*, New York, NY: Farrar, Straus and Giroux 等著作。

都能贴、什么内容都能贴；把大字报这种形式本身与"文革"的罪恶等同起来，将草根阶层对公共空间的开拓、参与、竞争视同洪水猛兽，其实是中了刻意避重就轻者的瞒天过海之计。[1]

四、性别偏见：以"虚假指控论"为例

即便承认MeToo运动本身并非群氓狂欢式的"舆论公审"，质疑者仍然可能持有这样的担忧：性侵扰指控中不可避免地存在一定比例的虚假指控，MeToo运动在鼓励性侵扰受害者公开倾诉自己遭遇的同时，岂非不可避免地同时鼓励了更多虚假指控的出现？MeToo运动在呼吁人们更加相信性侵扰受害者证言的同时，岂非不可避免地同时提高了虚假指控被人们误信的概率，从而造成更多的冤假错案？就算MeToo运动整体上有一些其它的功劳，但就具体个案而言，难道不是对一位位无辜受屈的被指控者的不公平？

为了回答这个问题，本节将首先分析现实中虚假性侵扰指控比例（以及错误定罪）的数据，以便令读者对MeToo运动导致冤假错案的概率量级有一大致直觉；随后在此基础上考察，性侵扰指控的提出与相信，以及对虚假指控的恐慌程度，如何系统地受到性别偏见的影响。对性别偏见的讨论，同时也有助于我们辨识"MeToo运动是女性的自我受害者化（self-victimization）"这种论调中隐藏的误导与矛盾（见第五节）。

§4.1
虚假的性侵扰指控比例究竟有多高？

在各类性侵扰指控中，"虚假（false）指控"的比例究竟有多高？这是

---

[1] 对这一点的详细讨论，参见拙文《论最近的大字报》（2018年4月26日）；《"我也是"：作为集体行动的公共舆论运动》（联经《思想》第38辑，2019年，第253—324页），第293页。

犯罪学界长期争论不休的问题。不同国家不同地区的公检部门在罪名定义、证据标准、办案方式、统计口径、数据完备性等方面的差异，以及不同研究者在数据使用方法上的分歧，均令相关研究长期无法达成一致结论。2006 年的一份综述罗列了 1974 至 2005 年间发表的 20 份论文或报告，其各自推算出的虚假强奸指控率，跨度竟然从 1.5％ 直到 90％，可谓天壤之别。[1]

不过更晚近的研究在方法上有所改进，结论跨度也大为缩小，基本上处于个位数百分比区间。比如：2009 年对欧洲九国的一项调查发现，这些国家执法部门官方判定的虚假强奸指控比例从 1％ 到 9％ 不等；[2] 一篇 2010 年的论文分析了波士顿某大学 1998 至 2007 年间 138 件校园性侵指控的卷宗，发现其中有 8 件（5.9％）被校方判定为虚假指控，而这 8 件里有 3 件（2.3％）的指控者承认确系谎报；[3] 发表于 2014 年的一篇论文，基于 2008 年洛杉矶警察局的性侵报案记录以及对办案警员的访谈，推测其中虚假指控的比例大约为 4.5％；[4] 2017 年的一项研究通过整理 2006 至 2010 年间全美各地执法机构的办案结论，统计得出这段时间内强奸报案"不成立（unfounded）"的比例约为 5％（"不成立"报案的范围大于"虚假"报案，

---

[1] Philip N.S. Rumney (2006), "False Allegations of Rape," *Cambridge Law Journal* 65(1):128-158，第 136-137 页。

[2] Jo Lovett & Liz Kelly (2009), *Different Systems, Similar Outcomes? Tracking Attrition in Reported Rape Cases Across Europe*, London: Child and Women Abuse Studies Unit, London Metropolitan University；各国比例从低到高分别为：匈牙利 1％（第 69 页）、瑞典 2％（第 100 页）、德国 3％（第 62 页）、奥地利 4％（第 34 页）、苏格兰 4％（第 94 页）、比利时 4％（第 41 页）、葡萄牙 5％（第 85 页）、英格兰及威尔士 8％（第 49 页）、爱尔兰 9％（第 78 页）。

[3] David Lisak, Lori Gardinier, Sarah C. Nicksa & Ashley M. Cote (2010), "False Allegations of Sexual Assault: An Analysis of Ten Years of Reported Cases," *Violence Against Women* 16(12):1318-1334.

[4] Cassia Spohn, Clair White & Katharine Tellis (2014), "Unfounding Sexual Assault: Examining the Decision to Unfound and Identifying False Reports," *Law & Society Review* 48(1):161-192.

还包括其它情节较轻达不到执法标准的报案），低于抢劫（robbery）报案不成立的比例（约6%），但高于谋杀（murder，约3%）、殴伤（assault，约1%）、入室盗窃（burglary，约1%）等其它类型报案不成立的比例。[1]

虽然近年的上述研究结论逐渐趋同，但它们对虚假指控比例的计算均基于执法部门本身的案卷归类，无法完全排除后者统计口径不合理或办案偏见方面的影响，因此仍有进一步降低的空间。比如英国内政部2005年的一份调查报告发现，尽管英国警方将强奸报案的8%登记成"虚假指控"，但其中大部分卷宗明显未能遵守内政部的办案指南；在看起来遵守了办案指南的卷宗里，登记成"虚假指控"的比例便已降到3%；而且无论是8%还是3%，都远远低于办案警员在访谈中对虚假指控率的猜测（比如有警员声称："我过去几年一共经手了几百桩强奸案，其中我相信是真实指控的，大概只用两个手就能数得过来"）。[2] 其它国家关于执法人员偏见的定性研究也得出了极其类似的结论，比如在2008年发表的一项对891名美国警察的访谈中，竟有10%的警察声称，报案强奸的女性里面有一半以上是在撒谎；此外还有53%的警察断言，这些女性里头有11%到50%是在撒谎。[3]

警员对性侵扰报案者（尤其报案女性）的严重偏见与敌意，一方面意味着，即便在遵守了办案指南的卷宗里，也可能仍然存在大量被错误定性为"虚假指控"的案例。这方面最臭名昭著的当属新西兰的连环强奸犯马

---

[1] Andre W. E. A. De Zutter, Robert Horselenberg & Peter J. van Koppen (2017), "The Prevalence of False Allegations of Rape in the United States from 2006 - 2010," *Journal of Forensic Psychology* 2(2), 119:1 - 5.

[2] Liz Kelly, Jo Lovett & Linda Regan (2005), *A Gap or a Chasm? Attrition in Reported Rape Cases* (Home Office Research Study 293), London: Home Office, 第51—53页。

[3] Amy Dellinger Page (2008), "Gateway to Reform? Policy Implications of Police officers' Attitudes Toward Rape," *American Journal of Criminology* 33(1):44 - 58.

尔科姆·雷瓦（Malcolm Rewa）一案：早在他第一次犯罪时，受害者便向警方报案，并提供了抓捕雷瓦的重要线索；但新西兰警方出于对性侵受害女性证词的高度不信任，在对受害者进行了一番程序上的敷衍之后，将其报案登记为"虚假指控"束之高阁，导致雷瓦长期逍遥法外，又强奸了至少二十六名女性之后才最终落网。[1]

另一方面，执法人员的偏见与敌意也意味着，有大量的性侵扰受害者因此放弃报案，间接抬高了卷面上的虚假指控率。比如英国政府平等办公室 2010 年的调查报告显示：尽管英国小区组织"强奸危机中心（Rape Crisis Centers）"的员工与警方有着密切的合作关系，但只有 19% 的员工表示，自己在被熟人强奸后会向警方报案。[2] 英国国家统计局 2018 年发布的英格兰及威尔士地区年度犯罪调查报告同样发现：在遭到性侵的女性中，只有 17% 选择了向警方报案。[3]

有没有什么办法，能够在统计虚假性侵扰指控比例时，更有效地排除执法人员偏见导致卷宗错误定性对资料的干扰？英国皇家检控署在 2013 年的报告中独辟蹊径，通过对比检方起诉性侵扰嫌疑人与（以"妨害司法罪"或"浪费警力罪"为由）起诉虚假性侵扰指控嫌疑人的数量，来判断虚假指控的比例；毕竟如果办案警员不是基于偏见胡乱登记"虚假指控"结案了事，而是一视同仁地严肃对待真实指控与虚假指控，就会把虚假指控者

---

[1] Jan Jordan (2008), *Serial Survivors: Women's Narratives of Surviving Rape*. Sydney: Federation Press，第 214 页。更多类似案例，参见 Jan Jordan (2004), *The Word of a Woman? Police, Rape and Belief*. London: Palgrave Macmillan。

[2] Jennifer Brown, Miranda Horvath, M. Liz Kelly & Nicole Westmarland (2010), *Connections and Disconnections: Assessing Evidence, Knowledge and Practice in Responses to Rape*, London: Government Equalities Office，第 40 页。社会文化及执法系统对熟人性侵受害者的偏见与敌意尤其严重，相关分析参见诸如 Michelle Anderson (2010), "Diminishing the Legal Impact of Negative Social Attitudes to Acquaintance Rape Victims," *New Criminal Law Review* 13(4): 644-664 等。

[3] Crime Survey for England and Wales (2018), *Sexual Offences in England and Wales: Year Ending March 2017*, London: Office for National Statistics。

一并移交检方起诉。该报告指出，从2011年1月到2012年5月的十七个月间，英国检方一共起诉了五千六百五十一起性侵扰案、三十五起虚假性侵扰指控案、三起虚假性侵扰指控兼虚假家庭暴力指控案。[1] 换句话说，根据英国警检部门的实际行为来判断，虚假性侵扰指控的比例仅为0.67%（五千六百八十九起中的三十八起），远远低于前述所有研究的结论（并且这还尚未校准因为大量性侵受害者一开始便放弃报案而造成警方卷面上的虚假指控率虚高）。

毋庸赘言，检方对指控真实性的判断并不总是准确（注意这种不准确性是双向的，既可能错误起诉某些遭到虚假指控的嫌疑人，也可能错误起诉某些做出真实指控的受害者）；而刑事庭审虽然采取极其严苛的"排除合理怀疑"等标准，并因此基于残留疑点而放走一部分真凶，[2] 却也仍旧无法完全躲避误信虚假指控、做出错误定罪的风险。不过这些错误定罪的案件，大多数在性质上截然不同于一般人对"虚假指控"的"报案者根本没有遭到任何性侵扰、所谓受害经历纯属瞎编"式想象。

比如在密歇根大学法学院"全美冤狱平反记录中心（National Registry

---

[1] Alison Levitt QC & Crown Prosecution Service Equality and Diversity Unit (2013), *Charging Perverting the Course of Justice and Wasting Police Time in Cases Involving Allegedly False Rape and Domestic Violence Allegations: Joint Report to the Director of Public Prosecutions*, London: Crown Prosecution Service，第6页。该报告标题及正文所用"强奸"一词，实际上包括其它类型的性侵扰，见第5页注5。此外报告中还提到，其间英国检方共起诉了十一万一千八百九十一起家庭暴力案、六起虚假家庭暴力指控案、三起虚假性侵扰指控兼虚假家庭暴力指控案，由此可知检方认定的虚假家庭暴力指控比例仅为十万分之八（十一万一千九百起中的九起）。

[2] 前引英国皇家检控署报告提到，2011至2012年间，在英国检方起诉的性侵扰或家庭暴力案件中，经由庭审成功定罪的比例为73%，见Levitt & Equality and Diversity Unit, *Charging Perverting the Course of Justice and Wasting Police Time in Cases Involving Allegedly False Rape and Domestic Violence Allegations*，第2页。不过从这一资料中并不能得知，庭审释放的嫌疑人究竟有多少确属遭到错误指控、有多少实为真凶却因证据不足而逃脱法网。

of Exonerations)"截至2016年底录得的、全美二百八十九起嫌疑人被法院错判有罪的性侵案件中,71%(二百零四起)是陌生人性侵,尽管陌生人性侵只占全部性侵案件的大约五分之一。之所以如此,是因为在错判有罪的性侵案件中,绝大多数(二百二十八起,占全部错判的79%)都是因为警方及检方搞错了作案者的身份,而这又基本上(两百起,在搞错身份的案例中占88%)是因为受害者或其余目击者无法在一群陌生人中准确辨认出作案者(熟人性侵案中也有搞错作案者身份的情况,往往是因为受害人出于种种原因不敢或不愿指证真正的作案者,导致对警方和检方的误导)。美国"黑人男性性侵白人女性"类案件的虚假指控率与错判率之所以高得出奇,除了白人社会及司法系统的种族偏见之外,很大程度上也是因为人类天生在"跨种族面部识别"方面能力不足,导致白人受害者及目击者经常误将无辜的陌生黑人当成实际作案者。[1]

综上所述,其一,现实中性侵扰报案的虚假指控比例本就很低,根据不同的研究方法,要么与其它类型案件的虚假报案比例处于同一量级(个位数百分比区间),要么其实是再往下一个量级(个位数千分比区间)。其二,社会文化及执法系统对性侵扰受害者(尤其受害女性)的偏见与敌意,又令现实中绝大多数性侵扰事件未被报案,间接抬高了官方资料中的虚假指控率。对比可知,MeToo运动"催生大量虚假指控"的可能性,被质疑者不成比例地高估了。其三,在导致冤狱的虚假性侵指控中,绝大多数确属真实发生的陌生人性侵,只是搞错了陌生作案者的身份。与此相反,MeToo运动曝光的均为熟人性侵(毕竟若不知道对方身份,曝光便无从谈起),所以对冤狱概率的估算还可以进一步下调。

---

[1] 见前引 Gross, Possley & Stephens, *Race and Wrongful Convictions in the United States*,第11—12页。

§4.2
女性证言的"可信度打折"、男子气概、"滤镜后的"男性中心视角

当然,诚如 MeToo 质疑者所言,无论概率多低,虚假指控的可能性永远存在,因此理论上说,MeToo 运动的展开、性侵扰证言的受到鼓舞,必然会令冤假错案的绝对数量有所增加(至于比例则可能增加也可能下降);换言之,理论上一定会有某个无辜者因为 MeToo 运动而遭到虚假指控,甚至错误定罪。对此问题,我们应当如何看待?

(1) 首先需要指出一个简单的事实:不管什么类型的案件,在给定的举证责任标准下,报案数量的增加,理论上都意味着虚假指控与冤假错案的绝对数量随之增加,反之亦然;同样,给定审理案件的数量,对举证责任标准的任何调低,或者对指控方置信度的任何调高,理论上都意味着冤假错案的绝对数量(以及比例)随之增加,反之亦然。同时,就算在刑事案件中严格遵守无罪推定原则、严格要求控方"排除合理怀疑",由于断事者身为并无"全知"能力的人类,不可能百分之百地避免判断上的失误,冤假错案仍旧会时不时发生。要想完全消灭冤假错案,唯有拒绝接受任何报案,拒绝在庭审中相信任何不利于辩方的证据,或者拒绝做出任何有罪判决。

这显然不是可行的办法。尽管以剥夺基本权利为手段的刑事惩罚的严重性,是我们在刑事判决的假阳性(冤枉好人)与假阴性(放过坏人)之间权衡取舍的重要考虑,但我们不可能为了百分之百消灭某种性质极其严重的假阳性结果(比如有人被错误地剥夺基本权利)而让假阴性结果超出某个可以容忍的限度。所以真正的问题永远是,如何判断假阴性结果的恰当限度、如何在假阳性结果与假阴性结果之间找到最合理的平衡。

(1a) 前文已经提到,在举证责任层面,这种平衡体现为"排除合理怀疑"、"证据优势"等不同证据标准之间的选择。但在有了相关证据之后,怎样的怀疑算是"合理"怀疑？双方证据究竟谁占"优势"？这就涉及证据评估层面的具体判断。而人们对证据可信度的判断，总是受到或内在于人类认知机制、或从社会文化习得的种种偏见的影响；有了适当的举证责任标准之后，总体结果能否尽可能地向假阳性与假阴性之间的最合理平衡靠拢，便取决于证据评估过程中能否尽可能地剔除系统性偏见的影响。

父权社会普遍而系统的性别偏见，无疑是影响人们对性侵扰指控可信度判断的最大因素之一。正如前引的诸多调查报告所示，受理性侵扰案件的警员，总是极其严重地高估虚假指控（尤其是来自女性报案者的虚假指控）的比例。

对女性证言的"可信度打折（credibility discount）"现象由来已久，而且普遍存在于性侵扰指控之外的其它各种领域。[1] 这种不信任，一方面出于父权社会对女性理性能力的贬低（认为其与儿童一样"理性尚未发育完备"），另一方面出于父权社会对女性（在某些问题上或某些情况下）的道德猜忌：比如所谓"最毒妇人心"，亦即认为女性的道德下限低于男性；或者"婊子无情戏子无义"，亦即认为从事性工作的女性（以及有过较多性伴侣或性经验、因此被指"私生活不检点"的女性）绝不可信。面对性侵扰指控时，这些偏见既导致对指控者意图的高度怀疑（"我看当时其实是你情我愿半推半就，只不过办完事儿后悔了想假扮纯洁？或者根本就是闹矛盾了故意陷害对方吧？"），又导致对受害证据（尤其是证言）的无端挑剔。

（1b）对性侵扰遭遇的心理创伤后果的无知，也会进一步造成对受害者

---

[1] 参见 Pam Oliver (1991), "'What Do Girls Know Anyway?': Rationality, Gender and Social Control," *Feminism & Psychology* 1(3): 339 - 360; Miranda Fricker (2009), *Epistemic Injustice: Power and the Ethics of Knowing*, Oxford: Oxford University Press; Deborah Tuerkheimer (2017), "Incredible Women: Sexual Violence and the Credibility Discount," *University of Pennsylvania Law Review* 166 (1): 1 - 58 等。

证言的不合理挑剔。比如指控者"无法想起某些关键的时间地点"或者"在数次口供中对部分受害情节的描述前后不一"的情况,常常被认为足以证明其指控的不可靠。然而相关研究早已表明,人类在遭遇严重心理冲击的情况下,的确经常只能对详细的事件过程形成较为碎片化的记忆,并且遗忘时间地点等"抽象"元素,却对周边的声音、气味等"感官"元素留下鲜明持久的印象——性侵扰受害者在这方面并不例外。[1] 人们对这方面研究的无知或无感,加上前述的性别偏见,便使得性侵扰案件的实际判断结果大幅偏向假阴性一侧;所以若要达到假阳性与假阴性的恰当平衡,相应的矫正无疑是,争取调高人们对性侵扰指控及相关证据的"缺省置信度(default credence)"。

(2) 性别偏见的影响,还不仅仅体现在性侵扰指控的证据评估层面,而且从一开始就形塑了人们看待"虚假指控"问题(及其严重性)的视角。比如前面提到,即便采用"个位数百分比区间"的估算结果,强奸报案不成立的比例在各类刑事案件中也并不高得出奇,甚至还低于抢劫报案不成立的比例;但绝大多数人在对虚假强奸(或其它性侵扰)指控忧心忡忡的同时,却并没有对虚假抢劫指控的"泛滥"抱有同等程度的恐慌与敌意(甚至绝大多数人可能从来没有想过虚假抢劫指控的问题,更不用说对其有任何恐慌了)。

产生这种差异的一个关键原因是,由于父权社会的潜移默化,人们在抽象地思考案件时,很容易自动代入男性中心视角。由于性侵扰的受害者绝大多数是女性、作案者绝大多数是男性、指控绝大多数时候是女性针对

---

[1] 比如参见 Amy Hardy, Kerry Young & Emily A. Holmes (2009), "Does Trauma Memory Play a Role in the Experience of Reporting Sexual Assault During Police Interviews? An Exploratory Study," *Memory* 17(8): 783 - 788; Michele Bedard-Gilligan & Lori A. Zoellner (2012), "Dissociation and Memory Fragmentation in Posttraumatic Stress Disorder: An Evaluation of the Dissociative Encoding Hypothesis," *Memory* 20(3): 277 - 299 等。

男性做出，[1] 因此男性中心视角很自然地导致对性侵扰指控的过度焦虑与怀疑：不怕一万就怕万一，万一是虚假指控该怎么办？"他"的人生不就被"她"给毁了吗？相反，其它类型案件的虚假指控则不存在这一问题；尽管某些阶层（比如穷人、流浪汉、进城农民工）或族群（比如美国的黑人、中国的维吾尔族）可能特别容易遭到虚假指控，但这些阶层与种族往往在话语权方面同样处于劣势，他们的视角因此更容易被主流社会文化忽略，而不是得到代入。

（2a）需要注意的是，旁观者此处自动代入的"男性中心视角"，严格来说其实是一种"滤镜后的（filtered）男性中心视角"。尽管从比例上说，绝大多数性侵扰是男性针对女性作案，但从绝对数量上说，男性对男性、女性对女性、女性对男性的性侵扰同样发生得非常频繁。事实上，无论依据哪个来源的资料进行统计，男性一生中遭到强奸（或其它类型性侵扰）的概率，都远远高于其遭到虚假强奸指控（或其它类型虚假性侵扰指控）的概率——比如根据2015年的一份调查，美国男性有2.6%曾经遭到强奸或未遂强奸，24.8%曾经遭到带有身体接触的性暴力，17.9%曾经遭到带有身体接触的性骚扰；[2] 这比一名男性一生中遭到虚假强奸指控或虚假性侵扰指控的概率（遑论因此被错误定罪的概率），高出了不知多少个量级。[3] 然而在

---

[1] 比如根据前引英格兰及威尔士年度犯罪报告，强奸受害者中女性占88%，男性占12%；其它类型的性犯罪受害者中女性占80%，男性占20%；见 Crime Survey for England and Wales, *Sexual Offences in England and Wales: Year Ending March 2017*，第11页。另据全美伤害预防与控制中心的一份调查，在遭遇过强奸的女性中，98.1%只被男性强奸过；在遭遇过强奸的男性中，93.3%只被男性强奸过；参见 National Center for Injury Prevention and Control (2010), *National Intimate Partner and Sexual Violence Survey: 2010 Summary Report*，第24页。其它报告得出的结论基本相同，不再赘述。

[2] National Center for Injury Prevention and Control (2015), *National Intimate Partner and Sexual Violence Survey: 2015 Data Brief-Updated Release*，第3页。

[3] 感兴趣的读者可以根据前引诸多关于虚假性侵扰指控比例及错误定罪数量的研究，结合所在国家的成年男性人口数量，自行换算相应比例。

父权社会文化对性侵扰的刻板印象中,"男性遭到(无论来自男性还是来自女性的)性侵扰"的可能性却被下意识地过滤或屏蔽了,以至于当人们自动代入"男性中心视角"时,后者却并没有将性侵扰的男性受害者的视角(以及女性嫌疑人的视角)同时包括在内。

对男性受害者经验的过滤,凸显了父权社会传统性别角色模式所造成的偏见与伤害的双向性(尽管两个方向上的偏见与伤害程度未必对等):当女性被贬为"理性能力不足"或"狡诈不可信赖"的生物时,男性也被桎梏并压抑在"男子气概(masculinity)"的要求之中。性方面的"征服力"正是传统性别角色模式中"男子气概"的一大体现,而性方面的"被征服"(既包括被性侵扰,也包括异性恋视角下无论自愿还是非自愿的"被插入"),在传统"男子气概"标准下可谓莫大的耻辱;性侵扰的男性受害者,也往往畏于外界对其"不够男子汉"的二重羞辱与攻击(一如女性受害者经常遭到"荡妇羞辱"),而不敢报案或向别人吐露自己的遭遇。比如美国黑人影星特里·克鲁斯(Terry Crews)尽管外型硬朗、肌肉强壮,但当他在 MeToo 运动中曝光自己也曾经遭到好莱坞制片人的性骚扰时,却迎来了男性网民的疯狂围攻指责,认为他丢尽了男人的面子。至于男性遭到性侵扰的经历之普遍程度,更是对"男子气概"这一迷思本身的巨大冲突;要维持迷思,就不得不在父权视角中过滤或屏蔽男性受害者的经验。

(2b)这种"滤镜后的男性中心视角"还有一种常见的变体,即"滤镜后的异性恋男性中心视角"。由于男同性恋的存在对父权社会的"男子气概"叙事制造了极大的困难,[1] 因此在性少数权益逐渐得到正视的今天,代入"滤镜后的男性中心视角"者便往往不自觉地将男同性恋的经验作为

---

[1] 参见 Michael S. Kimmel (1994), "Masculinity as Homophobia: Fear, Shame, and Silence in the Construction of Gender Identity," in Harry Brod & Michael Kaufman (eds.), *Theorizing Masculinities*, London: SAGE,第 119—141 页。

"特例"悬置一旁，以此使得"男子气概"叙事继续在"异性恋规范（heteronormative）"的话语框架内部不受动摇。这种下意识的心态反映在对性侵扰问题的理解上，即是默认遭到性侵扰的男性都是同性恋，异性恋男性绝无遭到（不论来自男性还是来自女性的）性侵扰之虞。换句话说，性侵扰的异性恋男性受害者的经验，在经由"排除同性恋特例"所得的"滤镜后的异性恋男性中心视角"中，仍然属于被过滤与屏蔽的对象（与此同时，这一视角也依旧忽略着"女性对别人实施性侵扰"的可能性）。

MeToo运动在鼓励大量女性受害者公开陈述自己遭遇的同时，也让男性受害者（比如陶崇园、特里·克鲁斯、张锦雄事件中的诸多受害者、被女教师性侵的男学生、被教会神职人员性侵的无数男童）的境况获得了公众的关注。讽刺的是，当MeToo质疑者对MeToo运动表示有保留的赞许时，这种赞许往往却又出自"滤镜后的异性恋男性中心视角"对性侵扰受害者身份多样性的屏蔽，比如：〖如果一定要对#metoo运动做一个"好"或者"不好"的判断，我会说这是好事，因为它是一场教育运动，对男人而言，教育他们节制与尊重，对女人（以及某些男同）而言，教育她们（他们）自我保护，尤其是尽可能第一时间清楚say no或甚至报警。〗(L.2)——可以看出，作者下意识地认为，性侵扰的作案者只可能是男性，不可能是女性；性侵扰的受害者只可能是女性和同性恋男性，不可能是异性恋男性。

（3）总结上面的讨论：对于"MeToo运动将导致性侵扰虚假指控与错误定罪的绝对数量增加，从而必将对某个无辜者的蒙冤负有责任"这种批评，应当如何看待？

其一，诚然，对于任何个案，我们都需要极其认真谨慎地评估具体证据，尽量避免无论假阳性还是假阴性结果的发生；但就整个系统而言，个案的假阳性判决，在任何类型的案件、任何合理的举证责任方案、任何合理的审判程序中均不可能完全避免。在系统层面必须保障的，绝非不计后果地将假阳性概率一路降低到零（这意味着完全放弃司法体系的定罪功能），而是确定和维持（或者尽量接近）假阳性概率与假阴性概率的最合理平衡；这个平衡可能非常接近于假阳性概率为零，但绝对不会是等于零。

在父权社会的现实中，对女性证词的"可信度打折"使得性侵扰指控的证据评估存在系统性的偏差；人们对性侵扰受害者心理创伤后果的无知加剧了这种偏差；受害者遭遇的社会敌意与羞辱（包括对受害女性的"荡妇羞辱"与对受害男性的"男子气概羞辱"）又令其中大多数人不敢报案。凡此种种，都使得假阴性概率远远高出合理的范围，现状与合理平衡之间存在着巨大的偏差。在这种情况下，MeToo运动鼓励受害者出面倾诉、鼓励人们更加信任倾诉者的证言，恰恰是将极度偏差的现状稍稍地往平衡点方向扳回一些，但也远远没到能够真正将其扳回平衡点的地步，遑论造成假阳性概率的不合理攀升。这个过程中确实可能出现若干假阳性个案，对此我们只能通过具体证据评估中的认真谨慎来尽量防范；但倘若不同时竭力清除性别偏见在证据评估层面的系统性污染，单靠"认真谨慎"并无助于解决整个系统的产出结果高度失衡的问题。

其二，既然如此，仅仅出于对假阳性个案的恐慌，而否定尽力缩小现状与合理平衡之间系统性的巨大偏差的意义；或者至少在权衡二者的先后时，赋予前者（避免假阳性个案）不成比例的权重；同时又并未对其它类型案件的虚假指控与错误定罪表现出同等程度的恐慌——这样的心态根本上是对父权社会"滤镜后的男性中心视角"的内化。在"异性恋规范"的传统性别角色话语的潜移默化下，这一视角使得观察者下意识地过滤和屏蔽了男性（尤其异性恋男性）遭到性侵扰的可能性，以及女性施加性侵扰的可能性，再加上对女性证言的"可信度打折"，便导致了对"女性诬告男性对其性侵扰"这一极小概率事件的过分关注，以及对整体图景（包括现实与合理平衡之间偏离程度）的忽略。一旦跳出这一视角的桎梏，即可发现，尽管虚假性侵扰指控的情况确实存在，但对此不成比例的恐慌，其实只是父权社会文化一手缔造的庸人自扰。

五、性别偏见：以"自我受害者化论"为例

上节对各类性别偏见的考察，也有助于我们辨析质疑者对 MeToo 运动提出的"弱女子批判"（见第一节），亦即"自我受害者化论"。根据这种论调，一方面，MeToo 运动以〖不容置疑的"邪恶有权男人＋无辜柔弱女人"的统一故事结构……把女性描述成任人摆布的木偶〗，剥夺了女性在〖受害者〗之外的其它身份，否定了〖女人的力量、自主性、勇气〗(L.10)，强化了传统的性别刻板印象，与女权主义的赋能（empowerment）使命相违；同时这种〖只强调权利、否认责任的女权主义〗(L.15)，又让那些〖视性为一种"交易机制"去换取自身利益〗的女性得以在事成之后转身扮演受害者角色（victim playing），〖一边顺从、参与［性别］权力结构，一边反抗它〗(L.10)，通吃两头好处。另一方面，质疑者声称，MeToo 运动出于受害者心态（victim mentality）而把所有合理的〖自我保护〗建议不分青红皂白一概斥为〖荡妇羞辱〗，最终只会事与愿违，导致懵懂无知的女孩们不明白〖穿得袒胸露背去单独和一个男人约会，并且微醺之中靠住一个男人的肩膀〗会给自己招来性侵扰的〖人类常识〗(L.14)，主动送羊入虎口。本节先后辨析这两方面批评意见。

§5.1
权力结构与受害者能动性

(1) 首先需要指出的是，上述"自我受害者化论"带有强烈的"滤镜后的（异性恋）男性中心视角"色彩。不论是此处声称 MeToo 运动鼓吹〖不容置疑的"邪恶有权男人＋无辜柔弱女人"的统一故事结构〗(L.10)，还是前引〖对男人而言，教育他们节制与尊重，对女人（以及某些男同）而言，教育她们（他们）自我保护〗的说法（L.2），显然都无视了性侵扰

受害者与作案者的身份多元性，以及 MeToo 运动对这方面公众意识觉醒的促进。比如当有男学生指控纽约大学女教授阿维塔尔·罗内尔（Avital Ronell）对他进行性骚扰时，包括朱迪斯·巴特勒（Judith Butler）在内的少数学者曾试图为罗内尔辩护，却遭到了 MeToo 舆论的猛烈批评，认为辩护者采取的恰恰是传统上对性侵扰轻描淡写转嫁责任的"谴责受害者（victim blaming）"策略，巴特勒也随后表示了道歉。[1] 将 MeToo 的"故事结构"表述成邪恶有权男性与无辜柔弱女性（或不懂〖自我保护〗的〖某些男同〗）之间的对立，其实是一种攻击稻草人的论证策略。

有些 MeToo 质疑者或许会觉得委屈：难道 MeToo 运动中，不是常常出现"相信女性（♯BelieveWomen）"、"我们相信她（♯WeBelieveHer）"之类高度性别化的口号吗？这些口号难道不是在暗示，性侵扰的受害者都是女性、凡是女性的证言都是真的吗？从这个角度说，难道 MeToo 运动不是在强化性别二元对立的叙事套路、鼓吹女性的自我受害者化吗？

前面提过，父权社会的性别偏见与性别权力结构存在多种表现形态，性侵扰的男女性受害者分别遭受着不同形态性别偏见与权力结构的压迫和伤害。性侵扰受害者的女性比例远高于男性，作案者的男性比例远高于女性；女性一生中遭到性侵扰的概率远高于男性；与男性证言相比，女性证言面临特殊的"可信度打折"问题；与男性（至少异性恋男性）相比，女性（有时加上男性同性恋）面临特殊的"荡妇羞辱"问题；但与女性相比，男性则面临特殊的"男子气概羞辱"问题；等等。

（1a）可以注意到，MeToo 运动中出现的"相信女性"、"我们相信她"等口号，基本上都是针对父权社会文化中女性证言遭到的"可信度打折"而做出的呼吁。这一问题确实具有极其强烈的性别特殊性，因此强调女性

---

[1] 参见 Zoe Greenberg, "What Happens to ♯MeToo When a Feminist Is the Accused?," *New York Times*（2018 年 8 月 13 日）; Colleen Flaherty, "MLA Statement on Judith Butler," *Inside Higher Ed*（2018 年 8 月 31 日）。

受害者的身份并无不妥。同时，恐怕没有人会真的以为，"相信女性"之类口号的用意，是叫人不分举证阶段、不看具体证据、不分青红皂白地接受（并且仅仅接受）来自女性的证言；相反，这类口号显然是呼吁人们反思自身无意识的"可信度打折"偏见，在评估性侵扰证据的过程中对女性的指控证言赋予应有的信任（绝大多数证言本身已经达到满足"引议责任"所需的"表观证据"门坎；对于"说服责任"而言，"可信度打折"的去除同样有助于其达成）。

（1b）此外，女性遭受性侵扰的比例与风险远高于男性，同样意味着女性受害者的经验在 MeToo 运动中占据核心（尽管并非全部）位置，是极其自然且合理的。绝大多数 MeToo 证言也因此并不仅仅关于性侵扰，而是关于女性在整个父权社会中普遍遭受的方方面面或隐或显的歧视与威胁。MeToo 运动的集体证言与赋能，因此具有了两重面相：性侵扰受害者之间的"我也遭受过性侵扰"，与女性之间的"我也遭受过性别歧视"，并分别以二者为基础，联结成两个大部分交叉却又并不完全重叠的、各自为其成员提供支持与团结的心理共同体。

（2）包括 MeToo 在内的反性侵扰运动，经常强调权力结构与当事人权力不对等在性侵扰问题上扮演的重要角色。这不仅包括性别权力结构，也包括学术（尤其师生）权力结构、宗教权力结构、长幼辈权力结构、上下级权力结构等，以及相应情境下的权力不对等。一方面，男女性在人体解剖学层面的生理差异，以及父权社会将男性视为"征服者"、女性视为"战利品"的文化，的确是性侵扰问题上最重要的权力结构，也导致性侵扰的受害者大部分是女性、作案者大部分是男性、女性一生中遭遇性侵扰的概率远大于男性等现象，以及女性受害者证言在 MeToo 运动中的核心位置。

另一方面，其它类型的权力结构，在具体情境中也可能对性别权力结构起到加剧、抵消，甚至扭转等种种效果。由于父权社会中，男女性在各行各业领导职位或权威身份上所占的比例往往高度失衡，因此在大多数性侵扰案件下，其它类型的权力结构恰与性别权力结构相重叠，比如男导师性侵扰女学生、男领导性侵扰女下属等。但在少数案例（比如前述的罗内尔事件）中，性别之外其它方面的权力不对等占据了主导地位。甚至还有一些案例，性侵扰根本不是为了满足作案者的"性欲"，纯粹只是其展示或确认与受害者之间权力关系的手段（比如在不少男男性侵扰的案例中，作案男性是异性恋、对受害男性并没有产生情欲，性侵扰的目的仅仅是展示：在二者之间，自己是拥有"男子气概"的"征服者"，对方则是丧失"男子气概"的"被征服者"）。

强调权力结构以及当事人之间的权力不对等，是否真如质疑者所说，等同于否定女性（或者其它性别的性侵扰受害者）具有〖力量、自主性、勇气〗及在"（潜在）受害者"之外的其它身份，或者等同于〖只强调［受害者的］权利、否认［受害者的］责任〗？

(2a) 这是一种很奇怪的逻辑跳跃；而且有趣的是，我们在面对其它类型的案件时，往往并不会冒出类似的想法。比如假设有人走夜路时遭到持刀抢劫，被抢走了身上所有现金；当其后怕地诉说此次经历时，我们绝不会认为其在"自我受害者化"、让自己的人生被"抢劫受害者这一个身份"所"定义"；也不会认为一旦承认了劫匪与被劫者之间的权力不对等（此处体现为体力或武器上的差距，以及人身伤害对各自生活的不同影响），就等于否定了被劫者的力量、自主性、勇气等品质（这些品质完全可以在生活中其它方面体现出来）。同样，能够"智斗劫匪"、"勇斗歹徒"自然值得敬佩，但我们绝不认为如果被劫者不敢空手入白刃去夺对方的武器，或者没能想办法向远处的路人求救，就是未能尽到自己"反抗劫匪的责任"，从而没有资格抱怨抢劫，甚至还应该受到责备。

(2a-1) 有人或许会说：面对持刀劫匪，生命受到威胁，乃是〖极端情况〗，而性侵扰的情境往往远远没有这么极端，受害者〖在大多数情况下都是有选择余地的〗（L.10），不能与"要钱还是要命"的极端情况相模拟。那么我们不妨换一种假设：某个国家政府无能，地方帮派横行，向各自势力范围内的普通商贩索要保护费；这些帮派做事还算讲"规矩"，从来不对

空谈　103

拒绝缴费的商贩打打杀杀，只是成天派些喽啰大摇大摆地堵住商铺门面，令其生意惨淡，举家食粥。在这种情况下，我们会因为商贩们面临的情况并不"极端"、完全可以"选择"忍饥挨饿清贫度日，而去责备那些无奈缴纳保护费的商贩、认为他们〖视［保护费］为一种"交易机制"去换取自身利益〗、没有尽到拒绝服从的责任吗？或者当忍无可忍的商贩们公开发声，呼吁政府与全社会正视帮派问题、携手打击其欺行霸市的行为时，我们会因为他们之前各自都曾多多少少缴纳过保护费，而认为他们是自相矛盾地〖一边顺从、参与［帮派与商贩之间的］权力结构，一边反抗它〗，因此失去了抱怨帮派欺凌的资格吗？很难想这会是我们的态度。

然而当发生性侵扰时，人们却往往下意识地在受害者身上找原因：你衣着举止过于"轻佻"，向对方发送了错误的"信号"；你缺乏力量与勇气，所以才没有及时反抗；你把问题推给无所不在的"权力结构"，正是你"自我受害者化"、否定自身能动性的表现；你明明可以通过放弃学术/工作/晋升等机会来化解对方的性要挟，却舍不得放弃而"选择"就范，事后却又声称自己是受害者，这不叫"只强调权利、否定责任"叫什么；诸如此类。显然，对性侵扰受害者的额外求全责备，本身就是父权社会（滤镜后的）性别偏见的产物。

(2a-2) 有些时候，质疑者乍看似乎并没有对性侵扰受害者额外求全责备，而是认为后者"推卸责任"的逻辑与其它某些案件如出一辙，比如：〖那种"如果她不让他侵犯，她就得不到这个角色/无法提职/得不到这个机会"的逻辑，和那种"如果我不行贿，我就得不到这个工程"的腐败逻辑有什么区别呢？〗(L.10)——但是这一似是而非的模拟，忽略了两个至关重要的道德区分。

其一，是"未能进行（有可能阻止事件完成的）反抗"与"进行（作为完成事件所需的必要环节的）主动配合"之间的区别。作为一个完整的事件，贿赂由至少两方面的必要"环节"构成，缺一不可：当事一方的"索贿（或受贿）"，与当事另一方的"行贿"。索贿者提出财物方面的要求或暗示之后，财物不可能因此自动到账，而是不得不等待行贿者领会意图之后主动将财物奉上；只要行贿者不主动采取任何行动，"贿赂事件"就无从发生，发生的仅仅是"索贿事件"。倘若索贿者等不及行贿者的领会与配合，直接动手取走后者的财物，这就不再是"贿赂"，而是"抢劫"了。

相反，无论在抢劫还是性侵扰中，受害者的"配合"都并非事件发生所需的"环节"。尽管受害者的反抗有时也可能成功地及时阻止抢劫或性侵扰企图的实施、导致其"未遂"，但反过来，抢劫或性侵扰的得逞，却并不以受害者的忍气吞声甚至主动配合为前提条件（比如抢劫犯完全可能从极力反抗的受害者那里抢走财物；再比如领导对下属施以咸猪手，即便下属觉察后出言呵斥，此次骚扰也已发生）。把"被性侵扰"模拟于"行贿"而非"被抢劫"，错误地刻画了性侵扰的事件结构，将其混同于须由双方配合完成、各尽所能各取所需、缺一"主动供给"环节不可的〚［性］交易机制〛(L.10)，从而偷换了性侵扰受害者在事件中的行为性质与责任。

其二，即便在以"主动配合"为必要环节的"交易"类事件中，我们往往仍会根据配合者身处的情境，做出更加细致谨慎的道德区分，尤其是"通过牺牲自己的某项正当利益而换回另一项遭到挟持的正当利益"与"通过对主事者的利益输送而换得其对输送者自身攫取不当获利的首肯"之间的区分。比如前述的保护费案例，商贩"主动配合"缴纳，固然是这类事件的必要环节（否则帮派便须直接从商铺抢劫财物），但我们一般认为其行为情有可原，因为本该归其所有的正当利益（不受威胁地经营并从中获利）遭到了挟持，使其不得不在两项本归自己所有的正当利益（正常经营获利与免缴保护费）之间做出非此即彼的选择，而非有意借此打击同行业的竞争者。类似地，对于行贿，我们也往往区分"某地的政治已经腐败到倘不行贿便寸步难行，为了保住按照正常招标程序本该属于自己的项目而不得不屈从于索贿者的无理要求"与"通过主动贿赂并未索贿的主事者，拿下某个以自家实力本来到不了手的项目，挤走更有资格的竞争对手"等不同情境，做出不同的道德判断。

空 谈　　105

然而与前述"未能反抗"与"主动配合"之间的区分一样，在 MeToo 质疑者对性侵扰受害者处境的刻画中，"为换回正当利益而做出牺牲"与"为攫取不当获利而主动交易"之间的区分也遭到了抹杀，所有〖不让他侵犯……就得不到这个角色/无法提职/得不到这个机会〗的情况被预设归入"为攫取不当获利而主动利益输送"的范畴（尽管"为换回正当利益而被迫做出牺牲"恐怕才是现实中的基本情况）。这样的默认归类，显然是对性侵扰问题的另眼相待，无疑仍旧受到内化了的性别偏见的影响。

(2b) 对性侵扰受害者的求全责备，除了反映出 MeToo 质疑者对性别偏见的内化之外，或许还反映出其在道德现象（moral phenomenological）维度上的狭隘个体主义观念。[1] 诚然，正如一些质疑者所言，〖大声、清晰、及时地说不，哪怕付出一定的代价，是逆转[任何权力结构的]游戏规则的根本机制〗(L.10)；但 MeToo 运动不恰恰是这样一种集体性的〖大声、清晰、及时地说不〗的反抗吗？正如在前面关于帮派保护费的思想实验中，我们并不会觉得商贩们公开发声呼吁大家正视帮派欺凌问题的做法是〖只强调[自己的]权利、否认[自己的]责任〗；恰恰相反，我们会认为，参与发声、公开诉说自己遭受帮派欺凌的经历，正是商贩们在运用自己的力量、勇气与能动性，挑战既有权力结构的压迫，践行身为公民的责任。MeToo 运动对过往遭到社会无视的不计其数的性侵扰事件的曝光、对默许与纵容性侵扰的制度、文化、权力结构的批判，不同样是性侵扰受害者们的力量、勇气、能动性与责任感的体现吗？为什么到了质疑者这里，却反而成了对这些品质的否定呢？

MeToo 质疑者也许会说，集体性的反抗，最终还不是要落实到个体层面，由每个个体在具体情境中的抗争所构成？这话固然不错，但 MeToo 质

---

[1] 关于道德本体（moral ontological）与道德现象（moral phenomenological）两个不同维度上的"个体主义/集体主义"之分，参见拙文《个体与集体》(2018 年 3 月 10 日)。

疑者所想象（或心仪）的对性侵扰及其背后权力结构的反抗，是个案中散兵游勇式的〖面临侵犯坚决清晰说不〗（L.10），并且一旦未能做到，便归咎于受害者本人缺乏〖力量、自主性、勇气〗。期望以这种散兵游勇式的反抗从根本上打破强大牢固的权力结构，显然并不现实；以此标准去对孤立无援的个体求全责备，恐怕也难称道德。

与此相对，正如本文引言部分所说，MeToo 运动一方面通过同声共气的集体证言相互赋能，令受害者不再陷入孤立与自我否定，另一方面通过促成公众意识的觉醒，消除旁观者在性侵扰问题上的偏见与冷漠（而不仅仅是〖教育［潜在作案者］节制与尊重〗）并推动反性侵扰制度的完善，进而逐步改变潜在受害者与滋养性侵扰的权力结构之间的力量对比；唯其如此，个案中的反抗才有可能汇聚成集体行动的洪流，真正地〖逆转这个游戏规则的根本机制〗。只有对集体行动本身深怀惧意（譬如受第三节所述"群氓恐慌"影响）者，才会认识不到 MeToo 运动在这方面的重大意义，反而视其为对性侵扰受害者个体品质与能动性的否定。

§ 5.2

女性"容止"贴士："自我保护"还是"荡妇羞辱"？

"自我受害者化论"对 MeToo 运动（以及"我可以骚，你不能扰"等过往的反性侵扰社会倡导）的另一层批评，是认为其基于"受害者心态"，不顾现实地将诸如"女性要留心自己的穿着打扮言行举止，切勿让别人想入非非"之类正常的"自我保护"建议一并斥为"荡妇羞辱"，结果反而导致更多女性因为释放出错误的"信号"而遭到性侵扰：〖我不同意一种说法，无论女人怎么说怎么做怎么穿，男人没有权利误解她的意图。现实一点吧，人是信号的动物。……你怎么穿、怎么说、怎么做，构成一个信号系统。女孩出于自我保护，或许应该思考如何向一个男人准确地传达自己所想传达的信号。如果你穿得袒胸露背去单独和一个男人约会，并且微醺之中靠住一个男人的肩膀，固然，男人这时候依然没有权利对你进行身体冒犯，但是如果对方误解你的意图，或许只是愚蠢而非邪恶。这不是"荡妇羞辱"理论，这是人类常识。至少，如果我女儿单独和一个她不感兴趣的男人见面，并且穿得袒胸露背，我不会说：真棒！去吧！他敢动你一根手指头，我跟他拼命！我会说：亲爱的，这样穿可能不合适，换一件衣服吧。〗(L. 14)

诸如此类"女性容止应当端重"的建议，究竟是能够保护女性免遭性侵扰的〖人类常识〗，还是改头换面谴责性侵扰受害者的〖荡妇羞辱〗？这一问题较为复杂，以下逐层剖析。

（1）首先我们需要知道：针对女性的性侵扰，其实际发生的概率究竟在多大程度上取决于女性自身"仪容行止不够端重"、向潜在侵扰者传达出了"错误信号"？注意在回答这个问题时，我们必须避免混淆两件性质截然不同的事情：一是人们（无论正确还是错误地）认为性侵扰的发生与"受害女性容止不端重"有多大关系，二是实际上性侵扰的发生与后者有多大关系。

（1a）对于前者，学界已有极其充分的研究，并且结论高度一致：人们确实普遍**认为**性侵扰的发生与受害女性的容止有关。比如许多研究都发现，研究对象普遍认为：相比于裙子长过膝盖的女性，裙子不及膝盖的女性更容易遭到性侵扰；相比于不化妆的女性，化了妆的女性更容易遭到性侵扰。同时，在这些研究中，人们也更倾向于责怪裙子较短或者化了妆的女性受害者，以及更倾向于开脱她们的施害者。而且无论在普通民众中间，还是在大学生、心理专家等"高知识群体"内部，这些把性侵扰与女性容止相联系的观念都非常有市场。[1]

---

[1] 以上结论参见 Sharron J. Lennon, Alyssa Dana Adomaitis, Jayoung Koo & Kim K. P. Johnson (2017), "Dress and Sex: A Review of Empirical Research Involving Human Participants and Published in Refereed Journals," *Fashion and Textiles* 4 (1), 14:1-21, 第8—12页对这方面研究的综述。这篇论文第11—12页也指出，迄今为止绝大多数研究回答的都是"人们是否认为性侵扰与女性容止有关"的问题，真正关于"性侵扰是否实际上与女性容止有关"的研究寥寥无几。

(1b) 与此相反，对于性侵扰与女性容止之间的**实际关系**，既有研究却仍处在较为初步的状态，数量十分有限；不过既有的少量相关研究，总体上并不支持"二者实际有关"的结论。比如一项对以色列近两百名女大学生的调查发现，其遭遇强奸、性侵、身体接触骚扰、口头骚扰的经历，与其事发当时的穿着打扮均不存在任何相关性；在曾经遭到性侵扰与从未遭到性侵扰的两类女生之间，"平时穿着打扮较为'开放'"的比例也不存在任何差别。[1] 类似地，在美国性骚扰诉讼的卷宗里，罕有被告提及事发时原告穿着打扮言行举止所传递的"信号"（或被告对其"信号"的误解），尽管美国的性骚扰诉讼允许考虑此类证据（强奸诉讼则不允许）；卷宗里凡有提及女性容止之处，基本上都因为诉讼事由本身就是被告对原告的穿着打扮评头论足，亦即口头骚扰。[2]

(1b-1) 为什么性侵扰与女性容止之间的实际关系，似乎与人们对此的想象截然不同？一种较合理的解释是，与其它类型的犯罪一样，性侵扰作案者在挑选目标时，首先考虑（或潜意识里最关心）的是，是否容易得逞及脱身。在陌生人犯罪（比如抢劫、陌生人强奸、陌生人性骚扰等类型的案件）中，作案者往往会有意无意地通过肢体动作（比如步频、步幅、手臂摆幅）和面部表情（比如自信、悲伤、紧张、恐惧）等各种线索，推断潜在作案对象的被动性（passivity）、脆弱性（vulnerability）与屈从性（submissiveness）高低，进而决定是否下手；性侵扰作案者确实也有可能把陌生女性的穿着当作一个（不太重要的）额外线索，但此时他们往往是将"着装暴露"当作这名女性自信大胆"不好惹"的线索，因此放弃对她

---

1 Avigail Moor (2010), "She Dresses to Attract, He Perceives Seduction: A Gender Gap in Attribution of Intent to Women's Revealing Style of Dress and its Relation to Blaming the Victims of Sexual Violence," *Journal of International Women's Studies* 11(4):115-127, 第 122 页。

2 Theresa M. Beiner (2007), "Sexy Dressing Revisited: Does Target Dress Play a Part in Sexual Harassment Cases," *Duke Journal of Gender Law and Policy* 14(1):125-152, 尤其第 142 页。

的侵扰企图。[1] 反过来，在熟人性侵扰中，作案者的相关线索或者来自于其对受害对象性格的了解，或者来自于双方之间的权力关系（相信对方不敢不忍气吞声）；对方"衣着暴露与否"对作案者来说也就变得无关紧要。当然，无论陌生人还是熟人性侵扰，潜在作案者对**执法力度**（警察及法院究竟会打马虎眼还是会严肃处理）与**社会反应**（其余在场者究竟会出面呵斥制止还是会假装没看见）的预期，同样是其评估得逞与脱身难度的重要考虑，而且往往是比对受害者本人反应的预期更重要的考虑。

（1b-2）值得注意的是，还有一些研究确实在性侵扰与女性容止之间发现了某种关联，但这种关联背后的心理机制与一般人想象中的"受害女性穿着太过性感挑逗、令旁人想入非非忍不住上下其手"并不相同。更具体而言，女性因为穿着打扮较为"开放"而导致性侵扰的情况，多发于传统性别规范极其强大的保守社会，或者新旧观念剧烈冲突的转型社会，并且因此导致的性侵扰多为口头骚扰；这些骚扰背后的一大重要动机，是对人们眼中试图挑战传统社会文化规范的女性加以惩罚和规训，令其不敢再越雷池。

比如一项对20世纪末中国性侵扰状况的调查显示，城市女性因为"衣着开放"而遭到骚扰的情况多发于较为保守的北方与内陆地区，且基本上是口头骚扰（包括来自同性的敌意评论）。[2] 再以伊斯兰革命之后的伊朗为例，其法律规定女性出门时必须穿罩袍（chador）；在此背景下，与穿罩袍出门时相比，伊朗女性倘若不穿罩袍、以较"西化"的打扮出门，在公共

---

[1] 比如参见 Lynne Richards (1991), "A Theoretical Analysis of Nonverbal Communication and Victim Selection for Sexual Assault," *Clothing and Textiles Research Journal* 9(4):55-64; Jennifer Murzynski & Douglas Degelman (1996), "Body Language of Women and Judgments of Vulnerability to Sexual Assault," *Journal of Applied Social Psychology* 26(18):1617-1626 等。

[2] William L. Parish, Aniruddha Das & Edward O. Laumann (2006), "Sexual Harassment of Women in Urban China," *Archive of Sexual Behavior* 35(4):411-425，第412、422页。

场合遭到性骚扰（其中绝大多数是口头骚扰或眼神骚扰）的比例明显提高。[1] 维多利亚时代的英国伦敦，身边没有男人陪同便独自出门的女性普遍在街上遭到口头骚扰，也是出于同样的社会心理机制（对女性的"出格"行为施以惩罚和规训），而不是骚扰者真的认为女性单身出门是在向他们发出"性邀约"的信号[2]。

（1b-3）以上并不是说，性侵扰作案者绝无可能"误读"受害女性仪容行止所传递的"信号"。事实上，男性对女性的"性信号误读"的确相当普遍。比如在前引对以色列大学生的调查中，绝大多数（82.1%）女生选择一件"袒胸露背"的衣服是因为自己喜欢这身打扮，只有3.2%有意以此唤起男性的性欲、5.3%试图借机"勾引"男性（亦即发出"性邀约"信号）、2.1%希望被人触摸、2.3%希望被人注视；然而男生的理解却截然相反，83.8%认为女性这样打扮是为了唤起男性的性欲、75.8%认为女性试图通过这种打扮向男性发出"性邀约"信号、94.5%认为女性这样打扮时很享受被人注视的感觉。[3]

但是正如前面所说，至少根据目前既有的研究，这种普遍的"性信号误读"并没有导致（除口头或眼神骚扰之外）性侵扰概率与女性穿着的实际相关。这大概是因为，绝大多数场合中的绝大多数男性，即便一开始误读了性信号，也仍然会先通过口头试探等方式，确认自己对信号的解读无误，然后才采取进一步的身体接触，而非未经初步确认对方意愿，便直接对"穿着暴露"的女性上下其手。

当然，说"绝大多数"，意味着存在例外情况以及个体差异。比如，男

---

1 AbdolaliLahsaeizadeh& Elham Yousefinejad (2012), "Social Aspects of Women's Experiences of Sexual Harassment in Public Places in Iran," *Sexuality& Culture* 16 (1):17-37.

2 参见 Judith R. Walkowitz (1998), "Going Public: Shopping, Street Harassment, and Streetwalking in Late Victorian London," *Representations* 62:1-30。

3 前引 Moor, "She Dresses to Attract, He Perceives Seduction,"第120—121页。

性体内酒精浓度越高时，越容易自欺欺人地忽视女性的明确拒绝，对其进行身体接触骚扰甚至性侵；并且这种效应在面对"穿着暴露"的女性时尤其显著。[1] 此外，尽管总体而言，男性对女性情绪（比如悲伤、拒绝、友好等）的敏感度，会随女性穿着性感程度的提高而有所下降，但不同男性的下降幅度大不相同；有性暴力前科的男性，以及对"性侵扰的发生与受害女性容止不端重有关"一说接受度较高的男性，远比没有性暴力前科或对上述说法接受度较低的男性，更容易误读女性的情绪信号与穿着信号，把后者正常的友好与关心当成性暗示，无视后者的反感与拒绝，强行发生性接触。[2] 换句话说，"性侵扰的发生与受害女性容止不端重有关"的说法，在很大程度上是一种"**自我实现的预言**（self-fulfilling prophecy）"，男性越是相信这种说法，越容易误读女性的"信号"、无视女性的意愿，做出性侵扰的举动。

（2）从以上对既有研究的总结，我们可以得出两方面结论：一方面，总体而言，女性的衣着打扮与性侵扰的发生之间并无相关性；另一方面，**在某些特定的情境中**（比如文化极其保守或正处于文化转型阶段的社会、酒精消费量较大的场合、与某些观念类型的男性单独约会等），女性衣着打扮"保守程度"的降低确实有可能增加其遭到性侵扰的概率。这是否意味着，至少在后面这些特定的情境中，类似于"女性容止应当端重"之类的说法，确实是有效的"自我保护"贴士，而非"荡妇羞辱"？

---

[1] Heather Flowe, Jade Stewart, Emma Sleath & Francesca Palmer (2011), "Public House Patrons' Engagement in Hypothetical Sexual Assault: A Test of Alcohol Myopia Theory in a Field Setting," *Aggressive Behavior* 37(6):547-558.

[2] 参见 Coreen Farris, Richard J. Viken & Teresa A. Treat (2006), "Heterosocial Perceptual Organization: Application of the Choice Model to Sexual Coercion," *Psychological Science* 17(10):869-875; Coreen Farris, Richard J. Viken & Teresa A. Treat (2010), "Perceived Association between Diagnostic and Non-diagnostic Cues of Women's Sexual Interest: General Recognition Theory Predictors of Risk for Sexual Coercion," *Journal of Mathematical Psychology* 54(1):137-149。

也不尽然。如前所述，上述特定情境中二者的相关性，本身就是相应社会文化观念的产物，而非一成不变的常量。因此，即便在上述特定情境中，"女性容止贴士"**就个体层面而言**可能是出于好意的、偶尔有效的"自我保护"策略，但**就社会层面而言**，却令全体女性陷入了一种类似于"囚徒悖论"的困境：这类"女性容止贴士"越是流行，人们对"性侵扰之所以发生是因为受害女性容止不端重"这一迷思的接受度便越高，进而导致**如下三重集体性的后果**。首先，性侵扰者因此越容易得到开脱、越不需要担心执法力度及社会反应问题、在作案时越发肆无忌惮；同时，男性对这一迷思接受度的提高，又导致其在相处时更加容易无视女性的明确拒绝、自以为是地解读其穿着与表情中的"信号"并做出性侵扰举动；最后，在保守或转型社会中，以公共场合性侵扰的方式来惩罚和规训"胆敢挑战社会规范"的女性的情况也将更加频繁，女性公共活动的空间因此进一步收缩。

集体行动是打破"囚徒悖论"的唯一可行之计。正因如此，反性侵扰倡议者（包括 MeToo 运动）对"女性容止贴士"的公共舆论批判，显得尤为重要。只有通过这种公共性的批判，才能改造整个社会文化规范，一则打破人们对"女性容止与性侵扰之间关系"的普遍迷思，促进执法系统与民间社会对性侵扰的干预意识，二则同时纠正男性对女性"性信号"的普遍误读，防止前述迷思在特定情境中成为"自我实现的预言"。倘若缺少这种集体行动，个体层面一次次出于好意的"自我保护"建议，只会在社会层面汇集成系统性的"荡妇羞辱"，不断抬高"自我保护"的阈值，一并伤害到所有女性的正当权益。

那么在进行这种公共舆论批判的同时，究竟应当如何建设反性侵扰的具体制度与文化？或者说，"破"过之后，当"立"什么？本文续篇《"我也是"：制度完善与社会文化变革》将对此详加讨论。

死刑、犯罪与正义

2018年1月10日作，刊次日《腾讯·大家》。

一、废减死刑的趋势，以及常见的疑虑

陈世峰杀害江歌案，可能是2017年中国网民关注最持久、争论最激烈的社会新闻。随着年底日本法院一审定谳、陈世峰获刑二十年并放弃上诉，此案热点已过，很快淡出了人们的视线。但与过往其它热点一样，陈世峰案背后也隐藏着不少重要而深刻的议题，公众对这些议题的关注诚然需要热点话题的刺激作为契机，相关讨论和反思却不应在围观人群散去后戛然而止。

和分手暴力与性别规训的关系一样，死刑的适用范围也属于此类值得持续探讨的议题；这在一审判决结果出炉后的各方反应中，表现得极其明显。从江歌的母亲，到许多关注此案的中国网友，都难以接受法院竟然没有判处陈世峰死刑，进而对日本的司法体系产生失望与质疑。然而对日本检方及法院来说，二十年监禁已经属于重判，远远超出事前多数媒体求刑十二到十五年的预期。毕竟日本虽然并未废除死刑，但在司法实践中秉持少杀慎杀原则，从1993年到2017年的二十五年间一共执行了一百一十二起死刑，平均每年只有四点四八起；基本上，只有谋害多人或杀人手法极其残忍恶劣者，才会被日本法院判处死刑，而陈世峰的作案情节确实达不

到这样的量刑标准。

日本的情况并非孤例。截至 2016 年，全世界已经有一百零三个国家正式废除了死刑，还有三十七个国家虽然并未完全废除死刑，但死刑的适用范围极其狭窄（比如只适用于战争中的罪行）且在过去十年内无人被判处死刑。至于其余五十五个持续性地执行死刑的国家（比如日本），绝大多数都在实践中遵循了少杀慎杀的原则；事实上，在排除掉中国、朝鲜、越南、埃及等少数几个不公开死刑数量的国家之后，2016 年全世界近一千例确认执行了的死刑中，约有 90% 是由伊朗、沙特、伊拉克和巴基斯坦四国包揽。

废除死刑或至少尽量减少死刑的政策实践，也与过去几十年间世界各国的民意变化趋势相符。尤其在 21 世纪以来的民调中，越来越多国家的主流民意已经从支持保留死刑变成了支持废除死刑；即便在主流民意支持保留死刑的国家，多数人也往往主张将死刑适用范围收缩到军队屠杀平民、大规模恐怖主义袭击、连环杀人案等极少数"罪大恶极"的行径上，而不是泛泛地用于谋杀等传统上的重刑罪。就连制造了 2013 年波士顿马拉松爆炸案的凶手查尔纳耶夫（Dzhokhar Tsarnaev），在其庭审期间，仍有 62% 的波士顿居民主张以终身监禁作为对他的惩罚，只有 27% 支持实施死刑。这与中国网络舆论一边倒支持死刑的态度，形成了鲜明的反差。

当然，存在不等于合理；就像死刑在历史上的广泛存在并不能构成支持死刑的理由一样，当今世界反对死刑的潮流，本身也并不能构成反对死刑的理由。要想说服尚未经过死刑存废之争洗礼的公众，反对死刑者必须回应各种常见的疑虑。譬如此次陈世峰案判决后，便不断有人质问：**杀人偿命难道不是天经地义？陈世峰不死，如何能还江歌母亲一个公道，如何能告慰江歌在天之灵？杀了人却不需要付出生命代价，这样的判决岂非对其他潜在凶手的鼓励？陈世峰如今才二十多岁，刑满出狱时正值壮年，万一继续作恶怎么办？** 等等。

这些质问，反映的其实是人们关于**刑罚的意义**——以及**死刑如何实现这些意义**——的直觉。因此，要解答对于废减死刑的种种疑虑，也就不得不从刑罚的意义说起。

我们为什么要在司法体系中设立刑罚制度、对罪犯加以惩处？概而言之，有三方面的理由：一曰**惩报**（retribution），即确保作恶者"一报还一报"地承受与其罪行相匹配的痛苦，藉此实现法律对公平的追求，同时也向受害者或其亲友表达道义上与情感上的支持；二曰**震慑**（deterrence），即通过"明正典刑"、"杀一儆百"来展示法律的威严，令有意作奸犯科者不敢轻举妄动，从而降低一个社会的犯罪率；三曰**改造**（rehabilitation），即借助惩戒的机会让罪犯认清错误、重新做人，为社会减少一个恶徒、增加一个良民。中国刑诉界有句耳熟能详的口号"惩前毖后，治病救人"，这所谓的"惩前"、"毖后"与"治病救人"三者，其实就分别对应于刑罚的三层意义。

二、改造与震慑：相比于终身监禁等其它惩罚，死刑效果不彰

在刑罚的三层意义中，"**改造**"显然与死刑最为格格不入。正所谓"人命关天"、"人死如灯灭"，死亡蕴含着独一无二的"**生存终结性**（existential finality）"：从死亡的那一刻开始，个体的存在与生活，以及在此基础上种种关于快乐、痛苦、回忆、梦想、际遇、关系的体验，均将无可挽回地一笔勾销。死刑一旦执行，便彻底抹杀了受刑者**未来改过自新的可能性**；即便有一些死刑犯在从判决到执行的这段时间内感到悔悟，但死刑一旦执行，便剥夺了悔悟后的他们将这种悔悟实现在正常生活之中的机会。我们愈是强调刑罚的改造意义，死刑的价值愈加成疑。

对此，死刑的支持者可能会提出两个诘难：首先，凭什么认为所有罪犯都**有资格**获得改过自新的机会？尤其是谋杀犯，既然自己蓄意剥夺了别人的生命，就怨不得法律剥夺自己的生命（以及连带的改过自新的机会）作为惩罚。其次，凭什么认为所有罪犯都**有可能**被成功改造、重新做人？也许有些人天生就不可救药，再多的惩罚也无法让他悔悟——对于这种人，难道不该一杀了之、以绝后患？

第一个诘难涉及刑罚的"惩报"意义及其正当性，我将在本文最后一节再行处理。至于第二个诘难，则存在诸多明显的漏洞。譬如，罪行的严重程度，和罪犯本人改过自新的可能性，两者之间并不存在任何直接的联系；若以后者作为死刑判决的依据，意味着不少罪行较轻者将被处死，而重罪犯倒未必都适用死刑。再如，即便理论上确实存在"不可救药"的情况，也不意味着我们有能力、有办法确切地分辨出某个犯人是否属于此类；无论"累犯不改"的实际表现，还是"反社会人格量表"、"犯罪基因"之类生理指标，都远非可靠合理的判别依据。又如，即便犯人真的无法改造，也绝不等于应当被肉体消灭；就好比对于缺乏民事行为能力的精神病患，即便其暴起伤人，我们也只是加以收容看护、避免继续危及社会，而非以此为由将其屠戮殆尽——倘若将来技术手段真的发展到能够百分百确定一名重罪犯天生不可救药的地步，那时对这样的人，恐怕也要比照精神病患、加以收容看护，而不是令其承担天生缺乏能力承担的法律责任。

执行死刑对犯人改过自新并无裨益，但它是否有**震慑**潜在凶徒、令其不敢将犯罪计划付诸实施的作用？犯罪学界曾有一度对此意见纷呈，但近几十年来观点已经日趋一致。

美国国家科学研究委员会在 2012 年的报告《震慑与死刑》中，[1] 对此前的相关研究进行了全面系统的梳理，结果发现，所有那些认为"死刑能够降低犯罪率"的研究，都犯了一个根本的方法论错误：它们显示的其实仅仅是"相比于**不对重罪犯实施任何惩罚**，死刑确实能够起到震慑的作用"，而我们真正想知道的却是"相比于**其它惩罚重罪的常见措施**（比如终身监禁），死刑是否能够起到**额外的**震慑作用"——毕竟没有人会否认刑法体系需要具有一定的震慑效力，而主张废除死刑者，也从来没有说要把终身监禁等其它刑罚措施一并废除、不对重罪犯施加任何惩戒。

---

[1] Daniel S. Nagin & John V. Pepper (2012), *Deterrence and the Death Penalty*, National Research Council.

一旦选取了恰当的参照物之后，死刑支持者所设想的震慑作用便消失于无形了。以对美国死刑的研究为例。在过去几十年中，美国最高法院在死刑问题上态度反复，先是一律废除死刑（1972年"福尔曼诉佐治亚州"案［Furman v. Georgia］判决），后又部分恢复死刑（1976年"格雷格诉佐治亚州"案［Gregg v. Georgia］判决）；各州同样态度不一，一些州先后废除了死刑，另一些州迄今仍然在判决和执行死刑。这种时间和空间上的多样性，为研究死刑的震慑效应提供了最佳的样本；而跨时段、跨州的对比显示，各州凶杀率及其它暴力犯罪率起伏的步调和幅度，并没有因为死刑的存废而表现出什么差异。类似地，美国与加拿大（1967年起严格限制死刑适用范围）之间的长时段跨国对比，同样显示犯罪率涨落并不受到死刑存废的影响。[1]

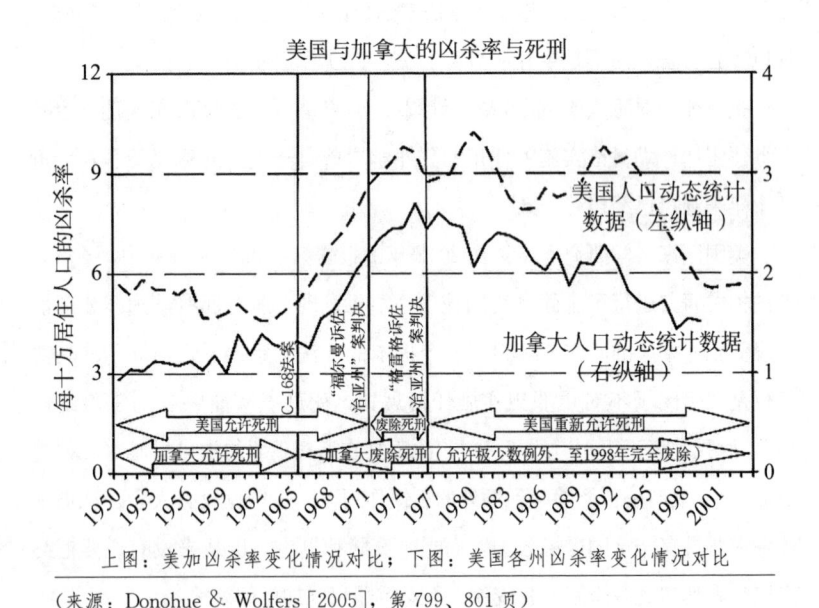

美国与加拿大的凶杀率与死刑

上图：美加凶杀率变化情况对比；下图：美国各州凶杀率变化情况对比

（来源：Donohue & Wolfers［2005］，第799、801页）

---

[1] John Donohue & Justin Wolfers (2005), "Uses and Abuses of Empirical Evidence in the Death Penalty Debate," *Stanford Law Review* 58:791–845.

美国的凶杀率

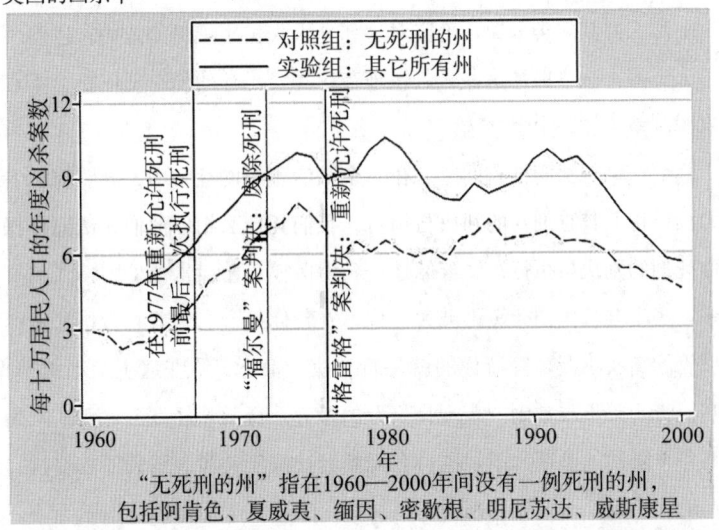

每十万居民人口的年度凶杀案数

- - - - 对照组：无死刑的州
———— 实验组：其它所有州

（图中标注）
- 在1977年重新允许死刑前最后一次执行死刑
- "福尔曼"案判决：废除死刑
- "格雷格"案判决：重新允许死刑

"无死刑的州"指在1960—2000年间没有一例死刑的州，包括阿肯色、夏威夷、缅因、密歇根、明尼苏达、威斯康星

为什么死刑并没有想象中"杀一儆百"的威力？因为**其它常见重刑的震慑力已经足够强大，导致死刑的边际震慑效用几可忽略不计**。倘若某人的作案念头不能被其它常见重刑震慑，那么它基本同样无法被死刑震慑：比如有些凶手因为口角之争而暴起伤人，一时冲动下根本不及思考这样做需要承担的后果；又比如有些时候杀人是走投无路的选择，比如长期遭受家暴生不如死，忍无可忍但求解脱，早已将性命置之度外；当然，还有一些人在谋杀前进行了周密的计划，但盘算的无非如何掩盖行迹、避免案发落网，而不是落网之后究竟会判什么刑。没有人的思维方式当真会是："看，陈世峰在日本杀了一个人，居然没有判死刑，只判了二十年监禁。太好了！我这就动身去日本杀杀人，吃它二十年牢饭，平白赚上一条命吧！"

细心的读者会发现，上述说法得以成立的前提是，人们普遍预期其它常见重刑（特别是监禁）在判决之后能够获得有效的执行。相反，假设一个社会实在法治不彰，以至于人人心知肚明：权贵子弟即便表面上被判终身监禁，也能凭借家中关系，没过两年就保释或减刑出狱；黑帮大佬就算

空谈

一辈子坐牢,也能对狱卒耳提面命作威作福,并且继续遥控外头的帮派事务——那么监禁之类刑罚,确实对这部分人失去了震慑的效力;也怨不得普通人觉得,一旦抓住这些人赶快连夜杀掉,不让他们有任何机会徇私枉法逃脱制裁,才是上上之选。

然而这种想法同样有问题。**在一个法治不彰的社会中,既然徇私者有能力操纵扭曲其它刑罚的判决与执行,我们凭什么相信他们无法同样操纵扭曲死刑的判决与执行?** 倘若你是一名为保权势蓄谋毒杀外国情人的高官贵妇,多半会被先判死缓再减为无期,倘若你是一名遭遇野蛮执法愤而刺死城管的街头小贩,等待你的就是斩立决的命运。除非撞上运动式严打,否则权贵子弟不难拿到"表现良好"的考评,获得从轻发落,而从来用不着亲手干脏活的黑帮大佬,也自有无数套让底层喽啰背锅顶罪的安排;可是运动式严打,一则倏忽来去不可持久,二则易于屈打成招滥杀无辜。指望靠"乱世用重典"的逻辑来支持死刑,既无法从根本上摆脱贵贱不同轻重有别的困境,又造成种种额外的负面后果,与法治前提下的"死刑震慑论"一样站不住脚。

三、惩报、同态报复、司法可谬性

无论"震慑"还是"改造",强调的都是**刑罚的效果**;"惩报"则不然,关注的是内在于**刑罚本身的公正性**——用道德哲学的术语来说,"惩报"本质上是一个"道义论的(deontological)"而非"后果论的(consequentialist)"概念,反映了"惩报正义(retributive justice)"对刑罚的道义要求与约束。

与此同时,在这三方面的理由中,"惩报论"也最经常被用来支持死刑的设立和实施——毕竟"杀人偿命,欠债还钱,天经地义"这样的说法,的确非常符合我们关于公平与道义的朴素直觉。

但是仔细思考便会发现,**惩报论(以及道义论)与死刑之间的关系**,

远比这种朴素的认知来得复杂。首先，单从刑罚需要体现"惩报正义"这一点，并不能推出**具体什么模式或者什么比例的惩报才是公正的**，而后者恰恰是围绕死刑的争论焦点所在。

我们很多人之所以认为"杀人偿命"是"天经地义"，其实是因为相信："以眼还眼、以牙还牙"式的"**同态报复**（like-for-like retaliation）"，亦即将作恶者造成的伤害原封不动地施加到作恶者身上，乃是惩报正义最自然、最合理的体现；"杀人偿命"，只不过是将"同态报复"原则运用到对命案的制裁上而已。

问题是，**将"同态报复"作为一以贯之的惩报原则，对于前法律时代自作主张的私刑而言或许还有落实的可能，但在任何公共化的、非人格化的刑法体系中却都是没有可操作性的**。假设某甲横行霸道，无端打落了邻居某乙的两颗门牙，某乙告上法院；此时法院惩罚某甲的方式，绝不会是强迫其被某乙反过来打落两颗门牙（"以牙还牙"），而是判决某甲入狱服刑若干时间（并赔偿某乙一定费用），通过剥夺某甲行动自由的方式来实现"惩报"。类似地，刑法施加于强奸犯的"惩报"，绝不是找人来将其强奸一顿；施加于纵火犯的"惩报"，也绝不是将其活活烧死；等等。事实上，法律对绝大多数罪行的惩报，都是综合其恶劣程度等各方面因素，**按照合理的比例"换算"为可通用于各类罪行的合理刑罚手段**（比如年限不一的监禁）。

既然刑法本来就不以"同态报复"为一般性的指导原则，则基于"同态报复"原则的"杀人偿命"思维，自然也并不代表什么理所应当的刑罚模式。我们之所以直觉上认同"杀人偿命天经地义"的说法，恐怕只是因为我们觉得作恶者遭遇"一报还一报"的命运属于"**活该**"、不值得怜悯；但感性层面视这种命运为"活该"，并不意味着应该**由法律来将这种"活该"加以制度化和正当化**——比如也许不少人会觉得一个强奸犯遭到别人强奸实属"活该"，但这并不意味着刑法制度对强奸犯的惩罚应当是"授权执法者将他们一一强奸"。同样地，即便认为杀人犯被杀实属"活该"，也不等于说刑法制度对杀人犯的惩罚应当是"授权刽子手剥夺他们的生命"。

这里不免有人质疑:"同态报复"即便不能成为刑法实施惩报的普遍原则,难道就不能作为命案惩报的特殊模式?前面提到,死亡蕴含着独一无二的"生存终结性";正因如此,谋杀案(蓄意剥夺他人生命)的恶劣程度,直观上似乎远远超过其它常见的刑事案件。**就算对其它所有刑事案件的惩报,都可以根据其恶劣程度,成比例地换算为监禁年限,谋杀案的恶劣程度也仍然可能超出了这种换算的上限(终身监禁)**,只能采取"杀人偿命"的方式来实现。换句话说,至少对谋杀罪来说,其法律惩报的模式似乎不但可以,而且应当有别于其它普通的刑事案件,不是吗?

然而死亡的这种"生存终结性",当真足以支持刑法采纳"杀人偿命"的原则吗?恐怕非但不能,而且恰恰相反,其至少为废减死刑提供了两个重大的理由。

第一个理由涉及司法判决的"**可谬性**(fallibility)":毕竟人类并不具有全知的能力,再严密的制度设计、再严谨的审讯过程,也无法确保证据的搜集与采信总是指向案情真相,因而无法完全避免冤假错案的发生。换句话说,**只要设立死刑制度,就必然会有人冤死刑场,区别只在于这种"假阳性"的概率大小。**

政治压力与刑讯逼供无疑会增加这一概率,聂树斌、呼格吉勒图等都是耳熟能详的例子;但即便是在法治相对完善的社会,枉判死刑的情况也时有发生。美国最高法院已故大法官斯卡利亚(Antonin Scalia),曾在1994年的一份判决中,以涉嫌在1983年参与轮奸并杀害一名十一岁女孩的死刑犯麦克考卢姆(Henry McCollum)为例,来"证明"某些人罪大恶极、"不杀不足以平民愤";然而2014年的DNA检测却证明了麦克考卢姆——及其在同案中被判终身监禁的同母异父弟莱昂·布朗(Leon Brown)——实属无辜,幸好此时已被关押三十多年的他,由于旷日持久的死刑操作复核程序而一直未遭处决,才得以在有生之年洗刷冤屈、重获清白与自由。

如果说"惩报正义"要求**法律程序尽可能追究每一个作恶者**（降低判决结果"假阴性"的比例），那么它同样要求**法律程序尽可能减少对任何无辜者的冤枉和伤害**（降低判决结果"假阳性"的比例）。由于司法判决的可谬性，这两个要求之间必然存在张力，只能在实践中尽量合理地平衡取舍。废减死刑，正是考虑到死亡独一无二的"生存终结性"，而采取的平衡取舍之法：**用其它刑事手段（比如长期或终身监禁）来替代死刑，既实现对作恶者的惩报，又为受枉者保留了及时洗冤、重见天日的一丝希望**。倘若我们的确认为"人命关天"，就应当极尽所能地避免动用死刑。

四、惩报正义与人道主义：杀人犯应该被当作人来对待吗？

对于上述说法，想必有人追问：凭什么断定司法判决无法百分之百地避免出错？说不定随着刑侦技术的发展，我们终有一天能够完全复现任何案情的真相呢？退一步说，就算我们的确无法保证在所有案件的审讯上都不犯错，现实中也仍然存在不少**证据确凿、绝无翻案可能**的例子，那么凭什么就不能一分为二地处理，既避免将死刑运用于其它尚存疑点的命案，又对这些证据确凿的凶手判处死刑呢？——比如假设陈世峰的作案全程被摄像头拍下，或者假设他在庭审过程中失言，亲口承认自己是蓄意谋杀（而非失手误杀或者激情犯罪），这种情况下判其死刑，不就没有"枉杀无辜"的担忧了？

司法判决的可谬性，诚然放大了死刑与"惩报正义"之间的张力，却并非张力的根源所在。更深层的问题仍然是：**蕴含"生存终结性"的惩报手段，究竟在什么意义、什么程度上合乎或背离正义的原则？**——当然，"何为正义"，本身是一个历久不息的话题；不过就质疑死刑与正义的关系而言，我们并不必卷入错综复杂的各派正义理论之争，只需从后者已有基本共识的某些司法实践着手即可。

首先，随着人类文明的发展，绝大多数社会的刑法体系已经先后废除了曾经广泛存在的"**肉刑**"（砍手、削膝、割鼻、挖眼、阉割等导致**永久肉体伤残**的惩罚）与其它**酷刑**（譬如鞭刑、石刑、车裂、凌迟等等），以及"游街示众"等**精神摧残**。酷刑的残忍自不待言；肉刑在当时施加生理痛楚之外，还因为伤残的不可逆，而令受刑者回到社会后终身背负歧视、无法洗脱污名；游街示众，则旨在直接践踏犯人的尊严。尽管表现方式及程度不一，这些前现代刑罚手段的本质却是相通的：拒绝把犯人"**当作人来对待**"，并因此施以惨无**人道**的（或者说，违背**人道主义**原则的）凌虐。

诚然，死刑未必都以惨厉痛苦的方式执行（绞刑、斩首、凌迟、电椅、注射死亡等不同行刑方式造成的痛苦程度肯定有所差别），但这不意味着它并非一种不把犯人当作人来对待的刑罚。死刑与肉刑的相似之处在于，二者都构成了**生存层面的不可逆伤害**（而不仅仅是**时间维度上的不可逆损失**，比如监禁同样剥夺了犯人在正常社会生活的时间，但这种时间维度上的不可逆性是内在于所有事件、因此也内在于所有刑罚的）。肉刑的不可逆只是体现在生理伤残上，死刑的不可逆则更为彻底，来自蕴含"生存终结性"的死亡，对个体未来的存在与生活及其改过自新的资格的一笔勾销——而把人当作人来对待，其中一个方面正是承认其作为道德主体的"能动性（agency）"，亦即理解道德概念与行为后果并据此自主行动的能力，以及作为道德主体运用这种能动性追求自我实现与自我改造的能力和资格。

然而为什么要废除这些不把犯人当人看的刑罚？凭什么认为，但凡违背人道主义的刑罚手段就是不合理的？**倘若犯人本身是以惨无人道的方式行凶施暴，这种行为难道不足以取消其被别人、被法律当作人来对待的资格？** 同理，倘若一个人谋害了别人的性命、剥夺了别人作为道德主体继续运用能动性的机会，我们凭什么不能认为他因此放弃了作为道德主体继续运用能动性、追求自我实现与自我改造的资格？

前面已经提到，但凡公共化的刑法体系，都不可能以"同态报复"作为一般原则。这并不仅仅是因为其在实践中缺乏可操作性，也是因为某些同态报复的手段**本身之惨无人道**，超出了蕴含在正义概念中的人道主义原则所可以接受的限度。对强奸犯还以强奸、对虐待犯百般折磨、将伤人者砍成伤残、将纵火犯活活烧死，这些残忍的"一报还一报"，或许满足了受害者及围观者对施暴者"复仇（revenge）"和"报复（retaliation）"的心理需求，却并不能因此成为获得法律承认和承担的"惩报"。

惩报旨在**实现正义**，而**复仇或报复**却在此之外（或以此为名）掺杂了**情绪的宣泄**。正义的实现，内在地要求我们把受罚者当作人来对待：只有当受罚者能够被视为道德主体、能够理解并回应与正义相关的理由时，将其称为"惩报"才有意义（我们出门被树根绊倒、或被野狗吓着，可能会踢它两脚泄愤，却不会宣称这是在主持正义）；同样出于这个原因，现代刑法并不会惩罚没有民事行为能力（亦即不足以作为**道德主体**承担责任、只能作为**道德受体**获得关爱）的精神病患。相反，以正义之名而行报复之实者，却拒绝将受罚者当作活生生的"**人**"来对待，而仅仅作为**泄愤的对象和工具**。

为了满足惩报正义的要求，刑法体系用以取代"同态报复"的"**合理换算**"原则，其换算的合理性，并不单单体现在罪与罚的换算**比例**上（避免轻罪重罚、重罪轻罚），也体现在换算所采用的刑罚**模式**上；而是否将犯人当作人来对待、而非仅仅将其当作泄愤的对象和工具，正是判断刑罚模式本身合理与否的重要依据。就算我们认为强奸、虐待、致人伤残等罪行再恶劣，也不会因此认为它们无法换算为特定年限的监禁，而需要采用罪行的同态模式进行惩罚。

这意味着上节提到的"谋杀案的恶劣程度超出了监禁时长的换算上限"的论调，面临着如下的**两难**。一方面，假如谋杀罪比其它刑事案件（比如强奸）更为恶劣，便意味着将死刑作为惩报手段，比其它同态报复（比如对强奸犯执行强奸）的模式更为恶劣；由于后者已经超出了惩报正义的容许范围，因此死刑同样也超出了惩报正义的容许范围。反过来另一方面，假如死刑在惩报正义的容许范围之内，其恶劣程度便低于其它同态报复模式（比如对强奸犯执行强奸），但这也就意味着谋杀的恶劣程度低于其它刑事案件；而既然对后者的惩罚可以换算为不同时长的监禁，对谋杀的惩罚自然也并没有超出这种换算的限度。

死刑无助于对罪犯的改造和对潜在罪犯的震慑，又与惩报正义原则暗含的人道主义观念相牴牾。那么像陈世峰这样的杀人犯，究竟应当遭到怎样的惩罚呢？正如此次日本司法体系所做的那样：通过公开公正的庭审，和检方认真细致的证据搜集与交叉质证，令其杀人预谋大白于天下，无法靠伪装"一时冲动、后悔莫及"来逃脱法律的惩罚与世人的声讨；在程序正义基础上得到的判决，令其未来二十年间身陷囹圄，为失去自由与青春而懊悔。倘若狱中生涯能令他洗心革面、痛改前非，则可以说是正义得偿之余的额外收获。

以赛亚·伯林的自由观

刊《法哲学与法社会学论丛》第 19 辑（法律出版社，2014 年），第 1—27 页。

在其新近发表的《消极自由的基础》一文中，周保松试图通过审视以赛亚·伯林（Isaiah Berlin）的自由观，为当代中国自由主义争论提供新的视角与思路。[1]他认为，伯林的自由观是不完备的，缺少一套"有关自由人的主体论述"，亦即现代人将自身视为具有道德自主性的个体这样一种根本的自我理解。缺少了这种主体论述，自由的意义便难以得到坚实的证成，自由主义也终不免相对主义与虚无主义的困惑，而这正是深受伯林影响的当代中国自由主义知识分子面临的问题。要解决这个问题，就必须超越伯林关于消极自由与积极自由的二分，从奠基性的道德自主概念出发，重构自由主义的论证。

对于周保松的这些理论直觉与关怀，我持有相当程度的认同：伯林的自由观确实存在许多问题，当代中国知识界对自由主义的理解确实往往流于片面和肤浅，自由主义的证成根本上也确实无法回避关于人类个体作为道德主体的规范论述。但《消极自由的基础》一文对伯林的批评本身却难以令人信服。

概而言之，问题出在两个方面。一是对被批评者的文本与理论的误读：周保松沿袭了对伯林自由观的一种典型的、流害甚广的曲解，即认为伯林主张消极自由应当优先于积极自由，甚至主张自由主义者应当完全拒绝积极自由概念。在误解的基础上审视伯林,使得后续的批评很大程度上沦为对稻草人的攻击。二是其在分析伯林式价值多元论自由主义面临的困难时,缺乏对被批评者的理论进行"同情重构"的意识,[2] 未能首先力求呈现伯林式进路整体上最有力、最可能成功的版本,而是着眼于直觉的、表面的疏漏进行攻击。这样的攻击由于很容易通过论证上的小修小补得到回应,因此远不足以撼动伯林的理论框架。[3]

在本文中,我试图针对周保松一文中体现出的问题,为伯林的自由观略加澄清与辩护。在前两节中,我首先说明伯林并非许多人眼中的"消极自由的鼓吹者",并将这种误解的源头追溯到伯林的文本含混与理论张力之中;后三节则展开重构伯林自由观背后的价值多元论框架,尽力勾勒出最有望用以化解前述理论张力的资源与策略,以便为未来进一步的探讨与反思奠定基础。

一、消极自由的鼓吹者?

《消极自由的基础》一文开篇宣称:

1　周保松,《消极自由的基础》,《南风窗》2013年第19期,后收入周保松,《政治的道德:从自由主义的观点看》(香港中文大学出版社,2014),第49—57页。以下引用此文时,均采用《政治的道德》一书中的页码,并略写为"周"随文标注。
2　亦即戴维森所提出的、理性对话应当遵循的"宽厚原则(principle of charity)",参见 Donald Davidson (1973-1974), "On the Very Idea of a Conceptual Scheme," *Proceedings and Addresses of the American Philosophical Association* 47: 5-20, 第19页。
3　需要说明的是,《消极自由的基础》并非发表在学术刊物上,本不应以论文标准苛求之,也绝不能用来代表其作者的学术水平。本文选取一篇专栏文章作为讨论的切入点,固然因为其体现出的这两方面问题在当前知识界对伯林(以及其他理论家)的讨论中颇为常见,但更主要的原因却是初稿写作时的偶然,及其后修改成文过程中的路径依赖(或者说懒惰)。当然,这种做法未免也有不"宽厚"之嫌,还请该文作者以及本文读者见谅。

在当代中国自由主义论争中，伯林的《两种自由概念》影响深远。在这篇被誉为 20 世纪最重要的政治哲学论文中，伯林提出了两个著名命题。一、将自由区分为消极自由与积极自由，并认为自由主义应该拥抱前者而拒斥后者，因为积极自由很容易导致极权主义。二、消极自由的基础，在于价值多元论。由于价值本质上多元且不可化约为任何单一和最高的价值，价值冲突于是不可避免，选择遂变得必要和重要。就我观察，这两个命题，深刻地影响了中国知识界对自由主义的想象，并成为理解和评价自由主义的起点。（周，页 49）

我很同意周保松的最后这个观察——诚如其所言，此处概括的两个命题确实"深刻地影响了中国知识界对自由主义的想象，并成为理解和评价自由主义的起点"。

只不过，这两个命题其实并非对伯林本人主张的确切概括，尤其第一个命题——"［伯林认为］自由主义应该拥抱［消极自由］而拒斥［积极自由］"——更是对伯林彻底的误读。有趣的是，一方面，真正深刻影响中国知识界想象的，其实恰恰是这种误读，而非对伯林本人立场的确切了解；另一方面，尽管周保松洞察到了这两个命题对中国当代自由主义争论的影响，但他在批评中国知识界的同时，却与其批评对象一样，不加甄别地将这两个命题作为伯林本人的观点而接受了下来。

当然，这种状况并不能完全归咎于中国知识界。事实上，对伯林的误读流传之广、流毒之剧，即便在英美学界也是令人头痛的问题，已经到了连伯林专门撰文澄清都几乎于事无补的地步。

早在 1969 年《自由四论》一书出版时，伯林就已经花费其《引言》中的大量篇幅，对《两种自由概念》问世以来招致的误解与批评做了回应。[1]

---

[1] 《自由四论》于 2002 年增订为文集《自由》（Isaiah Berlin, *Liberty*, edited by Henry Hardy, Oxford University Press），原书的《引言》略经修改后仍与《两（转下页）

空谈

伯林在《引言》中一再强调，自己绝不是消极自由一门心思的鼓吹者，也不是积极自由的什么掘墓人。消极自由当然是极其重要的，但积极自由的意义比之毫不逊色：

"积极"自由，作为对"我应当受谁统治？"这一问题的回应，乃是一个正当的、普世的目标。我不明白为什么居然有人认为我会怀疑这一点，或者认为我会怀疑更进一步的命题：民主自治是一种基本的人类需求、是某种具有内在价值的东西，无论它与消极自由的诉求或者其它任何目标的诉求是否存在冲突。（L，页39）

在伯林看来，作为人类社会政治生活的两种终极价值，消极自由与积极自由并没有高下先后之分。自由主义者应当强调哪个概念、弱化哪个概念，必须依赖于具体的历史情境而定：

这两个概念的兴衰很大程度上可以追溯到，特定时刻下具体哪方面危险对一个群体或社会造成的威胁最大：是过度控制与干预的一面，还是不受控制的"市场"经济的一面。看起来两个概念中的任何一个都有可能遭到扭曲，从而恰恰引发创造此概念时所旨在抵御的那一种恶。（L，页39）

那些忍受着某一种体系的缺陷的人，往往会遗忘另一种体系的短处。在不同的历史环境下，某些政体会变得比另一些政体更有压迫性，此时对其加以反抗便比顺从之更为勇敢和明智。（L，页50）

（接上页）种自由概念》一同收录其中。本文对这两篇文章的引用均来自增订后的 *Liberty* 一书，以下略写为 "L" 随文标注；本文对伯林的引用皆为我自己的翻译，与现行中译本或有较大区别。

倘若某时某地积极自由的含义遭到扭曲、而消极自由的意义为人忽视，自由主义者便应当更多地宣扬后者的意义；反过来，倘若某时某地遭到滥用的是消极自由概念、而积极自由得不到基本保障，那么自由主义者同样需要为实现后者而奔走呼吁，正如历史上所有伟大的自由主义思想家——包括托克维尔、密尔、贡斯当等等——都曾做过的那样：

毫无疑问需要记住，消极自由的信念同样相容于巨大而持久的社会罪恶，并且（考虑到观念对行为的影响）曾经在造就这些罪恶上扮演过自己的角色。……当然地，对不干预的鼓吹（比如"社会达尔文主义"）曾被用于支持政治上与社会上的毁灭性的政策，这些政策武装强者、残忍者与不择手段者，去欺凌仁善者与弱小者，武装有力者与无情者，去欺凌缺乏天分者与缺乏时运者。……或许我本来应该强调（尽管我认为这一点实在太过明显，已经不需要特地再说了），[允许和鼓励不受约束的自由放任主义的社会法律体系]不能为个体或群体提供最低限度的条件、以便对"消极"自由施行任何显著程度的运用，而缺少了这些条件，消极自由对于那些也许在理论上拥有这种自由的人来说，便是毫无价值或者几乎毫无价值的。……

所有这些都是臭名昭著地真实的。法律层面上的自由是与剥削、残暴、不义这些极端情况相容的。由国家或者其它有效的机构进行干预，以便为个体保障运用积极自由——以及至少最低限度的消极自由——的条件，有着压倒性地强有力的理由。像托克维尔、密尔，甚至（对消极自由的强调甚于任何现代作者的）贡斯当这样的自由主义者，都没有忽视这一点。(L，页37—38)

《两种自由概念》之所以将警惕对积极自由概念的扭曲作为基调，正出于这种对特定历史情境的判断，具体来说包括两点。其一，在当时的伯林看来，之前的理论家已经对滥用消极自由概念导致的危害做了深刻的揭示，自己没有必要再去锦上添花（或画蛇添足）；

> 我原以为，经济个体主义与不受制约的资本主义竞争的血淋淋的故事，今天已经用不着再去强调了。……
>
> 我原以为，对于个人自由在不受制约的经济个体主义支配下的命运，几乎所有关注这一问题的严肃的现代作者都已经说过，也就足够了。（L，页38）

反过来，由于伯林的前辈们对滥用积极自由概念的危害强调得尚不充分，因而他有必要对此反复申说。

之所以会出现这种不对称的情况，与两种自由概念的历史发展路径有着密切的联系。从历史上看，相比于消极自由传统，积极自由传统更多地遭到了两条关于"自我"的教义——即"自我应当被二分为由（高级的）理性代表的'真实'自我与由（低级的）欲望代表的'虚假'自我"这条教义与"个体的'小我'应当认同于（诸如国家、民族、阶级之类）更高层次的集体'大我'"这条教义——的渗透与扭曲（L，页179以下）。这使得：

> 无论是出于怎样的理由或原因，"消极"自由概念（作为对"我在多大程度上应当被统治？"这一问题的回应）——无论其各种不受束缚的形式将导致多么灾难性的后果——在历史上并没有像其"积极"的对立面那样，经常地、有效地被其理论家扭曲成为黑暗形而上学的、具有社会灾难性的、远离其本义的东西。[积极自由]可以在被扭曲成其反面的同时，仍旧利用到其无辜本义引发的美好联想。而[消极自由]则更经常地被视为其本来即是的东西，包括它的优点与缺点在内；在过去数百年中，从不缺少对其灾难性内涵的强调。（L，页39）

这里需要注意几点。首先，尽管伯林的用词有时似乎是在暗示说，积极自由之所以在历史上更多地遭到扭曲，是因为这个概念本身在哲学上更容易遭到扭曲,但这是他作为观念史家而非分析哲学家、用词常常不严谨而导致的问题(我在下一节中将回到这一点上来)。就其整体思想而言,伯林所谓积极自由更多或更易遭到扭曲的论断乃是一个关于历史事实的命题,而非关于哲学必然性的命题。在这一点上,周保松的看法无疑是正确的:

> 伯林所说的积极自由的堕陷,并没有哲学上的必然性。通过观念的厘清和制度的确立,个人自主的理念完全可以为公民自由和政治权利提供合理的支持。(周,页 56)

只不过伯林从来没有否认这一点罢了。事实上他完全承认,这种堕陷:

> 无疑可以同样轻易地侵入"消极"的自由概念,使得其中不应受干预的自我,不再被理解为具有平常所说的实际愿望与需求的个体,而被理解为内心深处那个"真正的"人,追求的是其经验层面的自我所不曾梦见的某种理想的目的。此外,与"积极"自由的自我一样,这一实体也可以被混同于某种超越个人的实体——国家、阶级、民族,或者历史进步本身,而被视为比经验层面的自我更为"真实"的属性主体。(L,页 181)

> 在[被前述两种关于"自我"的教义逐渐渗透的历史]过程中,[积极自由]从原本支持自由的信条变成了支持权威的信条、有时是支持压迫的信条,并成为了专制主义所青睐的武器,这一现象在我们当今已经屡见不鲜了。[但我在《两种自由概念》一文中]也很注意地指出,这本来同样可能是消极自由信条的命运。(L,页 37)

退一步说,即便积极自由概念确实因为哲学上的某种原因,而必然更容易比消极自由概念遭到扭曲,这也并不意味着自由主义者们应当必然地选择拥抱消极自由、拒斥积极自由。因为每个自由主义者都身处某个具体的历史情境之中，首先需要判断的并非两种自由概念在整个历史过程中遭到滥用的普遍风险（尽管这种普遍性也是考虑因素之一），而是此时此地的特定风险与危害。当滥用消极自由概念、忽视积极自由意义而导致的危险已经迫在眉睫时，仍旧固执于哲学上的潜在趋势而不知变通，只能说是抱薪救火，南辕北辙。

并且，两种自由概念遭到扭曲的容易程度如何，与两者遭到扭曲后导致的危害严重性如何，是两个完全不同的问题。伯林的误读者们往往在此处犯错，以为（伯林认为）消极自由概念即便遭到滥用，其危害也远远不如对积极自由概念的滥用来得剧烈。然而伯林本人绝不这样想：

雅各宾派"压抑性的宽容"对［消极自由］的毁灭，与（无论多么宽容的）专制主义对积极自由的毁灭与对其臣民的贬抑，都有着同样的效力。（L，页 49—50）

防范对消极自由概念的滥用，与防范对积极自由概念的滥用，对自由主义而言同样必要。

《两种自由概念》背后的另一个历史判断是，伯林进行这一演讲正值冷战前期，其时共产主义者扭曲积极自由概念的后果初显，而西方左翼知识分子对前者的乌托邦尚存幻想，因而就此发出警告正是当务之急：

在目前，自由主义中的极端个体主义大约并不能算是一股上升中的力量，而"积极"自由的修辞——至少是其遭到歪曲的形式——相比之下则要显赫得多。（L，页 39）

但伯林的意思绝不是说，拥抱消极自由、拒斥积极自由必须（或必将）成为从今往后自由主义的使命与宿命。时移世易，苏式乌托邦破灭之后，未始没有重新提醒世人防范相反方向过犹不及——由滥用消极自由概念、忽视积极自由的意义而导致另一极端的恶——的需要。

而且即便身处冷战之时,也不能因噎废食,仅仅出于担忧积极自由概念遭到扭曲,就将这一基本诉求弃如敝屣。众所周知,伯林是一个坚定的反共者,但鲜为人知的是,他终生对西欧各国的社会民主党派保持深切的同情与支持;另一方面,他既是罗斯福新政的热烈拥护者,同时又对福利国家的理念与实践可能诱发的集体主义思潮屡屡表达担忧。正如他自己所言:

在抵抗眼前巨大的恶之时,也不能够对任何一种原则一旦完全胜利之后可能导致的危险盲目无视。(L,页 50)

伯林本人在思想上与实际政治事务中这种一贯的"复杂"立场,恐怕会令许多因为误读伯林而追随他的人(特别是奉其"消极自由"教义为圭臬的自由至上主义者们)大为光火。但对伯林来说,这恰恰是价值多元论命题的真谛所在。消极自由与积极自由都是正当而普世的终极诉求,但两者之间(以及两者与平等、正义、安全等其它同样正当而普世的终极诉求之间)又必然存在矛盾与冲突。这意味着自由主义者必须对具体的历史情境保持警觉,必须根据时势而在不同目标与价值之间做出艰难的判断和取舍,而非教条式地固执某一特定诉求不知变通。这样的权衡取舍毫无疑问是艰难的,然而鉴于对价值多元性的认识,这样做也是必要和不可逃避的,因为:

在不同终极价值不可调和处,原则上是无法找到一刀切的解决方案的。(L,页 42)

只要把握了价值多元论这个要旨,伯林的立场便一目了然了。

二、含混与张力

既然如此,为什么还有这么多人误读伯林,为什么这种误读牢固到连伯林本人都难以破除的地步?这很大程度上要归咎于伯林自己。前面提到,伯林是一个出色的观念史家,但他并非一个热衷于辨析词义、推敲逻辑的分析哲学家;他在运用概念和陈述命题时往往流于直觉,疏于严谨,从而对读者产生严重的误导。[1] 伯林在批评 T. H. 格林时曾说,自己完全赞同格林的政策主张,不同意的只是他误导性的遣词,因为:

遣词是重要的。作者本人的观点与目的,并不足以让对误导性术语的使用在理论或实践上变得无害。(L,页 42 注)

这段考语很可以用在伯林自己身上。

在《两种自由概念》(甚至澄清性质的《引言》)中,伯林对概念与命题的表述主要存在两大问题。一是无论对消极自由概念还是积极自由概念,均无法给出一贯、严格、恰当的定义。所有定义要么相互不一致甚至矛盾,要么诉诸直觉、类比、修辞而含混不清。概念分析上的力不从心,使得伯林在提出某些伪问题的同时,忽视了另一些真问题。[2]

---

[1] 实际上伯林本由分析哲学出身,但因先后对逻辑实证主义、日常语言学派的进路产生怀疑,而与之渐行渐远。其早期哲学论文收录于 Isaiah Berlin (1999), *Concepts and Categories: Philosophical Essays*, edited by Henry Hardy, with an introduction by Bernard Williams, London: Pimlico.

[2] 限于篇幅与主题,本文无法对这些问题加以讨论。对伯林所提出的两种自由具体定义的讨论已经构成了一个相当庞大的文献群,其中比较经典的包括:Gerald C. MacCallum Jr. (1967), "Negative and Positive Freedom," *Philosophical Review* 76 (3):312-334; Charles Taylor (1979), "What's Wrong with Negative Liberty," in Alan Ryan (ed.), *The Idea of Freedom*, Oxford: Oxford University Press; (转下页)

二是伯林在行文中对两种自由概念本身与其被扭曲的诸种形式之间的差别缺乏足够的强调意识，许多时候其表述看似在比较消极自由与积极自由，实则涉及的却是消极自由概念本身与遭到扭曲之后的积极自由概念之间的对比。比如以下这一段：

在我看来，相比于在庞大的规训的、威权主义的结构中寻求阶级、人民、或者全人类的"积极"自主的理念的那些人的目标来说，多元论及其所蕴含的"消极"自由的办法是一个更真确的、更人道的理念。(L，页216)

这段话很容易也很经常被误读为消极自由比积极自由更真确、更人道，然而细读可知，这里并非在两种自由概念本身之间进行对比，真正比较的是前者的本真形式与后者的扭曲形式。

正因如此，《两种自由概念》中的许多表述给人留下伯林认为消极自由是自由主义的唯一终极价值的印象。[1] 但事实上，即便是作为积极自由传统之代表人物的T. H. 格林，也仍然被伯林承认为"一个真正的自由主义者"(L，页180注1)，而且消极自由"即便在最为自由主义的社会中，

(接上页)Tom Baldwin (1984), "MacCallum and the Two Concepts of Freedom," *Ratio* 26(2): 125 - 142; Quentin Skinner (1986), "The Paradoxes of Political Liberty," in Sterling M. McMurrin (ed.), *The Tanner Lectures on Human Values VII*, Salt Lake City: University of Utah Press; Philip Pettit (1997), *Republicanism: A Theory of Freedom and Government*, Oxford: Oxford University Press; Eric Nelson (2005), "Liberty: One Concept Too Many?," *Political Theory* 33(1): 58 - 78; Philip Pettit (2011), "The Instability of Freedom as Noninterference: The Case of Isaiah Berlin," *Ethics* 121(4): 693 - 716; 等等。

[1] 比如：L，页176，构想一个"具有自由主义头脑的专制者"的存在；页193—194，指责孟德斯鸠在误用——注意并非严格使用——积极自由概念时"遗忘了自己的自由主义时刻"；页211，推测积极自由"对于自由主义者而言其首要价值或许在于"作为保障消极自由这一"自由主义者们视为一种终极价值的东西"的手段，并声称"对于贡斯当、密尔、托克维尔，以及他们所属的自由主义传统而言"，有关消极自由的两条原则是判定一个社会是否自由的根本标准；等等。

空谈 137

也不是社会行动的唯一标准,甚至不是支配性的标准"(L,页214)。纵观伯林的思想,可以认为在他看来,自由主义最核心的主张是:

将自由作为目的本身而加以追求,[亦即]相信,自由地做出选择,而非由人代为选择,乃是使人得以为人的不可割离的要素;而这一信念[同时构成了以下两个诉求的]基础,[其一是]对于自己所生活的社会之法律与实践拥有发言权,这样一种积极的诉求,[其二是]拥有一个能够在其范围内做自己的主人的、必要时可以人为划出的领域,一个"消极"的领域,在其范围内,只要一个人的行为与有组织的社会之存在能够相容,他便没有义务就其行为向其余任何人负责。(L,页52)

诚然,这两个诉求之间(以及两者与其它终极诉求之间)存在着不可调和的冲突,但自由主义者们绝不应当将这种冲突理解为:

消极自由作为绝对价值,与其它某些低级价值[之间的冲突]。问题比之更为复杂、更为痛苦。(L,页48)

行文至此,已经大致澄清了《消极自由的基础》文中对伯林自由观的一个典型误读,以及这种误读产生的根源。但该文读者或许会认为,以上澄清根本是无关宏旨的。毕竟,无论伯林本人是否真的主张自由主义应当拥抱消极自由、拒斥积极自由,对《两种自由概念》的这种误读终究确实影响了中国知识界对自由主义的想象。所以尽管周保松的批评并不适用于"真实的伯林",但我们完全可以把他的批评原样照搬到"被误读的伯林"及其所代表的理路上,这种批评并不需要依赖于对伯林的精确理解而成立。

我们姑且抛开这种看法对于伯林本人是否公平的问题,只需注意以下这一点:周保松在《消极自由的基础》一文中,除了批评"拥抱消极自由、拒斥积极自由"这种对自由主义的粗浅理解外,还试图就伯林的价值多元论框架的不足加以论证,从而引出关于自由主义需要更坚实奠基的主张。然而伯林在两种自由概念问题上的立场,与其对价值多元论的信念是紧密联系的。正如伯林所说,将消极自由奉为圭臬的误读,根本是对价值多元论的颠覆:

我并非一边倒地支持"消极"概念、反对其"积极"的双胞胎,因为这种做法本身恰恰构成了一种不宽容的一元论,而这正是我的全部论证所意图反对的。(L,页50注1)

一旦误读了伯林对两种自由概念的看法,便无法确切地理解价值多元论在其自由观中的地位与作用,也就无法针对这一主张做出有的放矢的批评。

价值多元论是伯林思想的核心组成部分,也是理解与反思其自由观的关键;但要厘清二者之间的关系却并非易事。这一方面是因为如前所述,伯林作为观念史家而非分析哲学家,在对命题的阐发与论证中往往不免含混、游移与自相矛盾的表述。但另一方面也是因为,多元主义与自由主义这两类立场之间本身存在着深刻的理论张力,而伯林在表述上的诸多含混与游移,及其早晚期思想中的一些微妙差异,很大程度上正出于对这一内在张力的摸索与尝试回应。

诚然,对多元主义与自由主义的关系这一问题的探讨完全可以不必涉及伯林的具体论说,而直接面向背后更一般的理论问题本身。但倘若我们要审视的是伯林所持版本的价值多元论与其所持版本的自由主义之间的关系,便应当首先确定其所持版本的价值多元论的命题性质与具体内容,避免将其与诸多其它版本的多元主义理论相混淆。同时,还应当对伯林关于价值多元论命题如何导出自由主义结论的表述做一种"同情的解读",即力图从其含混而可能相互冲突的文本中梳理出最与其整体思想相融贯的阐释,并从中(帮助伯林)发展出最有力、最有可能成功的论证策略与路径,再在此基础上考察，如此发展出的论证，倘若成功，将导向何方，倘若失败，最根本的问题出在哪个环节。

在接下来几节中，我将重构伯林从价值多元论命题到自由主义立场的论述，简单阐释（或提出）价值多元论作为先天与客观命题的性质、对"人类视域"存在的预设、自由作为价值（相对于价值多元论命题）的非派生性、价值的制度模式特殊性与道德实质优先性之间的区分、在不可公度的价值之间进行情境化理性选择的可能性等辩护要点，以便说明周保松对伯林的批评何以过于仓促、未能切中要害。当然，仅仅展示出价值多元论的命题特征与辩护方向，并不就等于成功消除了其与自由主义之间的张力，或者解决了其所面临的其它理论困难；要完成这些目标，有赖于本文之外的更进一步论证。

三、（多元）价值的客观性及其人性基础

在审视伯林的价值多元论时，首先需要把握的是，它是一个关于作为客观对象的"价值"本身及其性质的命题，而非关于（特定形态的）人类社会中作为主观信念的"价值观"及其性质的命题。尽管价值的多元性与价值观的多元性之间从直觉上应当存在密切的联系，但从不同版本的多元论命题出发，得出的结论（以及得出特定结论所需的辩护策略）很有可能大相径庭。

我们可以举出罗尔斯（John Rawls）的"（合理的）多元主义之事实（the fact of ［reasonable］ pluralism）"命题，作为谈论价值观（而非价值本身）多元性的一个例子。[1] 罗尔斯指出，在现代自由民主社会中，传统、

---

[1] John Rawls (1993), *Political Liberalism*, Columbia University Press. 不少作者均曾比较指出伯林式多元论与罗尔斯式多元论在性质上的区别，比如 Charles Larmore (1996), *The Morals of Modernity*, Cambridge University Press, 第 156 页前后。

宗教或意识形态领袖的思想权威不再可能得到全社会的普遍遵奉，不同的"整全义理"（统合生活各个环节的世界观与价值观体系）均有可能俘获各自的信徒，价值观的多元化遂成为事实；而这些整全义理中又有为数众多是"合理的"，亦即能够从各自的思想资源中生发出对自由民主制度基本理念的支持，因此"合理的价值观"的多元化同样是现代社会的事实。

伯林的价值多元论的内容与理论旨趣则与此截然不同。伯林的命题是：价值——其存在，及其（有限的）多样性——是客观的。自由、平等、安全、正义等对于人类而言都具有终极的价值，是一个客观事实。而人类作为人类，不可能不追求自由、平等、安全、正义等所有这些价值（尽管不同人持有的价值观体系可能对这些价值进行不同的排序），也是一个客观事实。如其在收录于《观念的力量》一书的晚年自述《我的智识之路》中所说：

> 我认为这些价值是客观的——也就是说，它们的性质、对它们的追求，是人之为人的一个部分，而且这是客观给定的。男人是男人，女人是女人，不是狗或者猫或者桌子或者椅子，这是一个客观事实；而这一客观事实有一部分就在于，有且仅有某些价值是人——如果他还是人的话——能够追求的。……所有人类成员必然拥有某些共同的价值观，否则他们就不再成为人类，同时他们也必然拥有某些不同的价值观，否则他们就不再像事实上那样相互存在差别。
>
> 这就是多元主义不等于相对主义的原因所在——多元价值是客观的，是人性本质的一部分，而不是人的主观幻想的任意创造。[1]

不但如此，不同价值之间既不（本身）存在道德上的高下优劣，却又

1　Isaiah Berlin（2000），*The Power of Ideas*，edited by Henry Hardy, Princeton University Press，第 12 页。

必然（内在地）发生冲突，同样是一个客观的——尽管是悲剧性的——事实：

> 人类的目标是多样的，并非全都可以公度（commensurable），而又永远地处于相互冲突状态之中。把所有价值假设为能够用一个尺度进行衡量，以至于只要稍加检视便可决定其中最高者，这种假设在我看来违背了我们关于人是自由的能动者（free agents）的知识，而把道德决策当作原则上仅由一把算尺就能完成的操作了。(*L*，页 216)

> 鉴于某些价值内在地可能发生冲突，"原则上必然可以发现一种模式，使得所有这些价值之间能够和谐共存"这样的看法本身便是建立在一种关于"世界是怎样的"的错误先天观点上的。(*L*，页 43)

价值多元论不过是对这些客观事实的一一承认而已。至于一元论者，在伯林看来，他们面对人类境况中不可避免、不可化约的复杂性与悲剧性时的极力否认与企图消解，无异于掩耳盗铃；而价值多元论命题的成立（价值的客观存在、有限多样、内在冲突），也不因为某时某地的人们是否接受这一命题而有所变化：

> 也许，在不假设目的具有永恒正确性的情况下仍有对这些目的加以选择的自由这一理念，以及与此相联系的价值多元主义，仅仅是我们正在衰落中的资本主义文明的晚期果实而已：一个远古时代与原始社会并未认可的理念，一个后代人会好奇甚至同情、却无法真正理解的理念。也许确实如此罢；但在我看来，这并不能推出任何怀疑主义的结论。原则的神圣性，并不因为其延续无法得到保证而有所减弱。(*L*，页 217)

对伯林价值多元论的命题性质的忽视，在《消极自由的基础》一文中

有着明显的体现。比如周保松在批评伯林"价值多元论支持选择自由"的主张时提出了三个例子,其中第二个例子是:

> 伯林论证的另一面,是认为如果多元论为假,则选择自由失去价值。实情未必如此。试想在一个相当封闭的政教合一的社会,某种宗教支配了人们生活的每个环节,也成为人们做各种决定的标准。在这样一个人们普遍相信一元论的社会,我们仍有理由支持选择自由吗?(周,页53)

这段话存在许多问题,比如我在下文中将会谈到,像"[伯林]认为如果多元论为假,则选择自由失去价值"这种说法,便是出于对其价值多元论与自由观之间辩护关系的误解。不过这里我要着重指出的是,周保松在设想这个例子时,显然把伯林的价值多元论主张与罗尔斯的"(合理的)多元主义之事实"命题相混淆了。这种政教合一的社会,确实是一个由罗尔斯所说的"整全义理"主宰的、而"多元主义之事实"并不成立的社会。但这对伯林的价值多元论(及其据此对选择自由重要性的辩护)而言根本无关紧要。伯林会认为:首先,即便在这样一个政教合一的社会里,终极诉求冲突的困境仍旧无所不在,因为尽管存在支配生活各个环节的宗教教义,但从对教义细节的阐释到其在具体案例中的应用,无不存在争议与困惑的空间,而这些争议与困惑背后体现的,正是价值的客观存在、有限多元与内在冲突;其次,即便这个宗教的教义细致到足以消除一切价值观上的争议、足以使人们"普遍相信一元论",由此推出的结论也只不过是"这个社会中的人们将会(错误地)以为选择自由不再重要",而并非"选择自由本身不再重要"。价值多元论的正确性、自由的内在价值,并不因为一个社会中的人们"普遍相信一元论"而有所减弱。

以上对周保松批评的反驳,本身已经假设了伯林价值多元论命题的正确性,但这显然并非不证自明的。我们很可以发出这样的疑问:伯林在前面的引文中声称,一元论建立在关于世界本质的"错误先天观点"之上;

这是否意味着，他的价值多元论——作为一元论的反题——同样是一个诉诸世界本质的先天命题（尽管在他看来是一个"正确的"先天命题）？既然如此，伯林凭什么认为自己主张的这个先天命题是正确的？

伯林自己也意识到，对价值多元论命题的辩护最终无法不依赖于关于人性的某些（先天）命题（否则他就无法说"多元价值是客观的，是人性本质的一部分"）。在人性观的必要性这一点上，周保松的观察无疑是正确的；但这并不意味着"伯林对［其人性观］并没有给出进一步的说明和论证"（周，页53），也不意味着周保松本人所主张的"自由人的主体论述"是填补这一空缺的顺理成章的选项。诚然，在《两种自由概念》中，伯林曾经声称一元论"违背了我们关于人是自由的能动者的知识"（L，页216）——尽管此处的"自由的能动者"主要是在反决定论意义上的，但倘若沿着这一概念深发下去，未始不能推出类似于"自由人的主体论述"这样规范性的人性观。不过伯林最终并未采取这样的辩护路径，而是将价值多元论的人性基础建立在一个（准）描述性的"人类视域（human horizon）"概念上：

> 目的、道德原则，是多样的。但它们并非无限多：它们必须包含在人类视域之中。[1]

> 我所说的"人类视域"是指这样一个视域：在绝大多数情况下、绝大多数时代和绝大多数地方，人类都有意识或者无意识地生活在这样一个视域之中，而人类的价值观、行为、生活的各个方面也都是在这个视域的背景上才得以展开。但我并不能保证说，这种情形会一直持续下去，或者过去从来不曾缺失或改变过。我能说的只是，不仅仅是我，而且是人类的绝大部

---

[1] Isaiah Berlin (2013), *The Crooked Timber of Humanity*, second edition, edited by Henry Hardy, Princeton University Press, 第12页。

分成员，无论他们存在怎样的分歧与冲突，都在事实上接受着这个视域作为人类团结的最低条件、作为人类相互认可对方成为人类一员的最低条件。这并不是柏拉图主义；这是对在我看来人类经验所提供的结论的一种经验性的、不可证明的、事实上的接受。我之所以认为人类有能力追求、曾经追求、有可能追求的价值数量有限，甚至在理论上也不可能无穷多，是因为我相信，只要人与人之间的交流——无论是跨时代跨地域的交流还是单个共同体内部的交流——是可能的，那么作为一种经验事实，这种交流就必须奠定在一种共同的人性（或者思维模式）基础上。对我来说，这是在经验上对使得人类交流得以可能的因素的一般化。[1]

当然，"人类视域"的存在是否确为"人类经验所提供的结论"，以及——更重要地——它的存在是否能够证明价值多元论的正确，都是可以争议的问题。[2] 这里我们姑且接受伯林的价值多元论命题，转而考察在伯林的理论中，这样的价值多元论究竟在为其自由主义关怀提供道德辩护方面扮演了何种角色，以及周保松对这种辩护策略的批评是否成功。

四、从价值多元到自由选择？

在《消极自由的基础》的开篇处，周保松概括了"伯林提出［的］两个著名命题"。我在本文第一节中已经指出，其中第一个命题——自由主义应该拥抱消极自由、拒斥积极自由——是对伯林自由观的一种典型误读。

---

[1] Berlin, *The Crooked Timber of Humanity*，第 316—317 页。
[2] 对"人类视域"性质的不同理解，参见 George Crowder (2004)，*Isaiah Berlin: Liberty, Pluralism and Liberalism*, Malden, MA: Polity Press; Jonathan Riley (2013), "Isaiah Berlin's 'Minimum of Common Moral Ground,'" *Political Theory* 41(1):61-89; 等等。对价值多元论命题的一种元伦理学批评，参见 Ronald Dworkin (2011), *Justice for Hedgehogs*, Cambridge, MA: Belknap Harvard。我将在未来的文章中针对这些批评提出相应的辩护。

第二个命题涉及伯林思想中价值多元论与自由观的关系：

> 消极自由的基础，在于价值多元论。由于价值本质上多元且不可化约为任何单一和最高的价值，价值冲突于是不可避免，选择遂变得必要和重要。（周，页49）

这段话不能说是完全的误读，因为我们确实能够在伯林含混而相互冲突的表述中，找到足以支持这种概括的文本证据。但其所总结的，并非伯林关于价值多元论与自由之关系的最融贯、最精致的论述。

"消极自由的基础，在于价值多元论"这句话，至少可以从两个角度理解：一、价值多元论是消极自由——而不是积极自由——的基础，因此从价值多元论的立场出发，消极自由应当先于积极自由；二、价值多元论与消极自由的关系是一种奠基性的关系，消极自由的全部价值均是在接受价值多元论的基础上派生出来的。

先看第一个角度的理解。诚然，伯林的确在一些文字中表现出认为价值多元论与消极自由（相对于积极自由）之间存在特殊的联系。[1] 但总体而言，在其思想体系中，价值多元论所赋予特殊意义的自由，并不仅仅是"消极自由（negative liberty）"，而是在逻辑上更为根本的"选择的自由（freedom to choose）"，比如《两种自由概念》结尾处提到价值多元论是与"在不假设目的具有永恒正确性的情况下仍有对这些目的加以选择的自由"这一理念相联系的（L，页217），以及以下这一段：

> 我们在日常经验所遭逢的世界中，总是面临着在同样终极的目标之间、同样绝对的诉求之间的抉择，对其中某些的实现将不可避免地导致对另一些的牺牲。事实上，正是由于人类这样的处境，人们才赋予选择的自由如

---

[1] 比如 L，页216 提到"多元论及其所蕴含的'消极'自由的办法"；等等。

此无可限量的（immense）价值；试想，如果他们获得保证，在人世间可实现的某种完美状态下，所有他们追求的目标永远不会有冲突的可能，那么抉择将将不再是必需与痛苦的，选择的自由亦将不再成为重中之重（central importance）。[1]（L，页 213—214）

我在本文第二节中已经提到，对伯林来说，"选择的自由"同时构成了（本义上的）消极自由与（本义上的）积极自由的基础：

自由地做出选择，而非由人代为选择，乃是使人得以为人的不可割离的要素；而这一信念［同时构成了以下两个诉求的］基础，［其一是］对于自己所生活的社会之法律与实践拥有发言权，这样一种积极的诉求，［其二是］拥有一个能够在其范围内做自己的主人的、必要时可以人为划出的领域，一个"消极"的领域，在其范围内，只要一个人的行为与有组织的社会之存在能够相容，他便没有义务就其行为向其余任何人负责。（L，页 52）

换言之，伯林的价值多元论通过支持作为两种自由概念共同道德基础的"选择的自由"，而对由此衍生的、更为具体的（本义上的）消极自由与（本义上的）积极自由同样构成了支持。

但是即便把"消极自由"置换成更一般的"自由"，改说"自由的基础，在于价值多元论"，也仍然是有问题的。因为，倘若按照上述第二种角度的理解，这个说法相当于认为，价值多元论与自由之间是一种奠基性的关系，（选择的）自由的全部价值均是在接受价值多元论的基础上派生出来的。然而我们前面已经看到，伯林价值多元论的内容，恰恰先就承认了包括自由在内的诸多终极诉求的价值。换言之，自由的价值（以及其它若干终极诉求的价值）在逻辑上是先于价值多元论（以及对价值多元论的接受）

---

[1] 这段话周保松在《消极自由的基础》中也有引用，我的翻译在文字上略有不同。

的。这就意味着自由的价值不可能全部派生于对价值多元论的接受，价值多元论与自由之间不可能是奠基性的关系。

那么在伯林看来，价值多元论对（选择的）自由究竟构成怎样的辩护？注意在前面那段引文中，伯林的表述是：对终极诉求相互冲突这一事实的接受使得人们"赋予选择的自由如此无可限量的价值"，一旦人们抛弃价值多元论，"选择的自由亦将不再成为重中之重"；他并没有说：自由选择之全部价值均来自人们对终极诉求相互冲突的认识，一旦人们抛弃价值多元论，选择的自由将失去所有价值。对价值多元论的接受让我们越发坚信自由选择的重要性，将其视为各种终极诉求的"重中之重"；但是即便我们拒绝接受价值多元且相互冲突这一事实，根据价值多元论，选择的自由本身仍然不失为与其它各种终极诉求同等根本、同等正当的人类价值。

然而这又引出更深层次的、一体两面的问题，也是我在第二节结尾时所说，多元主义与自由主义这两类立场之间内在理论张力的表现：一方面，把自由作为各种终极诉求的"重中之重"，似乎是在不同价值之间分出了高下优劣，而这与伯林的价值多元论命题——不同终极诉求具有同等的正当性、无法"用一个尺度进行衡量"——难道不是正相矛盾吗？反过来另一方面，一旦接受了"终极诉求之间不可公度"这样一个多元主义命题，我们如何还可能为自由主义这类认为特定终极诉求（比如自由）相对于其它终极诉求具有道德优先性的立场给出任何辩护？

对于前一个问题，一种"同情的解读"是，因为接受价值多元论而额外赋予选择自由（相对于其它终极诉求）的"重中之重"地位，并非道德意义上的实质优先性，而应当理解为自由这类诉求在制度实现模式上的形式特殊性。比如按照伯林所支持的自由主义观点，对自由的实现，应以划定个体自由"领域"与"疆界"的方式，来保障其在一般情况下免受侵犯，而对其它价值的实现，则应以政府或其它组织主动作为的办法来促进。伯林可以坚称，有两个原因使得这种制度形式上的特殊性不等于道德实质上的优先性。一方面，个体自由"疆界"的划定"不管对于哪种含义的自由，都并不意味着其在某种绝对的意义上是不可侵犯的或者充分的";自由的领域只在常态下才神圣不可侵犯,而在"必须避免另外的某些足够可怕的状况"的非常状态下,我们同样有必要牺牲自由,保障另一些终极价值免遭严重践踏(L,页52)。另一方面,这条疆界所囊括的领域范围必须尽可能地小,并且:

不得僭越对其它价值——包括对积极自由自身——的充分严正的诉求。……对人在其中得以自由选择各种行为模式的领域的无限扩张,显然会与其它价值的实现不相容。因此,既然事情注定是这个样子,我们就不得不去调整我们的诉求、去妥协、去确定各种优先性、去参与到社会生活甚至个人生活事实上总是要求的所有这些实践操作之中。(L,页53)

当然,对实质优先性与形式特殊性的这种区分——进而对价值多元论与自由的特殊联系如何不与价值多元论命题本身自相矛盾的一类辩解——最终是否能够成立,仍旧是一个可以争论的问题。同时也可以注意到,这种区分中对自由的制度实现模式的论述完全是以伯林所谓的"消极自由"为模板的,"积极自由"在此间处于一种尴尬的理论地位。这是否暗示着伯林对两种自由概念的区分存在某些内在的困难?价值多元论是否要求伯林对自由的具体定义做出一定的修正?限于篇幅,本文无法详细讨论这些问题。这里的目的只在于展示,我们从理论上并非不可能给出这样一种辩护,使得在承认特定诉求在实现形式上的特殊性时,不必否定不同诉求在实质道德层面上的同等价值。就这一论证目的而言,对以上区分的简单勾勒应当尽足敷用了。

五、不可公度性下的价值判断

但反面的问题仍旧尚未解决:根据伯林的价值多元论,价值之间是不可公度的，不同的终极诉求同样具有普遍而内在的道德效力。既然自由在实现形式上的特殊性并不意味着其相对于其它终极诉求在道德价值上有任何优先——既然伯林承认自由疆界的划定"不管对于哪种含义的自由，都并不意味着其在某种绝对的意义上是不可侵犯的或者充分的"，自由的领域只有在"常态"下才神圣不可侵犯、当其它价值遭到严重威胁时完全可以牺牲——那么，我们根据什么标准来仲裁何时处于不应侵犯自由的常态、何时处于应当为实现其它价值而牺牲自由的非常状态呢？倘若价值之间根本是不可公度的，那么当终极诉求相互冲突时——按照伯林的观点，这种冲突正是人类生活的永恒境况——岂非公说公有理、婆说婆有理，最终不免陷入相对主义与虚无主义（尽管伯林本人极力否认价值多元论等于相对主义）？[1]

事实上，在周保松用以批评伯林"价值多元论支持选择自由"主张的三个例子中，第一、三两个例子最终关系到的，其实都是这同一个问题。先来看第一个例子：

设想在我前面有 A 和 B 两个选项，它们同样终极且无法加以比较，而我只能二择其一。在此情况下，我该如何决定？根据伯林的思路，因为没有共同比较的尺度，我根本没法在两种中间作出理性评价并排出高低，因此选 A 或选 B 并没实质分别，我甚至可以用掷毫来决定。但是这样一来，选择的意义何在？我们平时之所以认为选择重要，其中一个重要原因，是

---

[1] 比如约翰·格雷便坚信伯林的价值多元论要求我们放弃自由主义立场（以及其它所有蕴含普世旨趣的主张，比如社会主义等），转而拥抱相对主义。参见 John Gray (1996), *Isaiah Berlin*, Princeton University Press. 对格雷立场的讨论与批评参见 Daniel Weinstock (1997), "The Graying of Berlin," *Critical Review* 11(4): 481–501; William Galston (2002), *Liberal Pluralism: The Implications of Value Pluralism for Political Theory and Practice*, Cambridge University Press; Gerald Gaus (2003), *Contemporary Theories of Liberalism: Public Reason as a Post-Enlightenment Project*, London: Sage; Crowder, *Isaiah Berlin*; 等等。

相信选择有助我们找到好的和对的答案。如果我一开始便知道这样的答案并不存在，那么由我来选或是由别人来为我选，似乎并没根本分别。（周，页 52—53）

与周保松的其它批评一样，这个例子同样建构在误解伯林价值多元论的基础上。首先，细读伯林的文字可以发现，每当他提到终极诉求的内在冲突与不可公度时，总要强调我们因此无法"在原则上（in principle）"找到一刀切的解决方案（L，页 42、43、189、191、192、193、197、200、213、214、216 等）；然而无法"在原则上"找到解决方案，并不意味着同样无法"在实践中"或者说"在具体案例中"找到解决方案：

当然，我的意思并不是要把［"在不同终极价值不可调和处，原则上是无法找到一刀切的解决方案的"这一点］作为论证用来反对如下命题：在具体的案例中，对知识与技巧的运用可以导致令人满意的解决方案。当这些困难出现时，说"我们应该尽所有努力去解决它们"是一回事，说"我们可以先天地确定，在原则层面上总是必然能够发现一种正确的、结论性的解决方案"则是另一回事，而后者正是古老的唯理论形而上学看起来要保证的。（L，页 42）

换言之，在伯林看来，我们从中加以选择的对象，并非抽象的价值与诉求本身，而是抽象价值与诉求在具体情境与案例中的应用。比如自由与平等这两个诉求确实同样终极且无法比较，但是在特定的情境中，牺牲（某些人某方面的）自由以保障（另一些人另一方面的）平等，与牺牲后者保障前者，这两种具体的选择之间，还是可以有高下优劣之分的。我们当然无法在原则上认定说，因为自由一定高于平等，所以在任何情况下都必须牺牲平等以保障自由；但在具体的案例中，我们完全有可能通过"对知识与技巧的运用"，而发现在此时此地的特定情形下，若牺牲自由保证平

空谈 151

等，造成的损害将远大过牺牲平等保障自由，因此在此时此地的特定情形下，我们有理由选择牺牲平等以保障自由。[1]

这便意味着，"设想在我前面有 A 和 B 两个选项，它们同样终极且无法加以比较，而我只能二择其一"这个表述，在伯林看来将会是毫无意义的：倘若 A 和 B 指的是两个价值，那么它们确实"同样终极且无法加以比较"，但就其本身而言，它们并不会成为我面前的"两个选项"，因此这是一个伪问题；反过来，倘若 A 和 B 指的是具体情境下两个价值各自的应用，那么它们就不是"同样终极且无法加以比较"的，自然也不可能由此推出"选 A 或选 B 并没实质分别，我甚至可以用掷毫来决定"的结论。

具体案例中解决方案存在的可能性，使得多元价值在原则上的不可公度性并不必然导致实践中相对主义或虚无主义的结论。以对纳粹的否定为例：

---

[1] 当然，反对者可以追问：那么我们又是根据什么标准说，在这一具体情形下，牺牲自由保障平等的损害"大于"牺牲平等保障自由的损害呢？即便如伯林所言，对知识与技巧的运用使得这种具体的、情境化的评判得以可能——但无论如何情境化，只要这些评判旨在达成理性共识，而非满足于纯粹地诉诸直觉，似乎最终总要诉诸这样那样的规范标准，无论这一标准来自功利主义的"效用（utility）"这类"超价值"量化比较单位，还是罗尔斯式的"辞典序列"，或者康德的"绝对律令"之类思辨程序。问题在于，无论价值的情境化选择最终诉诸何种规范标准，似乎后者的存在本身便与终极价值相互冲突且不可公度的观点相牴牾。换言之，倘若价值多元论成立，则我们不但如伯林所言，无法"在原则上"一劳永逸地解决价值问题，而且即便"在实践中"，试图对情境化的价值应用进行理性的规范评判，相当多数（如果不是绝大多数甚至所有）情况下似乎同样是不可能的。对于这一问题，本文无法详述，将留在以后的论文中具体讨论；概而言之，我认为可以通过在伯林框架中引入诸如帕菲特提出的"不精确基数可比较性（imprecise cardinal comparability）"之类概念来解释价值的不可公度性，而化解这一实践困难。关于这一概念，参见 Derek Parfit (1986), *Reasons and Persons*, Oxford University Press, 第 431 页；Derek Parfit (2011), *On What Matters*, Volume 2, Oxford University Press, 第 566—569 页；以及参考 Ruth Chang (2013), "Incommensurability (and Incomparability)," in Hugh LaFollette (ed.), *The International Encyclopedia of Ethics*, Blackwell Publishing Ltd 等。

我认为纳粹的价值观是可憎的，但我能够明白，一个人如何在接受了足够多的错误信息、足够多的关于现实的错误信念之后，会最终把纳粹的价值观信奉为唯一的救赎。我们当然要与纳粹的价值观战斗，必要的话甚至可以采用战争的手段，但我并不像某些人那样把纳粹主义者视为心理变态或者疯子，我只是认为他们错得离谱、在事实方面受到了完全的误导，以至于居然相信某些种族低人一等、相信种族是核心问题，或者相信只有日耳曼种族才是真正有创造力的，等等诸如此类。我很知道，在接受了足够多的虚假教育、足够广泛的幻觉与谬误之后，人们能够——在仍然可以被视作人的情况下——相信这些东西，并且犯下最为无法形容的罪恶。[1]

纳粹在价值观与政策上的具体主张当然都是错的。但即便这些错误的主张，归根到底体现的（并赖以获得道德辩护的）仍旧是那些可以在"人类视域"中得到理解的、原则上不可公度的终极诉求，比如正义、秩序、民族尊严，等等。纳粹的问题并非出在这些终极诉求的正当性，而是源于他们在事实层面接受了错误的信息或论断（比如人类生理决定了种族之间有高低贵贱之分、丛林法则是国际秩序的唯一基础等等），进而从这些原本正当的终极诉求中推出了悖谬的结论（比如只有消灭犹太人才能保障人类繁荣正义和避免堕落、只有征服亚欧大陆才能体现雅利安民族的伟大等等）。因此，价值多元论在肯定纳粹主义背后的终极诉求仍然位于"人类视域"范围中的同时，仍然完全能够否定其具体的价值观与政策主张。

这就回应了周保松提出的第三个例子：

多元论不仅不能支持自由的优先性，甚至会令伯林陷入两难。例如一个非自由主义者大可以对伯林说，我完全同意你的多元论，而既然自由只是众多价值之一，且和其他价值不兼容，而在今天的中国，国家安全、社会稳

---

[1] Berlin, *The Power of Ideas*, 第 12—13 页。

定和民族复兴等都较个人自由来得重要，所以为了这些目标而牺牲部分自由（或部分人的自由）是完全合理和必要的。（周，页53）

诚然，按照伯林的价值多元论，自由确实只是众多不兼容的价值之一，而国家安全、社会稳定、民族复兴也确实是同样值得追求的目标，但这并不意味着这位非自由主义者的结论就是成立的。他的结论全然依赖于"在今天的中国，国家安全、社会稳定和民族复兴等都较个人自由来得重要"这样一个对中国当下具体情境的论断，然而这个论断是否成立，在自由主义者看来却是大大成疑的。自由主义者可以援引从历史、时事到跨国比较研究等各种经验证据，来说明为何靠牺牲自由换取安全、稳定、民族地位的做法只会事倍功半，甚至适得其反：比如剥夺公民基本自由与政治参与权的政制将缺乏对贪腐的有效约束，而贪腐泛滥将导致民怨沸腾，引发社会动荡；比如对国家安全的担忧很大程度上建立在对其它国家外交政策的阴谋论解读上，而这种解读很多时候是不符合实际的；等等。当然，非自由主义者同样可以援引相反的经验证据，比如某些国家自由化后仍然贫穷，某些国家民主化后动荡不休，等等。作为回应，自由主义者就需要深入到不同案例的细节同异中去，比如指出这些被作为反面案例的国家，各自受到不同的关键因素拖累，比如种姓传统、宗教冲突、自然资源匮乏，等等，而这些因素在当下的中国并不存在，等等。此后，非自由主义者仍然可能提出进一步的反驳，而自由主义者也要不断给出相应的回应和新的说服理据。

争论如此持续下去，自由主义者有可能最终说服这位非自由主义者，也有可能最终说服不了。但这正是争论的常态——理据的充分并非说服对手的充分条件。重要的是，自由主义者并不会因为接受价值多元论，而在面对非自由主义者关于中国当下要务的论断时"陷入两难"。

对于自由主义者来说，这样拉锯式的争论无疑是烦杂痛苦的，远没有从原则上某种既定的价值排序出发来得斩截利落（或者说至少从表面上看如此——毕竟对特定价值排序做出原则上的辩护本身也非一桩易事,何况原则越简单,具体应用时需要的阐释可能也更复杂)。但在伯林眼中这不过是直面现实而已。此外,这样的现实更体现了具体道德选择中"对知识与技巧的运用"的重要性。"知识"固不待言,"技巧"在说服争论对手时同样必要。但"技巧"又不仅仅是施诸他人的辩论手法,也包括自身在面临重大道德选择、而已有知识储备不足以提供决定性的解决方案时,依据丰富的实践智慧做出最合理判断、因而总能"遵从对我们所信奉的一般生活模式最不造成妨害的那种行为方式"(L,页47)的直觉洞察力。

当然,通过运用知识与技巧"有可能"在价值冲突的具体案例中找到相应的道德解答,并不意味着对于每一个这样的具体案例,我们都"必然能够"找到相应的解答(比如萨特提出的著名例子,一名沦陷纳粹的法国青年,在参加抵抗组织与照顾年事已高的老母之间的艰难抉择)——这种认为道德答案必然存在的看法正是伯林极力反对的。但我们同样没有理由认为,这些无解的案例必然包含了能够对自由主义理论构成挑战、使自由主义者(在面对非自由主义者时)"陷入两难"的案例。可以说,假如价值多元论成立,则相对主义与一元论一样,都是先天错误的观点。

至此,我已经对伯林的价值多元论命题及其如何支持自由主义立场的论述框架进行了梳理,从中发展出(在我看来)最与其整体思想相融贯、且最具有说服力的辩护路径,并据此指出为何周保松的批评无法触及伯林论述框架的要害。在此基础上,我们或可更有效地考察:如此发展出的辩护路径,最终是否能够成功?如果能够成功,在其过程中伯林本人的哪些观点必须得到修正或放弃?如果不能成功,其根本困难何在?倘若伯林价值多元论命题及其自由观确实存在根本的困难,这对自由主义理论意味着什么?

公共理性与整全义理

2014年7月29日作，刊《哲学评论》第二十一辑（中国社会科学出版社，2018年），第57—79页。初稿曾在第四届"分析进路的伦理学"研讨会（华东师范大学，2017年4月）上，获汤云、刘小涛、葛四友、周保松、惠春寿等师友点评，特此致谢。

约翰·罗尔斯的"公共理性（public reason）"观念，自其提出以来，在政治哲学界引起了很大反响，也遭到了来自不同立场的挑战。钱永祥先生在《罗尔斯论公共性：公共理性或公共论述》[1]一文中，便总结和发展了当代"审议民主（deliberative democracy）"理论家们对罗尔斯公共理性观的三层批评。

不过在我看来，尽管罗尔斯政治自由主义的大框架确实存在一些缺陷，但审议民主理论对其公共理性观的这三层批评却多不着要领。本文即以钱著的总结为主要参照，并在必要时结合考察审议民主式批评的某些更细致的变体，从而针锋相对地为罗尔斯的主张给出相应的澄清、修正与辩护。

在进入正题之前，首先概括一下罗尔斯公共理性观的主要内容（PL 212-254；IPRR）[2]。

一方面，罗尔斯认为，在某些特定情况下，对政治事务的公共论述，应当以各种合理的"政治性的"正义观（reasonable political conceptions of justice）为辩护的理据，而不得倚赖任何**只能**从特定"整全义理（comprehensive doctrines）"（亦即某种"包含了关于人生价值的观念、个人品格的理念以及友谊、家庭及社团关系的理念,以及我们整个生活中诸多其它方面的行为指引"的、同时涵盖政治领域与非政治领域的道德观念体系)中推出的结论(PL 13、215)。

换言之,公共理性观要求对公共论述的**内容**施加约束,尽管这种约束只是道德意义上而非法律强制意义上的,纯出于公共事务参与者对其在政治生活中"文明相待的义务(duty of civility)"这一道德理念的自觉遵循(PL 217)。

另一方面,罗尔斯强调,公共理性的内容约束只在一定的**适用范围**内才成立:从主题上说,只有那些围绕涉及"**根本政治问题**"——政治组织模式、公民权利、社会分配基本原则等等——的立法与政策而展开的思考和发言,才应当受到公共理性的约束;从对象上说,受约束的论述必须发生在自由民主社会的"**公共政治论坛**(public political forum)"之中,亦即政府公职人员(包括立法代表、行政官员、法官等)以及公职候选人(及其竞选助理)的公开发言,或普通公民在面对重大公共事务、尝试代入立法者角色进行思考并做出投票决定之时(PL 215;IPRR 442-443、463)。至于在所有其它场合中发生的政治讨论(比如普通公民在媒体、社团集会、私人场合的发言),以及所有围绕非关"根本政治问题"的事务而展开的讨论,则并不在

---

1 钱永祥,《罗尔斯论公共性:公共理性或公共论述》,收入《动情的理性》(台北:联经:2014),第105—123页。以下引用该文时缩写为 Q,并随文附注页码。感谢钱先生惠赠专著。

2 本文引用罗尔斯著作时,均采用如下缩写并随文附注页码。IMT:"The Independence of Moral Theory," in *Collected Papers* (Harvard University Press, 1999)。IPRR:"The Idea of Public Reason Revisited," in *Political Liberalism*, expanded version (Columbia University Press, 2005)。KCMT:"Kantian Constructivism in Moral Theory," in *Collected Papers* (Harvard University Press, 1999)。PL: *Political Liberalism*, expanded version (Columbia University Press, 2005)。TJ: *A Theory of Justice* (Harvard University Press, 1971)。此外,文中对罗尔斯的术语都只按我自己的习惯来翻译,并未刻意与钱著译法保持一致,和通行的中译本恐怕差别更大,但应该并不影响阅读。

空谈

公共理性理念的关注范围内；在这些讨论中援引"整全义理"，并不必然违悖公民"文明相待的义务"（IPPR 443）。

对罗尔斯公共理性观的**内容约束**和**适用范围**这两个方面，当代审议民主理论家均有不满。按照钱著的总结，后者对罗尔斯的批评包含以下三个层次：

首先，公共理性对公共论述的**内容约束**是不切实际和僵化保守的，公共论述不可能、也不应当在"政治性观念"与"整全义理"之间强行做出划分；

其次，公共理性所体现的"文明相待的义务"，不应当局限于"公共政治论坛"中涉及"根本政治问题"的发言，而应当**推广**到公共场域的每一个角落，构成普遍的"公共论述"的标准，亦即要求普通公民在任何公共议题中，都努力通过对话追求共识；

最后，与罗尔斯通过"躲避法"来处理整全义理之间的对立冲突相比，放弃其公共理性观的内容约束、将"文明相待的义务"普遍化的"对话法"，**更有助于推动整全义理的自我转化**，使其更好地与民主社会的公共政治价值相整合。

本文的主体部分分为四节。第一、三、四节分别回应以上三层批评。但第一层批评的某个变体并不能完全在罗尔斯原有的理论框架下得到消解，必须对其在"政治性观念"与"整全义理"之间的界分做出一定的修正；这一工作将在第二节中完成。

一、政治建构主义的起点与自由民主的稳定性

先看前述**第一层**批评。钱著指出，对于政治议题的讨论，不可能只在预先确定的框架中展开，相反，"确定政治正义观本身，乃至于确定什么议题属于社会基本结构，都应该是问题而不是结论。这些问题的面貌和意义，往往会随着偶然的因素，或者社会意见的变化，而呈现不同的特色，归属

于不同的范畴"（Q 115）。"运用公共理性，其实是一个寻找和确立政治价值、确定议题的性质和归属，以及在价值与议题之间建立相关性的复杂过程"，而"这个过程才是公共理性的存身所在，而不应由一个**在先的**公共理性概念指挥这个过程"（Q 123，粗体后加）。

钱著进一步认为，罗尔斯要求"公共理性只能动用**现有的**政治正义观"（Q 121，粗体后加），企图以先行确定的正义观念来规范民主对话的过程，以此避开整全义理之间不可化约的冲突、达到政治上的明确共识，但这不过是掩耳盗铃，实际上只阻挠了政治分歧的表达，却无助于解决任何问题。只有放弃这种"较为狭窄、固定的公共理性概念"，才有可能直面"政治价值在各个脉络里意义与效力的确定，什么议题适用于公共理性来求取共识，以及进行公共讨论时如何设法扩大这种讨论的格局与范围"等问题（Q 115-116）。

我同意审议民主理论家的洞见：特定政治正义观的合理性，以及特定议题与根本政治问题的相关性，本身往往是政治抗争的焦点，不可能也不应当由公共理性先行设限。然而问题在于，这一洞见对罗尔斯的理论构成多大程度的反驳？换言之，认为罗尔斯的公共理性观限制了对这些议题本身的构想、提出和讨论，这样的解读是否准确公平？

首先需要承认，罗尔斯在公共理性问题上，确曾有过一些过分保守的论述。比如他在最初提出这一概念时曾认为，对政治社会的基本结构及其公共政策进行的合乎公共理性的辩护，在证据的运用上"应当诉诸**当前广为接受的**一般信念和推理形式，其可得自**常识**，以及科学中**不具有争议的方法和结论**"（PL 224，粗体后加；参见 KCMT 327 以下）。根据这种规定，"公共政治论坛"中的辩护不但必须规避"整全义理"，而且连"经济学中各种复杂的一般均衡理论"都不能征引，因为各派经济学者在后一问题上的意见并不统一（PL 225）。然而批评者也不吝于指出，这些限制一方面意味着公共对话的参与者必须屈服于一时一地公众的成见（比如"男女天生智力不平等"、"不孝有三无后为大"、"同性恋是道德堕落和变态"等等），放弃为主流所不容的变革性的观念，另一方面容易成为阻碍将既有科学结论引入政策考量的借口（比如进化论、全球变暖、转基因等问题，在科学界内部的争议远小于在公共舆论中的"争议"），便于意识形态或利益集团绑架公共讨论[1]。罗尔斯显然也意识到了这些问题，因此后来在"重访"公共理性概念时，便完全舍弃了这些表述（参见 IPRR）。

当然，即便在"重访"之后，罗尔斯仍然要求公共理性所援引的政治正义观"能够从被视为隐含在一个宪政体制的公共政治文化之中的那些**根本观念**——譬如作为自由平等人的**公民观**、作为公平合作体系的**社会观**——中导出"（IPRR 453，粗体后加）。但这绝不等于钱著所解读的，"公共理性只能动用现有的政治**正义观**"（Q 121，粗体后加）。

在罗尔斯的"政治建构主义"体系中，关于何为公民、何为社会的**政治性观念**，是建构程序的**起点**（亦即"根本观念"），而关于何为正义的政治性观念（"政治正义观"），是建构程序的**产物**。二者同为政治性的观念，但地位迥然有别。

公共理性要求，特定公共论述所援引的政治正义观，必须能够从自由民主社会公共文化中关于公民、关于社会的根本政治性观念导出；只有能够如此这般导出的政治正义观，才能被视为合理。这并不意味着我们可以根据既有的根本公民观、社会观，在先地断言出唯一合理的政治正义观；恰恰相反，由于政治性观念（作为一类道德观念）的本质争议性（essential contestedness）[2]，从公民观、社会观到正义观的建构**必然不存在单一的阐释和论证路径**，导致"可容许的公共理性形式永远有多个"（IPRR 452），公共对话中永远存在相互争鸣的政治正义观（包括对于哪些议题涉及"根

---

[1] 举例而言，关于过分保守的公共理性观将会如何在美国公立学校课程设计争议中妨碍对进化论与智能设计论对错优劣的举证，可以参考 Francis J. Beckwith(2004/05), "Rawls's Dangerous Idea?: Liberalism, Evolution and the Legal Requirement of Religious Neutrality in Public Schools," *Journal of Law and Religion* 20(2): 423–458。

[2] 关于本质争议性，参见 W. B. Gallie (1955), "Essentially Contested Concepts," *Proceedings of the Aristotelian Society* 56:167–198。

本政治问题"的看法)。因此,任何政治正义观的支持者,总要面对来自其它立场的挑战,在公共论述中立基于自由民主社会的根本公民观、社会观(而非特定的"整全义理"),为自己所持正义观的合理性辩护,同时力图证明其余正义观的相对不够合理。

不但如此,由于"新的变体将会时不时地被提出"(IPRR 452),所以"现有的政治正义观"绝无可能穷尽争论的可能性,对各种政治正义观的辩护与反驳也绝无可能是一劳永逸的工作。钱著中所举的旨在反驳罗尔斯的例子,包括"公民身份"概念的演进、"隔离但平等"这类种族关系观的逐渐遭到拒斥(Q 120 - 122),反映的恰恰是这样一种基于自由民主社会的(**政治性的**)根本观念,围绕各种(**政治性的**)正义观的合理性展开辩驳的过程。就此而言,对公共理性的内容约束(亦即在"政治性观念"与"整全义理"之间的界分),并不意味着对议题本身的先行设限。

不过这里反对者可以继续提出两点质疑。**首先**,罗尔斯的公共理性观尽管并不排斥不同政治正义观的提出与争鸣,却似乎仍排斥不同公民观、社会观的提出与争鸣;他要求一切正义观,都必须与"自由平等人"这种公民观,以及"公平合作体系"这种社会观相容,否则就不被视为合理。但这难道不是对议题的先行设限?

对此罗尔斯的解释是,作为自由平等人的公民观与作为公平合作体系的社会观,已是任何一个自由民主社会中公共政治文化的"根本观念"所在,是之后一切合理共识的前提和起点。诚然,对这些"根本观念",普通公民并不一定有着自觉清醒的认识,可能往往处在"日用而不知"的状态之中,因此一个社会的公共政治文化之可以"被视为隐含"这些根本观念,乃是需要不断阐释和宣扬的事情;但倘若一个社会的公共政治文化完全无法"被视为隐含"这些根本观念,那么即便在此社会中建立自由民主制度,后者也难以**稳定持久地存在**。因此,出于政治现实的考虑,我们完全不必纠结于这些根本观念本身的合理性究竟是否能够——以及如何——在规范层面(或更一般的哲学层面)得到辩护的问题,只消将其作为前提接受,便足以为公共理性的内容约束奠基。

关于稳定性问题,有两点需要简单说明。第一,我们在什么意义上可以判定一个社会的公共政治文化"完全无法"被视为隐含作为自由平等人的公民观与作为公平合作体系的社会观?有人或许会认为,在最宽泛的意义上,这样"不可救药"的社会根本不存在,任何社会的公共政治文化中总能找到一星半点可以用来"开出"自由平等之类现代观念的思想元素。但鉴于罗尔斯对公共政治文化"隐含"政治自由主义两大根本观念的要求,源自其对自由民主制度在特定社会中的稳定性的关切,倘若我们对此处所谓"完全无法被视为隐含……"给出过于宽泛的理解,导致其所容许的"隐含"程度过于薄弱,仅存**逻辑上的阐释可能性**,而不再**与现实中的制度稳定性**问题挂钩,则这样宽泛的理解便丧失了理论与实践层面的意义。

换言之,一个社会的公共政治文化是否能够被视为隐含政治自由主义的两大根本观念,本身又关乎如何理解和判定该公共政治文化(及其包含的各种整全义理)在阐释过程中朝着不同的特定方向得到发挥的**概率**与**限度**。这是一个值得独立展开讨论的问题[1],但就本文主旨而言,对公共政

---

[1] 比如一种常见的对罗尔斯的批评是,其对当代自由民主社会的公共政治文化的假设(或者说想象)过于单一,以为这些社会中的所有人(或者至少大多数人)都愿意按照他的"作为自由平等人"的公民观与"作为公平合作体系"的社会观来阐释其公共政治文化、甚至将二者奉为所在社会的"根本观念";相反,仅以美国为例,对其"政治文化"与"政治传统"就存在"相互竞争与相互冲突的诸种阐释",因此罗尔斯绝无资格高高在上地宣称他所认定的公民观与社会观一定构成美国公共政治文化的"根本观念",参见 Robert B. Talisse (2003), "Rawls on Pluralism and Stability," *Critical Review* 15(1/2):173-194,第183页;亦见 Michael Huemer (1996), "Rawls's Problem of Stability," *Social Theory and Practice* 22(3):375-395 等。但这种批评其实建立在对罗尔斯该判断的性质的误解上。如本文所言,罗尔斯并不是说自由民主社会的公共政治文化不存在多种阐释,而是在给出这样一个经验性的推测:自由民主制度在特定社会中的稳定性,一定程度上依赖于公共政治文化不同阐释之间的强弱对比。与此同时,罗尔斯也绝非片面的"文化决定论"者;早在《正义论》中,他便强调制度设计对政治文化的影响以及(**转下页**)

治文化阐释可能性的不同理解,并不影响我们援引自由民主制度现实稳定性的考量为罗尔斯公共理性观的内容约束辩护,驳回审议民主理论家"对议题先行设限"的这一类批评。

这便引出第二点说明。诚然,并非所有理论家都甘心接受罗尔斯这种对政治自由主义的两大"根本观念"悬置终极哲学辩护的做法,并且这种辩护也确有其无可替代的意义[1]。但只要罗尔斯关于"隐含的根本观念"的说法在**描述层面**能够成立,便不必担心,公共理性对"作为自由平等人的公民观"与"作为公平合作体系的社会观"两大观念的倚赖,在实践中因为限制议题而造成负面后果。

二、政治观念、实质性道德观念与整全义理

如上节所述,罗尔斯公共理性观允许(并默认存在)不同正义观之间永无止息的争鸣,从而回应了审议民主理论家关于前者"对议题先行设限"的批评;对这种回应,批评者的第一个质疑(公共理性观下不同公民观及社会观之间缺乏争鸣)因为忽略了整个政治自由主义思路背后的稳定性关切,而对其公共理性观这一具体的理论环节缺乏杀伤力。

(接上页)对自身稳定性的正反馈,并在《政治自由主义》中将这一观察融入"自由主义的合法性原则"观念之中(参见 TJ 456-457;PL xliv)。换言之,罗尔斯对公共政治文化阐释及制度稳定性的理解,是一种超越文化决定论与制度决定论的关于复杂因果机制的经验性推测,而非对特定阐释在规范层面的(持续)辩护需求的否认。

1 比如许多批评者都指出,罗尔斯政治自由主义试图在规范政治辩护中悬置"真(truth)"概念,以观念或义理的"合理性(reasonableness)"取而代之,是不完备或不自洽的策略;规范维度上完备自洽的辩护,不可能不重新引入对何种观念或义理为"真"的探讨。参见 Joseph Raz (1990), "Facing Diversity: The Case of Epistemic Abstinence," *Philosophy and Public Affairs* 19(1):3-46;David Estlund (1998), "The Insularity of the Reasonable: Why Political Liberalism Must Admit the Truth," *Ethics* 108(2):252-275 等。

但批评者还可以提出**另一个角度的质疑**：根据公共理性的内容约束，在其适用范围内，对政治事务的论述应以**合理的政治正义观**为辩护理据，不得倚赖特定的整全义理；然而如上所述，**不同政治正义观的合理性本身**同样需要辩护，而且这种（元层次的）辩护应被视为公共理性运用过程的内在部分——这似乎意味着，我们无法将整全义理完全排除在公共理性的内容之外。这是因为，**即便**"从一些'政治性的'观念（比如自由民主社会公共政治文化中根本的公民观、社会观）出发，导出另一些'政治性的'观念（比如各种合理的正义观）"这样一个**"政治性的"建构过程**，可以独立于任何"整全义理"的背景而进行，但由于**政治建构的路径总是不止一个、倚赖阐释和充满争议**，我们不可能单凭起点上的观念（以及建构程序）本身，来判断不同终产物的（相对）合理性——毕竟终产物总要宣称自身是对起点（最）合理的推导。

换句话说，**即便**我们接受罗尔斯的说法，认为政治正义观可以"被引呈为（presented as）独立自持（freestanding）的观点"、作为"模块（module）"插入或分离于不同"整全义理"的背景（PL 12），我们**仍然需要在公共理性的运用过程中，判断和论证不同"模块"的优劣，而这些判断和论证的标准显然不能由"模块"本身（或其组装过程）提供**。在这种情况下，除了**援引"整全义理"**，我们还能拿什么来对不同政治正义观的合理性提出辩护和反驳、加以比较和仲裁呢？照这样看来，倘若将"整全义理"完全隔绝在公共理性的内容之外，便意味着"公共政治论坛"中的论述无法有效地介入探讨不同正义观的合理性问题。这不但限制了政治议题的生产与消受，也让不同正义观的支持者在"公共政治论坛"里陷入自说自话的境地，无法实现真正的对话沟通。

应该承认，这个质疑有一定的道理。在罗尔斯的理论体系中，除"政治性的观念"之外的其它实质性的道德观念（substantive moral conceptions），都被归入"**整全道德义理**（comprehensive moral doctrines）"的范围（参见 PL 11-15），但对究竟如何界分"政治性的"与"非政治性的"实质性道德观念，他并没有给出明确的说明与辩护[1]。比如罗尔斯曾试图将康德"自主性的理念（ideal of autonomy）"与密尔"个体性的理念（ideal of individuality）"作为"伦理价值"（属于非政治性的道德观念）的代表，与自己理论中"政治性的"正义观念及其体现的"政治价值"相对比，以说明"整全"自由主义与"政治"自由主义的区别（参见 PL 78、199-200 等）。但无论他对康德和密尔的"整全"阐释，还是他将自己的理论与"整全道德义理"相切割的努力，都各自面临强烈的反对意见[2]。

在这一点上，我同意罗尔斯的诸多批评者的看法：任何政治性观念的合理性，都不可能"独立自持于"其余**实质性的道德观念**（比如关于"怎样的人生是一种好的人生"的观念）的结构而获得辩护。然而与此同时，我也认为：罗尔斯试图用"整全义理"这个新颖概念来捕捉的某种直觉，确是重要和值得保留的；**即便**政治性观念的合理性辩护不能独立自持于其余实质性的道德观念，我们仍然可以通过修正他对"整全-非整全"的划界，更恰当地呈现这一直觉并为其辩护。对此，罗尔斯的一篇早期论文或

---

[1] 注意罗尔斯承认道德观念或义理的"整全"有程度之别，但只要其中沾染了"非政治性"的成分，它便至少是部分整全的："如果一个观念涵盖了在一个相当精心搭建的体系中得到认可的所有价值与美德，那么它就是完全整全的（fully comprehensive）；相反，当一个观念仅仅涵盖一部分、而不是所有非政治性的价值与美德，并且勾勒得相当粗疏时，它便只是部分整全的（partially comprehensive）。"（PL 13）

[2] 对罗尔斯视密尔理论为"整全"义理并将自己的"政治"自由主义与其切割的做法的批评，参见比如 Robert Amdur (2008), "Rawls's Critique of *On Liberty*," in C. T. Ten (ed.), *Mill's* On Liberty: *A Critical Guide*, Cambridge: Cambridge University Press, pp. 105-122; Ruth Abbey & Jeff Spinner-Halev (2013), "Rawls, Mill, and the Puzzle of Political Liberalism," *The Journal of Politics* 75(1):124-136. 对罗尔斯视康德理论为"整全"义理并将自己的"政治"自由主义与其切割的做法的批评，参见比如 Thomas Pogge (1998), "Is Kant's *Rechtslehre* Comprehensive?," *Southern Journal of Philosophy* 36(1):161-187; Christian Rostbøll (2011), "Kantian Autonomy and Political Liberalism," *Social Theory and Practice* 37(3):341-364。

可提供灵感。

在 1975 年的《道德理论的独立性》中，他对"**道德哲学**（moral philosophy）"和"**道德理论**（moral theory）"做了区分：后者只是前者的一部分，专注于对"**实质性的道德观念**"的研究，譬如考察"正当、善、道德价值等基本概念"如何"整合形成不同的道德结构"，并对这些结构的高低优劣进行比较，等等（IMT 286）。在罗尔斯看来，道德理论不但相对地（尽管不可能完全地）独立于，而且在理论上优先于道德哲学（以及更一般的哲学）的其它部分。"对实质性的道德观念、及其与我们的道德感受力之间关系的研究，有其自身独特的问题与对象，需要以其本身的缘故进行考察。与此同时，对诸如**道德概念的分析**、**客观道德真理的存在性**、'**人**'与'**个人身份**'**的性质**等问题的回答，都依赖于对这些结构的理解。因此，道德哲学中那些**与意义理论、认识论、形而上学、心灵哲学相关联的问题**，都必须靠着道德理论才能解决。"（IMT 287，粗体后加）

倘若罗尔斯关于道德理论优先性的论断可以成立，就等于说，尽管政治性观念的合理性不能脱离开实质性道德观念的整体结构而获得辩护，但对后者的合理性辩护，却是可以独立于道德哲学的其余部分、通过自身内部的理论调整加以实现的。

换言之，公共理性运用过程中对不同政治正义观合理性的论述，尽管必须容纳对所有政治性和非政治性的**实质性**道德观念（从而涵盖整个"道德理论"领域）的讨论，却并不需要援引特定"整全道德义理"（其潜在地贯穿了"道德哲学"的所有部门）——更不用说特定"整全宗教义理"与"整全哲学义理"——的全部背景作为依据。这样一来，公共理性适用范围内对"整全义理"的内容约束，便不至于造成对议题的打压，以及对话的失效了。

然而我们凭什么认为公共讨论可以在"道德理论"与"整全义理"之间做出有效的区分？我们不妨利用罗尔斯本人对整全义理的分类，由易入难地着手处理这一问题。

首先，我们可以注意到，罗尔斯在谈论"整全义理"时，往往会使用两类列举式的表述：一是将整全的"**宗教**义理"、"**道德**义理"、"**哲学**义理"相并列（比如 PL xvi、xxv‑xli、9‑10、13‑15、36‑38、71‑85 等）；二是使用"整全义理，宗教的或非宗教的（comprehensive doctrines, religious or nonreligious）"之类表述，着重区分"整全的**宗教**义理"与"整全的**非宗教**义理"（比如 PL xxxviii‑xl、37；IPPR 441、445、453 等）。然则为何罗尔斯要特地强调不同整全义理的宗教性（或非宗教性）？

诚然，如许多论者所指出的，对宗教在当代美国所扮演的政治角色的关切，是罗尔斯发展政治自由主义的一大理论动机；而政治自由主义对公民的道德期许是否为宗教信徒参与公共生活造成了额外负担，也一向是其批评者与支持者争论的焦点[1]。

但除此之外，与（其它非宗教性的）整全"哲学"义理或整全"道德"义理相比，整全宗教义理就其所能提供的理由内容而言，其特征是**预设了超自然人格力量的存在**，无论这样的超自然人格力量是单数还是复数，是全能、大能，还是能力有限；是至善、道德属性模糊，还是道德属性多元（参见收入本书的《上帝与罪恶问题》、《简析康德"上帝存在的道德论证"》等篇目）。但我们早已从尤叙弗伦悖论等哲学诘问获知，对超自然人格存在与否的预设，归根结底在规范奠基层面是无关紧要的[2]。

---

1 参见譬如 Kent Greenawalt (1994), "On Public Reason," *Chicago-Kent Law Review* 69(3): 669‑689; Nicholas Wolterstorff (1997), "The Role of Religion in Decision and Discussion of Political Issues," in Robert Audi and Nicholas Wolterstorff (eds.), *Religion in the Public Square: The Place of Religious Convictions in Political Debate*, Rowman & Littlefield Publishers, pp. 67‑120; Christopher Eberle (2002), *Religious Conviction in Liberal Politics*, Cambridge University Press, 第 232 页; Sebastiano Maffettone (2010), *Rawls: An Introduction*, Polity Press, 第 286 页; Tom Bailey and Valentina Gentile (2014, eds.), *Rawls and Religion*, Columbia University Press 等。

2 近年关于尤叙弗伦悖论意义的综述，参见譬如 Terence Irwin (2006), "Socrates and Euthyphro: The Argument and its Revival," in Lindsay Judson and （转下页）

换言之，整全宗教义理内部所有能够对公共政治讨论作出贡献的元素，经过剖析之后均可发现其实只是**作为"模块"插入宗教背景之中的实质性"道德理论"**（包括对"宗教仪轨在社会政治生活中究竟应当占有何种地位"、"整全宗教义理是否应当被接纳为公共理由"等问题本身所能提供的正反理由）。将"道德理论模块"与"整全宗教义理"的其余部分拆分，对公共政治讨论并无任何损失；类似地，这一判断对以**无神论**（亦即否定超自然人格力量的存在性）为核心承诺的整全非宗教义理（或者说"整全的无神论义理"）同样适用[1]。罗尔斯主张，"一个合理的整全义理中的一条真判断，绝不会与同其相关的政治观念中的一条合理判断相冲突"（IPRR 483）；至少对整全宗教义理（以及整全无神论义理）而言，罗尔斯的这一主张完全可以作为尤叙弗伦悖论的派生命题而推导出来。

那么，对其余那些整全的非宗教义理来说，情况是否与整全宗教义理类似呢？更具体而言，对于涵盖形而上学、认识论、心灵哲学等诸多领域的"整全**哲学**义理"（包括贯穿元理论学等所有"道德哲学"部门的"整全道德义理"在内），就其与"道德理论"的关系而言，是否存在类似尤叙弗伦悖论的诘难变体，使其在我们对实质性道德观念进行合理性辩护的过程中，只能扮演完全派生（从而无关紧要）的角色？换言之，不同类型的哲学问题之间，是否在规范性的层级上存在某种差别？

这一问题是修正罗尔斯公共理性理论的关键；一旦我们能够对此问题

（接上页）VassilisKarasmanis（eds.），*Remembering Socrates: Philosophical Essays*，Oxford University Press，pp. 58 - 71；Christian Miller（2013），"The Euthyphro Dilemma," in Hugh LaFollette（ed.），*International Encyclopedia of Ethics*，Wiley-Blackwell，pp.1 - 7。

1 注意并非所有非宗教的（或者说"世俗的"）整全义理都是"无神论的"；前者未必需要对超自然人格力量是否存在及其（如果存在的话）有何道德属性做出特定判断，只需认定这些判断对于我们政治性或非政治性的道德生活无关紧要即可。亦见罗尔斯对"世俗理性（secular reason）"亦即"以整全的非宗教义理为基础的推理"的讨论（IPPR 452以下）。

给出肯定的回答，便意味着我们能够在公共政治讨论中将"道德理论"与"整全义理"有效地分隔开来。本文囿于篇幅所限，无法就此展开详细论述，我将在未来的论文中具体处理这一主题。以下我们且先回到政治理论的场域，继续考察罗尔斯公共理性观遭到的其它批评。

三、合理多元主义下的公共理性

倘若上节最后提出的修正方案能够成立，罗尔斯公共理性观中的"内容约束"部分便可得到维持，整全义理便可以被排除在公共政治论坛中关于根本政治问题的讨论理据之外。然则为什么要千方百计地将整全义理排除在公共理性的内容之外？

概而言之，罗尔斯的想法是：自由民主社会身处"合理多元主义的事实（the fact of reasonable pluralism）"之中，各种合理的整全义理均能在公民中找到拥趸；同时，鉴于不同整全义理之间深刻而不可化约的分歧，使得我们"没有理由期待所有讲理且理性的公民都能合理地认同"那些只能够从特定的整全义理中导出的结论。

一方面这意味着，从现实的角度说，通过整全义理的交锋获得政治共识，希望过于渺茫；另一方面，从规范的层面说，运用对方**有可能合理地加以接受**的理据来证明自己的主张，本身就是互认自由平等的公民遵循"相互性判准（criterion of reciprocity）"（PL xlii；IPRR 446）、彼此尊重、公平合作的题中应有之义。因此，在事关"根本政治问题"的公共事务上，"公共政治论坛"上的发言者"能够相互向对方解释"，自己"所呼吁和投票支持的那些原则与政策，如何能够受到**公共理性的政治价值**的支持"、而非仅仅出于自己所秉持的整全义理的结论，便构成了公民应尽的一种道德义务，亦即前述"文明相待的义务"（PL 217，粗体后加）。

这就引出钱著所总结的**第二层**批评：既然"相互性判准"是对公民的基本道德要求，为什么又要在公共理性的运用上画地为牢，将公共论述中

"文明相待的义务"局限在"公共政治论坛"、局限在对涉及宪政要件与基本正义之类"根本政治问题"的那些公共事务的讨论?"一旦公民转移到罗尔斯所谓的市民社会",或者在探讨除宪政要件与基本正义之外的其余那些公共议题的时候,"基于相互之间尊重对方的平等与自由的理由,为什么不能延伸'公民相待之道的义务'呢?在这类情况中,为什么公民们不能遵照这项义务的要求,提供'有理由期待其他公民可以合理地认可的价值',而这类价值竟然不局限在某一种政治正义观所列出的价值"(Q 116 - 117)?显然,"如果公民相待之道即是'以对方可望接受的理由证明自己的主张'",那就不可能说,"在无法援引——或者不适用——政治正义观的地方,公民相待之道的义务就骤然宣告作废";相反,"民主的公民在尊重彼此自由与平等身份的前提之下,遇到意见相左而又必须寻找合作途径的场合,除了尽量善尽这项义务之外,岂有其余的选择?换言之,这项义务的适用并不止于政治正义观的范围,而应该延伸到非属于基本结构的其余议题上"(Q 117 - 118)。

回应这一批评的关键,是澄清"相互性判准"与"文明相待的义务"之间的关系。钱著认为,"'相互性判准'乃是罗尔斯公共理性概念最基本的成素,'公民相待之道'的义务乃是从它导出来的",并且"**唯有政治正义观才能满足相互性判准**"(Q 117,粗体后加)。但这一概括并不准确。

诚然,公共理性的运用及其所遵循的"文明相待的义务",是"相互性判准"的推论,但后者只是导出前者的前提之一,而非充分条件。公共理性乃是"相互性判准"在**面向整个政治社会**(亦即面向其中**所有**讲理且理性的公民)这一特定情境下的表达,关注的是政治社会的成员们对"**政治权力的运用**"怎样算是恰当,使得政治社会中(以国家机器的强制力为基础)的宪制、立法与公共决策,能够符合"自由主义的**合法性**原则(liberal principle of legitimacy)"(PL xliv,粗体后加;亦见 IPRR 446 - 447)。

在此,公共理性**与公权力的联系**至关紧要。由于公权力涵盖整个政治社会,而后者既无法摆脱"合理多元主义的事实",其成员又难以自由方便地退出，因此当公权力的代表（包括政府公职人员以及公职候选人，但也包括**尝试代入这些角色进行思考和行动的普通公民**）在公共政治论述中将自身秉持的整全义理作为默认理据大加援引时，政治社会中的其他成员对这些体现公权力意向的论述是"无所逃于天地之间"的，只能被迫地接听，尽管对为数众多的持其余各种整全义理的公民而言，这些理据根本无从合理地认同。

因此，倘要满足"相互性判准"，公权力的代表除了回避援引仅能得自整全义理的理据、诉诸"公共理性的政治价值"（或如我在前述修正方案中所言，诉诸任何独立自持于整全义理的实质性道德价值）这类有理由认为可获得全体成员合理认同的辩护，别无他途（但对历史上既往的公权力代表，评价标准则可适当放宽，详见后文）。

与此相反，很多时候人们对公共议题的论述，并非以公权力代表的身份、面向整个政治社会和全体公民而做出的。比如一个宗教社团内部的讨论，由于其成员共享着特定的整全宗教义理，发言者即便援引这一义理，也并没有向参与讨论的其他成员抛出无法期待后者合理认同的理据。既然如此，再要求就连这些讨论也规避整全义理，就显得过分苛刻了。

换句话说，各个团体**内部**可能存在基于成员共享的整全义理的"**非公共理性**（nonpublic reason）"，它们尽管对于整个政治社会及全体公民是非公共的，但对于团体内部的成员仍旧是公共的（参见 PL 220 以下；IPRR 480、482），成员之间运用这类"非公共理性"进行对话交流，仍旧是符合"相互性判准"的做法。因此，公共理性的内容约束（及其所体现的"文明相待的义务"）只在一定范围内适用，并不意味着"相互性判准"的运用受到同样的限制。

类似地，在以"合理多元主义的事实"为基本特征的"背景文化（background culture）"中，持**不同整全义理的公民之间**，一样可以通过虽不局限于公共理性的内容约束、却能仍然符合"相互性判准"的方式，就公共政治议题进行对话沟通。譬如，罗尔斯指出，我们完全可以采用其所谓"**忖度**（conjecture）"的方式参与背景文化中的对话，亦即，先退一步接受

空　谈　171

对方的整全义理作为起点,然后通过推理向对方展示:即便根据这一整全义理,对方同样可以或应当接受本方所给出的政治结论(IPRR 465-466)。只要这种忖度是"真诚的而非操弄性的"(IPRR 466),它就并未违悖"相互性判准",因其仍旧视对方为自由平等的对话者,而非通过"宰制与操弄",或者通过"政治与社会地位的压力",来迫使或诱使对方屈服(PL xlii)。

可以看出,无论是以同一整全义理支持者内部的"非公共理性",还是以不同整全义理支持者之间的"忖度"来参与关于公共政治议题的对话,都符合"相互性判准"的要求,但表达这一要求的方式又与公共理性背后"文明相待的义务"有所区别。这是因为,一当我们进行"非公共理性"或"忖度"式的说理时,我们便不再是首要地以"公民"的身份、**"作为公民"**(qua citizen)、面向整个政治社会和全体公民进行论述,而是以特定整全义理的认同者的身份、面向同道中人进行发言。比如,当一名论者在以"非公共理性"或"忖度"的方式尝试说服基督徒,指出根据基督教的义理、他们有理由支持同性婚姻时,其便首要地是以"基督徒"的身份、**"作为基督徒"**(qua Christian)进行论述。其所援引的不再只是公共理性的政治价值(或其余实质性的道德观念),而包括对基督义理的特定阐释及其结论。

总之,"相互性判准"不必像批评者所以为的那样,要求"文明相待的义务"拓展到公共政治文化乃至背景文化的每一个角落,令人们**一般性地**避免基于整全义理的公共论述(否则"非公共理性"与"忖度"便无从可能);相反,对公共理性适用范围的划分是有道理的,因为讲理且理性的公民们只在"作为公民"思考与辩论事关政治社会根本问题的决策时,才必须能够向同样"作为公民"的**全体**政治社会成员,提供基于公共理性内容、而非特定整全义理的理据。

有趣的是,与那些认为应当将"文明相待的义务"的适用范围加以拓展的批评者相反,罗尔斯一直担忧的却是这一义务可能会对政治参与设定**过高的道德门槛**,因此曾先后以不同方式尝试过收缩这一义务的适用范围,以便在特定情况下为整全义理介入公共政治论坛中关于根本政治问题的讨论留出特殊通道。

一开始罗尔斯设想的是,用"包容性的公共理性观(inclusive view of public reason)"取代"排斥性的公共理性观(exclusive view of public reason)":根据前者,在一个不正义的政治体(比如内战前的美国)中,如果特定整全义理的援引者(比如援引基督教义理的废奴主义活动家)相信这是推动宪政变革、实现正义与良序社会的必要手段,并且从事后看,对该整全义理的援引确实也帮助达到了这样的效果(比如促成内战并增强北军士气),那么当时对其的援引便应当为公共理性所包容和接纳(PL 247-254)。但这种削足适履式的后果论辩护难以令人满意,因此罗尔斯很快放弃,改为采纳其学生艾琳·克里(Erin Kelly)的建议(PL l n. 25),以"**广义公共政治文化观**(wide view of wide political culture)"调适"公共政治论坛"的边界。

根据"广义公共政治文化观",我们"可以在公共政治讨论的**任何时候**援引合理的整全义理,无论其是宗教性的还是非宗教性的,**只要**恰当的政治性理由——而非仅从整全义理中得出的理由——被**适时**(in due course)引呈、并足以支持此前援引的整全义理旨在支持的任何结论"(IPPR 462,粗体后加)。罗尔斯于是从这条"但书(the proviso)"推出:像林肯这样身为公权力代表的历史人物,尽管曾在"公共政治论坛"涉及"根本政治问题"的发言中援引宗教整全义理,但其做法仍然符合公共理性的要求,只要一则这些历史上的公权力代表"本来就能(could have)"从这些整全义理中提炼出相关且恰当的政治观念作为理由,二则"倘若(这些历史人物)知道并接受了公共理性的概念,他们本来就会(would have)"如此这般提炼和重新发言(IPRR 464 n. 54、484)。

这里想必有人质疑:按照罗尔斯拿这一"但书"来豁免历史人物的办法,似乎只要**将来**能有**别人**"适时地"引呈相应的政治性理由,当下公共政治论坛中就根本政治问题发言的公权力代表即可一如既往地援引其所笃信的整全义理,而不必违背"文明相待的义务";这样一来,公共理性的内容约束岂非名存实亡?

并非如此。首先，鉴于**历史人物**"往者不可谏"，其评判标准无可避免地要引入反事实假设，比如"但书"的操作只能由后人代为完成；而对**当下仍旧活跃的（或者未来的）**政治人物，既然"来者犹可追"，则判定何为"适时引呈"的标准自然可以更为严格。

其次，正如本节开头所言，罗尔斯对整全义理的回避要求（乃至于整个政治自由主义的问题意识）源于其对现代社会**"合理多元主义的事实"**的关切。换言之，在一个特定整全义理被全体公民普遍接受（比如全民皆为基督徒）的社会中，公权力代表在事关根本政治问题的论述中援引相关整全义理，似乎很难被恰当地视为一种压迫。

当然，有人会辩称："全民皆为基督徒的社会"在历史上未必真实存在，毕竟一个社会无论自我认知——或者说自我想象——再怎么同质，总是或多或少潜藏着一些信仰上的"异端"；内战前的美国社会，无论其自我想象如何，也绝不是一个人人信仰上帝的社会。但再一次地，在评判"往者不可谏"的历史人物时，仍有必要考虑到**其所身处的社会的同质性自我想象**。从某种意义上说，这样一个尚未步入（或者尚未意识到自身已然步入）"合理多元主义的事实"阶段的社会，其实只是一个**共享着特定整全义理、但规模大到其边界与政治社会基本等同的团体**；在这一团体中援引相关整全义理，其实只是上文提到的运用"**非公共理性**"的一类具体案例而已。随着该社会"合理多元主义的事实"越发显明，"适时引呈"恰当的政治性理由、用以支持此前援引的整全义理在根本政治问题上的推论，便构成了公共政治论坛参与者越发迫切的义务。

四、公共理性的实践效应

乍看起来，无论全体公民之间的"公共理性"、同一整全义理支持者内部的"非公共理性"、不同整全义理支持者之间的"忖度"，都并不试图在公共论述的过程中触动、挑战或颠覆各个整全义理本身的内容。这也导致了钱著前述**第三个层面**的批评：罗尔斯的公共理性观本质上是在用"躲避法"而非"对话法"来处理整全义理之间的分歧；其理论"假定全面性的价值观都是僵固封闭的，不可能变化、混杂，接受它们的人不可能修改心意"（Q 117），而未能注意到"经由对话追求公共价值的过程，对于个人所持的全面性学说，会有一定的挑战甚至转化效果"（Q 119）。罗尔斯由于不愿过问公共论述过程中整全义理"（更应该说是笃信它们的人）有无可能有所修正、调整、接近、转化，或者放弃（原先的信念）"（Q 120），而陷入了狭隘的公共理性观；只有放弃其理论中对公共论述的种种限制，才能更好地促进整全义理与政治价值在公共场域中的相互交流、转化与融合。

在回应这一批评前，首先说明一下，罗尔斯当然并不否认公民们可以在"背景文化"中就不同整全义理的正误高下进行讨论：比如基督徒与无神论者，当然可以在市民社会的任何渠道，对"上帝是否存在"的问题激烈地交锋。同样，后期的罗尔斯也并不拒绝公民们在事涉根本政治问题的公共政治讨论中，将各自信奉的整全义理摆上台面供人观瞻：一方面如前所述，"广义公共政治文化观"放宽了对援引整全义理的限制，只需相应恰当的政治性理由能够被"适时引呈"；另一方面，"公民们相互了解对方的宗教或非宗教义理"也能让各方认识到"民主公民对其政治观念的忠诚植根于各自的整全义理"、减少相互之间的猜忌，因此恰恰有助于"公民们出于正确的理由强化对公共理性的民主理念的忠诚"（IPRR 462-463）。

罗尔斯所要求的仅仅是：民主社会的公民们**作为公民**，能够在身为公权力代表或尝试代入其角色时，在对事涉根本政治问题的公共议题的发言中，放下诸如"上帝是否存在"之类一时（或者可能永远）难以解决的分歧，以理性而讲理的态度共同寻找政治层面的共识。在这个意义上，罗尔斯确实试图把整全义理之间的分歧"隔离"在**"公共政治论坛"**的论述之外（尽管后来又通过"广义公共政治文化观"增设了一个临时通道）；但这种隔离，并不等于对这些分歧**不分场合、不由分说**的"躲避"。

当然，以上说明并非旨在回应批评者的意见，因为后者本来就是说：仅仅容许整全义理在"背景文化"中交锋、而将这些分歧隔离在"公共政治论坛"之外，这对解决分歧、寻求共识而言是远远不够的；只有放开任何限制，让各种理据在公共场域的每一个角落自由流通，才有望促成整全义理的转化与公共价值的提取。

问题在于，公共理性观的约束真的妨碍了这种效果的达成吗？我认为未必，甚至可能恰恰相反。当一个人在公共论述中拒绝援引自己所秉持的整全义理，或者试图将其结论用其它整全义理的支持者所能合理接受的辩护方式表达出来时，实际上是跳出了自己习以为常、毫不费力的思维框架和信念体系，从全新的视角**审视和反思**这些框架和信念在公共问题上的合理性，并（如果可能的话）在后一层面上重新为其奠基。换句话说，公共理性的要求，不仅没有阻碍，反而促成了公民们对自身秉持的整全义理及其与公共价值关系的反思。

一些论者对此有不同意见。他们认为，罗尔斯的公共理性观并不会让公民们变得更有反思性，反而可能让后者变得**虚伪**，因为它鼓励后者在公共论述中，极力发展出一套看似基于公共政治价值和政治正义观的"花言巧语"，来粉饰自己"真正"用来支持某一政策的动机（如果这种动机来自其整全义理的话）。[1]

---

[1] 比如杰瑞米·瓦尔德隆（Jeremy Waldron）就曾与其法律实证主义论敌站在同一阵线，激烈批评过被罗尔斯赞誉为"公共说理榜样"的美国联邦最高法院，认为法官判决书中冗长的说理往往只是对自身偏见与意识形态的"事后合理化（rationalization）"；当罗尔斯要求我们"在公共场域中像法官那样彼此交谈"时，"我们关于政治议题的道德话语便会变得贫瘠，正如司法职位的约束令法庭中的对话变得贫瘠一样"。在瓦尔德隆看来，对公共对话的内容约束，非但不会增加前者的理性成分，反而因为这种掩耳盗铃的做法"损害了我们对诸种理由在政治论证中的真正分量与意涵加以把握的能力，导致就连本该由理性所指导的实践也被一并剥夺了冠以真正意义上的'辩护'之名的资格"。Jeremy Waldron (2007), "Public Reason and 'Justification' in the Courtroom," *Journal of Law, Philosophy and Culture* 1(1):107-134，第115页。

然而在我看来，即便真的存在这种现象，但出于人类避免"认知失调"、追求自我形象与"合理化"等心理机制使然，这种"虚伪"只在少数人身上才可能长期维持；对于多数人而言，即便一开始提出的只是"花言巧语"，将其放入公共论述过程中经受检验，仍然会迫使其要么辩护要么抛弃这些理据，从而最终影响到其整体的立场，促成观念的转化。换言之，零星造成的"虚伪"，并不会影响到公共理性长期和总体的正面效果。[1]

以美国政治中对同性婚姻的争论为例。基督教人士向来是反对同性婚姻的主力，认为其是对"上帝规定婚姻应是一男一女结合"这一教义的严重违悖。然而这一理由显然无法得到许多非基督徒的合理认同，因此在近年的公共争论中，反对同性婚姻的基督教人士逐渐转向开发和宣扬旨在说服教外人士的其它论证，比如一个常见的论证是，婚姻是以"共同善"为目的的结合，并且这里的"共同善"即是对人类繁衍生息这一"自然过程"

---

[1] 瓦尔德隆批评的美国高院正是一个例子。虽然由于种种制度与非制度的限制，使得高院的观念转变一般而言滞后于整个社会，但是即便如此，仍有证据表明，高院大法官上任后，其判决书中体现的意识形态往往会发生缓慢但系统性的转向。参见 Lee Epstein, Andrew Martin, Kevin Quinn & Jeffrey Segal（2007），"Ideological Drift Among Supreme Court Justices: Who, When, and How Important?," *Northwestern University Law Review* 101(4): 1483－1542; Ryan Owens & Justin Wedeking（2012），"Predicting Drift on Politically Insulated Institutions: A Study of Ideological Drift on the United States Supreme Court," *The Journal of Politics* 74(2): 487－500; 以及 Oliver Roeder (2015), "Supreme Court Justices Get More Liberal as They Get Older," *FiveThirtyEight*（2015 年 10 月 5 日）。当然，由于美国高院以及整个美国宪政框架在制度安排上的内在缺陷（包括联邦法官终身制与难以弹劾，高院大法官豁免于联邦法官伦理规章的约束，以及掌握联邦法官提名权与任命权的总统与参议院分别由民主程度欠奉且总体上有利于保守势力的选举人团制与一州两席制产生，等等），导致单个大法官意识形态转向的速度在保守势力通过人事手段直接影响高院意识形态构成的可能性面前不值一哂——这也提醒我们，罗尔斯的"公共理性"理论自身并不足以（也不旨在）构成一份解决政治争端的完整方案，而是**在恰当的制度基础之上提供一种必要的非制度补充**；当制度本身存在重大缺陷时，不修补制度而奢谈公共理性，终非长久之计。

空谈 177

的延续,因此,婚姻必须以"结为婚姻者能够繁衍和抚育当事人生理上的共同后代"为前提。[1] 这个论证的形式确实符合公共理性的要求,不论基督徒与否,均可有效地参与到对该论证的辩护、修正和反驳之中。

诚然,提出或接受这类论证的基督教人士,有一部分可能确实仅仅将其作为在公共事务中掩盖自身宗教动机的"花言巧语"。但即便这种情况真的存在,也无伤大雅——随着这类论证在公共讨论的过程中不断遭到驳斥,同性婚姻的反对者们便也需要不断地寻找和开发新的符合公共理性要求的论证;随着这种情况的重复发生,就有越来越多的基督教人士认识到,无法在自身的整全义理之外、在公共理性的内容之内,开发出站得住脚的用以反对同性婚姻的理据;最终,正如现实中所发生的那样,也就有越来越多的基督教人士,**真诚地**接受了公共理性对同性婚姻的支持,并据此调整自身整全义理的理据等级,放弃了对同性婚姻的反对。

在这个过程中,公共理性对公共论述的约束,无论是否鼓励了一小部分人的"虚伪"做法,其长期和总体效果,仍旧是促成公共论述的参与者去审视和反思自身关于公共问题的意见和理据,并可能进一步促成整全义理的转化与升华。

我们还可以再举女性堕胎权之争为例(参见《堕胎权漫谈》)。一些宗教人士认为,上帝在精卵结合之时向其注入生命,因此受精卵是生命的开端,"胎儿"应当与"人"等同相待,堕胎即等于谋杀。对于不承认上帝存在的人而言,这一说法显然无法接受。根据"相互性判准",宗教人士便应当在其宗教教义之外发展出一套符合公共理性要求的说法,来论证为什么"胎儿"等同于"人"、堕胎等同于谋杀。他们可以试图援引一些科学事实,

---

[1] Sherif Girgis, Robert George and Ryan Anderson (2010), "What Is Marriage?," *Harvard Journal of Law and Public Policy* 34(1):245-287, 第246页。对此类论述的反驳,以及对同性婚姻合法化之争中其它正反论证的总结,参见拙文:林垚(2017),《同性婚姻、性少数权益与道德滑坡论》,《清华西方哲学研究》,第3卷第2期,第411—437页(已收入本书)。

并根据一些实质性的道德观念,来论证这些科学事实在认定"人"时的相关性(比如一些反对堕胎权的人士,试图通过论证"大脑"应当被视为"人"的指标,得出结论说,胎儿在大脑开始发育之后便应当被视为"人");他们也可以通过构建道德悖论或揭示政策矛盾的方式,给支持堕胎权的人士提出难题(比如一些人指出,如果我们完全不把胎儿视为"人",便难以给那些虐待胎儿,或者对胎儿出生后的健康造成重大危害的做法——比如孕妇吸毒——加以谴责或定罪);等等。这些论证无论最终成立与否,至少在形式上符合公共理性的要求,而女性堕胎权的支持者也得以有效地进行针锋相对的反驳。[1]

  反过来也是一样,一个持无神论立场的堕胎权支持者,绝不应当在公共政治论述中将"上帝不存在"作为对话的前提,而是同样需要寻找和构建符合公共理性要求的论证。这种做法的一个例子,是哲学家茱迪丝·汤姆森(Judith Jarvis Thomson)通过提出"昏迷的小提琴家"这个著名的思想实验,试图证明:即便我们把胎儿视为"人",仍然不足以据此否定女性的堕胎权。[2] 这种形式的论证,同样为反对堕胎权的人士提供了合理认同或反驳的机会,因此有助于对话各方在争议的过程中淬炼公共价值、寻求政治共识。

---

1 比如参见 Dorothy Roberts (1991), "Punishing Drug Addicts Who Have Babies: Women of Color, Equality, and the Right of Privacy," *Harvard Law Review* 104(7):1419-1482; April Cherry (2004), "Roe's Legacy: The Nonconsensual Medical Treatment of Pregnant Women and Implications for Female Citizenship," *Journal of Constitutional Law* 6(4):723-751; Bonnie Steinbock (2011), *Life Before Birth: The Moral and Legal Status of Embryos and Fetuses*, second edition, Oxford University Press; AnjaKarnein (2012), *A Theory of Unborn Life: From Abortion to Genetic Manipulation*, Oxford University Press。

2 Judith Jarvis Thomson (1971), "A Defense of Abortion," *Philosophy and Public Affairs* 11(1):47-66; 亦见 David Boonin (2003), *A Defense of Abortion*, Cambridge University Press 中对该论证的修订与补充。对汤姆森式论证的不足,我在《堕胎权漫谈》中亦有提及。

小结

综上所言，钱著所总结的审议民主理论家对罗尔斯公共理性观的三层批评，部分源自对罗尔斯的理论关切及理论细节的误解，部分则基于对相关实践后果不甚可靠的推测。当然，罗尔斯的公共理性观确有不足之处，尤其他对"政治性观念"与"整全义理"的界分应当经受一定的修正，将公共理性容许的内容扩展到所有"实质性的道德观念"，但这远不等于（批评者所主张的）完全放弃任何相关界分。

在完成此修正的前提下，公共理性从内容上说，拒绝只能从特定整全义理推出的结论作为辩护理据；从适用范围上说，维持在针对"公共政治论坛"中涉及"根本政治问题"的讨论——这两方面的限制都是站得住脚的，既不会造成潜在公共议题的不当流失与对社会抗争的压制，也不会妨碍（相反只会有助于）整全义理的转化和对公共价值、政治共识的追寻。同时，在公共理性的适用范围之外，"相互性判准"依然有效，唯其不必以公共理性背后"文明相待的义务"的形式得到表达。

"政治正确"与言论自由

2018年7月24日在"C讲坛"的讲座,录音由"C计划"志愿者"笨拿拿"等誊录成文。

一、"政治正确"话术的兴起

过去这些年,在网络以及公共舆论里,"政治正确"这个词出现得越来越频繁,而且很多时候是被当作负面词汇来使用的。我们可以先想想,当用"政治正确"这个词来作为一种指责,说你在搞"政治正确"的时候,他到底想说什么?为什么"政治正确"这个词,会变成一个骂人的词、负面的词?

这个词,它奇怪的构成本身就是它负面性的来源。如果我们评价一个说法,正确就是正确,错误就是错误,没有必要加上什么限定词对不对?但是你给它加上"政治"这么一个限定词,就好像产生了讽刺的意味。仿佛本来有个什么东西是"事实正确"的,但是你出于政治的目的,或者什么别的目的,非把不正确的东西说成正确的,把正确的东西说成不正确的。加上了"政治"的正确,内在地就跟"事实正确"拉开了距离。

"政治正确"这个词、这个说法,实际上是一种修辞策略,是在对话中的一种话术。当一方试图指责另一方的时候,我给你扣一个帽子,通过添加限定词来影射你讲的东西在事实上不正确。但是,为什么一定要在正确

空谈 181

前面加"政治"两个字，为什么不扣一个别的什么帽子？这里面"政治"这个词有什么含义？

在我们讨论"政治正确"和"言论自由"的关系之前，我们要先讨论，"政治正确"作为一种话术，一种话语策略，为什么会兴起。让我们回过头看一看，这个词，到底是怎样进入公共话语的，包括在整个世界范围内的公共话语。

"政治正确"这个词进入公共话语，大致是在1980年代末1990年代初的美国。有人统计了"政治正确"这个词在公共话语中出现的频率，在美国主流媒体，1990年以前基本上是见不到"政治正确"这个词的，非常边缘化；但从1991年开始，在《纽约时报》、《华盛顿邮报》等美国主流媒体上，一下子出现了七百多次这个词。始作俑者是谁呢？

1990年10月，《纽约时报》有个记者理查德·伯恩斯坦（Richard Bernstein）写了一篇报道，叫《政治正确霸权的兴起（The Rising Hegemony of the Politically Correct）》。这个报道里说，美国高校的学生越来越左了，正在限制保守派学生的言论自由，他们在保守派教授的课堂抗议，反对教授们说一些种族歧视的言论。记者说，校园里的气氛变得越来越压抑，反对派的观点没有办法得到表达。所以当我们一说起"政治正确"这个词，很多人的反应是它打压言论自由，因为一开始这个词就是这样被使用的。那为什么这个记者当时会用"政治正确"这个词来描述这个现象呢？

这个词最早在美国左派内部，是一种自嘲的、与围绕对苏联的态度分歧而发生的内部路线斗争有关的小范围内使用的词。其实在我们中国的话语里，要保证干部的"政治上"要正确、"路线上"要正确，这个用法也是从苏共那边借鉴过来的。在1956年苏共二十大报告的时候，赫鲁晓夫做了题为《反对个人崇拜及其后果》的报告，对斯大林进行批判。这在美共内部也产生了一种分裂。有的人脑子上转不过弯来，无法接受这个事实，想办法要替斯大林辩护。另外一部分人就嘲讽说，你们跟斯大林路线跟得太紧了,你们只顾了政治正确,而罔顾了人道主义的考虑。

在这里"政治正确"这个词就代表着一种路线。从当时美共内部的角度来讲,"政治"这个词,正面的涵义是我出于某种共同的更高的政治目标的要求,路线优先,放弃对表面的事实的照顾和认定。但从反对者的角度来说,实际上是一种盲从,权力要你说什么你就说什么,权力让你相信什么你就相信什么。这个左翼小圈子里自嘲的词到1980年代被保守派评论家捡了起来,扩大化到整个左翼、进步派、自由派的更大范围里,尤其是校园里的学生。

这个过程有一个美国当时政治发展的大背景。1964年民权法案以后,表面上美国的种族歧视和性别歧视已经被废除了,但在实际生活中,种族歧视、性别歧视无所不在。所以在1970年代,很多高校开始考虑我们是不是要通过平权法案的做法,对长期受到歧视的少数族裔以及女性进行一些补偿,比如在招生上提供一些优惠,避免一些歧视性的话语,等等。

这个过程有很多政治上反复的拉锯和斗争。比如加州的大学直接给黑人入学提供了配额,或者在申请入学时加分,但这个做法在1970年代被美国的最高法院给判违宪了。在"加州大学诉巴基"案(*University of California v. Bakke*)里,高院大法官们说:你直接给一个种族配额或加分是不行的,但可以有一个整体上的考虑,把种族因素当成一个因素,同时把家庭条件、考试成绩、课外社区参与程度等都考虑进来,最后综合性地决定要不要录取。

高院把直接配额制和加分制否定了之后,整体性的考虑让高校有了变通的方式。但由于整体的标准不够明细,这个过程中政治的因素就会更强,两派的争论就会更加剧烈。保守派觉得,你们进步派是不是走过头了,特意招收了许多不合格的人。学校内部冲突不断加剧,很多保守派认为但凡黑人学生招进来肯定都不够格,于是他们在学校内部的争论中更加肆无忌惮,嚣张地说歧视性的言论,造成另外一派人的反弹,认为这些歧视言论对我的身心造成了伤害,使我在大学内不再感到安全。后者就希望学校创造一个所谓安全区域（safe space），因为我们大学生入学是为了求学，希望生活在一个安全的不受歧视的环境中的，如果这边这么多歧视性言论的话，我怎么能安心好好学习呢？

这样两派在关于校园内部的言论氛围问题上也产生了很多争论。如前所说，政治上的途径也走过了，高院的判决也做过了，剩下来的是文化争论与社会层面冲突。保守派发现了有"政治正确"这么一个词，我们可以用它来把对手的主张标签化。这种话术，正好又迎合了冷战末期以及后冷战时期美国社会对国内左翼与苏联极权阵营藕断丝连的想象，和基于"邪恶关联（guilt by association）"的排斥，因此在当时的社会背景下大获成功。

但我们刚才提到，以往左翼内部自嘲"政治正确"时，针对的是**列宁主义政党内部上下级关系森严的对上级"正确路线"的盲目服从**；但是在八九十年代美国的"文化战争"里，以及我们当代网络上的左右争论里，被扣上"政治正确"帽子的进步派一方，并不存在列宁主义政党那种森严的权力组织，而是**松散的、多元的、动态的社会舆论力量**；但是"政治正确"标签所暗示的"邪恶关联"，却容易让人们忽略掉这一点，从而夸大这种来自社会内部的左翼舆论的极权性质、夸大它对言论自由的内在威胁。这是其作为话术，对公共讨论造成的**第一个扭曲**。

当保守派评论家批评对方"政治正确"的时候，他们的攻击目标一般来说有三类：

一类是**词语选择**（word choice）。以前的白人都管黑人叫黑鬼（nigger），现在不能用了，要管黑人叫 Black 或者 African American。保守派认为这限制了我们的词汇表，就像奥威尔在《1984》里所说的"制造新话"，你慢慢让我这个词不能用，那个词不能用，其实是钳制思想。当时在美国有一些更日常的，不像 nigger 这个大家本来听起来就种族主义的贬义词，也有人提出不能用。比如 fat 这个词不能用，因为也经常被看作是冒犯性的，所以改成 overweight 等。当然，overweight 等新造的词并没有完全替代 fat 成为日常生活中的最普遍用语；不过 Black 或者 African American 这些词我们已经非常习惯了。三四十年后我们再回望这个过程，到底要不要制造新的词汇替代原有隐含歧视性含义的那些词汇，会发现这个过程是不断拉锯互动，最后趋近平衡的；新的词语倡议有些最后被公众接受了，有些就没有被接受，归根到底都是社会文化演变中屡见不鲜的过程。奥威尔所说的"新话"的危害，有其特定的政治条件与语境，和这种社会内部自下而上的词语选择、倡议与反倡议，绝不能划上等号。

第二类情况是，保守派说，因为"政治正确"的氛围，很多人不敢说出心中的**观点**，这个就是我们等一下要谈到的**言论自由**的问题；类似的，他们认为，很多**科学研究**也无法进行了，因为必须说黑人和白人在智力上是没有差别的、是平等的，所以那些相信黑人在智力上低人一等的科学家就不敢研究了，或者相信女性比男性更低一等的科学家就不敢研究了。这就阻碍了科学的进步、言论的沟通和思想的传播。

第三个就是针对高校或职场的**补偿正义**，即给少数族裔、女性等长期受歧视的群体一些招生或者招聘上的优惠，这种"政治正确"是否公平？这个问题我们今天没有时间讨论，涉及在一个转型社会、一个不完美的社会，我们究竟有多大责任去纠正和补偿过往不义之举的问题。

回头来讲刚才的第二类情况：保守派说"政治正确"打压了言论自由。

这里我们首先做一个厘清，就是对言论自由的限制，不仅仅来自政府，社会舆论也确实有可能会打压、损害言论自由。这个实际上在密尔的《论自由》里就提到了。如果社会氛围过于狂热，舆论一边倒，少数派的言论自由肯定会受到限制。因为人类普遍有这样的心理，喜欢和自己一样的意见，排挤不同的观点。

但这种现象在当时，经过"政治正确"这个词重新定义、描述，被保守派有针对性地套在左翼的头上，变得好像只有**来自左翼的舆论压力**才是对当代政治生活的极大威胁。这就方便保守派为自己制造出一个悲情的角色，同时把注意力成功地从保守派对言论自由的打压上给转移走了。但如

空 谈

果我们看美国当代大学校园内部对言论的打压,很多时候,并不是发生在左翼学生身上,右翼的学生也会骚扰左翼的学生,偏右翼的学校、教授、董事会金主等都可以通过各种手段限制学生的言论自由。

比如今年发生的一件事。得克萨斯有一所福音派大学（Southwestern Baptist Theological Seminary）,它的校长佩奇·帕特森（Paige Patterson）之前接受采访时说了一段话,大意是女人应该绝对服从自己的丈夫,如果丈夫家暴她,她不能反抗也不能离婚,只能向上帝祈祷丈夫回心转意。这个学校的一个学生就在推特上转发了一篇批评校长这番言论的文章,结果因此就被学校从学工岗位上撤职,还取消了他的学费补助。再比如今年初美国佛罗里达枪击案发生后,许多高中生组织游行要求控枪,但是像得克萨斯州、亚拉巴马州的很多中学就发出了紧急通报,不允许学生参加支持控枪的游行,否则记过处分。

像这样的事情,发生在保守派学校的言论压制,国内媒体不怎么报道,美国的主流媒体也关心不过来,因为特朗普每天制造的新闻就够多了。即便真的像某些保守派所批评的,一些左翼学生在高校里做得太过分了,对言论自由有潜在的伤害,但在现实生活中,保守派那边对左派的言论自由压制也许还会更严重一些。所以当保守派把"政治正确"作为专门针对左派的一种批评话术时,本身就误导了我们**对实际政治状况的理解和想象**。这是"政治正确"话术造成的**第二个扭曲**。

二、言论自由

我们现在转进到言论自由这个话题。

当"反政治正确"者认为"政治正确"损害了言论自由时,隐含的一个意思是:你们罔顾了事实正确,你们打压了那些在争议领域的研究——你凭什么只进行一些倾向性的研究呢?说不定,女性的智商真的比男性低?黑人的智商真的比白人低?为什么有的研究人员做的研究显示了黑人的智力比白人低，就要遭到公共舆论的口诛笔伐？

那我们先用一个不太涉及左右之争的例子来看一下。比如，像反转基因的讨论，科学界对转基因这个事，大致有比较明确的共识，就是尚未发现转基因是有害的。在食物的领域，没有比传统作物更高的风险，所以认为转基因食品在安全性上是和传统食品"实质等同"的。但是与此同时，时不时都有一些科学家发表一些论文说，我现在发现转基因使小鼠得了癌症等。这时科学界就马上开始挑毛病，说你这个实验设计得不够好，那个地方统计模型不够精细，等等，导致了你的结论有问题。反转基因的人就会说，也没见你们对支持转基因的论文作同样程度的挑剔啊，每个论文都可能存在这样的问题。那你为什么现在就对我这么挑刺？真的中立公平就应该对所有科学家都挑刺。

其实，人类对与自己不同的观点花更多精力挑刺，是人之常情。反对转基因的人也可以对主流的研究挑刺，关键是你能挑出来多少；然后挑完了以后，另一方又会辩护和修正，辩护修正完了你再继续挑刺。为什么现在科学界会形成一个关于转基因的大致的共识，就是因为这个挑刺的过程已经进行了很长一段时间了，大家对双方论据的质量、论证的强度有一个大致的了解。那这时候如果你去挑战已有共识、主流意见，也不是说你一定就是错的，有可能你说的是对的。但是既然你是挑战主流，你本身就是应该遭到更多的审视，这是很现实的。包括那些历史上挑战了医学界主流、生物学界主流的人，虽然后来有一些人的非主流观点被证明是正确的，但他们的观点在产生之初就是要遭到更多的审视。在进行这样的一个审视之后，如果说挑不出毛病，我们就再回头来看主流的研究是不是出了什么问题。所以这个过程本身是很自然的一个科学流程，并没有像"反政治正确"者所宣扬的那么可怕。

类似地，关于黑人的智力、女性的智力研究实际已经有一百多年的历史了。一百多年前，当时的人种学家、生物学家，坚信男女智力有别，不同种族智力有别，也做出了很多很多的研究。结果后来就被打脸了——他们的成果被新的研究推翻了。这之后把审视的门槛、审视的起点，设在了比较偏向平等、反歧视的一方。本来就是已有科学研究不断发展的一个结果。所以如果有一个新的研究出来，宣称说找到了一个新的证据，证明了女性的智力比男性低，那由于它挑战了科学界已有的共识，本来就应该遭到更多的审视，并不能说明科学界有意要打压他的研究成果。

另一方面，科学界的资源分配，也要考虑到其实际影响所带来的道德问题。由于现在大众媒体发达，一个新的爆炸性科研成果出来以后，经过媒体的传播，本身就会对社会舆论、民意生态产生影响。比如一个研究说经过对比试验发现女性的智力比男性要低，媒体一报道，舆论沸腾，那些觉得男女有别的人马上就觉得自己找到了一个新的证据，然后就"有理有据"地在教育机构里、在工作场合里歧视起女性。这是立竿见影的效果，这样的效果本身在道德上就成问题。那么**在结果的正误尚存巨大争议时，我们对这样会导致恶劣实际后果的研究多加一点审视、在宣传上多保持一点谨慎态度**，本来就是很应该的做法。

而且，如果经过审视，发现你得出歧视性结论的基础不合理，比如研究设置不科学、中间操作有问题，那么接下来很自然地，人们就会开始怀疑，你这个研究人员是不是本来就有很强的歧视和偏见，导致这么不靠谱的结论都被你做出来了。那自然下一次的资源分配不会向你倾斜，以避免更大的资源浪费。所以这是一个科学内部发展非常自然的过程，并不是说"政治正确"这个事情本身阻碍了科学中的某一派观点。

与此同时，打着"反政治正确"旗号的人，很多时候恰恰是通过这种话术，**把其实在科学上早就证明不成立的结论包装成"被政治正确打压的事实正确"大肆推销、忽悠公众**（我们可以把这个视为"反政治正确"话术对公共讨论的**第三个扭曲**）。

不过有些保守派可能还会接着说，**就算**我这个研究成果可能就是错的，就算我这个理论就是很有冒犯性，就是很有歧视性，你还能限制我说？你如果限制我发表这些言论，那么你就是侵犯我的自由。

我们经常会听到这样的说法，比如一个中学老师对女学生说，你们女生初中的时候数学还可以，到高中的时候就不行啦，然后趁早改行吧，去学文科去吧。保守派的人就会说，就算这个老师说的这些言论对这个女生造成了很切实的伤害，完全影响了她的人生轨迹，对她的心理伤害也非常巨大，我们还是不能限制他的言论，因为你一旦限制了，就是侵犯了言论自由。这样的话就把言论自由放在了一个非常绝对化、高于一切的位置上去了。

言论自由是不是一种绝对的、高于一切的价值呢？ 首先我们知道，在现实当中，在任何一个民主国家、自由国家，对言论都是有一定程度的限制的。这个限制具体到什么程度是有争议的。美国可能放得宽一些，德国就严一些。比如，在德国，纳粹言论就会遭到处罚，但在美国这方面就没有什么限制。

其实我们并不可能做到在言论市场上享受完全不受限制的自由；关键的问题在于，**当我们要限制言论自由的时候，背后的理由是什么？** 或者反过来说，**如果我们要支持言论自由的时候，我们的理由是什么？言论自由这个东西为什么我们会觉得这么重要，为什么要支持它？**

我们列出支持言论自由的多种理由的时候，还需要去看这个理由在具体这类言论上是不是成立的，在那一类言论上是不是成立的。我们会发现，可能某一类言论它是应该受到言论自由的保护，某一些言论就是在保护范围之外的。

其实任何一个国家的立法者、司法机构，比如美国的最高法院，一直都在做的这样的一个工作。比如说，对煽动性的言论到底要保护到什么程度。按照美国现在采用的 1969 年"布兰登伯格诉俄亥俄州"案（*Brandenburg v. Ohio*）的标准，就是煽动性言论如果是直接鼓吹不法行动，并且造成了迫在眉睫的威胁、很有可能导致不法行动马上就发生，那么这个时候我就可以限制你。但是这个标准定得很高，很难满足，所以大部分的煽动性言论在美国是不会受到处罚的。

假设有个三K党头领对着他的党徒高喊:"犹太人马上就把我们国家给毁灭了,我们现在赶快拿着火把冲到我们犹太邻居家里,把他的房子给烧掉吧!"这时候政府可以介入,限制你的言论把你给拘捕了,因为你在搞煽动,造成了迫在眉睫的威胁。

但假如现在三K党头领说的是,"犹太人已经控制了我们的国家,我们已经陷入了生死存亡的关头,然后我们接下来会采取一个很重大的行动,来保证我们国家的安全。具体这个行动是什么呢,请大家加入我们的微信群,我们会在几天内给大家发送通知,通知到户"——这个时候,我们是没有办法限制他们的,因为他们没有说现在马上就放火烧,也有可能在微信群里说接下来我们再组织,半个月之后我们再怎么做。这就不是迫在眉睫的威胁。

但是即便把标准放得这么宽,我们对言论还是有限制的。问题就在于,当我们施加一个限制的时候,这个限制到底要划在哪里,背后的理由是什么。在政治哲学史上,对言论自由的辩护,也就是保护言论自由的理由到底是什么,有很多很多种观点。

(1)言论自由带来真相?

最简单的、最常见的一种观点是:言论自由是个好东西,它使得在言论市场上,通过自由的信息交流,最后让大家更容易认识到事实的真相;只有放开了辩论,才能接近于事实的真相。

但是,当我们以言论自由带来的后果作为依据的时候,会发现后果是受到很多因素的影响的。比如假设在某个社会里面,假新闻泛滥非常严重。假新闻当然也是一种言论,你也可以用言论自由来为它辩护。但是,如果假新闻泛滥得太严重,整个污染了我们的信息源,导致信息市场接下来不管你怎么讨论,做出来的都是错误的判断,那怎么办?这个时候再用"言论自由会导向事实正确,导向真理"的这个理由来辩护就是行不通的,至少不足以为假新闻的自由做辩护。

反过来,可能有的人会说,既然某些言论错得太离谱了,那就别保护了，禁止这些言论并不有损于我们获得真理。但是我们再来看这样一个例子：大部分人都知道地球绕着太阳转，我们也看过从太空发回来的地球照片；但是确实还有一小撮人坚持认为太阳绕着地球转、地球是平的、美国登月是阴谋、太空发回来的照片都是 PhotoShop 出来的。美国有一个协会叫做"地球是平的"协会（Flat Earth Society），他们每年都会印刷小册子到处派发，宣传大众都被美国政府骗了，其实地球是平的。

如果说言论自由的作用只是在于帮助我们获得真理，似乎"地球是平的"这类言论对帮助我们认识真理并没有什么作用。但难道我们可以去限制这些言论吗？大部分人可能都会觉得我们不需要限制这些言论。

可是又有人会问了，那为什么虚假广告应该被限制呢？虚假广告的案子在美国法院历史上也是打过的，最后最高法院判决虚假广告的言论自由不受到保护，可以受到限制。理由也提到了虚假广告影响观众的知情权，等等。大部分人会愿意去限制虚假广告，但是不愿意去限制"地球是平的"协会的那些小册子——大家不妨想想区别是在哪里。

(2) 言论自由对民主生活的好处？

还有一种为言论自由辩护的理由是，言论自由对政治特别重要，对民主生活特别重要。因为言论是一种表达，只有自由地表达你才能充分地参与到政治之中，政治才能良序地运行，公民对政治的参与感才会提高，等等。

类似的观点在不同的法律案例里也有体现，比如美国历史上很著名的烧国旗案。最后最高法院法官说，虽然州法规定烧国旗是违法的，但是这个法律是违宪的，因为烧国旗的过程中尽管没有说话、没有"言论"，但本质上仍然是一种"表达"，烧国旗是一种政治上的表达——表达我对总统、对政策的不满。因为表达这个事情对民主特别重要，对民主的参与平等特别重要，所以我们要保障表达的自由。

可是如果说言论自由的好处在于它和民主的关系，那么是不是和政治关系越近的言论越不应该得到限制，而和政治关系越远的言论限制起来就越没有问题？假设我去参观一个画廊，里面全是当代艺术，我这个人完全不懂当代艺术，看了就说 what a bullshit（真是一坨屎）！此时画廊的老板冲出来了，打电话报警，说有一个人在对其他观众污蔑我们的当代艺术，请赶快把他抓起来。警察来了，我说这是我的言论自由，但警察说，言论自由的目的在于它能保障民主，所以政治性的言论可以得到更强的保护，你这个艺术评论得不到保护，所以我现在可以把你抓起来了。（听众笑）所以你看，我们都觉得这个结果是反直觉的。所以，言论自由对民主的好处虽然重要，但并不足以穷尽我们对所有言论的辩护。

而且，就算有的言论是政治性的，好像在这个民主社会里面应该得到更多的表达，但是政治性的言论本身也不一定就一定是对民主有好处的。比如关于**仇恨言论**就有很多的争论。所谓仇恨言论，就是针对某一个特定群体，比如针对他们种族的身份，针对他们性别的身份，针对他们性取向的身份，然后来侮辱他们，攻击他们：同性恋都该死，犹太人都该死，黑人就该一辈子做奴隶，等等。

这些仇恨言论对民主生活到底有什么样的帮助？为绝对言论自由辩护的人就会说，哪怕再蠢的、再道德败坏的言论，其表达本身都是民主生活内在不可或缺的一部分，因为表达言论是民主内在的公民不可剥夺的一种权利，如果你禁止他表达很错误、很不道德的观点，你就是侵犯了他的这个权利。

对于这个观点，我们首先要问的是：**在言论这个沟通交流的场域里面，到底都有谁参与？**首先当然是这个**说话的人**，我们要考虑到说话者的权利，他们的利益有没有得到保障，如果被限制的话他们会受到什么样的伤害。那除了说话的人还有谁呢？还有**听众**。除了听众，还有谁呢？还有那些可能没有被说话者当成"听众"、但是是这个话所针对的"靶子"的那些人。

比如说三K党的头领对他的党徒说，我们要去把这个犹太人的家给烧了。那么三K党头领是这个言说者，党徒是"听众"，那些犹太人是"靶子"。如果要从民主生活、基本权利这些概念出发去考虑，我们不仅要考虑说话人的基本权利，我们还要考虑放开或限制这个言论，对听众、对"靶子"们，有没有构成同等甚至更严重的伤害，有没有阻碍他们参与到政治生活里面去。

对这些"靶子"来说，这种伤害是比较明显的，虽然可能并不是那么直接。假设说三K党的头领说，我们不是今晚就去把犹太人房子给烧了，但是大家去加微信群讨论吧。我如果作为一个犹太人、生活在这个社区里面，就会天天惶惶不可终日，身边有一群人天天策划着不知道什么时候会把我的房子给烧了。虽然他们最终可能只是打打嘴炮，但是这让我心理状态受到很大的影响，在这个社会中我会处于一种逃避的状态。有的时候甚至会自责，到底是不是我们犹太人做错什么事情导致他们仇恨我们，或者我们犹太人是不是天生就应该屈从于这些白人，如果这样就会省得我们受到这样的待遇。

还比如职场里的性骚扰言论，对女性员工过分调侃的言论，等等，可能会令女性员工在职场上感到种种的不适，然后产生从职场中抽身而出的想法。这种阻碍有可能是直接通过对受害人、对"靶子"的心理产生影响，也有可能是通过更间接的方式，比如制造一种对她有敌意的环境（hostile environment），这个敌意的环境不仅会让"靶子"们心生畏惧，同时会让"靶子"身边的其他人，那些潜在的听众，或者是那些本来没想到听，但生活在这个环境里面，不知不觉被潜移默化的人，产生这样的印象：黑人天生就不适合有投票权，女性就应该待在家里养孩子，犹太人个个都是阴谋家暗中操纵着这个世界，等等。这些潜意识里的观念可能就会在他们日常政治生活中以及其他方面表达出来，在这个过程中间接地一层一层地造成"靶子"们日常权益受到侵害。所以至少从这些受害者、这些"靶子"的方面来说，可以发现他们遭到的潜在伤害。

(3) 言论自由是自主性的要求？

可能还会有人提出理由说，言论自由不仅仅在于说话的人有资格表达，同时听者为了参与民主政治，参与社会生活，需要做出一个良好的判断，也就需要吸收各方面的信息。但如果一开始你把我的信息源截断了一部分，那最后做出的这个决定就不算我自己的，我这个决定就不是真正自主的（autonomous），而是受到别人操纵的。所以对于听众来说，应该敞开所有的信息源，不应该用种种理由来限制言论的输入，哪怕这个信息可能是很糟糕的，比如是种族主义的或者什么的。我们要相信每个人的能力，相信这些听众他们自己有能力去反思这些种族主义的信息，然后做出一个自己的判断。就算他没有能力做到，你也不能去剥夺他的自主与自由。

这种看法问题出在哪里呢？**我们可以先从对"自主性"概念薄的和厚的两类理解着手。**

薄的理解是说，自主性这个能力就体现在，我有能力对任何接受来的信息进行消化和反思，**这个能力本身不受外界信息质量好坏的影响，不会因为信息输入的多少而受到损害。**那这个时候，拿薄含义的自主性来为"听众应接收到所有不受限制的信息"辩护就行不通了，因为这个薄含义上的自主性不会因为对信息源施加限制而遭到削弱，而受到损害。

反过来，自主性这个概念也可以作**厚的一种理解，就是自主性本身是可以被信息质量影响的。**比如，在现实生活中我们把一群人从小放在一个极权主义社会里面去，然后天天给他们洗脑，他们接受到的信息全部都是筛选过一遍的，洗脑完了他们只能够消化这样的信息。**等他们成长起来之后，已经没有能力去分析和接受别的信息了。**他们的自主性就在这个过程中遭到了损害，被洗脑这个事情损害。

在这个意义上，自主性这个东西它不再是一个抽象的、基本的能力，这个能力本身是可以被信息的品质所影响的。一旦把自主性这个概念变厚了，当它与信息的质量挂上钩以后，我们就要考虑**信息的质量问题**了。那这时自主性就不能反过来成为一个为"我们不应该限制这些低质量信息"辩护的理由了。

当然有人可能会说，我们要求的自主性没有那么高，既不需要每一次判断做出的都是正确的决策，但也不要到被洗脑那个程度就可以了。这样的话，就算这个社会中有很多所谓的政治不正确的仇恨言论、歧视言论、冒犯言论，我们仍然可以不用在意它们，我们还是可以在对自主性**相对比较厚又不厚到那种极端地步的理解**上，去相信每个人可以通过吸收消化这些信息，保证他们的自主性。按照这个理解，自主性是有一定程度的"韧性"的，它能够抵御一定程度的劣质信息的冲击；但同时，如果劣质信息的冲击达到一定程度以后，这个自主性可能就要崩溃了。

这样的话，我们就聚焦到了如下争论：**到底在多大程度上，信息的质量能对我们的自主性造成影响**；也就是说，**信息坏到什么程度的时候，才会对自主性造成损害**。比如，假设说这个社会上充斥着很多很多仇恨性的言论，充斥着很多很多的假新闻；或者说社会上大环境中种族主义者比较少，某个小环境中集中着很多种族主义者，在这个小环境中生活的人，他们日日夜夜受到了这种劣质信息、劣质观念的影响，在这种情况下，他们的自主性是不是会受到损害？

实际上，一旦我们要承认这里面有一个**权衡判断**：即劣质信息坏到什么程度会对听众的自主性构成损害，我们就要承认，**一旦情况恶劣达到那个程度之后，我们就有理由限制某一方面的言论自由**：比如说肆无忌惮地表达种族主义仇恨、性别主义仇恨、歧视等。

因此我们可以看到，不管对自主性做出多厚或多薄的理解，从"保障听众接受无限制的信息然后按照自己意愿做出判断"这种思路出发做出的论证，都不足以为言论自由做出**绝对化的、无限度的**辩护。

（4）社会舆论对言论自由的动态限制

以上我们看到，从不同角度出发为言论自由做出的种种辩护，它在运用到实际当中后，由于辩护的性质不同，它会导致我们对哪些言论应该受到保护、哪些不应该受到保护做出不同的划界。

由于时间关系，我不能够把已有的对言论自由的辩护全部罗列出来。但迄今为止，在关于言论自由的讨论里面，还没有说真正有哪一个辩护的标准，能够为**歧视性的言论**提供一种原则性的保护。

空谈　195

当然，并不是说由于我们没有办法给出一个好的辩护，我们就要一刀切地、不分程度地把所有歧视性的言论一概禁止。这个可能是不合理的，也是做不到的。同时，这种做法可能也会导致一个新的问题，引发一种新的风险，即**究竟该由谁来限制这个言论**。

如果要一刀切禁止的话，可能需要立法和执法的力量参与，那会不会给政府过大的权力呢？这也是对言论自由的另一种辩护，即基于**对政府的不信任，对公共权力的不信任**。

不过，在近来关于"政治正确"的讨论中，我们的焦点是集中于**社会舆论的力量**之上的。社会舆论实际上是没有能力做到像公权力那样，对仇恨言论、歧视性言论一刀切地、一股脑地令行禁止的。

社会舆论是有一个动力学过程的，是有互动的。在这个互动的过程中，不同的人在公共对话中，通过他们观点和言论的碰撞，来不断地寻找恰当的边界。可能在某个时间点里面，社会主流舆论认为我们要对某些事情加以限制，这种限制的含义可能是说，你作为哈佛校长说了一些不恰当的言论，比如说"女性不适合搞学术"，我们就会给你施加很大的压力，逼着你从哈佛校长的位置上辞职。但是有时候社会舆论的压力走过头，对那些歧视程度并不高的，或者在小范围内发表的言论，我们也揪住不放；或者地位并不是那么高，对社会造成影响没有那么大的人，他可能说了歧视性言论，结果迫于社会舆论的压力也辞职了。在这种情况下，社会就会出现反弹，在社会舆论中可能就会出现另一种声音：我们在社会舆论上是不是走得太过火了，我们是不是要稍微退一步。所以社会舆论本身是一个动态的过程，虽然有时候社会舆论可能对人们的言论做出一定的限制，但是这个过程和公权力对言论自由的限制相比，它的性质是有很大差别的。

我并不是否认社会舆论可能对言论自由造成限制。如果这个社会中都是种族主义者，都是支持奴隶制的人，比如在美国一百多年前的时候，如果一个白人为黑人说话，说"黑人不应该做奴隶，黑人跟我们是平等的，是一样的"，那这个白人自然会为千夫所指，会被当成"白奸"，甚至可能被其他白人暴民动私刑而整个南方白人社会拍手称快。**所以在作为整个社会大背景的道德观念出现问题的时候，社会舆论对言论自由的限制会更严重，后果会更加恶劣。**

但如果社会整体的道德观念是一种进步性的道德观念，是一种主张平等的、主张人与人之间文明相待的道德观念，这个动态过程相对来说就会比较平稳一些。虽然在某些时间点对特定言论或特定的发表言论的人的伤害可能有些过了，但**由于背后整个社会的道德观念是主张大致正确的价值的，动态过程就会有一种自我纠正的能力。**

三、总结

总结一下今天所讲的内容。

当我们在讨论"政治正确"和言论自由的这种对立时，不管这种对立是被制造的也好，或者是它们真正蕴含着某种对立也好，**首先我们要区分两个部分：一个是"政治正确"这个概念作为一种话术的部分，一个是人们在讨论"政治正确"时真正怀有的对言论自由遭到损害的焦虑和关怀。**我们要小心话术扭曲了我们对有价值的问题本身的讨论。

话术本身可能造成我们过分关注于社会某些群体对特定言论的反应，过分关注一些特定言论在舆论场的流动，而忽略了另外一些群体他们在暗中做的一些事情。

在我们对话术这一层面打了预防针之后，我们可以讨论**言论自由背后的理据是怎样的，它在多大程度上能够得到辩护，什么样的言论在怎样的情境下是应该受到保护的。**以及，"政治正确"对言论自由构成的冲击究竟有多大。

之后我们可能要把目光从两派言论的冲突之中抽离出来，观察**社会的大背景以及背后的舆论生态和道德生态，是不是处于一个良性的阶段，是不是有一个良性的自由纠正、自我进化、在言论交锋的动态过程中达到平**

空谈 197

衡的这样一种能力。

如果它没有这样的能力的话，我们就要审视**占据了社会道德舆论主流的那一派的观点**——而那一派可能其实并不是会被扣上"政治正确"帽子的一派。相反，被扣上帽子的那一派可能在整个社会中处于弱势；正因为他们处于弱势，他们才更容易被扣上帽子，因为有力量的一方是更容易给别人扣帽子的。

当我们把这个问题剖开，分解成几个不同的方面之后，希望能帮助大家对现在这个比较热门的争论有一个大致的思考方向。假设说你最后仍然坚持歧视性的言论应该得到保护，不应该被限制，那也不应该仅仅停留在这个观点或立场上，而是应该提出相应的理由，并且思考，这些理由中，哪些是已经被反驳的；如果被反驳的话，我们应该转而去寻找哪些新的理由；哪些理由是应该进一步去深化的和拓展的，最终给出一个系统性的辩护。

今天我就先讲到这里，谢谢大家。

四、问答

问1：关于刚刚讲到的"虚假广告"受不受言论自由保护的问题。我认为虚假广告不受保护。理由是虚假广告相当于向受众提出了一个要约，我要与你进行产品上的交换，而你需要用金钱来购买我的产品。产品交换的本质相当于是一个权利的交换。而你如果提供了虚假的信息，相当于侵犯了我的权利，所以说虚假广告不算言论自由。但如果说我提供了虚假广告，但我并不生产或生产了但不对外销售，那么这是否受言论自由保护呢？比如说中医宣传。假设一个"中医专家"，他并不卖中药，但他宣称"何首乌好，能治病，吃了就管用"。有一个人听信了他的话，就上山挖了一个何首乌服下，如果中毒了，能否去找"中医专家"就他提供的"虚假信息"索赔呢？就是说如果我不直接卖这个东西，做的宣传能受言论自由保护吗？

答1：谢谢，这是很有意思的一个思路。我先从最后一个小问题说起。首先索赔和限制虚假广告播放是两个不同的问题，当我们说虚假广告应该被限制播放的时候，是说哪怕没有人来索赔，当被发现广告虚假的时候，你就必须撤下这个广告然后企业接受处罚。相应的类比应该是，如果说"中医专家"并没有卖某个特定的产品，但他上了央视说绿豆养生或何首乌延年益寿；这时候有一个科学委员会来审查，说你这是伪科学，是在胡说八道，要求撤下节目并处罚"专家"。在撤下广告或撤下节目这个意义上讨论言论自由时，政府是有直接执行力的。而索赔就是一个民事问题了：某人的言论对我造成了误导和伤害，我和他就存在一个民事纠纷。在这个过程中，政府并没有去限制"中医专家"（当然我不认为中医支持者有资格被称为"专家"，毋宁说他是一个"中医鼓吹者"）的言论自由，你还是可以在电视上播出你的节目，继续鼓吹中医，私下的民事纠纷去法院解决。当然这里民事侵权的判定标准高低，后面可能仍然牵涉到言论自由问题，就是一个言论到什么地步算是侵权，但这和政府直接撤下一档节目，是两类不同的言论自由问题。当我们讨论言论自由的时候，必须首先考虑究竟言论受到了具体什么类型的限制，先做这个区分。

回到你一开始的问题，你是想说虚假广告之所以不能受到保护是因为背后有一个利益相关性，有一个利益的交换关系。我举一个稍微有一点争议性的例子。比如有一个教会到处发传单宣传，说进了其他的教派就会下地狱，进了我们这个教派你就会上天堂，赶快来加入我们教会吧，给我们教会捐些钱吧。这样，教会宣传的这个利益关联性和虚假广告这个例子有些相似性。假设说我们有一个哲学上很好的论证，或者我们通过这个教派平时的举动（比如说拼命敛财）来推理，或者是依据这个教派的教义不够精致，我们可以很有信心地判断这个教会说的不成立，入了这个教会有很大的概率上不了天堂，而入了其他教会也不会下地狱。那这算是一个"虚假广告"吗？这种言论是不是该被限制呢？

但我们在现实的政治中，至少在民主国家的政治中，大多数人不会认为传教的言论应该受到与虚假广告同等的限制。大家会觉得，宗教层面和商业层面不太一样。包括在科学层面上，比方说你宣传地球是平的，呼吁大家加入"地球是平的"协会并积极给协会捐钱，这也是有利益关系的。但在现实中，我们往往并不会觉得它应该受到和虚假广告同程度的限制。宗教也好，科学争议也好，反转基因、否认全球变暖，等等，都是这样。所以你提出的基于利益交换来考虑哪些言论应该受到限制而哪些不应该，至少在现实的判例中，在法律的考量中并没有被接受。

问 2：在谈到自主性的时候，说要通过获取信息保障做出正确的判断。但是"正确"的概念非常模糊，我会觉得正确的概念是社会意义上的正确的东西，不可能存在任何共识？

答 2：具体说哪样信息是对的或错的，好的或坏的，我们的确需要给出具体的判断标准，而且这在很多信息上的确是存在争论的。比如有的人可能就是认为全球变暖是一个阴谋，但是更多的科学家反对这个观点，在这个过程中还存有争论。

但是在很多问题上，我们其实是有很大程度共识的，比如说地球是不是平的这个问题，比全球变暖问题的争议程度就要小。信息在多大程度上有争议，在多大程度上是好是坏，我们是有一种直观的判断的，我们是有可能达成一致的。

不仅在关于事实的问题上，在关于道德的问题上，虽然我们许多人可能在社会再分配是要走自由至上主义道路还是要走自由平等主义道路的问题上，有很大的分歧，但是我们在性别歧视是坏的这个事情上，我们会觉得它的争议应该会少一点。即使这个社会上还有人会觉得性别歧视没问题啊，但是在另外一些问题上，比如你看到一个小孩坐在那你不能没事上去踢他一脚把他踢哭了，你不能没事把一只走在路上的猫的皮剥了泡在热水里，活活地看它痛苦由此幸灾乐祸。我们大家应该都会觉得这个道德观念肯定会有问题。所以道德价值观念我们也还是会有一定的共识程度。

问3：老师说"政治正确"主要更经常作为对左翼自由派而非对保守派的评判，我想到了一个例外就是2015年法国《查理周刊》的爆炸事件，杂志社画漫画嘲讽了伊斯兰教的先知后，被恐怖分子炸了。杂志社的做法这好像不符合"政治正确"，但我身边杂志社的朋友都在拥护杂志社的言论自由。请问老师，如果我自诩为一个推崇正义价值的人，我应该如何看待这个问题呢？

答3：这是一个很好的问题。《查理周刊》它发表了漫画，这时候首先我们要问的是，是不是所有的**冒犯性的言论**都构成了**仇恨或者歧视性的言论**呢？

支持《查理周刊》做法的人会说，杂志社其实是同等地嘲讽所有的宗教，他们也画过嘲讽教皇、嘲讽达赖喇嘛的漫画，现在画画嘲讽穆罕默德怎么了，并没有歧视在里面的。

而反对《查理周刊》做法的人会说，在这个案例之下，它确实构成了歧视性的言论。他们会说，这里关键不在于《查理周刊》你们是怎么想的，而在于这个社会对你们的言论是以什么样的形态接收的。在法国社会里，穆斯林移民很多是来自法国前殖民地的，到法国谋生以后，他们移民的二三代的社会地位比较低，受到种种歧视，文化上也有很多冲突，再加上过去几年世界各地形势的变化，使得这种冒犯性的言论成为了社会中的歧视或仇恨言论的载体。这种言论不能堂而皇之地表达出来，但他们看到《查理周刊》画了这个漫画，就可以大肆传播来表达他们的仇恨。否则为什么《查理周刊》以前画的教皇漫画没有人转发呢，而这个漫画有这么多人注意呢？诸如此类。

当然这些人的上述说法，并不是为了给恐怖分子脱罪，好像是因为你有冒犯性的言论，你杀的那些人就合理了。这是两个不同的问题。我们就假设后面没有发生那些爆炸惨剧的话，我们只说《查理周刊》你刊登这样的漫画的行为性质问题。

2005年其实丹麦一份报纸《日德兰邮报》也有类似的漫画，就是画穆罕默德对其他的穆斯林说，你们不要去当自杀炸弹了，因为现在天堂的处女已经不够了。因为当时欧洲流传一种说法，说穆斯林去搞恐怖主义就是因为他们相信，当了人肉炸弹死了以后，上天堂能分给自己处女。恐怖组织内部究竟有没有这么一个说法，是另一个问题；但是欧洲社会广泛存在着这样一种想象，那我们这时可以追问：这种想象对穆斯林群体究竟构成了多大的伤害，让他们在社会交往、求职、升职、求学上，受到了多少潜在偏见的伤害？

反对《查理周刊》刊登漫画的人，这时就会更多地从社会效应出发，他们认为就算你的本意可能并没有区别对待宗教，可是不同的宗教在社会中受到歧视的程度是不一样的。就比如天主教徒占大多数的国家里，天主教的身份是自然而然的，就像鱼生活在水里一样，根本感觉不到它，根本不会去歧视它。但是对于穆斯林来说，社会是把它当做一个外来者来看待。作为一个编辑，你在发表这幅漫画的时候，是不是有责任要考虑到这些社会问题，然后进行一个相应的处理。

这里并不是说后面这个角度一定是对的，但是我想说如果你对这个问题感到困惑，不知道该站哪一边的时候，你可以首先去思考他们背后理论的出发点是哪个，是编辑自身的主观意愿，还是漫画造成的社会效应，你认为哪个问题是更加重要和迫切的，你就可以从这个角度进行思考。

问4：您将言论自由视为在给定的善的标准下而出现的一种权利，也就是说先要有一个善的标准，我们再去谈论言论自由的范围是多少。但是我印象中一般的政治哲学理论，尤其是自由主义理论，会要求自由是一种先于社会的善的标准，您怎么看待这两种标准。

答 4：我的意思并不是说言论自由一定要后于谁。确实言论自由是有在真理之外的独立价值的，我们肯定要给言论相当大的空间，包括给错误的言论很大的空间，并不是说只有正确的言论才应该受到保护。

我们在讨论的是，在承认言论自由有**独立价值**以后，能不能就认为言论自由是一个**高于一切的价值**。社会里还有其他很多很多事情也是有价值的，所有这些价值在政治生活中会发生很多冲突，会给我们制造很多道德困境。我们在这个时候会觉得言论自由也很重要，保障种族平等也很重要。如果让这个人发表了仇恨言论的话，可能会对那些少数族群造成实际的伤害，这个时候我们应该怎么办？我们在政治生活中遇到的种种道德困境其实都是关于价值之间的冲突。所以我们只能这么说，每个好的东西，他们都有独立价值，接下来才有可能去正视所有的价值冲突和严肃对待问题，然后在试图寻找当我支持这个做法的时候，我的最好的依据是怎么样的。

问 5：听到你讲到一个关于虐猫的表述，我有一点不清楚，如果有一个虐猫者出现在我家附近，我会觉得他是不应该受保护的，必须要移出我的居住环境。但是我又想到如果我看到一个有虐猫描述的作品，而且它其实写得更加生动，影响范围更广，并不出现在我家的街区，我就不会觉得这部作品的言论自由有问题。那么我们是对这些文艺作品更宽容还是说这是一种偏见。

答 5：如果看到我的邻居在虐猫，我会觉得心里面不舒服，和如果我看到一部小说中有虐猫的情节，我心里面觉得不舒服，是否有区别？我相信绝大多数人，会觉得说我要冲下去阻止邻居，不让他继续虐猫。这里面你冲下去阻止邻居的原因是什么，是因为说我不想让我心里面不舒服，还是说我要阻止猫受到伤害。使得你做这个事的原因主要是这个猫受到了伤害，你心里面不舒服可能是次要的。

所以在读到文学作品的时候，你觉得很不舒服，但并没有实际的哪只猫因为你在读文学作品就感觉到有哪个打手在踩躏它。所以单纯的这个内心不舒服，是不是要构成对言论自由的限制？我相信绝大多数人会觉得说，仅仅是内心不舒服这个事情，并不应当构成限制。

那这时候跟我们讨论的问题结合起来说，有很多黑人被 nigger 这个词构成了冒犯，觉得很不舒服，或者是女性对性别歧视的言论感到很不舒服，和看到虐猫的书很不舒服，这两种不舒服的区别在哪儿？

当我们论证一个言论应该受到限制的时候，它背后的原因不应该是很浅的，比如说我听到这个话很不舒服，等等。两个观点不同的人，听到对方的意见都会很不舒服，如果你的心理感受仅仅停留在不舒服的程度上，那么它不足以构成限制别人言论自由的理由。

而黑人和女性的这个情况，要比不舒服更深一个层次，比如说现在经常谈到的"**噤声**"（silencing），就是通过言论不断制造和强化充满敌意的环境，使得生活在其中的"靶子"完全不敢发表观点了，或者觉得接下来我不管说什么都没意义了，我的参与没有意义了。如果生活中白人一整天都在 nigger, nigger 地喊黑人，一个黑人生活在其中几天，他一定会小心翼翼的，夹着尾巴做人，不敢发表自己的观点。那么他的言论自由也受到了侵犯，还可能会受到严重的心理创伤，而不是简单的心里面不舒服。这种伤害是比"心里不舒服"更加实质性的。

所以我们如果可以建立理论的话，我们应该用这种更加实质性的理由，而不是仅仅说我觉得这个言论让我不舒服。

问 6：当我们参与一个话题，应当限制歧视性言论的时候，会不会因为这句话所涉及的这个人，不是我们这个政治共同体的一员，就不用受限制。举个例子说，我室友说不应该让黑人来中国，我说你这话很歧视，戴着有色眼镜。室友就说黑人本来也不是我们中国人，没必要保障他们的利益。怎么看这个问题呢？

答6：这个问题我认为可以从两个层次来回答。首先，如果一个人不是某个政治共同体的成员，不是公民，他是不是应该受到基本权利上的保障？我觉得肯定是应该的。实际上在现实生活中也是如此。假设有一个外国人来到中国，东西被偷了，难道警察不该管么？肯定会管。我们去其它国家旅游被抢劫，然后报案，难道警察会说"你不是我们国家的公民，这个案子我们不管"么？所以说法律的管辖权，或者说对基本权利的保障，在某些问题上它不会因为说你是一个外来者，我就拒绝保护你。

当然与此同时，是不是外来者这个问题，在另外一些方面可能会构成影响。比如说投票权的问题。我作为一个生活在美国的中国人，美国法律不会给我投票权的，除非我入籍。那在我入籍之前，在他们眼里，我就是一个外来者。

这两种情况的区别在哪里呢？投票权的问题是一个这样的逻辑：我是政治生活的参与者，我是国家法律的缔造者，我通过投票成为法律的主人，然后成为政治生活的能动者，成为政治生活的**主体**。但是在成为主体之前需要满足一定的标准，不仅是说我来到这个地方。我需要在这边生活很久，纳税，申请入籍，通过主动的过程成为集体中的一员。

而当我是法律保护的对象，或者说社会舆论保护的对象的时候，我是道德考量或者政治考量的**客体**。因为法律正在照顾我，我处于关照之下，是客体。所以你在考量我的利益的时候，并不会因为我此时没有主动申请成为本国国民，就不应获得客体所应当获得的保障。所以作为法律的主体和客体，这两者需要做一个区分。

所以我觉得你朋友的想法"[他]不是我们中国人，没必要保障他们的利益"是不成立的。除非说中国现在是一个完全封闭的社会，社会内部完全没有黑人或者白人，全部都是中国人。信息不发达，所有东西都被墙了，外边的东西进不来，里边的东西出不去。如果中国人在这个封闭的环境里面歧视黑人，这个时候问题的严重程度，和假设有一个黑人来到中国、他感知到中国有很多人歧视黑人，这两个事情是否有差别？后一种情况我们

空谈 205

要限制仇恨言论,但在前一种情况我们是不是要限制仇恨言论呢?这个是有讨论的空间。因为仇恨言论的坏处在于"噤声",但因为没有黑人生活在这里,所以没有黑人因此被噤声。

问 7:您刚刚提到说,有人认为,比如说你很胖这种言论,这种主观且冒犯性的言论是在某种程度上应该被禁止的。但在美国,这种 all lives matter(所有的命都是命),相对于 black lives matter(黑人的命也是命)[1],被视为一种禁忌。有人认为 all lives matter 就是应该成为禁忌,因为要格外保护黑人这种所谓的弱势群体。那么问题在于弱势群体的言论自由,是不是应该优先所谓社会主流的言论自由?

答 7:当年有人提出要拒绝使用 fat 这种词的时候,是针对社会上当时流行的对肥胖的污名化(fat shaming)。在美国往往是这样:胖和穷是联系在一起的。穷人多买不到新鲜蔬菜,因为新鲜蔬菜比较贵又要开车去远地方买。穷人的社区里面的超市,在超市里的食品很多是过期很久的,于是只能去买快餐,再加上当时营养学的一些错误观点,所以导致穷人——特别是贫民窟里的黑人——都特别胖。再加上对穷人的污名化,穷和懒字又联系在一起。所以说你胖,等同于说你穷且懒,也相当于说你没有自控力。

---

1 自 Black Lives Matter 运动兴起以来,如何恰当翻译这个口号,一直是相关中文讨论面临的一大挑战。作为运动口号,琅琅上口的要求毋庸赘言;同时当然也要尽可能贴合原意。这里的"贴合原意"包含两层意思:一方面不能像反对者那样,将其译作充满误导性的、贬义十足的"黑命贵";另一方面个人认为最好能够让中文读者直观地感受到该口号本身带有的某种挑衅性(以及为何它一开始容易引人误解)。"黑人的命也是命"这个译法,补出了英文中没有的"也"字,固然有助于阐明口号的真正含义,但也因此消除了其最初的模糊性与挑衅性。正是出于这一考虑,我在较早写作的《权力结构的语境》等文章中,尝试过"黑人性命,举足轻重"之类译法,试图通过规避"也"字来保留这种模糊性。但这些译法太过文绉绉,不适合街头抗议,因此我也不甚满意。收入本书的几篇涉及 Black Lives Matter 的文章,作于不同时期、不同情境,因此译名并不统一,请读者切勿见怪。

你如果有自控力,天天健身,就不会这么胖,应该一身腱子肉吧。所以 fat shaming 在美国是非常严重的现象。有人从这个角度提出,要少用 fat 这个词,引起很多争议,最后不了了之。像我说的,这是在社会上动态过程中如何努力去寻找平等。我们到底要怎么去面对这个 fat shaming,是不用这个词,还是从观念传播上努力。所以这个词并没有受到禁止,只是说有些人会自觉少用。

但是对 all lives matter 这个事,争议在于,它的表述看起来是很对的:独立宣言说"人人生而平等"嘛,你过分强调 black lives matter,好像其他种族的命就不重要一样。但是,black lives matter 是有特定所指的,因为在美国警察滥用警力杀死无辜黑人这件事是非常普遍的。

这个事情有复杂的社会背景。民权运动以后,城市白人和城郊白人对黑人涌入城市有恐惧感,认为他们是来破坏法律秩序的。而且 9·11 以后美国军方武器装备升级,之后美国缩小了全球军力部署以后,原有的武器不可能直接扔掉,就配备给警察,然后警察武器就升级了,万一滥用警力的话,造成的后果是会变得更严重的。

美国的枪支文化是一个更重要的原因,这导致警察见到谁神经都高度紧绷,总觉得你身上有枪。在你要打死我之前,我先把你一枪打死。警察对白人没有那么紧张,因为觉得白人都是自己人,遵纪守法。看见白人超速,他可能会说:"没事,兄弟,走吧。"如果看到黑人超速,立马就把手按到了腰间的枪上,并且说:"别动!把手举起来!"有的黑人心里没有准备,以为警察要查驾照,把手往裤兜里一摸,警察以为他在掏枪,马上就击毙这个黑人。

所以滥杀黑人的事情实际上引起了社会的很多注意,因此提出了这个口号 black lives matter,意思是你没把我们的种族的人命当作命。其他的命都是命,只有我们黑人的命不是命,随便一枪就打死。现在当务之急是唤起人们对无辜黑人遭到警察滥杀这个问题的重视,此时提出 all lives matter 的人其实是在转移焦点,或者是问题还没搞清楚你就进来瞎掺和。因为我们用这个口号 black lives matter，本来就是想要挑战种族不平等的特定现状，即在警察滥用警力上受害的都是黑人，所以如果我们要正视这个问题，就必须要有这个口号。这时候提其他的口号，all lives matter，就会把大家搞晕，难道要让我们再把《独立宣言》"人人生而平等"背一遍么？这样问题根本无法得到关注和解决。

当然其余少数族裔也可能遭到其它形式的歧视，比如在职场升迁上受歧视，等等，但这个和个体生命权被肆意剥夺是两回事，我们可以想出其它相应的口号来呼吁，但是用 xxx lives matter 的口号来呼吁"职场升迁平等"就文不对题？

问 8：我们当今谈论言论自由，很多情况下是谈论公权力如何限制言论自由。但我们在现实生活中看到的对言论的限缩并不全是由公权力实施的。比如，像美国很多大学有 no platforming policy（不提供平台政策），抵制一些右翼人士在大学的平台做讲座。从普遍意义来说，不论左翼或者右翼的言论都可能被一个非公权的东西限制。而这个非公权的力量到了企业和大公司，这个限缩可能约等于一个公权的限制。比如说在中国我支持同性平权，公开做这样的一个表述，我去求职，公司可能就不要我了，觉得这样的一个言论是不能接受的。如果这个公司在市场里面占据了 80% 乃至 90% 的份额，对我而言我可能就找不到工作了。对于这种情况，政治学会不会去研究它，或者去讨论这种权力和话语权对言论自由或者言论传播的影响。

答 8：这是一个非常好的问题，先给一个结论，政治学肯定会研究这个问题，只是今天没有时间讲。

美国大学现在没有官方的 no platforming policy。诚然很多学生组织会说，我们觉得不应该邀请那些极右翼分子来讲座，但我没有看到哪个大学有这个官方政策。可能是学生社团自己的政策，或者是教授个人的意愿，说反对我们系邀请这个人,他可以去其它系或者其它学校。学生呼吁"不提供平台"的时候也不是说你来我就要把你打出去,而是通过占领教室、拉横幅抗议的方式。你其实还是可以做下去。

这个事情之所以现在闹得这么大,其实部分原因是左翼学生陷入了右翼的圈套。右翼的某些活动家,看到左翼有这个呼吁之后,会故意去触发它。比如说我作为一个极右翼的分子,申请到伯克利去做一个讲座。我知道你的学生肯定是要到外面去抗议,而警方看到这个情况,担心万一打起来有人受伤怎么办,于是就通知学校说这个讲座不要搞了,对公共安全的威胁比较大。这个学校就会通知讲座的人,你的讲座被取消了。然后极右翼的人士再拿到互联网上去宣扬:我的言论自由被剥夺了,因为学生抗议我的讲座没法做。

事实上不是每一个学生都说我不让你做讲座,很多学生会说我要去抗议,极右翼一方也会来人反抗议。两边拉横幅互相喊,有的时候可能会上手。这时候导致讲座取消的其实是怕事怕麻烦的警方。但这一个流程走下来,就陷入了极右翼的圈套,所以导致了我们得出结论:no platforming 导致了极右翼无法进入大学做讲座。

我们先把这个例子放一边,从理论层面来看一下。**社会中的非公权力组织**,比如公司可能因为员工的某些言论把他开除了,或者大学觉得教授发表某些言论就开除或者扣工资,如何看待这个问题?我今天讲的很多东西是针对社会舆论,但如果一个组织对手下的员工做了这样的事情,那怎么么办?

我们关键要考虑它和员工的关系,在多大程度上接近公权力和公民的关系;或者说,究竟更大程度上是偏向于完全理想状态下平等的自由市场上双边挑选的关系,还是一种上下级的关系。

在绝大多数时候,员工相对于公司或者学校,是处于一个弱势地位。被公司开除之后,有可能很难找到工作,而且在行业也难立足,因为公司之间都是有联系的,互相通气说这个人是一个麻烦的人,挑事的人,你们

空 谈 209

小心点。如果这个公司对于行业来说是一个半垄断的性质，你被这个公司开除之后可能去不了其余公司，只能转行做别的工作。作为对比，可能码农这个工作还是有很多的选择空间的，不做社交网络还可以去做游戏。但是我们可以想象，一个公司如果垄断了行业，垄断的权力本身就构成一种威胁，因为权力关系不对等构成一种强大的危险。这个时候我们就要更警惕它对言论限制权的滥用。就算是没有垄断的行业，如果由于就业不充分或者其余原因，或者行业工资普遍偏低，离职就活不下去了。**种种原因导致员工处在一个非常弱势的地位的话，此时也需要格外注意对言论限制权的滥用，这是权力关系造成的。**

再来看高校。美国，许多精英藤校，在东海岸西海岸，很多都被中国网民称为"白左"学校。但美国中部的很多大学，都是非常保守的大学，在里面很难找到自由派的学者，基本上都是保守派的学者。不仅是学校，可能每个系都会有自己的言论氛围。比如芝加哥大学的经济学系，就是自由市场派的天下。你一个左派经济学家基本上是没希望被雇用了。如果这个系不愿意招聘反对意见的人，或者假如有一个同事因为观点转变，说了几句反对奥派（奥地利经济学派）的话、反对市场原教旨主义的话，而被同事排挤，这个时候我们要不要强迫每一个系都平均分摊不同立场、不同观点的教授呢？我们大概不会觉得这会促进言论自由，反过来它会限制学术自由。因为学术发展的促进条件之一就是志同道合的人凑在一起共同讨论出成果。

如果我们因为观点排挤走那些观点不一样的教授，那我们拿什么来为这种行为辩护呢？一个理由可能是说，在美国，以保守派为主体的大学和以自由派为主体的大学各自都有很多。在同一个大学，不同的系观点差别也很大，比如说芝加哥大学经济学系偏右，社会学系又偏左。或者是对一个经济学家来说，在芝加哥大学混不下去了，在普林斯顿大学找工作不也可以？这样的话，这个问题和**垄断**的问题是联系在一起的。由于任何一个大学和院系很难保证对学术市场的垄断，所以对言论自由的威胁相对没有那么大。

但也不是说大学可以肆意处罚教授言论。这个时候我们还要考虑，这个言论本身如何，学校对教员的处罚力度如何，学校与具体教员之间的权力关系究竟有多么不对等（比如美国现在高校里面越来越多聘用的是合同制教员，绕开了"常聘轨"或者说终身制教席对教员的保护），学校惩罚究竟是出于保护大学背后董事会的私人利益，还是学校对言论背后的公共事务有某种态度。每一个因素都会影响到判断，所有这些判断都让我们思考如何对待**一个名义上没有垄断的机构内部的执法**——如果这个机构不是公共部门而是私营组织，当它们对言论施加限制，我们该怎么去看待。这些讨论在政治理论中也有很丰富的文献，不过今天出于时间关系只能点到为止。

权力结构的语境
——如何理解"黑人性命,举足轻重"、"同志骄傲"等口号

2015 年 8 月 8 日作。同月 21 日以《隐蔽的恶性权力结构》为题发表。

美国又进入了总统大选季,共和党于 8 月 6 日率先开展了首场党内初选辩论。直到计划两个小时的辩论进行了四分之三时,主持人才首次,也是全场唯一一次,就种族关系提问。而唯一被问到的参选者,黑人医生本·卡尔森(Ben Carson),也以"我在动手术时从没注意过病人的肤色",轻描淡写地将此问题一带而过。毕竟共和党的选民核心是白人福音派,种族冲突并非他们关心的首要问题。

这与民主党的氛围形成了鲜明的对比。马里兰州前州长马丁·欧马利(Martin O'Malley)上个月参加了一次政治集会,为自己竞逐民主党的提名而造势。集会过程中,当听到台下黑人听众高喊"黑人性命,举足轻重!(Black lives matter!)"的口号时,欧马利回应道:"黑人性命,举足轻重。白人性命,举足轻重。所有人的性命,都举足轻重。(Black lives matter. White lives matter. All lives matter.)"一句话捅了马蜂窝,台下听众群起嘘之,亲民主党媒体也连夜口诛笔伐。欧马利反应还算迅速,第二天便公开道歉,并在而后的竞选中重点宣传自己对种族政策的规划,试图以此挽救在本党选民中的形象。

对不了解美国政治的人而言,欧马利一事引起的激烈反应或许颇难索解——什么?难道不是每条人命都举足轻重吗,凭什么黑人要在言辞上得到特殊的尊崇?连"白人性命,举足轻重"都不让说、说了还要道歉,这

不是赤裸裸的"反向种族歧视"吗？民主党一方怎么"政治正确"到了这个地步，连言论自由原则都弃如敝履？——诸如此类。

任何话语都要放在相应语境中，才能理解其背后的意义。从崔文·马丁（Trayvon Martin）到瑞吉娅·波义德（Rekia Boyd），从埃里克·加纳（Eric Garner）到迈克尔·布朗（Michael Brown），近年来警察与治安人员杀死手无寸铁黑人的一连串争议命案，以及接踵而至的从轻判决，引发了社会对执法与司法系统中种族成见的高度关注。"黑人性命，举足轻重！"这个口号正是针对这些命案与判决，在抗议的过程中应运而生；也只有在对黑人的种族成见根深蒂固的现实语境中理解，方可真正体会到口号中蕴藏的愤怒、悲哀与无奈。

毫无疑问，从抽象的原则上说，所有人的性命，不论肤色，都是举足轻重的。但在现实中，受到种族成见迫切威胁，最容易无辜丧生警察枪口下的，是黑人，而不是白人。在这种情况下，喊出"黑人性命，举足轻重"，绝无"白人性命，**无足轻重**"、或者"黑人性命比别人**更**举足轻重"的意思，而是要提醒整个社会：尽管每个人口头上都念叨人人平等，但对黑人的种族成见，却常常让许多人忽略了"黑人**也**是人"、"黑人性命**也**举足轻重"这样简单的道理，忽略了既有的社会政治经济文化体系如何与种族成见共生，令相当多数的黑人陷入集体的险恶境地。正因如此，面对"黑人性命，举足轻重"的呼声，答以"白人性命也举足轻重"，无异于暗示说：黑人所遭受的成见与歧视无关痛痒，没必要格外申诉，也不值得作为迫切的议题单独处理。这样的态度，怎能不引起关心种族问题者的不满？

可以说，社会政治经济文化各个层面交织而成的**权力结构**（power structure），以及不同身份所属群体在此结构中的**权力差等**（power differential），正是理解现实问题的最重要的语境。其重要性——及其遭到的忽视——绝不限于种族领域。比如，对"同志骄傲（gay pride）"这个概念，常有人愤慨道："同志比直人了不起吗？既然声称性取向平等，凭什么又觉得身为同志是一件值得骄傲的事情？身为同志值得骄傲，那身为直人就不值得骄傲咯？"正因如此，美国、巴西、匈牙利等不少国家，都有人打着"直人骄傲（straight pride）"的旗号，组织反同性恋游行。

然而与"黑人性命，举足轻重！"的口号一样，"同志骄傲"的概念，并不是说只有同志身份才值得骄傲、直人身份就相反应当引以为耻，而是用来指出这样一个事实：当今社会仍然是一个由"异性恋规范（heteronormativity）"占主导的社会，主流文化自觉不自觉地推崇传统的性别角色，异性恋者"日用而不知"地享受着伴随其性取向而来的种种特权，同性恋群体在生活中经常要面对异性恋者无从体会的排斥与霸凌。传统性别权力结构的语境，对许多同性恋者的自尊造成了不同程度的威胁与损害；而"同志骄傲"正是用来对抗这种效应，令同志们得以感受支持与团结、维护自身尊严的武器，也提醒着异性恋者注意到周遭的不公，为社会的多元与宽容发声出力。

在现代政治光谱中，"左"与"右"是最常见的，也是用法最为混乱的一对概念。根据其中的一种用法，"左"与"右"的区别，在于对权力结构语境的重视与轻视。这种意义上的右翼认为，只要建立了形式平等的法治与不受干预的市场，社会竞争的隐蔽之手自会奖善惩恶、酬勤罚惰；说在这些制度之外还存在什么隐性的"权力结构"、说这些隐性"结构"中的"权力差等"会对弱势群体造成压迫、说我们应该尽力打破这些隐性的"压迫"，不是耸人听闻，便是庸人自扰。相反，这种意义上的左翼则认为，**权力结构与权力差等，是真实且顽固的存在**；形式平等与市场竞争固然极其重要，但并不足以消除弱势群体遭遇的不公与不幸，甚至有时候反而会固化和加剧他们的困难；因此，打破隐蔽的恶性权力结构，或者至少抵御这些结构对显性制度的扭曲，便构成了政治生活中无可回避的挑战。

基于这种用法，人们的确有理由给美国两党贴上常见的标签：共和党属于右翼，民主党属于左翼。

个体与集体

2018 年 3 月 10 日作。

通常认为,自由主义预设了某种意义上的个体主义;中国自由派由于"文革"等惨痛的历史经验,更是对"集体"一词避之唯恐不及。把"性别意识"归入"集体概念"进而加以拒斥,在对理论思考浅尝辄止的许多中国自由派文人那里,倒也算是顺理成章的事情;譬如近日就有自由派女作家在其微博上宣称:"我对集体概念毫无兴趣,因此也没什么强烈的性别意识。"

但性别意识(以及其它集体概念)是否确实与(预设了个体主义的)自由主义相违拗?要回答这个问题,首先要搞清楚这里所说的"个体主义"究竟指的是什么。

比较合理的理解是,自由主义将(人类?)个体视为(在对应然问题的分析中)唯一具有独立道德位格(independent moral status)的对象,所有由个体组成的集体("国家"、"公司"、"女性"、"白人"、"移民群体"……),就其本身而言,都不具有任何独立于相应个体成员的、不可还原到个体层面的道德位格(以及相应的权利、义务、利益)。换句话说,自由主义预设的个体主义,是道德本体论(moral ontology)层面上一种特定的还原论(reductionism):作为道德对象,集体本身不具有(相对于个体的)独立性和不可还原性,其本身的利益自然也不可能具有(相对于个体利益的)优先性。

注意，这里说不具有独立性和优先性的是"集体本身"。自由主义即便不承认集体的道德独立性，不等于不能（作为对所有个体成员的加总简称）谈论集体、不能使用集体概念。

比如"为国家利益而牺牲个体利益"这句话，倘若将"国家"理解成一种超人类的、独立自存的实体，这个实体可以声称具有某种超越于所有个体公民利益加总的额外利益，这在道德本体论的个体主义那里固然是行不通的；但是后者可以将这句话化约为"为一个国家中所有个体公民所共享的某种利益而牺牲其中一部分个体公民的另一种利益"。——至于该不该这样牺牲、什么时候可以允许这样牺牲、哪些个体利益不管怎样都不可以被牺牲，这都是另外的值得讨论的问题；自由主义所预设的个体主义，只是拒绝将这些讨论建立在某种非还原论的（non-reductionist）道德本体论承诺之上。

自由主义不但可以使用集体概念，而且一旦试图将理论应用到现实政治生活的分析中，就应当且必须（正面地）使用起集体概念。

这并不是要将集体作为独立的道德对象重新引入，而是要借助集体概念来理解真实世界的现象、从而明确理论在实践中应当以何种形式展开和实现。——诚然，自由主义者完全可以抽象地高喊"尊重和保障所有人的平等权利与自由"；但如果自由主义不满足于作为停留在纸面上的抽象理想，而希望能够对现实有所批判和指导，就必须进一步去分析"哪些人在哪些方面的平等权利与自由遭到了哪些形式的侵犯"，也就意味着必须首先去理解和刻画一时一地不同个体在现实生活中的具体经历与体验，从中归纳提炼出不公与压迫在一时一地的具体表现形式与来源。

不同个体之间，总会因为各种各样的身份与机缘，而或多或少地发生经历与体验的重合；这些重合中，至少有一些涉及基于身份本身而遭遇到的歧视和压迫，或者基于身份本身而享受到的特权。

身份这个东西，当然了，内在地具有"集体"属性。但承认身份的存在，承认因为身份差异而产生的歧视、压迫、特权的存在，并不等于承认在道德本体论层面，"集体"是具有独立于成员个体的、不可还原的道德位格的对象，而是说在道德现象学（moral phenomenology）的维度上，一些个体对另一些个体的尊严与权利的损害，往往是针对后者的某些身份共性（特定的"集体归属"）而施加的，并且或多或少构成了（至少其中绝大部分）具有这些身份共性的个体所共享的经历与体验的一部分。

个体经历有重合也有差异。每个个体都同时具有多重身份（国籍、种族、性别、性向、宗教、文化、地域、职业、阶级……），它们的组合可以多到数不清；具有某一身份的个体，可能出于幸运从未遭遇具有这一身份的其他个体必须经常面对的歧视和压迫，也可能不幸地（？）没能享受到与同一身份其他个体平均水平相当的身份红利和特权。所以我们在理解现象时，需要身份交叠（intersectionality）的视角，也需要给个体经验的特殊性与无可替代性留出空间。

但所有这些都是以承认个体遭遇可能存在共通之处、承认这些共通之处可能的道德意义为前提的。我们可以抛开"女性"这个（"集体的"）概念来理解性别压迫与父权制文化吗？我们可以抛开"黑人"这个概念来理解种族隔离吗？我们可以抛开"无产者"的概念来理解产权制度吗？当黑人某甲被勒令坐到公交车的后排把前排腾给白人乘客、黑人某乙被拒绝进入一个挂着"有色人种不得入内"牌子的餐厅；当女性某丙求职时被面试官逼问打算何时结婚生子，当女性某丁工作中被男同事上下其手而其余同事只在一旁笑闹起哄，我们如果不用"某甲和某乙因为黑人身份而遭到歧视"、"某丙和某丁因为女性身份而遭到歧视"的表述，只说"个体公民某甲今天遭遇了这件事，个体公民某乙昨天遭遇了那件事，个体公民某丙……"，我们如何能够捕捉到这些发生在"单个"个体身上的"单个"事件背后的联系？如何觉察、理解和应对具体情境中以不同形式呈现和运作的权力与压迫？

即便自由主义预设了道德本体维度上的个体主义，其在道德现象维度上的考察不能不是集体主义的（或者更确切地说，不能不是多元主义的，

空谈　　217

同时涵盖针对集体和针对个体的行动与后果)；只有这样，自由主义才是一套完备的、可操作的、有意义的理论。

而这种道德现象维度的集体考察，首先要以"意识"到存在针对集体而施加的道德现象为基础。只能接受可见光的眼睛，看不到无所不在的红外线和紫外线；缺乏"性别意识"的个体，也没有办法"警惕"弥漫于身边的性别权力。

"警惕权力、热爱自由"的高调子，谁都能喊几句。可是要（彻底地）警惕权力，先得意识到（不同方向的）权力分别埋伏在何处；热爱自由，就该认真对待现实中不同个体在追求自由时面临的形态各异的障碍。只警惕来自某个方向的权力，并且沾沾自喜于只警惕来自这个方向的权力；只注意到自身自由面临的特定障碍，同时对别人关于（自己有幸并未遭遇的）其它障碍的抱怨嗤之以鼻——这样的自由主义，只能算作不堪大用的半成品而已。

左翼自由主义需要怎样的中国化？

2015 年 11 月 14 日作。

一、"左翼自由主义"的理路

近来一些文章提出了"左翼自由主义中国化"的命题[1]，旨在探讨当前中国左翼自由主义者在理论与实践层面遭遇的困难，以及相应的对策。对其中若干分析，我并不十分认同，因此冒昧撰文商榷。

得益于周保松老师的鼓呼，"左翼自由主义"一词在中文圈日渐为人熟知。我本人也时常被归入左翼自由主义者的行列；不过比起"自由平等主义者（liberal egalitarian）"、"社会民主主义者（social democrat）"等其它（相互并不等同的）既有提法，我对"左翼自由主义者"这个标签私心里有所保留。有所保留的缘故，在于"左"与"右"虽是现代政治光谱中最常见的标签，却也是用法最混乱的标签（我在《权力结构的语境》中解释了其众多常见用法里的一种）；而其常见与其混乱，根源都在于这对标签仅仅基于特定历史时期的议席方位、本身缺乏标识核心规范概念的能力，因此其涵义也只能依赖历史路径中不断演变的偶然政治结盟来界定。[2] 这就导致"左"、"右"标签必然地负载了过多无法通过概念澄清而消除的想象与误会（尤其在与 20 世纪政治灾难相去未远的当下），从而降低政治沟通与公共说理的效率。

本文暂且抛开对标签的争论不提，沿用"左翼自由主义"的提法，以方便讨论。就其理路而言，左翼自由主义之"左"，大致对应于我在前述文章中所说的"正视权力结构语境"这一特定涵义。一方面，左翼自由主义认为，**经济、文化、性别、种族等诸多领域中广泛而隐蔽的权力结构与权力差等，是严肃的政治道德问题，应当且可能在公共政治生活中着手解决**——这使其有别于一般所谓的"右翼"自由主义（特别是信奉"小政府"的自由至上主义）以及各种"右翼"非自由主义（比如宗教保守主义、新儒家、民族主义等）。另一方面，左翼自由主义又坚持认为，**由权力结构和权力差等所导致的种种问题，其解决方式不得超出自由主义框架的限制**——从而区别于各种或"左"或"右"的非自由主义（比如一般认为属于"左翼"的马克思主义与属于"右翼"的俾斯麦主义）。

一旦我们澄清了左翼自由主义的大致理路，便会发觉近来若干反思似有错位之感。比如，有反思者认为左翼自由主义者缺乏"组织性和行动性观念"，未能与一些生命力强盛的组织——包括"女权社团"——建立更密切的理论与实践联系。然而如果左翼自由主义之"左"体现在其对权力结构的正视，那么对性别权力结构的正视便构成了左翼自由主义理论的内在要求。换句话说，一个左翼自由主义者必须同时是一个女权主义者（这并非否认女权主义内部也存在自由主义与非自由主义的不同派别）；一个对性别压迫视而不见、对女权运动漠不关心的人，绝对不会是一个融贯的、合格的左翼自由主义者。从这个意义上说，不同于"右翼"的自由至上主义，左翼自由主义本来就无从与女权社团、女权运动脱离联系，尽管该联系未

1　比如陈纯《中国左翼自由主义者，如何构建政治共同体》（2015 年 11 月 4 日、5 日）等。

2　对 20 世纪"左/右"光谱变迁感兴趣的读者，可以参阅 Steven Lukes, "The Grand Dichotomy of the Twentieth Century," in Terence Ball and Richard Bellamy (eds.), *The Cambridge History of Twentieth-Century Political Thought* (Cambridge University Press, 2003)，第 602—626 页。

必要以身临一线抗争的形式发生。

类似地,当反思者批评中国当代的自由主义者犯下了与魏玛、沙俄时期自由派共同的错误,包括"缺少对国内其他阶级的处境与'阶级性'的清醒认识"时,这种批评恐怕也难以适用于(蕴含了对阶级权力差等的正视的)左翼自由主义。诚然,九十年代的中国自由主义者出于对官方话语的排斥,颇有争先恐后与"阶级分析"划清界限之势。然而正是这种膝跳反射式的排斥,使得当年这批知识分子大多一直陷在"右翼"自由主义的思维框架中,对涉及各种权力结构的问题——阶级、性别、族群等等——采取鸵鸟姿态,不是视其为彻头彻尾的伪问题,就是认为现阶段对这些问题的关注会转移自由主义的斗争焦点,给房中大象以喘息之机。

二、政治转型的图景

有趣的是,来自左翼自由主义内部的另一部分反思,恰恰又与这些"缺少对国内其他阶级的处境与'阶级性'的清醒认识"的右翼自由主义者们对左翼自由主义关注相关问题的指责如出一辙。比如有反思者称,左翼自由主义对社会公平的重视,易使其在良性体制尚未建立前陷入"大政府悖论",一方面期待"渐进改良"、"幻想这个体制会自动改革成为左翼自由主义的理想政府",进而转变为体制的积极维护者,另一方面引发左右两翼对福利制度的激烈争论,"不太明智"地"破坏自由派的凝聚力"。

可能是我孤陋寡闻的缘故,幻想体制自动改良的左翼自由主义者,我目前还没有见到;倒是听过不少所谓的"右翼"自由主义者——尤其是"铅笔社"这样的市场原教旨派——为体制鸣锣开道,就像他们的祖师爷哈耶克曾经给皮诺切特军政府洗地一样[1]。这些右翼自由主义者不但更加

---

[1] 关于哈耶克对皮诺切特军政府的态度,参见 Andrew Farrant, Edward McPhail & Sebastian Berger (2012), "Preventing the 'Abuses' of Democracy: Hayek,(转下页)

"迷信经济上的发展会带来政治上的自由民主"、"对'上层改革'抱有不切实际的幻想"（论者眼中魏玛、沙俄与中国当代自由派同犯的三条错误中的另外两条），有些甚至根本就反对政治民主，担心底层一旦获得选举权必定会推进福利制度，"侵犯"到神圣无比的财产权。当然，我并不是说左翼自由主义者就一定能免于——或者比其右翼同道更能抵抗——为体制辩护的诱惑，而是说**这种诱惑与"左"、"右"无关，更多在于自由主义者个人的操守、理论反思能力以及核心规范信念的坚定程度**。

至于理论之争会"破坏自由派的凝聚力"这种担忧，恐怕源自对政治转型的一种非分之想：各门各派无条件搁置一切争论，同心勠力推动政治转型，等到大功告成了才重启理论之争。说这是非分之想，不仅在于它不切实际（现实中争论从来不可能停止），而且在于这种想象无论从道德上还是策略上都并不恰当。从道德上说，所谓通过"不争论"来"提高凝聚力"，实际上是要抹杀社会群体与诉求的多元性，通过牺牲特定群体（特别是既有社会权力结构的受害者）对其正当权益的追求，来换取政治转型这一"更高目标"的早日实现。倘若这种要求居然成立，那么譬如当女权主义者指出某些男性自由派"公知"的性别歧视之时，后者也可以理直气壮地反过来责怪前者"破坏自由派的凝聚力"，凭借政治转型的大义对女权主义者横加挞伐了。

而从策略上说，"不争论"同样未必是较优的选择。政治转型只是起点而非终点，对宪政民主制度的建设与巩固才是真正的考验。不同制度版本的选择（比如：新宪法应当像德国基本法那样包含福利权吗？怎样界划公

（接上页）the 'Military Usurper' and Transitional Dictatorship in Chile?," *American Journal of Economics and Sociology* 71(3):513-538; Corey Robin (2013), "The Hayek-Pinochet Connection: A Second Reply to My Critics," *Crooked Timer* (2013 年 6 月 25 日); Benjamin Selwyn (2015), "Friedrich Hayek: In Defense of Dictatorship," *Open Democracy* (2015 年 6 月 9 日); Bruce Caldwell & Leonidas Montes (2015), "Friedrich Hayek and His Visits to Chile," *Review of Austrian Economics* 28(3): 261-309 等的详细讨论。

权力对市场的管辖？个体自由与国家安全之间如何平衡？以何种原则处理文化多元主义问题？宗教团体在哪些事情上拥有豁免权？少数民族能否获得平权补偿或区域自治？国会议席需要保障性别配额或民族配额吗？如何划分选区？是否采用比例代表制？等等），既可能关系到转型的成败，也将作为基准点影响未来发展的路径与进一步变革的门槛。但是这种重大的选择显然不能仓促而决；各方越早展开充分的争论，面对相互诘难尽力完善各自理据，并在此基础上说服和争取支持者，最终达成的妥协才越有可能睿智与牢固。反过来，各个派别在漫长的前转型时期搁置争议碌碌无为，既不利于关键时刻做出知情选择，也可能因为重大理论矛盾在长久压抑之后突然爆发，而加剧转型震荡，甚至造成政治倒退。

当然，这并不是说在推动政治转型的过程中，"自由派的凝聚力"是一件可有可无的事情；而是说，真正可能对其造成破坏并且值得担忧的不太明智之举，并非理论之争本身，而是从理论之争堕落到派系之争与意气之争，在掺杂了理论以外其它种种动机的、无休止无底线的攻讦中，消耗彼此的耐心、同情与信任。反过来，如前所说，**试图对当前自由主义内部左右两翼理论之争本身设置议题限制的做法，只有在预设了社会抗争与政治转型的一元图景时才能成立，而该图景无论现实性、策略性，还是道德性，都是极其可疑的。**

三、"问题意识"的问题

对一元图景的预设并非这些论者偶然之失。细察其对"左翼自由主义中国化"这一核心命题的描述可以发现，其背后同样有着一元图景的幽灵作祟。比如有论者认为，左翼自由主义者乐于通过公共说理解决政治与社会争端，但由于中国目前尚未形成各派共享的政治价值，而左翼自由主义内部又未能就"当下最重要的政治哲学问题是什么"达成共识，因此后者所推崇的公共说理在现实中障碍重重；不但如此，在其看来，左翼自由主义者还过分沉迷于西洋理论所关心的"如何让国家保障公民的平等自由、公平的机会平等,以及社会最低收入",未能意识到"当下中国最重要的政治哲学问题"本该是"在一个原子化的时代,面对逆现代化的潮流——如何构建一个政治共同体",因此无法如施派、新儒家等理论对手那样"直面中国当下"、"以创造性态度解决自身理论与现实的矛盾"。

在讨论左翼自由主义是否需要——或者应当如何——中国化之前,首先值得指出的是,"当下最重要的政治哲学问题"这种提法,本身已经暗含了如下的判断:这个时代有且仅有一个"最重要"的政治哲学问题——既不存在多个同等重要的问题,也不存在多个在不同维度上各有其独特意义、无法将各自"重要性"简单加以对比的问题。然而这个判断显然并非不证自明。我们完全可以设想,**在漫长的前政治转型时代,我们必须同时(但可能有分工地)处理若干不同类型、相互无可替代,甚至必然互补的政治哲学问题**:前瞻性的与急务性的;奠基性的与应用性的;制度性的与政策性的;行动性的与倡议性的;法规性的与文化性的;道德性的与策略性的;等等。在这种情况下,强行从中挑出一项要求优先探讨,便只是缺乏实际意义、甚至可能起到反面效果的执念了。

不但如此,即便前转型时代真的存在某个单数的"当下最重要的政治哲学问题",声称左翼自由主义公共说理的效力会因为(或者事实上已经因为)其内部未能就这个问题是什么达成共识而遭到损害,仍然是一个相当突兀的断言,亟需坚实的经验证据支持,以弥补其逻辑上的跳跃。毕竟"左翼自由主义"只是一个标签而已,没有理由认为:只要被贴同一个标签的人,就必须在问题意识上步调一致,否则其论证便会丧失效力与吸引力。

事实上,这个逻辑关系对其它派别同样不能成立。比如,当代中国的右翼自由主义者也未必毫无异议地视"如何在既有框架下扩展市场的空间,使得公民的财产得到进一步的保障"为最重要的问题——恰恰相反,许多(与前述铅笔社之流分道扬镳的)右翼自由主义者大概会抗议说:"在既有框架下"一词暗含了对体制的承认与妥协，如此提问者不是思虑欠妥本末倒置，就是心怀叵测瞒天过海。倘若连这类路线分歧都不能损害右翼自由主义对其信徒或潜在信徒的吸引力，那么类似地，认定左翼自由主义内部问题意识的不统一会构成"自身理念的障碍"，恐怕也有些杞人忧天。

四、何种"中国化"？

不过在这些反思者看来，当前左翼自由主义最大的麻烦，还不在于其问题意识不够统一，而在于其问题意识不够"中国化"："公民的平等自由、公平的机会平等，以及社会最低收入"，都是"西洋理论"所关心的内容，"过于学院化抽象化，和中国的情况关联太少"；中国的左翼自由主义者醉心于"消化西洋理论"，其中少数关心中国现实者（如周保松）又只就"贫富分化"现象立论，而"对于'如何在中国实现左翼自由主义'这样的问题，始终没有触及"；倘不回到"如何在原子化时代构建政治共同体"这一"当下最重要的政治哲学问题"，左翼自由主义就只能"在消化西洋理论的过程中埋葬自己在中国的前途"。

诚然，如果左翼自由主义者仅仅满足于把目光局限在"贫富分化"、"社会最低收入"这些经济议题上，那么左翼自由主义理论的吸引力必将大打折扣。但这是因为这些经济议题（以及"公民的平等自由、公平的机会平等"这些更基本的概念）"过于学院化抽象化"，或者过于"西洋"、"和中国的情况关联太少"吗？我看未必。事实上，就连上述论者自己也相信（尽管未必意识到这一信念与其前述论断的张力），即便左翼自由主义的话语"在当下的中国未必能马上找到相应的现象与之匹配，但随着现代性、全球化的深入与共同体实践的发展，这些伦理词汇与价值语言不难找到真正的对应经验"；换句话说，左翼自由主义理论的传播与接受，并非受阻于中国化问题意识的缺失，而仅仅是有待时间的沉淀。

那么真正的问题出在哪里？其实，如果我前面对左翼自由主义理路的阐释不误，我们就可以很容易地解释，何以将理论视野局促于经济议题，会损害左翼自由主义的吸引力：因为**左翼自由主义的根本关怀，是以自由主义框架为依托，正视一切权力结构问题；而经济领域的不平等，只是权力结构的诸多面相之一。换言之，左翼自由主义者不仅有理论资源，也有理论责任，去关注经济领域以外更广泛的权力差等，介入到中国当代社会政治现实方方面面的争论与改善之中。**

以最近由计划生育政策改变引起的争论为例。剥夺女性生育自主权的强制性计划生育无疑应予废除。但与此同时，也有许多人担忧放宽生育指标并不能真正改善女性的处境，只是将生育决策权由政府转移给父权文化下的家庭；而官方近年在性别问题上的口风倒退，也令人怀疑育龄女性今后将在职场与家庭生活中遭遇更加严重的歧视。对此有人倡议借鉴若干发达国家的经验，立法强制雇主给予两性雇员实质等同的带薪产假，以避免母亲单方面产假加剧女性退出劳动力市场。许多右翼自由主义者对此嗤之以鼻，认为立法强制两性带薪产假是侵犯了雇主以及男性雇员的自由。在这种情况下，左翼自由主义对"自由"这一概念的种种看似"过于学院化抽象化"的辨析就派上了用场：通过廓清自由的基础、内涵、限度，来论证为何这样的政策主张并不违背自由主义的本旨，一方面可以为女权社团的倡议及施压行动提供基于自由主义的理论支持，另一方面也扩大了左翼自由主义的受众面与实践影响力。

以上只是信手拈来的一个例子。**在中国当下，位于明处的体制，和位于暗处的各类权力结构与权力差等，共同构成了盘根错节的社会政治现实，也令不同群体的诉求越发趋于多元化、碎片化、交错化。而放眼各派理论，只有左翼自由主义有意愿也有资源同时应对来自明暗两方面的挑战，将纷繁复杂的各路诉求疏导整合进融贯的理论框架。** 如果说在这个过程中，左翼自由主义理论有什么需要"中国化"的地方，大约是：将理论视野（如本来所应当那样）拓展到狭隘的经济议题之外、深入到中国当下社会政治生活的各个领域之中，并积极主动地阐明，自身乍看起来过于学院化抽象化的"伦理词汇与价值语言",如何能够用来令人信服地分辨这些领域的是非曲直。

五、政治哲学的限度

倘若我前面的论证成立,则前述"在一个原子化的时代,面对逆现代化的潮流——如何构建一个政治共同体"之问,既不必视为"当下最重要的政治哲学问题",也绝非左翼自由主义理论中国化的关键。但这并不等于说,这个问题本身全无意义。毕竟,公民社会的建设、民间自组织能力的培养、不同利益群体或社团之间良序竞争的成型,其完成度不可能不影响到未来政治转型的走向。

然则令我不解的是:像如何在原子化时代构建共同体这类问题,究竟在什么意义上,算是一个"政治哲学问题"呢?当然,不排除这个问题背后可以挖掘出政治哲学的元素(就像任何问题背后总可以挖掘出哲学元素一样),比如对"原子化"、"现代化"等概念的辨析,或者对"政治共同体"的性质、标准、追求的论述,等等。但是如果这个问题的重点是"如何构建",那么无论对于观察者还是对于参与者,恐怕"政治哲学"都难以提供什么特别的洞见。

一方面,从观察者的角度说,考辨共同体构建的不同路径与形态、描述相关经验、总结相关教训,可谓广义的**"政治科学"**工作——包括政治转型的比较研究、运动社会学或组织社会学的田野调查、传记史学的整理勾陈等等。这些都是专门的学术领域,其所需的训练、积累与投入,并不能通过对政治哲学的研究来取代。这就好比在经济议题上,政治哲学家对于"贫富分化在何种意义上构成社会不公"之类规范性论证或有一技之长,但具体到"最低薪资政策能否有效遏制贫富分化"这样经验性的命题,经济学家才是更权威的发言人(尽管经济学内部的争议往往与经济学家们在政治哲学立场上的分歧相互纠缠)。类似地,对政治转型与共同体构建的经验性研究，政治哲学不妨在论证中加以援引，但同时也应保持学术上的谦卑，避免越俎代庖信口开河。

另一方面，从参与者的角度说，如何构建共同体又是一个"**政治实践**"问题，需要的是前述种种"政治科学"研究的启发，以及实践过程中亲身对"**政治艺术**"——比如社工方法、组织能力、斗争策略等等——的摸索、培养与交流。对此"政治哲学"恐怕同样无能为力。

此处反思者或许会觉得，我恰恰是犯了亟需加以反思的那种左翼自由主义幼稚病，亦即"更多地关注'哲学家的政治哲学'，而忽略了'政治家的政治哲学'"。尽管反思者亦承认"实践智慧"并非"通过单纯的思辨推理就能得出答案的问题"，但是在其看来，政治哲学的任务本来就不应囿于"思辨推理"，而是要通过研究"君师合一"的"政治家"们的"文章和行事"，总结出一套经权结合、王霸杂糅的"实践之道"，以备后人在政治实践中效仿。

但究竟什么是"政治家的政治哲学"？有论者举出施特劳斯派学者雅法对林肯思想的研究为例。问题是，雅法关于林肯的两部著作[1]，并没有在挖掘林肯作为政治家的"实践智慧"，而是专注于重构他辩论、演说、文稿中的"思辨推理"，为其政治理念给出一个融贯的（并且讨保守主义者喜欢的）阐释。更具体地说，雅法意在通过强调林肯思想中警惕多数暴政（对比其论敌道格拉斯）、将平等视为传统的自然法概念（对比南方邦联的理论宗师卡尔霍恩）等方面，而达到批判雅法眼中腐化堕落的现代性与"现代政治道德"（拥抱人民主权、抛弃自然法理论）的目的。如果这就是所谓"政治家的政治哲学"，那么它与"哲学家的政治哲学"并无实质差别，只不过是将政治家当作（自学成才的）哲学家来认真对待罢了。

---

[1] Harry Jaffa, *Crisis of the House Divided: An Interpretation of the Issues in the Lincoln-Douglas Debate* (University of Chicago Press, 1959); 以及 *A New Birth of Freedom: Abraham Lincoln and the Coming of the Civil War* (Rowman & Littlefield, 2000).

反过来，倘若论者希望左翼自由主义者重视的"政治家的政治哲学"，并非对政治家"思辨推理"的哲学重构，而是真刀真枪的"实践智慧"，或者说政治艺术（比如他们的权谋、手腕、策略、洞察力、判断力、想象力等等），则一来，没有任何理由认为，哲学家比非哲学家更擅长进行这方面的总结——否则哲学家中出产政治家的比例就该远远高于现实情况。二来，即便哲学家能从政治家的"文章和行事"中总结出一二三条"政治艺术"的规律，大约也只不过是三十六计式的泛泛之论（"团结一切可以团结的力量"、"该大胆时大胆，该慎重时慎重"、"被人畏惧比被人爱戴安全得多"），纸上谈兵时固然好用，但对已经在实践中摸爬滚打过的行动者来说，未必有多少边际价值。真正值得总结与传播的"实践智慧"，恐怕还是类似社工手册、罗伯特议事规则这样更具操作性的行动指南——而这显然也并非"政治哲学"之所长。

概而言之，像"如何在艰难时局下成功构建共同体"这样的经验性问题，虽然重要，却不该由"政治哲学"置喙，而应求助于"政治科学"的研究与"政治艺术"的交流。**政治哲学所从事的，归根到底是规范性的工作：对政治制度、政治决策、政治行动、政治诉求背后的理由加以辨析，考察这些理由能否在规范层面得到证成。**

六、证成·解释·行动

对上述关于政治哲学定位的分析，或有不同意见，认为当下中国的左翼自由主义者应当"将目前的哲学任务从'证成'调整为'理解'与'解释'"；唯有如此，方能"创造更多的'公共理由'"，"使得新时期的'共识'的产生成为可能"。遗憾的是，对这段话里所谓"理解"和"解释"具体是指什么，持此论者并没有给出进一步的说明。

一方面，假如这里所说的"理解"，是指**尽可能同情地对尚未被左翼自由主义说服者的观念做出理论重构，呈现其最有力的论证，并在此基础上**

进行辩驳，以便其充分理解这些观念何以最终不能成立；假如这里所说的"解释"，是指我前面提到的，用通俗易懂的方式向更广泛的受众解释，左翼自由主义那些乍看起来"过于学院化抽象化"的"伦理词汇与价值语言"，如何能够有效地用来判断中国当下各类社会政治议题的是非曲直——那么这样的"理解"和"解释"，其实就是改头换面的"证成"而已，并无"哲学任务"的"调整"可言。

反过来从另一方面说，假如这里所指的，是对经验现象在因果机制上的"理解"和"解释"（比如最低工资制度能否有效缓解贫富分化，恐怖主义袭击如何被政治、经济、社会、宗教、心理等各方面因素所诱发，等等），那么如前所述，这并不应该被视为哲学本身的任务——在这个意义上，左翼自由主义的政治哲学自然也没有理由"将目前的哲学任务从'证成'调整为'理解'与'解释'"。当然，这绝不是说政治哲学的从业者们就应该对经验领域的讨论敬而远之。恰恰相反，**正因为政治哲学有其限度，所以从业者们才需要更主动地汲取经验研究的成果，并将其恰当化用为规范证成的论据材料**；与此同时，**由于对因果机制错综复杂的社会政治现象的"解释"总是难以做到价值中立，因此"证成"的工作在检视某种特定"解释"的前提与方法上，也仍然有着用武之地。**

事实上，对哲学任务的限度，以及政治哲学与（广义的）政治科学的分工，持前论者自己似也有所觉察。比如其在批评中国当代自由主义者"缺少对国内其他阶级的处境与'阶级性'的清醒认识"（我在前面已经提到过，这个批评并不适用于左翼自由主义者）时，举的例子是"研究具体社会现象的自由派知识分子"要么拒绝"从阶级、族群、团体的角度来分析中国城市化过程中的工人和农民问题"，要么只着眼于城市中产而"缺乏对底层人民的学术关注，使得这个领域里的代表性著作，比如《大工地》、《中国女工》，基本出自左派之手"。——既然有"研究具体社会现象的自由派知识分子"，自然也有不"研究具体社会现象"、只研究抽象哲学问题的自由主义者；可见其并未试图否认，经验性的描述与解释，和规范性的说理与证成，二者之间存在性质差异以及由此导致的分工。

既然如此，为何其文章里还会混淆"证成"与"解释"，还会将如何成功构建共同体这样的经验性问题当作"政治哲学问题"？我觉得一个重要的原因是，持论者并没有想清楚，到底谁才是其文章旨在批评与规谏的对象：**是所有认同左翼自由主义理念的人，还是其中的政治哲学从业者**？由于对象的面目模糊不清，因此其在行文中，一面（显然只针对哲学家）侃侃而谈"当下最重要的政治哲学问题"、"目前的哲学任务"、"哲学家需要去思考的问题"，一面（显然同时对准哲学家与非哲学家）泛泛而论"研究具体社会现象的自由派知识分子"、"在体制媒体的自由派"、"左翼自由主义没有组织"、"行动性偏低"。这样一来，"左翼自由主义者面临的挑战"与"左翼自由主义哲学家面临的挑战"，自然就被混为一谈了。

当然，"左翼自由主义哲学家"也是"左翼自由主义者"的一员；一旦其决定参与非哲学领域的左翼自由主义志业（特别是直接参与社会救济与公民抗争的一线行动），也就在原本的哲学挑战之外，同时面临着与其他左翼自由主义者共通的挑战。在这种双重身份与双重挑战下，行动中的左翼自由主义哲学家未始不可以有一得之愚，提炼出独特的"实践智慧"。

举个例子。或云，左翼自由主义者为了"克服自身'原子化'以及行动性偏低的问题"，必须与在可预见的未来生命力旺盛的组织建立联系，而这样的组织有两类，"一是基督教会，二是女权社团"。左翼自由主义与女权社团的联系，我在前文已经讨论过；其与基督教会的关系则要复杂许多。一方面，捍卫基本的宗教自由，为遭受无端打压的宗教团体鼓呼，是左翼自由主义的题中应有之义。因此左翼自由主义者在行动上，对受打压的基督教会的声援是顺理成章的。另一方面，不同基督教会的政治立场差异极大，比如美国当代的基督教会，就可以被（很粗略地）分为支持自由主义的各路"主线派（mainline）"教会，与支持保守主义的各路"福音派（evangelical）"教会。中国近年勃兴的家庭教会与地下教会中，倾向福音派保守主义的恐怕占了较大多数，其知名人士更在反对世俗主义、反对婚

空谈 231

前性行为、反对同性恋等方面频频发声。这就令论者此处所设想的双方联系显得过于简单，甚至有些一厢情愿。

左翼自由主义者一面要声援捍卫基督徒的宗教自由，一面又要防范福音派势力对左翼自由主义志业的反噬；一面要借基督教会的组织力量"克服自身'原子化'以及行动性偏低的问题"，一面又要通过公共说理将保守的福音派信徒转化为自由主义的主线派同路人——在这种情况下，一个既是哲学家又是行动者的左翼自由主义者，自然更有可能，也更有义务，同时提供规范证成和实践智慧这两个层次的资源。

七、结语

或云，左翼自由主义者应当"克服自身的惰性"。这一点我非常认同。本文旨在说明的正是，除了行动上的惰性外，我们或许还应时刻防备自身在智识与道德上的惰性。正视政治转型多诉求、多维度、多线程的现实，抵御看似简单明了的一元图景的诱惑，拒绝出于维护自由主义内部"凝聚力"而对议题设限的冲动；勇于承认政治哲学的内在限度，谦逊而积极地接触对经验现象的专业解释，并合理地运用于规范证成之中，避免做太师椅上的哲学家；担负起左翼自由主义的道义责任，利用左翼自由主义独到的理论资源，广泛地关注、剖析中国当代社会政治生活不同层域或隐或显的权力结构问题，推动对现实各个环节的正视、反思与改善——这些无一不是对人性中与生俱来的惰性的艰巨挑战。然而唯其艰巨，方显左翼自由主义的任重道远，与难能可贵。

灯塔主义

2020 年 2 月 24 日作。

我的英文论文《灯塔主义与中国自由派知识分子的"川化"》，最近被《当代中国》接收。[1]为了方便不习惯阅读英文的朋友，我在这里总结一下论文的来龙去脉。

一

经常混中文互联网的朋友想必都已经注意到，自从 2015 年特朗普宣布参选美国总统之后，中国的"公知圈"便出现了一股强烈的"川化（特朗普化）"潮流。这种"川化"至少有两类表现。一类我称为"川粉化"：不少中国知识分子虽然未必认真同意特朗普的所有政策立场，但对特朗普本人的所谓能力视野胆识等则顶礼膜拜，视之为深谋远虑且又手腕高超的一位不世出的政治家。另一类我称为"川普化"：不少中国知识分子或许心底鄙夷特朗普的某些言行举止，但相当支持他所代表的政策立场，或者至少乐于因为反对其反对者（经常被中国网民统称为"白左"）的立场而支持他的立场。当然，还有不少中国知识分子是"川粉化"与"川普化"兼而有之。

有趣的是，"川化"现象在很大程度上是跨越中国知识分子内部的传统意识形态分野的，无论传统意义上的"自由派"还是"反自由派"，"川化"

者都大有人在（当然，同样也有不少"反川"者，只不过这些"反川"的声音在中国知识分子圈内，明显落于下风）。

"反自由派"一方（尤其其中的国家主义者、文化复古主义者）的"川化"，相对来说容易解释一些；就算是"强烈抗议"特朗普对华贸易战的某些国家主义辩护士，多多少少还是觉得他那种抛开"人权高于主权"的"白左理念"、专注于交易式（transactional）商战对抗的外交模式，对他们来说更加亲切、更加可以理解，因此多少有些"棋逢敌手"、"英雄惜英雄"的味道。

但是"自由派"一方的普遍"川化"，解释起来就要费点工夫；毕竟特朗普的诸多言论与政策，无不与一般所理解的自由主义理念（人权、宪政、法治、民主等等）格格不入。所以尽管"中国自由派公知普遍挺川"一事在国内互联网上是公开的秘密，但在国外却很少有人谈及——最好玩的是，2016 年我曾接受美国媒体 *Business Insider* 采访、详细分析了中国的几类不同川粉，最后登出的报道却把其中讨论"中国自由派川粉"的部分完全截掉；据记者后来转告，原来是美国编辑们认为这一现象太过离奇、对美国读者来说太过不可思议和难以索解，为了避免过分烧脑起见，干脆直接删去了事（我在论文的第一个脚注里提到了这件轶事）。

二

那么如何解释中国自由派知识分子的"川化"呢？一类比较"大事化小"的常见推测——我在论文中称为"以'纯策略（pure tactic）'为解释"——是，这些自由派并没有在真正意义上"川化"，而只是策略性地"挺川"；比如认为（或者说期待）特朗普发动的贸易战能够达成"倒逼改

---

[1] Yao Lin (2021), "Beaconism and the Trumpian Metamorphosis of Chinese Liberal Intellectuals," *Journal of Contemporary China* 30(127):85–101.

革"的效果，因此不必在意特朗普本人究竟是否关心中国人权，或者特朗普本身在美国内政方面是否一塌糊涂。

但这种推测并不符合事实，因为过去几年间中国诸多著名自由派知识分子对特朗普的赞美实在是太过由衷、涉及的维度也远远超过对其对华贸易战效应的期许。其中最常见的赞美，皆与特朗普"反政治正确"有关；另外还有一些涉及反移民、减税等等。所以中国自由派的"川化"绝不仅仅是策略性的，而是确确实实有一个"（内）化"的过程。

三

还有一种可能的解释——我在论文中称为"以'新自由主义亲和性（neoliberal affinity）'为解释"——是，自由派"川化"实际上反映的是过去几十年间全球各国"新自由主义同盟"内部保守主义与右翼民粹主义对自由至上主义的劫持与吞噬。

但这种推测其实并没有真正解释中国自由派内部变化的动力机制——与欧美等民主国家不同，中国缺乏右翼保守选民通过选票压力逼迫新自由主义同盟政客就范的制度机制（比如在美国，许多共和党政客私下对特朗普颇有怨言，但慑于党内"川粉"选民与初选挑战者的压力，因此在公开场合中只能声嘶力竭甘为特朗普辩护）；缺少了选举压力这一环后，仅靠"同盟"内部力量对比的变化，并不足以说明这种变化如何作用于在公共论述场域中扮演独特角色的知识分子。另一方面，即便中国自由派知识分子确实在很大程度上拥抱过去几十年里根-撒切尔式的新自由主义意识形态，这种拥抱本身也是需要（和他们后来的"川化"）一同被解释的现象。

四

我自己对"中国自由派知识分子川化"现象的解释，一言以蔽之，即

空谈 235

"灯塔情结（the beacon complex）"，亦可称为"灯塔主义（beaconism）"。这种灯塔情结，更具体而言，又可以分成两个维度：

一是"政治灯塔主义（political beaconism）"。大体而言，即中国自由派出于对殷鉴未远的那段浩劫（及相应"革命"叙事）的惨痛记忆，以及对历史重现的恐惧，而对西方（尤其是经济体量上唯一堪与中国抗衡的美国）的政体与政治产生一种殷切的投射，并且不由自主地将纷繁复杂的政治议题坍缩到自己有过切身体验的简化版"左/右"光谱上来理解。

由于这种投射与想象，使得中国自由派难以接受西方"白左"们对当代欧美政治"辉格史叙事"的否定与系统性反思、对抗争性政治的重新采用（比如 Black Lives Matter 这样的大规模抗议）、对复杂政治议题重新探索平衡点的尝试（比如在言论自由问题上寻找"政治正确"的空间）。中国自由派对新自由主义经济学的偏好，同样也与这种投射有关——过往计划经济的恶果刻骨铭心，因此对任何监管或调节市场的做法均抱有深切怀疑。

所有这些投射，在过去几年国内政治气候恶化的背景下，也愈来愈形成对"白左"们"怒其不争"的怨恨，觉得希拉里奥巴马默克尔们太专注于"自我批评"、面对崛起的中国太过"绥靖"；所以当有特朗普这样一个看起来像是要"砸烂一切旧秩序"的混不吝横空出世时，对他的热爱便是发自内心，而不仅仅是策略式的"可资利用"了。

二是"文明灯塔主义（civilizational beaconism）"——不仅仅是憧憬"西方政治"，而且是憧憬更广义的"西方（白人/基督教）文明"，并因此忧心忡忡于后者将（因为生育率差距而）逐渐"沦陷"于黑奴后裔/非白人移民/穆斯林难民等之手。

就这点而言，"川化"的中国自由派们与不少醉心于"大国崛起"的反自由派知识分子形成了有趣的对位——后者实际上秉持的是一种我在论文中称之为"文明返正主义（civilizational vindicativism）"的叙事，即通过"大国崛起"、"中国模式"的对内成功与对外输出，来为清末以来的屈辱扳回一城,(重新)被全"天下"尊奉为政治上或思想文化上的"宗主"。对于"大国崛起派"来说,"西方文明"是心目中的劲敌,第三世界以及某些特定的种族、族裔与宗教信众则处于"文明鄙视链"的底端,是理当被霸主统治的对象与实际拖后腿的破坏者;所以这些反自由派在对"西方文明的衰败"幸灾乐祸的同时,却也时常流露出对其"惺惺相惜"之感,以"切勿重蹈西方'白左'覆辙"的心态看待"中华文明"与这些特定群体之间的关系。

回溯历史的话,可以发现"文明灯塔主义"与"文明返正主义"同出一源,都和清末输入的"科学种族主义"与社会达尔文主义的思潮密切相关;这种历史关联,也构成了当代"自由派川粉"与"反自由派川粉"同声共气的草蛇灰线。

五

最后,有人可能会觉得,中国自由派的"川化",根本上应该归咎于当代中国舆论场域的生态恶化——如果不是受了假新闻的蒙蔽,中国自由派就不会"挺川"。

诚然,这种生态恶化确实对"川化"起到了推波助澜的作用;我在论文最后一部分提到了这些因素(但是鉴于刊物的字数限制,无法详细展开),比如中国互联网舆论场的审查机制、微信公众号自媒体的兴起,以及在这种扭曲的舆论生态中昌盛的假新闻制造业与搬运业,等等。

但这些因素本身,无法解释中国自由派何以在不良信息场域中,会倾向于选择相信右翼假新闻而非左翼假新闻、或者为何右翼假新闻比左翼假新闻在知识分子圈内更有市场——归根结底,要解释这一点,还是要回到知识分子本身既有的某些偏见、焦虑、意识形态框架上,也就是回到(自由派的)"政治灯塔主义"与"文明灯塔主义"(以及非自由派的"文明返正主义")心理机制上。

六

这篇论文我从 2015 年开始构思（并且在这几年间不断得到诸多朋友的反馈，参见论文致谢部分），然则尘务经心、加上自己的拖延，因此直到去年 9 月初才完稿投出。而今被刊物接收时，正值国内疫情严峻，我却来介绍自己的论文、谈论中国自由派内部的问题，可能有人会觉得不以为然，认为此时应当着力于问责公权而非阋墙相轻吧。

但是我相信，恰恰因为肉食者鄙，所以更要尽力避免批评者的自甘堕落，否则有朝一日只能从"坏"与"更坏"之间二选一，那就为时晚矣。如何令中国自由主义正本清源、从"川化"的趋势中迷途知返，实在是我们现在亟需思考与行动的议题。

中卷　搅梦频劳西海月

病去病来秋复春,书开书阖费精神。
文章困顿懒提笔,意气销磨愧负薪。
搅梦频劳西海月,关心犹是北京尘。
朝餐应笑瑚琏器,未肯轻盛筵上珍。

《病中口占》
2013 年 7 月 10 日

美国大选暗战
——"选民证件法"之争

2012年9月6日作,删节版《小小身份证,卡住奥巴马连任路?》刊于是月27日《南方周末》。

本文发表迄今,在此议题上发生了两个不得不提的巨大变化。一是美国最高法院在2013年6月25日的"亚拉巴马州谢尔比郡诉霍尔德"案(Shelby County, Alabama v. Holder,以下简称谢尔比郡案)判决中,以五比四宣判《选举权法案》中的相关条款无效,为各州共和党人制定推陈出新的压制投票举措大开了方便之门,令其在选民基本盘不断缩小的同时仍然得以把持不成比例的权力、越发损害了美国政治的民主代表性;二是随着特朗普的兴起,共和党撕下了"狗哨政治"的面纱(参见《特朗普、共和党与美国当代右翼极端主义》),更加直白地宣传起"民主党(少数族裔)选民大规模投票舞弊"的阴谋论,导致2020年大选后众多共和党选民拒绝接受大选结果、最终酿成2021年1月6日"冲击国会山"事件。我在本文脚注中,对这些后续发展做了一些补充说明。

当2012年美国大选尘埃落定,人们或许会发现,决定大选结果的并不是双方候选人在聚光灯前的表现,而是两党支持者在各地各级法庭上围绕"选民证件法"(voter ID laws)的无声厮杀。这一战场上的最新进展来自8月30日:由于规定选民在投票时必须出示**由政府颁发**的、**印有照片**的身份证件,以便证明自己的合法选民身份,**得克萨斯州新出台的选民证件法被美国联邦上诉法院判定构成种族歧视、违宪无效**。

美国共和、民主两党长期在选民证件法问题上泾渭分明。共和党一直热衷于推动更严格的选民证件法，而民主党则对此表示强烈反对。去年以来，在共和党担任州长或控制议会的各州里，有十个州已经或正在抓紧制定相关法案，试图抢在今年总统大选前生效。但这些尝试却遭到了民主党的强力阻击。今年早些时候，**威斯康星**州的法案先后在不同案例中被州法院宣布违反该州宪法，但州法院无权判断法案是否违反美国宪法；而**得克萨斯**案则是今年联邦上诉法院的第一起相关判决，对即将陆续开庭审理的其它各州法案有着风向标的意义。

一、身份证明、选民注册与选举舞弊

许多人在听说了围绕选民证件法的争议后，第一反应是诧异：投票时出示身份证件，这不是很正常的要求么？既然是合法选民，怎么可能连基本的身份证都没有？如果投票时不要求出示带照片的证件，怎么防止冒名顶替者呢？

首先需要说明的是，美国并没有全国统一的"身份证"。在**政府颁发**的各种证件中，称得上基本证件的，只有**不印照片**的"社会保障卡（Social Security Card，简称'社保卡'）"，在出生或入籍时颁发，人手一份，终身有效。社保卡用途广泛，不论是办理信用卡，领取工资，还是接受政府提供的各种服务，都需要提供上面的号码。但社保卡由于**不印照片**，因此根据许多新出台的选民证件法，是不能用来在投票时证明身份的。

由于汽车普及率高，因此在**政府颁发**的各种**照片证件**中，驾驶执照最为常见。不会开车的人，则可以办理各州自行颁发的、同样**印有照片**的"州身份证（State ID，简称'州证'）"作为替代。不同州的州证在办理难度、有效期长短、用途广泛程度等方面差别很大，并且有了驾照后州证一般自动作废，所以许多州里办理州证的人寥寥无几。

在日常生活中，除了安全需求较高的场合（比如机场安检）必须出示政府颁发的照片证件外，大多数时候人们往往可以用其它各种方式证明自己的身份，比如学生证（虽然印有照片但**并非由政府颁发**）、写有姓名住址的电费账单等等。据统计，美国选民中大约有两千一百万人，手头没有任何**由政府颁发的照片证件**；当然，这些人绝大多数属于既买不起车、也没有机会去机场或其它"高档场合"接受安检的低收入阶层，尤其是大量处于社会底层的少数族裔。

投票时验证身份，主要依靠选民注册表。1993年《全国选民注册法》(National Voter Registration Act of 1993) 规定，政府在日常提供公共服务的过程中，必须随时对接受服务的合格选民登记造册。到了选举日，选民首先在投票现场的注册表上找到自己的名字。接下来，多数州要求选民以照片证件、社保卡、电费账单、银行证明、社会福利支票等任意一种方式，简单地核对姓名，但也有十来个州完全不要求任何身份证明，只需要选民在注册表的名字上打钩，签字确认相应的法律责任即可。

这种办法乍看起来相当不靠谱：随便打个钩、签个字——岂不是太容易了？比如常有人因此担心非法移民会大规模假冒公民投票。然而仔细想想就知道，非法移民成天担惊受怕，巴不得躲着政府走，怎么会轻易到投票站自我暴露。

事实上，更一般地说，由于冒名投票这种行为明显不能给个人带来多少利益，加上复查起来比较容易、判刑又严厉，因此几乎没有人会以身试法。

据统计，自2002年以来，全美国大大小小各种政治选举总数以亿计的投票人次中，平均每年只有八起冒名投票案件。尽管有报道称全美国约有一百六十个县对选民注册表的更新不够及时，保留了一些已去世者或被剥夺投票权的重罪犯的名字，给潜在的冒用身份者提供了可乘之机，但在小布什任总统期间，司法部曾对此在全国范围内展开了历时五年的地毯式排查，最终结论仍然是，并不存在任何漏判的相关案例。至于一些声称冒名投票现象严重的研究，最后都被发现在数据处理上存在严重问题。罗格斯

空谈　243

大学（Rutgers University）教授罗琳·米尼特在其著作《选民舞弊的迷思》中，对这一问题做了深入而详尽的探讨。[1]

当然，选举舞弊的现象确实存在，但其主要形式并非冒用其他选民身份，而是阻挠对立阵营的选民投票。比如 2008 年大选期间，黑人组织"新黑豹党（New Black Panther Party）"曾涉嫌对费城的部分白人选民加以阻吓；而在**威斯康星**今年 6 月份的州长罢免选举中，亲共和党的民间组织"真实选票（True the Vote）"假冒志愿者团队，将大量民主党支持者集体运载到错误的投票站，导致后者无法及时投票。——讽刺的是，"真实选票"成立的初衷是怀疑支持民主党的少数族裔选民冒名投票，因此自告奋勇来威斯康星监督选举、核对投票者身份，结果却一例冒名投票的情况都没有发现。[2]

由于身份证明与选举舞弊之间的关系得不到统计数据的支持，新法案的支持者只好诉诸个体经验和逸闻轶事。**宾夕法尼亚**的州众议员、共和党人伯尔尼·奥尼尔（Bernie O'Neill）在年初的州议会辩论中"现身说法"，痛陈他如何曾经在一次投票时发现自己的身份被别人冒用。州议会被他的"亲身经历"打动，通过了新的选民证件法，以防止类似现象发生。然而在媒体持续的追踪采访下，奥尼尔左支右绌、漏洞百出，最后不得不公开承认，他的所谓"亲身经历"纯属子虚乌有，是在议会里其他共和党同事的压力下，为这项法案而特意编造出来的。

二、"办证难"：魔鬼在细节之中

不过，就算身份证明与选举舞弊无关，办张证件不是轻而易举的事吗？

1　Lorraine Minnite (2010), *The Myth of Voter Fraud*, Cornell University Press.
2　对"真实选票"组织的深入采写与揭发，参见 Stephanie Saul, "Looking, Very Closely, for Voter Fraud," *New York Times*（2012 年 9 月 16 日）；Mariah Blake, "The Ballot Cops," *Atlantic*（2012 年 10 月号）等。

要求选民出示证件，怎么就构成种族歧视了呢？有人甚至可能觉得：如果一个人连办理一张可以投票的证件都不愿意，又怎么保证他投下的一票是严肃的、有责任感的呢？对这种把选举当儿戏的人，不让他投票似乎更好？

办理相关证件真的是一件轻而易举的事吗？表面上看似乎如此，而各州共和党为了强化这种印象，也特地在新的选民证件法案中，将办理州证改成了免费业务。但实际情况远非那么简单。比如**威斯康星**虽然将州证改为免费办理，但相关部门同时又通过内部备忘录的方式，要求员工不得主动向服务对象透露新规定，而要尽量误导对方，使之以为仍像从前那样每份收取二十八美元费用。据该州第一大报《密尔沃基哨兵报》（*Milwaukee Journal Sentinel*）报道，2011年9月，一位名叫克里斯·拉尔森（Chris Larsen）的工作人员甚至因为向别人宣传免费办证的新政策，而遭到州政府解雇。

就算州证真的免费了，开具办理州证所需的各种材料，比如出生证、结婚证等等，同样得要花钱。同样以**威斯康星**为例，这些材料都是每份二十美元。

说到这里，免不了有人会嗤之以鼻：这点小钱都出不起么？——我们且不去深究这背后"何不食肉糜"的心态，只先指出，在某些州，"办证难"的问题并不仅仅是要花钱而已。

其中一个问题是，对许多少数族裔而言，开具上述那些材料要面临各种意想不到的困难。七十七岁的黑人贝蒂·琼斯（Bettye Jones）是今年初在地区法院起诉**威斯康星**新法案的共同原告之一。她出生在种族隔离时代的**田纳西州**，当时的黑人因受歧视无法去医院生产，也就得不到出生证。琼斯婚后定居在**俄亥俄**，并已经在那里投了五十多年票；但当她因丈夫去世而移居威斯康星州与女儿共同生活后，却发现按照威斯康星的新法案，自己若想投票，就必须先办理州证；要办理州证，就必须回到田纳西补办出生证；而要补办出生证，就必须到俄亥俄开具亡夫的死亡证明、两人的结婚证书、所有儿女的出生证，以及工作人员要求的其它材料。整个过程耗费了她大量金钱、时间、精力，最后却一场徒劳：田纳西告诉她，由于历时久远档案缺失，尽管她提交了一应材料，州里仍然无法给她补办出生证；所以最后，她仍然无法在威斯康星投票。

琼斯的境况在老年黑人（尤其是南方各州）中相当普遍，可想而知，他们之中很多人将因此对投票望而却步[1]。

办证的障碍远不止这些。据调查，**宾夕法尼亚**州的选民中，有二百二十万人的住处与距离最近的证件办理机构相隔十六公里以上，而该州的证件办理机构中，有的每周只工作一天，有的是两天。**得克萨斯**的情形更为严重，全州二百五十四个县中，有八十一个县不设州证办理机构，这些地方的选民最远需要到四百公里开外，才能办理符合新法案要求的身份证明。据司法部估计，该州约有六十万选民将因此无法在今年大选中投票，而这些人绝大多数是低收入的拉丁裔和黑人。

此外，新法案影响到的并不仅仅是想办证而不得的人。据估计，尽管**宾夕法尼亚**绝大多数选民都自以为拥有符合新法案规定的证件，但事实上其中约一百四十万人的证件都将因为这样那样的原因而无法在选举日使用。比如新法案一方面声称高校学生证、联邦雇员证、养老院入住证属于有效证件，而另一方面又规定，选民出示的证件上必须标注"有效期"，否则仍属无效。然而该州的以上几种证件，恰恰绝大多数是不标注有效期的。于是选举日那天，许多人最终会因为证件不合格而被拒之门外。当这些选民在大选那天发现自己无法入场投票时，再告诉他们可以免费办证，又有什么用呢？

总之，选民证件法是否构成歧视，关键在于法案的细节是否对特定群体——尤其是少数族裔——施加了不合理的负担。正如**威斯康星**的法官在判决中所说："需要澄清的是，本庭并不认为任何情境下任何形式的证件要求都是违宪的"；只要细节上合理，要求选民出示证件这种做法本身并没有

---

[1] 美剧《新闻编辑室》（*The Newsroom*）第一季第十集的情节就是根据这个真实案例而改编的。

什么问题。

比如**弗吉尼亚**和**新罕布什尔**两州的新法案,在司法部看来就并不构成种族歧视,因此准予放行。根据**弗吉尼亚**的新法案,那些未能在投票日携带符合新规的身份证明的选民,也依然可以参加投票,只不过他们投下的选票将被封存三天,需要在三天内及时补交身份证明;而**新罕布什尔**则规定,今年大选暂时沿用过去的身份证明办法,从下次选举开始才一律改用带照片的证件,这样一来便给选民的知情与行动留出了充分的时间。

三、党派利益之争与宪政民主存续之争

美国总统大选采取"选举人团"制[1],并且五十个州有四十八个在分配"选举人票"时采用的是"赢者通吃"的方式,即只要在该州获胜,就可独占其"选举人票"。2000 年大选,小布什虽然在全国得票总数上落后戈尔五十四万张,却因为在**佛罗里达**多得了充满争议的五百三十七票,而独占该州的二十五张"选举人票",最终在"选举人票"总数上以二百七十一比二百六十六险胜戈尔。

共和党掌权各州纷纷抢在今年大选之前制定选民证件法,用意昭然若揭。这些地方大多是所谓"摇摆州",两党势力接近、竞选争夺激烈,一两万张选票的得失就有可能决定全州"选举人票"的归属,从而改变整个总统大选的结果。

以**宾夕法尼亚**为例,2008 年奥巴马挟天时地利人和,在该州创纪录地大胜六十万票;但是该州的新法案却将影响到一百四十万选民,其中绝大多数都是民主党的支持者(低收入人口、黑人、拉丁裔、大学生、联邦雇

---

[1] 对"选举人团"制度的历史渊源、现实弊端及改革方案的详细讨论,参见拙文《选举人团制度简介》(删节版《美国告别"选举人团"制度?》刊于 2012 年 11 月 29 日《南方周末》)与在此基础上更新增订的讲座《选举人团制度述评》(个人播客《催稿拉黑》,2020 年 10 月 9 日)。

空谈 247

员等），倘若该法案在今年的大选中生效，奥巴马将因此损失惨重，极有可能丢掉该州的二十张"选举人票"。[1]

得克萨斯州法案的党派意图表露得更加赤裸。除了变相限制少数族裔投票外，该法案还禁止选民使用学生证投票，却又允许使用枪支许可证投票——要知道，学生通常支持民主党的居多，而枪支爱好者一般会选择支持共和党。当然，**得克萨斯**在总统大选中历来是共和党的根据地，奥巴马对其三十八张"选举人票"绝无奢望，但新法案对六十万亲民主党选民投票权的剥夺，却能保证共和党在同时进行的（以及未来几届的）参众两院选举中高枕无忧。

共和党人的"小动作"还远不止如此。**佛罗里达**修改了选民注册办法，要求所有在第三方协助下进行注册的选民（主要是对相关操作不熟练的社会底层和少数族裔），必须在填写表格后两天内（以前是十天内）将其交达选举监督员手中，这靠当前的邮政效率是几乎不可能做到的。而另一个关键的摇摆州**俄亥俄**则禁止选民像过去那样，在大选前的周末提前投票。由于法定选举日在星期二，禁止提前投票将逼迫许多从事底层工作、无法享受正式休假制度的人——主要是低收入的黑人和拉丁裔——在保住饭碗和参与投票之间二选一。佛罗里达和俄亥俄的这些动作，分别在今年8月底被法院宣判无效[2]。

1　补注：2012年10月2日，宾夕法尼亚州立最高法院判定该法案制定仓促、宣传不足，导致选民缺乏办理相关证件的时间、信息与渠道，因此不得于当年大选前实施。最终奥巴马在宾夕法尼亚赢了罗姆尼三十一万票。然而随着联邦高院在2013年谢尔比郡案判决中废除《选举权法案》第四（b）款，地方上的共和党人成功推行了更多限制投票权的举措。2016年大选，希拉里在宾夕法尼亚以区区四万票之差输给了特朗普，虽然是其它许多重要因素共同作用的结果，但"谢尔比郡案"的影响恐怕也不可忽略。

2　补注：但是**佛罗里达**又临时对"提前投票"的规则做了改动，后果是导致了投票日的大混乱，许多投票站人满为患，选民排队到深夜仍然投不上票。这一方面导致选票统计上的困难，一直到几天后才宣布结果（最终奥巴马在佛罗里达以50%比49.1%的微弱优势获胜，赢了罗姆尼七万多票）；另一方面，通过更改（转下页）

1965年通过的《选举权法案》(Voting Rights Act of 1965)第五款规定，鉴于某些州有着长期的种族歧视史，它们制定的涉及选举规则的法案，必须通过司法部的审批后才能生效。2006年，参议院以九十八比零、众议院以三百九十比三十三的压倒性多数认为，鉴于**得克萨斯**等七个州全境、**弗吉尼亚**等九个州的部分县市，仍然存在相当严重的种族歧视，因此《选举权法案》所规定的审批程序对其依旧适用。[1] 在各州今年报呈的选民证件法案中，司法部目前已经批准了**弗吉尼亚**、**新罕布什尔**两州，否决了**得克萨斯**、**南卡罗来纳**两州，正在审核其余数州。**得克萨斯**虽然刚刚在联邦上诉法院输掉了跟司法部的官司，但已经表示要将案子打到联邦最高法院，而**南卡罗来纳**的案子也即将由联邦上诉法院审理。

　　围绕选民证件法的法律战役才刚刚打响，其结果不但很可能左右今年的总统大选，还将在未来深刻影响两党的势力消长与美国的政治生态[2]。

（接上页）提前投票规则、削减人口密度较高的少数族裔聚居区的投票站数量、禁止志愿者给排队投票的选民送水送饭等措施，让这些选民不堪忍受全天排队而中途放弃投票，也成为"谢尔比郡"案之后各州共和党人打压少数族裔投票率的惯用手法。

1　补注：在"谢尔比郡"案中，最高法院大法官们严格按党派站队，以五比四判决《选举权法案》中用来衡量种族歧视严重程度的第四（b）款业已过时，因此国会2006年对该法案的续期行为违宪无效；而缺少了作为衡量标准的第四（b）款，第五款所规定的审批程序也就成了无源之水、失去了可操作性。理论上说，国会随时可以重新提出一个衡量种族歧视严重程度的新条款，从而复活相关的审批程序；但在现实中，随着2010年中期选举之后共和党内"茶党"等极端派系的兴起与夺权，国会采取这种举措已成奢望，而高院大法官们当然也对此心知肚明。

2　补注：政治生态方面的一个重大变化，是在特朗普以及其余右翼极端政客的宣传鼓吹下，关于"投票舞弊"的阴谋论迅速占领了共和党选民基本盘的市场。以此为基础，特朗普早在2020年大选之前，就放言声称绝不接受败选结果；其心腹与智囊也密谋如何在一旦败选的情况下借助"选举人团"制度中的漏洞否定普选结果，由共和党人把持的各州议会推出一套与普选结果针锋相对的"选举人名单"直接宣布特朗普当选。特朗普的持续煽动，更是促使一些共和党极端选民在2021年1月6日国会认证"选举人团"投票结果当天聚众冲击国会山，险些颠覆美国民主。

空谈　249

但选民证件法涉及的并不仅仅是党派利益，还关系到种族平等与基本权利的落实，以及民主政治本身的维系。党派利益与宪政民主存续，在这一问题上是相互交织的。前总统比尔·克林顿在9月5日民主党全国代表大会上的呼吁，虽然带着政治人物一贯的煽情，于事实却大体不差："如果你想让每个美国人都能够投票，如果你认为，为了降低年轻人、穷人、少数族裔、残疾人选民的投票率而修改投票程序是种错误的做法，你就应该支持巴拉克·奥巴马。"

金钱与选举

2012 年 11 月 11 日作。删节版《20 年来首次"黄金法则"失效,"超委会"折戟美国大选》刊是月 25 日《凤凰周刊》。

美国总统大选开票的当晚,亲共和党的福克斯新闻台邀请到了卡尔·罗夫(Karl Rove)担任实时评论嘉宾。罗夫是小布什时代的总统府副幕僚长,曾经一手运作了小布什的两任州长竞选与两任总统大选,被后者尊称为"我的总设计师",也是共和党内公认的竞选策略大师。早在一年半前,罗夫就曾于《华尔街日报》撰文,断言奥巴马今年大选必败无疑。直到大选前的最后几周,无论选情如何胶着,奥巴马与罗姆尼双方民调如何相持不下,罗夫总是信心满满,声称所有显示奥巴马领先的民调都来自左翼机构的操纵,只要投票结果一开,全世界就将目睹罗姆尼轻松获得压倒性的胜利。

当最关键的摇摆州俄亥俄的选票统计到 70% 左右时,福克斯新闻台宣布预测奥巴马在俄亥俄州获胜。演播室里的罗夫坐不住了,他与主播们大声争执,拿出各种数据不断分析这个预测是如何错误,甚至逼着主播到后台向工作人员核对计票信息。最后,就连一向在这位共和党大谋主面前恭敬得像小学生的福克斯台主播们也忍无可忍了,讽刺地问罗夫道:"你这么分析过来计算过去,究竟只是作为一名共和党想让自己感觉好过一点呢,还是信以为真?"

又或许,两者皆有?毕竟,尽管对于罗姆尼的竞选团队而言,罗夫不再像小布什时代那样发挥着事无巨细的影响，但他却以一种前所未有的方式，在大选中扮演着举足轻重的角色。罗夫麾下直接掌握着今年选举中两个最大的"外围组织"：一个名为"美国十字路口（American Crossroads）"的所谓"超级政治行动委员会（super PAC）"，及其孪生机构，一个名为"十字路口草根政策战略（Crossroads GPS）"的所谓"501（c）4组织"。仅在10月份一个月内，这两个组织就一共投放了一点七三亿美元的电视竞选广告，几乎等于所有外围组织在9月份的广告开支总和，也让亲民主党一方最主要的外围组织"优先美国行动（Priorities USA Action）"（10月份共投放竞选广告三千一百四十七万美元）相形见绌。

要知道，作为"联合公民诉联邦选举委员会"案（*Citizens United v. FEC*，以下简称联合公民案）后崛起的新兴政治势力，超级政治行动委员会与501（c）4组织在2010年国会中期选举时第一次亮相，就已经展示了惊人的力量，襄助共和党在众议院一举翻盘。作为共和党最大外围组织的操盘手，罗夫自然不愿意承认——恐怕也根本不相信——今年大选中本方在广告开支上的巨大优势，居然会无法转化为最后的胜利。不过，为了理解"联合公民案"对美国选举生态的巨大影响（以及罗夫此次意外之下的失态），且让我们把目光放远，从联合公民案之前说起。

一、竞选资金与选举腐败

政治活动离不开钱，竞选也不例外。从租赁竞选总部办公室、发放员工薪水，到制作投放电视广告、印刷派发传单，以及四处走访选民发表演讲，无一不需要花钱。这笔钱可不是什么小数目，2008年美国总统选举时，在民主党初选中败北的希拉里·克林顿因为竞选而欠下了大约两千万美元的债务。另据统计，在参加2010年美国国会中期选举的候选人中，有将近五百人处于负债竞选的状态。为了筹集竞选资金，候选人不得不绞尽脑汁，而政治献金也成了选举过程中最容易滋生腐败的土壤。反过来说，民主制度的发展与完善，某种程度上也正是一部与金权政治反复拉锯斗争的历史。

美国刚建国时，竞选成本相对较低，加上建国一代的政治家往往都是拥有庄田地产的富裕乡绅，因此可以不必依赖于政治献金。到了19世纪中期，随着疆土的扩张、信息手段的丰富和政党组织化程度的提高，竞选对金钱的需求急遽增加，而卖官鬻爵的现象也随之蔚然成风——投资自然是要有回报的，政客一旦当选，就要将手中空余的政府职位安排给金主或其它形式的支持者。马克·吐温在《镀金时代》中，便辛辣地讽刺了那一时代充斥政坛的贪婪和腐败。1881年，履新未久的总统詹姆斯·加菲尔德（James Garfield），因为没有给竞选时的某位支持者安排官职而被此人枪杀。深受震动的美国政府于两年后着手实行公务员制度改革，这才渐渐杜绝了卖官鬻爵的现象。

但现代公务员制度的建立虽然堵住了官职交易的渠道，却不能消灭竞选对金钱的需求。为了获得充分的资金，政治人物开始转向大公司与大财团（以及后来兴起的工会），并以特殊的政策优惠作为回报。诸如与石油大王洛克菲勒结成儿女亲家、被时人讥刺为"标准石油公司的参议员"的尼尔森·阿尔德里希（Nelson Aldrich）这类人物，主宰了19世纪末20世纪初的美国政坛。

一系列丑闻的刺激，使得政府再也无法忽视对政治献金与竞选财务的管理需求。在老罗斯福总统的呼吁下，国会于1907年第一次就此问题专门立法。从是年的《提尔曼法案》（Tillman Act）开始，直到1971年的《联邦选举竞选法案》（Federal Election Campaign Act），国会数十年间多次试图限制金钱对民主选举的影响，但都成效不彰。

水门事件后，尼克松在竞选中的腐败行为被一同揭发了出来，比如用大使职位的承诺换取文森特·德·儒勒特（Vincent de Roulet）的十万美元捐款、用联邦津贴回报牛奶公司两百万美元献金等等。这些丑闻促成了国会1974年对《联邦选举竞选法案》几乎推倒重建式的修订，旨在从根本上

空谈 253

对竞选财务体系加以改革,其中举措包括:限制支持者对候选人的捐款金额;限制候选人与支持者的选举开支;要求候选人对竞选财务信息加以公开;建立联邦选举委员会(Federal Election Commission),监管竞选财务事宜;建立公共竞选基金体系,对同意放弃部分私募政治献金并接受竞选开支限制的候选人提供一定的竞选补助;等等。

二、言论自由与民主政治

《联邦选举竞选法案》对竞选财务的监管从一开始就遭到了宪法上的挑战。1976年"巴克利诉瓦莱奥"案(*Buckley v. Valeo*,下文简称巴克利案)是美国联邦最高法院历史上第一个针对政治与金钱关系的判例。最高法院一方面肯定了《联邦选举竞选法案》中设立向候选人捐款的个人上限、要求候选人公开竞选财务信息的部分,另一方面却又推翻了其对竞选开支的限制。在最高法院看来,为政治事务投入经费,是言论自由的根本组成部分,限制候选人或支持者在竞选中的开支,等于限制了他们充分表达自己政治观点的权利;相反,对个人捐款的限制并不伤害言论自由,因为向候选人捐款只是象征性地表达支持的方式,除了捐款之外,人们还可以有其它各种在选举中花钱、表达政治观点的渠道。

巴克利案构成了此后三十年间美国竞选财务体系的宪法基础。但这一判决也引发了各方面的批评。一方面,在自由至上主义的拥趸们(libertarians)看来,限制个人捐款金额同样是对言论自由的侵犯。政府对政治献金的任何干预,都是与保障言论自由不相容的。另一方面,自由平等主义者们(liberal egalitarians)则认为,最高法院以言论自由为依据取消对竞选开支的限制(遑论自由至上主义者们所主张的进一步取消对捐款金额的限制),乃是错误地理解了言论自由的性质。言论自由不是要比拼对言论渠道的购买力,而是要让民主社会的公民在表达观点和传播信息上拥有相对公平的机会——否则在铺天盖地的信息轰炸下,普通公众形式上的言论自由又能保有多少实质意义呢?

除对言论自由这一价值的理解之外,最高法院的判决对民主政治的实际影响也令人生疑。首先,既限制个人捐款又放任竞选开支的做法,可能造成意想不到的负面效果:限制捐款,意味着中产出身的候选人将在竞选财务上受到诸般掣肘;而放任开支,又意味着富豪之家可以随意动用资产参与竞选。两相比照,选举将越来越成为富人才玩得起的游戏,民主政治的质量将大大受到损害。

其次,由于非捐款形式的竞选开支不受限制,对向候选人捐款施加个人上限就失去了绝大部分意义。大金主们的政治献金仅仅需要换一种形式,从"硬钱"变成"软钱",便可毫无阻碍地流通。所谓"软钱",指不直接捐款给候选人,而是以酬劳基层组织者、租车运送选民投票,或者赞助所谓的"527 组织"制作一些绝口不提候选人名字但一看就知道针对谁的"议题广告"等方式花钱助选。

1989 年"基丁五人组"(Keating Five)丑闻的爆发,揭示了"软钱"对政治的强大渗透力,也成为了新一轮立法改革的导火索。1987 年,联邦房贷银行理事会怀疑查尔斯·基丁(Charles Keating)的"林肯储蓄贷款中心"存在账目问题,准备予以调查,却遭到四名民主党参议员与一名共和党参议员的联手阻挠而不了了之。两年后林肯储蓄贷款中心破产,造成超过三十亿美元的损失,无数储户流落街头。媒体随即发现,基丁恰恰是这五位参议员的长期支持者,为他们的竞选累计投入了一百三十万美元以上的"软钱"。1991 年,参议院伦理委员会经过漫长的调查后,对涉案最深的一位参议员予以正式申斥处分(reprimand);其余四人中,两人被裁定"行为不端",另两人被裁定"判断力低下",分别受到通报批评。

后来成为 2008 年共和党总统候选人的参议员约翰·麦凯恩(John McCain)正是"基丁五人组"中因为"判断力低下"而遭到批评的其中一位。此事使他深受触动,意识到原来政治人物的判断力可以如此轻易地受到"软钱"的影响而不自知。在此后的数年中,痛定思痛的他与民主党参

空谈　255

议员罗素·法因戈尔德（Russell Feingold）共同投入了《两党竞选改革法案》（Bipartisan Campaign Reform Act）的起草工作，并使得该法案在 2002 年获得国会通过。《改革法案》以 1990 年最高法院"奥斯丁诉密歇根商会"案（*Austin v. Michigan Chamber of Commerce*，以下简称奥斯丁案）的判决（限制企业参与竞选活动并不侵犯言论自由）为基础，禁止任何全国性的政党在竞选中募集或支用不受《联邦选举竞选法案》上限制约的资金（亦即软钱），同时禁止企业、工会以及其他非营利性团体（亦即 527 组织）在初选前三十天或大选前六十天内资助任何与竞选有关的，或变相诋毁候选人的"议题广告"。

三、"联合公民案"剧变之一："超级政治行动委员会"

与《联邦选举竞选法案》一样，《改革法案》也要在宪法审查这一关走上几遭。当今美国是一个意识形态严重分裂的社会，支持自由至上主义与文化保守主义的共和党（统称"保守派"）与支持自由平等主义与文化进步主义的民主党（统称"自由派"）针锋相对，而共和党在最近二三十年间的极端化趋势尤为显著。巴克利案对个人政治捐款的限制已经让保守派忿忿不已，更不用说《改革法案》对政治献金更严格的监控了。法案刚在国会通过，参议院共和党领袖米切·麦康内尔（Mitchell McConnell）就把它告上了法庭；2003 年，最高法院在此案（"麦康内尔诉联邦选举委员会"案［*McConnell v. FEC*］）中判决《改革法案》绝大部分内容符合宪法，改革派获得了暂时的胜利。

但情况从 2006 年起发生了天翻地覆的变化。是年，中间派大法官桑德拉·奥康纳（Sandra O'Connor）从最高法院退休，小布什提名保守派法官萨穆埃尔·阿里托（Samuel Alito）接任，保守派在最高法院基本上把持了五比四的多数票。从 2007 年"联邦选举委员会诉威斯康星生命权公司"案（*FEC v. Wisconsin Right to Life, Inc.*），到 2010 年联合公民案，最高法院不但将《改革法案》的内容否决殆尽，而且一并推翻了1990年奥斯丁案"限制企业参与竞选活动并不侵犯言论自由"的结论，直接重创了1974年《联邦选举竞选法案》竭力打造的竞选财务监督体系。根据保守派大法官们在联合公民案中的多数意见，企业、工会、财团这些机构与个体公民一样，应当在政治事务中拥有绝对的言论自由，它们在竞选中的"独立开支"不得受到任何约束。

这一判决的直接后果，便是导致了理论上独立于候选人竞选团队运作、不受开支上限制约的"超级政治行动委员会"的出现。据统计，2010年国会中期选举时，所有超级政治行动委员会的开支总计为六千五百万美元，而在2012年选举中，这一数字达到了惊人的六点六亿美元，并且事实上其中60%以上的资金最终都出于不到一百位大金主之手。在今年开支排名前三位的超级政治行动委员会中，由拉斯维加斯赌业大王谢尔顿·阿德尔森（Sheldon Adelson）与得克萨斯房地产巨头鲍勃·佩里（Bob Perry）共同资助的亲共和党组织"重塑我们的未来（Restore Our Future）"花了一点四三亿美元助选，罗夫亲自操盘的"美国十字路口"竞选开支达到一点零五亿美元，而由大名鼎鼎的乔治·索罗斯（George Soros）赞助的亲民主党组织"优先美国行动"则为大选投入了六千七百万美元。

由于超级政治行动委员会在名义上独立于候选人，它们便可以肆无忌惮地投放诋毁竞选对手的广告，而不必担心因此对自己支持对象的名誉造成损害。根据宾夕法尼亚大学安宁堡公共政策中心（Annenberg Public Policy Center）的统计，截止到今年6月，在各大超级政治行动委员会的总统大选电视广告经费中，至少有57%被用于制作投放对事实刻意加以歪曲的欺骗性广告，有些组织的经费甚至100%都花在了这类广告上头。

四、"独立开支"？

最高法院在联合公民案的判决词中说道："从定义可知，独立开支是在不与候选人发生合作的情况下向选民提供政治言论。"既然不发生合作，自然也不会对候选人造成任何影响，更不会引发政治腐败——至少在最高法院的保守派大法官们看来如此。然而对于生活在现实世界而非终年埋头于法律文牍中的人来说，恐怕没有谁会单纯到相信这些外围组织的开支当真会"独立"于候选人，或者这种名义上的"独立开支"不会对候选人的政治判断与决策造成什么影响。这方面，"美国十字路口"致联邦选举委员会的一封信很能说明问题。

联邦选举委员会本该在竞选财务改革上起到关键作用，但由于六人委员会中两党提名者各占三席，而任何决定又必须至少得到四票支持才能通过，因此近年来委员会一直处于半瘫痪状态。对这个情况了如指掌的罗夫，在联合公民案判决后授意"美国十字路口"致信联邦选举委员会，希望其对外围组织如何算是"独立开支"、如何算是与候选人有所"合作"的问题回信加以澄清，若不回复，则视为联邦选举委员会接受了"美国十字路口"在去信中给出的以下定义："说这些广告与面临重选的现任国会议员完全合作，意味着曾就广告稿的具体内容向各位议员咨询，并且请这些议员在广告中出场。"

一如罗夫所料，委员会内部就此事陷入了僵局，一直没有回信，而"美国十字路口"（以及其它外围组织）也就理所当然地继续依据这样的定义"独立"于候选人而运作着。候选人与外围组织负责人们、背后的大金主们把酒言欢、闭门密谈，只要不提及制作、投放中的竞选广告，就两无关碍。至于"美国十字路口"主席斯蒂芬·洛（Steven Law）此前曾是国会参议院共和党领袖米切·麦康内尔的幕僚长、罗姆尼竞选的政治顾问卡尔·佛蒂（Carl Forti）身兼"重塑我们的未来"理事与"美国十字路口"高级顾问二职、"优先美国行动"的成立者正是奥巴马的上一任副新闻秘书比尔·伯顿（Bill Burton）之类鸡毛蒜皮的小事，更是丝毫不会影响这些组织的"独立性"了。

就在共和党总统候选人罗姆尼选择保罗·瑞安（Paul Ryan）作为自己

的竞选搭档之后三天，瑞安便飞往拉斯维加斯，与赌业大王阿德尔森进行了闭门会谈。坐拥二百五十亿美元身家的阿德尔森曾表态称今年总统大选中要为罗姆尼花掉一亿美元。尽管阿德尔森公开的说法是希望能够借此影响罗姆尼上任后对以色列的政策，但考虑到这位拉斯维加斯之王目前正深陷两项洗钱案调查之中，再考虑到一旦罗姆尼当选并推行瑞安鼓吹的减税方案，阿德尔森将从中获得二十亿美元左右的实惠，这笔一亿美元的巨额投资不能不让人浮想联翩。

五、"联合公民案"剧变之二："501（c）4组织"

尽管超级政治行动委员会可以在选举中无上限地"独立开支"，但它们仍旧需要公开自己的财务信息，包括捐款人的身份。这对某些金主而言实在不够"方便"。然而"幸运"的是，最高法院在威斯康星案与联合公民案中的判决，与国税法典中第501（c）4款的规定相结合，又进一步为暗箱操作打开了大门。根据这个条款，"非营利性的社会福利团体"，也就是所谓的"501（c）4组织"，只要其"首要活动"是推动社会福利，就可以参与竞选以及其它政治活动，而完全不必公开其捐款人的身份，并且还能享受免税待遇。

501（c）4组织的"首要活动"必须是推动社会福利，而非直接的政治参与。但究竟多大程度的活动才构成"首要"，国税局对此语焉不详，而各个501（c）4组织便在实践中将其默认为：只要直接政治参与的开支不超过总开支的一半，便不构成"首要活动"；而曾经被《两党竞选改革法案》严加管束的"议题呼吁"广告，由于并不提及候选人的姓名，也没有用到"投票"、"今年11月6日"、"大选"等具有"直接政治性"的词汇，因此根本也不构成"直接的"政治参与。换句话说，在联合公民案以后，501（c）4组织就有了不受开支上限约束地投放"议题呼吁"广告——并且投放数额略少于前者的、更为直接的竞选广告——的自由。以"十字路口草根政策战略"为例,其先是在成立的头两年中,投入大量经费对奥巴马的医保改革、经济政策、债务问题加以"议题呼吁"式的攻击,攒够了"非政治性的首要活动"的经费份额,随后在今年7月底转变风格,就大选与国会选举开始了直接针对候选人个人的广告宣传,呼吁选民投票给罗姆尼、把奥巴马赶下台、抵制各州的民主党国会候选人等等。

由于501(c)4组织不需要公开捐款人身份,其选举宣传的欺骗性比一般性地"独立开支"的超级政治行动委员会更加难以察觉,因此欺骗起来也更加肆无忌惮。根据安宁堡公共政策中心的统计,截止到今年6月,在所有501(c)4组织的总统大选电视广告开支中,超过85%被用于制作投放欺骗性的广告,远远高于超级政治行动委员会用于欺骗性广告的比例(57%)。今年6月份,安泰保险集团(Aetna)无意中泄露出来的信息显示,该集团一方面在公开场合高调支持奥巴马的医保改革,另一方面却私下为若干501(c)4组织注资七百万美元,以供其制作投放歪曲医保改革内容、诋毁支持医保改革的议员的广告。若非这次意外的信息泄露,公众根本无从知道自己在医保改革问题上遭到了利益集团极为严重的误导。

必须指出的是,501(c)4组织这种怪胎的出现,其实并非联合公民案中所有多数派大法官的本意;至少起草该案判决书的肯尼迪大法官,是支持公开所有组织的竞选财务信息的。为了遏制联合公民案带来的恶果,一些议员于2010年起草了《公开选举支出方能强化民主法案》(DISCLOSE Act),以填补既有法规中的相关漏洞。《公开法案》在众议院中相当惊险地获得了通过,但在参议院中,由于作为少数派的共和党议员集体阻挠议事(filibuster),法案最终胎死腹中——意识形态的严重分裂,已经使国会中的两党几乎难以在任何重大问题上达成妥协(前面提到的、联邦选举委员会近年的半瘫痪状态,也是这种分裂的反映)。

除了意识形态分歧之外,竞选财务制度改革举步维艰的另一个原因,是其牵涉到政治人物太多的自身利益。比如奥巴马本是改革的支持者,但在2008年大选中，眼见支持者捐款意愿踊跃，奥巴马便宣布放弃竞选补助（同时也摆脱了相应的开支上限），成为《联邦选举竞选法案》通过以后，两党总统候选人中第一个拒绝接受公共竞选基金制度约束者。此先例一开，今年大选中，奥巴马与罗姆尼便双双放弃了竞选补助，而把大量的时间精力投入到了募捐宴会上去（罗姆尼在金主面前口不择言落下"47％"的话柄[1]，以及奥巴马因精力分散导致第一次辩论时准备不足，均为高强度募捐活动的间接后果）。

六、制约与平衡？

在联合公民案判决的支持者中，一个常见的理由是，这一判决并没有偏袒任何一方。最高法院为外围组织解除独立开支上限，既放开了大公司、大财团的手脚，也让它们的天然反对者——比如工会——得以将更多经费投入到影响政治事务上来。尽管公司和财团多数支持共和党，但工会却一直是民主党的铁盘。让一个利益集团的影响来抵消另一个利益集团的影响，用野心来对抗野心，这不正是国父麦迪逊在《联邦党人文集》中所设想的制约与平衡的宪政机制么？

然而事情远非这么简单。首先，正如哈佛大学法学院教授本杰明·萨

---

[1] 在2012年5月17日的一场募捐宴会上，罗姆尼对金主们说，美国有47％的选民好吃懒做、"自命为受害者"、从来"不交收入税"、靠着政府的救济混吃等死，这些人就算天塌下来都会投票给奥巴马，所以他罗姆尼也根本不在乎这些人，只需要争取到其余选民就可以了。这段录像于9月中旬曝光，引起了轩然大波：一则因为罗姆尼给的数字极具误导性（美国确实有47％的人不用交联邦收入税，但其中绝大多数人仍然需要交工资税、销售税、财产税、州收入税、地市收入税等其它诸多税费；此外，低收入只是免交联邦收入税的原因之一，老年人税务优惠、富豪通过做账抵税等等同样可以免掉联邦收入税，而老年人与富豪恰恰都是共和党的基本盘）；二则罗姆尼这番话是在"穷人"、"奥巴马选民"、"好吃懒做者"等几个范畴之间明确而直接地画上等号，打破了主流社会对"狗哨政治"的默契（参见《特朗普、共和党与美国当代右翼极端主义》）。

空谈　261

克斯（Benjamin Sachs）在其论文中分析指出的[1]，工会并不能从联合公民案判决中收获与公司同等程度的开支自由。根据联邦法律，工会不得在未经成员允许的情况下，动用其工资、养老金或其它国债基金作为政治开支的资本；然而对于公司，却没有任何相应要求持股人同意的政治开支约束。由于公共部门的雇员必须加入养老金计划才能得到工作，而这些养老金又绝大部分被政府委托投资到证券市场中，因此等于说，所有公共部门的雇员都在未经自愿的情况下，为各大公司不受上限约束的政治开支平白奉上了自己的一份家产。截至2008年，公共养老金基金投资的市值已经达到一点一五万亿美元，单单是这笔钱，就足以让全美国的工会望洋兴叹。遑论高院更是在今年（2012年）6月份的"诺克斯诉服务业雇员国际工会"案（*Knox v. SEIU*）中，重申了对工会动用雇员资金进行政治表达的严格限制（尽管做出此判决的保守派大法官们不久前还在联合公民案中言之凿凿地声称机构与个人的言论自由同样值得保护）。

正因如此，在今年的选举中，亲共和党的外围组织在各处竞选中的出手，都远比他们的民主党对手阔气得多。据第三方组织"响应性政治中心（Center for Responsive Politics）"统计，在总统大选的所有电视广告开支中，呼吁反对奥巴马的共计超过二点九亿美元，但呼吁支持奥巴马的只有二千六百多万美元；反过来，呼吁支持与反对罗姆尼的广告分别约为六千二百万美元与九千七百多万美元，而且其中很大一部分还是来自共和党初选时的内斗。类似地，在俄亥俄州的国会参议员竞选中，共和党外围组织共计投放了二千一百一十五万美元的电视广告，远远超过民主党一方的八百六十一万美元；在弗吉尼亚州国会参议员竞选中，用于支持民主党候选人提姆·凯恩（Tim Kaine）的电视广告开支总计不到二百三十七万美元，而其反对方则投放了超过二千二百二十六万美元的电视广告。

---

[1] Benjamin I. Sachs (2012), "Unions, Corporations, and Political Opt-Out Rights after *Citizens United*," *Columbia Law Review* 112:800–869.

综合总统、国会、州长等各个层面的竞选而言，亲共和党的外围组织今年总计开支达到 8.6 亿美元，而亲民主党的外围组织只有四点零六亿美元。相反，民主党支持者似乎更偏好以个人形式对候选人进行小额捐款。截至 10 月 17 日，奥巴马竞选团队共募集了六点三二亿美元的个人捐款，其中单人两百美元以下的小额捐款共计四点一三亿美元，占总数的 65.3%，单人二千美元至五千美元（一个人在单次选举中对同一候选人的捐款上限是二千五百美元，但党内初选与最后大选被视为两次独立的选举）的捐款共计九千九百万美元，占总数的 15.7%；而罗姆尼的竞选团队则一共获得个人捐款三点八九亿美元，其中单人两百美元以下的小额捐款共计九千七百万美元，占总数的 24.9%，单人二千美元至五千美元的捐款共计一点八七亿美元，占总数的 48.1%。在奥巴马的个人捐款者中，名列前茅的是大学师生、政府雇员，以及硅谷高科技公司的员工，而最积极向罗姆尼捐款的往往是金融业人士。

除了这些区别外，共和党的金主们还特别偏好通过不公开捐款人身份的 501（c）4 组织花钱助选。在亲共和党外围组织的支出中，有超二点六亿美元属于来自 501（c）4 组织的匿名资金，是亲民主党一方的将近八倍。这恐怕也是共和党议员在国会中竭力阻击 2010 年《公开选举支出方能强化民主法案》、使得竞选财务信息透明化的努力最终胎死腹中的原因之一。

七、"感谢"卡尔·罗夫？

但如果仅仅把联合公民案理解为党派之争，或将其视为公司对工会，或者亲共和党利益集团对亲民主党利益集团的胜利，就太过于狭隘了。除了工会之外，民主党自然也不乏诸多公司与财团的支持；亲民主党的外围组织虽远不如对手阔绰，却已经对本方阵营造成了前所未有的影响。而正如水门事件、"基丁五人组"事件，以及 2006 年阿布拉莫夫弊案（Jack Abramoff scandal，导致包括内务部副部长、联邦采购署署长、国会众议员在内的二十一名共和党要员被定罪)等过往丑闻反复提醒的,竞选开支上限的废除、以"独立开支"为名的"软钱"对选举过程的大量渗透,伤害的绝不仅仅是某个党派,而是整个民主政治体系在运作上的透明与负责。

另一方面,不同公司、财团出于行业利益的考虑在竞选时支持不同的党派,或在之后进行政策游说,本来也是民主政治的题中应有之义。可以预见,倘若对政治献金的限制走向极端,同样会导致诸多严重的后果。竞选财务问题绝非简单的善恶黑白,而是根据时势与情境,对言论自由、机会平等、政治清明、决策效益等诸多价值如何得到恰当平衡的艰难判断。只是在联合公民案之后的美国,金权政治带来的腐败与不平等,恐怕已经成为对这一平衡最为迫切的威胁。

诚然,比起毫无问责机制的非民主国家来说,美国的政治腐败问题可谓小巫见大巫。但逆水行舟不进则退,民主制度亦不可能在固步自封中永存不朽;而正如本文一开头所说,民主制度的发展与完善,某种程度上也正是一部与金权政治反复拉锯斗争的历史。

从这个角度理解,罗夫在选举日当晚的失态,很可以被视为金钱与选举的爱恨纠缠史上一个象征性的事件。若算上外围组织的开支,今年对白宫的争夺便成为了二十多年来第一次由花钱较少的一方获胜的总统大选。不但如此,在国会竞选中,"美国十字路口"与"十字路口草根政策战略"重点打击的十位民主党候选人,只有一名最终落选;民主党不但没有失去参议院多数席位,反而在参众两院都小有斩获。对金权政治的厌恶[1],至少短暂地激发起了民众政治参与的热情。正如缅因州以独立候选人身份参选、遭受了共和党外围组织铺天盖地的宣传攻击、但最终还是成功当选联邦参议员的安古斯·金(Angus King),在获胜感言中半玩笑半认真地说

---

[1] 据皮尤研究中心(Pew Research Center)2012年初的调查显示,尽管只有半数选民听说过联合公民案,但在对其有所了解的人中,不论共和党还是民主党选民,都有60%以上认为"超级政治行动委员会"对今年大选造成了极为负面的影响,而只有不到20%认为起到了正面作用。

的，有一个人特别值得他感谢："他帮助我让志愿者们挺身而出，也给我们的捐款带来了爆发式的增长，我真的无法想象，没有了他，我们如何还能完成今晚这样的成就。我指的，当然喽，是卡尔·罗夫。"

但民众的热情毕竟是短暂的，唯有制度的完善才是长远之计。卡尔·罗夫们在2012年的挫败，究竟预示着竞选财务体系将在民意压力下又一次发生变革，抑或只是金权政治日益膨胀过程中的小小插曲，也许只有留待后人评说了。

休会任命与权力制衡

2013年2月11日作,删节版《从奥巴马违宪案看美国的权力制衡》刊《社会观察》2013年第四期,第57—59页。

2013年1月25日,美国哥伦比亚特区上诉法院在"诺埃尔罐头加工公司诉劳关委"案(*Noel Canning v. NLRB*,以下简称诺埃尔罐头案)中裁定,奥巴马一年前对**全国劳工关系委员会**(National Labor Relations Board,以下简称"**劳关委**")三名委员的"**休会任命**(recess appointment)"违反了宪法。时值华盛顿的多事之秋,从移民改革到控枪法案到奥巴马的连任就职典礼,诸桩大事接踵而来令人目不暇接,故而此次判决并没有引起足够的关注。然而对于理解与反思权力制衡这一宪政理念在实践中的运作而言,本案却是一个绝好的切入点。

一、劳关委

劳关委成立于罗斯福新政时期,几经沿革,目前设五个委员席位,负责仲裁私营企业(以及公立邮政部门)中的劳资纠纷,并监督工会选举等事宜。早期的劳关委在保障劳工权益、维持产业秩序、协调避免劳资暴力冲突等方面起到了重要作用,但在20世纪70年代以后,受保守主义大举回潮,以及社会经济结构转变(比如知识密集型产业发展与全球化后制造业外包)等种种因素影响,"新政共识"宣告终结,劳关委这一机构的争议色彩也越发强烈。

部门人事结构的转变加剧了这种争议。1935年国会创立劳关委时，初衷是其委员能够从与劳资双方均无过多瓜葛的技术官僚中遴选，以期尽可能地保持中立、维护企业与劳工双方面的权益。然而自从1970年尼克松无视沸腾物议，任命资方律师爱德华·米勒（Edward Miller）为劳关委委员之后，共和、民主两党开始明目张胆地分别举用资方、劳方人士，劳关委也从原本的技术官僚部门变成了意识形态争斗的战场。

诺埃尔罐头案中围绕劳关委任命的争端可以追溯到2007年。当时的五位委员（三位共和党，两位民主党）中，有两位共和党委员与一位民主党委员将于当年12月离任。布什连续提名了几位接任者，都因资方背景太过深厚遭到民主党控制的参议院否决，而布什又拒绝提出新的人选，一时形势陷入僵持。

对布什以及共和党而言，这种僵持未尝不是一件好事（甚至是一种故意），因为法律规定劳关委只有在达到"**最低议事人数**（quorum）"时才能决策，五个委员职位出缺三个，意味着该机构不得不停止运作。考虑到资方在谈判桌上的天然优势，以及劳关委机构性质往往使委员在履任后较之从前更为倾向劳方，让劳关委停摆这招釜底抽薪，无疑是比将资方人士塞进劳关委更好的策略。

但就在这三人的任期堪堪结束前，五位委员决定，将委员会事务交由一个三人小组全权代理，其成员包括将会留任的共和党人彼得·肖姆贝尔（Peter Schaumber）与民主党人威尔玛·李卜曼（Wilma Liebman）。在委员们看来，留任的两人虽然不构成**整个劳关委的最低议事人数**，却达到了**三人小组内部的最低议事人数**，因此三人小组可以在两人手上继续运作；而既然三人小组又是**劳关委的全权代理**，两位留任委员也就能够名正言顺地代表劳关委进行决策了。

在接下来的两年多时间里，这两名委员代表劳关委陆续做出了400多项仲裁决议，也因此被数次告上法庭。各区上诉法院在这一问题上意见分

空谈

歧，直到 2010 年 6 月，才由最高法院在"新流程钢铁公司诉劳关委"案（*New Process Steel v. NLRB*，以下简称新流程钢铁案）中一锤定音，裁定由两名委员做出的仲裁决议均属无效，劳关委必须至少有三名委员在场议事才能决策。

早在 2009 年入主白宫时，奥巴马就已经着手物色接掌劳关委的人选，但几次提名都被参议院共和党人通过**程序性阻挠议事**（filibuster，亦可音译'费力把事拖'或'拉布'）"的方式挡了回去。[1] 2010 年 3 月参议院休会期间，奥巴马第一次行使"休会任命"的权力，任命马克·皮尔斯（Mark Pearce）与克莱格·贝克尔（Craig Becker）为劳关委委员。三个月后，奥巴马同意让共和党人布莱恩·哈耶斯（Brian Hayes）填补最后一个缺额；作为交换条件，共和党参议员们不再阻挠对皮尔斯任命的追加批准。但对贝克尔的任命仍旧无法得到追加批准，后者也因此必须在国会下一个**"年程**（session）"结束（也就是 2011 年底）时离职。而在此之前，布什时代留下的两位委员——肖姆贝尔与李卜曼——也已先后告老。这样一来，到了 2011 年底，劳关委又只剩下了两名委员。

有高院新流程钢铁案的判决在前，奥巴马这回没法再和铁心阻挠议事的共和党参议员们比赛耗时间，2012 新年伊始便迫不及待地宣布，将于国会**"走过场会**（*pro forma* session）"期间再次就劳关委职位进行休会任命，以民主党人理查德·格里芬（Richard Griffin）、莎隆·布洛克（Sharon Block）以及共和党人特伦斯·弗林（Terrence Flynn）补充缺额（其中弗林只干了不到半年，就因把委员会内部文件泄露给资方人士、罗姆尼竞选团队以及其余共和党人，在事件曝光后引咎辞职）。特区上诉法院诺埃尔罐头案直接针对的，就是后来这次休会任命。

---

1 关于美国参议院程序性阻挠议事的历史沿革与当代滥用、其与种族主义的隐蔽关联及其对美国民主政治质量的损害，我在《美国参议院程序性阻挠议事》（《南方周末》2013 年 4 月 11 日）中有较为详细的讨论。

二、休会任命

根据美国宪法第二条第二款,联邦政府的人事权由总统与参议院分享,总统提名,参议院批准任命或否决提名;与此同时,出于提高施政效率的考虑,宪法也规定,"**如在参议院休会期间遇有职位出缺**(Vacancies that may happen during the Recess)",总统可以临时任命官员补充缺额,事后再由参议院追加批准;倘若参议院不批准,则该官员须在参议院下一年程结束时离任。

回头看来,宪法文本里的这句话至少存在几个含糊之处。首先,它并未明确规定**何为"休会"**。每届国会的任期包括两个年程,分别始于每年1月3日正午(在1933年第二十条修正案通过之前,每个年程始于12月第一个星期一),何时结束由国会视具体情况而定。一般而言,相邻年程之间都会有一段"**程际休会期**(intersession recess)";但除此之外,国会每年还有若干长短不一的休假日,通常称为"**程内休会期**(intrasession recess)"——究竟只有前者才构成真正的休会,还是"程内休会"也作数?

其次,就算允许总统在"程内休会"期间临时任命官员,仍然存在"**国会暂停工作多长时间以上才构成休会**"的问题。比如,周末放假两天算休会吗?午餐休息时间算休会吗?等等。

最后,宪法并没有表述清楚所谓"休会期间遇有职位出缺"究竟是特指某个职位"不早不晚**正好**在参议院休会期间**才**空缺出来",还是也包括某个职位"**直到**参议院休会期间**仍然**空缺着"的情况。

美国建国之初,政府规模小、事情少,加上交通不便,因此参议员们往往一年只进京一次,连续开上三四个月会,然后各回本州了解民情,所以"程内休会"相当少见,相反"程际休会"则动辄长达八九个月,休会任命条款中的含糊之处并未引发多大争议——在宪法被批准之后的头80年

空谈 269

间,没有一位总统在参议院程内休会期间进行过任命。但随着社会的现代化与公共事务的专业化、复杂化,联邦政府的规模相应地迅速扩张,人事任命权中这一灰色地带也越发受到重视。

在经历了最初的理解分歧后,从19世纪中期开始,对休会任命的主流司法解释总体而言是对总统有利的。联邦地方法院自1880年以后、若干联邦上诉法院自1963年以后,均在判决中将"休会期间遇有职位出缺"理解为"**直到休会期间仍然空缺**"。

对"休会"的定义则一直悬而未决。在参议院与总统几次权力斗争之后,20世纪40年代以来双方默认的办法是,参议院容忍总统利用"程内休会期"绕开参议院进行任命,但总统也**尽量避免在短于十天的休会期间内采取行动**。这方面的最近一次争议发生于2004年,布什在参议院**连续七天"程内休会"**后,径自任命极端保守派威廉·普莱尔(William Pryor)为第十一区上诉法院法官,该院随即在"伊凡斯诉斯蒂芬斯"案(*Evans v. Stephens*)中认可了这一任命。

20世纪后半叶以来,除了行政效率的考虑外,党派争斗的加剧也使得总统们越来越倾向于用休会任命的方式绕开国会,寄希望于被任命者在任上有所表现,以便使参议员们抛开党派成见对其追加认可。在最近几位总统里,里根八年任内共进行了二百四十项休会任命,老布什四年七十七项,克林顿八年一百三十九项,小布什八年一百七十一项。与其前任相比,奥巴马在这方面算是相当克制的,头四年总共只进行了三十二项休会任命。但奥巴马不同于往届之处,也是其引发巨大争议之处,在于他是历史上第一位**在参议院"走过场会"期间进行休会任命**的总统。

三、"走过场会"与"程序性阻挠议事"

所谓"走过场会",指的是参议院在停止办公期间,三天两头派出一名参议员到空荡荡的会议厅走一趟,开门,开灯,宣布开会,关灯,关门,走人,以示"参议院今天虽然没有正式办公,但是也不能算在休会"。"过场会"的设想最早由谁提出,现已不得而知;据档案表明,里根时代占参议院多数的民主党,和克林顿时代占参议院多数的共和党,都曾经以过场会的设想相威胁,逼迫总统放弃对某些人选的休会任命。不过这一设想真正化为实践要到2007年,作为参议院多数派的民主党分别在11月20日、23日、27日、29日举行了过场会,从而迫使小布什放弃了在此期间将著名反同性恋人士詹姆斯·霍尔辛格(James Holsinger)任命为医官总长(Surgeon General)的念头。

无论里根、克林顿还是小布什时代,参议院之所以会动用"过场会"的设想或行动来阻止总统进行休会任命,都是因为**多数派参议员与总统分属两党**。奥巴马就任总统后,民主党在参议院占据多数,照理不会再出现这样的问题。但是共和党却创造性地发明了**由众议院强迫参议院开过场会、并将其与参议院少数派"程序性阻挠议事"相结合**的策略。

按照参议院现行章程,一个参议员可以通过程序性阻挠议事的办法,阻止一项法案进入投票表决程序,而100位参议员中必须有60位现场提出制止,才能终结阻挠、恢复议事。阻挠议事在过去几十年中并不鲜见,只是奥巴马当选后,共和党在参议院少数党领袖米切·麦康内尔"我们的首要目标是让奥巴马只能当成一任总统"的口号鼓舞下,把阻挠议事玩得出神入化前无古人,仅在2009—2010年间就用这种办法让三百七十五项已经由众议院通过的法案因无法在参议院进入投票程序而流产,至于其它诸如阻挠任命表决等更是不计其数。

2010年3月,奥巴马上任后第一次进行休会任命(皮尔斯与贝克尔正是在此次成为劳关委委员)时,白宫发布了一份数据,称当时总统手头上有二百一十七项提名等待参议院批准,平均已经等待了一百零一天,其中三十四项提名的等待时间已经超过半年;反观小布什同期只有五项提名被参议院民主党阻挠拖延,却已经进行了十五项休会任命,可见奥巴马在国会面前如何克制云云。

然而奥巴马 2010 年这次休会任命却令共和党大为光火。在年底的国会中期选举里成功翻盘、夺回众议院之后,共和党又想出了阻挠奥巴马人事任命的新办法。根据宪法第一条第五款的规定,**国会任一议院"停会(adjourn)"超过三天,都必须得到另一个议院的批准**。奥巴马试图用休会任命绕开参议院内共和党的阻挠议事,众议院的共和党兄弟们怎么能袖手旁观?而釜底抽薪的办法,自然是**拒绝参议院的任何停会请求**。

从 2011 年 5 月共和党人想出这招开始,到 2012 年 3 月,将近一年的时间里,参议院的所有停会请求都没有得到众议院批准。如此一来,参议院只好在并没有正式办公的诸多日子里,用"过场会"的方式来表示自己正严格服从着众议院的约束。国会 2012 年的年程开始后,被逼急了的奥巴马终于忍不住在新闻发布会上戳破共和党的把戏,并宣布自己将在接下来的"过场会"期间进行休会任命。这自然引来共和党一片骂声,违宪官司也顺理成章地打响了。

四、制衡与效率

特区上诉法院本案合议庭的三位法官均以亲共和党的立场闻名,因此判决奥巴马违宪并不出人意料。令人大跌眼镜的,同时也可能对权力制衡框架产生巨大影响的,是其判决词中给出的理由。三位法官对总统的休会任命权给出了**极其狭隘的解释**,一是认为只有"程际休会"才构成真正意义上的休会,二是认为总统有权绕开参议院进行休会任命的,必须是恰好在同一个休会期间空缺出来的职位。

这种解释不但意味着过去一百多年来历届总统的诸多任命(比如前述的第十一区上诉法官普莱尔)均属违宪无效,而且**几乎等于废除了未来总统的休会任命权**——理论上说,参议院只需在新一个年程开始前的当天上午开会,在会议中度过正午、进入下一年程,就可以堵死所有"程际休会"的口子;就算参议院不采用这么极端的办法,对休会任命的狭隘解释也会使总统在用人上更加束手束脚,行政部门的效率更难得到保障。

对奥巴马而言,此案除了关系立法部门与行政部门的权力分配,更直接地影响到劳关委接下来的运作、自己的声望业绩,以及未来四年同国会共和党人的斗争前景。除了推翻这个判决,他别无选择。如今摆在奥巴马眼前的有两条路,一是提请特区上诉法院进行全员合议(*en banc*),亦即由该院全体法官共同重审此案,二是上诉到最高法院。

但两条路的前景对他而言均不乐观,新的结果很可能是推翻三人合议庭之前的判决理由,但仍以其它理由裁定奥巴马违宪。[1] 这一方面是因为无论特区上诉法院还是高院,目前的人员构成都以亲共和党的法官占多数,对奥巴马不利;另一方面,奥巴马在参议院"走过场会"期间宣布休会任命,这种做法一旦得到司法认可,隐患无穷,因为它意味着:**判断"参议院是否处于休会状态"的权力**不属于参议院本身,而在总统手中,只要总统认为参议院正在休会,即便参议院自称并未休会(尽管同样并未正式办公)也是无关紧要的。

这并非杞人忧天,相反在历史上早有前车之鉴。1903 年 12 月 7 日正午是该届国会第二年程的起点。由于当天早上参议院召开了一个特别会议,直到正午仍未结束,因此两个年程之间并没有中断休息。然而时任总统的老罗斯福却认为,从定义上说,两个年程之间就必须存在"程际休会";就算事实上并没有中断休息,仍然可以把正午那个时间点视为"**建构性休会**(constructive recess)"。于是他就在这个时间点上一口气任命了一百六十多名官员。参议院司法委员会在两年后的一份报告中激烈否定了总统的做法,宣布对休会状态的解释权归参议院所有。因为倘不如此,宪法中参议院与总统分享人事任命权的设计便成了一纸空文。类似地,出于保证参议

---

1 补注:与本文的预测一致,2014 年 6 月 26 日,最高法院在此案终审中,既以九比零一致判决奥巴马违宪,同时又以五比四推翻了特区上诉法院对休会任命权的狭隘定义(多数一方为四名自由派大法官加上"中间偏保守"的肯尼迪大法官,少数一方为四名保守派大法官)。

院对总统权力有效制衡的目的,奥巴马在"走过场会"期间进行休会任命的做法**确实应当被认为违宪**。

但事情到这里并不算完结。奥巴马之所以会铤而走险采取这种做法,根源在于共和党发明的政争策略:**参议院少数派与众议院联手,由众议院强制参议院开过场会,使得总统无法绕开参议院少数派对人事任命的程序性阻挠议事**。从权力分立的角度说,这种做法意味着**众议院得以染指本该由总统与参议院分享的人事权**,无疑是对宪法精神的违背;而在更实际的事务层面上,**政府的运作效率也因为国会中无休止的党争与阻挠而大大降低**。

对休会任命权的适当限制可以保障权力制衡的宪法框架不受破坏,但如何在这一框架下尽可能地提高行政效率、防止民主政治的质量发生衰退,这个问题单靠宪法解释却是无法解决的,必须在更大范围内对相关制度(包括选举规则设计、选区划分方式、国会议事章程等等)加以反思与变革,以期应对不断出现的新问题。毕竟**无论政治理念的维护与践行,还是政治程序的改良与完善,都绝非一劳永逸的工作**。

邦联旗飘扬

刊 2015 年 6 月 25 日《澎湃》。

2015 年 6 月 17 日晚，美国南卡罗来纳州查尔斯顿市。白人至上主义者迪伦·茹夫（Dylann Roof）闯入一座黑人教堂，枪杀了九名正在诵读《圣经》的黑人信徒，其中包括州议会参议员克列门塔·品克尼（Clementa Pinckney）。此事震惊全美，人们或寄托哀思，或谴责罪犯，或借机展开对枪支管控、精神疾病、种族冲突等问题的讨论。就我自己而言，惊愕悲痛之余，首先想到的是几年前去南卡首府哥伦比亚市开会时的见闻。

南卡人口中的黑人比例约为 30%，其中首府哥伦比亚市的黑人占全市人口 40%以上。然而走在哥市的路上，全然未见我所熟悉的纽约那种不同肤色人潮欢快汇流的景象；偶尔擦肩而过的黑色面孔，都低调得让人注意不到他们的存在，几乎令我产生错觉，以为身处"纯白人"的地盘。绝非错觉的是，公园草坪上与私人宅院前，随处可见纪念南方邦联——为了维护奴隶制而从美国分裂并发动内战的蓄奴州联盟——的旗帜、徽章、标语牌。如果说这些标志的非官方存在与招摇尚且符合我对"保守的南方"的想象，那么最出乎意料的莫过于，州府大楼前的广场上，竟也屹然耸立着一杆巨大的南方邦联军旗，与州府穹顶的美国国旗、南卡州旗相对飘扬。

一查方知，州府广场上的邦联军旗，长久以来便是南卡政治的敏感话题。此事发端于 1961 年，时任州长民主党人弗里茨·霍灵斯（Fritz Hollings）以纪念内战爆发百年为名，在州府穹顶升起邦联旗，实则欲以此

空 谈　　275

为号召，动员南方白人对抗方兴未艾的民权运动。此后邦联旗便与国旗、州旗一同高悬南卡州府上空。随着种族隔离主义的节节败退，心有不甘的南方各州纷纷效仿南卡的"符号政治"，或更改州旗设计加入邦联徽章，或在政府大楼悬挂邦联旗帜，或在议会厅前摆放邦联军政人物甚至三K党头领雕像。

符号之争自此成为南方政治的一大戏码。比如1980年代马丁·路德·金日成为联邦假日后，南方各州阳奉阴违：有的将其改名为"李/杰克逊/金纪念日"，捆绑兜售罗伯特·李（Robert Lee）与托马斯·杰克逊（Thomas Jackson）这两名邦联将军；有的规定企业和员工可在马丁·路德·金日与若干"邦联纪念日"之间自行选择公共节假日时间；不一而足。其中尤以南卡为最，迄今仍在每年5月庆祝官方的"邦联纪念日"，由地方政府组织或支持公共集会和游行，参与者挥舞邦联旗帜、高呼邦联口号。

在所有这些"符号政治"中，政府办公场所悬挂邦联旗帜的问题，曾在1990年代引发一波全国范围的关注。南卡议会深通瞒天过海之术，于2000年出台了一份名为《南卡罗来纳文化遗产法案》（South Carolina Heritage Act）的"妥协"方案，表面上将邦联军旗从州府穹顶撤下，其实换汤不换药，改竖在州府门前的广场上，同时又规定，非经州议会两院同时三分之二高票通过，不得将此旗从广场撤除。自此"妥协"以后，进出州府的工作人员、在广场上游玩集会的民众，不管乐意与否，都要与邦联军旗更频繁而密切地接触，而不再像从前那样，着意费力仰望方能一瞥穹顶旗影。

2010年，斯蒂芬·本杰明（Stephen Benjamin）当选哥伦比亚市历史上第一任黑人市长，几年后又以出色政绩高票连任。我在南卡开会时，恰好撞见履新未久的他在会场隔壁招待宾客，便冒昧上前搭讪。聊到州府前的邦联军旗，他克制地表达了不满与无奈。我没有机会走访南卡的普通黑人民众，询问他们对身边无所不在的邦联标志的观感，但答案我想应当并不令人意外。

其实，邦联标志对南方黑人的心理伤害，恐怕所有人都心知肚明。然则南卡州政府为何还要冒天下之大不韪，固执地为邦联军旗作官方背书？对此，保守派的"护旗"人士辩称，南方邦联的历史早已融入南卡（白）人——以及所有南方（白）人——的血液与记忆，是不可抹杀的身份认同与文化遗产；在公共场合展示邦联标志，绝非缅怀奴隶制、发泄种族仇恨，而是为了纪念祖辈保家卫国的决心与荣誉，纪念他们为捍卫南方主权与生活方式、抵御北方入侵而进行的不屈奋斗和牺牲——北方的铁蹄已经践踏过南方的土地，难道连南方人追怀往昔、纪念先烈的资格也要剥夺么？

问题在于，捍卫邦联认同、歌颂"南方荣誉"，与维护（或缅怀）奴隶制、鼓吹种族歧视，真的可以截然分开么？最早与北方公开决裂的南卡，在其《分裂宣言》中指控各自由州"干涉南方内政（deciding upon the propriety of our domestic institutions）"、"诋毁奴隶制是罪恶（denounced as sinful the institution of slavery）"、"把公民身份赋予那些根据这片土地的最高法律不能成为公民的人（elevating to citizenship, persons who, by the supreme law of the land, are incapable of becoming citizens）"。群起效尤的南方各州则把意思表达得更加赤裸裸，比如密西西比的《分裂宣言》劈头便宣称："我们的立场是对奴隶制——世界上最伟大的物质利益——的全面认同（Our position is thoroughly identified with the institution of slavery — the greatest material interest of the world）"、"对奴隶制的打击就是对商业与文明的打击（a blow at slavery is a blow at commerce and civilization）"。

南方邦联成立后，其宪法明确规定，任何法律不得损害奴隶主对奴隶的财产权、北方各州对黑奴的解放不受南方承认。邦联副总统亚历山大·斯蒂芬斯（Alexander Stephens）在发动内战前那场著名的"柱石演说（Cornerstone Speech）"中，直斥《独立宣言》对"人人生而平等"的主张是"根本性的错误（fundamentally wrong）"、是"对自然法的侵犯（violation of the laws of nature）"、是"奠基在流沙上（sandy foundation)"的立国理念；他赞美与《独立宣言》分道扬镳的南方邦联：

> 我们的新政府奠基于与此截然相反的理念；它的地基、它的柱石，来自这样一个伟大的真理：黑鬼与白人并不平等；奴隶制、对优等种族的屈从，是黑鬼自然且道德的处境。
>
> （Our new government is founded upon exactly the opposite idea; its foundations are laid, its corner-stone rests, upon the great truth that the negro is not equal to the white man; that slavery subordination to the superior race is his natural and normal condition.）

诸如此类数不胜数的历史证据，都无可辩驳地表明，邦联本质上就是维护奴隶制的工具，认同邦联说到底就是认同种族不平等的理念与制度。确实，许多南方白人祖上曾经为邦联浴血奋战，但许多德国人祖上不也曾经为纳粹浴血奋战么？试图为邦联洗白、捍卫其"遗产"与"荣誉"的人中，有些或许纯粹出于对历史的无知，被一部颠倒黑白的《乱世佳人》洗了脑；有些可能因为怯于直面先辈的罪恶，而选择掩耳盗铃自欺欺人；还有些恐怕确是以此为粉饰，拐弯抹角地表达不便宣之于口的种族主义观念。无论如何，大肆招摇邦联标志之举，所传递出的仇恨与歧视的讯息，不是单凭篡改历史记忆、或者诉诸身份认同，便能掩盖得了的。当然，"仇恨言论"是不是应当入罪、对仇恨言论的限制是否侵犯了言论自由，这些都是可以争论的题目；但像南卡州政府这般，以官方身份为仇恨言论背书，却怎样也说不过去。

查尔斯顿枪杀案的第二天，南卡州府前的邦联军旗又成了新闻的焦点。当天，州府穹顶的国旗与州旗均被降半旗致哀，而邦联军旗却依旧高高飘扬，在广场致哀的人群中，显得格外突兀尴尬。其时尚有不少保守派人士质疑此案的性质，辩称其与种族仇恨无关，共和党总统候选人、刚刚卸任的得克萨斯州长瑞克·佩里（Rick Perry）甚至在采访中轻描淡写地称其为一场"事故（accident）"。对于飘扬着的邦联军旗，保守派们自然也不愿轻言放弃。

但接下来几天，随着迪伦·茹夫发表在网络上的杀人宣言及其手持邦联旗帜与其余各类种族主义标志的照片一一曝光，舆论压力越来越大。6月22日，南卡州长妮基·哈利（Nikki Haley）发表公开讲话，希望州议会修改法案，撤除州府前的邦联军旗。要知道，哈利在前两次的州长竞选中，都是靠着强硬的"护旗"立场，动员起保守派的选票，才击败了主张移除该旗的对手文森特·席亨（Vincent Sheheen），而当选并连任州长的。此番就连哈利这样老牌的"护旗派"都见风使舵要求撤旗，恐怕这面旗帜不久之后真的要从州府广场上消失，匿进博物馆的一角了。

然而如前所说，州府门前的旗帜，只是整个南卡——以及整个南方——铺天盖地的邦联符号之一；而这些符号，又只是整个南方——以及整个美国——数百年来阴魂不散的种族问题的症候而非病灶。撤下邦联旗帜易如反掌（真的易如反掌吗？），要让人们正视社会政治文化中系统存在的、或隐或显的种族歧视，却非朝夕之功。邦联军旗从南卡州府前消失，幸运的话，或许会成为进一步反思与改革的起点；然而悲观的我却总觉得，更有可能出现的情况是，保守派人士把撤旗当作对被其"无意中冒犯"的、"玻璃心"的黑人们的恩典，不但毫无羞愧反思之意，反而因此更加自我感觉良好，心安理得地将符号以外的现状维持下去。

但愿我是杞人忧天。

首席大法官虚假的程序诉求

以《虚假,并且站不住脚:罗伯茨大法官反对同性婚姻反错了》为题,刊 2015 年 6 月 30 日《澎湃》。

1

2015 年 6 月 26 日,美国最高法院以 5∶4 的票数,在"奥贝格费尔诉霍奇思"案(Obergefell v. Hodges,以下简称奥贝格费尔案)中做出里程碑判决,裁定各州禁止同性婚姻的法律违反宪法,应予废除。消息传来,同性权益的支持者自然欢欣鼓舞,社交网络上随处可见彩虹旗飘扬。但与此同时,几位保守派大法官的异议意见书也在坊间流传,其中尤以首席大法官罗伯茨的异议在中文阅读圈中翻译得最早、传播得最广、得到的附和与赞美也最多。[1]

这与罗伯茨所采取的论述策略有着莫大关系。他的异议意见书以这样的方式开头:

请理解我的反对意见是什么:这不是有关我是不是认为婚姻应该包括同性伴侣。而是有关这个问题:在一个民主的共和制国家中,这个决定应当属于人民通过他们的民选代表,还是属于五个被授权根据法律解决法律纠纷的律师。宪法对这个问题给出了明确的答案。

又以这样的段落结尾：

如果你是赞成同性婚姻的美国人，不管你是什么性向，请庆祝今天的判决。庆祝你们终于达成了一个渴望已久的目标。庆祝你们获得一种新的表达忠诚的方式。庆祝你们所获得的新的福利。但是请不要庆祝宪法的成功。宪法和同性婚姻完全无关。

将自己的反对意见描绘成对程序正义的呼吁、对"司法霸权"的抵制、对民主合法性的坚持，既从表面上避开了对同性婚姻权实体正义性的徒劳攻击，令首席大法官得以摆出理客中的架子，又迎合了多数中国读者对自身处境的焦虑，与对作为镜像的美国政治理念的想象。中文编译者因此拟定《美国首席大法官对同性婚姻法案的愤怒：宪法与同性婚姻无关》的标题，并加上了这样的按语："**罗伯茨持强硬的保守立场……不过，他在本案中的反对意见因为超越了个人好恶而显得同样强大。这也正是我们全文翻译并特别推荐的理由。**"

然而罗伯茨的反对意见真的"超越了个人好恶"吗？他关于程序、关于民主、关于司法立法关系的论述对本案适用吗？他有资格（像中文编译者所设想的那样）对多数大法官的判决表示"愤怒"吗？事实上，倘若我们稍稍了解美国宪政史，并深入到罗伯茨的论证逻辑中去，抽丝剥茧一番，即可发现他的批评意见根本站不住脚。不但站不住脚，恐怕还要狠狠打到他自己——以及其余同样持异议的保守派大法官们——的脸。

2

我们先来看美国宪法史上两个著名的例子。

1　其中传播最广的（亦为本文引用的）是袁幼林编译的版本，《美国首席大法官对同性婚姻法案的愤怒：宪法与同性婚姻无关》（《澎湃》，2015 年 6 月 27 日）。

在1954年的"布朗诉托皮卡教育局"案（Brown v. Board of Education of Topeka，以下简称布朗案）中，高院推翻先例（"普莱西诉弗格森"案 [Plessy v. Ferguson]），裁定南方各州公立学校的种族隔离制度违宪。阿肯色州拒不承认高院判决，动用州属国民警卫队阻挡黑人新生入学。艾森豪威尔总统紧急派遣101空降师赶赴州府小石城镇压，同时一纸总统令，将阿肯色州国民警卫队交由联邦政府接管整编。当时全国范围内支持废除种族隔离的民意堪堪过半，南方各州则绝大多数人反对废除种族隔离。

在1967年的"洛文诉弗吉尼亚州"案（Loving v. Virginia，以下简称洛文案）中，高院推翻先例（"佩斯诉亚拉巴马州"案 [Pace v. Alabama]），裁定南方各州禁止非白人与白人通婚的法律违宪，各州必须允许跨种族婚姻。亚拉巴马州对高院判决阳奉阴违，以至于联邦政府几年后不得已又打了一轮官司（"合众国诉布里顿"案 [United States v. Brittain]），才迫使其放开对跨种族婚姻的登记。至于亚拉巴马本州的选民，则直到2000年，才通过州内公投，将州宪法中禁止跨种族婚姻的条款删除。另外，就全国民意而言，1959年支持跨种族婚姻的比例仅为可怜的4%，洛文案判决一年后（1968年）也只上升到20%，远远低于当今民意对同性婚姻的支持率（57%）；事实上，直到1997年，跨种族婚姻的全国支持率才突破半数大关。

很显然，布朗与洛文两案的判决，和当时的民意（至少是南方各州的民意）直接抵触，而且二者所涉皆事关重大，判决引发了严重的社会撕裂与对抗。倘若"法官应当尊重民意、重大问题应当交由民选代表而非少数律师决定"的说法一概成立，则这两个判决也免不了犯同样的错误。事实上，种族隔离制度的支持者们，当年就是用着和今天罗伯茨们一样的话语与逻辑，指控高院罔顾民意、实行司法寡头制、僭夺立法机构职能、践踏州权、破坏民主，诸如此类。

当然，如今绝大多数人——包括罗伯茨在内——都不会再这样认为了；相反绝大多数人都认为，布朗与洛文两案的判决不论在程序上还是实体上均完全正确。正因如此，罗伯茨、斯卡利亚等反对派大法官们，不得不在自己的异议书中绞尽脑汁地将本案（奥贝格费尔案）与上述两案撇清关系，论证"司法寡头破坏民主程序"的指控为何只适用于前者而非后者——这一点我后面会再讨论到。这里先问这样一个问题：为什么布朗与洛文两案并不构成对程序正义、对民主合法性的损害？

答案很简单：因为高院所做的，本来就是宪法框架下的分内之事（至于相应的宪法框架本身是否设计合理、是否妨害民主、是否需要改革，则是另一个不同层面的问题[1]）。美国宪法规定三权分立、联邦主义，在此基础上，"马伯里诉麦迪逊"案（*Marbury v. Madison*）开创了司法审查的传统，最初几条宪法修正案保护公民的个人权利不受联邦政府侵犯，内战后第十四修正案以及相关司法解释又将这些保护从联邦层面拓展到州层面。在布朗案、洛文案，以及本次奥贝格费尔案中，高院运用第十四修正案中的"正当程序条款（Due Process Clause）"与"平等保护条款（Equal Protection Clause）"推翻被其判定违宪的各州（以及联邦）法律，正是高院最核心的职能之一，是整个司法审查流程的题中应有之义；只要高院不在宪法第三条划定的管辖权范围外接受案件、只要高院在判案中紧扣争议内容而不借题发挥，那么其判决在程序上就是完全没问题的。否则，假如连分内的工作都算违背程序、破坏民主，那干脆修改宪法、取消高院得了。

---

[1] 对这些问题，我在《民粹主义和民主政治的衰败：以美国为例》（2018年7月8日讲座，录音备份于个人播客《催稿拉黑》）等处有更详细的探讨。要而言之，美国宪法框架确实存在着一系列慢性但严重的设计缺陷，譬如本文稍后提到的、联邦制下高得过分的修宪门槛，再譬如联邦法官终身制所导致的高院权力过大且易与民意脱节（以及司法人事任命的高度政治化）等问题。但要解决这些问题，只能靠制度上的相应改革（譬如比照其它民主国家的经验，适度降低修宪门槛，废除法官终身制，调整高院的管辖权范围、人事结构与任命程序），而不是寄希望于法官们"自觉服膺民意"，否则就会出现罗伯茨这种翻手为云覆手为雨的情况：当自己在案件中拿到多数票时，就绝口不提于己不利的民意；当自己属于判决异议阵营时，就抬出"破坏民主"、"践踏州权"的大帽子扣到多数派头上。

空谈

当罗伯茨们在异议书中指控多数派法官罔顾民意、僭越立法权时，他们难道想不到，这种指控假如可以成立，完全可以原封不动地用于其它那些自己占了上风的争议判决吗？

3

熟悉美国政治的人都知道，这样的争议判决近年来不要太多。略举几例：

- 2008 年的"哥伦比亚特区诉黑勒"案（*District of Columbia v. Heller*）与 2010 年的"麦克唐纳诉芝加哥"案（*McDonald v. City of Chicago*），高院以五比四的微弱多数，一反其长久以来对第二修正案的理解（也是多数宪法学者所持的理解），将持枪权界定为个体权利而非民兵权利，并用第十四修正案的正当程序条款（亦即罗伯茨们此次极力攻击的条款）将此权利拓展到各州层面，推翻地方上的控枪法案；[1]
- 在 2010 年的联合公民案中，高院一气推翻若干判例，以五比四裁定，与候选人无直接关联的组织不受竞选开支上限的约束，对其加以监管的法案侵犯了宪法规定的言论自由权（参阅《金钱与选举》）；
- 在 2013 年的谢尔比郡案中，高院以五比四的票数，宣判《选举权法案》中用于衡量各地种族歧视严重程度的条款不够"与时俱进"，因此国会对其续期的做法无效——本案占多数的保守派法官们把自己成天挂在嘴边的"尊重立法机构智慧"的座右铭抛在脑后，浑然不顾法案续期在国会两院中均以几乎全票的高票通过这一事实（参阅

---

[1] 参阅拙文《控枪还是不控枪，这是个问题：美国宪法第二修正案之争》（《澎湃》，2015 年 11 月 19 日），以及收入本书的《美国枪支管理的社会演化》。

《美国大选暗战》);

- 在 2014 年的"伯韦尔诉好必来公司"案中,高院仍然是以五比四的票数,裁定营利性的公司也拥有宗教信仰(一个在哲学上与法律上都极其惊人的主张),因此奥巴马医保法案中要求所有企业为女性员工提供避孕保险的做法侵犯了企业的信仰自由;[1]

- ……

以上几桩都是近年来影响重大、极具争议的案例,都造成了自由派与保守派的民意撕裂,而在这些判决中,罗伯茨无一例外地站在占多数的保守派大法官一边。倘若像罗伯茨在本次异议中那样,将程序正义的标准定得如此之高,以至于连同性婚姻判决都通不过检验,那么以上这些判例恐怕要全军覆没。

我们还可以把时间推到首席大法官进入高院之前:

- 1990 年代,高院与国会之间曾经就宗教自由问题展开一场拉锯战。高院先是在"俄勒冈州人力资源部就业处诉史密斯"案(*Employment Division v. Smith*)中,裁定各州有权剥夺出于宗教仪式要求而使用致幻剂的信徒的失业福利(斯卡利亚起草了多数意见);国会对此强烈不满,通过了《宗教自由恢复法案》作为回应;高院随后在"波尔恩市诉弗洛里斯"案(*City of Boerne v. Flores*)中宣布《宗教自由恢复法案》的相应部分违宪;国会再次回应,于 2000 年制定了《宗教土地使用与制度化人格法案》,双方争执才告一段落。在这场争端中,高院显然并不认为"尊重民选代表的意见"是其职责所在;

---

[1] 我在《堕胎权漫谈》中对此案略有提及;将其(以及联合公民案)置于美国政治与法律发展史背景下的更专门讨论,参见 Adam Winkler, *We the Corporations: How American Businesses Won Their Civil Rights* (Liveright/W. W. Norton, 2018)。

空 谈　285

- 再比如，著名的 2000 年"布什诉戈尔"（*Bush v. Gore*）大选计票案，同样是五比四的争议性判决。在宪法明确规定大选"选举人（Electors）"的任命方式由各州自行决定的情况下，五名保守派大法官（包括此次奥贝格费尔案中起草多数意见的肯尼迪与两位反对派斯卡利亚、托马斯）以"事关重大"为由，强行揽下此案管辖权，又凭空断言佛罗里达州的验票工作无法在预定时间完成，勒令中止正在进行的验票，生拉硬拽地把布什保送上总统宝座，完全改变了 21 世纪美国政治的轨迹；

- ……

我举出以上这些例子，并不是说它们在程序上都是成问题的——恰恰相反，我认为其中绝大多数（"布什诉戈尔"案可能除外）在程序上完全成立，对判决的所有争议其实都发生在实体层面上，亦即大法官们对宪法中相关权利的理解与阐述是否合理。之所以举这些例子，只是以彼之道还施彼身，说明罗伯茨在指责同性婚姻案中多数派法官"缺乏必要的谦虚和克制、越俎代庖地将自己的道德偏好施加在选民头上"时，是多么自相矛盾、虚伪可笑。

当然，有的人可能会坚持说：司法审查制度本身就是对民主的威胁，能不用就该不用，就算罗伯茨们在过去的判决中罔顾民意、破坏民主，他们能在此次同性婚姻案中幡然悔悟，呼吁将决定权交还人民与民选代表，也算亡羊补牢为时未晚。

司法审查与民主制度的关系，确实是一个可以争辩的议题，这里我无法对此详加讨论。然而即便我们接受这样的假定，认为在同性婚姻问题上遵从民意才是最好的做法，我们同样可以追问：美国民意对同性婚姻的支持率不是早就过半了吗？今年 5 月 22 日，爱尔兰通过全国公投修改宪法，将同性婚姻合法化。倘若美国与爱尔兰一样，能够依据公投结果直接修宪，早在几年前同性婚姻就该合法化了，何必等到现在才由高院来裁决？

有些人或许会据此认为美国的宪政框架不够民主、需要改革，但至少

（本案中的）罗伯茨肯定不会这样认为；相反他会辩称，既然美国宪法规定，全民公投动议必须由三分之二以上州议会共同提出、公投结果必须由四分之三以上州批准，修宪程序方告完成，则（借用罗伯茨异议书所引用的另一位反对派大法官斯卡利亚异议书中的说法）"*那正正是我们政府系统本来的运作方式*（That is exactly how our system of government is supposed to work.）"。——可是这样一来就又绕回了前面的问题：高院遵循司法审查传统，根据对相关宪法修正案的理解宣布特定法案违宪，难道不是同样在宪法框架下行事、同样"*正正是我们政府系统本来的运作方式*"么，怎么到罗伯茨们口中，又成了对程序、对民主的破坏呢？

所以这里其实隐藏着一个严重的逻辑跳跃。尽管罗伯茨声称自己质疑的是判决的程序正义性，并以此获得了不明真相者的欢呼与赞美，但实际上，他的批评若要避免自相矛盾之讥，归根结底还是得落脚到实体正义层面，落实到对相关宪法修正案——特别是"实体正当程序条款"——不同阐释的合理性的争论上。

4

正如前面所说，布朗案、洛文案等判例的存在，对罗伯茨们而言极其棘手，只有想方设法地将其与本次奥贝格费尔案区分开来，他们的批评意见才有可能成立；然而这种区分纯粹从程序的角度又是不可能的，必然要涉及对婚姻权的实体规定。罗伯茨找出的区别是：

> 先例中没有一个涉及婚姻的核心定义：一男一女的结合。……洛文案中被挑战的法律也没有将婚姻定义为"同种族中一男一女的结合"。去除婚姻的种族限制并没有改变婚姻的意义，正如去除学校中的种族隔离没有改变学校的意义一样。

空谈 287

他认为，由于同性婚姻从根本上挑战了"**婚姻是一男一女结合**"这一被"**南非布须曼人、中国汉人、迦太基人、阿兹特克人**"等社会长久以来共同接受的定义，其合法化必将打开一个潘多拉魔盒，导致多偶制等其它婚姻形式的相继合法化；因此，大法官们在考虑是否运用"实体正当程序"等条款、将同性婚姻权纳入"基本权利（fundamental rights）"的范畴加以保护时，必须慎之又慎。

罗伯茨关于婚姻定义的整段论述槽点无数，这里恕不赘述，有兴趣者可参考拙文《同性婚姻的滑坡》中对此类论述的批驳。[1] 不过不管怎样，至少罗伯茨们还明白，洛文等案是其异议意见的软肋，必须竭力处理；而中文网络上不少对罗伯茨大唱赞歌的时评家却完全没有意识到这一点，只知道亦步亦趋，空洞地高呼"程序正义万岁"的口号。

就本文所关心的宪法问题而言，罗伯茨所试图建立的定义区分，作用在于对宪法修正案中实体正当程序条款运用方式的影响。这里他极其阴险地将本次判决与高院历史上最臭名昭著的两个判例——"德雷德·斯科特诉桑福德"案（*Dred Scott v. Sandford*，以下简称斯科特案）（确认奴隶主对逃奴拥有产权）与"洛克纳诉纽约州"案（*Lochner v. New York*，以下简称洛克纳案）（推翻保障劳工权益的法律）——相提并论加以抹黑（讽刺的是，这两次判决都是保守派大法官的"杰作"，特别是将其与洛克纳案相捆绑，声称"**只有一个判例支持多数法官今天［运用实体正当程序］的方法：洛克纳案**"，却完全忘记了他刚刚在上一节意见中与多数法官争论过隐私权（right to privacy）与此案的相关性问题：罗伯茨认为婚姻权与隐私权不同，这当然是对的；但他没有意识到，多数法官将两者类比，并非认为婚姻权来自隐私权，而是强调二者具有共同的道德基础（个体自主性）与共同的宪法阐释方法——隐私权恰恰是高院在一系列案件中通过运用实体正当程序、作为第九修正案所谓"未明确列举的"基本权利而确立下来

---

1 即收入本书的《同性婚姻、性少数权益与道德滑坡论》一文。

的，方法与本案如出一辙。

剥开异议书中华丽的辞藻与对涉及实体正当程序的先例的反复援引，可以发现，这里的争论已经不再关乎民主合法性与程序正义，而变成了：大法官们在运用实体正当程序条款、平等保护条款等工具阐发基本权利、推翻既有法律时，究竟应当**"谦虚和克制"**到什么地步。在这个问题上，司法能动主义（judicial activism）与司法克制主义（judicial restraint）的拥趸已经争执多年，目测还要继续争执下去。

其实，把司法能动与司法克制视为两种必须坚持的"主义"与教条，本身就是大成问题的。就好比勇敢与谨慎，本来就不是互不兼容的处事原则，而是运用之妙存乎一心的美德；倘若固执一端不知变通，勇敢便成了莽撞，谨慎也便成了怯懦。类似地，司法的能动与克制，本来就不可能也不应当有什么一定之规，更多是法官行为气质上的差异，加上具体案例中对各种考量权衡取舍的不同判断。甚至可以说，大多数时候，二者都不过是法官们借以实现自身（或正确或错误的）实体正义观的手段：一方面，司法能动主义在民权运动中起了无法估量的推动作用，相反司法克制主义则在历史上长期被出身南方的保守派大法官们用作维护奴隶制、"吉姆·克罗法（Jim Crow laws）"与种族隔离制度的挡箭牌；另一方面，如果说洛克纳案时代高院反复推翻保障劳工权益的法律乃是（旨在维护高院当时错误的实体正义观的）司法能动主义使然，那么当代保守派大法官（包括罗伯茨自己）在前面列举的拥枪权、竞选资金、选举权、公司宗教信仰等诸多争议案例中的表现，其性质恰恰与此如出一辙。

这样说显得过于愤世嫉俗，仿佛大法官们的判决都只不过像罗伯茨在其异议中所指责的那样，是花哨的法律术语掩盖下的**"出于意愿之举（act of will）"**，而非真诚的**"出于法律判断之举（act of legal judgment）"**。实则不然。罗伯茨将**"出于意愿之举"**与**"出于法律判断之举"**相对，乃是错误的二元划分；真正关键的，也是大法官们在司法审查过程中自觉不自觉地贯彻的，其实是将道德论证、法律解读、现实判断等各种因素综合考量、力图获得最合理的反思平衡的"出于规范推理之举（act of normative reasoning）"。这一过程当然并不容易，需要具备经得起考验的道德判断、深厚的法律功底与健全的现实感，而且必须做好这样的心理准备：任何暂时达到的看似最佳的平衡，都有可能在未来遭遇新的挑战与修正。

当然，除了法律功底外，最高法院的大法官们也许并没有理由自信在道德判断、现实感等方面一定优于常人——所以在民意面前保持一定程度的谦虚与克制是必要的。但同样地，我们大约更没有什么理由认为，持异议的罗伯茨大法官在这些方面——包括在何时应当谦虚克制、何时应当勇猛精进的判断上——就高于他的同侪。

事实上，无论是从罗伯茨对日常生活中同性伴侣因为缺少婚姻权而遭受的各种伤害的不敏感，还是从其对本次判决可能导致的后果的危言耸听来看，他在同性婚姻问题上显然对现实闭目塞听，做出了错误的判断。

5

罗伯茨对本案判决后果的危言耸听，在其异议书的最后一节集中爆发：

在这里以及在很多地方，人们都在进行严肃和深入的关于同性婚姻的公共讨论。他们看到选民们仔细的思考同性婚姻议题，投同意或反对票，有时候改换主意。他们看到政治家们同样不断地去思考自己的立场，有时改换方向，有时坚持己见。他们看到政府和企业修改自己有关同性伴侣的政策，并且积极参与讨论中。他们看到了其它国家民主接受剧烈的社会变动，或者拒绝这么做。这样的民主思辨的过程让人们仔细思考一些他们之前都不会认为是问题的问题。……

但是今天的最高法院停止了这一切。通过宪法解决这个问题，将此问题从民主决策中完全剥夺了。在如此重要的问题上终结民主进程，是会带来严重的后果。终结辩论会带来闭塞的思想。被阻碍发声的人们更加难以接受法院在此问题上的判决。……不管今天同性婚姻的支持者们多么欢欣鼓舞，他们应该意识到他们已经永远失去了一个真正获得承认的机会，这种承认只能来自于说服其余公民。正当改变的清风轻抚过他们的发鬈的时候，他们已经失去了这一切。

这些绘声绘色的预言看似靠谱，实则根本经不起推敲。

民主社会的公共讨论是一个永不停息的过程，只要言论自由还在，就没有任何一个法院判决会终结民主思辨、阻止反对者发声、导致思想的闭塞，也没有任何一个法院判决会让支持者"永远失去［通过说服其余公民而］真正获得承认的机会"：

- 布朗案并没有阻碍人们认识到种族隔离制度的不义：判决之后的40年里，支持废除种族隔离的比例从约50%稳步上升到90%左右；
- 洛文案并没有令跨种族婚姻失去获得民意承认的机会：与当年举国上下反对跨种族婚姻相比，如今（2015年）反对者仅剩全国的10%上下；
- 裁定女性拥有堕胎权的"罗诉韦德"案并没有阻碍反对者发声：判决下达后，保守派掌权的各州出台了千奇百怪的限制堕胎的法案，而自由派则一面在政治上对抗这股逆流，一面从法理上反思堕胎权的基础——越来越多人认为，堕胎权的支持率徘徊不前，不是因为高院当年"强行"赋权，而是因为其在进行规范推理时选取了过于狭隘的路径，仅仅将堕胎权奠基于运用"正当程序条款"得出的"隐私权"，而非运用"平等保护条款"得出的、与性别平等密切相关的女性身体自主权（参阅《堕胎权漫谈》、《得克萨斯"赏金猎人"反堕胎法案》）；正因如此，本次同性婚姻权判决中，多数派法官将正当程序条款与平等保护条款并举，才有着格外重要的意义。

空 谈　　291

其实，高院的判决不但不会阻碍同性恋者"真正获得承认"，反而很有可能加速这一进程。之所以如此，是因为社会观念的变迁本身就是多种因素交错的复杂过程，其中民主思辨与公共讨论固然重要，但理性之外的各种习得与内化同样起着不可或缺的作用。毕竟不管什么人，总会因为认知上与经验上的局限，而有着这样那样光靠冷冰冰的说理无法抚平的固执、偏见与恐慌。一位恐同者，或许可能仅仅通过阅读与辩论，而放弃对同性恋者的偏见；但更常见的情况是，因为身边有朋友亲人出柜，而受到直接的震撼与冲击，又或者因为与同性恋邻居、同事低头不见抬头见，而渐渐在情绪上对同性恋不再抵触，最终接受其为正常的生活方式。

这些年来美国民意对同性婚姻的态度整体上急速转变，但部分地区的民意却转变得远为缓慢。根据皮尤研究中心的调查，从2001年到2015年，全国民众支持同性婚姻合法化的比例从35%跃升到57%，但白人福音派、共和党、保守派（这几个范畴在很大程度上重叠）中的支持率却只在30%上下。这一方面是因为意识形态的影响，另一方面也是因为保守州既有的歧视，使得当地的同性恋人士更少出柜，普通人对同性恋更缺乏了解与接触。目前，在这类人抱团的州（也就是禁止同性婚姻的州），反同言论才是主流，外界的批评遭到敌视与抵制。假如高院不介入，仅仅寄希望于"民主思辨"和"公共讨论"来说服保守的当地人转变观念，恐怕很长一段时间里无异于痴人说梦。

相反，随着高院的判决迫使这些州承认同性婚姻，同性伴侣将越来越多地走进当地普通人的日常生活，可以预见，他们的喜怒哀乐将越来越被当地人熟悉，他们的爱恨情仇将越来越被当地人了解，他们的存在也将越来越被当地人习惯与接纳——就像种族隔离壁垒的消失、不同种族之间交往的日益频繁，使得人们对当年废除种族隔离制度的判决越来越支持一样。说不定，随着时间的推移，我们还可以等到首席大法官勇敢地站出来，对自己当年在异议意见书中用自相矛盾的程序正义论述掩盖对同性恋的歧视的做法，真诚地表达悔意与歉意。

最高法院与政党初选改革

2016年7月1日至6日"选·美"会员通讯。

一、得克萨斯州"白人初选"系列案件

在世界上绝大多数民主国家，一个政党如何进行党内初选，一般被认为是党组织的私事，政府不应干涉。所以除了新西兰、德国、希腊、挪威、芬兰等少数几个国家存在一定程度的针对初选的立法和判例外，像英国、加拿大、法国等地，基本上是由政党自行决定初选方式。比如英国的保守党和工党都要收取党费，只有及时缴费的党员才有权在初选中投票；与此同时，候选人们必须先获得足够数量的本党议员背书，才能正式参选（并且目前在保守党一方，普通党员只能在议员们已经表决出的前两名候选人之间投票）。

在这方面，美国是一个完全的例外。不仅各州存在大量关于初选的立法，而且各级法院也对两党初选以及相关立法的合宪性做出过一系列判决。我在以前的一系列专栏文章，以及最近的会员通讯（比如2016年4月18日《初选制度公平吗》、4月20日《封闭式初选的是与非》、5月11日《内布拉斯卡的民主党初选和无党派初选》）中，谈过一些关于初选的立法及其历史沿革。今天的通讯，就来讲讲最高法院对初选的干预。

高院最初卷进这类官司，很大程度上是因为种族隔离时代南方各州的

"白人初选（white primaries）"，及相应的少数族裔投票权之争。

当时的南方，民主党一统天下、共和党名存实亡，而南方各州民主党往往又在党章中规定，只有白人党员才能在初选中投票。这样一来，等于间接地把少数族裔排除在党职与公职之外。

1923 年，得克萨斯州议会得寸进尺，把"不准黑鬼参加本州民主党初选（in no event shall a negro be eligible to participate in a Democratic party primary election held in the State of Texas）"明目张胆地写进本州法律，被民权组织抓住口实起诉。1927 年，高院依据宪法第十四、十五修正案对种族平等和投票权的保障，在"尼克松诉赫恩登"案（*Nixon v. Herndon*）中判定这个法律违宪。

然而得州议会马上瞒天过海，把法律条文修改成"由各党在本州的执委会自行决定谁有权参加初选"，再由得州民主党执委会（其实和州议会基本上是同一拨人）具体规定只有白人能参加初选（"all white democrats who are qualified ... and none other, be allowed to participate in the primary elections"）。案子重新打到高院，大法官们于 1932 年再次判其违宪（"尼克松诉康登"案［*Nixon v. Condon*］），理由是州执委会以前从来没有过决定党员初选资格的权力，现在突然因为州里的法律而有了这种权力，说明种族歧视的背后黑手仍然是州议会。

得州议会这回学乖了，又一次修改法律（其实等于回到了南方其它州一贯的做法），把决定党员资格及初选投票资格的权力下放到民主党的州党代会，而不是州执委会；然后得州民主党再在州党代会上通过决议，规定只有白人有权入党和在初选中投票（"all white citizens of the State of Texas who are qualified to vote under the Constitution and laws of the state shall be eligible to membership in the Democratic party and as such entitled to participate in its deliberations"）。

1935 年，高院在"格罗威诉汤森"案（*Grovey v. Townsend*）中支持了得州的这种做法，认为政党是私人结社组织，不是公权力的一部分，而私人结社组织随便怎么歧视少数族裔，宪法都管不着。

但是这个时候已经是新政的初期、民权运动的前夜，高院的人员构成与意识形态也在发生变化。到了1944年，得州的黑人选民再次挑战"白人初选"的合宪性，而高院也终于在随后的里程碑判决"史密斯诉奥尔莱特"案（Smith v. Allwright）中，推翻了1935年"格罗威诉汤森"案的结论。高院指出，虽然政党表面上看确实是私人结社，但是当一个政党在地方政治中享有唯我独尊的地位（就像当时民主党在得州那样）时，党内初选事实上已经变成了公权力运作过程的组成部分，不能再单纯从私人结社内部事务的角度来看待，故而此时党内初选的种族歧视同样应该受到宪法的约束（"When primaries become a part of the machinery for choosing officials, state and national, as they have here, the same tests to determine the character of discrimination or abridgement should be applied to the primary as are applied to the general election."）。

"史密斯诉奥尔莱特"案终结了南方各州的"白人初选"；不过，这些州在法律上对黑人投票权的其它限制（比如投票税、素质测试、纵容白人对黑人选民的暴力恐吓等等），还要等到1960年代民权运动以后，才会被一一废除。与此同时，"史密斯诉奥尔莱特"案判决中提出的"初选是公权力运作过程的组成部分"这一点，也为后来法院更加频繁地介入初选官司、评判相关立法的合宪或违宪，提供了新的法理基础。

二、国会有权立法管理初选吗？

上节说到，高院在"白人初选"系列案件中，发生了从"政党初选是私人结社内部事务"到"政党初选是公共事务"的立场转变。这个转变并非孤立的事件，而是体现在同期其它初选官司的判决中，最终令国会获得了（和各州议会一样）立法管理各州政党初选的权力。

早在1921年，高院就处理过一桩涉及国会初选立法的"纽伯里诉合众国"案（*Newberry v. UnitedStates*）。20世纪初"进步主义运动"如火如荼时，国会通过了一系列竞选资金改革（参见《美国政党体系流变》系列第三篇《向左走，向右走》），包括1907年的《提尔曼法案》和1910年的《联邦腐败实践法案》。前者禁止竞选团队直接从企业接受政治献金；后者对国会候选人的竞选开支进行限制，不能超过五千美元（众议院竞选）、一万美元（参议院竞选），或者所在州法律规定的上限。

1918年密歇根州的国会参议院共和党初选，由前海军部长纽伯里（Truman Handy Newberry）对阵汽车业巨头亨利·福特。纽伯里经过一番苦战击败福特，然后又赢得大选，走马上任。不服气的福特利用联邦政府里的关系调查纽伯里，发现他在初选中花了十万美元左右，远远超过《联邦腐败实践法案》和密歇根州法的限额。于是纽伯里被联邦政府判刑。

但是高院推翻了对纽伯里的定罪，反而认定《联邦腐败实践法案》违宪。高院说：尽管根据宪法第一条第四款（"The Times, Places and Manner of holding Elections for Senators and Representatives, shall be prescribed in each State by the Legislature thereof; but the Congress may at any time by Law make or alter such Regulations, except as to the Place of Chusing Senators…"），国会确实有权立法管理各州对参议员和众议员的选举，但是"党内初选"怎么能算"选举"呢？当然不算啊。既然不算，国会就管不着。

不过到了1941年的"合众国诉克拉斯"案（*United States v. Classic*）（即上节提到推翻"白人初选"的"史密斯诉奥尔莱特"案之前三年），高院的立场已经发生了微妙的变化。在1940年路易斯安那州国会众议院第二选区的民主党初选中，某社区的选举委员会委员们对投票箱里的票偷梁换柱，保送某个本该落败的候选人获得党内提名。事发后这些委员被依联邦刑法中的选举舞弊罪起诉，但他们不服，援引"纽伯里诉合众国"案的判决，认为"初选"不能算"选举"，所以他们并没有在"选举"中舞弊，或者至少联邦法律管不着他们舞弊。

没想到这回高院翻脸不认账，说道："初选"到底算不算"选举"，得看实际情况来定；路易斯安那州法里规定了民主党必须初选，而且州里还出钱资助初选，显然民主党初选已经成为州里选举的组成部分了；就算没有这些法律，民主党在路易斯安那州的独大地位，也意味着民主党的国会初选几乎等于国会大选。既然如此，国会当然能管、当然该管。

"合众国诉克拉斯"案的判决，既是对三年后"史密斯诉奥尔莱特"案里程碑式判决的投石问路，也为竞选资金改革（包括竞选开支上限）的重新启动奠定了基础。当然，后来围绕这些改革展开的、从巴克利案到联合公民案的司法角力（参见《金钱与选举》），又是别有一番滋味了。

在"合众国诉克拉斯"案和"史密斯诉奥尔莱特"案之后，各州的初选制度又经过了几十年的演变（包括"输不起法"的推广、20 世纪 70 年代以后两党总统初选制度的改革等等），相关的案子也打了许多轮（参见以下两节），一直到 1996 年的"莫尔斯诉弗吉尼亚州共和党"案（*Morse v. Republican Party of Virginia*），"初选什么情况下算选举"的问题又重新进入了高院的视野，并把"合众国诉克拉斯"案中的"国会立法"问题与"史密斯诉奥尔莱特"案中的"种族平等"问题结合到了一起。

当时弗吉尼亚州的共和党规定，凡是有意以党代表身份在州党代会中进行初选提名投票的党员，必须先交三十五美元到四十五美元的注册费。然而宪法第二十四条修正案明文授权国会立法、防范南方种族隔离时期盛行的投票税（poll tax）卷土重来；同时国会的《投票权法案》又列出了包括弗吉尼亚在内的一系列背负严重种族歧视历史的地区，要求这些地区在更改选举规则前必须先将方案提交联邦司法部审核，确认并不造成种族歧视后才能实施。弗吉尼亚共和党的州代会注册费算不算变相的投票税、需不需要经过司法部事先审核？

高院认为算。在大法官们看来，"合众国诉克拉斯"案之后几十年政治现实的演变，早已让民主、共和两党成为公权部门盘根错节的一部分。比如弗吉尼亚州的"选票列名法（ballot access law）"，一方面对两大党以外的其它政治组织提名人或独立候选人设立了极其苛刻的联署要求，另一方面将选票前两行的位置自动保留给两党所提名的候选人，尽管参加两党州代会的党代表人数远远少于小党联署所需的人数。

换句话说，在美国绝大多数地方，参选公职实际上是分两步走：先获得两大党之一提名，再争取大选获胜。在这种情况下，两大党无论是采用初选投票还是州代会提名的方式来产生最终候选人，这个过程都必须被视为官方选举的一部分，那么州代会注册费自然属于投票税的一种。

"莫尔斯诉弗吉尼亚州共和党"案肯定了"合众国诉克拉斯"案和"史密斯诉奥尔莱特"案的核心观点，更加明确地将两大党的初选视为公权部门事务而非私人组织事务。但是与此同时，反方的力量也早已在"结社自由"的旗号下暗流涌动，静待着绝地反扑时机的到来。

三、政党结社自由的兴起

美国宪法文本里并不存在"结社自由（freedom of association）"和"政党（political parties）"这两个概念。第一修正案虽然提到"和平集会权（the right of the people peaceably to assemble）"，但其与"结社自由"理论上并不完全重合。一直到20世纪50年代，高院才开始把结社自由视为一类单独的权利，而不是作为言论自由或隐私权的衍生品；而且直到1968年的"威廉斯诉罗兹"案（*Williams v. Rhodes*），才首次直接地把结社自由概念应用到政党身上。

当时民主党因为种族问题而发生分裂，党内的种族隔离主义者拥戴乔治·华莱士（George Wallace）独立参选总统。在俄亥俄州，华莱士的支持者成立了"美国独立党"，但按照俄亥俄州的法律，新政党要想出现在选票上，必须在大选投票日的九个月以前（也就是同年2月初），征集超过上届州长选举投票总数15％的有效联署签名（当时大约为四十三万份）。"美国独立党"虽然征集了四十五万份联署，但误过了截止日期，因此没能列名选票。

法官们判决俄亥俄州法律违宪,因为(由两大党操纵的州议会所制定的)过早的联署截止日期和严苛的联署数量要求,对小政党、新政党构成了不近人情的限制,侵犯了它们的结社自由。尽管"美国独立党"本身是一个反对结社自由的政党(主张限制黑人的结社自由等权利),但其结社自由同样是需要保障的。

既然把结社自由概念应用于政党,再进一步应用于党内初选就是顺理成章的事情了。1968年的民主党大分裂后,其中央党部成立了"麦克戈文/弗雷泽委员会(McGovern/Fraser Commission)"等一系列机构,探索和启动党内初选制度的改革,从而与各州既有的初选法律发生了直接的利益冲突。先是在1972年民主党全国代表大会伊利诺伊州代表团成员(delegates)的推举程序上,民主党中央党部的指导文件和伊利诺伊州的法律相抵牾;再是1980年初选时,民主党中央党部想要在全国推行封闭式初选(closed primary),又违反了威斯康星州必须采取开放式初选(open primary)的法律规定。高院在这两个案子里(1975年的"库森诉基戈达"案[*Cousins v. Wigoda*]和1981年的"美国民主党诉拉佛雷特[由威斯康星州代理]"案[*Democratic Party of U.S. v. Wisconsin ex rel. La Follette*]),都站在了民主党一边,认为州政府对初选形式的立法限制必须基于极其充分的理由。

类似地,在1986年的"塔什吉安诉康涅狄格州共和党"案(*Tashjian v. Republican Party of Connecticut*,以下简称塔什吉安案)中,高院同样站在希望采用开放式初选的康涅狄格共和党一方,推翻了州议会制定的全州一律改用封闭式初选的法律。大法官们说道:封闭式初选和开放式初选哪个好,已经争了快一个世纪了,我们这帮老头子也搞不清;但是不管哪种初选形式好,毕竟都在政党的结社自由范围之内,想只和注册党员结社(初选)也好,想把独立选民拉来一同结社(初选)也罢,干立法机构什么事?

空谈 299

可以看出，从"政党结社自由"出发的这条司法路径，和前面提到的"合众国诉克拉斯"案、"史密斯诉奥尔莱特"案、"莫尔斯诉弗吉尼亚州共和党"案等一系列判决中强调"政党（尤其两大党）构成公权部门一部分"的思路，两者之间是存在张力的。

当然，这种张力本身是现实政治复杂性的结果：一方面，政党确实是现代民主政治不可分离的部分，而两党体系的固化确实也增加了党外选民参政议政的难度，所以某些时候对党内初选采取一定程度的立法调控实属必要；但另一方面，政党之间也存在权力斗争，在某州议会中占据绝对优势的政党可能通过初选立法来打压政敌，而两党也可能联合起来立法防范第三势力的兴起，所以政党结社自由的主张也确实有可取之处。

然而不管怎样，初选制度毕竟是高度复杂的政治议题，难以单纯从法律角度条分缕析。司法系统卷入越深，其左支右绌之态便无可避免地越发明显。当案件只涉及立法机构与两大党之间的争执时，高院的判决虽然也不乏争议，至少总体上还能在前者对公共事务的干预权与后者的结社自由权之间勉力平衡；可是一旦立法机构、大党、小党等多个利益相关方同时涉案，大法官们的脑子就不太转得过来了。

四、但见大党笑，那闻小党哭

除了前述"威廉斯诉罗兹"案（以及1983年的类似案件"安德森诉塞利布雷齐"案［*Anderson v. Celebrezze*］）等少数几次保障小党利益的判决外，绝大多数时候，高院对大党和小党的结社自由权其实是区别对待的，小党在判决中往往成为地方立法机构与两大党角力的牺牲品。

这和历任许多大法官对两党制政党体系的下意识偏好有关。在1974年的"斯托勒诉布朗"案（*Storer v. Brown*）中，高院同意加州制定"输不起法（sore loser laws）"、禁止脱党未满一年者代表另一党派或独立参选（从而导致小党难以招募有竞争力的候选人），因为在大法官们看来，维持

"一州（政党）体系的政治稳定性（the political stability of the system of the State）"符合该州的"重大利益（compelling interest）"。

于是尽管高院在前述塔什吉安案的州/党之争中站在共和党一边，但在同一年的"芒罗诉社会主义工人党"案（*Munro v. Socialist Workers Party*）中却支持华盛顿州制定新的初选法律，规定只有参加了全州不分党派初选（blanket primary）并获得特定职位1%以上初选票的小党候选人，才有资格列名当届大选选票。这相当于平白减少了小党候选人几个月的宣传时间，增加了其生存和发展的难度。

对小党的打压在1997年的"蒂蒙斯诉双城地区新党"案（*Timmons v. Twin Cities Area New Party*，以下简称蒂蒙斯案）中发展到极致，引起了巨大的争议。

1990年代初，美国各地致力政党体系改革者参考世界上其它许多民主国家（以及纽约州）的经验，发起了"联合选票（fusion ticket）"运动，即不同党派协商提名同一个候选人，以帮助小党度过人才匮乏的起步阶段。但美国绝大多数州的法律都禁止联合选票策略。1994年，明尼苏达州"民主农工党"（即民主党在明尼苏达的支部）与联合选票运动的领头羊"新党（New Party）"共同提名安迪·道金斯（Andy Dawkins）参选州议会，并获得了道金斯本人的同意。但明尼苏达州法律禁止联合选票，因此州政府拒绝承认新党的提名资格。

官司打到高院，大法官们不出所料地站在了州政府一边，认为传统的两党体系有助于防范"政党碎片化与过度派系主义导致的不稳定效应（the destabilizing effects of party splintering and excessive factionalism）"；鉴于州政府对政治稳定性的需求，小党结社自由的权重远不如大党结社自由来得高。

蒂蒙斯案判决后，新党走投无路，迅速衰落，联合选票运动也随之烟消云散。不久后，其余另辟蹊径的政党体系改革尝试也在高院遭受打击。

1996年，加州经过全民公投，通过了一项法案，将初选制度改为"分党派跨填选票初选",即将各党派各职位所有参加初选者一并列出,选民可以在 A 职位上选择甲党的某候选人,在 B 职位上选择乙党的某候选人,而不必像以往那样,只能参加同一个党派对 A、B 职位的初选。新制度对小党候选人以及大党的温和派候选人有利,但对大党"基本盘"所偏爱的候选人不利。

然而这次高院就没有站在立法机构(或者说公投选民)一方,而是站在(大)政党一方,在 2000 年的"加利福尼亚州民主党诉琼斯"案(*California Democratic Party v. Jones*)中宣判新法案侵犯了政党的结社自由,违宪无效。(几年后高院又试图找补,在"华盛顿州农民协进会诉华盛顿共和党"案[*Washington State Grange v. Washington State Republican Party*]中批准了华盛顿州全民公投通过的另一类不分党派初选法案,允许候选人自称代表某党参加初选、无需获得该党认可。)

2005 年"克林曼诉比弗"案(*Clingman v. Beaver*,下文简称克林曼案)的判决同样令人尴尬。俄克拉何马州立法规定所有初选均须采取半封闭制(semi-closed primary),只能由本党注册党员及无党派选民参加,不能邀请其它党派的注册党员参加。俄州的自由至上党(Libertarian Party)提起诉讼,认为该法案侵犯了其结社自由。高院在这个案件中,再一次站在州政府一边。

可是为什么就像上一节提到的,州政府违背政党意愿强制推行开放式初选("美国民主党诉拉佛雷特[由威斯康星州代理]"案)或者封闭式初选(塔什吉安案)就算是侵犯结社自由,可偏偏强制推行半封闭式初选就没问题么?多数意见书费尽心思想要辩解克林曼案和拉佛雷特、塔什吉安两案的不同,但是其理由一一被持异议意见的大法官们批驳,没有哪个能站得住脚。其实说到底玄机就在于,克林曼案的提告方是个小党,而拉佛雷特与塔什吉安两案的提告方是两大党。

从高院对初选的判决史中可以发现,"民主参与"、"结社自由"这些口号固然都是好的,但把最终的裁决权交给寥寥几位大法官,很难保证这些价值之间的平衡是恰当的,或者是一以贯之的;大法官一样是人,一样会在判决书的法律语言下塞进自己的偏好和偏见,尤其是对稳定两党制的惯性依赖心理。不但如此,由于判决先例的约束,各州在初选改革上的探索空间越来越受到压缩,地方政治作为民主实验田的作用越来越难以得到发挥。美国的两党体系日益成为无法撼动的"超稳定结构",高院可以说是难辞其咎。

美国政党体系流变

本系列三篇文章分别作于 2016 年 2 月 20 日、3 月 2 日、3 月 15 日，刊《腾讯·大家》是年 3 月 5 日、20 日、27 日。

一、民主党成立于何时？

美国政治自南北战争前后，便形成了民主党与共和党双雄对峙的政治格局，迄今未能动摇。然而问起作为两大党之一的民主党，究竟是在哪一年成立的，恐怕没几个人能回答得上来。事实上，民主党早期党史的含混，正是美国建国之初政党政治独特生态的反映。本文将通过追溯民主党从奠基至定名的发展史，管窥这种政治生态的形成及演变。

§1.1
政党政治的诞生

研究者们一般将美国政治史按照"政党体系（party system）"的演变划分为若干阶段，[1]其中从建国后不久到 1820 年代前后，被视为"第一政党体系（First Party System）"时期（参见本文附录）。

建国时的政治精英，包括华盛顿在内，都深受古典共和主义思想的影响，对组织化的政党满怀鄙夷，认为"政党"不过是"朋党"的代名词，政党政治即是党同伐异，只会腐蚀和毁灭新生的共和国。因此，在华盛顿首任总统期间，美国政坛上并不存在任何正式的党派。

但政见分歧是政治的必然，掩耳盗铃并不能抹杀对党派归属的需求。很快，以财政部长汉密尔顿、副总统亚当斯为首的"**亲行政派**（pro-administration men）"，和以国务卿杰弗逊为首的"**反行政派**（anti-administration men）"，就在各种问题上斗得不可开交。前者希望扩张联邦政府尤其是联邦行政部门的权力，推动基础设施建设、成立国家银行、采取积极的财政政策以扶持工商业发展，并在外交上与英国和解，疏远正被大革命热潮席卷的法国。后者则在外交上亲法仇英，内政上主张州权高于联邦权，向往有限政府与农业立国，崇尚公民美德，并且以自耕农为美德的化身，城市、工商业、金融业为腐败之渊薮。前者以工商业蓬勃发展的东北部地区为根据地，而后者的势力则牢牢把持着南方各州。

到1790年代初，汉密尔顿一方逐渐改以"**联邦派**（Federalists）"或"联

1　美国政治学家瓦尔特·本汉姆（Walter Dean Burnham）是这种分期模式的关键倡议者，见其论文"Party Systems and the Political Process", in William Nisbet Chambers & Walter Dean Burnham (eds.), *The American Party Systems: Stages of Political Development*（Oxford University Press, 1967）；以及专著 *Critical Elections and the Mainsprings of American Politics*（W.W. Norton, 1970）等。后来的研究者大体上接受了这种划分模式，尽管在美国政党体系演变的动力学机制、相邻政党体系之间是"剧变"还是"渐变"等问题上存在诸多分歧。此外，由于本汉姆的政党体系分期模式确立于20世纪六七十年代（并迅速成为"经典"与"常识"），因此后来的研究者们对从"第一"到"第五"政党体系的划分大体上存在共识，但在六七十年代"第五政党体系"瓦解之后美国政党政治应当如何继续分期的问题上更难达成一致。较主流的观点认为，从民权运动（及其反弹）到特朗普崛起，美国政治一直处于漫长的"第六政党体系"阶段（参见《特朗普、共和党与美国当代右翼极端主义》）；但也有一些研究者认为，美国政治早在1990年代末或者20世纪初，就已经进入了"第七政党体系"时代；或者认为，"政党体系"模型不适用于解释20世纪后半叶以降的美国政治，应予抛弃。另外，对接受主流观点的研究者来说，特朗普的崛起与当代共和党的极端化，是否标志着"第六政党体系"正在向"第七政党体系"转型，同样是未定之论。相关研究过于纷繁，这里恕不备载。

邦党（federal party）"为名号，而杰弗逊一方则多自称为"**共和派（Republicans）**"、"**共和党（republican party）**"或"**共和利益体（republican interest）**"。不过，为了避免与当今两大党之一的共和党（建立于1854—1856年间）相混淆，后人多将第一政党体系时期的共和派称为"**民主共和党（Democratic Republicans）**"、"**杰弗逊共和党**（Jeffersonian Republicans）"或"**杰弗逊民主党**（Jeffersonian Democrats）"。之所以冠以"民主"二字，一方面是为了体现其与未来的民主党的渊源，另一方面也确实有据可循。

原来，"**民主派（Democrats）**"最初其实是汉密尔顿一方给杰弗逊一方扣的帽子。毕竟联邦党人同样受到古典共和主义熏陶，自然不能容忍对手独占"共和"名号；加上后者时常贬斥前者为"**君主党（Monarchists）**"、暗示其鼓吹扩张联邦权与行政权是为了恢复王权，因此，作为反击，前者便攻击后者热衷于法国大革命、试图效仿其"**暴民统治（mob rule）**"——在18世纪末，"**民主（democracy）**"一词仍旧被大多数人用作贬义，当成"暴民统治"的同义词；于是联邦党人除了管杰弗逊派叫"**反联邦派（Antifederalists）**"、"**雅各宾分子（Jacobins）**"、"**破坏组织者（disorganizers）**"、"**反英党（anti-British party）**"之外，也用"民主派"作为对后者的蔑称。

联邦党人的这番攻击并未起到什么效果。事实上，民主理念早已植根于《独立宣言》和宪法之中，"民主"这个词本身的脱敏不过是迟早的事。很快，杰弗逊一方开始零星地自称"民主共和党"或"民主党"。其中尤以临时首都费城周边的共和党人对此头衔接纳得最为坦然，早早便将本地党部正式改名为"**民主共和党**"（参见图一）；不过在其它地方，杰弗逊派在正式场合基本仍以"共和党"为号。

§1.2
联邦党的覆灭与第一政党体系的瓦解

在同杰弗逊共和党的斗争中，联邦党一开始占据上风，1796年总统与

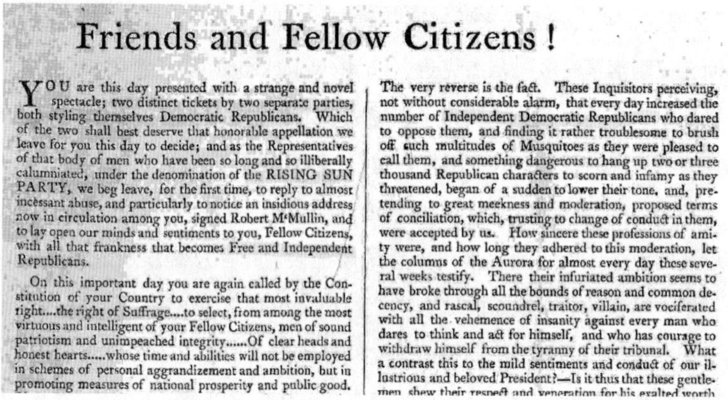

Friends and Fellow Citizens!

YOU are this day presented with a strange and novel spectacle; two distinct tickets by two separate parties, both styling themselves Democratic Republicans. Which of the two shall best deserve that honorable appellation we leave for you this day to decide; and as the Representatives of that body of men who have been so long and so illiberally calumniated, under the denomination of the RISING SUN PARTY, we beg leave, for the first time, to reply to almost incessant abuse, and particularly to notice an insidious address now in circulation among you, signed Robert M'Mullin, and to lay open our minds and sentiments to you, Fellow Citizens, with all that frankness that becomes Free and Independent Republicans.

On this important day you are again called by the Constitution of your Country to exercise that most invaluable right....the right of Suffrage....to select, from among the most virtuous and intelligent of your Fellow Citizens, men of sound patriotism and unimpeached integrity......Of clear heads and honest hearts.....whose time and abilities will not be employed in schemes of personal aggrandizement and ambition, but in promoting measures of national prosperity and public good.

The very reverse is the fact. These Inquisitors perceiving, not without considerable alarm, that every day increased the number of Independent Democratic Republicans who dared to oppose them, and finding it rather troublesome to brush off such multitudes of Musquitoes as they were pleased to call them, and something dangerous to hang up two or three thousand Republican characters to scorn and infamy as they threatened, began of a sudden to lower their tone, and, pretending to great meekness and moderation, proposed terms of conciliation, which, trusting to change of conduct in them, were accepted by us. How sincere these professions of amity were, and how long they adhered to this moderation, let the columns of the Aurora for almost every day these several weeks testify. There their infuriated ambition seems to have broke through all the bounds of reason and common decency, and rascal, scoundrel, traitor, villain, are vociferated with all the vehemence of insanity against every man who dares to think and act for himself, and who has courage to withdraw himself from the tyranny of their tribunal. What a contrast this to the mild sentiments and conduct of our illustrious and beloved President?—Is it thus that these gentlemen shew their respect and veneration for his exalted worth

图一 1803 年费城“独立民主共和公民”的一份传单

注：其时联邦党已在费城失势，当地共和党一党独大后分裂为几派，均自称“民主共和党”；其中发放该传单的一派又先后被称为“旭日党（Rising Sun Party，‘旭日’是费城当时的一个小酒馆）”、“第三派家伙（Tertium Quids，或简称 Quids 即‘家伙’）”、“宪政共和党（Constitutional Republicans）”，等等。

国会选举双双获胜。但联邦党上台后，急于将对手赶尽杀绝，趁着美法交恶、展开“准战争（Quasi-War）”的时机，炮制了《1798 年煽动叛乱法》，借此惩治反对派“中伤”政府官员的言论；[1] 被逼到绝路的共和党人不得不开发出诸多全新的政党工具，比如国会党团会议、地方党组织、党报党刊、竞选活动，等等，以对抗掌权的联邦党。

1800 年大选，杰弗逊击败亚当斯，实现了和平的政党轮替；四年后，联邦党事实上的领袖汉密尔顿在决斗中身亡，联邦党群龙无首，从此无力回天。杰弗逊共和党连续二十多年把持国家立法与行政大权；联邦党在各州的地盘也不断遭到蚕食，影响力逐渐收缩到新英格兰一隅。

当英美之间的“一八一二年战争（War of 1812）”进入第三个年头后，新英格兰地区的联邦党人因为担心英国封锁港口、对新英格兰商业造成致命打击，于1814 年底召开了哈特福德会议（Hartford Convention），决定以

1 参见拙文《法律人本该这样做》，刊 2014 年 6 月 22 日《上海书评》。

"要么停战、要么分裂"来要挟联邦政府，同时私下派出使者与英国媾和。然而会议刚落幕没多久，杰克逊（Andrew Jackson）就在新奥尔良战役中奇袭英军，令美国意外地获得了整场战争的胜利。举国上下欢庆之余，联邦党人则被视为叛徒，人人喊打，越发一蹶不振。

到 1820 年大选时，联邦党已经沦落到了死活找不着人出面代表本党参选总统的地步，只好勉强推出副总统候选人，却在总统候选人一栏留白。于是乎，尽管马萨诸塞州的"选举人（Electors）"仍然全都是联邦党员，但他们在把手头的副总统票投给本党候选人的同时，也不得不无奈地把总统票投给死对头共和党的时任总统门罗，令其几乎以全票连任。

无敌国外患者国恒亡，共和党缺少了联邦党这个对手，党内派系斗争便成为头等大事，党组织趋于瘫痪瓦解。本来在第一政党体系前期，两党一直通过国内各自的党团会议来推举总统候选人，人称"**国王党团（King Caucus）**"。但随着联邦党的衰亡，共和党内各派也渐渐不再碰头开会。到了 1824 年大选时，共和党的"国王党团"只有不到四分之一国会议员出席，其提名的候选人克劳福德（William Crawford）遭到其它派系的一直抵制。小亚当斯、杰克逊、克莱（Henry Clay）以及中途退选的卡尔霍恩（John Calhoun）纷纷代表各派出马，竞逐总统大位。杰弗逊手创的共和党就此四分五裂。

§1.3
大众民主时代的到来与第二政党体系的成型

由于 1824 年大选中，几位候选人的选举人票都没能过半，因此需由国会众议院从中推选总统。身为众议长的克莱决定支持小亚当斯，致其最终当选，而小亚当斯就任总统后当即延揽克莱入阁，任命其为国务卿。这令在普选与选举人团中均得票最高的杰克逊大为光火，认定两人暗箱操作、私相授受，誓言带领民众卷土重来，清扫政坛的腐败。

其实克莱支持小亚当斯，主要还是因为政见上的契合。两人在经济问题上均受汉密尔顿影响，主张工商业立国，认为政府有责任加强市场监管，以及推动铁路、公路、运河、市政设施等的建设；同时，克莱也对杰克逊指挥军队不分青红皂白大肆屠杀英军战俘与印第安部落的行为深恶痛绝，认为这样的野蛮人绝对没有资格成为一国元首。与此相反，杰克逊则代表了当时民间反对国家银行与联邦基建、主张经济上的去监管与自由放任（laissez-faire），以及鼓吹白人殖民者肩负开化北美大陆之"昭昭天命（Manifest Destiny）"、应当大举西进拓荒并对沿途遭遇的印第安部落采取强硬姿态驱逐或清洗等思潮。于是经过一番整合之后，政坛上又围绕着立场差异，形成了"**亚当斯派（Adams men）**"与"**杰克逊派（Jackson men 或 Jacksonians）**"对峙的格局。

与此同时，这个时代更大的变动正在悄悄到来。19世纪20年代，美国社会争取普选权（或者严格地说，成年白人男性普选权）的运动节节胜利，各州先后**取消了对投票资格的财产限制**，令选民人口成规模地增加——1828年总统选举的投票人数几乎达到1824年的3倍。除此之外，人民主权理论的深入人心也导致了**总统大选中"选举人"产生方式的变化**。刚建国时，大多数州是由州议会来推举本州的选举人，因此政党并无动员选民参与总统大选的必要。到1824年时，全国尚有四分之一数量的州是通过这种办法来决定选举人；然而到了1828年时，除了特拉华与南卡两个州外，其它各州均已改由民选方式产生选举人（参见表一）。

表一　美国建国初期各州的总统选举人产生方式

州名＼大选年	1789	1792	1796	1800	1804	1808	1812	1816	1820	1824	1828	1832
南卡罗来纳	议会	议会	议会	议会	议会	议会	议会	议会	议会	议会	议会	议会
特拉华	分区	议会	议会	议会	议会	议会	议会	议会	议会	议会	议会	不分
佛蒙特		议会	议会	议会	议会	议会	议会	议会	议会	不分	不分	
纽约		议会	议会	议会	议会	议会	议会	议会	议会	分区	不分	

续表

州名＼大选年	1789	1792	1796	1800	1804	1808	1812	1816	1820	1824	1828	1832
佐治亚		议会	议会	不分	议会	议会	议会	议会	议会	议会	不分	不分
路易斯安那							议会	议会	议会	议会	不分	不分
印第安纳								议会	议会	不分	不分	不分
亚拉巴马									不分	不分	不分	不分
密苏里									议会	分区	不分	不分
康涅狄格		议会	议会	议会	议会	议会	议会	议会	不分	不分	不分	不分
马萨诸塞		混合	混合	混合	分区	议会	分区	分区	议会	不分	不分	不分
新泽西		议会	议会	议会	不分	不分	议会	不分	不分	不分	不分	不分
北卡罗来纳			议会	分区	分区	分区	议会	不分	不分	不分	不分	不分
宾夕法尼亚	不分	不分	不分	分区	不分	不分	不分	不分	不分	不分	不分	不分
新罕布什尔	混合	混合	混合	议会	不分	不分	不分	不分	不分	不分	不分	不分
罗得岛		议会	议会	议会	不分	不分	不分	不分	不分	不分	不分	不分
马里兰	不分	不分	分区	分区	分区	分区	分区	分区	分区	分区	分区	分区
弗吉尼亚	分区	分区	分区	不分	不分	不分	不分	不分	不分	不分	不分	不分
肯塔基		分区	分区	分区	分区	分区	分区	分区	分区	分区	分区	分区
田纳西			混合	混合	分区	分区	分区	分区	分区	分区	分区	分区
俄亥俄					不分	不分	不分	不分	不分	不分	不分	不分
密西西比									不分	不分	不分	不分
伊利诺伊									分区	分区	不分	不分
缅因									分区	分区	分区	不分

议会　州议会推举
分区　分区民选
不分　不分区民选
混合　民选与州议会推举混合使用

  投票权范围的扩大与选举人产生方式的变化，对旧有的政党形态构成了巨大的冲击。政党要想在竞争中脱颖而出，就不能还像过去那样，只是政坛精英间松散的攻守同盟，而必须组织化、纪律化、基层化、大众化，以动员选民、密集催票为宗旨，打造成高效运转的"**政党机器（party machine）**"。而此时社会经济的发展也令全国性政党机器的产生得以可能。

建国初期，受交通、信息等条件的局限，联邦政府根本无力对广袤的国土施以实质性的管辖，其在人们日常生活中的分量远小于各级地方政府，民众对总统及国会选举的热情也远低于州内公职选举；但到了19世纪20年代，联邦政府对日常的影响已经清晰可辨，联邦选举的关注度和参与度节节高涨，成为地方利益集团的兵家必争之地。

在当时的政治人物中，杰克逊派的范布伦（Martin Van Buren）最敏锐地捕捉到了这些信号。在他的统筹下，杰克逊派深耕各州基层，发展出了诸如"阿尔巴尼摄政团（Albany Regency）"等长期操纵地方政局的政党机器。1826年中期选举与1828年大选，杰克逊派均大获全胜，并在此后的**第二政党体系**（Second Party System）中长期占据优势地位（参见本文附录）。小亚当斯丢掉总统宝座后，克莱扛起了"反杰克逊派（Anti-Jacksonians）"的大旗，并一度将其改组为"**国家共和党**（National Republicans）"，从而**把杰弗逊共和党的衣钵拱手让给了杰克逊派**。

大众民主时代的到来，还催生了一种新的总统提名模式：**全国代表大会**。"国王党团"的老皇历1824年时就不管用了，到了1828年大选，亚当斯派与杰克逊派便已分别在各州举行代表大会，为本方首脑参选造势。但美国第一个举行全国性的提名大会的政党，却是在共和党两派之外异军突起的"**反共济会党**（Anti-Masonic Party）"。

作为美国历史上第一个全国性的第三党派，反共济会党本身就是大众民主时代的产物。普通民众在第一政党体系期间缺乏参与全国政治的渠道，使其对首都政界缺乏信任，对政治精英的反感与抵触情绪不断积累。同时，建国一代的政治精英们多受启蒙时代理性主义思潮影响，以理神论者、自然神论者自居，对宗教迷信持敬而远之的态度，甚至在1797年《的黎波里条约》中明确声称美国绝非以基督教立国；这与18世纪末、19世纪初普通民众受"第二次大觉醒（Second Great Awakening）"运动影响而复兴的宗教狂热形成了鲜明对比。选举权范围扩大后，民间早已暗流涌动的民粹主义思潮，便借着宗教阴谋论的渠道迅速喷发，汇聚成了声势

空谈　311

浩大的反共济会运动，矛头直指身为共济会会员的杰克逊、克莱等政坛大佬。

反共济会党成立不到两年，就已经成为了纽约州最大的反对党，并在佛蒙特州的州长选举中获胜。1831年9月，反共济会党在马里兰州巴尔的摩市召开全国代表大会，提名总统候选人。克莱领导的"国家共和党"与杰克逊麾下的正牌"共和党"不甘落后，分别于同年12月与翌年5月，在同一地点召开了各自的全代会。从此以后，在四年一届的全代会上提名本党总统候选人，便成了美国各大政党的传统。

§1.4
反杰克逊派的整合

反共济会党虽然来势凶猛，却缺乏明确区别于两大党的政治纲领。真正影响美国未来数十年政治的，是以同一时期"**无效党**（Nullifier Party）"成立为信号的、南北方矛盾极端化的趋势。

小亚当斯在竞选连任期间，签署了《1828年关税法案》，对从英国进口的廉价工业品课以重税，以保护美国新兴的民族工业。北方工业州对此喜闻乐见，但以种植园经济为主的南方蓄奴州则担心自身对英国的棉花出口受到牵连。以卡尔霍恩为首的南方政客在大选中投往强调州权的杰克逊阵营，指望后者上任后废除联邦高关税。不想杰克逊登上联邦元首大位后便改弦更张，对州权不再像以往那般热心，最后竟签署了小亚当斯（他在卸任总统后又当选了国会众议员）所起草的《1832年关税法案》，引发"无效化危机（Nullification Crisis）"——卡尔霍恩带头鼓吹"州权至上"，认为任何联邦法规未经各州议会批准即为无效，各州有权拒绝执行任何联邦法规。他因此与杰克逊决裂，辞去了副总统职位。

作为联邦制的内在张力，州权与联邦权之争，自美国建国时便已存在。其实很多时候，政治人物在这个问题上的立场，与自己身处的地位密切相关：比如杰弗逊与杰克逊都曾主张州权高于联邦权，但在担任总统后都转向了更为务实的路线，极力维护联邦政府的必要权威；相反，本以鼓吹联邦权著称的联邦党，在丢失全国话语权、龟缩一隅之后，同样会在一八一二年战争中为了维护新英格兰地区利益，而宣称各州有权独立。但"**无效化危机**"**是州权之争的转折点**。州权至上理论从此直接与南方奴隶主利益挂钩，成为奴隶制（以及后来的种族隔离）的遮羞布、维护"老南方（Old South）"生活方式不受联邦干预的挡箭牌。

这当然与**奴隶制问题在美国政治生活中愈来愈无可回避**有关。早在制宪时，反对奴隶制与维护奴隶制的代表就为此争论不休，最终妥协而成的宪法表面上只字不提奴隶制，其实处处笼罩着奴隶制的阴影（比如关于如何统计人口的"五分之三条款"）。反奴隶制者希望随着工业的进步与技术的发展，奴隶制会自然而然地消亡。不料世纪之交轧棉机的发明，令种植园经济得以大规模发展，奴隶制眼看运隆祚永。同时，西进运动开拓的领土不断作为新的州加入美国，势必冲击自由州与蓄奴州在联邦层面脆弱的权力平衡。1820 年的"**密苏里妥协**（Missouri Compromise）"虽然暂时缓解了这种冲击，却在南北双方都引起了一些人的不满：南方的认为国会胆敢对奴隶制问题立法是擅权僭越，北方的则认为国会批准奴隶制向西部蔓延实属不义。定时炸弹的倒计时声已经嘀嗒响起，只是没人知道究竟何时爆炸。

不过在 19 世纪 20 年代末 30 年代初，州权之争、奴隶制之争，都还没有令南北双方完全决裂。当时政坛的首要矛盾是杰克逊一手把持的共和党与各路反杰克逊人马之间的矛盾。杰克逊开启了美国公务员任命上的"**恩庇制**（patronage system）"或者说"**分肥制**（spoils system）"时代，只有党附当权者才能成为联邦雇员。此外，杰克逊在"银行战争（Bank War）"中否决了国会对美国第二银行（Second Bank of the United States）的延长授权，令其最终丧失央行地位，也被反对者视为擅用总统权力、独断专行的罪证。

但反对派在其它问题上的分歧也妨碍了他们的联合。比如 1830 年的《印第安人迁移法案》虽遭克莱等人口诛笔伐，却在南方各州大受欢迎；而克莱提出的"美利坚体系（American System）"的政治纲领（通过关税保护等方式扶助美国的民族工业发展、建立永久性的中央银行以调控金融和鼓励商业、加大联邦政府对地方上公共设施建设的补贴）更不可能得到无效党人的认同；至于克莱建立的"国家共和党"，光"国家（national）"一词就足以让南方州权派跳脚了。

1832 年总统大选，克莱以国家共和党党魁身份出战，大败而回。痛定思痛后，他决定以扳倒杰克逊派为急务，为此不惜一方面暂时放下对联邦权的执着，去拉拢无效党，另一方面忍住对民粹主义与宗教阴谋论的厌恶，去拉拢反共济会党。最终，一个鱼龙混杂、内部矛盾重重的"**辉格党（Whig Party）**"在 1834 年建立，成为此后二十年间对抗民主党的主力。当然，矛盾的消化需要时间；1836 年大选，辉格党中竟然无人能够获得全党公认，只得同时提名四位候选人、各领数州分头作战，指望靠这种方式让民主党候选人的选举人票不过半，把战火烧进众议院。直到 1840 年，拜经济危机所赐，辉格党才将执政的民主党拉下马，实现了自杰弗逊战胜亚当斯、杰克逊击败小亚当斯之后，美国历史上第三次政党轮替。

§1.5
民主党的定名

辉格党建立时，民主党尚不叫"民主党"。尽管后人常将杰克逊任总统期间他的跟随者称为"**杰克逊民主党（Jacksonian Democrats）**"，但杰克逊派 1832 年的首届全国代表大会，是以"合众国诸州**共和党**代表大会"的名义召开的；1835 年第二届全代会没有通过正式决议，只由特别委员会起草了《告合众国**民主共和党**人书》；直到 1840 年第三届全代会，"合众国**民主党**"之名才被采纳在会议记录的标题中（参见图二）。

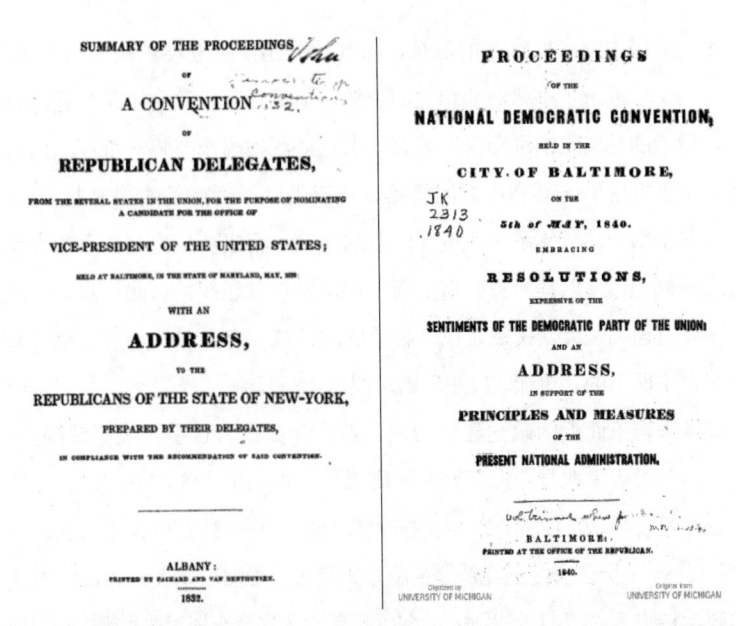

图二　杰克逊民主党1832年（左）与1840年（右）全国代表大会会议记录封面对比

至于地方上的杰克逊派，步调就更不一致了。宾夕法尼亚的杰弗逊共和党早在世纪之交就已改名为"**民主共和党**"，1828年大选前又改称"**民主党**"，因此在克莱将反杰克逊派改组为国家共和党之前，宾州的反杰克逊派与杰克逊派一样自居"**民主党**"正统。除宾州以外，其它各州的杰克逊党人在接下来几年里，大多继续以"**共和党**"或更直白的"**杰克逊派**"为号，比如马里兰州党部就自称"杰克逊中央委员会（Jackson Central Committee）"。1836年各州杰克逊派召开代表大会时，有叫"**民主党**州代会"的（比如俄亥俄），有叫"**共和党**州代会"的（比如弗吉尼亚），也有叫"**民主共和党**州代会"的（比如印第安纳）；就连早已改名"**民主党**"的宾州党部，其下属青年团体同年召开的却是"宾州**民主共和党**青年大会"。到了1840年第三届全代会时，虽然大部分州党部都已改名"**民主党**"，但仍有佐治亚、亚拉巴马等州沿用"**民主共和党**"之称；最有趣的是，承办本届"全国**民主党**大会"的东道主，却偏偏叫做"巴尔的摩市**共和党**中央委员会"。

空谈　315

杰克逊民主党早期党名的混乱，与其政党组织的发展策略密切相关。尽管在名义上继承了杰弗逊共和党的衣钵，但经过第一政党体系末期的荒废后，后者的基层组织早已荡然无存，杰克逊派相当于要将一堆废铁回收利用，重新打造出一部高产能的机器。从亚当斯派到克莱的国家共和党，都仍然囿于第一政党体系时期精英同盟的经验，将主要精力花在政坛大佬的合纵连横上，再以其为基础自上而下逐层发展党组织；与此相反，范布伦早早就意识到了大众民主时代来临造成的挑战，有针对性地为杰克逊派设计了自下而上的、更加"民主"的组织与动员机制。

在这种自下而上的政党建立初期，各地党部在名目字号上因地制宜、五花八门，对吸引地方选民而言并无伤大雅；真正重要的，是推出一个具有广泛知名度与认可度的、能令全国大众为之倾倒的魅力型政治人物。因此尽管1835年全代会的主题是提名副总统范布伦参加翌年大选、成为杰克逊的政治接班人，但会后特别委员会所起草的《告合众国民主共和党人书》中，只对范布伦一笔带过，却有十五次提到杰克逊、十次提到杰弗逊、七次提到麦迪逊。提杰弗逊与麦迪逊自然是为了祖述尧舜、独占杰弗逊共和党的法统；对杰克逊大书特书，则是要弥补范布伦在人格魅力上的不足，让选民们放心：你们的战争英雄、人民保护神、伟大舵手杰克逊将军虽然退居二线，但是退而不休，全党还是以他为核心、紧密团结在他周围的。

就这样，奠基于杰弗逊之手、重建于杰克逊时期、定名于范布伦任上的民主党，从此占据了美国政治的半壁江山，也迈向了它此后所有的光荣与耻辱。在斗垮眼前的敌人辉格党之后，民主党将赢来一个更强大的对手，和一场惨烈的内战。在下一篇中，我将叙述这位新对手如何在辉格党的病木旁生根发芽，迅速长成为荫蔽美国数十年的"大老党（Grand Old Party）"。

二、年轻的"大老党"

在上一篇中，我以民主党的溯源为线索，梳理了自美国建国伊始至

1830 年代第二政党体系形成之初的政治生态演变。本篇则把焦点转移到民主党的对手一方，围绕从辉格党到共和党的兴替，一探第二政党体系后期至第三政党体系前期的剧变。

§ 2.1
辉格党的霉运

说辉格党是美国历史上最倒霉的政党，大概并不为过。在其二十年的短暂存在中，辉格党一共诞生过两位总统，偏偏都先后死于任上，将大位留给了无力化解国内及党内矛盾的副手；他们的党魁克莱一生数次逐鹿大选，却都功败垂成，始终得不到全面贯彻其政治理念的机会。最终，辉格党在内外交困下解体，将政治舞台腾给了更年轻、更激进的力量。

1840 年选举是辉格党的天赐良机。对经济一窍不通的杰克逊在"银行战争"中的胜利，令美国金融体系不再受到中央银行宏观调控的保护，地方政府开始滥发公债，而在通过《印第安人迁移法案》夺得的新领土上，各路山寨银行也如雨后春笋般冒出，发行起自家五花八门的纸币。杰克逊临卸任前，又绕开国会，以行政令方式颁布"硬币通告（Specie Circular）"，规定公共土地只能用金银硬币购买，导致通货突然紧缩，金融泡沫应声破裂。"1837 年大恐慌"随即爆发，经济危机前后持续了大约七年（参见图三）。辉格党抓住机会，轻松拿下了白宫和国会。

不料老迈年高的辉格党总统威廉·哈里森（William Harrison）上任未及满月就一命呜呼，让副总统约翰·泰勒（John Tyler）捡了便宜。泰勒尽管也算辉格党的"创党元老"，立场却与信奉克莱"美利坚体系"政纲的党内主流南辕北辙，纯粹是后者为了争夺南方选票、抗衡杰克逊派而拉拢进来的州权至上论者。泰勒继任后，与本党同志处处作对，动辄否决国会提案，反倒和民主党内分量越来越重的州权派眉来眼去打得火热。辉格党人名义上掌握着立法与行政两大机构，实际上几乎什么事都做不成，最后终

图三 "现代巴兰和他的驴"

注：1837年的漫画，将杰克逊比作《圣经》中的假先知巴兰，不听其所骑会说话的驴子（民主党）之劝，一意孤行颁布实施"硬币通告"，导致许多人倾家荡产，前来索命；杰克逊身后的范布伦则对其亦步亦趋，毫无主见。

于忍无可忍，将泰勒开除出党。

到了1844年大选，辉格党万众一心，迎回精神领袖克莱出战大选，自信必能再败民主党，实至名归地重夺白宫。然而选举的结果却让所有人大跌眼镜，笑到最后的竟是民主党一方名不见经传、刚刚输掉一场州长竞选的黑马波尔克（James Polk）。

原来，泰勒被开除出党后，连任之心不死，企图通过**兼并得克萨斯**来争取支持；尽管他最终仍被两党弃如敝屣，但"得克萨斯问题"却被炒了起来，成为大选的焦点。得克萨斯实行奴隶制，1836年正是为了捍卫奴隶制，而从已经宣布废奴的墨西哥武装分裂；但"得克萨斯共和国"独立后经济长期陷于困境，奴隶主间谣言不断，说英国人正在秘密介入调停，通过让得克萨斯放弃奴隶制，而换取墨西哥对其独立的承认。泰勒"抢在英国人之前"动手，于 1844 年初和得克萨斯草签了条约，允许其以蓄奴州身份加入联邦。但该条约随即在参议院中被占多数的辉格党否决。

这样一来，凡有意总统大位者，就都不得不对"兼并得克萨斯"问题（当然，对拥护奴隶制的人来说这根本就不是问题）做出表态：**是扩张领土重要，还是防止奴隶制进一步扩散重要？** 波尔克正是因为坚定支持领土扩张，而在党内提名战中获得太上皇杰克逊力挺，击败了反对蓄奴的前任总统范布伦；在大选中，他又与反扩张主义者克莱针锋相对，夺下了绝大多数蓄奴州。

即便如此，克莱距白宫仍然只有一步之遥：只要拿下纽约州，他就能在选举人票上反败为胜。不幸的是，克莱虽然不愿看到奴隶制扩散，却并不是一个主张通过全国范围内的立法尽早将奴隶制斩草除根的"**废奴主义者**（abolitionist）"，而是寄希望于各蓄奴州、各奴隶主（像他自己一样）靠着良心发现，自行解放奴隶。这种首鼠两端的态度引起了北方自由州一些选民的不满，纷纷将票投给了在废奴问题上更为激进的"**自由党**（Liberty Party）"候选人詹姆斯·比尔尼（James Birney）。最终，在纽约州的四十八万多张普选票中，比尔尼拿到了将近一点六万张，而克莱只小输波尔克五千张左右。换句话说，假如没有比尔尼的"搅局"，克莱便能一圆他的总统梦了。——类似的情形在 2000 年也上演过：要不是被绿党（Green Party）候选人纳德尔（Ralph Nader）在佛罗里达分走了九点八万多张普选票，戈尔早就拿下了大选，根本不会发生后来从点票（暂停验票时戈尔与小布什在佛州只相差区区五百三十七张普选票）到高院判决的一系列争议。

§2.2
本土主义的浪潮

辉格党的失败固然有运气的成分，却也脱不开自身缺陷的作用。上承国家共和党一脉的辉格党主流，自身力量不敌强大的民主党机器，只有联合南方州权派方能与之抗衡；而为了避免得罪后者，就只好在废奴问题上打马虎眼，引起部分北方选民的不满。党内同僚与泰勒的龃龉、克莱的惜败于黑马之手，都反映出辉格党这一与生俱来的内在矛盾。

除此之外，克莱的败选还受到一个新的因素影响，就是1840年代兴起的以"**本土主义**（nativism）"为意识形态核心的反移民运动。从1820年代开始，爱尔兰、德意志等地区的居民为了逃避饥荒、内战、失业，持续而大规模地移民到美国；1820年美国全国人口只有900多万，而从1820到1870年间的总移民人口就超过了700万。移民潮为美国带来了大量的廉价劳动力，促进了西进拓荒、工业化与城市的繁荣，但也造成了盎格鲁-撒克逊裔"正宗"美国人对自身地位的焦虑：清教徒反感欧陆移民对烈酒的热衷，阴谋论者怀疑信仰天主教的爱尔兰裔是罗马教廷派来干预内政的第五纵队，城市劳工阶层担心新来者抢走工作机会，反建制派则指控移民社群的抱团是滋生派系分肥与政治腐败的温床。

作为移民登陆的第一站，纽约市自然地成为了反移民运动的大本营。早在1835年，纽约就出现了以反移民为宗旨的"**本土美国人民主联盟**（Native American Democratic Association）"。与此同时，民主党的纽约政党机器"坦慕尼社（Tammany Society）"则通过对移民社区的不断渗透和动员，在同党内亲本土劳工的派系"火柴党（Loco-focos）"的斗争中逐渐占据上风，也为此后民主党将天主教移民纳入基本盘奠定了基础。

纽约的辉格党一开始对反移民运动并不感冒，州长苏厄德（William Seward）甚至力主推动教育平权改革，包括删除教材中对天主教赤裸裸的歧视、修建移民社区学校等，以便天主教移民子女获得平等的教育机会。但这个提案却引发了强烈的反弹，直接导致1843年本土主义政党"**美利坚共和党**（American Republican Party）"在纽约成立，并在地方选举中抢走辉格党大量选票。"美利坚共和党"很快发展到全国各地，先后改名"**本土美国人党**（Native American Party）"与"**美利坚党**（American Party）"，不过更经常因为其组织的半秘密性质（成员在外人问起党内情况时往往假装一无所知）而被称为"**无知党**（Know-Nothings）"。接下来的10年里，这股力量不断在政坛上兴风作浪，直到1850年代中后期，才与辉格党、自由党、自由土壤党（Free Soil Party）等陆续并入新成立的共和党。苏厄德本人则被本土主义者忌恨多年，在竞争共和党1860年大选提名时因此输给了菜鸟林肯，只能屈尊担任后者的国务卿。

苏厄德教育改革遭遇的抵触引起了辉格党内的注意。为了对抗已经在移民社区中抢占先机的民主党，也为了避免被"无知党"们分流选票，许多辉格党人纷纷向本土主义者示好，越发导致移民群体的反感。克莱在大选中的失败，一部分也要归咎于辉格党（以及他自己）在移民问题上的暧昧：既缺乏斥责本土主义的勇气，令移民们离心离德，又没有"强硬"到让本土主义分子满意的地步，无法利用反移民的狂热气氛进行动员。

无知党运动是继反共济会运动之后，美国的第二波民粹主义政治浪潮。虽然作为政党组织的无知党到1850年代中期便已衰落，但本土主义的种子已经埋下，从此在美国政治中阴魂不散。**每当社会经济条件变迁时，本土主义便借尸还魂，把晚近融入的族群作为"高贵的本土白人"诸事不顺的替罪羊。**这样的事例不胜枚举，从19世纪中后期的排华骚乱开始，到19世纪末20世纪初反波兰裔、意大利裔移民，一直到近年来共和党保守派反拉美裔移民，概莫能外。若说日光底下有何新事，则是：倘若特朗普在2016年的共和党初选中获胜，便将成为美国历史上第一个虽以本土主义为核心诉求，却能获得两大党之一提名的总统候选人。

§2.3
奴隶制的死结与共和党的创建

无知党运动虽然勃乎一时，但风头仍然未能盖过围绕奴隶制问题愈演愈烈的冲突。兼并得克萨斯后，美国接手了得克萨斯与墨西哥之间的领土争端,美墨战争(1846—1848)爆发,战败的墨西哥将大片领土割让给了美国。得克萨斯宣称对其中一部分领土拥有管辖权。问题是墨西哥早已全境废奴,这片领土上的居民并不愿被划入得克萨斯这个蓄奴州;而且得克萨斯主张的管辖范围也越过了1820年"密苏里妥协"所划定的新自由州和新蓄奴州的南北分界线。但南方各州站在得克萨斯一边,与北方针锋相对互不退让,眼看要闹到兵戎相见的地步。

由于波尔克早早宣布放弃连任,民主党和辉格党为了拿下白宫,竞相笼络人气极高的美墨战争指挥官扎卡里·泰勒(Zachery Taylor)代表己方参选。最终辉格党赢得了泰勒的欢心,但这位国民英雄对政治既没兴趣也不了解更缺乏手腕,上任后面对危机浑浑噩噩,已经老病缠身的克莱只好挣扎出面主持大局。第二年泰勒暴病身亡,继位的副总统菲尔默(Millard Fillmore)是克莱的追随者,帮助其暂时弹压住辉格党内的激进废奴派,与北方的温和派民主党合力促成了"**1850年妥协案**(Compromise of 1850)",内容包括:得克萨斯放弃对争议领土的主张,作为交换条件,联邦政府替得克萨斯偿还其公债;加利福尼亚以自由州身份加入联邦,其它领土则各自公投决定奴隶制存废,不采纳在新领土上一刀切废奴的"威尔莫特条款(Wilmot Proviso)";首都哥伦比亚特区内禁止奴隶贸易,但仍允许蓄奴;以及制定更严格的逃奴法案。

妥协案虽然令一触即发的矛盾得到暂时的缓和,但其中包含的《**1850年逃奴法案**》部分,却使得矛盾的性质在未来大大升级。此前,联邦宪法中的"逃奴条款"与1793年的旧《逃奴法案》,都没有明确要求自由州主动配合抓捕或遣送逃奴,因此在执行方面形同虚设。比如宾夕法尼亚甚至规定,任何黑人只要在宾州连续居停半年以上,就自动获得自由人身份——为此,当建国之初首都还设在费城时,赴京履职的南方奴隶主们(包括华盛顿在内)每隔不到半年就得把带来的奴隶遣送回家一次,大感头疼,所以才要想方设法另寻空地营建新都城。1826年宾州又制定了新的法律,禁止任何人到宾州抓捕逃奴。最高法院虽然在1842年的"普利格诉宾州"案（*Prigg v. Pennsylvania*，以下简称普利格案）中判宾州的法律违宪，却仍然并不认为各自由州有协助抓捕逃奴的义务。此后几年越来越多的废奴主义者加入了帮助黑奴逃亡的队伍，令奴隶主们大为震怒，誓言不让北方佬在逃奴问题上乖乖听命绝不罢休。

1850 年的《逃奴法案》完全满足了奴隶主的要求，不仅规定**各州官员与居民都有义务配合抓捕并遣送任何被怀疑是逃奴的黑人**，而且在逃奴的认定标准上也极其宽松，**只需要奴隶主宣誓指控即可，不必出示任何证据，被指控的黑人也不允许在陪审团面前自证清白**。换句话说，几乎任何居住在自由州的黑人，都随时可能被当成逃奴抓捕遣送到蓄奴州。除此之外，该法案还将对所有向逃奴提供食宿的人施以 6 个月的监禁和 1000 美元的罚款。总之，这个法案要让全美国所有人都成为奴隶制的共犯。

《逃奴法案》引发了自由州民众的强烈抗议，也加剧了辉格党的内讧；为妥协案耗尽心力的克莱于 1852 年去世后，辉格党失去主心骨，很快四分五裂，名存实亡。民主党趁机在 1854 年通过了**《堪萨斯-内布拉斯加法案》**（Kansas-Nebraska Act），规定堪萨斯和内布拉斯加两地将在建州时由公投决定是否蓄奴，相当于废除了"密苏里妥协"（按其分界线两地本来都该建为自由州）。全国各地的蓄奴派与废奴派为了在即将到来的公投中取胜，纷纷赶往两地"定居"，相互火并，死伤惨重。

在此背景下，北方各州反对《逃奴法案》与《内布拉斯加法案》者，包括多数辉格党、自由党、自由土壤党，以及一部分民主党，纷纷决定联合起来，成立一个以反奴隶制为核心诉求的新政党。和之前大大小小的许多党派一样，他们也决定采纳"**共和党**（Republican Party）"作为自己的名称。

不过这个新生政党究竟最早成立于何时何地、命名权归谁，至今仍是一桩公案。著名记者贺拉斯·格里利（Horace Greeley）此前数年就呼吁废奴主义者采用"共和党"这个有着光荣而悠久传统的称号，引起了广泛反响，但并未亲自付诸实施；艾尔凡·博维（Alvan Earle Bovay）宣称全国

空谈 323

最早的共和党部是 1854 年 3 月 20 日在威斯康星州小镇里彭（Ripon）由他召集的镇民集会上成立的，此后各州才纷纷效尤；而埃德温·霍尔布特（Edwin Hurlbut）则说里彭镇的集会并不涉及组党，威斯康星共和党是在当年 7 月 13 日的州府群众大会中正式成立并由他提议命名的。威斯康星人当然愿意采信博维的说法，因为如果霍尔布特所言为真，他们就落在了缅因州共和党（6 月 7 日提议成立）和密歇根州共和党（7 月 6 日提议成立）的后头。

顺便一说，博维和霍尔布特后来都当选过威斯康星的州议员。霍尔布特在 1872 年大选中反对腐败传闻缠身的格兰特连任，支持从共和党分裂、成立"自由共和党（Liberal Republican Party）"的格里利参选总统；格里利败选后，霍尔布特在民主党与共和党之间徘徊多年，直至去世。博维同样在内战结束后脱离了共和党，但他的理由是：共和党本以废奴为使命，使命既然达成就该尽快解散，把人力物力资源转手给肩负新使命的新组织——也就是他加入的"禁酒党（Prohibition Party）"。

1856 年 2 月 22 日，各州共和党领导在匹兹堡碰头，决定合并为一个全国性的政党组织，成立了共和党全国委员会居中协调。当年 6 月 17 日，独立战争中"邦克山战役（Battle of Bunker Hill）"的周年纪念日，共和党在费城召开了首届全国代表大会，提名弗莱蒙（John Frémont）参选总统，拉开了**第三政党体系**的帷幕（参见本文附录）。

§2.4
南方重建的失败

从 1857 年最高法院对斯科特案的判决，到 1859 年武装废奴主义者约翰·布朗（John Brown）暴动失败后被弗吉尼亚州绞刑处死，种种事件都令各方在奴隶制问题上越来越水火不容，再无妥协的余地，战争一触即发。民主党内部的北方派与南方派也发生了分裂，北方派满足于《内布拉斯加法案》的地方公投自决原则，南方派则希望更进一步，将奴隶制强行推广到西部各州。1860年大选中，民主党两派各自提名总统候选人，令共和党渔翁得利，问鼎白宫。然而林肯尚未正式就职，"南方邦联"便已宣布独立（参见《邦联旗飘扬》），随后又抢先出兵袭击联邦军事据点，挑起了内战。

内战的胜利令联邦政府得以开展"**南方重建**（Reconstruction）"。林肯抓住战后南方叛乱各州尚未正式回归联邦的转瞬即逝的时机，推动通过宪法**第十三修正案**，正式废除了奴隶制。但他不久就被刺杀，接任的安德鲁·约翰逊（Andrew Johnson）是林肯连任时为了象征团结而邀为副手的反分裂派南方民主党，对保障黑人的权利并不热衷，只想着早日让南方各州重回联邦。在其睁一眼闭一眼下，南方各州对废奴阳奉阴违，先后在1865—1866年间出台各类"**黑人法典**（Black Codes）"，包括限制黑人的财产权与经营权、限制黑人的工种、拘捕失业黑人、禁止黑人出庭指控白人、在同等罪名下加重对黑人的量刑等，变相维持着奴隶制。作为应对，国会共和党人先后通过了《1866年民权法案》和宪法**第十四、十五修正案**，旨在保障黑人的公民权与投票权，同时从1867年开始将南方各州接收军管、重组政府，黑人与亲共和党的白人暂时获得了地方上的权力。

约翰逊屡次否决国会的重建法案，令共和党人怒火中烧。1868年国会发动弹劾，但约翰逊在参议院以一票之差侥幸逃出生天。这次弹劾失败暴露了共和党内部的矛盾：除某些共和党参议员可能收了约翰逊的贿赂外，其他反对弹劾的都自命党内"**温和派**"和"**保守派**"，宁可让约翰逊留任，也不愿看到参议院临时议长本杰明·韦德（Benjamin Wade）继承总统职位——因为韦德作为"**激进派**"共和党中最激进的一员，居然胆敢主张通过财富再分配让黑人获得平等的社会经济地位，甚至还支持妇女投票权，是可忍孰不可忍。

激进派支持的格兰特将军当选总统后，重建工作在某些方面继续取得进展，比如《1871年三K党执行法案》有效地打击了这个恐怖组织，直接导致**第一次三K党运动**（1866—1871）的终结。但在其它更多方面，由于共和党内的矛盾，南方重建的成果逐渐遭到侵蚀。比如重建初期对落实黑人权利、改善黑人处境起到重要作用的**自由民局**（Freedmen's Bureau），由于得不到国会拨款而无法正常工作，最终在1872年被关闭。再比如三K党被取缔后，各地又冒出"白人联盟（White League）"、"红衫军（Red Shirts）"等暴力组织，在南方民主党的掩护与保守派共和党的绥靖下，继续恐吓、袭击黑人和支持重建的白人，令其不敢参加选举投票。

与此同时，共和党激进派内部也发生了分裂。格兰特政府腐败传闻不断，令一些激进派感到失望。参议院的激进派领袖查尔斯·萨姆纳（Charles Sumner）又因反对兼并多米尼加共和国，而在1870年与格兰特公开决裂：格兰特希望兼并多米尼加能让南方各州饱受迫害的黑人有个去处，而萨姆纳则担心这是美国向加勒比海进行帝国主义扩张的前奏。1872年，萨姆纳等少数激进派与反格兰特的共和党温和派一同成立"自由共和党"，提名格里利竞选总统，并得到了民主党大部分派系的支持。

不过格里利对格兰特的这次挑战仍以大败告终。共和党在联邦层面的主宰地位，在时人眼中越发显得坚不可摧。1873—1874年间，媒体陆续开始把这个才诞生不到二十年的年轻政党称为**"英勇的老党**（gallant old party）"或者**"大老党"**，以赞美其对国家统一的捍卫、感慨其在重建时代当之无愧的老大地位。时至如今，"大老党"及其缩写"GOP"已经成了共和党的半官方别称。

讽刺的是，媒体上"大老党"的话音未落，共和党对联邦权力的垄断就被打破了。其实从1868—1870年南方各州陆续回归联邦开始，由于频繁的恐吓与袭击导致共和党选民的投票率不断降低，民主党已经在逐步夺回地方上的权力了。到1874年国会选举时，他们更借着上一年经济危机对格兰特声望的打击，一举夺下了众议院。让共和党更雪上加霜的是，国会众议院席位按人口比例分配，而**奴隶制废除后，南方黑人人口不再按宪法中的"五分之三条款"折算，导致南方各州在国会众议院的席位大大增加**；如果黑人不能投票，等于白白便宜了南方白人——正因如此，在此后二十年间，民主党绝大多数时候都在众议院保持着多数。[1]

紧接着便是1876年总统大选。由于南方各州基本回到了民主党的怀抱，因此两党的选举人票总数极其接近，并且许多州的归属都因投票舞弊现象严重而难以裁断。经过一番争执，两党达成妥协：由共和党的海斯（Rutherford Hayes）当选总统，但其上任后必须立即将联邦军队撤出南方（参见图四）。重建事业就此半途而废。南方民主党迫不及待地推出各类**"吉姆·克罗法"**，推行种族隔离，并用法律上的文字游戏绕开第十五修正案、变相剥夺黑人的投票权，令后者在政治舞台上再度销声匿迹。

随着共和党激进派的没落与南方重建的失败，全国上下心照不宣，对南方各州换汤不换药的种族压迫三缄其口。同时，**"镀金时代（Gilded Age）"** 的到来，也让社会政治斗争迅速转移了焦点。政客腐败、派系分肥、竞选舞弊、公务员改革、参议院直选、工运、垄断、金银本位之争、禁酒、排华、妇女投票权……各种新议题在短时间内一齐涌现，造成了第三政党体系最后20年喧嚣而混乱的局面，也预示着世纪之交进步主义运动的到来。欲知后事如何，且听下回分解。

---

[1] 作为反制，共和党在1889—1890年间，利用本党短暂夺回众议院、从而同时掌握国会两院及总统大位的机会，一口气在人口稀少的西北部边疆领土上承认了6个亲共和党的新州（北达科他、南达科他、蒙大拿、华盛顿、爱达荷、怀俄明；其中北达科他与南达科他两州甚至是将本来就已经人迹罕至的"达科他领地"进一步拆分而成），同时力阻亲民主党的其它领地建州（比如新墨西哥，尽管人口远多于上述各地，却直到1912年才被接纳为州）。由于参议院是一州两席制、采取"赢者通吃"制分配总统大选的"选举人团票"已成各州惯例、再加上新增这些州的亲共和党的众议院选区与议席，共和党自1890年代起重新牢牢控制联邦政府各分支，主导了随后的"第四政党体系"（参见本文附录）。但如此操作的一大后果是，由于这些西北部新州人口稀少、城市化与工业化程度低、社会文化观念也偏于保守，共和党为了吸引这些地方的选民，就不得不逐渐与城市劳工阶层以及都市知识分子的政治主张分别拉开距离；这也为本系列第三篇提到的、共和党从19世纪末到整个20世纪的持续右转，埋下了一条重要的伏线。

图四 "再来一场这样的胜利，我也要挂了"

注：著名讽刺漫画家托马斯·纳斯特（Thomas Nast）1877年的作品，伤痕累累的大象（共和党）坐在老虎（民主党）坟前感慨。纳斯特常用老虎来指代纽约的"坦慕尼社"（北方民主党中实力最强、腐败丑闻最多的政党机器），偶尔也推而广之指代整个民主党；不过1876年大选的民主党候选人提尔登（Samuel Tilden）虽然同样来自纽约，却属于"波旁民主党（Bourbon Democrats）"一派，是"坦慕尼社"的死敌。

三、向左走，向右走

伴随着内战的结束与南方重建的终止，美国进入了马克·吐温笔下的**镀金时代**。1869年，横贯北美大陆的"太平洋铁路"竣工通车，一举替代驿站加马车的传统长途交通，带动了西部人口与经济的迅速增长，也令真正的全国市场得以可能。此后美国铁路建设继续高歌猛进，仅到1880年，全国铁路长度就已经比1860年增加了三倍。同时，第二次工业革命的到来，造就了电力、炼钢、石油、机械、化工、信息等领域突破性的技术进展，颠覆了旧有的产业结构与资本运作模式。美国从农业国转型为世界第一大工业国；产业工人作为阶级兴起，成为政治上不可忽略的一股力量；基础教育普及，识字率提高，城市中产阶层逐渐壮大；铁路、钢铁、石油、糖业、肉制品等行业的雄厚资本通过托拉斯（即商业信托）模式实现整合与垄断，并在金融市场以及政策游说中发挥巨大影响。

这是最好的年代，也是最坏的年代。这是科技与经济迅猛发展、美国梦触手可及的年代，也是社会政治弊病丛生、底层民众近乎绝望的年代。所有这些冲击，和对其的回应，构成了整个镀金时代以及此后"**进步主义时代（Progressive Era）**"的主旋律，彻底改变了共和、民主两党以及整个美国的面貌。

§3.1
公务系统的改革

镀金时代最迫在眉睫的问题之一，是愈演愈烈的腐败。自杰克逊起，"恩庇制"或者说"分肥制"就成了美国**公务员任命**的惯例：政党或候选人在胜选后，可以明目张胆地将看不顺眼的政府部门雇员——从海关人员到土地测量员到邮递员——任意清洗，把腾出的职位分配给本方的支持者（尤其是出资者）甚至亲朋好友。许多重大的历史事件，像林肯促成第十三修正案的通过、约翰逊以一票之差免于弹劾等，幕后都有着总统利用手中肥缺与国会议员进行政治交易的身影。

分肥制导致政府部门中充斥着腐败无能的佞幸之徒。早从1840年代众议院书记员麦克纳尔提（Caleb McNulty）贪污国会款项的丑闻开始，就有人呼吁改革公务员选拔制度。但恩庇关系在各政党及党内派系中盘根错节，牵一发而动全身；而且**当时维持政党运作的绝大部分经费来自于对公务员强行征收的"竞选赞助费"，推行公务改革等于掐断政党财源**，因此阻力重重。

1867 年联邦政府对南方实行军管后，顺势染指南方各州政府职务的分肥，令南方民主党忿忿不平，也给格兰特政府带来了一连串丑闻，造成共和党内的分裂。共和党温和派主张把工作重点转移到反腐败与公务改革上，为此不惜尽早终止重建、与南方民主党人和解，而被激进派斥为吃里扒外的**"混育派（Half-Breeds）"**；相反，激进派则坚持将南方重建摆在第一位，认为分肥制不过是癣疥之疾，力主提名格兰特竞选第三任总统，而被温和派嘲笑是对格兰特亦步亦趋的**"扈从派（Stalwarts）"**。与此同时，民主党内也因为地方上的派系斗争——比如纽约的"波旁民主党（Bourbon Democrats）"对受当地"大佬"威廉·特威德（William Tweed）一手操纵的政党机器"坦慕尼社"的反抗——而逐渐产生支持与反对公务改革的路线分化。

共和党温和派总统海斯在"1877 年妥协"中走马上任，随即从南方撤军，试图以此为契机启动公务改革，却遭到激进派与民主党主流派系的同时抵制，无功而返。1880 年当选总统的加菲尔德（James Garfield）同属支持改革的"混育派"，但他上任未久就被求官不得者刺杀。此事对政坛造成了巨大的震动，本属"扈从派"的副总统阿瑟（Chester Arthur）继承加菲尔德遗志，与民主党改革派联手制定了**《1883 年彭德尔顿公务改革法案》**，引进公务员考试录用制度，并禁止出于政治原因将公务员解雇或降职。

《彭德尔顿法案》尽管用"考绩制（merit system）"取代了"分肥制"，却并未自动覆盖所有的政府公职，而是授权每任总统用行政令扩大考绩制的覆盖范围。这使得公务改革在此后二十年间继续成为大选焦点（参见图五），直到接连几次政党轮替后，绝大多数联邦公职都被考绩制覆盖，这个议题才尘埃落定。另一方面，分肥制的终结虽然提高了政府部门的行政效能，却也导致政党无法再像以往那样，通过卖官鬻爵来维持收支平衡，只好**转向企业、财团、工会等大金主寻求资助**，拿人手短吃人嘴软，政策立场愈来愈受利益组织与游说团体的左右。金权政治对美国民主的挑战，由此进入了一个新的阶段（参见拙文《金钱与选举》）。

图五 "圣象"

注：托马斯·纳斯特1884年的作品，呼吁大象（共和党）维护自身圣洁、继续推进公务改革。当年大选中，由于共和党候选人布雷恩（James Blaine）反对公务改革且卷入经济丑闻，党内一部分改革派便把票投给了民主党候选人克利夫兰（Grover Cleveland），致其当选。这些"超然派（Mugwumps）"后来大多在共和党中无法立足，只能忍着其它政见分歧，加入民主党。

§3.2
民主实践的演进

分肥制只是镀金时代政治腐败的肇因之一。公务改革之后,其它政改议程立刻摆上了台面,首当其冲的是**投票舞弊**问题。当时法律对选票的印制和收发尚未加以规范,选民们可以自己撕纸填名提交,也可以从报纸上剪下竞选广告当选票,甚至有些地方连选票都免了,只需到投票站高声唱名即可;不过绝大多数时候,是**由地方的"政党机器"自行印刷只写着本派候选人名字的、五颜六色大小不一的选票,派人到社区分发,让居民在党工们监视下填写和投票**。对选民的威胁恐吓自不必说,贿选也蔚然成风,发展出雇用成群结队的"殖民票人(colonizers)"到竞争激烈的选区投票、不同党派竞价收买多为地痞流氓的"漂流票人(floaters)"、给"重复票人(repeaters)"换衣换妆让其多点多次投票、收买对方派系的印刷工人把选票上的候选人名字"狸猫换太子(knifing)"等日新月异的舞弊套路。政党机器也正是通过这些不光彩的手段,才得以牢牢把持地方大权。

解决这些问题的办法是"匿名投票制(secret ballot)",即**由政府统一印制分发列出所有候选人姓名、在外观上没有区别的选票,以保证选民在投票时免受旁人窥视、干扰和胁迫**。澳大利亚从1850年代就开始采用这种制度,英国国会也在1872年立法加以施行。美国虽然也有呼吁的声音(比如1876年大选两党就互相指控舞弊、主张改制),但真正触发改革的,是1888年大选中的"五人一组(Blocks of Five)"事件:共和党全国财务主任达德利(William Dudley)写信提醒印第安纳州党部将收买到的"漂流票人"分成五人一组,派出心腹党工带队投票,以保证这些人不会半途被民主党截获收买。不想这封信本身却被民主党截获,爆出大丑闻。

败选的民主党总统克利夫兰以受害者形象到全国巡回演讲,呼吁选票改革,各州纷纷响应。1888年全美只有一个州(马萨诸塞)加一个城市

（肯塔基州路易斯维尔市）采取匿名投票制，而到 1892 年大选时，全国四十四个州已有三十八个实行了这种办法；同年克利夫兰也再登大宝，成为美国历史上唯一一位两届任期不连续的总统。1925 年，美国国会又制定法律，**将贿选定为刑事罪**，厉行严打，选举舞弊才渐渐成为过去时（尽管并未完全消失，比如 1960 年大选中肯尼迪在芝加哥的可疑得票）。吊诡的是，到了选举舞弊概率极低的 21 世纪，利用关于"选举舞弊"的阴谋论来打压少数族裔投票、否认民主选举结果的做法却大行其道，成了美国政治面临的严重威胁（参见《美国大选暗战》）。

与公务改革一样，选票改革虽然解决了旧问题，却也带来了新的挑战。选票印制权收归地方政府后，很容易就成为了地方强势党派公器私用、打击政敌的手段。尤其是民主党控制的南方州，一方面通过在选票上印列密密麻麻的文字，以**阻止当时识字率偏低的黑人参加投票**，另一方面立法设定高得离谱的"**政党门槛**"，让本来在南方处于劣势的共和党因为达不到门槛而无法在选票上出现；20 世纪以后，又出现了所谓"**输不起法**"，限制脱党参选的独立候选人列名选票，既固化了两党制，又推动了两党内部的极端化。[1] 除此之外，匿名投票制也削弱了选举的社会压力与参与感，导致**投票率**从 19 世纪的平均 80%，迅速降低到 20 世纪初的 60% 左右，伏下未来"政治冷感"的隐忧。

匿名投票制的推广还为另一项政治改革铺平了道路：**国会参议院直选**。联邦宪法规定国会参议员**由各州议会推举**，用来制衡理论上直接代表民意的众议院。早在杰克逊时代，就有人呼吁将参议院也改为民选，以使国会更加体现民主精神，但地方政党机器对选民投票的种种操纵，令这样的呼吁显得有气无力。

到了世纪之交，选票改革令大众选举的面貌焕然一新，对比之下，反

---

[1] 参见拙文《"输不起法"与美国政治的两极化》(《腾讯·大家》2016 年 2 月 3 日)，以及收入本书的《特朗普、共和党与美国当代右翼极端主义》。

空谈　333

倒显得州议会推举参议员的过程腐败不堪。比如1899年，商业巨头威廉·克拉克（William Clark）就靠着贿赂蒙大拿州议会而当选国会参议员。与此同时，许多州的议会因为党争激烈，而在推举国会参议员时怠工僵持：像特拉华州的一个国会参议院席位就从1899年一直空缺到1903年。此外，参议院中的阻挠议事也令民众越发反感。[1] 进入20世纪后，除了参议员们自己以外，已经没有人认为参议院旨在制衡民意所以不能民选。1913年，**宪法第十七修正案**颁行，国会两院选举权全数落到普通选民手中。

参议院直选并非孤立的诉求，而是汹涌壮阔的时代大潮的支流。19世纪中后期，农运、工运此起彼伏，从一开始的抗议经济不平等、反对官商勾结，逐渐自然延伸到要求在政治上给予普通民众更大、更直接的发言权。1890年代应运而生的"**人民党**（People's Party）"运动，在政改方面，除呼吁实行匿名投票制与参议院直选外，还提出过将代议制民主改为公投制民主、联邦法官交由民选（之前已有一些州将州法官交由民选）、总统限定一届不得连任等更为激进的主张。批评者斥之为反智、煽动庸众、伪民主，造出"**民粹分子**（populists或populites）"一词贬之。人民党支持者则采取拿来主义，欣然自称"**民粹派**（Populists，也有人译作'平民派'特指，以便与广义的民粹主义相区别）"，因为在他们看来，**由平民而非精英主导政治恰恰是民主的真谛**。"民粹主义"一词由此进入英文政治语汇。

尽管人民党本身很快式微，其激进政改主张也多停留在纸面，但其动员起的力量后来大都加入更广泛的进步主义运动，为20世纪初**党内初选制度**（俄勒冈州于1910年首用党内初选而非传统的州代表大会提名总统候选人，到1920年时采纳此法的已有二十个州）、**参议院直选**、**女性投票权**——宪法**第十九修正案**早在1878年就由共和党参议员萨金特（Aaron Sargent）草拟，但直到1919年才在国会通过、1920年获足够州数批准生效、

---

[1] 参见拙文《美国参议院程序性阻挠议事》（《南方周末》2013年4月11日），以及收入本书的《休会任命与权力制衡》。

1922 年被高院裁定合宪（*Leser v. Garnett*）——等重大改革奠定了基础。

§3.3
民主党的左转

如果说 19 世纪末 20 世纪初对公务系统与民主程序的改革重塑了美国政党政治的形式，那么同一时期社会经济议题上的喧哗与骚动则重塑了政党政治的内容。经过一番合纵连横之后，民主、共和两党所代表的意识形态、选民群体、利益集团，与第二政党体系末期两党对峙格局刚形成时相比，发生了天翻地覆的变化。

内战结束后，种植园经济解体，加上印度、埃及等新兴产地对棉花出口的竞争，导致南方棉农生计日窘；同时，西进拓荒的自耕农受地方银行、种子农具公司，以及垄断谷物运输的铁路公司的层层盘剥，债台高筑。1860 年代中后期，中西部一些地方出现名为"**谷仓会**（Granges）"的秘密组织，最初只是向农民传授农业知识、提供低息贷款等，但很快发展成为全国性的公开运动，主张打击铁路等大公司的垄断地位，并在各州推动**立法对谷物运输存储的费用实行封顶**。1877 年最高法院裁定此类法律合宪、政府有权出于公共利益干预企业产品定价（*Munn v. Illinois*），谷仓会运动获得了重大胜利。

不过这时农民们的斗争焦点已经转移到了货币政策上。战时联邦政府为措置军费，发行了大量与金银脱钩的"绿背（Greenback）"纸币，造成通货膨胀。战后共和党国会计划回收纸币、恢复金本位，以便抑制通胀、打击伪钞、稳定金融，但深受 1873 年经济危机打击的自耕农与劳工则希望政府继续发行绿背纸币，**借货币贬值来减轻自己的债务负担**，与支持通货紧缩的银行等大债权人发生激烈冲突。"**绿背党**（Greenback Party）"迅速盖过了谷仓会的声势，1878 年又与"**劳工改革党**（Labor Reform Party）"合并为"**绿背劳工党**"，除了支持通胀与低关税、反对金本位与国家银行系统外,也将**征收个人所得税、反垄断、交通信息行业国有化、八小时工作制、工厂安全规范、禁止童工、支持女性投票权**等议题加入政纲,以期建立广泛的工农联盟。1880年代中叶绿背运动衰落后,起而代之的人民党运动在社会经济议题上继承了其绝大部分政纲,只将具体的通胀政策由发行纸币改为恢复金银复本位制度。

由于共和党上承辉格党亲工商业的传统,而民主党自杰弗逊起便有推崇自耕农神话的传统,因此镀金时代的农民运动与通胀主义更容易在民主党一方引起共鸣:谷仓会发起人凯利(Oliver Kelley)正是民主党出身;共和党激进派议员巴特勒(Benjamin Butler)因为反对停发绿背纸币而退党,成为民主党与绿背党的双料党员,并代表后者征战总统大选;金银复本位的鼓吹者布莱恩(William Jennings Bryan)则于1896、1900、1908年三次获得民主党内的大选提名。

其中1896年大选被认为是**第四政党体系**——也就是进步主义时代——的开端(参见本文附录)。布莱恩此次提名获得人民党的拥戴,将人民党运动的力量几乎完全吸纳、整合到民主党中,逼得包括时任总统克利夫兰在内、曾在民主党中显赫一时的"**波旁派**(Bourbon Democrats)"另行组建"**国家民主党**(National Democratic Party)"独立参选。尽管波旁派在1904、1912年两度回光返照,夺回党内初选的主导权,但已无法抵挡民主党在社会经济议题上左转的大势。1912年大选,出身波旁派的威尔逊采纳了党内进步主义者的大部分政纲,并任命布莱恩为国务卿以示妥协,标志着波旁派的彻底覆没。

波旁派属于民主党内**主张经济自由放任主义、反对政府干预市场**的一脉。他们一方面抵触人民党式的政纲(比如通胀、反垄断、劳工保护等),另一方面对当时共和党主流的**贸易保护主义关税政策**大为不满。共和党承袭亨利·克莱的"美利坚体系",主张以高关税保护本国制造业发展,大受工商界领袖欢迎;但高关税会导致日用品价格上涨,令普通消费者不满,同时可能招来贸易伙伴国的报复,损害本国出口商(当时主要是农业界)

的利益。1887年，波旁派民主党总统克利夫兰在国情咨文中公开向贸易保护主义宣战，令关税政策一跃成为19世纪最后十几年的党争重头戏，引发政权频繁易手，关税也随之忽高忽低，令人无所适从。

自美国建国时起，除内战期间国会短暂征收过战时个人所得税外，**关税一直是联邦财政收入的最主要来源**。波旁民主党既然想降低关税，就不得不将个人所得税制度化，以填补财政缺口。这使他们不得不与党内的进步主义派联合——后者同样支持个人所得税，理由却截然不同：**关税是劫贫济富的累退税，改用累进制的个人所得税才能体现分配正义；并且个人所得税的税基远比关税深厚，可以极大增加联邦收入、提高公共服务能力。** 1894年民主党国会制定新税法，对年收入超过四千美元者（相当于2010年的八万八千美元，占当时人口不到10%）开征个人所得税。

但第二年最高法院就判称（"波洛克诉农业贷款及信托有限公司"案[Pollock v. Farmers' Loan & Trust Co.]）个人所得税违反了宪法关于"直接税额按州人口分配"的规定，令新法案成为一纸空文。不过此时1893年经济危机对东北部城市劳工阶层的打击，使得共和党内以老罗斯福为代表的新生代进步主义力量迅速壮大，加入到支持个人所得税的行列。在多方合力下，1913年宪法**第十六修正案**通过，赋予国会直接征收个人所得税的权力。关税从此不再成为联邦财政的掣肘，逐渐从党争中淡出，而个人所得税率的高低及累进度，则开始被左右两翼所瞩目。

§3.4

共和党的右转

与民主党内的进步主义力量脱胎于镀金时代的农民运动不同，共和党其实有着更为悠久深厚的亲进步主义传统。早在国家共和党与辉格党时代，亨利·克莱的拥趸们就相信，**政府绝不能满足于做一个对贫穷、愚昧、贪婪、歧视等社会问题袖手旁观的消极"守夜人"，而应当在基础设施建设、**

公共教育、社区道德等方面扮演更为积极主动的角色；像苏厄德就曾在担任纽约州长时，顶着本土主义者的压力，力主为天主教移民子女提供平等的公立教育机会。共和党成立后继承了对政府公共服务功能的强调，并由激进派在南方重建过程中发挥得淋漓尽致。这与镀金时代盛行的弱肉强食的社会达尔文主义，以及民主党从早期直到波旁派的小政府主义传统，形成了鲜明的对比。

南方重建草草收场后，共和党激进派势力衰落，积极政府的主张者多将精力集中在两个领域。一是**禁酒运动**。当时的许多社会改革家认为，酗酒是引发道德败坏与社会堕落的重要原因，故而大力推动各州及联邦政府立法禁酒。其中一些共和党元老甚至退党另创"禁酒党"，与留在党内的禁酒势力里应外合。反对酗酒最早只是少部分新教教派的主张，但随着天主教移民潮的来临，**禁酒成为新教徒本土主义情绪的载体**，得到越来越广泛热烈的响应。1884年大选中，共和党候选人布雷恩（James Blaine）本来指望靠着自己母亲的爱尔兰移民身份，将本属民主党阵营的天主教选民争取到共和党一方。不料一名支持布雷恩的长老会牧师布道时口无遮拦，指控民主党犯有"朗姆酒、罗马教、叛乱（Rum, Romanism, and Rebellion）"三大罪（指其反对禁酒、接受天主教移民、挑动内战），彻底激怒了天主教选民，也令共和党在禁酒问题上再无回头路。与此同时，由于**乡村的禁酒俱乐部往往交由女性操持**，为其提供了参与公共生活的机会，因此追求参政权的女性多视禁酒主义者为同盟。

禁酒运动在1919年达到辉煌的顶点，由宪法**第十八修正案**实现全国范围内禁酒。但其结果却是非法酿酒与贩酒业的昌盛，并导致城市黑帮的崛起及其与官场的勾结。数年之间，禁酒主义便成了人人喊打的过街老鼠，第十八修正案也在1933年被**第二十一修正案**废除。

二是**市场监管**。共和党推崇制造业立国，为此一方面坚持以贸易保护主义扶持本国工业发展，另一方面在镀金时代铁路、钢铁、石油等行业的垄断财团兴起后，制定以《1890年谢尔曼反托拉斯法》为代表的**反垄断措**

施,以保证市场的充分竞争,维护中小企业与消费者的利益。同时,在19世纪下半叶的工运浪潮中,共和党内的进步主义派尽管反对某些在他们看来过于激进的工会,却认同**工人有组织工会与集体谈判的权利**,并主张政府参与调解劳资纠纷、改善劳工待遇。凭借着与企业界领袖的良好关系,进步派共和党牵头成立的"芝加哥公民联盟(Chicago Civic Federation)"、"全国公民联盟(National Civic Federation)"等私立劳资仲裁机构也取得了一定的成功。甚至到了1932年,共和党内的进步主义势力已经开始衰落时,仍然主持制定了禁止雇主干预工人加入工会的《诺里斯-拉瓜蒂亚法案》。

然而共和党与工商业界的渊源,也同时构成了对党内进步主义力量的反制。尤其在公务系统改革之后,政党无法再通过分肥制筹集经费,日益仰仗组织化的政治献金。**民主党与工会逐渐发展出密切的联系,而共和党则越来越受大财团的影响**。1908年老罗斯福从总统任上急流勇退,钦定塔夫特(William Howard Taft)为接班人,本来指望后者扛起进步主义的大旗,不料塔夫特上任后向党内保守派靠拢,与进步派分道扬镳。到了1912年大选,老罗斯福重新披挂上阵试图拨乱反正,然而尽管他的党内支持者多于塔夫特,但党代会关键席位被保守派控制,令其无法获得提名。他一怒之下率领支持者从共和党分裂,另立"进步党(Progressive Party)"参选。鹬蚌相争渔翁得利,民主党的威尔逊借机捡走了白宫。

尽管老罗斯福在1916年带领支持者回归共和党,但他3年后突然去世,令党内进步派大受打击。此后保守派的哈丁(Warren Harding)当选总统,而在其死后继任的柯利芝(Calvin Coolidge)早年虽是进步主义者,此时却已改奉小政府主义。1924年,进步派参议员老拉弗雷特(Robert La Follette, Sr.)又从共和党中拉走一批人独立参选,所幸民主党当年也发生了分裂,才令柯利芝得以连任。柯利芝虽然继承了共和党反对南方种族主义的传统,不断呼吁国会制定反私刑法案(anti-lynching laws)保障黑人的人身安全与法律权益(这些法案因在参议院中受南方民主党议员的阻挠而

空谈 339

从未通过），但他囿于小政府主义意识形态，在 1927 年**密西西比洪灾**中拒绝提供联邦援助，导致二十万黑人流离失所，饿殍遍地。此事令黑人与共和党之间产生罅隙，使得大萧条后小罗斯福打造囊括黑人在内的民主党"新政同盟（New Deal Coalition）"、开启"第五政党体系"（参见本文附录）成为可能，也给民权运动期间共和党在种族问题上的立场一百八十度大转弯埋下了伏笔。

§ 3.5
种族主义的幽灵

私刑（lynching）是奴隶制废除后南方白人暴民对黑人（以及白人共和党员）的惯用恐怖主义手段，将胆敢参加投票的、或者谣传犯罪却未经法律审判的黑人酷刑折磨、鞭死、吊死、烧死。其实这种做法早已在西部流行，美墨战争后蜂拥到加州淘金的白人，眼红于当地墨西哥裔金矿工人的小康生活，就常聚众对其私刑泄恨。华人同样从淘金热时期（1848—1855）开始陆续抵达美国西部，并在 1868 年《蒲安臣条约》（Burlingame Treaty）鼓励下形成移民潮，为建设太平洋铁路等立下汗马功劳，但也因此遭到白人本土主义者的恐慌与忌恨，成为排华骚乱与私刑残害的新对象。

讽刺的是，镀金时代排华最力的，是本身受到本土主义新教徒歧视的爱尔兰移民后裔，比如加州著名的工运组织者丹尼斯·吉尔尼（Denis Kearney）。这一方面是因为爱尔兰裔与华裔同为底层劳工，存在直接的竞争关系，而且廉价华裔劳工的大量涌入也削弱了工会面对企业时的谈判筹码。另一方面则是因为饱受歧视的爱尔兰裔渴望跻身"新晋白人"的心理，令其迫切地找寻能够让自己与主流社会"同仇敌忾"的靶子——就像如今某些"高等华人"挤破脑门想要成为"荣誉白人"，因此比白人更起劲地歧视黑人和拉美裔一样。在爱尔兰裔选民的鼓噪下，民主党及西部共和党推动制定了《1882 年排华法案》等一系列专门针对华裔的种族歧视政策；而中部及东部共和党中的一些人，比如1888年当选总统的本杰明·哈里森（Benjamin Harrison，辉格党总统威廉·哈里森的孙子），为了争夺爱尔兰裔选票，也在竞选中打出过"赶走所有华工"的口号。

即便如此，爱尔兰裔（以及其余天主教移民）受歧视的现象——特别是在美国南部——并未有大的改观。20世纪初，**第二波三K党运动**兴起，在凌辱黑人之外，又加上了反犹、反天主教的新花样。由于北方民主党已经吸纳了大量天主教选民，因此民主党内部南北双方的矛盾又变得尖锐起来，并在1924年的全国代表大会上来了一次总爆发。

威廉·麦卡杜（William McAdoo）是威尔逊总统的女婿兼财政部长，也是后者任内进步主义改革的领军人物之一。由于麦卡杜是坚定的禁酒派，遭到北方反禁酒的民主党人抵制，在1920年民主党总统提名大会上经过四十四轮投票败给了黑马詹姆斯·考克斯（James Cox）。1924年麦卡杜卷土重来，与信仰天主教的纽约州长阿尔·史密斯（Al Smith）难分轩轾。其时正值第二波三K党运动的高潮，绝大多数南方民主党人（包括与会的南方代表）都加入了三K党，他们坚决反对提名天主教徒，集体支持麦卡杜，越发加剧了北方民主党对后者的反感。史密斯等人试图在会上将谴责三K党的条款加入党纲，但被南方代表阻挠，以三票之差未能通过。全国的三K党徒闻讯大喜，赶到会场的河对岸举行两万人大游行，焚烧史密斯头像，对周围的黑人和天主教徒极尽暴力恐吓袭击之能事。大会在紧张的气氛中进行了十六天共一百零三轮投票，所有人都筋疲力尽，麦卡杜与史密斯双双退选，南北方代表才达成妥协另择其人。

这场"三K党盛宴（Klanbake）"极大地损害了民主党的声誉，令其在大选中一败涂地，只拿了不到30%的普选票。不过祸兮福之所倚，它也使党内的反三K党力量获得了广泛的舆论支持，为民主党此后逐步挣脱南方种族主义者的挟持奠定了基础。同时，几年前因瘫痪而不得不退出政坛的小罗斯福，由于在这次大会上坚定支持史密斯，而再次积攒起政治资本，为重出江湖铺平了道路。

空谈

其实早在 1912 年威尔逊竞选总统时，就有一部分黑人对民主党的进步主义派寄予厚望，期待威尔逊能够推动黑人状况的改善。但威尔逊不仅没有做到这一点，反而变本加厉，解雇了大量联邦黑人职员，并将种族隔离制度引入联邦政府部门。罗斯福建立"新政同盟"并四任总统后，北方反种族隔离的民主党人有了说话的底气。1948 年，杜鲁门通过行政令废除了军队内部的种族隔离以及联邦公务员录用中的歧视；同年，在汉弗莱（Hubert Humphrey）激情四溢的人权演说后，民主党全国大会第一次将"推动种族平等、废除种族隔离与吉姆·克罗法"的主张写进了党纲。南方种族隔离派对此离场抗议，以"州权民主党（States' Rights Democratic Party）"或"迪克西民主党（Dixiecrats）"自居，在此后数次大选中，都推出自己的总统候选人与全国党部抗衡（参见图六）。

图六 "狗、黑鬼、墨西哥裔不得入内"

注：美国国会图书馆馆藏，种族隔离时期得克萨斯州"孤星餐馆协会（Lonestar Restaurant Association）"专门制作发放给下属餐馆悬挂的铭牌（"孤星州"是得克萨斯的别称）。

不过在时人心目中，共和党仍旧是反种族主义的旗帜。1952 年大选时，两党竞相拉拢战争英雄艾森豪威尔成为本方候选人，而他最终拒绝民主党、答应共和党的理由正是自己长期以来对民主党种族主义的反感。艾森豪威尔任上宣布种族歧视威胁国家安全，推动建立民权委员会（Commission on Civil Rights）调查阻挠黑人投票问题，并动用军队执行最高法院在布朗案中的判决、护送黑人学生入读白人学校。这些举措为 1960 年代的进一步改革铺平了道路，也坚定了黑人对共和党的信任。

情况到1960年大选突生骤变。马丁·路德·金在佐治亚州的一次民权游行中被捕，民主党候选人肯尼迪立即致电地方警署将其保释，而共和党候选人尼克松却从头到尾不置一词。最终黑人选民大多将票投给了肯尼迪，助其当选。肯尼迪遇刺后，约翰逊不顾南方民主党人的反对，签署了《1964年民权法案》，导致南方数州在大选中纷纷倒戈。与此同时，极端小政府主义者戈德华特（Barry Goldwater）战胜北方温和派代表洛克菲勒（Nelson Rockefeller），获得了共和党的总统提名。戈德华特尽管私下支持黑人的民权诉求，却认为种族隔离是地方事务、联邦不应干涉，所以投票反对《1964年民权法案》。三K党也因此在当年大选中破天荒宣布支持共和党候选人。

1968年民主党继续分裂，支持种族平等的副总统汉弗莱，与在白人蓝领工人中大受欢迎的种族隔离主义者乔治·华莱士各自为战，"新政同盟"土崩瓦解。在共和党方面，尼克松则采取"南方战略（Southern Strategy）"，主动讨好白人种族主义者，令南方各州从此成为共和党的基本盘。就这样，**曾经极力捍卫奴隶制与种族隔离的民主党，一步步成为民权运动的同路人；而共和党却背叛了林肯等先烈的理念，遭到包括黑人在内的少数族裔选民抛弃。**

附录：
美国政党体系、国会两院多数与总统简表

（灰框为"反行政派→民主共和党→杰克逊派→民主党"谱系）
美国第一政党体系（1790年代—1820年代）

国会届数/任期		众议院多数	参议院多数	总统
1	1789—1791	亲行政派	亲行政派	华盛顿
2	1791—1793			
3	1793—1795	反行政派	联邦党	华盛顿
4	1795—1797	民主共和党		
5	1797—1799	联邦党		亚当斯
6	1799—1801			

空谈

续表

国会届数/任期		众议院多数	参议院多数	总统
7	1801—1803	民主共和党	民主共和党	杰弗逊
8	1803—1805			
9	1805—1807			杰弗逊
10	1807—1809			
11	1809—1811			麦迪逊
12	1811—1813			
13	1813—1815			麦迪逊
14	1815—1817			
15	1817—1819			门罗
16	1819—1821			
17	1821—1823			门罗
18	1823—1825			

美国第二政党体系（1820年代—1850年代）

国会届数/任期		众议院多数	参议院多数	总统
19	1825—1827	亚当斯派	杰克逊派	小亚当斯
20	1827—1829	杰克逊派		
21	1829—1831			杰克逊
22	1831—1833			
23	1833—1835		反杰克逊派	杰克逊
24	1835—1837		杰克逊派	
25	1837—1839	民主党	民主党	范布伦
26	1839—1841			
27	1841—1843	辉格党	辉格党	老哈里森→约翰·泰勒
28	1843—1845	民主党		约翰·泰勒
29	1845—1847		民主党	波尔克
30	1847—1849	辉格党		
31	1849—1851			扎卡里·泰勒→菲尔默
32	1851—1853	民主党		菲尔默
33	1853—1855			皮尔斯
34	1855—1857	反对联盟		

美国第三政党体系（1850年代—1890年代）

国会届数/任期		众议院多数	参议院多数	总统
35	1857—1859	民主党	民主党	布坎南
36	1859—1861	共和党		
37	1861—1863		共和党	林肯
38	1863—1865			
39	1865—1867			林肯→安德鲁·约翰逊
40	1867—1869			安德鲁·约翰逊
41	1869—1871			格兰特
42	1871—1873			
43	1873—1875			格兰特
44	1875—1877	民主党		
45	1877—1879			海斯
46	1879—1881		民主党	
47	1881—1883	共和党	共和党/民主党	加菲尔德→阿瑟
48	1883—1885	民主党	共和党	阿瑟
49	1885—1887			克利夫兰
50	1887—1889			
51	1889—1891	共和党		小哈里森
52	1891—1893	民主党		
53	1893—1895		民主党	克利夫兰
54	1895—1897	共和党	共和党	

美国第四政党体系（1890年代—1930年代）

国会届数/任期		众议院多数	参议院多数	总统
55	1897—1899	共和党	共和党	麦金利
56	1899—1901			
57	1901—1903			麦金利→老罗斯福
58	1903—1905			老罗斯福
59	1905—1907			老罗斯福
60	1907—1909			
61	1909—1911			塔夫特
62	1911—1913	民主党		
63	1913—1915		民主党	威尔逊
64	1915—1917			
65	1917—1919			威尔逊
66	1919—1921	共和党	共和党	

续表

国会届数	任期	众议院多数	参议院多数	总统
67	1921—1923	共和党	共和党	哈丁
68	1923—1925			哈丁→柯利芝
69	1925—1927			柯利芝
70	1927—1929			
71	1929—1931			胡佛
72	1931—1933	民主党		

美国第五政党体系（1930年代—1960年代/1970年代）

国会届数	任期	众议院多数	参议院多数	总统
73	1933—1935	民主党	民主党	罗斯福
74	1935—1937			
75	1937—1939			
76	1939—1941			罗斯福
77	1941—1943			
78	1943—1945			罗斯福
79	1945—1947			罗斯福→杜鲁门
80	1947—1949	共和党	共和党	杜鲁门
81	1949—1951	民主党	民主党	杜鲁门
82	1951—1953			
83	1953—1955	共和党	共和党	艾森豪威尔
84	1955—1957	民主党	民主党	
85	1957—1959			艾森豪威尔
86	1959—1961			
87	1961—1963			肯尼迪
88	1963—1965			肯尼迪→林登·约翰逊
89	1965—1967			林登·约翰逊
90	1967—1969			

美国第六（及第七？）政党体系（1970年代/1980年代—？）

国会届数	任期	众议院多数	参议院多数	总统
91	1969—1971	民主党	民主党	尼克松
92	1971—1973			
93	1973—1975			尼克松→福特
94	1975—1977			福特

续表

国会届数	任期	众议院多数	参议院多数	总统
95	1977—1979	民主党	民主党	卡特
96	1979—1981			
97	1981—1983		共和党	里根
98	1983—1985			
99	1985—1987			里根
100	1987—1989			
101	1989—1991		民主党	老布什
102	1991—1993			
103	1993—1995			克林顿
104	1995—1997	共和党	共和党	
105	1997—1999			克林顿
106	1999—2001			
107	2001—2003		共和党→民主党	小布什
108	2003—2005		共和党	
109	2005—2007			小布什
110	2007—2009	民主党	民主党	
111	2009—2011			奥巴马
112	2011—2013	共和党		
113	2013—2015			奥巴马
114	2015—2017		共和党	
115	2017—2019			特朗普
116	2019—2021	民主党		
117	2021—2023		民主党	拜登
118	2023—2025	共和党		

特朗普、共和党与美国当代右翼极端主义

2016年5月10日作。删节版《第六政党体系与当代美国右翼极端主义》刊《文化纵横》2016年第3期（六月号），第38—45页。

一

本届美国总统选举进行到现在，无疑已经跌破了许多人的眼镜。共和党的初选犹如一场大型荒诞剧，擅用出格言论占领媒体头条的地产大亨特朗普自参选以来民调一路领先，刚进入5月份便早早锁定提名；党内建制派大佬青睐的候选人们在特朗普的火力下一溃千里，先后黯然退选，而唯一勉强有实力与其周旋到最后的，竟然是以在党内四处树敌为乐、令参议院同僚咬牙切齿的宗教保守主义代言人克鲁兹。反观民主党一方，桑德斯（Bernie Sanders）这位一年前还是独立人士、为获得此次党内初选资格才临时注册入党、平日从不惮以"社会主义者"自命的古稀老头，居然在广大年轻选民中唤起了压倒性的热情，对领头羊希拉里穷追猛打，令其狼狈不堪；后者获得提名虽是早晚的事，却一直无法在代表票上拉开足够差距、甩脱对方缠斗，只能不断将政策立场左移，以应付桑德斯及其支持者的攻击。

种种怪现状，不能不引人竞相发问：为何各路或极端、或激进、或"反建制"的思潮在今年选举中一同爆发？[1] 美国政治究竟感染了什么病症？

是稍息即愈的小痛微恙,还是已入膏肓的痼疾沉疴?

在回答这些问题时,我们必须避免陷入相互关联的两个思维误区。其一是孤立地考察特定的"反建制"候选人及其代表的思潮,而忽略了对所有这些各各不同的思潮之间关系的整体把握。具体而言,由于"特朗普现象"太过惹眼,"桑德斯现象"也较为吸睛,因此许多人都把注意力完全集中在二者之一上,汲汲于"特朗普现象的启示"或"桑德斯现象的意义";偶有将二者相提并论者,也仅限于分析经济不平等与全球化的挑战、或美国民众的民粹主义与反建制情绪。这些分析当然是有重要价值的,却也有着严重的局限;因为不但"特朗普现象"与"桑德斯现象"的交叠绝不止于此,而且"特朗普现象"还在另一维度上与"克鲁兹现象"构成重要的镜像关系。不了解"克鲁兹现象"的前世今生,就无从把握"特朗普现象"的来龙去脉,更难以评估"特朗普现象"与"桑德斯现象"的长远影响。不过受篇幅所限,本文将把论述重心放在美国当代的右翼政治,聚焦于"特朗普现象"与"克鲁兹现象"的共生及其性质,而把涵盖左翼"桑德斯现象"在内的全景分析留到未来的文章中。

其二是探讨这些现象的成因时,只着眼于表面和当下,而忽略了制度细节与路径依赖的作用。诚然,贫富分化的加剧、全球化的冲击、人口族裔比例的转变、恐怖主义的兴起、媒体形态的演化等,所有这些社会经济文化层面的因素都可能在促成极端思潮的爆发上起到一定作用,也确实都常常被人论及。但是就像某条河流下游洪灾泛滥,即便当地汛期降雨量过大是其直接肇因,我们也仍然需要知道(而且长远而言也许更应当关心)上游的水文状况,比如支流位置、河床陡缓、水土流失程度之类,以及下游

---

1 需要强调的是,本文所谓极端或激进,都是相对于当代美国政治光谱的具体语境而言。比如桑德斯的政策主张,倘若放在许多当代西欧国家的政治光谱中,恐怕只能算是普通的左翼,远远称不上激进;与此相反,美国共和党早在特朗普与克鲁兹崛起之前,就已经比许多西欧国家的对应主流政党更加偏向于极端右翼,只是如今在此基础上更加大踏步极端化而已。

防洪措施的情形，比如河道的淤塞或疏浚、堤坝的高低与虚实等等。类似地，人类的社会经济文化条件可以说无时无刻不在变化，但在特定的政治情境中，这些变化会被各路势力往哪些方向引导、其累积效应能否以及何时超出系统的承受阈值，却取决于该政治情境既有的历史路径与制度结构。

二

有鉴于此，我们在剖析美国的这一波来势汹汹的政治浪潮时，必须首先从当代共和、民主两党的意识形态构成说起。一般认为，美国目前处在"第六政党体系"阶段。大萧条之后，民主党通过打造史称"新政同盟"的广泛选民基础，主导了"第五政党体系"的政局；但"新政同盟"在1960年代民权运动中分裂，支持种族隔离的南方白人从民主党转投共和党，第五政党体系也随之瓦解（参见《美国政党体系流变》系列）。其后的"选民重组（realignment）"过程从1968年大选中尼克松的"南方战略"开始，直到1980年代初"里根革命"大获全胜才宣告完成，两党的基本盘重新稳定下来。

尽管这一轮选民重组始于对民权运动的反弹，但随着种族平等理念的节节胜利，支持种族隔离很快成了端不上台面的理由。"里根革命"成功的关键，就在于为共和党找到了持续动员南方白人选民的两大秘诀。一是"狗哨政治（dog-whistle politics）"。[1] 就像狗哨发出的高频声波能够让狗听见、却无法被人耳接收一样，共和党政客们为了保住"南方战略"的胜果，熟练掌握了一套冠冕堂皇的"隐语（coded language）"，在不明就里者听来平平无奇，不致反感，传到心领神会的目标受众耳中，则话里有话。隐语当然不是什么新发明：19世纪美国的奴隶制辩护士往往打着"州权神

---

[1] Ian Haney-López (2013), *Dog Whistle Politics: How Coded Racial Appeals Have Wrecked the Middle Class*, Oxford University Press.

圣"的旗号；而在另一时空中，也不乏我们耳熟能详的种种话术。民权运动以后，"黑鬼（nigger）"这样赤裸裸的种族歧视词汇已经"政治不正确"了，共和党在动员南方白人时，便改喊"减税"、"福利改革"、"法律与秩序"等看似无伤大雅的口号，借以挑逗听众脑中"黑人＝不事工作光吃福利的懒鬼"、"黑人＝混迹街头烧杀抢掠的恶徒"之类成见，刺激其为了"捍卫我们白人的财产与人身安全"而踊跃投票。

里根本人正是深谙此道的个中高手。比如他在1980年大选中，特地前往密西西比州的"内肖巴郡农贸会（Neshoba County Fair）"，发表了一通"相信州权、崇尚社区自治、恢复宪法本意、限制联邦权力扩张"的演讲。考虑到密西西比州是对民权运动反弹最激烈的地区之一，而内肖巴郡更是1964年三K党与地方政府联手绑架谋杀三位民权活动家、并长期阻挠联邦政府全面调查的"自由之夏谋杀案（Freedom Summer Murders）"的发生地，里根的这番作态可谓意味深长。1984年里根连任竞选打出的电视广告"美利坚之晨（Morning in America）"，同样是狗哨政治史上的经典之作。整支广告基调乐观向上而又充满生活气息，描绘了一幅欣欣向荣的图景，令人心向往之；但从头到尾，出镜的全都是乡村与城郊的中产白人，城市天际线只在远景一闪而过，黑人与其余少数族裔则根本不见踪影，仿佛从未存在于美国社会中、与"美国梦"毫无瓜葛一般。镜头艺术的心理暗示效应，在此被用到了极致。

只有深刻体会当代共和党的选举动员对狗哨政治术的依赖程度，才会真正理解，为何特朗普屡屡因出格言论遭到口诛笔伐，却还能在共和党初选中横行无忌毫发无损。自参选以来，特朗普左一句"墨西哥正在向我们输送强奸犯"，右一句"对恐怖分子的家人应该连坐灭族"，今天嘲笑同台竞争的女候选人年老色衰，明天贬斥在初选辩论中提出刁钻问题的女主持人胸大无脑。共和党建制派惊骇万分，纷纷出面谴责，甚至发起了"绝不特朗普（Never Trump）"的抵抗运动；谁料特朗普的支持者并不买账，他们的铁骑在初选中高歌猛进，将螳臂当车的党内抵抗力量碾压得粉碎。

空谈　351

许多人把特朗普支持者对极端言论的容忍甚至欢迎归咎于民主党。他们认为，正是民主党自由派多年来鼓吹营造的"政治正确"——避免发表带有歧视、仇恨、冒犯意味的言论——的气氛，让普通民众陷于自我审查和压抑，不敢说出心里话，现在终于遇到一个敢于打破禁忌、直言不讳的总统候选人，宛如久旱逢甘霖，自然趋之若鹜。

然而这种解释其实是舍本逐末。特朗普打破的，并不是什么政治正确的禁忌，而是当代共和党内狗哨政治的潜规则。共和党政客采用狗哨政治来动员基本盘，是为了避免引起（认同政治正确的）中间选民的反感，保持与民主党对手的竞争力；但被动员的选民则没有这些顾忌，用不用"隐语"也并不影响他们接收到的核心信息。这一方面导致了选民对特朗普观感的两极分化：自其参选以来，在全体选民中，对其抱有好感的比例一直维持在30%上下，而恶感比例则高达60%～70%，可见大多数民众都排斥特朗普的言论；但在共和党的注册选民中，情况则恰好相反，对特朗普有好感者比有恶感者多出20来个百分点。换句话说，容忍和欢迎特朗普出格言论的，绝大多数都是共和党选民，亦即当代狗哨政治的目标受众；而一个易于被狗哨政治动员的人，本来就不会对政治正确有多少认同。

另一方面，这也把共和党建制派推到了相当尴尬的位置。毕竟特朗普的许多出格言论，不过是撕下了共和党多年来狗哨政治的精心包装，把背后隐藏的信息用更赤裸、更肆无忌惮的方式传达出来而已：特朗普用不堪入耳的种族歧视词汇攻击拉美裔的非法移民，但2012年共和党总统提名战中，罗姆尼这位最后的胜者也曾声称支持"自我遣送（self-deportation）"，亦即在日常生活中频繁骚扰非法移民使其无力安顿谋生只得主动离境；特朗普的厌女症有目共睹，但多年来反对同工同酬、反对堕胎权、鼓吹男主外女主内——今年的"温和派"候选人之一凯西克不久前还在竞选演讲中特地"感谢女人们走出厨房来给我投票"——的共和党，早已与女性选民离心离德；特朗普吹嘘上任后将对涉嫌恐怖活动者实施"比'坐水凳（waterboarding）'还可怕得多"的酷刑，但小布什政府早在2002年的

《酷刑备忘录》(Torture Memos) 中就玩弄字眼，把坐水凳等一系列国际公认为酷刑的刑讯逼供手段改称为"强化审讯技术 (enhanced interrogation techniques)"，借此绕开法律的监管。

于是，当一些共和党建制派被特朗普的疯言疯语吓着，试图与其划清界线时，却发现自己陷入了两面不讨好的困境。在共和党选民眼中，特朗普说的，不过是本党一直在做的；特朗普挑明的，不过是本党一直在暗示的；做了又不敢说，说了又不敢明说，可见这些建制派精英们非奸即懦。反过来，在民主党选民眼中，共和党建制派只反特朗普的出格言论，却不反思自身长久以来性质相似只是包装得更精巧的言论与做法，可见他们根本上都是一丘之貉；特朗普这样的怪胎出生在共和党而非民主党一方，也丝毫不值得惊讶。

说到底，狗哨政治必须以小团体内部的默契为前提；当小团体内部的默契被打破时，对这些默契的熟稔便失去了用武之地。正因如此，共和党建制派在面对特朗普时，才会变得像离开地面的巨人安泰俄斯一样突然丧失力量，茫然无措，束手待毙。

但这并不意味着，特朗普的"极端"仅仅体现在言论的出格、其在政策立场上与共和党建制派大同小异。事实上，特朗普所代表的意识形态，与当代共和党主流有着极大的偏离，在某些政治维度上相对温和，在另一些政治维度上则远为极端。不过要理解这一点，我们仍然需要回到"里根革命"上来。

三

除了"狗哨政治"以外，"里根革命"成功的第二大秘诀，是对"运动型保守主义 (movement conservatism)"以及基督教右翼势力的收编。运动型保守主义兴起于1950年代初，最初是反罗斯福新政的市场原教旨主义者、外交事务上的鹰派反共产主义者，以及一部分支持种族隔离的南方白人至上主义者之间的社会运动同盟。保守主义者深入共和党基层，提前数年暗中布局，在1964年总统初选中出人意料地击败党内的商业温和派领袖洛克菲勒，推出戈德华特代表共和党参选。但戈德华特在大选中一败涂地，党务主导权也暂时回到了尼克松、洛克菲勒、福特等商业温和派精英手上。

曾为戈德华特助选的里根汲取前者失败的教训，意识到运动型保守主义必须扩大其选民基础，而此前在政治上相对沉默的宗教保守派正是这场运动天然的收编对象。美国历史上，从19世纪二三十年代的"反共济会运动"开始，宗教一直密切地介入到政治之中；内战前夕，由于对奴隶制的立场不同，许多新教教派内部都发生了南北分裂，比如美国浸信会，就分裂为反对奴隶制的美北浸信会（Northern Baptist Convention）和支持奴隶制的美南浸信会（Southern Baptist Convention）。内战结束后，北方那些在社会、经济、种族议题上持开明立场的教会，无论从人口上还是政治势力上都占据优势，所以被时人称为"主线派（mainline）"。但是随着北方各州工业化与城市化的加速、天主教移民的涌入，以及自由派宗教开明立场内生的世俗化趋势，主线派人口增长放缓，对政治的影响力也略有减弱；与此同时，南方各州偏保守与基要的"福音派（evangelical）"教会，由于鼓励生育，并且对世俗化持排斥态度，因此规模持续膨胀。到1950年代，福音派人口首次超过了主线派，成为美国最大的宗教群体，"主线派"之称则变得名不副实。

出于内战以后的历史惯性，此时福音派作为选民阵营，在全国政治层面基本处于失语和冷感的状态；尽管南方福音派与种族隔离主义者有较大重叠，但种族问题本身对整个福音派阵营的动员力不足，后者投票意愿不高，成为了所谓"沉默的大多数"。然而里根敏锐地察觉到，与民权运动同时兴起的性解放运动、第二波女权运动、反越战运动、同性恋平权运动等一系列社会文化潮流，正日益引发包括新教福音派与天主教右翼在内的宗教保守人士不满，认为这些都是世道淋漓人心不古国将不国的征兆，是现代工业大城市原子化个体与学院左翼嬉皮士对上帝恩典的背弃。"里根革命"将这股传统主义力量毫无保留地招徕入党,打出复兴"家庭价值观"与"基督教精神"的牌子,将反堕胎权、反同性恋等社会文化议题添进核心政纲,挑起与自由派之间的"文化战争(Culture War)"。[1] 在这一过程中,诸如"道德多数(Moral Majority)"等基督教右翼游说组织也纷纷登场,借机对共和党施加更大的影响,令其宗教色彩与对抗色彩越发强烈,为后来的"金里奇革命(Gingrich Revolution)"、"茶党运动(Tea Party movement)"以及如今的"克鲁兹现象"奠定了基础。

不过在里根时代,宗教保守派还只是共和党内各路人马中的一支,与商业温和派、市场原教旨主义派、自由至上主义派、外交鹰派等并驾齐驱,难分轩轾。当然,这些派系之间并没有严格的界限;身为党内同志,在理念上也难免相互影响与合理化,否则便易遭"认知失调(cognitive dissonance)"之苦。但宗教保守派(以及其它各路人马中的极端分子)能够在党内路线斗争中渐渐占到上风,并不纯粹出于偶然,而是得益于美国当代政党政治运作过程背后的两大框架结构因素。

其一是媒体监管规则的骤变,以及由此所致,不同选民阵营所处的信息与舆论环境的隔断化与极端化。联邦通信委员会(Federal Communications Commission)自1949年起就执行所谓"公平原则(Fairness Doctrine)",要求广播执业者抽出一定节目时间讨论与公共利益相关的争议话题,并在播报时尽量平衡地呈现对立观点。里根上任后,于1987年废除了"公平原则",令以特定党派选民为目标受众的广播电台、电视台如雨后春笋般冒出,将视听传媒市场瓜分殆尽。从此各个阵营都可以选择收看收听,甚至直接定制符合自己政治偏好的电台电视节目,选民们不必再"被迫"接触多元的观点,更不必费心消化吸收令自己不适的意见;公共舆论场域也被

---

[1] 比如共和党本来并不反对堕胎权,但在里根派与福特派争夺党内主导权的过程中急剧右转,最终成为坚定的反堕胎权党;参见 Daniel K. Williams (2011), "The GOP's Abortion Strategy: Why Pro-Choice Republicans Became Pro-Life in the 1970s," *Journal of Policy History* 23(4):513-539 等。

空谈 355

相应地隔断成若干壁垒森严的区室。

其中，中西部与南部由于地广人稀，当地人开车时经常收听地方广播电台的政论节目解乏，导致像林博（Rush Limbaugh）、赛克斯（Charlie Sykes）等电台名嘴，对地方上的选民立场发挥着外人难以想象的影响（今年初选中特朗普在威斯康星州大败，就和他未能获得赛克斯等在当地影响力极大的电台主持人支持有着直接的关系）。由于这些州本来就亲共和党，而本就党派立场明显的政论节目为了竞争在本党选民中的收听率，往往以大放厥词、煽动阴谋论情绪为能事，因此这些电台名嘴一个比一个保守、一个比一个极端、一个比一个反智，同时也带动着当地共和党选民的保守化、极端化与反智化。在电视行业中，1996年则是废除"公平原则"所导致累积效应的分水岭；是年先后成立的专为右翼选民量身定做的福克斯新闻台与主要诉诸左翼选民的微软全国广播公司（MSNBC），都加剧了媒体为追求收视率而极化、又以自身极化反哺选民极化的趋势。

地方极端保守电台节目的影响，在"公平原则"废除仅仅数年之后就迅速体现了出来。1994年国会中期选举，共和党在金里奇（Newt Gingrich）带领下，时隔40年首次夺回参众两院；金里奇就任众议院发言人后，不惜以关闭联邦政府的焦土策略为手段，与民主党总统克林顿进行政争，开启了当代共和党对抗主义、阻挠主义的先河。2008年奥巴马当选时，共和党选民已经又经过了福克斯新闻台电视节目的新一轮洗礼，连"奥巴马是穆斯林"、"奥巴马出生在肯尼亚"这样的谣言都深信不疑（特朗普支持者中迄今仍有60%坚信奥巴马是穆斯林，而特朗普本人则在传播关于奥巴马出生地的谣言上扮演了关键的角色）。至于奥巴马时代的国会共和党议员，更是将阻挠议事玩出了新的境界。[1] 2010年中期选举前后，共和党草根极端势力"茶党运动"崛起，视民主党为不共戴天的寇仇、视胆敢与民主党同

---

[1] 参见拙文《美国参议院程序性阻挠议事》（《南方周末》2013年4月11日），以及收入本书的《休会任命与权力制衡》。

僚合作的温和共和党人为党奸逆贼，采取毫无妥协余地的全盘对抗姿态，不但对党内建制派构成了极大的冲击，也把国会山搞得乌烟瘴气，令联邦立法机构几近瘫痪；而克鲁兹本人正是趁着茶党运动的东风，在2012年的参议院选举中获胜，走上了全国政坛。

当然，当代共和党的宗教保守化与阻挠主义化，并不完全是视听传媒党派化的结果；另一个更加重要的框架结构因素，是选举制度的细节设计。选制细节上的若干失误，不仅大大促进了两党的极化，而且限定了被这一极化过程排斥在外的选民的可能出路，最终导致"特朗普现象"与"克鲁兹现象"作为孪生而同时出现。

四

美国联邦与地方的立法机构选举采取的都是单选区众数制（Single-Member Plurality），每个选区只设一个议席，由得票最多的候选人当选。根据比较政治学界耳熟能详的"杜维热法则（Duverger's law）"，与比例代表制（Proportional Representation）等能够为小党生存提供更多空间的选制模式相比，单选区众数制天然地更有利于形成两大党对峙的格局。不同选制模式各有利弊，从细节设计上说，出于扬长避短的考虑，比例代表制往往需要配套实行政党门槛等一系列措施，以防止小党丛生、政治碎片化；反过来，单选区众数制则理应适当放宽对小党的限制，避免因为缺乏两大党之外的组织化挑战而导致政党体系陷入"超稳定结构"。

但是美国目前流行的选制设计却与这一目标背道而驰。从19世纪末各州立法对选票的印制加以规范开始，这类"选票列名法（ballot access laws）"中就出现了对小党与无党派人士生存空间极尽打压的条款，比如严苛的政党门槛、候选人联署要求等等。在许多实行比例代表制的国家，政党门槛仅仅用于确认议会席位的分配资格，当届得票率未达门槛的政党将无法获得议席；但在美国的不少州里，一个政治组织的得票率若低于一定比例，不仅无法获得议席，而且将自动丧失法律上的"政党"地位，其名称不得出现在下届选举的选票上。比如北卡罗来纳州一度将此门槛设为10%，并在1995年的"麦克劳林诉北卡罗来纳州选举委员会"案（*McLaughlin v. North Carolina Board of Elections*）中得到联邦第四区巡回法院的认可，直接导致自由至上党（Libertarian Party）在该州销声匿迹；直到2006年，北卡罗来纳州政府才修改法律，采用2%这一相对宽松的新政党门槛。

未达上届政党门槛的小党候选人，以及独立参选的无党派人士，要想列名选票，就必须搜集足够数量且符合规定的选民联署。比如佛罗里达州要求独立参选总统者在大选前4个月递交11万份本州选民联署；纽约等州要求参选州内公职的独立人士收集相当于上届州长选举5%票数的签名；此外诸如联署签名必须分散在州里各个选区、只有已注册的党员或独立选民才能参加相应联署、同一个选民不能参加多份联署、单数年份收集的联署签名无效、发起联署者必须缴纳高昂的建档费用等规定比比皆是，令两大党之外有意从政的人士望而却步。

而在所有这些"选票列名法"中，后果最恶劣的，当属我曾经撰文介绍过的"输不起法"。[1] 1960年代民权运动以后，各州兴起了制定"输不起法"的热潮，禁止党内初选落败者退党参选相应公职；目前全美50个州已有47个制定了这类法规。"输不起法"不仅进一步加固了两党格局，而且剥夺了两党温和派候选人引独立中间选民为后援的渠道，放大了党内极端选民对初选的影响力，迫使两党的政治人物分别向政治光谱的两端挤靠，

---

[1] 林垚，《"输不起法"与美国政治的两极化》，《腾讯·大家》2016年2月3日；更详细的研究见埃默里大学（Emory University）法学院教授 Michael S. Kang 的相关论文，比如 Michael Kang (2011), "Sore Loser Laws and Democratic Contestation," *Georgetown Law Journal* 99(4): 1013-1075; Barry Burden, Bradley Jones & Michael Kang (2014), "Sore Loser Laws and Congressional Polarization," *Legislative Studies Quarterly* 39(3): 299-325 等。

导致制度内生的极化趋势。在民主党占据绝对优势的"深蓝州"、共和党占据绝对优势的"深红州",或者通过"杰里蝾螈(gerrymandering)"式的选区划界操作得到的众议院"安全选区(safe districts)",由于缺少来自竞争党派的压力,"输不起法"对本党极端选民力量的放大效应就更为明显了。

茶党的兴起很大程度上便拜"输不起法"所赐。以克鲁兹为例,在2012年得克萨斯州的共和党参议员初选中,温和派候选人副州长杜赫斯特(David Dewhurst)在第一轮投票中以46%比33%领先于克鲁兹,但在第二轮中以十五万票的差距输掉了初选。在得克萨斯二千六百万人口中,十五万共和党员只是沧海一粟,完全可以在大选中通过拉拢中间选民来弥补。但由于得克萨斯实行"输不起法",杜赫斯特无法另行参加大选,只能眼睁睁看着克鲁兹在得克萨斯这个"深红州"轻松击败民主党对手,当选参议员。2010年茶党初次亮相时,就是照着这个模板,把党内建制派打得溃不成军,一举夺下了五个参议院席位和大约四十个众议院席位;2012年他们故技重施,又新增了克鲁兹等四名参议员。

不但如此,就连极端派自己,也可能沦为"输不起法"之下党派内生极化性的受害者。比如众议院前任多数党领袖坎托(Eric Cantor),本是茶党运动的发起人之一,在当代共和党的意识形态光谱中已趋极端。然而这位共和党年轻一代的头面人物、被广泛视为众议院发言人当然接班人的政治明星,却在2014年竞选连任时,意外地惨败于名不见经传的党内对手布拉特(Dave Brat),成为史上第一位在初选中被淘汰的众议院多数党领袖。布拉特之所以能够胜选,关键在于把坎托与国会民主党人仅有的一两次合作,宣传成其实属"伪茶党"的罪证,而把自己包装成比坎托更纯粹、更不妥协的"真茶党"兜售给极端派选民。受其所在弗吉尼亚州的"输不起法"所累,坎托对初选中这种"没有最极端、只有更极端"的生态无可奈何,只能黯然告别政坛,另谋生路去了。

"输不起法"不仅为参选国会与地方公职的两党政客的极化提供了制度

空谈 359

推力,而且让既有的单维政治光谱上越来越多的"中间"选民产生对两党的疏离感,打开了从交叉维度吸收疏离选民的缺口。

在单选区众数制下,由于两党对峙是政治的自然平衡态,因此关注不同维度议题的选民阵营之间往往经由妥协与理念内化,结成相对牢固的选举联盟;比如第六政党体系中的共和党,就是社会文化宗教保守派、市场原教旨主义小政府派、自由至上主义小政府派、商业温和建制派、新保守主义单边外交派等阵营之间的结盟。基于两党选举竞争的压力与选民逃避认知失调的心理需求,这些不同的议题维度会朝着相互平行的方向"单维化坍缩(mono-dimensionalization)",导致在特定的政治情境中,一个接受"社会保守派"主张(比如反对堕胎权)的选民往往也会接受"经济保守派"主张(比如政府减少对市场的监管),而一个接受"种族自由派"主张(比如曾受压迫的少数族裔在大学录取中得到一定的优待补偿)的选民往往也会接受"外交自由派"主张(比如尊重国际法和追求多边合作),诸如此类。这也使得我们可以用单一维度的政治光谱概念,比如"左翼/右翼"、"自由派/保守派",来笼统地概括两党的意识形态立场。

但"输不起法"让某些议题上的极端派在党内初选中越来越占据主动,打破了不同阵营之间的微妙平衡,令更关注另一些议题的选民感觉日益被边缘化;当这种效应累积到一定程度后,单维化坍缩便无以为继。同时,由于美国各州现有的各类"选票列名法"对小政党、新政党极不友好,19世纪中期那种另行成立一个"共和党"来取代老迈的"辉格党"的辉煌案例已经无法在当代复制,对本党主流意识形态不满的"中间"选民,只能改走党内造反夺权的道路。

而当矛盾积累到这一步时,一方面,党内的主流意识形态必定已经在原有的一维光谱上相当极端化,否则便不足以疏远足够数量敢于造反的"中间"选民;另一方面,这些在原有光谱上被疏远的"中间"选民,势必要在另一交叉维度的光谱上走得足够远、足够极端,否则便不足以制造党内成功夺权所需的大规模动员。换句话说,只有当共和党内部已经有相当一部分选民"克鲁兹化"时,另一部分选民的"特朗普化"才得以可能。

迄今为止,共和党受"输不起法"内生极化的影响,要远甚于民主党。两党的这一差异存在多重原因,既有运动型保守主义与基督教右翼政治作为曾经的"边缘群体(fringe groups)"对六七十年代社会剧变的强烈反动效应,以及前面提到的地方极端保守电台与福克斯新闻台推波助澜的作用,又涉及民主党方面特殊的历史流变、问题意识与党务应对(对此我将另文阐述)。由于民主党的极化程度较低,因此原有维度上沿着左翼极化的"桑德斯现象"远比沿着右翼极化的"克鲁兹现象"来得温和,既不足以令党内产生对位于"特朗普现象"的单维化坍缩失效,也不足以挑战以希拉里为代表的党内建制派的势力。

然而在共和党一边,情况便完全不同了。本来"输不起法"主要针对国会与地方公职选举,对总统选举并无直接影响;但随着极化效应的累积,到今年的共和党总统初选,终于出现了特朗普与克鲁兹瓜分天下,党内建制派、温和派人物望风披靡的景象。

五

共和党参议员格拉厄姆(Lindsey Graham)感慨道:在特朗普和克鲁兹之间二选一,就好比是在被枪杀和被毒死之间二选一那样痛苦而无意义。这真可谓在党内日渐失势的温和建制派的肺腑之言。作为茶党的代言人之一,克鲁兹将社会文化议题上的宗教保守主义、经济议题上的小政府主义,以及两党关系上的对抗主义与阻挠主义,都发扬到了极致。而异军突起的特朗普,除了在言谈举止上粗鄙挑衅、毫不顾忌党内"狗哨政治"的潜规则外,在意识形态上也剑走偏锋,与试图重现"里根共和党"辉煌的党内温和建制派格格不入。面对两种不同的极端主义,共和党大佬们在初选中左右迟疑,支持哪一个都心有不甘,最终只好作楚囚相对,眼睁睁看着特朗普拿到提名。

需要指出的是，特朗普的初选胜利本来并非不可阻止。尽管截止到 5 月 3 日的印第安纳州初选（亦即导致克鲁兹、凯西克这两名硕果仅存的对手退选的关键一役），他就已经拿到一千零七十一万张选票，超过了 2012 年获得提名的罗姆尼的总得票数（一千零九万张）；但特朗普的初选得票率（40%）却远低于罗姆尼（52%），是历届共和党提名人的最差纪录，可见大部分共和党选民对其仍心存抵触。但是共和党内迟迟无法就联手阻止特朗普达成合作，一是因为"输不起法"已经让温和建制派失去了"克鲁兹化"的那部分选民；二是由于 2010 年时曾令共和党弹冠相庆的联合公民案判决放开了对巨额外部竞选资金的限制（参见《金钱与选举》），导致本来希望渺茫的候选人（如凯西克等）因为资金充裕而盲目坚持，分散了建制派先后力捧的杰布·布什（Jeb Bush）、卢比奥等人的票源，最终被各个击破。此外，共和党建制派本来为增加温和派总统候选人获得提名概率而设计的初选规则（比如对共和党人比例较高的"红选区"与民主党人比例较高的"蓝选区"配予相同数量的代表名额、纽约等人口较多的"蓝州"采取赢家通吃制等等），在温和派候选人各自为战、分散票源的情况下，反而白白便宜了从交叉维度上争取"中间"选民的特朗普。喝下自酿的苦酒后，共和党大佬们不得不开始考虑在大选中如何站队、是支持特朗普还是干脆转而支持民主党候选人的问题。

对"里根共和党"来说，特朗普至少在三个表层政策理念上发生了重大偏离。一是对社会文化保守主义的心不在焉。在堕胎权、同性婚姻权、跨性别者如厕权等保守派极其关注的议题上，特朗普出言反复：一会儿说被保守派恨之入骨的"规划亲育（Planned Parenthood）"（美国最大的专为女性提供包括堕胎、育儿咨询等生育相关服务的机构）[1] 对女性健康出力

---

[1] 许多中文著作将该组织的名称译为"计划生育"，但这样做容易导致读者将其与中国语境下强制性的计划生育政策（family planning policy）联想在一起，尽管二者的性质截然不同。我倾向于将其翻译为"规划亲育"。

甚多，一会儿又说堕胎的女性全该受惩罚（然后过一会儿宣布自己从没这么说过）；一会儿说自己上任后会任命旨在推翻同性婚姻权的大法官，一会儿又禁止跨性别者按后天性别选择厕所属于歧视（然后过一会儿宣布自己从没这么说过）；一会儿宣称自己热爱福音派，一会儿又连《圣经》段落都背不出干脆胡编乱造。难怪克鲁兹攻击说，特朗普骨子里崇信的是自由派的"纽约价值观"、对保守派只是敷衍而已。

二是外交上的孤立主义与贸易保护主义。无论共和党还是民主党，在国际事务上都以积极参与为主流，区别只在于共和党主流相对更为鹰派、更不忌惮采取单边主义的军事行动维护"国家利益"，尤以小布什任内的"新保守主义（neo-conservatism）"为甚；而民主党则相对鸽派，主张遵循国际法、通过多边合作解决问题。自由至上主义者如参议员保罗（Rand Paul）等往往也是孤立主义者，但在共和党内处于边缘地位；今年总统初选保罗仅仅拿到了可怜的0.24%选票，只好退选并宣布支持特朗普。后者虽然宣称要狠狠打击"伊斯兰国（ISIS）"和恐怖主义，但更多时候是在抱怨美国在国际事务上投入太多、盟友们如北约及日韩等国都在搭美国的顺风车，甚至提出要放手让日韩装备核武器、自个儿去应对朝鲜的军事威胁；最近干脆直接捡起了"美国优先（America First）"这个二战时期著名的孤立主义口号，作为竞选的主打文宣。同时他（和桑德斯一样）对当代共和党极力支持的国际自由贸易也持否定态度，认为美国在全球化与外贸协议上吃了大亏，应该采取高关税等重商主义手段减少贸易逆差、挽回国内就业。

三是对小政府主义理念的放弃。特朗普早在里根时代就反对后者的减税方案，尽管其反对的主要理由是这些方案"阻碍创新"，而不是民主党所批评的"让富人不当获利、拉大贫富差距"。在本次初选中，他虽然像其他共和党人一样不时宣称食物券等救济制度被坐吃福利不务劳作者（暗指黑人等少数族裔）大规模滥用，却回避表态削减对社保以及老年人、残疾人医保的经费投入，颇有点1990年代初"克林顿民主党人"的味道。

单看这三点，或许并不觉得特朗普在意识形态上有什么极端之处。除了孤立主义属于明显较为边缘化的立场外，在社会文化议题与福利国家议题上，甚至可以说特朗普比当代共和党建制派——且不提克鲁兹所代表的极端派——更显得温和、更趋于"中间"。然而问题在于，深埋在这三点表面政策差异之下并将其紧密联系起来的，是在"特朗普现象"中作为核心意识形态诉求而得到激烈表达的本土主义（nativism）。

本土主义在美国历史上并不鲜见，从19世纪中期反德裔、爱尔兰裔天主教移民的"无知党"运动，到之后的排华浪潮，再到20世纪初对黑人、犹太人、天主教徒一锅端的"第二波三K党运动"，每当社会经济条件不如人意时，本土主义者便要兴风作浪，将新近融入美国社会的族群当作"本土正宗美国（白）人"吃苦受累的替罪羊。"特朗普现象"的独特之处，在于他是史上第一个完全以本土主义作为核心意识形态诉求、而能获得两大党之一提名的总统候选人。尽管这一结果有前面所说从"输不起法"到联合公民案再到共和党初选规则的种种制度因素暗中相助，但也可以由此看出这一波本土主义浪潮的来势汹汹。

这和美国社会目前的政治经济大环境有着直接的关系。政治上，国会山上这些年无休止的党争与一事无成令民众厌倦，许多人无力分辨其中的是非曲直，只能一股脑儿地对联邦政府以及两党建制派精英感到失望，期待由局外人带来大刀阔斧的改革。经济上，2008年金融危机之后，美国经济的复苏情况好坏参半。从人均国民生产总值增长率（从2009年的负增长恢复到2015年的2.4%）、人均可支配收入增长率（2015年达到3.4%）、失业率（从2009年的10%峰值下降到2016年初的5%，相当于金融危机之前的水平）等账面数据看，美国经济正在不断好转，即将走出衰退。但这些复苏绝大多数来自服务业（提供了2014年美国工作岗位的80.1%），而制造业萎缩的趋势仍在持续；与此同时，大多数民众感觉自己并未享受到经济复苏的好处，认为美国经济体系过分偏袒富人、对中产与底层不公。

当然，制造业萎缩、产业结构失衡、收入分配不公、贫富分化加剧、社会流动性降低等，并不是最近几年才有的问题，而是美国从 20 世纪 70 年代开始的长期趋势，由全球化下低端产业外包、里根主义"滴漏经济学（trickle-down economics）"等各种复杂机制共同促成。1980 年以前美国家庭收入中位数与经济生产率的增长基本同步，但进入 80 年代以后开始不断拉开差距，21 世纪后前者更是停滞不前；1971 年美国中产与低收入阶层的比例分别是 61% 和 14%，到了 2015 年分别变为 50% 和 21%；收入前 1% 人口所占全国收入比例则从 70 年代的 10% 上升到 20% 左右。

对一部分选民——尤其是受教育程度较低的白人——来说，这种经济焦虑又与身份焦虑紧密地纠缠在一起。美国近年来拉美裔人口增长迅速，而白人比例则缓慢下降，预计将在未来数十年内减少到 50% 以下，令美国成为不存在"主体民族"的多元族裔国家。由于低端行业的岗位可替代性较高，从事相关工作的白人更容易感受到来自拉美裔（尤其是新移民）的竞争压力，并将不景气的就业状况迁怒于"跑到美国来抢夺我们（白人）的饭碗、颠覆我们（白人）的文化"的后者。特朗普正是敏锐地察觉到弥漫在白人选民中的这些焦虑，才会从参选一开始就高调宣称"要在美墨边境建起高墙阻挡非法移民"，将拉美裔移民与墨西哥作为首要的攻击对象。对特朗普的支持者而言，"美国优先"的口号也就在外交孤立主义的"美国内政事务优先"之外，具有了新的一层含义："本土美国（白）人的利益优先"。

从本土主义的核心诉求出发，特朗普与"里根共和党"的政策差异便都顺理成章了。深陷经济焦虑之中的选民，自然不希望政府完全放弃社会福利项目，更不希望政客们成天把精力放在堕胎权、同性婚姻、跨性别者如厕这些对经济、就业、收入等没有直接影响的社会文化议题上。这些选民对自由贸易协定不抱好感，自是题中应有之义；至于对国际事务的介入，在他们眼中同样是对美国资源的浪费，政府应该首先把财力和精力投入到国内经济问题上来。当然，对"伊斯兰国"和恐怖主义还是要狠狠打击的，但是必须让北约等盟友多出钱出人出力，不能让这些所谓的盟友继续占咱们美国的便宜；与此同时，既然穆斯林那么喜欢搞恐怖主义，那就干脆全面禁止他们入境得了，省得咱们美国人操心——通过在拉美裔之外把穆斯林也树立为威胁迫在眉睫的文化假想敌，本土主义选民们的"正宗美国人"身份又一次得到了自我确认，其身份焦虑既得到了强化又得到了纾解（或者说恰恰通过强化而得到了纾解）。

本土主义情绪必然会带动选民的种族主义、排外主义、反智主义。前面已经提到，大部分特朗普支持者至今仍对奥巴马是穆斯林深信不疑；这种阴谋论态度有时甚至会令特朗普及其支持者们搬起石头砸自己的脚。伊利诺伊州的共和党初选采取的是选票上同时列出总统候选人与相应的党代表候选人姓名以供勾选的"漏洞初选制（loophole primary）"；由于一些特朗普支持者的种族主义心态作祟，不愿勾选那些姓名看起来不够"白人"的本方党代表候选人（比如 Raja Sadiq、Nabi Fakroddin、Jim Uribe 等），导致特朗普虽然赢下了伊利诺伊，却比按规则预期少拿了三张代表票。[1] 当然，并非所有这种案例都能一笑了之。比如近日宾夕法尼亚大学的一位意大利裔教授，就因为长得不够像"典型本土白人"、又胆敢在飞机上演算数学题，而被邻座的"爱国群众"当成恐怖分子举报，导致飞机停飞、机场大乱。[2] 特朗普倘若当选，这种情况势必像火上浇油，愈演愈烈。

所以共和党主流精英对特朗普的恐慌和排斥是完全有道理的。然而特朗普这个怪胎的诞生，本身就是当代共和党多年孕育的结果。没有"里根革命"以来的"狗哨政治"，没有共和党极端派这些年极力煽动的拉美裔恐慌、非法移民恐慌、穆斯林恐慌，没有孜孜不倦地扭曲事实、灌输阴谋论的福克斯新闻台和保守派地方电台，没有小布什政府以莫须有的理由发动的、既空耗国帑又令国际社会离心离德的伊拉克战争，没有里根主义经济

---

[1] Ben Mathis-Lilley, "It Looks Like Trump Lost Votes in Illinois Because His Delegates Had Muslim-Sounding Names," *Slate*（2016 年 3 月 16 日）。

[2] Catherine Rampell, "Ivy League Economist Ethnically Profiled, Interrogated for Doing Math on American Airlines Flight," *Washington Post*（2016 年 5 月 3 日）。

学对收入不平等的加剧,没有福音派在社会文化议题上的冥顽不灵和登峰造极于茶党的对抗主义,特朗普不可能在共和党中拥有如此广泛的选民基础,本土主义也不可能在共和党初选中掀起如此巨大的浪潮。美国当代右翼极端主义政治的并蒂毒花——"特朗普现象"与"克鲁兹现象"——自第六政党体系形成伊始,便已埋下了种子。

美国"国殇日"
——没有硝烟的记忆战争

2016年6月3日"选·美"会员通讯。

每年5月份的最后一个星期一,是美国为纪念阵亡将士等所有为国捐躯者而设立的联邦节假"国殇日"(Memorial Day,也有人译为"悼念日"或狭义的"阵亡将士纪念日")。在许多美国普通人眼里,这一天比"夏至"之类天文时间点更能标识春夏之交:非官方的夏季从"国殇日"开始,到"劳工日"(Labor Day,9月份的第一个星期一)结束。

把国殇日定在星期一,而非固定的某月某日,出自国会1968年通过、1971年生效的《统一星期一假日法案》(Uniform Monday Holiday Act);此前联邦政府本来以每年5月30日为国殇日。除了国殇日之外,该法案还将华盛顿诞辰、退伍老兵日、劳工日等联邦假日全部都挪到了星期一,以便与周末两天相连,构成三天的小长假。

国殇日的起源与早期发展史,历来众说纷纭。1868年5月30日,是有案可查的第一次联邦层面的烈士纪念。但那次纪念只是军队内部自己组织的活动,由约翰·洛根(John Logan)将军颁发军令,要求各下级军事单位因地制宜凭吊国殇;而且凭吊的对象只是内战中为了自由平等的立国理念而捐躯的北军将士,并不包括死于维护奴隶制的南方叛军附逆。

但洛根将军举行国殇纪念的主意又是从何而来?早在1865年内战结束后的一两年中,地方各州已经有了零零散散的国殇纪念。1966年国殇日前,国会决议及约翰逊总统宣言均认定,1866年5月30日的纽约州滑铁卢市，是"国殇日"传统的真正诞生地，因此 1966 年 5 月 30 日恰好是国殇纪念一百周年。

滑铁卢市虽然得到官方认证，却远远不足以平息国殇日首创权的争议。根据美国退伍老兵事务部的统计，迄今至少仍有 25 个城市宣称是自己最早举行了国殇纪念，其中绝大多数是南方城市（并且宣称本市一开始只纪念南方阵亡将士）。比如密西西比州哥伦布市便宣称该市市民早在 1866 年 4 月 25 日便自发举行了烈士纪念活动，领先纽约州滑铁卢市一个多月。

理查德·加德纳（Richard Gardiner）和丹尼尔·贝尔韦尔（Daniel Bellware）考证认为，[1] 不管是纽约滑铁卢市，密西西比哥伦布市，还是其它别的城市，其国殇纪念都可以溯源自"佐治亚州哥伦布市淑女国殇协会（Ladies' Memorial Association of Columbus, Georgia）"于 1866 年 3 月 11 日在地方报纸上呼吁（南方各州）纪念内战中的（南军）阵亡将士的一封公开信。该市欣然采纳建议，于 1866 年 4 月 26 日举办了首次烈士纪念，南方其它城市也纷纷效尤。

内战后南北对峙气氛不减战前，眼看"南方佬"胆敢怀念附逆受死之徒，北方人自然不甘落后，赶忙展开对北军烈士的纪念。由于南北气候不同，开花有早晚，因此南方多在 4 月底 5 月初纪念，而北方针锋相对的"扫墓日（Decoration Day）"往往定于 5 月底；直到一战前后，北方的"扫墓日"才渐渐统一改称"国殇日"，而迄今南方许多州仍然在联邦的"国殇日"之前一个月左右，另行纪念本州的"邦联国殇日（Confederate Memorial Day）"。

到了 19 世纪末，随着各地"都市传说"的兴盛，许多城市开始回头编造自己烈士纪念的早期史，给真实的历史笼罩了重重迷雾。比如前述密西西比州哥伦布市自命（比佐治亚州哥伦布市还早一天）的烈士纪念活动，

---

[1] Richard Gardiner & Daniel Bellware (2014), *The Genesis of Memorial Day Holiday in America*, Columbus State University.

便很有可能"生产"于这个时期。更有甚者,弗吉尼亚州甚至一度宣称,该州早从 1862 年起就在纪念烈士了。

不过事情并未随着加德纳和贝尔韦尔的考证而水落石出。毕竟"佐治亚州哥伦布市淑女国殇协会"的想法本身,很可能又是对更早一些的烈士纪念活动的反应。

研究美国内战与种族关系史的耶鲁大学教授戴维·布莱特(David Blight),无意间在哈佛图书馆的故纸堆里发现,内战结束后最早的烈士纪念活动,其实是由南卡罗来纳州查尔斯顿市(亦即 2015 年种族主义枪击案发生地,参见拙文《邦联旗飘扬》)获得解放的黑奴发起的。[1]

在内战中,被南军囚禁于该市的北军战俘遭到残酷虐待,死后更被胡乱掩埋。南方投降后,黑人们感念北方将士的恩德与牺牲,自发于 1865 年 5 月 1 日组织起来,将乱坟之中的战俘尸首掘出清洗后隆重下葬,并树碑纪念,上镌大字"种族事业的烈士(Martyrs of the Race Course)"。葬礼结束后,当地黑人与入城受降的北军将士以及一部分反对奴隶制的南方白人,共同举行了盛况空前的万人绕城大游行,高唱国歌、军歌,令在场采访的《纽约论坛报》记者感极而泣。

然而随着南方重建的草草收场与白人至上主义者的再度掌权,南方各州开始系统性地打压关于黑人自主性的记忆,构造了一套邦联主义的内战叙事取而代之。即便以 1865 年查尔斯顿市烈士纪念活动的场面之盛、媒体报道之多,在 1876 年白人至上主义者完全把持南卡罗来纳州朝政之后,这场盛事也迅速地消失在公共记忆之中,仿佛从来没有发生过一般。以至于几十年后,当"邦联之女联合会(United Daughters of the Confederacy)"的一位官员写信询问"查尔斯顿市淑女国殇协会(Ladies' Memorial Association of Charleston)"主席,"1865 年迁葬仪式中有黑人参加"的传

---

[1] David Blight (2011), "Forgetting Why We Remember," *New York Times*, May 29, 2011.

闻是否属实时，后者不屑一顾地回复道，此类传闻完全得不到任何官方记录的支持。

南方黑人对国殇日传统的创建，就此尘封 100 多年。墨写的谎言，终于在漫长的时间里，掩盖了血写的事实。

当然，1865 年查尔斯顿黑人对北军烈士的迁葬与缅怀，同样可能有其滥觞。阿兰·焦布尔（Alan Jobbour）与卡伦·焦布尔（Karen Jobbour）伉俪在其书中指出，[1] 美国中南部的高山地区，民间一直有春末扫墓的传统，只不过这种民间扫墓纪念的都是亲朋好友，而不是国家英烈；时至今日，从北卡罗来纳到密苏里的部分山区，仍然可以见到这种习俗。

不过，将私人性质的扫墓升华到公共性质的国殇纪念，其意义毕竟大为不同。2000 年，时任总统克林顿签署了国会通过的《全国缅怀时刻法案》（National Moment of Remembrance Act），建议全国公众在每年国殇日的下午 3 点，暂停手头活动，缅怀所有为追求自由与和平而牺牲的同胞。然而在"国殇日"郑重的纪念仪式下，围绕美国种族关系的历史与现状而展开的话语权之争，却远不为大众所熟知。春夏之交对殉国志士的缅怀，虽已不见硝烟，却是一场激烈而经久不息的战争，一场真相与谎言、记忆与遗忘的战争。

---

[1] Alan Jabbour & Karen Singer Jabbour (2010), *Decoration Day in the Mountains: Traditions of Cemetery Decoratio in the Southern Appalachians*, University of North Carolina Press.

拆除邦联雕像问答二则

2017 年 8 月 22 日在线问答。

问 1：拆除罗伯特·李的雕像对美国的稳定是利还是弊？

答 1：拆除李将军及其余南方邦联领袖的雕像，乍从短期上看似乎不利于稳定，毕竟激起了左右翼的直接碰撞，但从长期而言，其实是维持美国社会政治文化可持续发展的势在必行之举。

自美国建国时起，奴隶制（以及后来的种族隔离制度）便在其政治中扮演着举足轻重的地位。为了能让南方蓄奴州加入合众国联邦，制宪者不惜在宪政框架上做出种种妥协让步，从直接贬低黑奴人格的"五分之三条款"，到间接提高蓄奴州话语权重的参议院一州两票制、总统选举人团制、"逃奴条款"等，无一不为后来美国政治发展埋下隐患。

内战虽然终结了奴隶制，但对种族主义罪恶清算的不彻底，使得南方白人至上主义者在战后卷土重来，一方面在地方政府包庇下，大肆动用火烧、绞死、剥皮、阉割等私刑恐吓和残害南方黑人以及其余少数族裔（包括华裔劳工），令其不敢参与政治，另一方面又制定种种"吉姆·克罗法"剥夺南方黑人（及其余少数族裔）的宪法权利、推行种族隔离，将其世世代代踩在社会的底层。

20 世纪五六十年代的民权运动，将种族隔离制度扫进历史的垃圾堆。但种族主义的阴魂仍在美国政治中萦绕不散，从 1970 年代"毒品战争"的立法细节，到近年引起媒体关注的警察执法暴力，再到里根时代迄今围绕社会福利分配的种种争议，背后莫不若隐若现着种族矛盾的深层脉络。

但这一切与是否拆除邦联雕像又有何联系？

其实，在种族隔离大行其道的几十年中，美国政客与民众之所以会对其罪恶安之若素、视而不见，很大程度上就是因为南方白人至上主义者竭力争夺历史解释权，积极篡改内战叙事，淡化南方邦联的奴隶制原罪，将包括李将军在内的邦联人物洗白成维护"州权"与"南方文化"的彬彬绅士、为"命定失败的伟业（Lost Cause）"而战的悲剧英雄，把北军将士污蔑为粗鄙不堪见钱眼开的小人，把翻身得解放的黑人污蔑为烂泥扶不上墙的懒虫和反咬旧主一口的恶犬。从电影《一个国家的诞生》、小说《飘》（以及由其改编的《乱世佳人》）等影响力巨大的文艺作品，到如今遍布美国的邦联雕像和邦联纪念碑，无不是这一"文化战"、"历史战"的产物。

中文网络上的不少评论者，想白人种族主义者之所想，急白人种族主义者之所急，搬出"灭人之国必先去其史"之类大道理来反对拆除邦联雕像。殊不知真正"灭国去史"的，并不是主张拆除邦联雕像者，相反恰恰是长久以来孜孜不倦地淡化奴隶制与内战的关系、洗白邦联罪恶、四处兴建邦联雕像的那些人。

种族主义是美国政治中一块溃烂多时、动辄引发机体失调的脓疮，只有及时治疗才有望痊愈；然而讳疾忌医者却试图在被篡改与重构的内战历史记忆帮助下，掩盖脓疮存在的事实。事实上，美国几次兴建邦联纪念地标的风潮，都在种族政治斗争激烈之时（见下图[1]）：

第一次高潮始于1896年高院认可种族隔离（"普莱西诉弗格森"案），鼎盛于1910—1920年代"第二波三K党运动"风起云涌、南方各州逐步"完善"种族隔离制度之际——夏洛茨维尔的两尊雕像便建于这一时期，均

---

[1] 出自南方贫困法律中心（Southern Poverty Law Center）2018年报告 Whose Heritage? Public Symbols of the Confederacy。

空谈 373

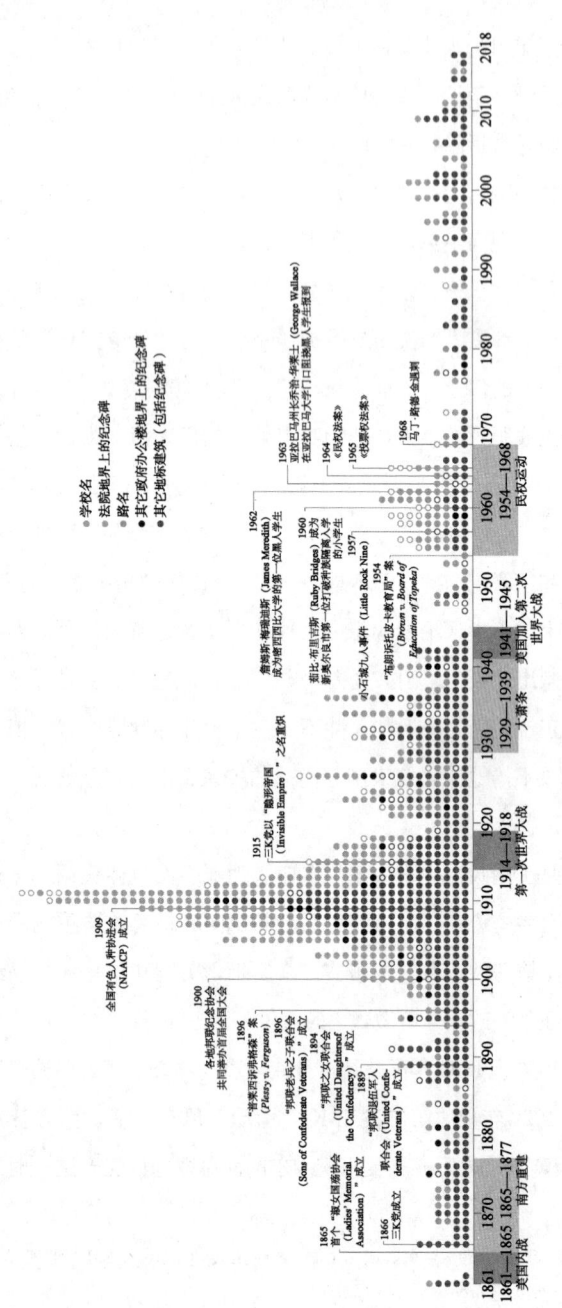

"谁的遗产？一百五十年来的邦联纪念物统计"（图源：南方贫困法律中心，2018）

为1915年万人空巷的白人至上主义电影《一个国家的诞生》影响下的产物：李将军像于1917年动工、1924年落成，杰克逊将军像于1919年动工、1921年落成（其实就连如今耳熟能详的关于李将军"高尚人格"的种种轶事，也主要是在这个时期编造出来的）；

第二次高潮是1950—1960年代，南方各州为了对抗最高法院"公立学校种族融合"的判决，以及方兴未艾的民权运动，而将大量学校用邦联人物命名、在政府大楼内外挂满邦联旗帜、在公园及街道醒目处兴建邦联雕像——此次夏洛茨维尔事件[1]中所涉及的，弗吉尼亚州"地方政府不得拆除已经落成的内战纪念碑"的法律[2]，也是制定于此时；

第三次（规模较小的）高潮则是1990—2000年代，白人至上主义在基

---

[1] 2017年8月11日，全美数千白人至上主义者、三K党徒、新纳粹团体蜂拥至弗吉尼亚大学所在地夏洛茨维尔市举行集会，夜间持火把巡游弗吉尼亚大学校园，将反对白人至上主义的学生团团围在核心。8月12日，这些身穿希特勒语录T恤、挥舞党卫军旗与美国内战时南方的"邦联旗"、摆出纳粹手势、高喊"血与土地"等纳粹口号的白人至上主义者，又在他们荷枪实弹的"民兵"组织簇拥下招摇过市，与反对者对峙并发生暴力冲突。期间一名来自俄亥俄州的二十岁白人男子、身为共和党注册党员的白人至上主义者詹姆斯·菲尔兹（James Alex Fields Jr.），甚至故意驱车碾压反对者的队伍，造成一人死亡、数十人受伤。

[2] 夏洛茨维尔市议会于年初决定，将市里的"罗伯特·李公园"（纪念美国内战中南方邦联的罗伯特·李将军）改名为"奴隶解放公园"、将"杰克逊公园"（纪念美国内战中南方邦联的托马斯·"石墙"·杰克逊将军）改名为"正义公园"，并移走公园里原有的一尊李将军铜像与一尊杰克逊将军铜像。"邦联老兵之子（Sons of Confederate Veterans）"等保守派组织将市议会告上法庭，声称根据弗吉尼亚州的《纪念碑管理法》，战争（包括内战）纪念碑一旦建成之后，地方政府便无权将其移除；市议会则辩称，李将军铜像与杰克逊将军铜像并非内战纪念碑，而是个人纪念雕像，因此移除这两尊铜像并不违反州法。5月份时，地方法院的一名法官向市议会发出临时禁制令，要求其在半年内不得移除李将军铜像，以待法院在8月30日开庭审理此案（但法官允许市议会先行将公园改名）。然而极右势力并无意坐等法院判决，而是企图借机挑起更大范围的种族冲突。早从市议会提出草案时起，地方及周边的白人至上主义团体便已在该市组织了几次小型的示威抗议，4月初甚至烧毁了一座商铺；但他们意犹未尽，随着开庭日期逼近，终于决定把全美的极右势力串联起来，集中展示自己的力量。夏洛茨维尔事件由是发生。

空谈　375

督教右翼势力的掩护下重返政坛，再次通过为邦联招魂，以对抗联邦政府将"马丁·路德·金日"定为公共假日等措施、反制少数族裔对政治的参与。

目前全美一千多座邦联纪念碑与纪念雕像分布在三十一个州，包括蒙大拿、爱达荷等许多根本和南方邦联沾不上边的中西部州。这也说明邦联纪念物的用意绝非什么"缅怀地方文化遗产"，而是白人群体内部的种族主义暗号[1]。任由这些邦联纪念物矗立于公共空间，其实就等于纵容和炫耀美国社会对自身种族主义历史的毫无愧疚与不知反省。试着想象一下，倘若如今德国大肆兴建隆美尔、古德里安等"纳粹名将"雕像，民众将作如何观感？

尤其在美国这样一个多族裔的移民国家，倘若时至今日，政府仍对一个以维护奴隶制为理念核心的叛国集团态度暧昧，焉能不加剧族群之间的对立与撕裂？拆除邦联雕像、纠正虚假的历史叙事、清算种族主义的文化残余，短期内当然会引起不小的抵触，却也是美国拆除种族矛盾定时炸弹的必要步骤、通往长治久安的必由之道。

问2：为何现在美国民间掀起了一波拆除华盛顿雕像的呼声？要拆除李将军的雕像，就得一并拆除华盛顿的雕像吗？

答2：美国民间并没有"掀起了一波"拆除华盛顿雕像的呼声。很多人之所以会产生这种印象，源于夏洛茨维尔事件后，特朗普一方面以"各

---

[1] 除了夏洛茨维尔外，今年5月初路易斯安那州新奥尔良市拆除纪念"新月城白人联盟（Crescent City White League，内战后当地一个类似于三K党的白人暴力组织）"对抗"南方重建"而发动的"自由之地战役（Battle of Liberty Place）"纪念碑时，同样激起了众多白人至上主义者的反弹；由于受到人身威胁，参与拆除纪念碑的工人甚至必须戴着面具施工以防被人认出，并且政府还派出了狙击手在施工现场附近保护工人。

打五十大板"的手段为白人至上主义者开脱，声称冲突双方都有好人也都有责任，[1] 另一方面则试图用滑坡论证的方式混淆视听，抹杀拆除李将军雕像的正当性："华盛顿也是奴隶主，你们下一步是不是就要拆除华盛顿雕像了？"

对特朗普的滑坡逻辑，主流媒体早有大量反驳；同时，尽管在主张拆除李将军雕像的阵营中，确有极少数人中了这种滑坡逻辑的圈套、当真提出了此类激进主张（比如芝加哥一位黑人牧师向政府请愿将市里的"华盛顿公园"改名），但这些仅仅是零星的提案，在整个阵营中应者寥寥。然而右翼媒体以及中文舆论圈的好事者却迫不及待地揪住这些极少数人的零星提案大肆炒作，营造出美国的反种族主义运动正在得寸进尺地妄图"消灭历史"、国父们的地位朝不保夕的假象，要么试图据此打压反种族主义的整个议程，要么借机渲染美国的"混乱"并映衬国内的"稳定"，要么利用耸人听闻的内容增加点击量。

然则为什么拆除李将军雕像和拆除华盛顿雕像是两码事、为什么拆除前者并不意味着要拆除后者？其实道理并不复杂。

首先，华盛顿虽然是奴隶主，但奴隶主身份并不是构成他人格与功绩的核心元素；我们之所以纪念华盛顿，是因为他领导美国独立战争、参与建立一个法统延续至今的宪政共和国、当选其首任总统，并在两届任期后主动退休为后人树立典范。可以说，没有华盛顿，就没有美国，没有美国未来的废奴主义者同种族主义不懈斗争的制度基础。

这当然并不等于说我们在任何场合都要"为尊者讳"、避而不谈华盛顿的奴隶主身份。但是因为华盛顿的业绩成就与其受历史局限而沾染的污点之间并无内在联系，并且其成就中包含了超越自身历史局限的种子，我们

---

1 夏洛茨维尔事件后，前三K党头领戴维·杜克（David Duke）在推特上敲打特朗普，别忘了谁才是他的基本盘："我建议你好好照下镜子，记住是美国白人把你送上总统宝座，不是激进左翼。"而特朗普果然也不负所望，在新闻发布会上大搅浑水，为极右势力辩护。

空谈 377

便得以更加同情地看待这种历史局限，并对其勋业加以独立于历史局限的纪念。

再说其历史局限。在华盛顿（1732—1799）这代人的成长过程中，奴隶制是北美社会无所不在的组成部分；1776年《独立宣言》发表时，北美十三州全都承认奴隶制；1787年制宪时，只有马萨诸塞和宾夕法尼亚两州已经完全废奴，其余北方数州刚刚启动"渐进废奴"过程。当时的许多政治精英（尤其华盛顿这样较为开明的奴隶主），一方面理智上承认奴隶制罪大恶极，另一方面又缺乏推动废奴的视野与魄力，只能寄希望于随着工业进步与技术发展，奴隶制会逐渐地自然消亡（然而19世纪初轧棉机的发明令南方种植园经济得以复兴、粉碎了"奴隶制自然消亡"的美梦；参见《美国政党体系流变》系列）；同时，稍微有点良心的奴隶主（比如华盛顿本人），还会在遗嘱中解放自己名下的所有奴隶。

另一位开国元勋杰弗逊（1743—1826）的情况与此类似。同为大奴隶主，杰弗逊在思想上受种族主义观念的影响更甚于华盛顿，而且他身为奴隶主的不少举措（比如吝于解放名下黑奴，以及与女奴隶莎莉·海明斯的关系，等等）也争议极大。但他与华盛顿一样承认奴隶制罪大恶极，并在政策立场上极力反对奴隶贸易与奴隶制西进扩张（比如起草并推动通过了1787年《西北法令》，在"西北领土"全境禁止奴隶制；呼吁制定并签署了1807年《禁止奴隶进口法》，终结国际奴隶贸易）。同时，杰弗逊还留下了《独立宣言》等不朽名篇，其中"人人生而平等"的理念为废奴主义运动提供了重要的理论武器，而武装叛国的邦联领导人则不得不公开否定《独立宣言》、站在美国立国精神的对立面（参见《邦联旗飘扬》）。

与此相反，为维护南方奴隶制而领导邦联叛军、与合众国军队作战，却是李将军戎马生涯的最大"业绩"，无论后来的邦联同情者如何试图洗白李将军的人品，也无法绕开这一基本的事实，只能拐弯抹角地在他"心怀故乡"、"主动投降"等方面做文章，甚至宣称他内心其实反对奴隶制云云，试图以此将他的"业绩"与奴隶制脱钩。

事实当然正相反，李将军眼中奴隶制的"罪过"，指的是为白人造成了额外的负担：为了把愚昧无知的"黑鬼"带到文明世界加以"教化"、而不得不勉为其难将其收为奴隶，带在身边日夜熏陶培养；换句话说，奴隶制其实是白人大公无私精神的体现。与此同时，作为奴隶主，李将军拒绝按照岳父生前多次公开表达的意愿、在岳父死后立即解放其名下所有奴隶，而是将后者全数转入自己名下，直到引起《纽约时报》等全国媒体的关注和批评后，才登报声称岳父临终时嘱托他在五年内解放奴隶（这一说法与奴隶们的证词相抵触）、自己将在五年后完成岳父遗愿云云；同时，他对待自己的奴隶也极为刻薄，其手下一位奴隶曾说他是自己见过的最残酷的奴隶主。[1]

此外，李将军（1807—1870）与华盛顿、杰弗逊相隔不止一代人。如果说华盛顿、杰弗逊们还缺乏接触激进废奴理念的机会、还可以寄希望于"奴隶制自然消亡"，那么到了李将军成长的年代，从 1820 年的"密苏里妥协"开始，蓄奴废奴之争已经日渐成为全国政治的焦点议题，废奴主义运动自 1830 年代以后更是风起云涌；至于民意沸腾的《堪萨斯-内布拉斯加法案》、洛阳纸贵的《汤姆大伯的小屋》、万人空巷的弗雷德里克·道格拉斯巡回演讲，乃至李将军亲自带兵镇压的约翰·布朗起义，社会上大大小小的事件都足以对其造成思想上的冲击，促其反省奴隶制的不义。——然而他没有。历史背景的世代差异，也使得我们更难（也更不应该）像对待华盛顿、杰弗逊那样，套用"历史局限性"来为李将军开脱。

换句话说，纪念华盛顿（或纪念杰弗逊）与纪念李将军，存在两个方面的根本区别。一方面，前者有着独立于自身瑕疵的卓越功勋，并且其著述与实践中埋藏着纠正自身瑕疵、超越历史局限的种子，故而有资格被承认为瑕不掩瑜的开国英雄，而后者只不过是一名主动选择为奴隶制卖命的

---

[1] 参见 Adam Server, "The Myth of the Kindly General Lee"（《大西洋月刊》2017 年 6 月 4 日）等钩沉文章。

空谈　379

叛军将领，除此之外并无显赫事迹可陈，对此人的纪念无法与对奴隶制的纪念相切割。另一方面，即便仅以二者的历史局限性而言，在程度及性质上也迥然有别，不可同日而语。

正因如此，说"要拆除李将军的雕像，就不得不一并拆除华盛顿（或杰弗逊）的雕像"，就如同说"要拆除纳粹名将古德里安的雕像，就不得不一并拆除铁血首相俾斯麦的雕像"、"要拆除东条英机的雕像，就不得不一并拆除福泽谕吉的雕像"、"要停止参拜靖国神社，就不得不全盘否定明治维新"一样荒唐可笑。

美国枪支管理的社会演化
——民兵迷思、种族政治与右翼草根动员

2017 年 10 月 11 日作，删节版《美国控枪为何如此艰难？》刊《财经》杂志是月 16 日。

一

当地时间 2017 年 10 月 1 日晚，美国赌城拉斯维加斯，64 岁的白人男性斯蒂芬·帕多克（Stephen Paddock）使用经过改装的半自动步枪，从曼德勒海湾酒店第 32 层某房间的窗口，居高临下地扫射广场上参加拉斯维加斯年度乡村音乐节的人群，造成 59 人死亡、489 人受伤，继 2016 年 6 月 12 日的奥兰多夜店枪击案（50 死 53 伤）之后，再次刷新了美国单人枪击案的死伤纪录。案发后，警察在涉事酒店房间中发现 23 支枪械及大量弹药，以及数枚可将半自动步枪的射速提高到每分钟 700 发子弹的撞火枪托（bump stock），不久又在枪手家中发现了另外 19 支枪械，以及未曾付诸实施的攻击其它音乐节的计划。

美国的枪支制度一向遭人诟病，拉斯维加斯枪击案更是直接暴露出其中的重重漏洞。比如在联邦层面，尽管 1986 年的《火器拥有者保护法》（Firearm Owners Protection Act）禁止平民持有 1986 年以后生产的全自动枪械（俗称"机关枪"），但无论半自动枪械还是撞火枪托，却都不在目前的法律限制范围之内；1994 年的《突击武器禁令》（Assault Weapons Ban）曾一度禁止某些"突击型"半自动枪械，但该禁令已在 2004 年因为未能续

期而失效；至于撞火枪托这样价格便宜、即插即用、实际上等于将半自动枪械升级为全自动枪械的改装设备，其流通与使用更是全无限制，令《火器拥有者保护法》对全自动武器的管控形同虚设。

至于拉斯维加斯所在的内华达州，其州法对枪支的管理更是出了名地松懈：比如不要求物主对枪支进行注册，也不限制单人拥有枪支的数量；不禁止平民持有或交易大口径狙击步枪及高容量弹夹；无需执照即可出售弹药，也不要求出售者记录弹药购买者的姓名身份；从没有执照的私人玩家处购买枪弹者无需接受背景检查（background check）；等等。此外，内华达州议会还禁止地方市郡政府在辖区内自行立法对枪支进行小范围控制。控枪倡议者早就警告过内华达州枪支政策的潜在风险，只是不料竟以如此惨痛的方式言中。

然而与过去数年里一次接一次的重大枪击案一样，拉斯维加斯的悲剧对于改革美国当代抱残守缺的枪支政策，恐怕并不会有任何切实的推动。1996 年澳大利亚阿瑟港枪击案（35 死 23 伤）发生后的短短十二天内，澳大利亚政府便与反对党合作，通过了全面改革枪支管理体系的《全国火器协议》（National Firearms Agreement）；同年苏格兰邓伯兰学院大屠杀（18 死 15 伤）后，英国议会也只用一年时间便完成了对《火器法》（Firearms Act）的两次修订。这些改革在大幅降低澳、英两国涉枪案件（包括杀人、自杀、抢劫等等）的频率与烈度方面，起到了立竿见影的效果，被公认为立法处理社会问题的典范。与此相反，在过去几十年中，美国的枪支管理体制却未见改善，甚至在某些方面还有退步，大规模枪击案也爆发得越来越频繁。

为何欧美其它发达国家行之有效的控枪政策，在美国却举步维艰？为何美国的枪支管理改革会陷入今天的僵局，甚至成为意识形态斗争的主战场之一？对此，许多人的第一反应是援引美国宪法第二修正案对持枪权的保障。但细究历史可以发现，在 20 世纪下半叶以前，第二修正案从未被视为枪支管理的阻碍；换句话说，第二修正案只是为当代"枪权神圣论"者的政治动员提供了可资利用的原材料,但这些原材料被以如此方式解读和利用,以及拥枪派在政治上的被动员,却并非自然而然之事。要真正了解美国控枪难的原因,必须抛开"第二修正案保障持枪权"的宪法迷思,把握更为深广的社会政治背景演变脉络。

二

文艺复兴以后,古典共和主义在欧洲政治思潮中的影响与日俱增。根据古典共和主义者的说法,无论"雇佣军"还是"常备军",都与公民美德及共和精神背道而驰:雇佣军为钱卖命,周身散发铜臭,得胜便趁机洗劫,失利便一溃千里;常备军听命于君主一人的调遣,以备战为职业,在和平时期亦不解散,显然意在震慑并镇压反对者,为专制与暴政添砖加瓦。在古典共和主义的理论图景中,只有身兼平时"公民"与战时"士兵"两重身份的"民兵",才是自由与共和赖以存续的基础:和平时期作为公民参与日常的社会政治活动,令士兵们在参战时更有保卫家园的自觉,而非(像雇佣军那样)拿钱办事或(像常备军那样)消极听命;随时应征入伍抵御外敌的义务,又让公民们在承平时期居安思危,不忘操习武事、培养武德,免受酒色财气的腐化而堕落。

在欧洲各国向现代国家转型的过程中,雇佣军逐渐退出了历史舞台,但常备军与民兵的理论之争一度激烈。在 17 世纪的英国,先有克伦威尔"新模范军"被斯图亚特王朝复辟以后的主流舆论视为反面典型,后有 1689 年《权利法案》将擅自设立常备军列为詹姆斯二世的罪状之一;常备军在母国的恶名,对北美殖民地正处在发育期的政治思想造成了深刻的影响。

近百年后北美独立战争爆发时,英国本土思想家已经开始逐渐接受常备军的理念(比如亚当·斯密就在《国富论》中辩称,常备军既未足以妨碍公民自由,又顺应了国家现代化与战争专业化的大势),北美殖民地的主流意见却仍旧对常备军嗤之以鼻,不少州在制定州宪法时均写入了"和平时期不得维持常备军"的条款。尽管各殖民地的民兵在独立战争中表现不佳、并未发挥实质作用，但在战后仍被作为北美建国神话的一部分广受传颂，而抗英主力"大陆军"则一俟战争结束即遭解散，其军饷亦遭拖欠，由此导致的 1783 年"宾州兵变"甚至逼得邦联国会仓皇逃离费城、美国从此迁都。直到 1791 年瓦巴什战役（Battle of the Wabash），一支大约千人的民兵队，在与印第安部落交战的过程中全军覆没，关于民兵军事能力的迷思才彻底破产，举国上下终于承认：国防安全必须靠职业军队来保障、绝不能托付给业余的民兵；美国本已解散的常备军体系也在此役过后得以重新建立和发展。

不过在此之前，《邦联条例》施行的短短几年间，中央政府过于孱弱带来的不便已然暴露无遗，而 1786—1787 年间的谢司叛乱（Shays' Rebellion）则是压垮骆驼的最后一根稻草。尽管马萨诸塞州民兵最终还是将谢司叛乱镇压了下去，但在随后的立宪会议中，援引内忧外患为由，主张设立常备军、并将民兵控制权收归中央政府的"联邦派"一时间占了上风。新宪法草案第一条第八款规定，国会有权常设陆军与海军（但对陆军的每次拨款预算不得超过两年），并有权组织、武装、训练、管理和征调各州民兵，只有民兵队伍的军官任命权完全交由州政府。

这样一来，常备军与民兵优劣之争，又同联邦派与反联邦派之争挂上了钩。反联邦派指责新宪法允许国会设立常备军乃是包藏祸心、意在实施暴政；联邦派则宽慰道，联邦政府并没有能力组建起强大到足以抗衡各州民兵的常备军，所以无需担忧；反联邦派说既然如此国会便不该插手各州民兵管理；联邦派答曰这是汲取此前邦联国会沦为橡皮图章的惨痛教训，是唯一现实的选择；反联邦派又质问那该如何防范联邦政府故意对民兵疏于管理训练、导致民兵体系日渐荒弛、最终在联邦常备军面前不堪一击？

由于新宪法草案必须交付各州批准方能生效，在若干州议会中占据优势的反联邦派对新宪法的怀疑与排斥，迅速催生了意在襄助各州抗衡联邦政府的第二修正案："鉴于一支管理良好的民兵对一个自由州的安全实属必要,人民存留与佩用武器的权利不得受到侵犯。(A well regulated Militia, being necessary to the security of a free State, the right of the people to keep and bear Arms, shall not be infringed.)"

尽管第二修正案被两个世纪后的"枪权神圣论"者奉为神主牌,但在当时人眼中,修正案所云"人民存留与佩用武器的权利",只有放在"管理良好的民兵"这一语境下才能理解:任何符合民兵征召条件的公民,均有权响应号召加入民兵(亦即"佩用武器")、有权在平日里为加入民兵做准备(亦即"存留武器")、有权要求联邦政府善尽对各州民兵进行组织、武装、训练等义务(亦即"管理良好"),从而防范中央集权的暴政、保障"自由州的安全"。

正因如此,最先提出第二修正案动议的弗吉尼亚州,在本州宪法(以及此后近两百年间五次修订州宪)中却只提及"管理良好的民兵"、未提及"人民存留与佩用武器的权利",直到 1971 年第六次修订州宪才将后者补入;反过来,在第二修正案通过前后由"拥枪派"控制的州(比如宾夕法尼亚、肯塔基等),则纷纷修改州宪相关行文、淡化本州居民武器权与民兵效能的关系,以免与第二修正案混为一谈。[1]

由于第二修正案对持枪权的保障以民兵效能为出发点,因此直到 20 世纪下半叶为止,几乎没有人视其为推行枪支管理政策的阻碍。在 2008 年颠覆性的"哥伦比亚特区诉海勒"案(*District of Columbia v. Heller*)以前,联邦枪支管理政策唯一遭遇的一次宪法挑战发生于 1939 年的"合众国诉米勒"案(*United States v. Miller*)。其时最高法院以八比零的一致意见支持联邦政府,认为第二修正案所保护的,只是对"现如今与维持一支良好管理的民兵之存续或效能有着某种合理关系(has today any reasonable

---

[1] 关于美国宪法第二修正案立法原意、起草过程以及当时各州如何解读与应对,拙文《控枪还是不控枪,这是个问题:美国宪法第二修正案之争》(《澎湃》,2015年11月19日)专门做了详细的钩沉辨析,感兴趣者可以参阅。

relation to the preservation or efficiency of a well regulated militia)"的那些类型武器的持有权；由于枪管长度小于十八英寸的霰弹枪并不在当时民兵的正常装备之列，因此 1934 年《全国火器法》（National Firearms Act）对这类霰弹枪的禁令并不损害民兵的效能，故而也并不违反第二修正案。

除了武器的类型之外，武器的携带方式也一度受到严格的限制。事实上，直到 1980 年代"隐蔽携枪运动"（concealed carry movement）之前，美国社会的主流观念一直认为：持枪者一定要把枪支"公开佩带"（open carry）、让周围人都能看到并提前有所防备，才是正人君子所为；相反，那些把枪用外衣盖住，或是藏在口袋、手杖、提包、行李箱、车辆里的，多半是阴谋暗算他人、危害公共安全之徒。

所以早从 19 世纪初起，各州便纷纷制定了限制普通民众"隐蔽携带"武器的法律。比如肯塔基州 1799 年才刚刚修订州宪、声称"公民们为了他们的自卫和本州的防卫而佩用武器的权利不得受到质疑（the rights of the citizens to bear arms in defence of themselves and the State shall not be questioned）"，1813 年就开始立法禁止"隐蔽携带"刀、剑、枪等（除非人在旅途不便佩带），直到 1996 年才正式放松管制。在 1970 年代末，全美五十个州有四十九个要么完全禁止"隐蔽携枪"、要么严控"隐蔽携枪许可证"的颁发数量，并不认为这与联邦宪法第二修正案或各州宪法中的持枪权条款有任何冲突。

前高院大法官斯蒂芬斯（John Paul Stevens）曾在其书中回忆道，当他于 1975 年就职高院时，法学界对第二修正案的理解基本一致：就像"合众国诉米勒"案判决所说的那样，第二修正案只保护平民持有民兵常用的某些武器类型，并且这种保护并不妨碍联邦或各州政府出于公共安全考虑对枪支的流通与使用进行合理管控。就连身为保守派的首席大法官伯格（Warren Burger），在退休五年后（1991 年）接受美国公共广播电视台（PBS）采访时，还痛斥以全美步枪协会（National Rifle Association，简称 NRA）为首的"拥枪派"歪曲第二修正案含义、鼓吹放松枪支管制，乃是他"这辈子见过的由特殊利益集团向美国民众实施的最大型欺诈之一（one of the greatest pieces of fraud — I repeat the word, fraud — on the American people by special interest groups that I have seen in my lifetime）"。

三

然而为何这场"大型欺诈"会在 20 世纪下半叶得到策划和实施，又为何能在短短几十年内斩获如此巨大的成功？这背后最重要的动因，当属保守派白人群体在政治上对五六十年代旨在打破种族隔离、实现种族平等的民权运动（civil rights movement）的强烈反弹。吊诡——或者说讽刺——的是，对民权运动的反弹之所以会导致反对控枪，恰恰是因为在民权运动以前，控枪政策本是种族歧视的重灾区。

与美国的其它许多政治问题一样，枪支问题在历史上一直与种族问题紧密纠缠。建国初期，由于持枪权被默认等同于民兵资格，而后者又以成年男性公民（"自由人"）身份为先决条件，因此不少蓄奴州都在州宪法中明文规定持枪权属于"自由白人男性（free white men）"，从而将黑人、印第安部落，以及白人女性均排除在外（阿肯色州曾在 1861 年修订州宪时将印第安人纳入有权持枪的范畴，但 1864 年再度修宪时又删去）。另一些蓄奴州尽管声称持枪权属于全体"人民"、所有"公民"或所有"自由人"，却又另立法律规定：黑人自由民（并非黑奴）要想持枪，必须先向地方官员提出申请——而在实践中，这些申请毫无疑问地会遭到白人地方官员们的拒绝。

内战后，奴隶制遭到废除，南方黑人在获得自由的同时也购入了不少枪支。但南方白人并不死心，这边刚向联邦政府投降，那边转身便推出"黑人法典"（Black Codes），限制黑人的财产权、经营权、工作权、出庭作证权、持枪权等各方面权利。不但如此，在"南方重建"期间及其失败后的种族隔离时代，各地白人暴民还纷纷组织"民兵"扫荡黑人住所、收缴黑人枪支，对拒绝服从的黑人（以及同情黑人处境的白人）施以恐吓、凌

空谈

辱与屠杀；至今犹存、并在特朗普上台后气焰大涨的三K党，最初正是田纳西州的一支战后白人民兵组织。

内战后南方白人至上主义民兵对黑人的猖狂镇压，在建国初年的常备军辩论后进一步粉碎了古典共和主义的民兵迷思：民兵非但军事能力无法与职业军队相提并论、不堪委以国防要务，而且在内政方面也并不天然就是自由与共和的基石，反倒可能沦为多数压迫少数的工具。

同时，这段历史也构成了对当代拥枪派津津乐道的"公民持枪便可/方能抗衡暴政"论调的反讽。种族暴政在南方各州的卷土重来，并不是因为施暴方有枪、受压迫方没有：战后南方黑人并非手无寸铁，面对白人暴徒也不乏反抗，甚至一度因为联邦政府对南方实行军管、而在武装力量方面具备相对优势。然而面对整个南方社会的走火入魔，面对各级地方政府与法院体系对白人暴徒的纵容甚至合谋，面对北方白人盟友急于"同南方（白人）兄弟和解"与"遗忘战争创伤"的心态，面对联邦政府在转型正义方面的兴趣阙然与政治意志薄弱，面对自身在长期压迫剥削下的社会经济资本极度匮乏，新近解放的黑人群体即便手中有枪，也依旧无法阻挡自由民局的裁撤、南方重建的半途而废、"吉姆·克罗法"与种族隔离的强制推行。南方黑人重新被收缴枪支、重新成为歧视性控枪政策的重点盯防对象，只是美国社会向种族暴政绥靖投降的结果，而不是原因。

到了19世纪末20世纪初，随着反东南欧移民情绪的兴起，各州又短暂兴起了一波制定控枪法案的小高潮，将打击对象从黑人拓展到意大利裔等新移民；当时的媒体也推波助澜，将东南欧移民与心怀不轨的"隐蔽携枪者"划上等号（而正直高贵的盎格鲁-撒克逊裔本土白人自然向来只会"公开佩枪"）。[1]

---

[1] 比如《纽约时报》1905年1月27日报道《隐藏的手枪》（Concealed Pistols），就通过有针对性地抹黑"意大利与奥匈"移民，来为当时纽约州议会正在讨论的将"隐蔽携枪"入刑的提案助阵。

这段时间里，有些州推出的控枪法案缺乏明确的判定标准，将对持枪资格的裁量权完全交给地方执法人员，令其得以肆意实施歧视而无需接受问责。另一些州则有意出台过分严苛、明显违宪的控枪法案，用以在实践中选择性执法，专门针对缺乏资源或渠道打官司、无力挑战法案的少数族裔。比如佛罗里达州最高法院法官布佛德（Rivers Buford）在1941年"沃森诉斯通"案（Watson v. Stone）的附议书中写道："[本案所讨论的]这项法律当年被通过时，目的就是为了要解除黑人劳工的武装……从而给住在人口较少的地区的白人公民更多的安全感。立法者从没想过要将这项法律在白人中间落实，而且在实践中它也确实从未在白人中间落实。……真要推测起来的话，佛罗里达农村地区恐怕超过80%的白人都违反了这项法律……只不过据我所知，从来没有人试图对这些白人当真执行相关条款而已。"

在美国社会连对种族隔离制度都视若无睹的时代，控枪政策中这些明目张胆的种族歧视成分自然更不会有人去大惊小怪。然而二战后期，与纳粹德国的意识形态对立、美军白人黑人士兵携手作战的经历，都成为了反思国内种族问题的契机，反种族歧视、反种族隔离的力量开始壮大，进而催生了五六十年代的民权运动。在这股时代潮流中，歧视性的政策——包括歧视性的控枪政策——逐渐不再那么理所当然，黑人重新开始大胆尝试申请持枪许可证、甚至公开佩枪。

这个过程当然并非一帆风顺。一方面，种族主义的旧势力继续想方设法地阻挠黑人持枪。一个比较著名的例子是，1956年马丁·路德·金的住处被种族隔离主义者炸毁后，他向亚拉巴马政府申请持枪许可证，结果依旧毫不意外地遭到拒绝。此外，前面提到，公开佩枪本为美国社会所容，种族隔离时代白人公开佩枪威慑黑人更是家常便饭；但1960年代黑人激进组织"黑豹党"（Black Panther Party）的党员也开始公开佩枪巡查街道、监督警察不法行径（copwatching）之后，加利福尼亚州议会赶忙在（后来成为总统的）州长里根敦促下制定了《穆尔佛德法案》

（Mulford Act），禁止任何人在公共场合公开佩枪。

不过像加州这样伤敌一千自损八百、为了不让黑人公开佩枪干脆把白人的公开佩枪权一并剥夺的做法，毕竟属于少数。在正常情况下，民权运动的兴起只会意味着控枪政策中的种族壁垒被打破、黑人持枪变得比以前容易。对此，白人至上主义者自然心知肚明，其中大多数人也因此从原本的控枪阵营转投拥枪阵营。当然，说"转投"未必确切，因为对他们来说，从前之所以支持控枪政策，根本上在于这些政策歧视性立法与选择性执法的部分，主要动机其实是压制和防范黑人；现在眼看此路不通、黑人拥枪是大势所趋，那就干脆反过来鼓吹拥枪、把白人全部武装起来，换一种办法来压制和防范黑人，或者至少获得心理上的安全感。政策立场看似一百八十度大转弯，其实就动机而言，不过是一枚硬币的两面。

正是在这种政治心理的背景下，从 1950 年代末起，美国民间先后涌现出《枪》（Guns）、《枪与弹》（Guns & Ammo）、《枪支周刊》（Gun Week）等拥枪派杂志；全美步枪协会（NRA）原本专注于打猎等休闲娱乐活动的会刊《美国步枪手》（American Rifleman）也增设了"武装公民（The Armed Citizen）"专栏，向其目标读者（城郊与农村的保守派白人）灌输"多囤枪、保平安"的思想；尼尔·诺克斯（Neal Knox）这样的拥枪派写手，在南方草根群体中发挥着越来越大的政治影响力。诸如前面提到的弗吉尼亚州 1971 年修改州宪、添加"持枪权"条款一事，也是这种政治心理背景的产物。[1]

当然，这并不是说当代所有的拥枪派都有着明确而自觉的种族主义动机。但反过来，下意识的种族偏见，以及白人身份自带的种族特权，确实

---

[1] 对 20 世纪下半叶美国枪支文化剧变（以及近年相关研究）的总结，参见 David Yamane (2017), "The Sociology of U.S. Gun Culture," *Sociology Compass* 11: e12497。

又在当代绝大多数人的拥枪立场中扮演着举足轻重的角色。譬如近年越来越多的研究表明，美国普通人的种族偏见与拥枪态度高度相关；比如美国白人被试在看到与种族相关的图片后，就会明显地更加倾向于支持拥枪派论调。[1]

种族特权则令大多数白人可以对枪支泛滥的后果置身事外：放松枪支管制，最大的受害者是内城（inner city）贫困的黑人社区。根据2010年的数据，尽管黑人只占全美人口的13％，但涉枪杀人案受害者的比例却占总数的55％（与此相反，白人涉枪死亡的主因是自杀和误杀）。此外，枪支泛滥也造成美国当代警察暴力（police brutality）问题日益严重，而这个问题同样带有强烈的种族色彩：警察在执法过程中遇到白人携枪，往往解释两句就放过；相反，一旦怀疑黑人携枪，便精神高度紧张，下意识地使用野蛮手段将其制服，甚至直接击毙。[2]

所以毫不意外，当代支持控枪的黑人比例远高于白人：比如在皮尤研究中心2017年4月份的民调中，有73％的黑人认为枪支管理比持枪权重要，而只有42％的白人持相同观点。

有人可能会认为，黑人社区受枪支犯罪所害，问题出在黑人社区本身，不能怪到放松枪支管制上，因为许多枪案犯罪率高的社区，恰恰坐落于控枪最严的地区。这个说法的问题在于，枪支管制与流动具有很强的外部性，尤其在交通便利的当代，高度依赖于全国统一的规范管理，否则很可能出现这样的局面：一个法律上严格控枪的地区，由于周边地区枪支管制宽松，反而导致更多非法枪支轻而易举地流入本地区。城郊富裕白人社区与内城贫困黑人社区之间的居住隔离，进一步加剧了外部性的这种系统

---

1 参见 Alexandra Filindra & Noah J. Kaplan (2016), "Racial Resentment and Whites' Gun Policy Preferences in Contemporary America," *Political Behavior* 38: 255 - 275。

2 更详细的数据与分析，参见收入本书的《"政治正确"、身份政治与交叉性》系列第三篇《多重身份与歧视的交叉性》。

倾斜，也让占人口多数的白人群体更难对黑人遭遇的枪支泛滥之苦感同身受。

四

话说回来，单从种族因素出发，仍然并不足以完全解释拥枪派在 1970 年代以后的大获成功。后者的发生，离不开特定时代下诸多社会政治条件的共同作用；其中最不为人知的，或许是美国当代右翼草根政治运动高效的自我组织与动员网络。

1970 年代全美步枪协会（NRA）的"辛辛那提政变"与 1980 年代全美狂飙突进的"隐蔽携枪运动"，是展示美国右翼草根运动强大组织能力的两个绝佳案例。如今身为拥枪派大本营与急先锋的 NRA，其实自其 1871 年成立时起，在将近百年的时间里一直是一个以民兵训练和打猎娱乐为主、支持温和控枪政策的组织。1934 年国会制定《全国火器法》时，NRA 的代表还在听证会上信誓旦旦地表示，控枪政策与宪法第二修正案并不冲突。但 1950 年代末民间拥枪派力量兴起时，大量加入 NRA 成为会员，利用其既有的基层组织相互联络声援；到了 1970 年代初，之前十几年间陆续加入 NRA 的民间拥枪派会员，已经在政治理念上与协会高层管理人员存在明显的差距，埋下了冲突的伏笔。

其时 NRA 高层正在考虑将总部从首都西迁到科罗拉多州，减少对国会的政策游说，专注于组织野外打猎、射击比赛等枪支娱乐活动，甚至已经准备好斥资三千万美元在新墨西哥州建设一个超大型的全国户外活动中心。在 1977 年于辛辛那提召开的 NRA 年会上，高层例行公事地向会员们宣读转型方案；不料草根会员们早已私下串通、有备而来，由前面提到的拥枪派写手诺克斯带头，向高层宣读了十五条最后通牒；在高层拒绝后，拥枪派会员们利用现场的人数优势，投票废黜了主张向娱乐路线转型的理事，将 NRA 大权掌握到了自己手中。从此 NRA 摇身一变，成为拥枪意识形态的旗舰组织，以及未来国会山上势力最大的游说团体之一。[1]

此时民间拥枪派虽已利用 NRA"借壳上市"，却尚未在政策游说方面崭露头角。不过他们很快就察觉到了机会，决定首先从"隐蔽携枪"问题进行突破。前面提到，"隐蔽携枪"在美国历史上曾长期遭到污名化，认为远不如"公开佩枪"光明正大；1970 年代末，几乎全美各州都对隐蔽携枪有着严格管制，其中许多州将颁发隐蔽携枪许可证的权力完全下放给地方治安长官，任其随意裁量、无需问责。尽管这种制度绝大多数情况下是被用于选择性地限制黑人及其余少数族裔持枪，但总归也有不少白人深受其苦：有些地方官员把隐蔽携枪许可证当作政治交易的工具，只颁发给那些有权有势的人；有些地方官员借机索贿，狮子大开口；还有一些地方官员出于对枪支的好恶而一般性地滥发或拒发许可证。以 1980 年代初的佛罗里达为例，在杜瓦尔郡（Duval County）办理隐蔽携枪证，只需缴纳十美元办证费，随办随批；在门罗郡（Monroe County）办理隐蔽携枪证，却需要缴纳二千二百美元申请费，申请的批准率极低，拒批后不退还申请费；而戴德郡（Dade County）与布罗瓦德郡（Broward County）除了缴纳申请费之外，还要进行额外的职业心理评估，费用同样由申请人承担。[2]

抓住这种任意施为、缺乏问责的管理模式作为突破口，借此放松对隐蔽携枪的管制，无疑是政治上极高明的一招：一来问题本身确实存在、需要解决，二来避开了种族主义的雷区，三来可以在宣传中将对隐蔽持枪权的限制简化为精英与草根的冲突——"他们那些精英可以走后门走关系优哉游哉地办到隐蔽携枪许可证，我们这些草根却要在刁难推诿、敲诈勒索的官僚面前点头哈腰，这还是民主国家吗？"这种民粹主义式的宣传，为基

---

[1] 参见 Joel Achenback, Scott Higham & Sari Horwitz, "How NRA's True Believers Converted a Marksmanship Group into a Might Gun Lobby," *Washington Post*（2013 年 1 月 12 日）；Michael Waldman, "The Rise of the NRA," *BillMoyers*（2014 年 6 月 12 日）等。

[2] 参见 Brian Anse Patrick（2010），*Rise of the Anti-Media: In-forming America's Concealed Weapon Carry Movement*, Lexington Books，第 69 页。

层平行动员提供了强大的意识形态工具。

与此同时,1987年里根废除联邦通信委员会关于广播执业者必须平衡呈现对立观点的"公平原则",令地方电台的极右翼政论节目迅速在中西部与南部的广大乡村地区兴起,连同六七十年代以后迅速政治化的福音派教会人际网络,结合成为保守派基层动员的重要渠道。1987年"隐蔽携枪运动"赢下关键战役,佛罗里达州修订《隐蔽携枪法》,由"酌情向申请人颁发许可证(may-issue)"改为"必须给所有符合法定标准的申请人颁发许可证(shall-issue)";这次修订也成为此后各州纷纷效尤的榜样,到了21世纪初,"必须颁发"模式已经在全美超过三分之二州获得了胜利。

但"隐蔽携枪运动"只是拥枪派实现心中宏伟蓝图的第一个步骤。1996年,共和党控制下的国会,对卫生部下设的疾病控制与预防中心(Centers for Disease Control and Prevention,简称CDC)发出威胁,要其停止资助任何与涉枪死伤有关的研究,否则就剥夺其所有研究经费;由此造成的寒蝉效应,令几乎所有公立研究机构放弃了枪支犯罪学领域,造成美国相关数据的严重缺乏与质量低劣(对CDC的这项威胁直到2013年才被奥巴马解除)。与此同时,又有拥枪派学者声称自己的研究显示,一个地区内隐蔽携枪率的提高会导致犯罪率的下降;尽管该研究在方法与数据上的可靠性在此后二十年间屡遭批评,但拥枪派终于能够给自己"好人有枪就能阻止坏人持枪行凶、枪支越多社会越安全"的信念披上学术的外衣,统一宣传口径、强化意识形态立场。[1]

---

[1] 这里所说的拥枪派研究,指 John R. Lott, Jr. & David B. Mustard (1997), "Crime, Deterrence, and Right-to-Carry Concealed Handguns," *Journal of Legal Studies* 26(1):1 - 68,以及二人以该论文为基础扩充而成的 *More Guns, Less Crime: Understanding Crime and Gun-Control Laws* (University of Chicago Press, 1998) 一书。对该研究的批评为数众多不及备载,较早的有 Ian Ayres & John Donohue III (2003), "Shooting Down the 'More Guns, Less Crime' Hypothesis," *Stanford Law Review* 55(4):1193 - 1312; Charles Wellford et al. (2004), *Firearms and Violence: A Critical Review* (Washington, D.C.: National Academies Press) 等。

此次拉斯维加斯枪击案后，许多拥枪派又抬出"好人有枪就能阻止坏人持枪行凶"这套话术，丝毫不顾及枪手是从三十二层楼向下扫射、地面群众即便有枪也根本无从准确还击的事实；而亲历此次惨案的音乐节吉他手卡勒布·基特尔（Caleb Keeter）也在事发后痛加反省，宣布放弃自己过去的拥枪信念——他当时本就有带枪去现场，但在案发的混乱局面中，根本没有哪个"好人"敢掏枪还击，否则不是误伤无辜，就是被警察（或者其他"好人"）当成协同作案的嫌犯一起射杀；所谓"好人持枪消灭坏人"，根本是不切实际的想象。

然而正是基于"枪权神圣不可侵犯"、"枪支越多社会越安全"这两条迷思（或者说教义），拥枪派开始推动废除一切形式的控枪措施。比如1994年的联邦《突击武器禁令》，便在十年期满后无法通过续期投票而自动废止；而1990年的联邦《无枪校园区法案》（Gun-Free School Zones Act）等，同样是拥枪派迄今力图推翻的规定：在拥枪派看来，"无枪区"这个提法本身就是对枪支的污名化，暗示在某些区域（比如学校、托儿所、政府大楼、机场等等）范围内没有枪比有枪更安全，这不是摆明了否认"枪支越多社会越安全"这条真理的普适性么？

在此过程中，NRA不但斥重金游说国会议员与州政府官员，而且为所有政界人士建立了严苛的"枪权评分系统"，追踪其立法投票记录与政策言论并打分，稍不符合NRA之意便判为不及格、发动会员陈情或在选举中投对手票令其败选。与此同时，自尼克松"南方战略"与"里根革命"迄今的几十年中，出于种种复杂因素的共同作用，共和党本身也在迅速地极端化，党内温和派力量不断被极右势力排挤出局，拥枪派的主张也在这一过程中不断地被吸纳和内化到共和党的官方意识形态之中（参见《特朗普、共和党与美国当代右翼极端主义》）。尤其2008年奥巴马成为美国第一位黑人总统，更是激活了共和党选民的种族主义潜意识，成为共和党在枪支问题上的立场拐点。从1993年到2016年，民主党选民对控枪理念的支持率一直保持在70%上下；共和党则不然，从1993年到2007年，支持与反对控枪的选民比例大致各占一半，但从2008年开始，反对控枪的共和党选民比例逐年飙升，并在2016年时达到82%的峰值。

然而既然在奥巴马上任之前，共和党只有一半选民反对控枪、而民主党的大多数选民则支持控枪，为何控枪政策在那时就已寸步难行？因为绝大多数支持控枪的选民，都并不把枪支管理列为自己最关心的政策问题，在选举投票时并不会优先加以考虑；而少数反对控枪的选民，却往往是对"枪权神圣"抱有狂热的信念，将候选人在枪支问题上的表态作为自己投票时首先的（甚至唯一的）考量因素。由于这一小部分狂热拥枪的选民，往往在政治上处于高度动员的状态，因此对共和党的初选过程发挥着远超人口比例的影响；与此同时，美国选举制度的若干方面，比如单选区众数制、选区划分规则、国会参议院每州两席制、总统选举人团制度等，又放大了城郊及农村人口相对城市人口的政治影响力，从而给代表前者的当代共和党带来了额外的优势。经过这两重放大之后，原本只占人口少数的拥枪派，便足以牢牢掌握枪支管理改革的否决权，而美国枪支泛滥造成的种种社会问题，也因此在可预见的未来丧失了解决的希望。

种族隔离阴霾下的罗斯福新政
——被挟持的宪政转型及其后果

2017年10月2日作,刊于《读书》2018年第2期,第42—51页。

耶鲁大学宪法学家布鲁斯·艾克曼在三卷本《我们人民》的后两卷中[1],将南北战争、罗斯福新政、民权运动视为美国立宪建国之后的三大宪政转型时刻。南北战争连同随后通过的三条宪法修正案,解决了立宪时遗留的奴隶制问题,以及联邦与州之间的主权归属之争,并且(尤其是第十四修正案)为司法审查在未来发挥更大作用埋下了伏笔;罗斯福新政打破了政府不应干预经济生活的迷思,其在社会保障、劳资关系、基础建设等各方面的举措迄今仍在塑造着美国政治经济的地貌;民权运动不但促成了种族隔离在法律上的废除,更深刻地改变了美国的社会文化规范,令以往大行其道的歧视言论与观念逐渐遭到主流舆论唾弃(尽管特朗普的上台再次显示出种族主义的根深蒂固)。

种族问题是贯穿整个美国政治史的根本线索之一,其影响在几次宪政转型中展现得尤其淋漓尽致。南北战争及民权运动的种族背景毋庸赘言;新政的主题是经济与社会福利,种族因素在其中扮演的重要角色很容易遭到忽视。然而这种忽视,恰恰是美国主流政治叙事对自身种族主义罪恶持续遮蔽的后果。

因反对墨索里尼的法西斯主义政策而流亡美国的意大利作家费雷罗(Leo Ferrero),1933年在美国南部调研时感慨道:"我在这里总是因为黑人问题而和别人激烈争吵。南部对待黑人的态度真是完全疯狂——这里没有任何（白）人对黑人遭受的苦难有哪怕一丁点儿的理解。多么贫瘠的想象力啊！几乎没有一个（南方白）人意识到政治自由与法律权利的重要性。每个（南方白）人都眷恋着（对黑人的）暴政与私刑。"[2] 黑人社会学家、民权运动先驱杜波伊斯（W. E. B. Du Bois）也在 1935 年写道："美国黑人面临的情况从没有像今天这样危急——1830 年（废奴主义兴起时）没有，1861 年（内战爆发时）没有，1867 年（南方重建启动时）也没有。黑人对最基本的正义的诉求，从没有像今天这样被人置若罔闻。我们中间有四分之三人被剥夺了投票权；可是没有哪位撰文论述民主改革的作者对黑人问题说过哪怕一个字。"[3]

这便是整个 20 世纪上半叶美国种族政治的大环境，也是罗斯福新政出台前后的时代背景。这是一个种族隔离制度在南部十七个州依法实施（并被威尔逊引入联邦政府内部）、全国公众对此习以为常的时代，是一个白人暴民可以肆无忌惮地对少数族裔动用"私刑（lynching，包括绞死、砍头、火烧、鞭打、阉割等形式）"的时代，也是一个"南部阵营（the Southern bloc，亦称 Solid South）"在民主党内以及国会中掌握着不成比例的政治权势的时代。不理解这个时代特殊的种族背景，就无法理解罗斯福新政的许多具体措施，及其对美国种族状况持续至今的深远影响。约翰霍普金斯大学前教务长暨政治学家罗伯特·利伯曼的《移动肤色界隔线》，以及哥伦比亚大学政治系与历史系双聘教授埃拉·卡茨内尔森的《当平权行动只惠及白人时》，正是理解新政与种族之间关系及其后果的必

---

1 Bruce Ackerman, *We the People, Volume 2: Transformations* (Harvard University Press, 2010); *We the People, Volume 3: The Civil Rights Revolution* (Harvard University Press, 2014).

2 转引自 Tim Parks, "Mr. Smith Goes to Rome," *New York Review of Books* (October 12, 2017).

3 W. E. B. Du Bois, "A Negro Nation Within the Nation," *Current History* 42(3): 265–270，第 265 页。

读之作。[1]

美国政治中的所谓"南部",并不是指地理意义上的整个美国南方,而是从东南沿海到中南部的十来个州,其具体范围在不同时代有所变动。从 1877 年"南方重建"失败,到 1964 年《民权法案》通过,期间的将近一百年中,内战时"南方邦联(Confederacy)"的十一个加盟州(南卡、密西西比、佛罗里达、亚拉巴马、佐治亚、路易斯安那、得克萨斯、弗吉尼亚、阿肯色、田纳西、北卡),以及周边的六七个州,从州立法机构、各级地方公职到国会席位基本被民主党把持;而这些南方民主党人掌权后,一方面推行"吉姆·克罗法"与种族隔离制度、采用各种手段剥夺黑人及其余少数族裔的投票权,另一方面在参选资格上刁难共和党,逼得后者撤走这些州里的基层组织,造成事实上的一党制。到了 20 世纪初,立法强制执行种族隔离的州数量稳定在十七个,它们在联邦政治中共同进退,结成了牢不可破的"南部阵营";当时全国大约四分之三的黑人,都居住在这些南部州。

"南部阵营"无论从经济上还是人口上,与其它区域相比都处于劣势。然而宪法以及国会章程的设置,令该阵营的政治力量得到了不成比例的放大。首先,各州不论大小,在参议院中一律拥有两个席位,这在相当程度上抑制了工业化程度较高、人口较稠密的东北部及西部的政治力量。同时,参议院里的"阻挠议事"制度,意味着只要一个阵营拉到三分之一的票数,就可以阻挠任何议案的通过,大大提高了少数派讨价还价的能力;而南部阵营恰好达到这个票数,整个 20 世纪上半叶多次利用阻挠议事制度令国会无法制定"反私刑法"。

此外同样重要的是,国会里的各种法案,往往需要经由两院相关领域的委员会先行草拟与推荐,才能进入实际的表决程序,而委员会的遴选及

---

[1] Robert Lieberman, *Shifting the Color Line: Race and the American Welfare State* (Harvard University Press, 1998); Ira Katznelson, *When Affirmative Action Was White: An Untold History of Racial Inequality in Twentieth-Century America* (New York, NY: W. W. Norton, 2005).

职位安排极其依赖议员的"年资",也就是任职本院议员的时间长短;在一党专政的南部州,国会民主党议员一旦当选便高枕无忧,连任几十年是家常便饭,相反,在两党竞争相对激烈的其它州,议员更换频繁、年资较浅,因此国会委员会中的关键职位基本被来自南部阵营的议员把持,从委员会中出炉的草案也因此不得不深深打下他们的烙印。

大萧条后,民主党入主白宫、夺得参众两院多数,看似大有可为。然而此时国会内部,毋宁说是北方民主党、南方民主党、共和党三足鼎立的局面,北方民主党虽有行政部门作为后盾,国会绝大多数委员会的主席职位却掌握在南方民主党手中。共和党经过老罗斯福、老拉弗雷特两次脱党分裂,塔夫特、柯利芝一脉的小政府主义者在党内占了上风,无意与罗斯福联手推行经济刺激和社会再分配;雄心勃勃规划新政的北方民主党人,除与南方民主党议员合作外别无他途。

南部各州本来较为贫困,在大萧条冲击下比全国其它地区更加亟须联邦政府的救济,因此南方民主党人至少在早期时是从理念上全盘支持新政的(但到了后期,由于担心工会活动提高黑人劳动者的参政意识,因此多数南方民主党议员转而反对新政中对于劳资关系的立法)。尽管如此,对于南部阵营的议员们来说,防止黑人(以及其余有色人种)在社会经济地位上与白人平起平坐,是和在经济危机中化险为夷同样重要(如果不是更加重要)的政治任务;如果南部白人获得联邦经济援助的前提是让黑人们享受同等机会的救济与福利、甚至是打破种族隔离制度,那么他们宁可谁都别拿到这些援助。

这里有必要特别强调的是,尽管种族主义者坚信不同种族之间存在天然的畛域与差异,但"种族"概念从来都只是"社会建构(social product)"的产物;譬如在美国历史上,"白人"与"有色人种"之间的分界线,就一直处在争议与调整之中。19世纪四五十年代,逃荒的爱尔兰人大量涌入美国谋生时,在许多本土美国白人(特别是反移民的"无知党"人)眼中其实是属于"有色人种"的。比如1864年一份反对"跨种族交配

(miscegenation)"的小册子,便宣称爱尔兰裔是"一个比黑人更加野蛮的种族和更加低等的文明"、"本来作为有色人种(应该生活在)热带附近(,)却因为在北方长期定居(,)而退化到比最堕落的黑人还不堪的水平"。同时,热切渴望融入主流社会的爱尔兰移民,则通过比本土白人更加卖力地反对废奴、主张排华,最终在19世纪后半叶"荣升"到"白人"的行列之中。[1]

类似地,19世纪末20世纪初来到美国的东欧与南欧移民,其"种族归属"一开始也模棱两可,并因此成为20世纪初"第二波三K党运动"的打击对象之一;幸运的是,这一批东南欧移民劳工中普遍的无政府主义与共产主义倾向,令其成为新政对工人运动重点收编的对象,其"白人身份"也因此获得保证。[2] 与此相反,对于同样力求获得白人身份的"高种姓"印度裔及肤色较浅的北部印度裔,美国最高法院却在1923年的"合众国诉辛德"案(*United States v. Bhagat Singh Thind*)中判称:尽管当时科学界的主流观点认为北部印度人与雅利安人血缘接近,但种族划分根据的是"常识(common sense)"、不是科学;而根据(高院大法官们眼中的)"常识",印度裔不属于白人。美国印度裔与东欧、南欧裔移民的命运,就此分道扬镳。

种族隔离时代南部各州先后制定的种种法律,包括禁止跨种族婚姻、禁止不同种族混用公共设施、禁止餐馆向不同种族提供服务等,逐步在美国社会文化中强化并固定了"白人"与"有色人种"的区分。新政伊始,利用自身在民主党内以及国会中不成比例的影响力,南部政客们双管齐下,通过两方面的策略来确保新政的种种措施尽可能地不惠及黑人和其余有色

---

[1] 参见诺伊尔·伊那提耶夫的经典之作《爱尔兰裔如何变成白人》:Noel Ignatiev, *How the Irish Became White* (New York, NY: Routledge, 1995).

[2] 参见 David Roediger, *Working Toward Whiteness: How America's Immigrants Became White: The Strange Journey from Ellis Island to the Suburbs* (New York, NY: Basic Books, 2005).

人种。首先，他们在各项法律草案中强行添加各类与种族高度相关的职业和身份限制。比如在制定 1935 年《社会保障法案》（Social Security Act）时，南方参议员们坚持要求将农业雇工与家政雇工从社保中排除。这两类职业在当时黑人劳动力中所占比例超过 60％，在南部黑人劳动力中更是达到 75％，排除了这两类职业，也就将绝大部分黑人家庭排除在了社保范围之外（当然，这种做法难免"误伤"到许多白人农民）。

另一方面，南方参议员们在起草法案时，坚持将福利项目的执行权力从联邦手中转移到州，并且坚决阻止在任何福利法案中加入反种族歧视的条款。尽管福利项目的经费完全来自联邦政府，但经费一旦发放到州政府后，对个体申请者的资格审查及补助过程便由州政府或市镇一手遮天。地方官员们没有了来自联邦的约束，歧视起黑人申请者来也就更加肆无忌惮。这令社保覆盖的黑人范围进一步缩小，全国超过 65％的黑人被新法案排除在外，而这个比例在南部某些地区达到了 80％以上。

1944 年的《退伍军人权利法案》（GI Bill of Rights）是新政期间美国最重要的立法之一，旨在为一千六百多万退伍军人提供失业保险、低息贷款、高等教育及职业培训学费补贴等一系列福利。1948 年的联邦经费有 15％用于安置退伍军人；截至 1955 年，已有二百二十五万退伍军人在法案资助下进入大学接受高等教育、五百六十万退伍军人进入技术学校接受职业培训。这项法案令退伍军人成功融入市民社会，并培养出规模庞大的中产阶级与技术人才队伍，对战后美国繁荣的贡献无法估量。

但与其它新政项目一样，《退伍军人权利法案》的制定与实施也遭到了种族主义者的劫持。由于军人的"民族英雄"身份令南部阵营难以像对其它新政立法那样利用种族与职业的关系动手脚，因此后者的主要目标是阻止联邦"插手"退伍军人的转业扶助过程；最终，由著名种族主义者、密西西比众议员兰金（John Rankin）担任主席的众议院世界大战立法委员会，在南部参议员以及南方各路游说团体的配合下，推翻了总统团队及参议院教育委员会等先后提出的几套联邦转业方案，将退伍军人扶助项目的执行权下放给了各州。这意味着在申请低收入救济、住房贷款、商业贷款等各方面,黑人老兵再一次地需要面临地方官员肆无忌惮的歧视与刁难;除此之外,这也意味着在《退伍军人权利法案》作用最为重大的高等教育及职业培训领域,黑人退伍士官还要遭受额外的一重打击。

其时弗吉尼亚、田纳西等十七个南方州在法律上明确规定白人与有色人种不得在同一所学校内接受教育,密西西比州的法律甚至点名指定哪所学校只能接受白人、哪所学校只能接受黑人。南部种族隔离州的黑人学校,多数是在国会1890年《第二次莫瑞尔法案》(Second Morrill Act)的压力下才建立的:如果实行种族隔离制度的州不肯建立黑人学校,就得不到联邦拨款;但这些由各州政府不情不愿建立的黑人学校,数量既少(比如1947年密西西比州超过一半的人口是黑人,但州里三十三所大学只有七所被允许招收黑人),经费更是捉襟见肘,导致招生人数受限(全美50%以上黑人大学的学生人数少于二百五十名,90%以上黑人大学的学生人数少于一千名),场馆、器材、图书等各方面资源均严重匮乏。

由于《退伍军人权利法案》的实施权被下放给了各州,因此整套高等教育种族隔离制度被全盘保留,黑人老兵就算依法拿到高等教育退伍优惠券,也要么因为黑人大学名额实在有限而求学无门,要么只能辗转到未获全美高校联合会认证的野鸡大学混文凭。理论上说,南部黑人老兵也可以拿着退伍优惠券去北部或西部求学,但在现实中,受限于信息不足、路费高昂,以及不少外地高校本身的种族歧视(比如普林斯顿大学1942年内部调查有三分之二学生反对招收黑人)等因素,这种梦想基本没有实现的可能。

退伍军人职业培训的情况与此类似。以佐治亚州为例,1946年全州二百四十六个职业培训项目中,只有六个对黑人开放;不但如此,在退伍军人报名参加职业培训之前,他们还得首先找到愿意为其担保的雇主,这个要求进一步将黑人排除在培训项目之外。在《退伍军人权利法案》生效头两年退伍的十二万南部黑人士兵中,只有七千人获得了职业培训的机会。

空谈 403

除此之外，新政的住房政策同样对后世种族关系影响至深。对于这段历史，加州伯克利大学法学教授理查德·罗瑟斯坦在其新著《法律的肤色》的相关章节中梳理尤详。[1]

概而言之，在新政以前，美国房地产业的通行规则是购房首付必须达到一半以上、剩余按揭部分采取高息贷款且必须在五到七年内偿清，这样的要求足以令绝大多数人望而却步，其中城市中产与劳工阶层的住房拥有率尤为低下。罗斯福上台后，为了实现"居者有其屋"的理念，先后成立"房主贷款公司"（Home Owners' Loan Corporation，HOLC）与联邦住房管理局（Federal Housing Administration，FHA），由政府出面为购房者担保，延长按揭年限、降低首付比例与房贷利息，大幅提高了美国民众的自有住房率，令城郊中产社区如雨后春笋般在全美涌现。截至1950年，全美大约一半的住房按揭均经由FHA（以及退伍军人事务局）担保；从1934年到1972年，FHA直接帮助将近一千一百万户家庭拥有了自己的住宅、帮助另外二千二百万户家庭修缮了房屋。

但在这个过程中，HOLC与FHA刻意将黑人及其余有色人种排除在购房担保范围之外；从1934年到1962年，FHA一共向新屋主提供了一千二百亿美元的购房担保，其中超过98%提供给了白人。FHA的《担保手册》明确规定，若一个社区内"混入了不和谐的种族或民族群体（infiltration of inharmonious racial or nationality groups）"，则该社区内的所有房产均将被降低评级、不能获得FHA担保。这一政策不但鼓励、而且变相强迫开发商采取种种手段将有色人种驱逐出待开发的住宅小区、甚至驱逐出开发区周边的其它社区（因为如果周边社区存在黑人等有色人种居民的话，FHA同样可能拒绝担保）。比如美国历史上第一个大规模兴建的郊外住宅区、被后世奉为全美战后郊区开发的原型与楷模的纽约州拿骚

---

1 Richard Rothstein, *The Color of Law: A Forgotten History of How Our Government Segregated America* (New York, NY: Liveright Publishing, 2017).

郡（Nassau County）莱维顿镇（Levittown），其承建商莱维特父子公司（Levitt & Sons）就在购房合同中明确规定，该镇所有房屋均不得转售、租赁、借用给除了"高加索种族"之外的任何人。

于是，即便在法律上并未实行种族隔离的北部与西部各州，黑人及其余有色人种实际上仍被逐渐集中到 FHA 地图上"用红线划出（redlining）"的、被公共住房补贴与银行贷款项目以及其它种种公共服务设施所遗弃的内城贫困社区。与此同时，为了配合发展新兴"全白人"城郊住宅区的交通，政府开始大规模修建高速公路，而这些高速公路的用地很大一部分来自对有色人种社区的强征强拆，进一步摧毁了原有的社区结构，加剧了"贫民窟（ghetto）"的形成。

作为美国政治史上屈指可数的几次宪政转型之一，罗斯福新政通过建立社会保障体系以及其它种种福利项目，将白人劳工成功纳入了强有力的福利国家框架，为贫困白人（尤其是二战以前依旧大部分处于社会底层的东欧裔与南欧裔白人）提供了阶层上升与社会融入的渠道。但与此同时，南部阵营对新政项目的挟持，以及其余各方在此问题上的绥靖纵容，却将黑人群体甩到了福利国家的边缘，进一步拉大了其与白人的社会经济差距。三十年后的民权运动虽然终结了法律层面的种族隔离，却因为"新政同盟"破裂，而再也无力召集起同等规模的社会经济规划，只能听凭大多数黑人家庭在底层挣扎，陷入种族贫富分化的恶性循环。讽刺的是，当 1970 年代起"平权行动（Affirmative Action）"项目终于开始对黑人施以援手时，尽管这些项目的力度相比于新政对贫困白人的扶助来说根本只是杯水车薪，却仍被某些有意无意地遗忘了历史的人们当作黑人群体"不肯努力工作只知道吃政府福利"的"证据"，进一步合理化自己的种族主义情结。

需要指出的是，种族隔离（以及新政中无所不在的种族歧视）损害到的并不仅仅是美国黑人，而是当时所有的"有色人种"，包括华裔、日裔、印度裔、拉美裔等；只不过 1960 年代美国移民体系改革以后，其余这些"有色人种"受益于母国同族移民源源不断的到来，获得了额外的社会资本与人力资本,即便在居住隔离既成事实的大背景下,也仍有机会仅凭内部资源重建社区、提高族群经济地位;而对于祖先被当作奴隶掠夺和贩卖到新大陆、"故乡"早已无迹可寻的美国黑人来说,通过移民输血"自力更生"的捷径一开始就被堵死,如今又被经济宪政转型的专车抛在轮后,此时若去指责他们"怎么不自己加把劲跑步赶上",岂非滑天下之大稽?

种族主义是美国政治的痼疾,种族正义是美国宪政转型的未竟事业——这个教训在特朗普粉墨登场、白人至上主义招摇过市的今天,越发显得真切而惨痛。

司法种族主义、警察暴力与抗议中的暴力

2020年6月13日讲座（纽约文化沙龙、湾区文化沙龙联合主办，"种族问题和撕裂的美国社会"线上系列沙龙第一期）。讲座录音由《澎湃》记者张家乐誊录成文，删节版《司法种族主义与警察暴力的政治学》刊《澎湃》是月23日。

今年5月25日，美国明尼苏达州黑人乔治·弗洛伊德（George Floyd）被白人警察德雷克·肖文（Derek Chauvin）压颈致死，引发全国至少一百四十个城市爆发抗议示威，少数城市出现了激烈的暴力抗议。伴随过去已长达两周的抗议，已有一系列复杂的话题被广泛讨论。今天我在这里探讨下列问题：

1. 美国司法系统是否存在系统性的种族歧视？黑人因为高犯罪率而成为警察频繁执法的对象，可以将其归咎于罪有应得吗？黑人犯罪率高是否可以完全归因于黑人整体社区文化？

2. 警察执法暴力是否为个案？示威抗议为什么要针对整个警察体系？美国警察暴力泛滥有着什么样的历史背景？

3. 抗议的边界在哪里？对于抗议中的打砸又要如何看待？

一、司法种族主义

§1.1
黑人是咎由自取吗？

美国拥有世界上最多的监狱人口，并且为全世界人均监禁率最高的国家。在美国，2018 年，每 10 万人有 698 人被监禁，囚禁总数近 230 万人；其中有五分之一并未正式定罪入狱（prison）服刑，仅因交不起保释金等原因而关押在拘留所（jail）中（但以下为方便起见，除有特别说明之外，谈及"监狱"时均包括拘留所）。1980 年代以来，美国监狱人口迅速地增长，到目前正在监狱中服刑的人已达 260 万，而 1920 年美国监狱人口仅为 11 万、1980 年仅为五十万左右（1920 至 1980 年间平均每年增长 6000 多人，1980 年迄今平均每年增长 52000 多人，几乎是 1980 年以前的 9 倍）。

在这几十年间，监狱人口种族比例也有巨大的变化。据美国司法部 1991 年报告，1926 年监狱中白人比例为 78%，黑人比例为 21%，但到 1986 年时，二者比例已非常相近（白人 55%，黑人 44%）[1]。考虑到非裔人口在美国总人口中占比 13%，仅看 20 世纪 80 年代后监狱人口中的非裔高占比，很容易得出"黑人犯罪率高"的结论。但追溯历史数据可以发现，20 世纪 20 年代监狱种族比例相对正常（尽管对比非裔总人口占比，其入狱比例依旧偏高，但当时非裔比起如今来说面临更严峻的歧视，在司法系统中非裔更有可能遇到不公正对待而入狱），可见非裔被大规模囚禁（mass incarceration）是晚近的现象。

---

[1] 数据出自 Patrick Langan (1991), *Race of Prisoners Admitted to State and Federal Institutions, 1926-86*, U.S. Department of Justice, 第 5 页。

面对这些数据，我们不得不发出疑问：如果真的像某些人所称，非裔"天生犯罪率高"、"推崇犯罪"，为何几十年前情况却不是如此？几十年来非裔入狱率、犯罪率的节节攀升又应当作何解释？

§1.2
黑人社区的衰落

在讨论"大规模囚禁"前，了解几十年间黑人社区的转变是十分必要的，我们需要了解黑人贫民区（ghetto）是如何被白人利益至上的社会、政治、法律体系所构建，并逐步变为了极度贫困、黑人聚集、集中了阶级与种族矛盾的"超级贫民区"（hyperghetto）。

奴隶制终结后，南方得到解放的非裔尽管面临"黑人法典（Black Code）"、种族隔离、"吉姆·克罗法"等种种刁难与盘剥，仍旧通过努力逐渐积累财富，其中俄克拉何马州的塔尔萨（Tulsa）原为黑人聚集的城市中最为富裕的城市，该城的格林伍德街区（Greenwood District）则是被称为"黑人华尔街"的全美最富裕黑人街区。1915 年，历史修正主义电影《一个国家的诞生》（*The Birth of a Nation*）直接导致第二波 K 党运动在全国范围的风行，白人针对黑人的私刑（lynching）重新猖獗，对于黑人拥有财富的不满使得白人暴民在 1921 年 5 月 31 日袭击了格林伍德的非裔社区居民与企业，并以空袭与地面攻击并行的方式摧毁了超过三十五个街区，最终将富裕的黑人区夷为了平地。[1]

因为南方私刑与种族主义的泛滥，南方黑人在 1916 至 1940 年的第一次大迁徙中迁往纽约、芝加哥、底特律这些正经历大规模工业化、缺乏劳动力的北方城市，以寻求在南方难以获得的社会与经济机会。然而，这一

---

[1] 这里顺便推荐一下 2019 年 HBO 拍摄的九集电视连续剧《守望者》（*Watchmen*），是以塔尔萨大屠杀为故事引子的超级英雄片，把现实和虚幻串联得很好。

美国内部的非裔迁徙在北方也招致了种族主义者的不满。

20世纪初,出于控制大批意大利、波兰、犹太新移民目的,通过市政法条将新移民限定在特定区域、以维持本地中上层阶级社区的划区制(zoning)被用以排斥低收入群体与少数族裔。1908年,洛杉矶通过了第一部全市分区条例。早期各地法规中有许多明令禁止少数族裔入住社区,虽然1917年明面上的种族划区被宣布为违宪,但通过制定复杂严格的**排他性划区(exclusionary zoning)规定(如住户人数限制、住宅楼层数限制、前庭与后院面积要求等)**,条件优渥的中上层白人社区仍得以将少数族裔排斥在外。

1926年,俄亥俄州欧几里得村的"排他性划区"在"俄亥俄州欧几里得村诉安布勒房地产公司"案(*Village of Euclid v. Ambler Realty Co.*)这一里程碑案件中被最高法院判为合宪;随后,北方城市也开始通过划区制将黑人排斥在交通便捷、公共设施较好的社区之外。少数族裔开始聚集,形成独自的社区。在这一阶段,黑人社区尚未被等同于贫困区,南方迁徙而来的黑人虽然整体性被排除于白人社区外,但其社区内部亦存在多元阶层,如当时黑人社区内部具有神职人员、管理人员、技术人员等,在行业上也具有多样性。无论是明面的种族歧视,还是间接的划区排外,二者均使得中上阶层、具有稳定体面收入的黑人无法融入进条件优渥的白人社区,这反而保证了黑人社区内部完整多样的生态,让黑人社区得以通过内部交流与扶持的方式为同族群提供更多的就业机会。

在20世纪60年代民权运动后,一方面表面的种族歧视被禁止,公立学校解除种族隔离,另一方面通过其它市政手段制造实质种族隔离的做法仍旧得到鼓励,[1] 大量中产阶级白人迁往市郊地带,同时将有更多资金支

---

[1] 近年的相关研究,参见 Loïc Wacquant (2001), "Deadly Symbiosis: When Ghetto and Prison Meet and Mesh," *Punishment and Society* 3(1):95 - 134; Loïc Wacquant (2004), *Deadly Symbiosis: Race and the Rise of Neoliberal Penality*, Polity Press; Ira Katznelson (2005), *When Affirmative Action Was White: An Untold History of Racial Inequality in Twentieth-Century America*, New York, (转下页)

持、教育资源更充足的学校带到了市郊（**由于美国的公立学校经费主要来自于社区的房产税，缺乏跨社区财政转移支持的贫困社区公立学校往往连日常教学用度都无法维持**），黑人内部具有阶层优势的黑人为了让后代获得更好的教育资源，不得不随之迁往远离内城的区域，原来黑人社区内部丰富的多样性因此减少，内层逐渐衰败，变为无业游民与低收入阶层聚集的区域。

另一个恶化黑人社区处境的"**红线标记政策（redlining）**"，则是联邦政府机构、地方政府、私人通过直接或间接的方式，来系统性拒绝向特定族裔提供服务的手段（参见《种族隔离阴霾下的罗斯福新政》）。通过将特定区域划入红线，银行、保险业，甚至超市都能拒绝向少数族裔聚集社区提供服务；它们或者通过间接手段配合红线，如为该地区的住民提供服务时要求比其他区域更高的价格来达成目的。在住房问题，尤其住房贷款方面，相较其他族裔，非裔往往面临着更高的首付，这实际是黑人社会资本与经济资本被掠夺的体现，其直接结果是社会中非裔更易陷入债务负担中。以芝加哥市黑人聚集的南城区（South Side）为例，从 1950 到 1980 年间，因为排他性划区政策、红线标记政策、就业歧视、黑人中产外迁等重重因素的共同作用，该区成年人口从 15.9 万降到了 6.9 万，成年就业人口从 8.3 万降到了 1.9 万，成年就业比例从 52.5% 降到了 27.5%（见 Wacquant 2001，第 104 页）。

综上所述，从 20 世纪 20 年代的黑人向北迁徙到 60 年代民权运动兴起，这一时间段内黑人社区也经历了一个衰败的过程。马丁·路德·金生

(接上页) NY: W. W. Norton; Michelle Wilde Anderson (2010), "Mapped Out of Local Democracy," *Stanford Law Review* 62(4): 931-1003; Richard Rothstein (2017), *The Color of Law: A Forgotten History of How Our Government Segregated America*, New York, NY: Liveright Publishing; Jessica Trounstine (2018), *Segregation by Design: Local Politics and Inequality in American Cities*, Cambridge University Press 等。

前也反复提到，光通过投票权法案与民权法案无法改变社会中的系统性歧视问题，也无法改变黑人的社会经济状况。他曾督促约翰逊政府进行大规模的社会扶持、就业补助，以打破黑人贫困区域越来越贫困的恶性循环；然而随着他被刺杀身亡，其在社会经济层面的呼吁工作也陷入低谷。

但在历史中，为黑人社区加上最后一根稻草的是 1970 年代开始的大规模囚禁。[1] 美国作为总人口占全球人口比例 5% 的国家，其监狱人口却占全球监狱人口的 25%；在大规模囚禁中，黑人男性一生中至少被逮捕入狱一次的概率为 33%，而入狱不仅会影响非裔出狱后的求职、租房、贷款等，还会破坏黑人社区的家庭结构，并且将监狱中习得的创伤与"忤逆"文化等带回到黑人社区街头。

§ 1.3
从毒品战争到大规模囚禁

20 世纪 60 年代后期民权运动带来的保守派反弹，让尼克松得以打着"法律与秩序"（Law and Order）的选举口号、通过"南方策略"（Southern Strategy）迎合南方白人，而赢得大选。[2] 此时，毒品（如海洛因）大规模流入美国市场，美国犯罪率飙升，1971 年，尼克松将毒品滥用称为"第一

---

[1] 关于"大规模囚禁"的来龙去脉，近年较重要的研究有 Michelle Alexander (2010), *The New Jim Crow: Mass Incarceration in the Age of Colorblindness*, New York, NY: The New Press; Khalil Gibran Muhammad (2011), *The Condemnation of Blackness: Race, Crime, and the Making of Modern Urban America*, Harvard University Press; Elizabeth Hinton (2016), *From the War on Poverty to the War on Crime: The Making of Mass Incarceration in America*, Harvard University Press; James Forman Jr. (2017), *Locking Up Our Own: Crime and Punishment in Black America*, New York, NY: Farrar, Straus and Giroux 等。

[2] 参见 Michael Flamm (2005), *Law and Order: Street Crime, Civil Unrest, and the Crisis of Liberalism in the 1960s*, Columbia University Press。

公敌",他与后来的里根总统都曾以毒品战争的名义实行严刑峻法。1970年美国成人因为持有毒品、吸毒、贩卖毒品等而被逮捕的数量为32.2万人,到2000年已经有137.6万人,在这一过程中,非裔遭受的歧视与不公平待遇借由毒品战争被放大。

在强制最低刑期(mandatory minimum sentence)等方面,均可见法律系统对非裔的隐形歧视。强制最低刑期指的是为某些罪行设定刑期底限,即使法官认为应从轻量刑,也不得不至少将被告判决入狱若干年以上。20世纪70年代前,毒品问题在美国主要被视为一个公共卫生问题,而非刑事问题。从尼克松开始,毒品问题开始被视为刑事问题,吸毒者与贩卖毒品者面临着法律的制裁,但由于当时"毒品为公共卫生问题"观念的延续,毒品相关案件的具体判决中相对疏松。宽松的判决引起了共和党议员的不满,后者促成了强制最低刑期的诞生,而对强制最低刑期的设置本身就体现出针对非裔的不公。

比如按照1986年的《反毒品滥用法》(Anti-Drug Abuse Act),同样被判处5年以上刑期,块状可卡因(crack)的判刑标准为5克,粉状可卡因的判刑标准为500克;同样是10年以上刑期,块状可卡因的判刑标准是50克,粉状可卡因则是5000克。国会在毫无任何科学根据的基础上,声称块状可卡因比粉状可卡因更危险有害;但其实二者的唯一差异在于,块状可卡因由于杂物多、纯度低而价格便宜,其主要受众为街头贫困黑人,而粉状可卡因由于纯度较高、价格昂贵,所以主要受众为中产阶级白人学生。尽管黑人与白人持有或吸食可卡因的比例大致相当,但由于二者在量刑标准上存在一比一百的差距,致使黑人大量因为持有可卡因而入狱,而中产白人却可以毫无顾忌地吸食可卡因而不担心面临牢狱之灾。

在毒品战争的具体执法过程中,黑人同样面临隐形歧视。虽然白人与黑人在毒品使用率上相差无几(据2013年"全美毒品使用与健康调查",此前一个月使用过毒品的白人与黑人比例都在10%上下),但在因为使用毒品而被逮捕的比例上二者却存在显著的差异(根据联邦调查局2013年的犯罪数据，每 10 万名黑人中就有 879 人因为使用毒品被捕，而每 10 万名白人中只有 332 人因为使用毒品被捕），其原因在于警察执法所需的"靠谱原因"（probable cause）这一低标准，使得警察能够轻易拦截搜身（stop and frisk）；由于警力更多布置于黑人社区，且白人很少遭遇拦截搜身，最终黑人入狱的概率更高，面临的刑期也更长。比如一项最新的研究[1]表明，黑人车辆在白天被拦截搜身的概率远高于白人，但在夜晚警察看不清司机肤色时，二者概率相近，可见种族歧视因素在拦截搜身中发挥着重要作用。

20 世纪 70 年代不仅入狱人数大规模增长，因判刑要求等待法庭审查的人数也不断增加，法院面前排起长队，许多人被关押于条件恶劣且拥挤的拘留所中，也有不少人面临未被法院审判而被警方拘捕多年的情况，这使得被告认罪以换得检察官部分让步的辩诉交易（plea bargain）变成常态，有研究者评估约 90％至 95％的联邦法庭与州法庭案件通过该方式被解决，许多缺乏法律知识的黑人在警察的恐吓下认罪，而公派律师因单个案件收入微薄也常劝诫被告认罪，以减短案件审理时间。

保释金（bail）与审前拘留（pretrial detention）制度进一步恶化了付不起高额保释金的穷人的处境。根据 2010 年数据，纽约拘留所中有 39％的人（绝大多数来自贫困黑人社区）是因为无法负担保释金，才一直处于拘留状态。由于毒品战争导致被拘留人数激增、排队等候庭审时间过于漫长，保释金也被做成了一门生意：警方常与地方上放高利贷的人串通，一旦有拘留时，放高利贷者便闻风而动，借钱给被拘留者的家庭帮助保释，等到出庭日拿回本金时，这些家庭早已因此背上沉重债务。

---

[1] Emma Pierson et al. (2020), "A Large-Scale Analysis of Racial Disparities in Police Stops Across the United States," *Nature Human Behaviour* 4: 736–745. 对"拦截搜身"问题较全面的介绍与分析，参见 Michael White & Henry Fradella (2016), *Stop and Frisk: The Use and Abuse of a Controversial Policing Tactic*, NYU Press。

20世纪90年代，克林顿政府在国会共和党人的压力下，进一步强化"法律与秩序"，于1994年出台《暴力犯罪控制与执法法案》（Violent Crime Control and Law Enforcement Act），其中"三振出局法（three-strikes law）"让第三次违法者面临严苛得不成比例的刑罚，"强制服满刑期法（truth-in-sentencing）"则使得犯人即使在忏悔罪行、表现良好的情况下也难以减刑，这些法令都间接恶化了黑人在监狱内的生存环境。一系列因素的合力作用下，八九十年代黑人遭到囚禁的人数飞涨。

今天回顾这一系列法案时，人们关注的焦点往往在于尼克松与里根政府如何利用毒品战争作为狗哨，迎合后民权时代白人的喜好以打压民权运动（参见《特朗普、共和党与当代美国右翼极端主义》），但我们也应该注意到，这些法案的制定与实施还有其它更复杂的时代背景。从20世纪60年代到90年代，虽然原因尚无定论，但美国犯罪率确实有上涨，共和党的作为多少可被称为响应民意；至于90年代后犯罪率下跌，也有不少人将其归因于严刑峻法，尽管后来的研究已经基本上否定了这种归因（一个显而易见的反证是，虽然其他发达国家的种族构成与美国不同，也没有采取大规模囚禁的手段，但60年代到90年代，世界范围内的发达国家犯罪率均有大致同步的变化，可见美国国内的严刑峻法并不足以解释犯罪率的下跌）。

在这一时间区间内，美国社区（包括黑人社区）对犯罪问题的焦虑普遍漫溢，当时的黑人社区领袖也对严刑峻法打击犯罪的策略有着较高的支持率（参见Forman 2017），而这一政策对黑人社区的危害却是在一两代人后才显现的。犯罪率虽然有跨越几十年的变化，但它被作为官方的政治问题出现则是媒体、草根团体、政党共同作用、共同呈现的结果。在大众媒介的呈现中，犯罪问题则被潜意识等同为贫困黑人社区问题，过分夸大黑人社区而忽略白人社区的犯罪问题在大众媒体中十分常见。

20世纪70年代以来的所谓"毒品战争"及其导致的"大规模囚禁"，反映的不仅仅是白人主流社会对黑人的歧视、恐惧、误解和排斥，同时也部分源于黑人社会内部的阶层对立、后民权时代社区重建的路线分歧，以及对主流社会种族主义话语的内化；"毒品战争"之所以造成始料未及的恶果，并不是单个特定的重大政策使然，而是在整体已经扭曲的、被系统性的种族主义所塑造和框限了的政治大场域下，不同时间点上诸多微小政策细节前后叠加所引发的质变。

§1.4
监狱，是生意也是政治

大规模囚禁意味着监狱数量的增多，也意味着需要更多资金来兴建管理监狱，在这一背景下，私营监狱在美国应运而生（2019年数据，私营监狱关押人数，占美国关押人数的9%左右）。除了私营监狱外，公立监狱也基本上将后勤等服务外包给私营公司。政府对于监狱的监管与后勤问题态度冷漠，往往与私营公司签订十几二十年的后勤长合同，对合同的执行质量不闻不问，使得监狱环境不断恶化。以监狱中最为典型电话服务为例，监狱电话不但每分钟收取高于外界数倍的价格，而且往往还要求囚犯购买包含高额手续费的电话卡以获取额外收入。

在面对监狱内杂多且高昂的收费的同时，无法集结工会保障权益的囚犯又被当作极其低廉的劳动力，为与监狱签订劳务合同的诸多大公司进行生产，其时薪远低于外界的最低时薪。二者共同作用的最终结果，往往是出身于贫困社区的囚犯在监狱中欠下高额债务。

作为一门庞大生意的监狱，让其运营企业有强烈的动力去游说议会，让联邦政府和州政府通过更多有利于大规模囚禁的法案条例。作为大企业联合组织的美国立法交流委员会（American Legislative Exchange Council），一大业务就是在监狱问题上游说共和党议员，以促成建立越来越多的监狱，以及减少政府对监狱的监管。

近年来，监狱问题开始进入公众视野，来自公众的压力迫使监狱进行改革。为减少监狱人口和监狱拥挤问题,美国政府放出部分囚犯,并用GPS电子脚镣监视,而推动GPS监视手段的则是GPS电子脚镣生产厂商——把人关进监狱是生意,放出监狱同样是生意。

监狱除了带来经济收益外,还能够在政治上产生直接效果。在监狱的选址上,全美98%的监狱建立在全白人的共和党郡中。根据一项2004年报道,全美有二十一个郡,其21%以上的人口为监狱囚犯,其中比例最高的甚至达到35%。[1] 为什么这些郡要抢着修监狱?其直接原因为美国选区划分(包括州议会选举和国会众议院选举的选区划分)依据为区内目前所在居民人口,而其统计口径包括区内监狱中的囚犯(不管这些囚犯原本来自何方)。如果除去监狱人口,人口不足的郡需要与其他郡合并成为一个选区,或者至少要减少在州议会中的席位;这些共和党占优势的全白人郡,通过将外地的犯罪人口集中到本地监狱中关押,一方面可以提高本地"居住人口"的数量,另一方面由于减少了少数族裔聚集的民主党大选区(如洛杉矶、旧金山)的"居住人口",在选区划分和投票统计上大大有利于共和党。

与此同时,犯人与前犯人的投票权剥夺,也对共和党明显有利。1974年"理查森诉拉米雷斯"案(*Richardson v. Ramirez*)中,美国最高法院裁定可以禁止被定罪的重罪犯投票,即出狱后,囚犯的投票权依旧是被剥夺的。自2000年至今,美国50个州中有46个州,400万囚犯在服刑期间的投票权被剥夺,还有14个州永久剥夺了150万曾有犯罪记录者的投票权。

2006年的一项研究分析了1970到1998年间的国会参议院选举,发现其中至少有七次的结果,因为犯人被剥夺投票权而发生了改变。[2] 尤其是

---

[1] Peter Wagner, "Twenty-one Counties Have Twenty-one Percent of Their Population in Prisons and Jails," *Prison Policy Initiative*(2004年4月19日)。

[2] Christopher Uggen& Jeff Manza (2006), *Locked Out: Felon Disenfranchisement and American Democracy*, Oxford University Press.

1994年（克林顿上台后第二年），共和党右翼保守派在国会中期选举中大获全胜，几十年来第一次夺取国会主导权，此后直到2006年一直占据了参议院的多数。根据该研究，如果犯人的投票权未被剥夺，1994年将是民主党而非共和党获得中期选举的胜利，美国当代政治史的走向将截然不同。同年的另一项研究发现，如果犯人有投票权的话，2000年与2004年两次总统选举，小布什都将败选。[1]

综合以上因素，仅从政治角度考虑，共和党也有迫切的动机维持大规模囚禁的现状。比如2018年佛罗里达州举行公投，绝大多数人支持将投票权还给犯人。但在公投结果出炉后，共和党控制的州议会马上又通过新法案，规定出狱人士需要先还清狱内欠债才可重获投票权，变相地继续剥夺贫困底层出狱者的投票权。地方法院旋即宣布佛罗里达州议会的这项法案违宪；此案目前仍在上诉过程中。

§1.5
大规模囚禁对民权运动和黑人社区的打击

对黑人社区影响的一个例子：低学历年轻黑人男性的就业比例不断降低。1980年即使加上正关押于监狱中的囚犯，在校时间少于十二年的二十至三十四岁黑人男性的就业比例仍超过55%，排除监狱里面的服刑囚犯则有64%；2000年总就业比例则下降到了30%以下，即便不算服刑囚犯也仅为40%左右。[2] 就业比例不断降低的原因在于，入狱非裔出狱后，在求职过程中，雇主可以要求浏览应聘者的犯罪记录，而犯罪记录不仅会影响年轻男性非裔的求职，还会为其贷款申请增加难度。而且有研究表明，即便

---

[1] Elizabeth Hull (2006), *The Disenfranchisement of Ex-Felons*, Temple University Press.
[2] Bruce Western & Becky Pettit (2010), "Incarceration & Social Inequality," *Daedalus* 139(3):8-19.

禁止雇主了解应聘者的犯罪记录，也无益于现状，因为大部分雇主会假定所有非裔都有犯罪记录，干脆一概拒绝雇用。[1] 可见在黑人高犯罪的成见已经深入人心的前提下，如果不从法律、经济、政治的结构性层面着手纠正不公，个人就会出于风险规避的考虑而拒绝雇用非裔。

一些明目张胆的种族歧视政策与法律（如种族隔离与"吉姆·克罗法"）在大众眼里是需要被解决的政治问题，但当种族问题被等同于犯罪问题，则会使对政治理解有限的中产阶级对该问题敬而远之，当黑人与犯罪被划等号后，种族问题便被排除到政治议题之外不再被关心，这便是种族问题"去政治化"。另一方面，由于媒体很难进入监狱观察采访，监狱围墙后的骚乱相对比街头运动，对媒体而言变得不再"可见"，大众也不再像过去那样直观地了解到监狱背后的民权问题。

由于监狱内部环境恶劣，以自保为目的的少数族裔帮派集结变得十分普遍，监狱中的主要矛盾也变为了少数族裔之间的利益纷争，而不再是占据社会主流优势的白人与少数族裔之间的矛盾，白人占大多数的狱警以置身事外的仲裁者角色出现，不再被卷入矛盾之中。

1996年的《监狱诉讼改革法案》（Prison Litigation Reform Act）同样是致使监狱环境恶化的一环。1980年代早期入狱的非裔因民权运动经历，懂得如何用法律武器维护自身利益，于是对监狱恶劣环境与不公对待的控诉案件占据了1980年代法院案件的半数以上。为了压制狱中非裔的控诉，该法案把监狱内部的"申诉程序"行政化、复杂化，而被狱警虐待的犯人，如果"没有及时走完监狱内部的申诉流程"，则法院不得受理其控诉。

黑人文化的所谓"推崇犯罪"，正是大规模囚禁的畸形结果。在监狱受到心理创伤与习得暴力的非裔，在出狱后将监狱习性带回了黑人社区，使黑人社区形成了街头"忤逆"文化。同时，由于出狱后在求职等方面四处

1　Amanda Agan & Sonja Starr (2018), "Ban the Box, Criminal Records, and Racial Discrimination: A Field Experiment," *Quarterly Journal of Economics* 133(1):191–235.

碰壁，大多数有犯罪记录的非裔只能投靠街头帮派维生，形成重复犯罪、从小罪到大罪的恶性循环。大规模囚禁同样破坏了非裔的家庭结构：由于成年黑人男性大量入狱，黑人家庭大量沦为单亲家庭；20世纪60年代只有大约两成非裔家庭为单亲家庭，现今却有超过六成的非裔家庭为单亲家庭。

总结一下：整个20世纪，黑人社区的社会资本、经济资本被不断剥夺，造就了黑人社区的贫困（民权运动后黑人中产阶层从黑人区的迁出，也恶化了种族与阶级交织的贫困问题），但当代黑人社区贫困与治安问题的迅速激化，终归是在20世纪70年代大规模囚禁兴起后。如果仅仅看到"（当代）黑人犯罪率高"，而不去反思"为什么黑人犯罪率高"、不对美国社会与制度中的系统性歧视进行整体性的改革，就永远无法解决这个问题。

二、警察暴力的政治学

2015年《卫报》曾报道芝加哥警察局刑讯逼供的新闻，而在近期的游行中我们也常看到警察用武力对待示威者引发诸多争议，那么为什么美国的警察如此暴力？

§2.1
警察的历史起源与改革

19世纪前，美国并没有职业警队，维持社会秩序主要依靠临时召集非职业公民巡逻队（patrol）。相较北方，南方的城市守卫队（city guards）1830年从奴隶巡逻队（slave patrols）转型而来，目的在于监视和恐吓城市中的黑人；北方职业警队的诞生则是因为随着城市化的发展，北方需要打压移民、工会、少数族裔等所谓的"社会不稳定因素"。1850年代，芝加哥市政府在成立警察局时曾声称，城市发展必须要遏制密集人口中的不稳定因素，即便这些所谓不稳定因素"并没有真正犯下什么罪行（not criminal in particular）"；到了镀金时代，警察局则替作为市政府金主的企业主打压工人罢工[1]。

19世纪末美国开始推行公务员改革（包括警队改革），入职考试与训练虽然一定程度上提升了警察素质，但各地在实际操作中的具体做法和效果相差巨大。比如2000年康涅狄格州"乔丹诉新伦敦市"案（*Jordan v. City of New London*）中，警察局以申请人在认知考试上获得高分为由拒绝了其入职申请，理由是智商较高的人不容易服从管束，而警察作为国家暴力机器必须服从命令，不能随便质疑命令的合理性（比如暴力镇压示威者的命令）。法院在判决中站在了警察局的一方。

美国历史上少有的警察改革发生于20世纪60年代、厄尔·沃伦（Earl Warren）在最高法院担任首席法官期间。沃伦法院是美国高院极少数由进步派占主导地位的阶段，支持民权运动，并尝试推动警察改革。沃伦法院做出了几项具有里程碑意义的裁决，极大地改变了刑事诉讼程序，比如1961年"马普诉俄亥俄州"案（*Mapp v. Ohio*）中，裁定禁止检察官在法庭上使用违反美国第四修正案获得的证据；1964年"埃斯科韦多诉伊利诺伊州"案（*Escobedo v. Illinois*）中，裁定警察不能行刑逼供、审问时犯人可以要求律师在场；1966年的"米兰达诉亚利桑那州"案（*Miranda v. Arizona*）中，要求警方在拘留嫌犯时需向犯人告知他受宪法保护（即刑侦剧中耳熟能详的"米兰达警告"："你有权保持沉默，但你所说的一切都将成为呈堂证供"）。这一系列案子建立了我们如今习以为常的美国刑事诉讼程序。

---

[1] 参见 Sam Mitrani（2013），*The Rise of the Chicago Police Department: Class and Conflict, 1850–1894*, University of Illinois Press；Alex Gourevitch（2015），"Police Work: The Centrality of Labor Repression in American Political History," *Perspectives on Politics* 13(3):762–773；Joe Soss & Vesla Weaver（2017），"Police Are Our Government: Politics, Political Science, and the Policing of Race-Class Subjugated Communities," *Annual Review of Political Science* 20:565–591 等。

空谈 421

与此同时，高院的这些改革也在保守派那边招致了"给警察戴上了手铐"的谩骂，加上民权运动引起保守派白人的反扑，使得沃伦高院遭到民意的剧烈反弹。1966 年中期选举，民主党因此大败，虽然仍掌握两院多数，但参议院丢掉了 3 席，众议院丢掉了 47 席，州长丢掉了 8 席。沃伦高院开始在民意面前退缩；沃伦下台后，重回保守派控制的高院更是重新偏向于警察系统。

§2.2
后改革时代迄今的警察系统

在高院"后改革时代"的一系列涉警判决中，影响最深远的有两项。其一为裁定警方具有"有限豁免权"（qualified immunity）。假如有人起诉警察暴力执法，需要在警方所在辖区内找到事实极其接近并胜诉的既有案例；若没有先前判例，法官将不受理该案件。考虑到每个案件的事实细节均存在差别，普通人也很难有渠道接触卷宗，使有关警察暴力的诉讼往往无法得到受理。

其二是将英美普通法传统中的"特殊义务"概念加以扩大。在普通法传统中，警方没有一般性义务去保护所有公民（no general duty to protect the public），只有在与当事人已经建立"特殊联系（special connection）"的情况下才有保护的义务。这个概念的初衷是避免警方在警力有限的条件下承担过多责任；但高院在 1989 年"德尚尼诉温尼巴格县"案（*DeShaney v. Winnebago County*）等一系列案件中，将"人身限制令（restraining order）"等都划在了"特殊联系"的范围之外，为警方的不作为提供了各种借口。

换句话说，美国的警察在最高法院的护持下，**既不会因为暴力执法而被追责，也不会因为玩忽职守而被追责**，成为了一个可以任意施为的庞然怪兽。

此外，公民财产没收制度（civil asset forfeiture）使得执法人员可以在不必控告的前提下，没收涉嫌犯罪或从事非法活动的人的财产，例如警察搜查一辆车，最后即便没有任何理由逮捕，警察也可以以"潜在犯罪证据"的理由把搜查到的财物占为己有。这一遭到很多人批评的情况目前依旧是合法的，而且在被没收财物的人中，85％的人后续并未被逮捕或起诉。理论上财物可通过程序要回，但因复杂的法规程序限制，加上畏惧警察报复，绝大多数人会选择放弃要回财物。在美国地方财政紧缺的情况下，没收公民财物成为了许多地方警察部门的重要营收手段。

今年3月份，肯塔基州路易斯维尔市的黑人女护士布伦娜·泰勒（Breonna Taylor），被闯入家中的便衣警察射杀。这些警察的目标本来是另一家人，但是走错了门，闯入泰勒家中后又拒绝出示搜查令或者警察证。泰勒的男友怀疑他们是入室抢劫犯，拿出枪要求他们离开，警察就开枪打死了泰勒并逮捕了她的男友，却并没有因为闯错门和无故杀人而受到追究。在乔治·弗洛伊德事件之后，泰勒之死也被抗议者重新提起。路易斯维尔市迫于抗议的压力，立法禁止了"身上有搜查令却拒绝出示、直接闯入嫌疑人家门"（no-knock warrant）的做法；但这种做法在美国大多数州仍然是被允许的，也造成了许多黑人即便没有犯法，住在家里也时刻惴惴不安，生怕随时被警察破门而入、出于误会而丧命。

另一个近日被废除的法案是1974年由共和党议员们呼吁立法的纽约州Section 50-A。该法案规定，除非警察本人同意，警察过往的被投诉记录均不予公开。明尼苏达州乔治·弗洛伊德事件后，记者发现杀害弗洛伊德的警察德雷克·肖文先前曾有十八次暴力执法的被投诉记录；相同的情况如果发生在纽约，由于Section 50-A的存在，记者将根本无法接触到该警察的过往被投诉记录。2014年纽约警察丹尼尔·潘塔莱奥（Daniel Pantaleo）以锁喉手段将黑人小贩埃里克·加纳（Eric Garner）窒息致死之后，纽约公众曾经要求议会废除Section 50-A、公开潘塔莱奥过往的暴力执法记录，但遭到势力强大的纽约警察工会反对无疾而终。直到此次弗洛伊德之死引发抗议，纽约议会才终于将这条恶法废除。

美国警察暴力程度的上升，也与过去几十年间警察装备的升级与"军事化"密切相关。比如 1991 年海湾战争后，美国国防部从 1997 年开始，通过执法支持办公室（Law Enforcement Support Office）"1033 号项目"转让战后派不上用场的军事装备给全美各地警察局，至 2019 年共转让了价值五十一亿美元的军用武器；9·11 之后，国土安全部又根据国土安全拨款项目（Homeland Security Grant Program）计划，向地方政府提供"反恐"相关的经费支持（今年下发的经费为十八亿美元），其中规定至少 25% 的经费必须拨给警察部门，用于购买军事装备和培训，等等。警察的军事化，加上美国枪支泛滥导致警察面对嫌疑人时神经紧绷（参见《美国枪支管理的社会演化》），令警察执法暴力更上一层楼。

§ 2.3
警察系统作为政治势力

保护警察的法律层出不穷，一大原因在于警察工会本身是重要的政治势力。警察部门属于地方政府管辖，而地方政府在美国的联邦、州、地方三级政府中处于极度弱势地位：联邦宪法只划分联邦政府和州政府的权责，对地方政府的权力不予保护，而州宪法又往往对地方政府的人事权、财政权、立法权等做出极大限制，令其难以约束治下的警察部门。警察部门由于能为地方增加收入（如前面提到的公民财产没收）、维持治安，也令地方政府不忍下手改革。同时，警察工会能以怠工和选举作为威胁；比如 20 世纪 90 年代克林顿政府对犯罪问题的态度转向强硬，与警察工会发出的怠工威胁有关，尤其是当时犯罪问题还被公众视为重要社会问题，使警察系统对政客的怠工威胁十分有效，政客生怕一旦警察怠工、犯罪率回升，自己的政治前途就会完蛋，因此宁可放任警察胡作非为而不予改革。

警察系统与工会内部本身亦存在种族秩序，比如纽约市，基层警察中非白人占53%，白人占47%，但随着级别越高，白人比例也越高，到了警佐（sergeant）一级，白人已经占到61%；警司（lieutenant）一级，白人占76%；总警司（captain）一级，白人占82%；工会领导层与活跃分子更基本上全是白人。类似地，尽管女警察占纽约警察的20%左右，但警官与警察工会领导里基本上没有女性。警察系统对种族歧视问题与性别歧视问题的不敏感，和内部的种族秩序与性别秩序有着很大的关系（在纽约警察工会前几天为了抨击州议会"废除Section 50 - A"动议而召开的新闻发布会上，可以看到照片中的"警察工会代表"清一色是白人男性；警察工会内部的种族与性别秩序由此可见一斑）。

三、如何看待抗议中的暴力

对于抗议中的暴力事件，中文网络中常见两类观点的对立，一类较保守观点，将抗议中的任何暴力行为都视为不合理，并且因为此次大规模抗议活动中出现了几起打砸抢事件，而对整个抗议运动采取怀疑或否定的态度；另一类较激进的观点，则认为社会运动中的打砸抢再正常不过，不应当面临任何道德诘难。这两类观点都存在将复杂问题简单化的倾向，未能从道德哲学层面做出更细致的辨析。

§3.1
区分"可正当化"与"可谅解"

在谈论抗议中的暴力是否应被允许时，我们首先可以区分"可正当化（justifiable）"与"可谅解（excusable）"两个概念，进而将暴力行为分为至少三类：第一类在道德上可以正当化并且可以谅解；第二类在道德上无法正当化，但可以被谅解；第三类既不能在道德上正当化，又不可谅解。

具体的暴力抗议行为应该归入哪一类，需要考虑几个方面的因素，比如：抗议者究竟是在"施加伤害"（比如打伤路人、抢掠财物），还是在"制造麻烦"（比如堵塞路段、破坏公共设施、焚烧无人在内的警车）；如果发生了针对商家的打砸抢，其受害对象，究竟是风险承受能力弱的小型商家，还是承受力强（更不用说那些对物资上了全额保险）的连锁企业；这些对象是否曾经主动参与到过往的压迫之中；暴力抗议背后的积怨有多深，暴力是否合乎压迫的比例；等等。举个例子，如果承受了长期的系统性歧视与压迫，最后只是推翻市政府前一个没多少文物价值的雕像，这种所谓"暴力"恐怕在道德上并没有什么可以谴责的地方。

那么如果在一场大规模社会运动的过程中，发生了一些针对普通小商家的打砸抢事件时，这类暴力应当归入上述分类的哪一类呢？我的看法是，假如这场大规模抗议运动针对的是某种根深蒂固的严重压迫（比如美国黑人所面临的，在系统性种族歧视的制度安排下由社区极度贫困、大规模囚禁、警察暴力相互结合构成的恶性循环），那么抗议过程中针对普通小商家的打砸抢事件，应当归入"不可以正当化，但可以谅解"的一类暴力范畴。这种看法既不同于前面提到的保守观点，又不同于激进观点。

§3.2
保守观点的两个问题

保守观点认为：抗议中的打砸抢，不但不正当，而且完全不可谅解；打砸抢事件的发生，足以抵消甚至抹杀抗议运动本身的道德正当性，令后者不再值得支持。这种观点存在两大问题。一是给抗议运动（尤其是大规模抗议运动）施加了难以企及的道德标准，二是错误地分配了道德注意力（moral attention）。

随着抗议运动的规模扩大，个体参与者不受组织者约束、做出暴力举动的概率也会随之增加；抗议背后压迫与积怨的深重程度，以及当代抗议活动在组织模式上的去中心化，也都会影响到这一概率。由于大规模抗争不可能完全避免打砸抢，历史上也找不到先例（即便以非暴力示威著称的民权运动等，中间也爆发过不少骚乱），因此如果我们以"完全杜绝打砸抢发生"来要求大规模抗争，等于为其施加了一个实际上不可能达到的高标准，最终间接地等同于维持现状。

诚然，打砸抢是不正当的，但现状中包含的深层且长久的系统性种族歧视，不正当的程度无疑更高、伤害更深更广；即便旁观者对"现状包含的系统性歧视"与"抗议中的打砸抢"加以"同等力度"的谴责，也仍然是混淆了主次之别，错误分配了注意力。何况即便短时间内维持了现状，也只会让受压迫者的怨气继续增长，最终不是在下一次规模更大、打砸抢概率更高的抗争中爆发，就是以黑人社区治安进一步恶化并扩散到其他社区为代价，使整个社会面临更长久的暴力与失序威胁。

§3.3
激进观点的两个问题

如果说保守观点通过过高的标准和不恰当的注意力分配，而否认了大规模抗争的正当性，那么反过来，认为打砸抢完全正当甚至为此叫好的激进观点，同样存在两大问题：其一，如何面对无辜者遭受打砸抢的损失？难道仅仅是跟他们说，这是运动难免的代价，你们只好自认倒霉？其二，假如发现其实是一些极右翼分子渗透到运动之中，煽动甚至导演了打砸抢，又该如何处理？有些持激进观点者认为，对于某些主流社会已经习以为常的深重压迫，只有靠打砸抢，才能唤起公众对抗争呼吁的关注，所以打砸抢是正当的——但是按照这个思路，由右翼渗透煽动或导演的打砸抢，同样能够达到这种效果，是否运动参与者也要因此放弃对其渗透煽动行为的澄清与追究、对由其导演的暴力叫好？只有当我们在"可以正当化"与"可以谅解"之间做出区分，以上两个问题才能得到好的解答。

正是由于打砸抢不可正当化，因此我们需要考虑对受损小商家的赔偿问题（否则对于完全正当的行为，根本不需要加以赔偿）；这种赔偿，可以由运动组织者通过众筹等方式发起，以释出抗争方对在此过程中不幸受损的无辜者的善意与歉意，也可以在抗争成功后，经由改革之后的国家机器申请获得公共赔偿。

与此同时，不可正当化的打砸抢的"可谅解"，意味着我们可以进一步去区分不同人群在相关事件中的道德资格（moral standing）。一方面，鉴于"可谅解"的缘由在于抗争者们本身既往承受了太过深重的压迫，积怨许久之下除非是道德圣人否则难保行事偏激，因此就那些渗透进抗争运动的极右捣乱分子而言，由于本身并不认同运动的目标、未经受过抗争者所受的压迫，所以他们一手导演的打砸抢就并不在"可谅解"的范围之内，抗争者完全有理由将其揪出、与这些人煽动或导演的打砸抢拉开距离。

另一方面，在是否应该选择"谅解"抗议中的打砸抢时，抗议参与者、旁观者、受损者之间也存在分别。一个既没有亲身参与到抗争之中（更不用说那些主动给系统性歧视添砖加瓦——比如投票给特朗普）、又没有被打砸抢直接伤害到的人，在对待"不正当但可谅解"的打砸抢时，便有道德义务首先去尝试理解其背后的脉络、将主要的道德注意力放在支持抗争者消除压迫上。相反，对于运动的组织者和参与者来说，其亲身参与抗争，使其相比于旁观者来说多了一层进行内部批评和自我约束的资格与责任，有更多立场去批判和谴责运动过程中发生的打砸抢行为。此外，一个遭到打砸抢直接伤害的人（比如店面被烧毁的小商贩），则因为这种伤害，而完全有充分的"道德资格"去选择拒绝谅解——此时假如有人批评他们"你们为什么不支持这场运动"，便属于强人所难；正如前面所说，运动参与者和支持者应该主动对这些平白受损的无辜小商家释出善意与歉意，通过实际行动上的补救，来争取获得他们的谅解、赢得他们对抗争运动的支持。

"政治正确"、身份政治与交叉性

2020年6月22日晚，华东师范大学ECNU-UBC现代中国与世界联合研究中心组织了一场许纪霖、刘擎、白彤东、吴冠军四位老师之间的线上对谈（文字整理稿《反思"黑命攸关"运动》，《澎湃》2020年7月3日），围绕美国当前的反种族主义抗议运动展开讨论。整体而言，四位老师均对这场运动持同情理解的立场，这一点我非常赞同；但对话中的某些具体论述及其背后的思维框架，在我看来仍有可议之处，因此不揣冒昧，随口录制了以下商榷意见，发在个人播客"催稿拉黑"上；后由《澎湃》记者张家乐誊录成文，分三篇刊于《澎湃》（2020年7月14日、16日、30日）。第一篇讨论"（反）政治正确"这个论述框架如何构成一种思维陷阱，第二篇区分"身份政治"的几种不同含义，第三篇则借助"交叉性"概念进一步辨析四位老师对谈中（同时也常见于公共讨论中）的若干说法。

一、跳出"（反）政治正确"论述框架的思维陷阱

"政治正确（Political Correctness）"是近年中文互联网讨论中常见的一个概念；近两个月来，诸如HBO暂时下线《乱世佳人》、《老友记》制片人对演员族裔多元性不足表示后悔、南方邦联将军雕像被抗议者推倒等事件，也被一些评论者作为"抗议运动已经进入扩大化、'政治正确'化阶

段"的证据。此次对谈中，许纪霖老师作为主持人，同样选择从"政治正确"这一角度切入议题、设定了随后讨论的框架（framing）。

作为回应，其他三位与谈者并没有去挑战这一框架本身，而是不约而同地采取了让步式的论述，来委婉地为被反对者指为"政治正确扩大化"的反种族主义运动辩解。比如白彤东老师的论述策略是：美国的"政治正确"可能有点走过头了，但中国目前是种族歧视、性别歧视、地域歧视等"政治不正确"盛行，本身亟需"政治正确"观念的矫正，所以我们没有资格去批评美国"政治正确"过头。刘擎老师的论述策略是："政治正确"意识中蕴含着文明的底线，与现代自由平等尊重的进步主义事业密不可分，所以我们不能完全放弃"政治正确"，只是需要注意在追求"政治正确"的过程中把握住分寸感。吴冠军老师的论述策略是："政治正确"确实会让有些人不敢说话，但是美国黑人整日遭受警察暴力与系统性歧视而性命堪忧，是比言论自由更为急迫的问题，此时心平气和的公共讨论空间早已丧失，"政治正确"问题自然也可以暂时搁置不谈。

三位老师虽然因此对这些被指为"政治正确"的事件抱有理解的态度，但整场讨论仍未能摆脱"（反）政治正确"这一话术本身所设下的论述框架和思维陷阱。其实，"（反）政治正确"这个说法，本质上是一种修辞或话术，旨在通过偷梁换柱的方式混淆问题的焦点、转移公共讨论的注意力；一旦我们接受了"政治正确"这一词汇对语言的污染，在其设定的框架下讨论"'政治正确'的尺度在哪里"，便已是陷入到了一个扭曲的话语体系中，从而容易忽视真正问题所在。

注意，说"'（反）政治正确'是一种话术"，并不是说"社会文化力量压制言论自由"的可能性不存在，也并不是否认许多人在使用"政治正确"一词时，对"社会文化力量是否会（或者是否已经在）压制言论自由"这个问题抱有真实的关切与焦虑。恰恰相反，指出"（反）政治正确"的话术性质，正是为了摈除修辞的喧嚣，完整呈现出那些被其掩蔽与扭曲的值得关切的议题，从而提高相关公共讨论的深度与质量。

那么,"(反)政治正确"为何是一种话术,这种话术又如何设下思维陷阱、污染公共语言呢?要回答这一点,我们不妨先想一想,当我们在说某个事件构成"政治正确"、或者某种表达遭到"政治正确"打压时,我们所指的、所关心的究竟是什么?使用"(反)政治正确"这个词,是有助于还是有碍于我们去恰当地澄清、分析、理解和评判相关的现象?从这个思路出发,我们可以发现,"(反)政治正确"这个论述框架因为两方面原因而有碍于公共讨论的有效展开,一是其在概念上过分笼统,二是其选择性的聚焦与失明。

§1.1
"政治正确"概念的笼统性

先说笼统性。当许多人在说"政治正确"时,其所指的现象大致可以这样定义:某个群体出于某些政治上或者意识形态上的考虑,将有违于特定政治偏好或意识形态偏好的表达(可能是因为表达的内容,也可能是因为表达的方式)排斥在某些言论平台之外。

可以看到,一旦我们给出了这样一个相对详细的定义之后,许多原本笼统归纳在"政治正确"这个语焉不详的词语之下的现象,其性质上的差别就得以显现出来,使得我们能够更细致地去辨析哪些现象合理、哪些现象不合理。比如,采取排斥行动的主体是谁,遭到排斥的是什么类型的言论,发生排斥的是什么性质的平台,排斥的具体方式如何,对被排斥者造成什么样的个人影响,用来为排斥辩护的意识形态或政治考虑有哪些,等等,这些因素都有可能对具体事件的合理性造成影响。

以"行动主体的性质"为例:国家暴力机器以法律手段限制或禁止某一言论表达,与(不具有垄断地位的)某个企业出于迎合其目标客户群体的考量而拒绝特定表达,二者之间恐怕存在天壤之别。比如 HBO 对《乱世佳人》增加"种族主义历史背景介绍"后重新上架,但想要看"无背景介绍"版《乱世佳人》的观众仍然可以自由选择去 Amazon Prime 等其它视频网站；这和假如美国政府哪天宣布《乱世佳人》为禁片、任何人不得播放或观看，显然是两码事。这个区别对于那些主张"市场自由"的人来说尤其重要：如果你认为企业有权为了利润而迎合消费者的偏好，那么理当接受企业为了利润而迎合消费者的政治偏好（包括将遭到目标消费群体反感的产品下架），而不是批评它们"向政治正确低头"；将消费者自身的"政治正确"观念（而非国家暴力机器强加的"政治正确"）视为对市场秩序的干扰，显然是自相矛盾且讽刺的。当然，特定情况下国家是否有权干涉企业的某些表达（比如种族主义餐馆老板拒绝让某些种族的顾客进门消费），以及当某个企业形成垄断地位之后，其"为了追求利润而拒绝特定表达"的权利应当受到怎样的限制，这些都是可以进一步讨论的议题；但恰恰是跳出了"政治正确"这个语焉不详的框架，切换到上述详细列出各个因素的定义，这种进一步的讨论才能有效进行下去。

同理，被排斥言论本身的性质、排斥方式、排斥造成的个人影响等，都是评判具体案例时需要考虑的因素，这里就不再一一举例（参见《自相矛盾的公开信与"取消文化"的正当性》）。总之，即便我们要讨论"政治正确是否过火"的问题，也要首先把"政治正确"这个词拆解成更详细的定义，才能基于具体案例中的各个因素有效地加以分析；只笼统地说"（反）政治正确"，其实是拒绝正视具体案例的多样性与复杂性。

如果只是笼统，倒也罢了；"（反）政治正确"这个说法的更大问题，在于它会导致整个公共讨论对同一范畴内不同现象的选择性聚焦与选择性失明。这种选择性具体又体现在两个方面：一是"（反）政治正确"这个说法在冷战晚期以来西方内部左右翼"文化战争"语境中的党派针对性，由此造成思维上的"党派盲区"；二是这个论述框架本身对现状的自然化与正常化，由此造成思维上的"现状盲区"。

§1.2
"政治正确"话术的党派盲区

刘擎老师在对谈中提到了"政治正确"在西方语境下从早期左翼内部的自黑，转变为保守派攻击进步派的修辞武器的历史；这一点我在 2018 年的讲座《"政治正确"与言论自由》（已收入本书）中也有提及。从 1980 年代开始，对"政治正确"一词的使用开始带有明确的党派针对性，由保守主义右派用于指控左派，声称后者试图在高校内部以及公共舆论场域中打压右派的言论自由；反过来，对于右派打压左派言论自由的种种行径，则并没有人用"政治正确"来指称。如此一来，跟着使用起"（反）政治正确"一词的人，也就不知不觉间跟着接受了这种说法所附带的刻板印象（即"'政治正确'是左派专属现象"），进而注意力受到其引导，在思考与讨论时聚焦于左派的相关言行，而忽略掉与此同时发生在右派一方或主流社会里的、笼统而言本来同样可以称为"政治正确"的、而且性质往往更加严重的钳制言论事件。

比如现在有许多人指责 Black Lives Matter（BLM）运动"大搞政治正确"；但他们不知道的是，真要说"政治正确"的话，BLM 运动的支持者才是美国右翼势力及主流社会"政治正确"的受害者。2016 年，全美橄榄球大联盟球员卡佩尼克（Colin Kaepernick）在赛前演奏美国国歌时单膝下跪（马丁·路德·金在民权运动时曾经做过的动作），以此表达对警察暴力和系统性种族主义（参见《司法种族主义、警察暴力与抗议中的暴力》）的抗议、唤醒公众对这些问题的关注。这一行为迅速遭到了部分媒体的围攻，指责他胆敢对国歌不敬；2017 年特朗普上任后，也公开叫嚣说橄榄球大联盟必须开除卡佩尼克。联盟在这些压力下迅速抛弃了卡佩尼克，后者从此失业，直到今年乔治·弗洛伊德死亡事件引发又一波 BLM 运动，卡佩尼克的遭遇才被媒体重新提起。卡佩尼克事件无疑是对言论自由的压制，但无论是美国还是中国,那些口口声声担忧"政治正确过火"的人,没有一个想过要把此事纳入"政治正确过火"的范畴来思考和讨论;其中一些人或许根本没有听说过这个事件,另一些人甚至可能转头就会为联盟开除卡佩尼克的做法辩护(比如"国歌就是不容玷污"、"体育不该卷入政治"之类)。

再举一个例子。在今年初美国国会对特朗普的弹劾表决中,共和党参议员密特·罗姆尼(也是 2012 年共和党的总统候选人)投下了赞成票,成为美国历史上第一个(也是唯一一个)投票支持弹劾本党总统的参议员。罗姆尼的这一行为无疑体现了巨大的勇气(也反衬出其余共和党议员的蝇营狗苟),但他也因此成为美国各路保守派势力的众矢之的,被随后的"保守派政治行动会议(Conservative Political Action Conference)"等大型活动取消参加资格、拒之门外。如果我们套用"(反)政治正确"的论述框架的话,完全可以说罗姆尼是美国保守派内部"政治正确"的受害者。当然我们也可以说,一场活动想邀请谁不想邀请谁,完全是组织者的自由;但这个辩护,对于许多被指责为"左派大搞政治正确"的案例,其实同样适用(这又回到前面说的,"政治正确"这个说法太笼统,没有办法用来区分哪些做法可以接受、哪些做法不可接受)。

总之,由于"(反)政治正确"这个话术的党派针对性,导致使用这个概念的人很容易受其误导,而陷入一种思维定势:一方面目光紧盯当代左翼社运的一举一动,稍有不同意处便先入为主地认为是对自由表达的压制(这种先入为主既源于对冷战时代苏东阵营"左翼政权"极权行径的记忆与联想,同时"政治正确"一词的笼统性也强化了这种先入为主);另一方面对右翼一方发生的事情视而不见或者听过便忘,低估后者的实际威胁。这样一来,"(反)政治正确"这个论述框架,就在无形中扭曲了我们对"当代欧美社会中言论自由的真正威胁来自何方"的认知。

§1.3
"政治正确"话术的现状盲区

除了党派盲区之外，从更一般的意义上说，"政治正确"作为一种话术，本身就有碍于公众对事态的认识和对现状的挑战。"政治"一词带有一种"人为"、"不自然"的色彩；当我们贬低某些做法为"政治正确"时，实际上也是在将被这种做法挑战的现状"自然化（naturalize）"、"正常化（normalize）"，同时将被命名为"政治正确"的挑战"人为化（artificialize）"、"问题化（problematize）"，为现状罩上一层天然、正当、合理的面纱，而忽略了现状本身同样是人为建构的产物，也就忽略了主流社会对现状的维持本身就是一种更为隐蔽、更为根深蒂固的"政治正确"。

以中文互联网上近来热议的"CK 大码模特"一事为例。内衣公司 CK 在一幅最新的广告中，启用了一名身材魁梧、相貌也不符合所谓"主流审美"的黑人跨性别模特，因此遭到一些网民的抨击，指责该公司"屈服于政治正确"。但是如果我们抛开"政治正确"的话术成分，反过来想一想：在这幅广告以前，内衣公司在父权社会"主流审美"的文化霸权下，在挑选模特时以满足男性凝视为先，而长期无视自身顾客的真实需求（比如现实生活中许多身材魁梧的女性，无法参考模特清一色的消瘦身材来挑选合适自己的内衣），内衣公司也因此损失了来自这部分顾客的潜在利润，这难道不才是真正需要反对的"政治正确"吗？

换句话说，当网民们指责内衣公司更换模特是"屈从于政治正确"时，他们其实是在使用"政治正确"这一话术，将"内衣广告优先满足男性凝视而非考虑女性顾客需求"这一现状及其背后的男权主义意识形态加以"正常化"，将更换模特一事对现状构成的挑战加以"问题化"，从而达到维持现状（从而继续享受凝视特权）的目的。假如我们要保留"政治正确"这个词（以及它的贬义用法）的话，我们完全可以说：CK 换模特的做法，

空谈 435

不但不是"屈从于（当代左翼身份政治运动的）政治正确"，而且恰恰相反，是对"（男权社会长久以来的）政治正确"的反抗与冲击；如果你真心反对"政治正确"的话，你就应该大声赞赏 CK 换模特的做法，而且应该积极推动其它内衣公司也把它们的模特换得更加多元、更加不受所谓"主流审美"的拘束。

再比如说，许纪霖老师在对谈中声称，美国的立国之本是"从基督教内化而来的现代性文明"，是以"盎格鲁-撒克逊的美国"为基础和核心的"文化大熔炉"，诸如此类。先不说此类"大熔炉叙事"近几十年来不断遭到来自美国移民史等领域更深入研究的挑战、驳斥和证伪，在事实层面便站不住脚；单就其在现实中扮演的角色而言，这种"以基督教文明为基础、以盎格鲁-撒克逊为主体的文化大熔炉"式的自我认知，恰恰是建国两百多年来被美国主流文化奉为"政治正确"加以捍卫的观念，和用以打击"异端"与"外来者"的工具。正是通过把"真正的美国"等同于"基督教传统"和"盎格鲁-撒克逊身份遗产"，主流社会才可以堂而皇之地以华人（或者其余亚洲人）在种族、文化、宗教信仰上与"真正的美国人"存在根本差别为由，制定诸如 1882 年《排华法案》、1924 年《排亚法案》等歧视性的移民法规，以及各种禁止跨种族通婚（anti-miscegenation）的法律。即便在这些法律层面上的歧视被废止之后，主流社会仍然一方面通过"大熔炉叙事"的文化压力，迫使少数族裔移民放弃原先的语言与文化认同，"融入"以美国城郊中产白人生活模式为代表的所谓"美国文化"中去，否则便会被视为"不够美国"；另一方面无论这些少数族裔移民如何努力融入，仍然因为不属于"盎格鲁-撒克逊身份遗产（以及更广泛的白人身份）"谱系，而无法得到主流文化的完全接纳，生活中时不时会遭遇到"永远的外邦人（perpetual aliens）"的尴尬。

从这个意义上说，近年来多元文化主义对美国主流社会这种"基督教盎格鲁-撒克逊基础上的大熔炉"式自我认知的挑战，恰恰是在打破既有的"政治正确"，将各个移民群体从这种观念的桎梏中解放出来；反倒是中国学者往往因为缺乏对美国社会政治文化历史的深入了解，对隐含在主流话语中的此类"政治正确"不假思索地接受和内化，最终跟着美国右翼一起，将当代身份政治运动反思主流现状的倡议斥为"数典忘祖"。

最后再举近期网上热议的"推倒雕像"风潮为例。在右翼的论述框架中，"推倒雕像"是当代左翼身份政治运动"大搞政治正确"的体现；但反过来想，大力主张某些雕像意义重大不能被推倒，以及一开始竖立起某些雕像的做法本身，又何尝不是在构建或维护某种更加根深蒂固的"政治正确"？我在《拆除邦联雕像问答二则》中提到过，任何一座雕像的竖立与保留，都不是自然而然的事情，而是特定历史时期社会政治氛围的反映。比如如今遍布美国南部与中西部各州的"南方邦联（Confederacy）"将领雕像，集中修建于几个历史时期，包括20世纪初"第二波三K党运动"兴起期间，以及五六十年代白人至上主义者执政保守州对抗民权运动期间；修建这些雕像的目的，正是为了洗白南方各州为了维护奴隶制而发动内战的事实，同时展示白人至上主义势力反对种族平等的决心。

在竖立这些雕像的同时，南方政客与文人也一直在积极地构建并传播相应的文化迷思，比如声称建立邦联雕像只是为了"纪念南方文化遗产"（倘若如此，为什么内战中站在联邦政府一边反对南方叛国的肯塔基、西弗吉尼亚等州，以及根本没有卷入内战的中西部各州，后来也纷纷竖起邦联雕像呢？），以及大力宣扬罗伯特·李的个人修养（却对其残酷对待手下奴隶的行径避而不谈，并将"败局已定后主动投降"这种理所应当的行为吹捧成"不忍苍生涂炭"与"渡尽劫波兄弟在"的典范）。邦联雕像将这些文化迷思实体化和具象化，这些文化迷思反过来又被内化为"不能拆除邦联雕像否则就是不尊重历史"的理由；二者共同构建和维持着主流社会以19世纪末20世纪初以来对内战性质的"修正派"历史叙事（"奴隶制并非内战的真正原因"、"南方人只是在保家卫国"）为基础的、同情"南方文化遗产"的"政治正确"。近年来"拆除邦联雕像"呼声的兴起，恰恰意味着美国人开始反思起弥漫在主流叙事中的这种文化迷思，开始对雕像背后的白人至上主义政治意图加以警惕与反省；换句话说，恰恰是在挑战一个多世纪以来"修正派"内战叙事对现状的"政治正确"式绑架。如果你真心反对"政治正确"，恰恰应该大力支持拆除邦联雕像才对。

对于其它非"南方邦联"的雕像，也是同样的道理。比如我个人尽管并不主张拆除华盛顿的雕像（参见《拆除邦联雕像问答二则》），但"政治正确过火"这种论述框架，有助于我们理解和讨论"是否应当拆除华盛顿雕像"这个议题吗？试想，"华盛顿是国父，没有华盛顿就没有美国，拆除华盛顿雕像就等于否认整个美国历史"这样的叙事，难道不正是主流社会尊奉迄今的"政治正确"？从这个角度看，拆除华盛顿雕像，同样恰恰是在"反政治正确"，而不是在"搞政治正确"；即便你认为主张拆除华盛顿雕像的人是"无理取闹"，也应该说他们是"反政治正确反过了头"，而不是"搞政治正确搞过了头"。或者退一步说，我们既可以用"搞政治正确"去描述这件事，也可以用"反政治正确"去描述这件事；这也就意味着"政治正确"这个论述框架实际上没有起到任何帮助我们更深入地剖析"是否应当拆除华盛顿雕像"的正反理由的作用，而仅仅是通过这种论述框架自带的笼统性与"现状盲区"效应，不加反思地唤起我们对挑战现状者的怀疑与反感。

正是在这些意义上说，"（反）政治正确"这个论述框架本身其实完全是一种话术。它不但无助于推动更深入的关于表达自由与身份政治等议题的公共讨论，而且通过其笼统性与选择性，让习惯了这个论述框架的人陷入思维盲区，看不到现实案例中的种种复杂性，并且下意识地在社会文化议题上采取保守姿态，拥抱现状、抗拒变革。

二、当我们谈论"身份政治"时我们在谈论什么

四位老师对谈中的另一大主题是身份政治（identity politics）。现今欧美公共领域对"身份政治"这件事也有很多争论，支持与反对的都有。一些知名的"老自由派"比如福山、马克·里拉等，都曾经批评过"身份政治"；

他们往往将"身份政治"与"公民政治"相对立，认为"身份政治"是偏狭的特殊主义与部落主义，最终会导致族群之间的分裂与对立等。不过在这些争论中，不同人对何谓"身份政治"往往有不同的理解；为了更好地思考这个问题，我们有必要先对不同意义上的"身份政治"加以区分和辨析。

大致而言，我认为几位老师在对谈中，至少在三种不同意义上使用了"身份政治"这个概念：诉求意义上、认知意义上，以及策略意义上。澄清这三种不同意义上的身份政治，有助于我们考察那些针对身份政治的批评究竟在多大程度上站得住脚。

§2.1
诉求意义上的身份政治

所谓诉求意义上的身份政治，即某场社会运动所提出的政策诉求与特定的群体身份相关。这类基于特定身份的诉求何时合理，何时不合理？对此，刘擎老师在对谈中其实提出了一个很好的思考框架，只可惜他并没有将其贯彻到底，而是中途有所徘徊，无意间竖起了一个稻草人加以批判。刘擎老师的框架建立在普遍主义与特殊主义的区分上；他认为，恰当的身份政治一方面应当诉诸普遍主义理念（比如人人平等），另一方面关注实然层面的特殊与差异（比如某个族群在现实中遭受了某种特别的歧视），以特殊为对照，追求普遍理念的实现。

在此基础上，刘擎老师一针见血地反驳了中文互联网上近来广为流传的、黑人保守派学者托马斯·索维尔（Thomas Sowell）对马丁·路德·金的错误解读[1]。索维尔在两年前的推文中说："如果你始终相信每个人都应

---

[1] 对美国"黑人保守派"的政治心理与意识形态的研究，参见 Leah Wright Rigueur (2014), *The Loneliness of the Black Republican: Pragmatic Politics and the Pursuit of Power*, Princeton University Press; Corey Robin (2019), *The Enigma of Clarence Thomas*, Metropolitan Books 等。

该遵守同样的规则、依据同样的标准被评判,那么你被贴上的标签,在六十年前是激进派,三十年前是自由派,而在今天就是种族主义者。"对此,刘擎老师很正确地指出,即便马丁·路德·金本人,也呼吁重视因肤色造成的现实处境差异,特别是黑人因其肤色遭遇的痛苦与承受的压迫;在种族歧视的现实中声称自己"无视肤色差异(colorblind)",并不能带来真正的平等,反而是对系统性歧视的视而不见与添砖加瓦。恰当的身份政治,正是要唤起人们对现状中种种"身份特殊性"(亦即由身份差异造成的歧视与不公)的关注,进而推动人们站出来改变现状,最终建成一个身份不再重要、人人享有普遍平等与尊严的社会。对刘擎老师的这些看法,我非常赞同。

但在接下来的讨论中,刘擎老师却又将马丁·路德·金时代"好的"身份政治和当代"过分激进"的身份政治做了对比:"激进的身份政治可能会走的更远,认为特殊身份的历史记忆和苦难体验,产生了一些普遍人权原则所不能容纳的正当诉求,这是外人不可理解的。这个时候身份政治不仅是一个工具,它本身就是一个目的。"这里刘擎老师并没有明确指出究竟是哪一个当代身份政治运动"过分激进"、"产生了一些普遍人权原则所不能容纳的正当诉求";从上下文来看,似乎是指 BLM 运动。然而 BLM 运动真的有哪些诉求是普遍人权原则所不能容纳的吗?

其实我们仔细想一下"Black Lives Matter"这个口号,它不但没有在应然层面否认"所有人的命都重要(all lives matter)"这条普遍原则,反而恰恰是已经预设了"所有人的命都重要"这个前提,然后才能得出"黑人的命也重要"这样一个具体的运用和结论。之所以要选择"Black Lives Matter"作为口号,而不是反对者提出的"All Lives Matter",或者刘擎老师推荐的"All Lives Matter and Black Ones Do No Less(所有人的命都重要,黑人的命也不例外)",除了强调现实中黑人遭遇警察滥杀事件的不成比例(以及背后针对黑人的系统性歧视)之外,恰恰也反映了 BLM 运动对"所有人的命都重要"这条普遍主义应然原则作为前提的接受与深信不疑:

正是因为"所有人的命都重要"这个原则本来早就应该深入人心、无可置疑，所以才没有必要特别将它放在口号里加以重复，完全可以顺理成章地直接去强调"黑人的命并没有被真正当成命"的现实境况（参见《权力结构的语境》）。总之，无论从背后的抽象原则，还是实际提出的具体政策倡议（反对警察暴力、消除系统性歧视等等）来看，BLM运动在诉求层面上的身份政治，并没有滑向刘擎老师担忧的"特殊主义"、与"普遍人权原则"发生牴牾。

更进一步说，即便是某些左翼身份政治诉求中看似是在要求"特殊待遇"的部分，仔细分析起来都未必与普遍主义的原则相违背（当然并非所有"特殊待遇"诉求都如此，比如白人至上主义等右翼身份政治的诉求，就无论如何不可能与普遍主义原则相容）。之所以如此，是因为许多看似"特殊待遇"的身份政治诉求，往往可以理解为对一种广义的"转型正义（transitional justice）"的追求。由于现实世界已经存在着太多基于身份的歧视，因此我们一方面要努力让未来的世界不再有这些歧视，另一方面要对过往歧视已经造成的各种严重的负面后果加以纠偏和补偿，这样才能抵消从"过去"到"现在"层层积累起来的不公，避免其拖累和扭曲从充斥身份歧视的"现在"向身份不再重要的"未来"转型的过程。

比如美国许多高校目前在录取上采取的"平权行动（affirmative action）"政策，将高等教育资源的分配一定程度上向那些在其它方面遭受系统性歧视的少数族裔倾斜，试图以此抵消掉系统性歧视的部分恶果。这些政策在具体操作上是否有改进的空间、是否能够真正达到想要的补偿与纠偏效果，这些都是见仁见智的问题；但单从诉求层面说，此类政策看似提供的"特殊待遇"其实仍然只是普遍原则在转型正义视角下的衍生与应用，而非基于与其相对立的特殊主义原则。注意，我这里并不是说当代左翼身份政治绝对不可能出现任何违背普遍主义原则的诉求，而是说仅就我目力所及，现实中既有的左翼身份政治诉求，似乎都可以通过普遍主义原则来证成；如果反对者认为当今确实存在与普遍主义原则完全不能相容的左翼身份政治诉求，欢迎举证之后大家一起来分析。

§2.2
认知意义上的身份政治

除此之外，我们有时还在认知层面（或者说认识论层面）谈论"身份政治"。这种身份政治与哲学上所谓的"立足点理论（standpoint theory）"有一定关系，大致主张是：社会施加于个人的身份，塑造了个体在生活体验上从小到大的差异；个体如果不具备某一个特定的身份，便无法完完全全地感同身受到由这个身份带来的种种不便和困扰，也就对相应身份所遭受的歧视缺乏最切身的体会和最直观的认知。在此基础上，有人可能会提出更进一步的主张：如果你缺乏某个身份，那么你在涉及这个身份的议题上就相对来说不那么有发言权，或者至少发言的资格和分量要先被打一个问号再说。

前一个主张（身份差异限制了感同身受的可能性）的争议大概会小一点。比如就我自己而言，作为一个华人，尽管在美国生活多年，并且对种族议题有比较深入的了解，知道黑人因为种族身份而被施加的社会规训（比如面对警察不要把手揣在兜里，即便遭到警察无故搜身搜车也要表现出顺从，以免被警察暴力相待），由此能够从理性层面去理解美国黑人对警察系统的严重不信任；但是由于我毕竟是华人，知道自己绝非美国警察粗暴执法的主要对象，因此确实无法切身地体会到黑人在面对充满偏见的警察时那种战战兢兢生怕一个动作做错就无辜丧命的心情。也就是说，不具备黑人这个身份，让我少了一个相关的认知资源，也就是这个身份本身所能够提供的直观感受材料；我可以尝试去倾听和了解这些感受，但是这些了解都是间接的、隔了一层认知屏障的。

当然，说不同身份之间"无法完全"感同身受，不等于说他们"完全无法"感同身受。跨越身份的感同身受仍然是可能的，只不过往往需要有更近的距离和更亲密的渠道。比如有一位居住在美国的新加坡华人作者"Lin",最近写了篇非常感人并且发人深省的文章《生活在黑与黄之间》(刊于微信公众号"成长合作社",2020年6月19日)。因为她的丈夫是一位黑人,所以尽管她是华人,在美国定居后却不得不整日为丈夫与孩子的性命担忧,丈夫一出门办事,她就紧张地挂念,千万不要在路上出什么意外无端遭到警察暴力;有种族主义者上门挑衅,她也要把丈夫拦在身后,以免警察上门后不分青红皂白先把现场唯一的黑人男性抓起来。由于有这种朝夕相处的机会,因此黑人身份所附带的那种对无端遭遇警察暴力和滥杀的切身恐惧,就能够被这位作者感同身受到,成为她自身经历与情感体验的内在组成部分。但对绝大多数华人来说,因为缺乏这种更切近的渠道,很难直接获取这种体验和认知资源,因此更加需要多去倾听、阅读和了解,以弥补由于缺乏直接体验而造成的认知盲点,而不是居高临下地去论断黑人对美国警察负面看法的真实性和恰当性。

对认知意义上的身份政治,还有一种常见的误解,就是认为它会把"身份"这个东西给"本质化"。比如吴冠军老师在对谈中声称,"身份政治作为一种政治话语"对身份"做了一个本质化的处理",导致"不管你是黑人、女性还是无产者,你对自己的身份就不得不有一个本体论的认可","你首先要为自己做本质主义的辩护,证明你的身份何以重要,这是一种非常右翼的辩护姿态"。

但是就像刚才所说,作为一种认知资源,身份本身确实是重要的,因为它能给你提供关于"某某身份究竟在社会中会被如何对待"的独特而切身的体验(除此之外前面还提到,身份在诉求层面也是重要的,因为不同身份往往对应着不同形态的歧视或特权,因此在提出补偿救济的政策诉求时需要有一定的针对性)。与此同时,说身份本身能够提供独特的体验渠道和认知资源,并不等于说任何一个具有某某特定身份的人,都自动地就获得了相应的体验和认知(也就是身份的"本质化")。

身份提供了一个独特的认知视角和机会,但是由于任何人的身份都是多重的、流动的、社会建构的，因此即便同一身份群体内部的个体体验之间也必然存在着差异性与复杂性。比如一个美国黑人，仍然有可能因为运气或者其它原因（比如家境优渥，或者成长在某个严格限制警察权力的市镇）而从来没有遭遇过或担心过警察暴力。此时他做出"我从来没觉得警察暴力是个问题"的证词，无疑是一种真实的、没有必要去否定的个体体验；只不过这种真实的个体体验，反过来同样不足以否定其余为数众多的"我作为美国黑人一直生活在对警察暴力的恐惧之中"的个体证词。当我们援引相关证词说明美国黑人是警察种族偏见的受害者时，并不是在做"只要是个黑人就一定会有这种体验"、"没有这种体验就不能算黑人"这种本质化的判断，而只是通过大范围的证词搜集对比，指出相比于那些幸运儿来说，后一类遭遇和体验在美国黑人群体中更具有代表性与普遍性。类似地，这个世界上确实有不少女性从小到大都没有遭遇过性骚扰；当她们说性骚扰对自己而言不是个问题时，这种个体体验无疑是真实的，但与此同时，这些个体体验也不足以否定别的女性可能更具有代表性的被性骚扰的遭遇。

换句话说，承认同一身份群体内部的个体经验存在差异性与复杂性，并不足以否定某类经验的代表性与普遍性；而指出某类经验的代表性与普遍性，也并不等于就认为这类经验构成了相关身份的"本质"。

这种差异性与代表性的并存，无疑在认知层面上增加了一些新的挑战：作为不属于某个身份群体的一员，我们不但要去倾听了解，而且还要尽量多听多了解，如此才能知道哪些个体经验对于那个身份群体来说更有代表性；在消化吸收了这些种种"一手认知材料"的基础上，我们作为相关身份群体的"外人"，才能更进一步地去理解、剖析、反思、批评、接受或者拒绝与此相关的身份政治诉求。从这个意义上说，前面提到的认知层面的身份政治的第二个主张（缺少对相关身份歧视的直观体验的人，在相应问题上发言的资格和分量要先被打一个问号），虽然听起来不太客气，但是仍然可以做一个善意的解读：每个人无疑都有权利对任何自己感兴趣的议题发言，但是当我们在缺乏由特定身份所提供的切身体验渠道与一手认知材料时，尤其需要在发言之前多多自我提醒，是否已经付出了足够多的额外的认知努力，可以问心无愧地把悬在"自己对相关问题的发言究竟有多少资格和分量"上头的那个问号给勾销掉。

§2.3
策略意义上的身份政治

除了诉求与认知这两层含义之外，"身份政治"有时候也被作为一种运动的策略来谈论。比如在对谈中，四位老师都表达了同样的担忧：当代左翼身份政治会加剧族群之间的对抗和撕裂，阻碍了不同身份群体之间的团结合作共赢；甚至担心最近如火如荼的 BLM 运动，可能会导致主流白人社会"沉默的大多数"的不满与反弹，让本来因为腐败无能而选情堪忧的特朗普渔翁得利，在年底的大选中再次"逆袭"连任。

不同运动策略的选择与成效，受到现实中许多因素的复杂影响，难以一概而论：比如有些策略可能在一种现实条件下成功机会更高，在另一种现实条件下失败概率更高；或者有些策略可能从短期看效果不彰，但长期而言却获得了更好的成果。所以从策略角度去评价特定类型的抗争运动，尤其需要评价者对当时当地的情境有深入的了解，对社运过程中一些具体而微的信息和事态（许多未必受到主流媒体及时关注报道）有敏锐的追踪把握。这个任务对于书斋里的学者（包括我自己）来说已然是不小的挑战；而对国内学者来说，又有两层额外的不利因素：一是防火墙的阻隔与中文互联网信息的鱼龙混杂，让国内学者在及时而准确地获取国外社运资讯上面临更大的困难；二是身在社会运动空间狭小的中国，绝大多数学者都缺乏实际参与社运的经验，对一线的组织与操作没有切身了解。种种因素结合，导致学者们有时候会在社运策略上做出一些未必符合实际情况的沙盘推演。对此，学者们（包括我自己）应该有清醒的认识，保持智识上的谦抑，多从社运的参与者和研究者那里汲取营养——比如对美国社运有过直接参与和较多研究的夕岸老师，前几天做了一场讲座《美国社运版图》（文字稿刊于《澎湃》2020年7月19日），其中提供了大量鲜为人知的资料和被主流叙事掩盖的视角，非常有助于我们重新思考身份政治的策略问题。

具体到四位老师的这场对谈，一个反复被提起的对比是马丁·路德·金与当代BLM运动。显然，四位老师多多少少接受了后民权运动时代主流叙事对马丁·路德·金的呈现，将其奉为"和平理性非暴力"路线的成功典范；而反过来，BLM运动则被认为更加有冲突性、对抗性和分裂性，因此是不可取的策略。但这种对比有几个成问题的地方。首先，各种民调都显示，1960年代绝大多数美国白人对马丁·路德·金及其领导的非暴力抗议，都持有负面的态度[1]；一直要等到马丁·路德·金遇刺身亡之后，美国主流白人社会才将他接纳和改装为一种符号，以非暴力不合作的圣人形象呈现在主流叙事之中（这个过程中也就忽略掉他对暴力路线表示同情理解、对那些自命和平理性的"白人盟友"们表示失望批评的诸多言论），一方面用以粉饰历史，标榜美国社会"自我纠错"的能力和已经取得的进步，另一方面借此贬低仍然在世的其他黑人民权运动领袖以及仍在进行中的反种族主义运动，成为1970年代后保守势力触底反弹的舆论铺垫。

反过来，将当代的BLM运动笼统地定性为一种对抗性的运动，并将其可能遇到的阻力与反弹归咎于此，恐怕也并非公允的判断。一方面，诚然作为一场去中心化的抗议，BLM运动中难以避免会出现一些暴力事件；但这场运动的发起者（同样以"Black Lives Matter"为名的、成立于2013年

---

[1] 夕岸老师在其讲座中给了一些具体数据："1966年其实只有28%的美国人对马丁·路德·金有好感，说明民权运动在当年是绝对不具备舆论基础的。1961年5月底盖洛普针对刚开始的跨州Freedom Riders运动的调查，六成被访者都持反对态度。更能说明问题的是1963年March on Washington前后的舆论对比，黑人非暴力游行后，社会反而对黑人运动更抵触了，认为非暴力抗争伤害种族平等的比例从60%飙升到了74%。1966年的数据呈现同样的趋势，85%的白人都觉得民权运动伤害了黑人追求平等。"

的一个去中心化的社运组织），本身同样秉持非暴力的示威理念，在培育发展各个社区组织时也要求它们承诺遵守非暴力原则（尽管之后便成为平起平坐的去中心化关系，前者不对后者的具体决策加以干预）。

另一方面，过去几年中 BLM 运动的诉求和策略并没有什么变化，但主流社会对这场运动的态度却有剧烈的转变。前面提到，仅仅 3 年前，BLM 运动的支持者橄榄球员卡佩尼克就因为在奏国歌时单膝下跪这种完全和平非暴力的抗议动作，而成为众矢之的并且丢掉工作；《纽约时报》今年 6 月份的一篇报道也指出，一直到 2018 年，美国公众对 BLM 运动的态度仍旧是反对大于支持；此后其公共支持度平稳但缓慢地上涨，最终在弗洛伊德事件之后飙升，支持率比不支持率高出近三十个百分点。[1]

为什么在诉求与策略不变的条件下，公众对 BLM 运动的态度发生这么大转变？可能的原因很多，比如可能是特朗普上台后对白人至上主义的公然招魂，让很多人意识到美国种族歧视问题远远没有解决；可能是弗洛伊德惨死的视频能够在社交媒体时代获得更广泛的转发传播观看，激起了许多人朴素的同情心；也有可能其实 BLM 运动的策略一开始就是成功的，虽然最初几年看不出效果（或者说其实一直都有效果，只是这些效果并没有被高高在上的主流媒体和民调机构及时注意到），但是通过去中心化的、扎根于社区基层的持之以恒的说服与动员，奠定了充分的民众基础，只等着一个导火索（比如弗洛伊德事件）让民意爆发出来。不管具体原因是什么，从民意支持度的剧烈变动中都可以看出，将某场运动一时的成效不彰归咎于"对抗性的身份政治策略"，更多是一种远离现场的想象，而没有什么坚实的依据。

三、多重身份与歧视的交叉性

作为商榷系列的最后一篇，本文将尝试借助"交叉性（intersectionality）"

---

[1] Nate Cohn & Kevin Quealy, "How Public Opinion Has Moved on Black Lives Matter," *New York Times*, June 10, 2020.

这个概念,来分析和回应对谈中(也常见于公共讨论中)的一些说法,比如刘擎老师提出的"美国的警察暴力虽然本身的确是个问题,但与种族歧视无关"、白彤东老师提出的"美国当代的根本社会矛盾是贫富分化和阶级对立,过分关注种族问题只会模糊焦点",等等。

"交叉性"这个概念,最初由克伦肖(Kimberlé Crenshaw)、柯林斯(Patricia Collins)等黑人女性学者在1980年代末提出,用以钩沉"黑人"与"女性"这两个劣势身份在日常生活中的独特"交叉",以及由此导致黑人女性在美国过往的性别平等与种族平等运动中遭到的双重忽略与排斥。在六七十年代的第二波女权运动中,白人女性(尤其中上层阶级的白人女性)把持话语权,黑人女性的诉求被边缘化;比如当时以家庭主妇为主的中产白人女性,追求的是不经丈夫允许即可工作和开设银行账户的权利,而身处底层的绝大多数黑人女性其实一直在拼命赚钱养家,亟需的是改善相关职业领域的恶劣工作环境,包括白人主妇对黑人家政女工的虐待与克扣)。与此同时,民权运动除了针对整个黑人社群面临的歧视(比如种族隔离)之外,突出的是黑人男性的典型遭遇(比如被诬陷骚扰白人女性、被白人暴民私刑处死等),对黑人女性的另一些独特困境(比如前面提到的家政女工待遇,以及黑人社群内部的家庭关系问题,等等)缺乏关注;并且无论民权组织内部,还是民权运动史的主流书写,均存在严重的性别偏见,黑人女性组织者的作用和地位长期得不到承认(参见前引夕岸《美国社运版图》)。

从根本上说,"交叉性"概念提供了这样一种洞见:对任何特定身份的歧视从来并不只有单一的模式,相反总是会在具体的社会情境中,依附于各种中介因素(包括与被歧视个体其它身份的"交叉")而呈现出不同的型态。黑人女性与黑人男性遭遇的种族歧视,以及黑人女性与白人女性遭遇的性别歧视,因此既各有共通之处,又各有迥异之处。

推而广之,"交叉性"这个洞见,不仅有助于理解不同歧视之间的叠加,也有助于理解歧视在特定条件下的相互"抵消",以及一种身份所受歧视与另一种身份所拥有特权之间的复杂互动。比如有研究[1]发现，尽管"黑人男性"与"同性恋"分别是在美国求职市场上遭到严重歧视的身份，但由于主流社会对男同性恋"阴柔娘炮"的刻板印象，恰好部分地抵消了主流社会对黑人男性"危险好斗"的刻板印象，导致"黑人男同性恋"这个身份遭到的求职歧视反而少于"黑人男异性恋"（注意，这种"抵消"的效果仅限于求职；黑人男同性恋仍然会在其它方面遭遇黑人男异性恋不必面临的歧视）。再比如，"贫困白人"这一优势种族身份与劣势阶级身份的交叉，一方面导致贫困白人社区面临的某些问题（比如鸦片成瘾）在很长一段时间内被主流舆论以及公共政策制定者所忽视；另一方面却又意味着，一旦舆论及决策者意识到这些问题的存在，便会迅速给予高度重视，并全力寻找最合理的解决方案（比如将鸦片成瘾视为公共卫生危机，投入大量医疗与社会福利资源加以救济；而不是像对待黑人社区的可卡因成瘾问题那样，一味以刑事手段进行打击）。

以上是对"交叉性"概念的简单介绍，作为接下来讨论的铺垫。

§3.1
警察暴力的数据统计问题

在对谈中，刘擎老师对美国警察暴力与种族歧视之间的关系提出了一些疑问。他依赖的论据，是一位今年刚刚本科毕业的黑人保守派时事评论员科尔曼·休斯（Coleman Hughes）的专栏文章《故事与数据》[2]；后者试图从几个角度证明，美国警察滥杀无辜的现象与种族歧视无关。不过仔细

---

[1] David Pedulla (2014), "The Positive Consequences of Negative Stereotypes: Race, Sexual Orientation, and the Job Application Process," *Social Psychology Quarterly* 77(1): 75–94.

[2] Coleman Hughes (2020), "Stories and Data: Reflections on Race, Riots, and Police," *City Journal*, June 14, 2020.

空谈　449

考察可以发现，这些"证明"要么在数据与统计学层面存在严重不足，无法得出休斯想要的结论，要么恰恰是因为缺乏对"交叉性"的理解，而制造了种种非此即彼的虚假二元对立的误导。

首先说一下数据和统计层面的问题。休斯提到了四份乍看起来支持其观点的研究（不过其中 Johnson et al. 2019 一文，其作者已于 7 月 10 日因为论文中的一些错误、外加保守派舆论在此基础上对该论文的曲解利用，而主动撤稿）[1]。大体而言，这几位研究者均不否认警察在执法过程中存在严重的种族歧视，但他们认为：这些歧视主要发生在拦截、搜查、逮捕等阶段，以及体现在对非致命暴力手段的使用上；真正到了滥杀无辜这个地步时，种族因素便不再另外起作用；黑人之所以遭到警察滥杀的总体比例较高，仅仅是因为黑人遭遇警察拦截、搜查、逮捕的比例较高；如果改以"遭遇警察"为先决条件进行统计分析，则"黑人在遭遇警察的情况下被后者射杀"的条件概率与"白人在遭遇警察的情况下被后者射杀"的条件概率大致相当。

这里姑且抛开更棘手的定义和理论问题不谈（比如，既然"遭遇率"的差距本身已经是种族歧视的后果，为什么非要"遭遇条件下的射杀率"额外再受到种族因素影响，才肯说"射杀率"的差距也是种族歧视的后果？进而言之，当我们讨论射杀率与种族歧视的关系时，究竟应该着眼于做出射杀决定的警官个人的种族偏见，还是应该着眼于整个系统逐步累积的种

---

[1] David J. Johnson et al. (2019), "Officer characteristics and racial disparities in fatal officer-involved shootings," *PNAS* 116(32):15877–15882, 撤稿声明见 *PNAS* 117 (30):18130; Roland G. Fryer Jr. (2019), "An Empirical Analysis of Racial Differences in Police Use of Force," *Journal of Political Economy* 127(3):1210–1261; Ted R. Miller et al. (2017), "Perils of Police Action: A Cationary Tale from US Data Sets," *Injury Prevention* 23:27–32; Sendhil Mullainathan (2015), "Police Killings of Blacks: Here Is What the Data Say," *New York Times*, October 18, 2015。

族效应?);单就"遭遇条件下的射杀率不存在种族差异"这个具体统计结论而言,同样也是争议重重。

在这个问题上,研究者(不管是同意还是反对该结论的研究者)首先面临的一大难题,是如何获取(或者拟合出)警察滥杀平民的准确数据。美国各地警察局瞒报漏报(underreport)实际滥用暴力及滥杀的案件数量,已经是众所周知的秘密。比如纽约市卫生部早在 2017 年起草的一份调查报告(*Enumeration and Classification of Law Enforcement-Related Deaths: New York City, 2010 -2015*)中就指出,2010 到 2015 年间纽约市警察滥杀平民的实际数量,或为警方公开数据的两倍以上;但这份调查报告在警察系统的阻挠下被雪藏,直到今年弗洛伊德事件及相关抗议爆发后,纽约市政府才偷偷地在今年 6 月 23 日深夜,将其上传到了政府网站。由于警方提供的数据实在问题重重,因此,那些在警方数据的基础上进行统计分析的研究(比如休斯引用的 Fryer 2019 和 Mullainathan 2015),其结论成立与否也便随之存疑。

诚然,多年以来,媒体和民间组织一直在努力搜集被警方遗漏的滥杀案例;但这些努力仍然不足以完全弥补数据的不完备。比如有研究[1]认为,在综合了警方和媒体的资料之后,滥杀数据仍然存在严重低估,而且这种低估背后有着明显的种族因素(对滥杀有色人种平民数量的低估程度甚于对滥杀白人平民数量的低估程度)与阶级因素(对滥杀低收入平民数量的低估程度甚于对滥杀高收入平民数量的低估程度)。此外该研究还发现,对用锁喉手法、电棍等非枪击方式杀死平民数量的低估程度,甚于对用枪射杀平民数量的低估程度。换句话说,即便真如休斯所引的几份研究所言,遭遇条件下的"射杀率"不存在种族差异,也并不意味着遭遇条件下的

---

1 Justin M. Feldman et al.(2017),"Quantifying Underreporting of Law-Enforcement-Related Deaths in United States Vital Statistics and News-Media-Based Data Sources:A Capture-Recapture Analysis," *PLOS Medicine* 14(10):e1002399.

"滥杀率"不存在种族差异；像弗洛伊德那样死于警察膝下（而非枪下），有可能恰恰是一种高度种族化的警察滥杀手法。

也有一些研究者试图从其它数据来对警察滥杀情况进行拟合；比如休斯引用的研究之一（Miller et al. 2017），独辟蹊径地从医院系统获取警察对平民施暴后将其送医就诊的数据进行分析，由此得出"遭遇条件下警察施暴并无显著种族差异"的结论。可惜的是，这个数据库同样存在问题。比如今年刚刚发表的一篇论文[1]发现，警察在对平民施暴之后，并不总是会将其送医就诊：当有多名警察（而非仅有一名警察）参与施暴时，受伤平民被送医的比例大大降低；此外，在同样遭到警察暴力的平民中，有色人种平民被送医的概率比白人平民被送医的概率低四分之一以上。换句话说，从医院系统获得的数据，同样受到警方隐瞒自身暴力行径的影响，而且这种影响同样包含了种族因素在内。

除了瞒报漏报之外，既有警察滥杀数据的另一大问题，是其往往缺乏有助于进一步区分不同性质个案的关键情境信息，比如：警察一开始出于什么原因拦截该平民；双方是否发生冲突；冲突如何升级；被杀平民是否携带枪支；是否掏出枪支威胁警察；如果没有，警察出于什么原因判定该平民构成威胁；等等。这些信息在警方现场报告的卷宗里，经常语焉不详，或者描述得明显偏向警方（反正被杀者已经死无对证）。这些关键处的模糊与误导，令研究者难以构建准确有效的统计模型。

比如"遭遇条件下警察射杀平民的概率没有种族差异"这个结论，倘若缺少了"遭遇条件下被警察射杀的平民的枪支携带率（或者更一般而言，被杀平民对警察构成的潜在人身威胁）是否有种族差异"这个重要变量，就变得毫无意义。几年来，一直有学者对休斯引用的几项研究提出这方面

---

[1] Stuart Lewis & Bruce Bueno de Mesquita（2020），"Racial Differences in Hospital Evaluation After the Use of Force by Police：a Tale of Two Cities," *Journal of Racial and Ethnic Health Disparities* 7：1178-1187.

质疑，[1] 认为在现实中，警察射杀的黑人平民的枪支携带率很有可能低于警察射杀的白人平民；换句话说，即便到了警察滥杀无辜这个阶段（而不仅仅在之前的拦截搜身逮捕等阶段），种族歧视仍旧起着额外的作用：相比于白人平民，警察更容易高估无辜黑人平民的威胁性并将其射杀。前面提到的一度被雪藏的纽约市卫生部调查报告也部分应验了这种质疑。据该报告揭露，尽管2010至2015年间纽约市警察杀死的平民中既有白人也有少数族裔，但是在这些被杀的平民中，凡是事发时手无寸铁的，全部都是黑人或拉丁裔。

类似地，射杀之前双方如何发生遭遇与冲突，也是十分关键的情境变量。比如我们不妨设想这样一个高度简化的思想实验[2]：某城市一年内发生了十起白人至上主义恐怖袭击未遂事件，警察每次都及时接到情报奔赴现场，抢在嫌疑人开火之前将其击毙；同时，警方一年内专门针对该城的黑人居民实施了总计一万人次的"拦截搜身（stop and frisk）"，其中十次被搜身者因为无法忍受警察的粗暴对待而与其发生冲突，激动中掏枪威胁，警察先发制人将其击毙。假设这些是该年度该城警察与平民之间发生的所有遭遇，如果只看"遭遇条件下的射杀率"（白人的条件概率高于黑人）而不考虑具体的遭遇原因与冲突原因、不考虑警察在击毙对方之前的一步步行动的合理性，反而会得出"白人比黑人更受警察歧视"这一荒谬的结论。当然，现实中的情况肯定比这个思想实验复杂很多；但这恰恰是我们需要更深入详细的情境变量数据的原因，否则便无从得出有意义的统计学结论。

---

[1] 比如 Rajiv Sethi 在 2015 年 10 月 16 日的博客文章 "Threats Perceived When There Are None" 中，便对休斯所引用的 Mullainathan（2015）一文的数据与假设进行了批驳。

[2] 参见 Aubrey Clayton（2020），"The Statistical Paradox of Police Killings," *Boston Globe*，June 11，2020。

§3.2
警察暴力的多重身份歧视

　　必须承认，在警察滥杀平民问题上，数据的不准确与不完备，造成的影响是双向的：无论是认为警察滥杀与种族歧视无关的统计结论，还是认为二者有关的统计结论，其可用性都要因此打个折扣（相比起来，其它形式的警察暴力远比警察杀人来得频繁，数据偏差造成的影响较小，所以研究者对其中的种族歧视因素更容易达成共识）。正因如此，我们才更需要回归到不同群体的日常经验与证词（亦即上一篇所说的"身份认知资源"）之中，用定性资料弥补定量数据的先天不足。比如黑人家庭往往从孩子很小时起，就谆谆叮嘱他们将来遇到警察时应该怎么做（比如手不能插兜、不要表现出惊慌或愤怒、要言听计从、对警察的某些过分动作不能反抗等等），以免横遭不测；而其余种族的家庭则极少见到（也确实不必）在这个问题上有如此强烈的焦虑和担忧。

　　这并不是要否认，其余种族的个体也可能成为警察暴力和警察滥杀的受害者。比如刘擎老师在对谈中（援引休斯在其专栏文章中）举的例子：2016年，得克萨斯州一位名叫托尼·提姆帕（Tony Timpa）的白人男性，一样是被警察用膝盖长时间压颈窒息而死（警方直到2019年才公开相关视频记录），却并没有像今年的弗洛伊德事件那样，引起媒体和公众的强烈关注和抗议。但这个例子，是否像休斯认为的那样，足以说明BLM运动并不应该去强调警察滥杀中的种族因素呢？恐怕恰恰相反。不错，提姆帕因为其精神分裂症患者的身份而遭到警察的虐待，体现出警察系统长期存在的对精神病患的严重歧视，而且这种歧视确实独立于种族歧视而存在；但与此同时，美国白人社会对提姆帕事件的漠不关心，恰恰反映了绝大多数白人对他的遭遇缺乏切身体验与共鸣，而这恰恰又是因为，白人作为一个群体并不会由于"白人身份"本身而遭到系统性的执法歧视与警察暴力，所以绝大多数白人才会把提姆帕事件归入事不关己的"精神病患歧视"范畴加以忽略。

相比警察暴力中的精神病患歧视，受到阶级歧视影响的白人范围要大得多，许多贫困白人（尤其那些居住在警力密集的城市区域、而非地广人稀的乡村地带的贫困白人）和黑人一样经常沦为警察暴力的受害者。但这同样不足以说明 BLM 运动强调种族因素是错误的。比如今年刚刚发表的一项研究[1]显示，尽管警察杀死低收入白人平民的概率远高于杀死高收入白人平民的概率，杀死低收入黑人平民的概率也远高于杀死高收入黑人平民的概率，但警察杀死低收入白人平民的概率却与杀死高收入黑人平民的概率大致相当；也就是说，警察杀死低收入黑人平民的概率远高于杀死低收入白人平民的概率，杀死高收入黑人平民的概率也远高于杀死高收入白人平民的概率。换言之，警察滥杀中既有阶级因素也有种族因素，二者并不互斥，而是互相叠加，导致中低收入黑人的境况额外险恶；不但如此，对黑人群体来说，即便是"高收入阶级"身份带来的"保护"，也仍然不足以抵消"黑人"身份所面临的执法歧视与生命威胁。BLM 运动强调这一现实，自是理所应当。

此外，刘擎老师还引用了休斯的另一个"归谬法"论证：在警察滥杀事件中，"受害的男性比例高到 93%，而男性在人口中仅占一半，那么我们能据此证明，警察的滥杀明显具有系统性针对男性的性别歧视吗？"如果不能的话，我们就同样无法通过"警察滥杀黑人的比例更高"来证明"警察滥杀中存在种族歧视成分"。

这个"归谬法"可以从几个角度反驳，这里限于篇幅仅举一处。我们完全可以承认，男性在警察滥杀这类特定事件上遭遇了性别歧视（所以根本无"谬"可言）。这个说法看似与男性在男权社会中享有的特权相矛盾，

---

[1] Justin Feldman（2020），*Police Killings in the U. S.: Inequalities by Race/Ethnicity and Socioeconomic Position*，People's Policy Project.

但其实并非如此；男权社会的性别规训，虽然对女性的桎梏更深更广，却也对男性造成了一些负面影响。社会对"男子气概"的期待，以及由此造成的男性嫌疑人更有"攻击性"和"威胁性"的刻板印象，正是这种负面影响之一；尤其在枪支泛滥、警察面对嫌疑人时精神高度紧张的美国，警察自然更有可能在执法过程中对男性而非女性动用致命武力打击（反过来，女性也在其余方面遭受着警察系统的性别歧视：比如我在《"我也是"：作为集体行动的公共舆论运动》一文中提到，女性对性侵和性骚扰的报案，很容易被警察误当作"虚假指控"不予重视；与此同时，警察系统本身就是性侵和性骚扰的重灾区，比如有调查显示，纽约市大约五分之二的年轻女性都遭到过警察的性骚扰[1]）。

我们不仅不必否认警察暴力中存在对男性的歧视，而且还可以进一步注意到这种性别歧视与种族歧视之间的交叉。与"男子气概"的性别刻板印象一样，黑人身份在美国主流文化中也对应着"高攻击性、高威胁度"的刻板印象（所以黑人女性仍旧比白人女性更容易遭遇警察暴力）；二者的叠加，令警察在面对黑人男性时，愈发倾向于"先发制人"痛下杀手。与弗洛伊德事件同一天（5月25日）发生的"中央公园观鸟事件"，就是这种交叉性的典型体现：白人女性（金融公司高管 Amy Cooper）之所以敢于报警诬告公园里偶遇的黑人男性（科普作家 Christian Cooper）威胁她的人身安全，正是因为心知（若非有手机视频为证）闻讯赶来的警察有极大概率相信一名白人女性而非黑人男性，而且很可能二话不说直接动武逮捕后者，令他想申辩而不可得。BLM运动的兴起，正是基于美国黑人（尤其黑人男性）这种整个人生无时无刻不笼罩在祸从天降的恐惧阴影之下的切身体验。

综上，诚然美国警察暴力中也存在性别歧视、阶级歧视、精神病患歧

---

[1] 参见《华盛顿邮报》2018年1月11日报道："How Some Cops Use the Badge to Commit Sex Crimes"。

视等其余身份因素,但种族歧视在其中扮演的关键角色怎样强调都不为过。何况,BLM 运动除了强调警察暴力的种族因素之外,也绝不像休斯们指控的那样忽视警察暴力的普遍性与多重维度。恰恰相反,当前 BLM 运动中提出的不少口号和政策诉求,从争议较小的废除"有限豁免(qualified immunity)"、限制警察工会权势,到争议较大的削减警察经费("Defund the Police")、废除警察部门("Abolish the Police")等等,针对的均是整个警察体系的普遍问题,而不仅仅是其中涉及种族的部分。像休斯那样声称"美国本来可以发起一场针对警察滥杀行为的抗议运动"、却被"过度赋予了种族元素"的 BLM 运动带偏、反而"加剧了族群间的矛盾",其实只是在攻击稻草人而已。

§ 3.3
当代美国社会矛盾的种族维度与阶级维度

白彤东老师在对谈中,表达了另一个常见于公共讨论中的观点:随着奴隶制与种族隔离的先后废除,当代美国残留的种族问题的性质已经发生了变化,根本上"其实更多是经济问题";"以黑人的种族认同来描述这个问题的时候,恰恰把这个问题的实质给掩盖住了,并且会导致人们用错误的方法来解决问题"。

强调美国当代的种族矛盾中蕴含着阶级维度、对前者的彻底解决不能不同时着眼于后者,这当然是没有错的;问题在于当我们理解种族与阶级的关系时,究竟采取的是"还原论"的思维方式,还是"交叉性"的思维方式。还原论思维将一切问题化约为经济问题,简单粗暴却因此颇具诱惑力,尤其对从小浸淫在"经济基础决定上层建筑"话语中(不论后来的政治立场是否与官方意识形态相疏远)的中国人来说恐怕更觉亲近;但从"交叉政治"的视角来看,还原论的化约却是削足适履,在简单粗暴的理论掩护下,忽略具体社会政治情境的复杂多维,进而贬低甚至否定不同维度

空谈 457

抗争的意义。

比如白彤东老师在对谈中，将黑人遭受执法不公的原因化约为经济结构的变化："黑人原本可以在大城市里面从事制造业工作，但……在有着大量黑人的城市里，黑人的工作随着自动化的发展而消失，造成了黑人的高失业率，而高失业率导致了高犯罪率。黑人的失业率、犯罪率升高；犯罪率升高，被警察虐待的数量也自然开始上升。"固然，制造业外包与自动化对城市黑人就业率造成了很大的冲击，但如果我们仅仅以此来进行归因，既无法解释前面提到的，低收入白人与低收入黑人之间、高收入白人与高收入黑人之间，遭遇警察暴力概率的显著差别；也无法注意到长久以来各种细节上的地方公共政策（比如土地分区规划、基建选址、公共交通投入、学区经费、业主联合会权限、住房贷款补贴、房产税计算方式等等）如何迄今仍在将经济冲击的影响不均匀地调配到不同种族的社区（参见《种族隔离阴霾下的罗斯福新政》、《司法种族主义、警察暴力与抗议中的暴力》），导致城市低收入黑人社区相比于城市低收入白人社区而言，更难以逃脱高失业高犯罪的恶性循环。毫无疑问，其中许多政策的阶级针对性强于种族针对性；但如果我们不充分考虑现实中阶级与种族之间的复杂交叉关系、不考虑经济政策背后的政治经济学（包括种族政治）问题，制定出的替代政策方案很有可能仍会首先惠及弱势阶级中的特权种族，却把在阶级与种族上处于双重弱势地位的群体进一步推向深渊。

反过来，如果制定政策时只考虑种族维度而忽略阶级维度，同样也是成问题的：这类单一维度的政策首先惠及的是弱势种族内部的中上阶层，而无法直接改善身处阶级与种族双重弱势地位者的状况；种族内部的阶级差异经过几代人积累固化，便有可能导致种族正义事业陷入"精英捕获（elite capture）"困局[1]。白彤东老师从这个角度批评目前美国高校录取中

---

[1] Olúfẹ́mi O. Táíwò (2022), *Elite Capture: How the Powerful Took Over Identity Politics (And Everything Else)*, Pluto Press.

对少数族裔给予一定优惠的"平权行动（affirmative action）"政策，是有一定道理的。但在做出这个批评时，仍然需要注意几点。

首先，"平权行动"政策应当包含阶级考量，不等于"平权行动"政策应当拒绝种族考量。当代许多对"平权行动"的批评，依赖的正是这种非此即彼的二元思维。事实上，即便是单一种族维度的补偿优惠政策，也仍然有其意义所在：只有当弱势种族群体的成员在高等教育（以及随后的高收入职业领域）中有了充分且持续的存在感与代表性（而不仅仅是偶尔准入的点缀），他们才有足够的份量去挑战这些场合中各种隐性的身份歧视文化，同时主流社会也才会逐渐习惯相应领域多元共处的场景、消除对弱势种族群体能力的偏见。（性别等其余身份维度同理。）

其次，"平权行动"政策之所以有目前的种种局限，根源并不在左翼身份运动本身；相反，恰恰是由于美国右翼保守派势力过往几十年间对更雄心勃勃的、更有阶级交叉性视角的种族平等诉求的围堵绞杀，导致转型正义的政策试验空间不断收窄，只留下一些小打小闹的优惠补偿措施。毫无疑问，比起大多数人无缘参与竞争的高校录取来说，中小学基础教育质量的改善才是治本之途；但自从最高法院在布朗案（1954）中废除公立基础教育的种族隔离之后，白人种族主义者及其控制的各级政府就采取了种种阳奉阴违的手段，确保黑人社区无法享受与白人同等质量的基础教育：先是干脆关闭所有公立学校，把所有师资转移到只对白人学生开放的私校，让黑人孩子无书可读；在这种做法被判违宪（"格里芬诉普林斯·爱德华县教育委员会"案 [*Griffin v. County School Board of Prince Edward County*], 1964）之后，又通过市郊用地规划等政策倾斜襄助城市中产白人大规模"外迁"（white flight）、同时减少对城市黑人社区的市政服务与基础建设投入，令黑人户主的房产价值大幅缩水，在以学区房产税为公立教育最主要经费来源的美式体制下无力维持黑人学区的基础教育水平；民权运动者曾一度挑战这一体制，希望能够通过公立教育经费统筹，而非各学区依赖房产税自生自灭，来保证基础教育的质量和公平；但这一挑战在

空谈

1970年代保守派夺回最高法院之后遭到重创（"圣安东尼奥独立学区诉罗德里格斯"案［San Antonio Independent School District v. Rodriguez］，1973），学区房产税体系维持至今，美国公立教育的质量也因此一路下滑，黑人社区自然是首当其冲的受害者，而上不起昂贵私校的底层白人也连带着遭受池鱼之殃。

正是在这个背景下，美国各高校才先后推行录取上的"平权行动"，旨在对从基础教育开始就遭受层层政策歧视的黑人社区做一些力所能及（却又杯水车薪）的补偿。但就连"平权行动"的尝试，也受到保守派的种种钳制而不断变形走样：比如最高法院在一系列判例中（"加州大学董事会诉巴基"案［Regents of the University of California v. Bakke］，1978；"格鲁特诉布林格"案［Grutter v. Bollinger］，2003；"格拉茨诉布林格"案［Gratz v. Bollinger］，2003），拒绝将"平权行动"视为对历史上系统性歧视后果的纠正与补偿（交叉性视角），只接受高校从"校内种族多元性"的好处（单一身份维度视角）出发为其辩护，导致后来的高校录取越来越看重"多元性个人陈述（diversity statement）"等评价标准较为主观的材料；不允许高校录取采用标准较明确、透明度较高的种族配额（racial quota）或种族加分（point allocation）等制度，只允许高校对申请学生进行语焉不详的"总体评估（holistic review）"。近年一些亚裔抱怨自己在高校录取面试中遭到歧视、因为面试官对亚裔的种族刻板印象而被打低分，其实恰恰是保守派最高法院不断收窄高校在"平权行动"政策上的试验与调整空间的后果。除此之外，美国不少高校（尤其私立名校）的录取名额，很大一部分已经被（起源于白人至上主义的）"校友后代优先录取（legacy admission）"、（以讨好权贵及金主为要的）"教务长兴趣名单（dean's interest list）"等项目所占据，而这些项目的绝大多数受惠者是中上阶层白人。无视这些特权录取项目的存在、无视保守派对高校录取改革模式的限制与扭曲、无视保守派对高校录取之外更深更广的改革诉求的长期阻击，却把"平权行动"本身视为不同少数族裔之间，以及少数族裔与底层白人之间反目成仇的罪魁祸首，无疑是陷入了特权种族中的特权阶级的话语圈套。

当代美国社会中种族矛盾与阶级矛盾的纠缠难解，正是这种话语圈套长期作用的后果。其实白彤东老师也已注意到，美国的社会福利制度之所以不像西欧、北欧国家那样完善，正是因为贫困白人缺乏对贫困黑人的"团结"心态，在白人保守派政客的"狗哨"蛊惑下宁可放弃自身的福利保障，也绝不愿意黑人们与自己平起平坐享受福利。但他进而将这种团结性的缺乏归咎于黑人抗争者"把经济问题用种族方式来表达"，却属于本末倒置；恰恰只有将种族问题摆上台面，使其（及其与阶级问题的复杂交叉）进入公共讨论的视野，才有可能拆解保守派政客的话语圈套，打破种族"狗哨"维持阶级不平等、阶级"虚假意识"阻挠种族正义诉求的恶性循环。

事实上，2008年金融危机及2011年"占领华尔街"之后的美国左翼身份政治运动，也已经越来越朝着强调各种身份与阶级之间交叉性的方向发展。正如夕岸老师在《美国社运版图》中指出的，发起BLM运动的三位黑人女性（艾丽西亚·加尔萨［Alicia Garza］、奥珀尔·托梅蒂［Opal Tometi］、帕特里斯·坎-库勒斯［Patrisse Khan-Cullors］）同时也都是劳工运动家；而BLM运动在反对警察暴力、反对执法种族歧视等诉求外，也提出了削减警察经费用于社区建设、公共教育开支、育婴扶持等一系列社会经济政策主张，旨在双管齐下地解决种族不平等与阶级不平等问题。

当然，就像我在上一篇中所说的，国内学者受到信息渠道的限制，很难及时准确地掌握国外社会运动的细节与动向，只能基于零散过时的资讯来理解与评价事态发展，对BLM运动的性质与诉求发生一些误判无可厚非。而且尽管有这些限制，四位老师仍然对美国当前的反种族主义抗争表现出了极大的同情与理解，远远超出中文网络舆论的一般见识。正因如此，我才冒昧提出这一系列商榷回应，希望通过求同存异的探讨，与四位老师一同促进中文公共讨论质量的提高，并激励更多读者投身于追求真理与社会正义的事业。

自相矛盾的公开信与"取消文化"的正当性

2020 年 8 月接受《澎湃》记者龚思量采访,刊于是月 9 日《澎湃》。

澎湃新闻:2020 年 6 月,《哈利·波特》系列的作者 J. K. 罗琳因为在推特上发表了针对跨性别人士的歧视性言论而遭到了该群体的抵制,部分网友更表示要通过封杀和"取消"来惩罚罗琳。事实上,近几年来许多名人都因发表争议性言论而卷入舆论漩涡之中,针对名人的"取消文化(cancel culture)"也愈演愈烈。7 月 7 日,一百五十多位文化名人在美国《哈泼斯杂志》(*Harper's Magazine*)上联名刊登了旨在反对取消文化的《一封关于正义与公开辩论的公开信(A Letter on Justice and Open Debate)》;甚至向来不和的美国总统特朗普和前总统奥巴马也罕见地达成一致,都发表了针对取消文化的批评。批评者认为,取消文化是对持不同意见者的压制和对言论自由的冒犯,并不会带来任何积极意义上的进步;另一些声音则认为取消文化是弱势群体发声和斗争的合理手段。请问您如何定义取消文化?它又有怎样的社会意义?

林垚:我觉得可以把取消文化定义成一种利用**社会舆论压力**来对某一类言论或者表达构成压制、反抗或者制衡的做法。当然,这样的定义是很宽泛的,我们也要考虑人们具体是以什么形式在用社会舆论去构成反抗、制衡、压制,这样的行为又会带来什么样的后果。比如有些人所说的取消,是通过对你的公司施加压力,让它把你开除。但采取这种形式就意味着,取消文化无法真正地开除某些**名人**。比如罗琳的粉丝就没有办法让公司开除罗琳，因为她是一个有名望的自由作家，很多报纸还会继续向她约稿，她也可以继续出版小说。所以他们的办法就是建立一个同人网站，然后在网站上宣布说我们再也不承认罗琳是《哈利·波特》的作者。当然这不会对罗琳起到实质性的影响，但是他们试图通过这种方式构成一种舆论上的压力，因为人都是社会性的动物，所以在社会舆论的压力面前，他们可能对自己的一些说法进行反思，而其他人之后再发表类似言论时则可能会望而却步。

抛开对具体手段的讨论，取消文化是在**社会舆论**的层面上对言论特定的言论构成一种制衡和制约。为什么要强调社会舆论？传统观点认为对言论自由的威胁主要来自于国家暴力机器或法律，但社会舆论是非正式的、非制度化的存在，然而即便是这种非正式、非制度化的东西，也似乎在对言论自由构成威胁。

但是在当前这个环境下，取消文化到底在多大程度上对言论自由构成了威胁？我认为，我们要具体区分不同的案例里的取消行为，例如某个人是失去了工作，还是说他只是在网络上遭到铺天盖地的批评？我们需要将这些进一步区分开来去看。**但是批评取消文化的人常常犯下这样一个错误，他们一方面强调说取消文化作为一种社会舆论压力，有可能对言论自由构成威胁；但另一方面却没有注意到，那些被取消的言论在被取消之前，也是社会舆论的一部分，同样也存在着对舆论、对言论自由、对人的自主健全发展构成威胁的可能性。**

刚才我提到罗琳的例子，为什么有很多粉丝说我们要取消你，要用社会舆论的压力向你施压，是因为在他们看来罗琳的"恐跨"言论就是对跨性别人群极其不友好的言论。在过往以及当今的社会现实之中，由于这种言论的广泛存在，很多跨性别的人士长期不敢出柜或者因此遭到生活上的歧视，甚至遭受言语和肢体上的攻击，从而一直生活在恐慌之中。这些"恐跨"言论作为社会舆论的一部分，是实实在在地对人的生活起到了负面影响的。

现在批评取消文化的人的理据是，我们千万不要忽略了社会舆论，它可能对言论自由以及对其他我们珍爱的价值构成威胁。但是当我们把这个逻辑运用到他们想要捍卫的言论上面去以后，就会发现**一旦我们承认社会舆论是有实在影响的，那么就不得不承认，那些人们试图取消的言论也同时在对其他人的生活发挥着影响和作用，遑论那些被此类言论影响到的人群往往是边缘化的、不掌握话语权的、在社会主流中遭到排斥的人群**。所以当这些群体说我们要取消你的时候，他们未必是忽略掉了社会舆论对言论自由的可能威胁，而恰恰是他们注意到了社会舆论一直对于言论自由的边界，对哪些内容可以被自由表达、哪些不能被自由表达构成的影响。所以他们试图以对抗的方式来抵消以往某些言论带来的负面影响。至于这种抵消到底有没有走过头，我们可以具体案例具体分析，而不是草率地上升到"当代已经陷入了取消文化之中，人们都在争先恐后地取消与自己持不同意见的人，社会人心不古，言论自由面临着空前的威胁"这样的结论。这样的一个结论跳得太快，并且它内部的逻辑也并不自洽。

澎湃新闻：您刚才在回答里提到一个非常有意思的点，就是有些名人会迫于社会压力，在经历取消文化后对发表的观点采取一个三思而行的态度。我想这也是很多呼吁抵制，包括批评他们的群体希望看到的。但是比较讽刺的是，包括罗琳以及之前由于性骚扰而被取消的路易斯·C. K（Louis C. K.）等名人很少会对自己的言论进行反思，遭遇"取消"这件事反而进一步巩固了他们的立场。在一些媒体看来他们俨然成为了受害者，并且他们的立场理应受到保护。与此同时，处在舆论中的他们与网民之间既没有讨论的意向也缺少讨论的空间，取消文化带来了对他们的抨击，却没有带来实质上的进步，这也成为了许多人眼中取消文化的弊端。您认为这是否代表了"取消"这一行为的弊端？我们又该如何看待取消文化的影响？

林垚：我觉得我们在看取消文化到底起到什么样的效应时，可以试着把这个效应区分成几个不同的层面，**一个是短期效应和长期效应，另一个是对特权阶层的效应和对普通公众的效应，还有一个是对个体的效应和对整个集体即社会共同体的效应。**

从短期效应和长期效应来看，比如刚才提到的路易斯·C. K和罗琳的案例，它们发生的时间都很短，前后不过几年的时间，但是一个人观点的演变，可能是一个很漫长的过程，可能是在受到很多事件触发的过程中慢慢改变自己的观点。如果我们去找那些观点发生过重大转变的名人的事例，我们也许也能找到很多。但是去仔细考察这些事例以后，我们可能会发现他们早在十几二十年前就因为某些事情遭到人们批评，然后拒不悔改，之后不断地遭受批评、出来反击，后来又遭到批评，等到了某一个时间点上，其观念已经不知何时悄然发生了变化。所以，现在来评判取消文化是否在具体事例中起到改变人的某个特定观念的作用，似乎有点为时过早，因为我们知道改变一个人根深蒂固的观念是很困难的。

此外，很多时候我们不是在改变当事人的观念，而是在改变围观者、二三手信息的接受者或者普通公众，这让我们可以在更广阔的层面上考察观念的变化。很多事例中遭受抨击的是那些名人，他们有足够多的资本去肆无忌惮地发表言论的，就算遭受抵制他们也可能会收到新的邀约，还可以源源不断地赚钱，所以他们更有资本去拒绝改变。但是对普通人来说，他们可能会觉得就算我不明白为什么不能说这些"恐跨"的言论，不明白为什么不能发表歧视女性或者歧视黑人的言论，但是我以后小心一点，免得我在生活上遇上麻烦。也可能我的生活没有遭受实质性的影响，但是我不想卷入争吵和舆论中，所以普通人可能会因此而多三思而行。此外，这种长期的改变往往会体现在代际的面向上，一代人的观念可能很难改变了，但是这一代人的争论会影响到更年轻的世代，等到他们成长为社会主流的时候，我们就会发现社会观念一下子发生了很大的变化。

举个例子，这种集体性的、而非个体性的转变就出现在大学课堂上。

可能几十年前,美国的大学课堂上大学老师和现在中国大学课堂上许多老师一样会在课堂上发表一些性别歧视的言论,比如说什么你们女人就应该呆在家里,怎么还出来上大学,你们数学学不好,物理也学不好,将来也是要相夫教子之类的言论。可能一开始有人站出来抵制这些言论的时候,大家会觉得老师的言论不会因为一两个学生的抵制而发生改变。但这种站出来的行为本身是在向社会中很多静默的个体——那些感觉遭到了这些言论压制的个体,那些对这些言论不满、但是不知道这个社会中还有没有其他人对此不满、所以也不敢站出来的个体——来传达信号。这个信号使得个体之间发生连接,以前原子化的个体只敢在心中默默不满,等到他们得知这个社会中有其他人不满之后,他们就有可能一起站出来谴责、抵制这些言行。

这就产生了一种集体行动的可能,因为有了集体行动的力量,就会导致许多老师在课堂上以后不再发表歧视性言论。虽然有的老师可能还是很顽固,会继续发表这些言论,而且可能会声称说自己受到了女性主义的迫害,但是十几年、几十年过去之后,你就会忽然观察到课堂上的性别气氛发生了一个明显的好转。所以我们如果把时间段拉到几十年,然后把目光从个体身上移开,转移到人与人的关系上,转移整个集体之间这种文化的变化上,从当事人转移到旁边的围观者,我们会发现他们可能因为这些事件受到触动,也可能在日常中会更注意自己的言行。

在转移了注意点后,我们就很难下断言说取消文化不会对社会文化中的言论生态造成持久的改变。因为即便在"取消文化"这个词出来之前,在没有互联网,只有电视、报纸、电台的时代,被边缘化的群体也在不断地通过社会文化上的反弹和冲击,来试图重塑主流文化的意识形态和话语。他们也时不时地获得一些成果,虽然说并不是说总能成功,但是我们可以看到在过去的一两百年里,欧美的主流文化里面的性别意识、种族意识,相较一两百年以前都有很大的进步。当然,仅仅靠社会舆论的压力并不足以带来改变;在过去一两百年的抗争史上,我们发现进步离不开社会运动,但也需要有法律上的变化、政治上的参与，这种种方面相结合起来，这个社会才能发生实质性的进步。但是社会舆论的压力是其中必不可少的一个环节，它可能不是充分条件，但一定是必要条件。

澎湃新闻： 您刚才提到取消文化可以在更长的时间段内改变围观者和社会群体，然后让发表过歧视性言论的群体三思而行，我相信这也是取消运动的初衷。但是近半数的美国民众似乎已经对取消文化表现出了反感，Politico网站的数据显示46%的美国人认为取消文化"已经做过头了"。您认为当下的取消文化是否需要避免引起人们的反感？取消文化的激进行为是否容易让人们忽略争议性言论本身，而专注于取消行为本身？

林垚： 这个问题我想分成两层来说。首先，有半数或者过半数的美国人不支持取消文化，其实是一个很正常的现象，因为美国社会是一个偏保守的社会。当然，其实在任何一个社会里面，如果你对一个新生事物做个调查的话，你会发现大多数人都对新生事物持怀疑观望的态度。

像在Black Lives Matter运动在刚刚出现的时候，它在美国民意里面的净支持度是负的，只有20%多的人支持运动，但是今年它的支持率一下就涨到了50%、60%以上。如果去看民权运动的时候，绝大多数美国人也对马丁·路德·金抵制公交车、拒绝公交车上的种族隔离的静坐示威表示了反对的态度。包括在1960年代最高法院推翻了禁止跨种族婚姻的法律之后，大多数美国人都认为高院判错了，甚至一直到几十年以后的世纪之交，支持跨种族婚姻的美国人才堪堪过了半数。所以民意的变化其实是很缓慢的。当然这里面有一个更进一步的问题，也就是民意调查的对象都是谁？这些样本到底有没有代表性？很有可能被民意调查到的恰恰是那些观点偏保守的城郊或农村白人。当然这些问题我们可以暂且抛开不谈，总的来说民意对新出现的名词、概念、事物持怀疑观望态度是很正常的。当然这也可以作为一个警示，让支持新生事物的人去思考我们是否有可以改进的地方,让民意尽快地接纳我们。但是即使目前民意支持没有达到多数,我们也不用太快地放弃新的事物和新的志业。

第二层是可以改进的方面是哪些。当前被归为"取消文化"的种种事件中,确实出现了一些过火的现象和个案。我认为过火的个案不可能不存在,任何一种新的社会现象、新的社会运动、新的文化运动不可能总是平缓的、每一件事情都经过精密计划的。社会运动不可能是在有一个如臂使指的组织者或领袖指挥之下,每件事情都做得那么恰到好处,这是不可能做到的。比如某个软件公司的普通员工可能仅仅因为在推特上说了一些不够敏感的话,就被推特上的网民攻击,结果这个软件公司匆忙解雇了他。如果我们盯着这样的案例,或者它被媒体关注报道、被反对取消文化的精英群体拼凑在一起,呈现出一种好像取消文化已经过火的局面,那么对取消文化整个事件缺少关注的普通人就很容易产生"取消文化确实整体上过火了"的印象,对整个趋势抱有怀疑的态度。

当然这时候如果你作为一个取消文化的支持者,就要首先去区分**过火的个案和整个舆论态势或者取消文化本身是不是过火了**,这本身是两个不同的事情;然后与此同时,你也需要去找这些个案过火的原因。过火的原因,可能是因为取消者所要求的惩罚的方式是不合比例的。比如那位员工的争议性言论并没有严重到那个程度,却因此丢掉了饭碗。同时,这是一个普通员工丢掉了饭碗,不像《纽约时报》前总编这样的特权人士被解雇了之后,转头就可以在另一个地方找到高薪工作;我们不应该因为一个工薪阶级说了某些不够敏感的话,就让其失去生计。这其中有一个言论与惩罚成比例的问题,而在成比例的问题背后反映出来的是**制度、法律**上更深层次的问题,而不是取消文化在**社会舆论和文化面相上**的问题。

具体来说,当我们发现一个普通的员工仅仅因为在推特上说了一两句话,就被软件公司解雇时,这里面实际上涉及到了**劳动法保障**的问题:凭什么一个公司可以这么轻易地开除掉一个员工?这个问题深究下去,我们就会发现**这实际上涉及到美国以及各州的劳动法层面上对员工的保护**

不足。美国绝大多数州的劳动法采取的是所谓"任意雇佣制（at-will employment）"的模式，也就是说雇主可以在不给出任何理由的情况下解雇一个员工——这也是美国劳工组织长久以来一直在批评与挑战的法律结构。当这些公司发现我的员工在推特上卷入了骂战，有很多人在批评我的员工，但我不想跟这些潜在客户产生任何的罅隙，我想要赚更多的钱、让我的货卖得更好，那么他们就会立刻开除员工，而法律也没有对他们解雇员工施加任何的限制。同时因为美国工会的势力在不断地被削弱，像硅谷那边的科技公司实际上是没有工会的，也就没有工会组织站出来帮员工维权、跟公司进行讨价还价，所以公司就可以很轻松地解雇员工。公司还可以假装出自己非常符合推特群众的"政治正确"，向推特上的那些网民们宣称说：你们不是不喜欢这个人吗？你们想要取消的这个人，我现在已经替你们把他给取消掉了。现在我们可以好好做生意了，可以来让我赚你们的钱了。

所以其实取消文化过火个案的背后不仅是一个言论自由的问题。它实际上涉及到一个劳动法的问题，涉及到工会力量和雇员权益的问题。正是由于这些法律在保障雇员权利上的不足，导致一旦有社会舆论互相冲击的局面出现时，掌握了员工饭碗的那些公司和私营企业就可以利用法律的漏洞来钻空子，把自己打扮成站在社会正义的一方，站在弱势者的一方来处罚员工。在这个过程中，企业不需要承担任何损失，他们仅仅是把代价转移到了员工身上。同时因为他们不需要考虑任何法律后果，所以他们的惩罚可以完全不成比例。这种出格的惩罚可能并不是那些发起批评的网民希望看到的，可能他们原本只想在推特上跟这个人吵一架，或者让大家在推特上抵制这个人，但因为公司可以肆无忌惮地开除员工，他们就把惩罚手段上升了几个档次。而在围观者看来，好像这些后果都是由于取消文化本身造成的。但假如有一个更好地保障员工利益的法律体系作为支撑，那么即便取消文化带来了社会舆论压力，在经过法律劳工保障等一套体系的筛选之后，最后转移到员工身上的压力和后果可能就更合乎比例。

但是因为普通公众不可能那么紧密地追踪事件的来龙去脉,也不可能有那么多时间去了解一个过火的事件背后各种的制度问题、法律问题、工会衰落问题,所以当批判和反对取消文化的精英选择性地将这些过火的事件拼凑到一起,然后以"这一切都是取消文化的错"的方式把这些事情呈现出来后,普通公众很容易就会接受这套叙事,进一步增强他们对取消文化的反感,同时更加忽略了现实政治经济法律等层面亟需改革的相关深层问题的迫切性。

澎湃新闻:关于企业对于雇员的惩罚措施是否成比例这个问题,您在《"政治正确"、身份政治与交叉性》系列文章的第一篇《跳出"(反)政治正确"论述框架的思维陷阱》里,也提到过不具有垄断地位的企业出于迎合市场而拒绝特定表达的行为,并不是站在言论自由的立场上去进行取消,而是企业出于自身商业利益考虑的商业行为,具有另一种意义上的正当性。那么您认为取消文化能否在社会意义或者道德意义上同样拥有正当性?

林垚:先简单澄清一下,我在那篇文章里区分了一下国家和言论自由、企业和言论自由的关系。我在那篇文章里面举了CK内衣公司和《乱世佳人》的例子,谈到了某些特定的、构成某些表达的商品被下架的情况。企业出于商业考虑下架特定商品,从这个意义上拒绝了那些表达。在这个情况下,企业其实没有对言论自由构成限制。在那个文章里我指出用"(反)政治正确"的话语框架去理解这套行为,实际上是对我们理解这个问题本身没有任何帮助的。

但是企业**开除一个员工**和**下架特定的商品**之间是有区别的,员工失去工作代表了员工的权利受到了侵害,这时候我们要考虑的就不仅仅是**企业和市场之间**的关系,而是**企业、市场与员工之间**的关系。员工的权益需要受到保障,但企业如果有随意开除员工的特权,员工的权利就会受到很大限制。所以我在回答前一个问题的时候提到,我们要引入劳动法维度和劳动就业保障维度,来思考企业什么时候开除员工是不合比例的。

关于第二个问题,取消文化能否在社会、文化和道德层面上具有正当性?我觉得当然是有的,可以从两个角度来讨论。首先,"取消文化"这个名词和"政治正确"这个名词的产生有一个异曲同工的地方。一些人把一个本来不新的现象用一个新的名词来命名以后,让人们觉得当代产生了文化上新的动态。如果我们把眼光放长一点,会发现说在"取消文化"这个概念被造出来之前,其实类似的行动是一直在发生的。比如,有一些媒体人或者员工因为发表了某些言论,而遭到了自己同僚或所在企业单位的排斥,或者是遭到了原来向自己约稿的那些媒体、那些曾经邀请自己上节目的那些电台、电视台的排斥——这些现象在这个概念被发明出来之前一直存在着。这种社会舆论上的冲撞斗争一点都不新,但是我们这几年开始用"取消文化"来描述这种现象之后,让人产生一种这种噤声的现象好像以前并不存在的错觉,仿佛以前没有这种通过社会舆论压力来排挤你或者让你不敢说话的现象、这种现象是忽然就开始爆发的错觉。当然,由于互联网的兴起,可能当下的社会舆论的压力确实陡然增大了,但这个现象本身并不新鲜。

当我们意识到人类社会的历史上,社会舆论的压力和不同方向的社会舆论之间的相互冲突一直都是存在的,我们就会发现,其实取消文化本身并没有什么特殊之处。当我们说他没有什么特殊之处时,至少在某一个意义上,它就具有了一种道德上或者文化上的正当性。也就是说,即便我们压制住了被命名为"取消文化"的这一类社会舆论压力,另一个方向的社会舆论压力同样也是存在的。就像我之前在回答中讲到的,如果我们不去取消、抵制某些言论,那些言论可能仍然在对这个社会中其他人的生活产生实实在在的影响,而这种影响其实往往也是通过社会舆论压力表现出来。比如说如果这个社会中的教授一直在说"女人就应该留在家里相夫教子,女人在学校里读什么书,早早毕业去嫁个人就好了"这样的言论,而人们放任这些言论流行的话,那么在大学、中学课堂里面的女学生就会感觉到

空谈 471

非常强大的社会舆论压力。处在课堂里面的她们可能就会担心：身边的老师家长同学是怎么看待自己的？是不是自己就不应该来接受教育？是不是应该放弃学术上的、事业上的追求？是不是应该安心做一个家庭主妇就好了？最近几年中国社会的舆论就出现了一个很大程度上的保守化，我们也可以在性别问题上感觉到这种明显的，对普通女性的舆论压力。

一旦这种社会舆论压力产生了强大的负面后果，那么对这种社会舆论压力进行抗衡、抵消、综合等反方向的努力当然是具有正当性的。因为如果没有取消，没有人站出来挑战这种主流叙事，挑战这些歧视性的言论，那么这些负面后果就会不成比例地伤害社会中被边缘化的、被歧视的群体。所以当我们把取消文化理解为说对既往的主流社会舆论的一种反弹、一种反制的时候，这个现象本身它当然是具有正当性的。

澎湃新闻：本次精英分子有意识地选择了《哈泼斯》这样一个精英化的平台来发布签名公开信，一些评论家认为这样的行为是精英分子对网络"围剿"的逃避，精英们仍希望拥有绝对的话语权，且不希望为自己的言论承担后果。您是否认同文化精英正在通过否定取消文化来保护自己，并制定新的"言论规则"？

另一方面，一些批评者指出本次他们对言论自由的保护和对取消文化的抨击其实是非常"双标"的。比如在成千上万的抗议者上街游行、抗议种族主义警察的暴力行为而遭到殴打时，在记者表明自己身份后仍然遭到暴力对待时，这些有影响力的思想者保持了沉默，而在取消文化威胁到他们发声时，他们才站出来说要保护言论自由，您认为这其中是否也存在着一种矛盾？

林垚：先回答后一个问题，我觉得双标是有的，但可能并不体现在你刚才说的角度上。如果我们善意地去解读公开信的话，可能精英们会觉得这个世界上有很多对言论自由的威胁，但我们不可能在一封公开信里把所有问题都讲完。或许他们在这封信里处理这一个问题，然后在别的写作里处理其他问题。

当然，公开信的100多个签名人里确实有很多言行不一的人，有很多签名人的过往是劣迹斑斑的，他们利用手段和特权去打压那些批评他们的记者或者网民。但是也有一些真诚的签名人，从老一代的乔姆斯基到一些比较年轻的学者，包括我自己的很多朋友，他们都做过很多切切实实保障记者和普通人言论自由的努力，同时他们也因为种种原因而觉得取消文化过火了，加入了签名信的签署。所以我觉得很难就这个签名信本身的关注点去批评他们，说这个签名信没有关心到那些被军警打压的记者和其他人。

但是他们确实存在另一些意义上的"双标"。比如签名信里列举了一些他们认为被取消文化伤害到了的人，但是如果仔细辨析那些事件，我们发现这些事件并不完全都是和言论自由有关的，甚至并不完全是过火事件。像我刚刚提到的，像普通员工因为推特上的言论被公司开除这种，确实是过火的案例。但是他们着重列举的，却是诸如纽约时报评论栏目的前主编被解雇、纽约书评的前主编辞职之类的例子。但如果仔细去考察这些例子的来龙去脉的话，我们恐怕会得出结论：实际上这些人的言论自由没有受到损害；他们真正被解雇的原因，是他们玩忽职守，没有好好审稿，在发稿的过程中绕开了既定程序，没有听取手下编辑的意见，让自己的意识形态观念先行，强行发表某些质量比较不堪的稿子，最后遭到了解雇。所以这个公开信在呈现某些特定例子的时候，是有一些粉饰和扭曲的。

包括后来有一封很多记者签署的批评《哈泼斯》公开信的公开信，里面列举了《哈泼斯》公开信的某些签名人一直以来是怎么利用自身的权势地位，去威胁某些媒体杂志的主编，要么让他们开除手下批评这些签名人的记者，要么让他们把记者写的批评这些签名人的稿子给删掉。所以如果其余那些真诚的签名人是真正关心言论自由的，觉得取消文化是对言论自由的严重威胁，他们就应该拒绝和那些劣迹斑斑的签名人一同签署这封信。应该站出来说我拒绝和这些人站在一起，因为他们贼喊捉贼，不配来签这封信。如果他们做到了这一点的话，我觉得就不算双标，但因为他们没有做到这一点，我觉得这封信就有一点双标的味道。

当然，这里面又有一个讽刺的地方，如果我这时候站出来说你不配签这个名，我拒绝跟你一起签名，这个行为本身就是一种取消文化的表现。我发现你过往的某些言行非常的不恰当，所以我拒绝给予你一起签署公开信的机会。然后我通过舆论压力让你退出签署这份公开信，或者表示如果你不退出的话我就退出，这些行为本身就是一种取消文化的做法。**这里面就体现出公开信它的一个自相矛盾的地方。**一封批评取消文化的公开信，**要么它是双标的，要么它本身是参与到取消文化里面的：如果你不拒绝让那些利用取消文化、利用自己的权势地位来为自己谋利的人参与到签署公开信里面的话，你就是双标的；如果你拒绝他们参与的话，你就是加入了取消文化。**但是这个公开信本身没有意识到这种自相矛盾的、讽刺的地方所在。

为什么没有意识到？是因为像我刚才说的，**"取消文化"本身不是一个好的概念，它没有办法给我们提供一个指导，指出什么时候取消是过火的，什么时候是不过火的，什么时候是恰当的，什么是不恰当的；在那些过火的案例里面，真正构成过火的是什么东西，不成比例在什么地方，我们又要如何去切实地保障那些员工的言论自由和劳工权益。**由于这封公开信没有思考到这个层次上、没有去面对这个问题，所以他就陷入了一种自相矛盾之中。

回到第一个问题，《哈泼斯》当然是一个精英的平台，但与其说这封公开信是一种逃避，不如说它又反映了在对取消文化的攻击中精英没有意识到的另一个自相矛盾的地方。我不认为发表在《哈泼斯》这个平台上本身是一种逃避的举动，因为很多签署人他们在发表了公开信后，在推特上转发宣传公开信，然后又跟网民、包括他们的同事展开了激烈辩论，所以他们并没有发完公开信就躲起来，他们还是在积极参与辩论的。所以很难说他们的所作所为是一种逃避，但它确实是一种**话语权的争夺**，以及**精英话**

语权的一种体现。只有身为精英，你才有可能把你签署的公开信发表在这样一个高高在上的平台上，甚至才有可能拉拢到那些大腕来一同签署公开信。假设公开信的签署人没有乔姆斯基、福山、玛格丽特·阿特伍德这样一些世界级的知识分子，而只有雅沙·蒙克（YaschaMounk）或者塞缪尔·莫恩（Samuel Moyn）的话，这封公开信可能根本就没有人关心。

公开信能发表在什么平台，能找到什么样的人签署，能引起多大的舆论反响，本身就是一种话语权的表现，然后**话语权实际上恰恰就是控制言论自由边界的一种方式和渠道**。我们设想在互联网兴起之前，只有电视节目，报纸这样一些发声的渠道的时候，谁有资格通过这些渠道发出自己的声音，本身就是由那些主编、节目制作人以及大牌知识分子所决定的，他们可以决定邀请或不邀请谁。一个主编决定说我这一期专栏要找谁来写，不找谁来写，我跟谁合作不愉快，我再也不想跟他合作了，这本身就是在进行一种取消。**但由于过往的时代里渠道很少，取消完全取决于少数的精英的一念之间**，也不需要进入公共舆论场域接受广大网民的审查，人们也就注意不到这些取消行动，就会觉得这些东西好像都是理所当然的。

现在到了互联网和社交媒体时代，许多以前无法通过精英渠道发声的普通人忽然之间有了自己的发声渠道。虽然他们可能写不出系统的完整文章，但是他们有很多时间精力可以在推特上不断地发表短平快的评论，然后追着一个人骂。所以造成了一种话语权开始转移的倾向或者假象，但其实话语权可能并没有真正地转移，就像我们在公开信这个事件里面看到，一旦《哈泼斯》这样的平台发表了一个公开信之后，它马上就能迅速地引导舆论，使得大家都开始讨论公开信，这个显然不是普通的推特网民在某个人的推特底下不断喷他能够做到的。

所以公开信背后反映的关于取消文化的争论，在一定程度上确实是一个关于话语权的争夺，是关于**从今以后谁有资格来参与划定言论的边界；谁有资格、有能力来决定某些形式和内容的言论获得更多的媒体曝光、更多的公共讨论；谁有权利来制定和引导公共舆论的议程**。所以就像我刚才

空谈　475

说的，公开信未必反映了精英的逃避，但它确实反映了**精英对话语权的焦虑**。或者说，部分精英对话语权的焦虑和发表公开信的行为，本身就是对当代的话语权处在不断变动、对话语权的争夺处在一种拉锯胶着状态中的反映。

得克萨斯"赏金猎人"反堕胎法案
——身体自主的权利与政治撕裂的美国

2021年9月5日接受播客《声东击西》主持人徐涛采访。录音由龚思量誊录成文，刊是月14日《澎湃》。

徐涛：美国当地时间9月1日，得克萨斯州一部禁止堕胎的法律开始生效，这一法律禁止女性在怀孕六周后堕胎，同时民众可以主动举报起诉协助或者教唆女性堕胎的人。这让得州成为了美国目前对堕胎实施最严厉限制的州。支持女性堕胎权利的人们原本希望美国联邦最高法院能够判决这部法律违宪、阻止其生效，但联邦最高法院并没有这样做。林老师是什么时候关注到这一法律生效的？

林垚：在高院判决出来之前，我的推特、脸书等的时间线上就已经一片哀嚎了，因为最高法院的判决已经比预定的法律生效日期晚了一天。如果最高法院严格按照程序，它必须在法律声称的生效日期截止之前做出是否要对该法律施加临时限制令的紧急动议。但在法律生效的当晚，高院并没有做出判决，所以当时很多人就已经觉得不妙，觉得高院为什么会在程序上犯这么大的疏忽。结果在第二天晚上，高院才出了一个五比四的判决，表示不会对它实行紧急限制令。这个结果其实在很多人的预料之内，因为如果要对该法律实行紧急限制令，那么在头一天晚上就应该紧急执行。所以高院在这个事情上，连续两次击破了程序的底线。

徐涛：在今年5月份的时候，得克萨斯州的共和党州长签署了这部法律。对于那些没有关注这个案件，以及对美国的法律不太了解的人们而言，他们可能会觉得这个问题非常生涩。我想我们有必要先解释一下这个法律究竟是什么，它究竟限制了什么样的权利？

林垚：这个法律既简单又复杂。其目的非常清晰，即凡是孕龄六周以后的堕胎都算违法。我们知道在美国既有的宪法判例框架之下，经过了"罗诉韦德"案和20世纪90年代的"规划亲育组织诉凯西"案之后，目前定下来的框架大概是：在保守州，如果大胆一点，会限制孕龄二十周以后不准堕胎；有的州会把时间限制在二十二周后，有的会限制在二十四周后，再晚一点的情况也有。现在新法律一下子把时间缩减到六周，等于迈了非常大的一步，和现有判例是抵触的。

首先要讲一下孕龄六周是什么概念。很多人听到六周，会觉得你都怀孕六周，一个半月了，要堕胎应该早就决定了。但要注意，美国法律上说的六周，不是指女性肚子大起来后六周，而是指在知道自己怀孕后倒推、从精子卵子结合前的最后一次月经的第一天开始算起，这样算下来的六周。我们知道，一次月经本身就要持续好几天，从月经结束到下一次排卵期又已经十天半个月过去了，而在排卵之后的两三天左右最有可能精卵结合，精卵结合以后还要过几天受精卵才会在子宫里面着床。所以从最后一次月经开始，真正到受精卵着床，可能已经过去了三周时间。换个更直观的说法，在导致一位女性怀孕的性行为发生之前的两三周，这位女性就已经"在法律上怀孕"了。

那么，一般女性会在什么时候知道或者怀疑自己怀孕呢？对许多女性来说，从上一次月经到下一次月经，期间大概是一个月或者四周时间。但是很多人的月经是不规律的，有时候三周来，有时候五周来，也有时候六周来。那么她会在什么时候开始怀疑自己怀孕？可能是上次月经结束的五周到六周以后，觉得月经怎么还不来，于是做一个验孕棒检测。这个时候她检测出来，觉得自己可能怀孕了，再到医院去做一个 B 超确认。这个时候往往已经到法律上定义的"孕龄七周"了。如果她这个时候才去做 B 超，医生告诉她你怀孕了，那么按照得州的法律她已经不能堕胎了。所以，实际上这个法律没有给怀孕女性任何的反应时间。

徐涛：很多女性，尤其是怀过孕或者生过孩子的女性都知道，第六周实在太早了，女性根本没法那么早就确定自己已经怀孕。

林垚：是的，但很多没有经历过这个过程的男人、或者没有怀孕过的年轻少女，恐怕都不太了解这点。很多政客利用了很多普通人对这个事情的不了解来做文章。他们在法律上说是"怀孕六周"，但是现实生活中，所谓的"六周"可能意味着连一点反应时间都没有。他们就利用这种模糊的地带进行宣传，力图推动这一法律。

徐涛：法律为什么会设置六周的期限？

林垚：因为美国有一种常见的说法：胎儿在六周时开始有心跳，即所谓"胎心（fetal heartbeat）"。但这种说法在医学上并不严格，而且在堕胎权争论的语境下非常有误导性。首先，孕龄第六周时，孕妇体内正在发育的这个有机组织还处在"胚胎（embryo）"而非"胎儿（fetus）"的阶段；要到第十周，胚胎的"原始心血管"（由两根"心内膜管"组成，和心脏结构大不相同）才发育成为胎儿的"心脏"。另一方面，胚胎"原始心血管"的律动其实从第三周结束就开始了，只不过这种律动一般到了六周前后才能被 B 超检测到，所以六周就被很多人当成了"胎儿开始有心跳"的时间点。归根到底，从胚胎到胎儿的心脏发育，及其供氧和代谢模式的转变，是一个复杂连续的过程，所谓"胎心"只是其间恰好适用特定检测技术的节点而已。

空谈 479

但是在保守派的宣传里，既然"胎儿"已经有了"胎心"，就说明他/她已经有生命了。保守派的逻辑是，生命活动最重要的是心脏，有了心脏跳动就说明有生命了。所以在六周的时候这个胚胎已经变成一个人了，已经变成生命了，如果你在这个时候把胎儿打掉，选择堕胎，那就是杀人，因此他们要把时间定在六周。

徐涛：这个法律还规定了其他的一些东西，对不对？

林垚：是的，而且这些额外规定也正是得州这个法案的其"妙"所在。它实际是抛出了一个球，故意让高院的保守派法官去接。它想绕开既有的宪法限制——既有的宪法判例说，胎儿在有所谓的"体外存活力（viability）"之前（目前的话也就是大概孕龄二十周至二十二周之前）、尤其是在孕期"第一阶段"（大概十四周之前），政府不能直接禁止堕胎。当然很多保守州早就对此阳奉阴违，给孕早期堕胎的女性制造种种麻烦：比如规定第一次去诊所时不能马上堕胎，必须跑两次或三次，并且每次必须相隔两三天以上；或者想堕胎之前必须先听医生逐字逐句读完一堆讲述胎儿如何如何可爱、堕胎如何如何不道德、堕胎会给你留下如何如何深刻的身心创伤之类的保守派宣传册子；诸如此类。但是再怎么制造麻烦，总归在既有的判例框架下，是没法直接禁止孕早期堕胎的。

得州这次的法律想要绕开这个判例框架，它想的办法是：规定六周后女性去堕胎是违法的，但是政府不直接处罚去堕胎的女性，政府不直接执法；而是绕了这么一个弯，它说由于你六周以后去堕胎是违法的，那么所有帮你堕胎的人都是违法分子，所有的医院、诊所、医生、护士，只要帮助女性堕胎、给她开了堕胎药；或者是女性的亲属，她的丈夫鼓励她去堕胎，她的公公婆婆、她的父母、她的朋友鼓励她去堕胎；甚至是她打了车，出租车司机把她带到诊所去——那么所有这些人都是违法分子。

得州这次的法律同时还说，政府不会主动去抓这些违法分子，但是政府鼓励所有的公民去向法院检举和起诉这些违法分子；如果检举对了，得州这个法律规定，法院必须至少——注意是至少，不是至多——以每检举一次堕胎奖励一万美元的标准，给予检举者奖励，同时对"协助堕胎"者加以同等的罚款，而且这些"违法分子"们还必须全额赔偿"热心检举"者们因为走法律程序而花的各种费用；反过来，如果检举错了人怎么办？没关系，不会有任何处罚，而且法律明确规定说，被错误检举或起诉的一方只能认栽，出庭的路费、律师费、误工费等都得自己出，不得向检举者追讨因为打官司而承担的任何费用。所以媒体很形象地把得州的这个反堕胎法案称为"赏金猎人（bounty hunter）"法案，因为它鼓励普通公民去揭发、去检举、去举报，然后对举报者重重有赏。

那么，政府为什么要搞这么复杂的一套程序？为什么政府不能直接去处罚堕胎女性或"协助堕胎"者？因为在既有的宪法判例里明确表示，在孕早期阶段，政府不能直接禁止堕胎；尽管政府可以拐弯抹角给寻求堕胎的女性制造这样那样的麻烦、让你想堕胎而不得，但从根本原则上说，孕早期的女性坚持要堕胎就应该可以堕胎，这是女性的自由权利。所以如果在这个阶段，政府直接去抓那些孕龄六周以后去堕胎的女性，政府就违宪了；或者政府直接去抓帮助孕早期女性堕胎的亲朋好友或者医生护士，政府也是违宪的，告上去以后这个新法案就会被推翻。

但是按照得州保守派立法者，以及高院保守派大法官的说法，这次的反堕胎法"妙"在什么地方？就是政府不主动执法，政府只是邀请那些个体私人公民去检举，这个时候是由私人来进行私人的活动。按照他们的说法，美国宪法管天管地管政府，但是管不到私人。私人的行为是不受宪法约束的，所以他们觉得这个法律定得好巧妙，并且是不违宪的。

最高法院的这几个保守派大法官为什么说，我们不能对法律施加紧急限制令？因为这个法律写得非常巧妙，它给我们提出了新的宪法难题；仅仅从表面上看，去举报去骚扰堕胎者的毕竟是私人公民、不是政府本身嘛，所以也就不能斩钉截铁地说新的法律违宪了，不能够直接给它施加一个紧

空谈 481

急限制令，不能制止它生效，我们只能等着慢慢打官司。等一两年下来，你们再从低级法院一层一层打起，等两三年以后关于法律的实体层面的争议打到了高院面前，我们再来解决纠纷，我们再来看看，私人公民举报以后，法院总归要判决吧、被告不服法院判决的时候政府执法部门总归要强制执行吧，这个时候我们再来考虑说，司法部门判决、执法部门强制执行这些过程到底算不算政府行为、到底算不算违宪。这些问题留到以后从长计议吧，但是我们现在、目前，仅仅看程序、看表面，是不能制止法律生效的。

这个就是最高法院支持得州法案的五个保守派大法官的说辞。实际上他们是通过一种非常玩弄字眼、玩弄文字艺术的方式，让法律生效了。当然这个效果是立竿见影的，因为你这个围绕法律实体的官司在法院里头慢慢排号，逐级往上打，这边厢所有涉嫌"协助堕胎"的医生护士早都被检举得改行了、堕胎诊所都被举报得关门了，等几年以后实体官司打到高院的时候，不管判决结果如何，得州早就找不到任何可以堕胎的地方了，保守派也早就弹冠相庆好几轮了。

徐涛：我看到《大西洋月刊》专门对得州参与立法的人做了一个采访，约翰·希格（John Seago）就直接说，他们知道全国的检察官都不太可能投入公共资源来限制堕胎。因为在去年10月份的时候，全国地区检察官签署了一个公开信，说即使是"罗诉韦德"案这一支持女性堕胎权的先例法案被推翻了，他们也不会用公共权力来限制堕胎的，也不会让堕胎相关的事情成为一个刑事诉讼。于是这些人就让它变成一个私人诉讼。他们也不想让自己成为靶子，因为一旦让所有的女性成为被告，会变成一个更加明显的靶子，却让执行堕胎的医生入狱。

林垚：是的，其实保守派一直以来都会从这些非常犄角旮旯的地方去钻牛角尖、去想这种办法。亚拉巴马州前年通过的一个法案，虽然并未生效，但却和得州的法案思路非常类似，都是从惩治"协助堕胎者"下手。那个法案表示，如果你是帮助女性进行堕胎手术的医生，你最高可以被判刑九十九年。但是在亚拉巴马州，如果你是一个二级强奸犯的话，你最高只会判刑九年。所以如果一名男性强奸了一名女性，让她怀孕了，然后这名女性去求助医生帮她堕胎，这个男性只会判九年，然后医生要判九十九年。

当然亚拉巴马州这个法律暂时没有实施，因为那时候金斯伯格大法官还没去世，反堕胎权的保守派巴雷特还没有被特朗普任命、接替去世的金斯伯格担任最高法院大法官。当时大家的预期是，这种法律打到高院会直接被推翻，所以像亚拉巴马州或其他保守州在制定这些法律的时候，他们是为了将来在做准备。他们知道自己制定的法律不会生效，他们在法律后面会加上一条说"本法律暂不生效，等到最高法院推翻了'罗诉韦德'案之后自动生效"。现在很多保守州都有这样的法律在等着，等到哪一天高院推翻了"罗诉韦德"案的先例之后，他们所有这些反堕胎法案就会马上生效。

徐涛：既然我们说到了"罗诉韦德"案这个案子，而且很多案子都在援引它，同时这也是一段美国和争取女性权利有关的历史，我们不妨来谈一下这个案子？

林垚："罗诉韦德"案这个案子，是 1973 年的时候最高法院的判例，是一个里程碑式的判决。其大背景是在六七十年代的时候，美国以及西方世界兴起了一场性解放革命，伴随着当时的学生运动等。而且背后有科技促进因素，包括避孕药等一些避孕设施的发明以及更安全的堕胎手段出现，女性第一次发现自己可以很有效地控制自己的身体。如果我要追求事业上的成功，或者要摆脱一个家暴的丈夫、要摆脱一个强奸犯，等等，我都可以通过堕胎这种方式来获得自身身体上的解放。六七十年代的时候，美国

空 谈　483

女性追求身体自主权的斗争开始达到高峰。

实际上，堕胎在人类历史上大多数时候不是一个政治上的大问题；在某些宗教社会里面对堕胎的管制要稍微严一点，但也不是完全禁止堕胎。很多宗教文本里面说"胎动"之前（也就是怀孕大概四个月到五个月之前）可以堕胎；历史上有很多女性在胎动之后，也有堕胎的需求。

虽然"堕胎"这个词直接说出来好像不那么悦耳，但在历史上其实大家会用其它词来代替它。比如有人去检索19世纪美国的报刊后发现，19世纪上半叶的时候，报刊上有很多卖所谓的"妇科草药"的广告。什么是妇科草药？实际上就是以当时的医疗认知水平，觉得女性服用那些草药以后就可以安全地把胎儿给堕掉。所以这个产业在当时是很兴盛的。

到了19世纪中叶的时候，一方面随着基督教保守派力量的兴起，另一方面在当时的医学界还没有特别安全的堕胎手段，草药这个东西实际上是不太管用的，很多女性在堕胎的过程中因为感染导致的并发症死去。所以当时的医学界有一批人开始鼓吹反堕胎运动，这些人刚好和基督教保守派的人合流了。所以从19世纪中叶开始，美国的很多州先后开始通过禁止堕胎法案，那时医生觉得不让女性堕胎是为她们好，因为堕胎的孕妇死亡率在当时条件下实在太高了。但是通过了反堕胎法案后，实际并不能直接抹杀掉很多女性的堕胎需求，因为很多人为了生活所迫，不得不堕胎，结果就会导致什么情况呢？

很多人在草药不能用以后，就开始转向那些更不安全的、感染率更高的、死亡率更高的堕胎方式。比如说19世纪末20世纪初，在得州最流行的一种堕胎方式，是用晾衣钩子从阴道里面伸进去，试图把这个胎儿从子宫里钩出来。这在当时是死亡率极其高的堕胎方式。

到了20世纪上半叶的时候，随着青霉素开始出现，堕胎手术之后的感染率也开始下降了，加上女权运动和进步主义运动的兴起，医学界的很多人士觉得我们应该放宽堕胎限制。因此到了20世纪中期，五六十年代加上性解放运动，对堕胎权的呼声就越来越高涨。

1960年代末1970年代初，纽约州是第一个开始逐步放松堕胎权限制的州。以前美国的所有州基本在任何情况下都不能堕胎，结果纽约在1970年的时候废除了19世纪的反堕胎法，制定新法律说，只要是孕龄二十四周之前的女性，都可以选择堕胎。这个时间限制放到现在来看其实是比较保守的了，但在当时是美国破天荒的事情，是开风气之先，于是当时全美国的孕妇都涌向纽约，去获取合法而安全的堕胎方式。因为你如果在本地堕胎，就只能去地下诊所，让人用晾衣钩子把胎儿钩出来，而去纽约就可以使用很安全的方式堕胎，因为堕胎诊所在纽约是合法的，可以光明正大地采用最科学最安全的方式来堕胎。

但女性对堕胎权的诉求，也引起了保守派基督教人士的不满，尤其是保守派天主教人士的不满。当时的天主教会就开始组织草根运动，拉拢两党里面的各种政客，想要把反堕胎变成一个社会运动和政治运动。但一开始它实际上是不成功的。现在来看，好像美国的共和党基本都是反堕胎的。但是如果退回20世纪60年代，比如美国共和党里面著名的保守派教父巴里·戈德华特（Barry Goldwater），在1964年和林登·约翰逊争夺总统大位的共和党领军人物，他在其余很多方面的观念非常保守。但在堕胎的问题上，天主教会试图拉拢过他几次，他却完全置之不理。他的女儿也是堕过胎的，他的妻子是很明确支持堕胎权的。

我们要知道退回到20世纪五六十年代以前，美国的政治版图里面完全没有堕胎权争议。但是到了70年代的时候，天主教会里面的保守派人士成功地拉拢到了新教福音派里的保守派人士，两股力量拧成了一股绳，开始打入共和党内部，渗透到共和党内部，成为了里根上台，以及后来各路保守派政客上台的一股巨大的民意基础。

那么在这个过程之中，"罗诉韦德"案这个判决刚好是出台了。在它出台后，一方面是让全美国的这些女性从此有了法律保障的、安全的堕胎机会，全国女性不需要再涌向纽约去堕胎了；但与此同时，这个判例本身也成为了保守派用来动员他们选民的一个最方便的旗号。这些天主教保守派人士与福音派保守派人士说，有了"罗诉韦德"案的判例，女人就可以随便去堕胎，可以随便地发生关系，不用承担任何后果，美国的家庭道德就会败坏，家庭系统、婚姻系统就要崩溃了，从此国将不国了，因此我们一定要把这个判决推翻掉。所以在这个案例以后，保守派就有了一个很强大的动员机器，有了一个意识形态的核心。

徐涛：所以"罗诉韦德"案就变成了一个靶子是吗？

林垚：是的，这个案例就变成了一个靶子。两党内部寻找真正认同的时候，你只要问说你想不想推翻"罗诉韦德"案，想推翻你就加入共和党，不想推翻要维持，你就加入民主党。这成为了两党内部统一意识形态的测试，结果共和党内本来有很多支持"罗诉韦德"案的人，慢慢就在党内被排挤掉。因为越来越多的宗教保守派的选民加入了共和党，加上共和党在党内初选里不断地把在堕胎问题上持温和立场的人选下去，选上那些非常坚定的反堕胎派人士，于是共和党在这一方面就变得越来越极端。

徐涛：像金斯伯格大法官，我们说她是一个女权主义的代表，但是她依然好像是有点反对"罗诉韦德"案是吗？

林垚：是这样的，金斯伯格对"罗诉韦德"案的判决结论本身是支持的，但她反对的是判决的理由。实际上当代的很多进步派的女权主义者都认为这个案子是有缺陷的。这个缺陷不是说它给了女性堕胎权，而在于它给女性堕胎权时所用的理由不够恰当。

我们要注意，当时"罗诉韦德"这个案子是九个男性大法官判的。写下判决书的这些大法官在当时思想已经很进步了，尤其主笔判决书的这位大法官是有过医学院经历的，所以他尤其能够理解女性寻求堕胎的这些痛苦；但是它毕竟不是完完全全站在女性角度去理解这个问题的脉络。所以他在判决书里说"堕胎权"来自于"隐私权"。这就变成了想不想堕胎是你们夫妻俩（在当时的家庭观念里面，孩子的家长一定是一男一女夫妻俩）私底下讨论的事情。你们觉得怎么样对你们小家庭更好，你们就怎么去做，政府不应该把头探过来窥谈你们的隐私规划、看你们想要做什么，去干预你们想要做什么决定。所以它判决的基础是隐私权。

隐私权这个判决基础会导致很多问题，因为我们知道政府实际上对家庭的很多事情都是干预的，比如家暴。以前大家也说家暴是隐私权，是家里的事情，不要拿到外面说。现在我们认为家暴也是要管的；这说明不是所有的家中隐私，政府都不能干预。同时隐私权这个概念，也为夫妻之间讨论决定堕胎，到底是由妻子决定、还是丈夫决定，留下了疑问。如果丈夫不同意你堕胎怎么办？女性能不能拥有堕胎问题上的完全自主权？这个问题也引发了后来一系列关于堕胎的官司。还有其它许多种种理论困难，这里就不一一展开了。

反过来，像金斯伯格这样的女权主义者就认为，真正的堕胎权的立足点基础不是在隐私权，而是在男女平等、在女性对自己身体的自主权。因为怀孕是女性独有的经历，女性在这个男权社会里面，她因为要怀孕、要生孩子，要照顾孩子等，她的工作机会被耽误了，她的升职机会被耽误了，她就学的机会被耽误了，导致她在竞争的过程中落在后头了，最后可能被迫去做家庭主妇，被迫嫁给强奸犯，或者被迫嫁给一个有家暴历史的丈夫，怎样也摆脱不了这些问题。如果从男女平等的角度来说，堕胎权是男女平等里面最重要的一个支柱。要在判例上支持堕胎权，应该从这个角度着手，但是"罗诉韦德"案是从另外一个角度去支持堕胎权的，所以金斯伯格对这一点非常不满。

金斯伯格进一步认为，如果你是从男女平等，女性对身体的自主权这个角度去讲解堕胎权，可能更容易被大众接受。如果你从隐私权这个角度讲，这个理由讲不通，大家也不容易接受，所以保守派更容易发动群众来反对你，进步派也不容易围绕着这个很绕的逻辑来发动群众捍卫"罗诉韦

空 谈　487

德"案。但如果你一开始就把问题讲清楚了，说这个就是男女平等所必需的，那么力量对比很可能会是反过来的。

所以很多进步派对判例的不满是在这里。但这个判例已经成为既成事实了，只好拼命地去保护它。因为美国的法律是判例法，先例在法理上的分量很重；如果要推翻重来的话，就会成为一个很棘手的问题，重打官司重建法理的成本太高，也会给下级法院造成很大混乱，对这个过程中有堕胎寻求的孕妇造成很多麻烦。所以对美国进步派来说比较直截了当的办法，就是先去保护一个法理上有缺陷但是结论上还算正确的先例不被推翻，然后在这个法律基础上再去做文章，去在民意层面重新阐述和宣讲堕胎权更恰当的道德基础。

徐涛：我觉得讲到这里，估计听众也会感觉，所有这些都是围绕着一个概念做一些文字上的游戏，却把女性真正应该有的权利放在了一边。我看到一个案例也是金斯伯格代理的，从这个案子中可以看到，其实大家在女性究竟应不应该堕胎这个事情上没有那么光明正大，只是为了保护胎儿的生命权。因为金斯伯格在1972年代理的一个案子是"斯科拉克诉国防部长"案（*Struck v. Secretary of Defense*），当时部队给了一个怀孕的女性军官斯科拉克一个选择，说你要不就离开部队，要不就去堕胎。而1972年还是在"罗诉韦德"案之前，当时美国对堕胎还有诸多限制。

林垚：是的，如果我们去听很多保守派的言辞，会觉得他们说的好像很光明正大，什么上帝制造的每个生命都是很神圣、很宝贵的。但是如果去看它具体在政策上的主张，去看堕胎之外的问题，比如社会福利、救灾这些问题，比如美国这些年遭遇了很多飓风火灾，等等，尤其是发生在少数族裔贫困人口聚居的地区，这些保守派人士就会反对联邦政府去动用资源去救灾。如果按照你的说法，每一条生命都很珍贵，那显然你要不惜一切代价去救人，先去把这个人给救出来，先去把这些灾区重建起来，但为什么这些保守派就要反对这一点？他们给出的理由是说你要自力更生。那这时候你就忘记了上帝的教训吗？上帝说每条生命都是珍贵的，每一条生命都是上帝造的，不是吗？

还有比如在对待移民的问题上，对待难民的问题上，尤其在过去几年特朗普执政的时候，他对难民、移民是特别残酷的，造成骨肉分离，然后那些难民小孩子莫名其妙地死去，诸如此类的事情时有发生。但是我们没有听到说宗教保守派人士在这个问题上有什么强烈的谴责。那么为什么这些已经生下来的人，他们就觉得可以不管不顾，但是那些还只是胚胎的、那些在他们看来是生命的、这些未来的人口，他们却觉得那么的重要？他们甚至为此不惜去限制这些女性对身体的自主权，去损害她未来的机会。所以这就变成非常言行不一的一个事情。

徐涛：我还很好奇一点，因为共和党当中也有很多女性，为什么很多女性共和党成员也会支持禁止堕胎？

林垚：人的身份和人的意识形态，它虽然有很强的相关性，但并不总是能够完全直接对应；就像鼓吹女德班的人里头有男有女，鼓吹反堕胎的人里头一样会有男有女。美国很多这些保守派女性从小生长在教会环境里面，从小听了布道，说一个胎儿都不能死，如果你怀孕了你就应该把其生下来，就算是强奸或乱伦的产物，你也应该把其生下来，因为你不知道上帝让你怀孕背后的目的是什么，但是上帝总是在下一盘大棋，一切都该听上帝的。很多人从小生活在这个环境之下，她接受这个信息，对这个深信不疑，这种情况肯定是存在的。

另一些人她是出于自身利益的考虑，尤其是保守派的女性政客，她们如果想要在政治上往前走一步，想要成为国会议员，然后她们又生活在一个保守派的选区，知道身边大多数人都是保守派、都反堕胎，那么如果想要在选区出人头地，她们就一定要迎合这些选民。如果她们想要在政治上有权势，想要出人头地，就一定要把自己打扮成一副反堕胎的人设，至于是不是真的相信，这就另当别论了。

尤其在美国党派极化的当下，坚决支持堕胎权的政客基本来自于选民基础非常进步的，或者温和偏左的选区。如果你是来自于一个偏保守派的选区，就算你心里是支持堕胎权的，你也未必敢公开说出来。在别人问你的时候，你最多说一句这个问题太复杂了，我们存而不论。如果选民对这种打哈哈的方式都不满意的话，你就一定要表现出很强烈的反堕胎姿态，这样你才能够在政治上百尺竿头更进一步。

徐涛：越是极端越能够聚集到选票，才不至于将你的政治生涯给断送掉。所以接下来你觉得所有的共和党州议会可能都会仿照得州做出类似的事情吗？

林垚：对，这也体现出为什么这一次的判决特别恶劣。虽然这个判决在实体法层面的官司还没有打，也许在未来一两年高院里面又出了什么变故，哪一个大法官突然病死了、被一个拜登任命的人给取代了，或者是哪一个保守派大法官突然改弦更张了，也许最后过了两年，高院突然又判决说我们还是要维护"罗诉韦德"案——所有这些我们没有人能够准确预测。但是这一次在程序上玩的花招，被高院很欣然地接受了，这就给大家传出一个很强烈的信号，就是你们这些保守州的州议会，可以放心大胆地去玩这些文字游戏，且不仅仅限于堕胎的问题上。比如堕胎权法案，他们可以说我不处罚这些女性，只处罚医生护士和亲人，还有出租车司机，而且我不主动提起公诉，我只是邀请大家来进行民事自诉甚至刑事自诉。大家肯定会争相模仿这些花招，这种花招可以应用到其他一切议题上去，不仅仅是堕胎权问题。

比如假设有一个更保守的州说我现在不仅是想要推翻堕胎权，我想要推翻避孕权。在美国，避孕权作为基本权利也是通过法律打下来的，它是

"罗诉韦德"案之前的一个案子叫做"格里斯沃尔德诉康涅狄格州"案（*Griswold v. Connecticut*），是1965年的一个案子。在那个案子之前，美国各州的警察是有权破门而入、抓那些在行房时使用避孕套的夫妻的。在格里斯沃尔德案中，高院说避孕权是一种隐私权，是夫妻之间行房时的基本权利，警察不能抓。但因为这个案子的判决只适用于夫妻，所以到了1972年（也就是"罗诉韦德"案的前一年），高院不得不又判了个案子（"艾森斯塔特诉拜尔德"案［*Eisenstadt v. Baird*］），说不仅夫妻有权利使用避孕套，未婚人士在性交时也有权使用避孕套，警察也不能抓。这时避孕权才成为了一个基本权利被固定下来了。前面讲到"罗诉韦德"案为什么会以"隐私权"作为堕胎权的法理基础，其实也是因为这么一个历史背景，因为避孕权最初就是以"隐私权"作为法理基础而判决的，于是堕胎权在当时的大法官们看来就成了一个很自然而然的延伸。

我们知道很多保守派人士不仅反对堕胎，也是反对避孕的，尤其是很多天主教内部的保守派，因为他们认为精卵结合或者造人是上帝给人类的一项义务。所以如果一些保守州要采取得州的模板，它甚至可以不仅仅是去举报那些避孕的人或者帮助避孕的人，它可以写一个法案说鼓励大家来举报那些卖避孕套的人，举报一个奖励一万块钱。

除了这些与女性的身体自主权切身相关的事情以外，还可以做其他很多事情，这里面有很多的把戏可以玩。比如想要限制少数族裔投票，就搞一个"禁止在人口密度高的选区（往往是少数族裔聚集区）给排队投票的选民递水缓解口渴，欢迎大家举报所有这么做的人"的法律，然后把投票过程拖得特别慢、排队搞得特别长，让所有排队的人都渴到放弃投票回家。如果这一切高院都欣然接受——如果高院说这个法案提出了一个新颖的宪法问题，所以我不能够对它实行临时限制令，我们慢慢地打实体层面的官司——那么你只要在选举之前通过这样一项法律，然后在选举这几周里面把投票率给压下去；过一年两年，高院终于在实体层面接到了这个官司，这时候州议会提前把这个法案废除。然后高院说对不起，这个法律也许可能大概的确违宪了，但是既然选举已经结束了、相关法律也废除了，这个案情已经"不复存在（moot）"了，所以我们不再审理此案。然后等高院这么判了之后，保守州再把刚刚废除的这个法律恢复生效，压制下一场选举；然后你们这些挑战这个法律的民权律师们又要辛辛苦苦从最低级法院打起官司。只要高院掌握在保守派手上，人家就可以这么逗你玩，看你能奈他何。

所以我们可以想象，有了得州这个模板之后，法律很快就会变得千疮百孔，很快会以各种各样的方式被有心人所利用。

徐涛：我也看到一个报道说，其实很多公民可能因为该法律而遭受很多骚扰，比方说这个案件当中是允许得州公民可以进行起诉，而且受理法院不能将案子转到最适合的法院，这就意味着这些去举报、去起诉的人可以在各个法院去提交案子，然后被告人就要去不同的法庭出庭为自己辩护。即使这些被告人最后赢了，这个案子也会成为很大的负担。

林垚：是的，如果你是住在大城市里面，大城市一般来说总体上观念会比较进步一点，法官也是比较进步一点，转到最适合的法院有可能就意味着你获得轻判或者直接放走了。把这个案子打到州法院设在某个偏远乡村的一个小的分支里面，不仅你跑腿要跑个半死，而且法官对你也很不友好。并且法案里还明确规定，要是你被举报了，出庭这些费用你得自己承担，不能找举报人追讨；反过来，举报人那边的任何费用，最后却也需要你这个被举报人来一并承担。总之就是只要你敢跟堕胎搭上边，就要搞得你生不如死。

当然现在反对法案的人也不是完全束手无策，大家都采取各种各样、比较有创意的反对活动——当然这只是临时的抵抗，真正的抵抗还是从政治上研究怎么发动起普通选民，把这些保守派政客赶下去，这才是长久之计。

但是至少在目前来说，可以看到这几天得州的进步派的民众想了什么办法。比如他们假装成发现了有人堕胎、有人帮助堕胎，去打电话举报，或者去政府开设的网站上举报。反正政府这个法案里面说的很明确，举报错了的话是不受罚的，举报对了的话是奖励钱的。很多人就举报说我发现得州州长在帮助一个人堕胎，或者说我发现某某保守派政客带着他的情人去堕胎了，诸如此类，很快的热线电话就被打爆了，网站也崩溃了。大家希望通过这种方式，一个是拖延法案的真正起效果，另一个就是说那些专门接热线电话的政府官员，在听多了这种电话以后，可能会产生一个"狼来了"的效应，以后如果真的有举报电话打进来了，他们也怀疑是在搞怪了，就不受理了。

这是目前大家反抗的一种方式，但是这个反抗方式能持续多久？因为我们知道保守州会不断的推出新的法案，也会推陈出新，所以还是要从政治上解决这个问题，例如高院的人事改革。当然高院人事改革背后也需要政治上的变革来推动进步派和温和派的力量，要能够真正在投票箱面前崛起，才能够把这个问题真正解决掉。

除此之外，联邦政府也刚刚起诉了得州政府，说这个法律违宪；此外还有人建议说，美国国会可以直接立法，禁止得州的地方法官接受或者审理相关的举报案件，这样的话就可以防止得州的法律实际起效果。但所有这些应对措施又都回到前面说的症结上来：不管是起诉还是立法，最后都是要靠法院来审理的，而最高法院目前是掌握在保守派手中；保守派大法官们上下嘴皮一碰，说得州才占理，那支持堕胎权这一方在法律途径这条路上就技穷了。所以归根结底，还是要有政治上的变革，才能确保法律上对堕胎权的保障。

徐涛：首先你刚刚讲的恶搞的事情，就已经体现出了让普通人去举报一个根本不相干的人是一个多么荒谬的设计。然后我看到一个程序员写了一个代码，让所有的人都可以通过这个代码不停地去提交起诉和举报，有人就把漫威当中所有英雄的名字全都填了进去，这能够证明这个事情实在是太荒谬了。

而且我觉得很让人难过的一个事实是,女性的身体永远就成为一个工具,不管是生育的工具也好,或者政治的工具也好。到现在各种各样的争论当中,其实女性究竟对自己的身体有没有控制权,她能不能决定自己是否健康、是否幸福、自己未来的命运,依然是抵不过几个细胞、胚胎期间的、一个也不能叫做生命的、这样一个状态,这还是挺让人悲哀的。

林垚:对,所以政治上的解放或者是超越,离不开每一个人的解放,而且每一个人解放肯定要包括每一个女性的解放,包括她们对自己的身体有完全自主的掌控,而不是交由一些政客尤其是男性政客来对她们进行指指点点、通过立法对她们实施限制。

徐涛:我觉得这个事情当中,其实男性也并不是身处事外,因为当女性的身体可以成为一个政治较量的工具的时候,说不定男性其他的权益也被政客玩弄在股掌之中。只是跟女性的权利还不太一样,我们没有去说而已,所以这个事其实是同理可见的。

林垚:一个男权社会它不仅是在规训女性,它也是在规训男性。如果女性有很多事情不能做的话,社会自然而然地会把男性套到那些模子里面去,男性就必须去做这些事情。比如说女性都成了家庭主妇以后,男性就必须潜在地被视为只能在职场上拼搏支撑家庭的人,那么那些顾家的男人怎么办?那些想要成为家庭主夫的男人怎么办?那些希望让自己的爱人在外面打拼,自己跟小孩有更多共处时间的男人怎么办?还有比如那些双职工的家庭,他们希望能够齐头并进,希望双方都在世界上有更多的发展,不希望被过早有小孩给牵绊了的人,等等。

我们可以想象出日常生活中有很多对女性的牵绊,也有很多对男性的牵绊;如果社会政治体系没有给大家提供更多、更充裕选项的话,最终受损的会是所有人。尽管每个人受损的程度不一定一样——毕竟男性在这个男权社会里面享受着更多的特权——但是享受特权的同时，他也受到了很多的禁锢和束缚。所以打破父权制的社会文化、赋予女性身体的自主权、实现男女平等，不仅是义之所在，也是利莫大焉。

下卷　蛇毛兔角多鸡犬

运交华盖欲何求，未敢翻身已碰头。
少日每夸驱硕鼠，中年唯梦获天牛。
蛇毛兔角多鸡犬，虎踞龙蟠一马猴。
懒宰猪羊懒沽酒，他乡底事又淹留。

《庚子除夕戏作》
2021 年 2 月 11 日

上帝与罪恶问题

2014 年 9 月 22 日作。

一、是"神爱世人",还是"天地不仁"?

我有一位朋友新近皈依基督教之后,传教热情高涨,给我发来一幅四格漫画。内容大致是某个人在路上行走,忽然被前方不知何处飞来的小石块砸中脑袋。继续前行,迎面的飞石越来越多,行人终于忍不住破口大骂:"主啊!我平日信你爱你,虔心拜你,怎么你却任我遭受这般苦难,无动于衷?"边骂边走到了下一格,才发现原来慈爱的天父一直以来都站在路的尽头,张开双臂竭尽全力地遮挡前方密密麻麻飞来的石头。绝大多数飞石都砸在他的脸上身上,只有极少数漏网之鱼才命中行人。行人大惭。

我回信问这位朋友:"发这个给我,什么意思?"

朋友说:"神爱世人,你我都要感恩。"

我问:"神不是创世主吗?这些石块从哪儿来的?谁扔的?"

朋友:"自然是撒旦扔的。撒旦违背了神的旨意,堕落到地狱里,时时伺机复仇。"

我:"神斗不过撒旦吗?为什么这么被动地站着挨石子儿,连脸上都被砸中了——直接出手把撒旦灭掉不行吗?"

朋友:"这个问题我也回答不上来。你可以来参加我们的查经班活动呀，我请我们的牧师给你讲解。"

我："……"

我当然不会去什么查经班，因为我对这位朋友提的问题，其实是哲学上针对"**存在一个全知**（omniscient）、**全能**（omnipotent）、**全善**（omnibenevolent）**的上帝**"这个神学命题的一个重要诘难，亦即所谓"**罪恶问题**（Problem of Evil）"。

迄今为止，还没有哪位哲学家或神学家能够对"罪恶问题"的挑战给出成功的回应，查经班里的牧师自然不必指望。事实上，就连现任的坎特伯雷大主教——也就是英国国教的领袖——近来也开口承认，他迄今为止一直被"罪恶问题"所困扰，时常怀疑上帝是否真的存在（英国《卫报》2014 年 9 月 18 日报道）。

"罪恶问题"有两个版本。[1] 先来看"**逻辑版**（Logical Problem of Evil）"：

P1：倘若上帝全知，则他必然预知了世上可能发生的任何罪恶与苦难。

P2：倘若上帝全能，则凡是他预知可能发生的任何罪恶与苦难，他必然有能力预先阻止。

P3：倘若上帝全善，则凡是他有能力预先阻止的任何罪恶与苦难，他必然会预先阻止。

P1＋P2＋P3＝

---

[1] 历史上，诸多哲学家及神学家均以不同形式表述过"罪恶问题"，但公认最先以当代分析哲学方法提炼探讨"逻辑版罪恶问题"的是约翰·麦基，见 John Mackie (1955), "Evil and Omnipotence," *Mind* 64:200 - 212；公认最先以当代分析哲学方法提炼探讨"证据版罪恶问题"的是威廉·罗伊，见 William Rowe (1979), "The Problem of Evil and Some Varieties of Atheism," *American Philosophical Quarterly* 16:335 - 341。

C0：倘若上帝全知全能全善，则他必然会预先阻止世上可能发生的任何罪恶与苦难。

P4：世上确有罪恶与苦难发生。

C0＋P4＝

C：全知全能全善的上帝并不存在。

在上述推理中，P1、P2、P3这三个前提，看起来似乎分别蕴涵在"全知"、"全能"、"全善"的概念之中；而P4是无可否认的事实（除非你是一个极端的怀疑论者，认为我们都处于"缸中之脑"、"庄生梦蝶"之类的状态，身边一切我们以为实际发生着的罪恶与苦难，其实只不过是我们的梦境或幻觉而已）。只要承认了P1、P2、P3、P4这四个前提，推出结论C在逻辑上无懈可击。

在许多文化与信仰中，由于人们并不把超自然的力量与道德直接挂钩，因此"罪恶问题"也就不造成特别的神学困难。比如在中国，老子早就提出超自然力量"非道德（nonmoral）"的观点："天地不仁，以万物为刍狗"；窦娥更是在临刑前直斥超自然力量的"不道德（immoral）"："地也，你不分好歹何为地。天也，你错勘贤愚枉做天！"类似地，希腊神话中的奥林匹斯诸神，有的贪婪，有的好色，有的善妒，有的刻薄，干的坏事不比人类少，很多时候出于看热闹或者打赌，巴不得给人世间的罪恶与苦难火上浇油，哪里还谈什么预先阻止。

但是对于基督教、伊斯兰教这类以"上帝（或真主）全知全能全善"为最大卖点的宗教，情况就完全不同了。倘若不能有效地回应"罪恶问题"提出的挑战，其整个信仰体系就失去了根基——顶礼膜拜一个不全知、不全能或者不全善的上帝，跟萨满教、白莲教、拜宙斯教……这些被基督教神学家们嗤之以鼻的"迷信"又能相差到哪儿去？

空谈　501

二、"无谓的"罪恶与苦难

神学家们当然不甘束手就擒。他们发现，在上述"逻辑版"的推理中，P3 这个前提是不成立的。从逻辑上说，一个全善的上帝，完全可以容许某些罪恶和苦难的存在，前提是它们的存在能够在道德上获得充分的辩护。换句话说，只要这些罪恶与苦难不是"无谓的（gratuitous）"，而是为了实现更高、更大的善所不得不付出的代价，那么全善的上帝就可以为其在这个世界中保留一席之地。换句话说，在神学家们看来，"罪恶问题"的正确推理形式是这样的：

P1：倘若上帝全知，则他必然预知了世上可能发生的任何罪恶与苦难。

P2：倘若上帝全能，则凡是他预知可能发生的任何罪恶与苦难，他必然有能力预先阻止。

P3*：倘若上帝全善，则凡是他有能力预先阻止的任何无谓的罪恶与苦难，他必然会预先阻止。

P1＋P2＋P3* ＝

C0*：倘若上帝全知全能全善，则他必然会预先阻止世上可能发生的任何无谓的罪恶与苦难。

P4*：世上确有无谓的罪恶与苦难发生。

C0*＋P4* ＝

C：全知全能全善的上帝并不存在。

在这个推理中，"逻辑版"的前提 P3 被换成了 P3*，因为后者才是真正蕴涵在"全善"概念里的；与此同时，"逻辑版"的前提 P4 也相应地要换成 P4*，但 P4* 的成立就不像 P4 那么无可否认了。诚然，世界上是存在罪恶与苦难的，但我们凭什么说，这些罪恶与苦难是（或者不是）无谓的呢？

这就是"罪恶问题"的**证据版**（Evidential Problem of Evil）"，它不像"逻辑版"那样直截了当地否定"上帝全知全能全善"的命题，而是允许基督徒们去寻找"证据"（或者说理由）来表明 P4* 是错误的，从而保住"上帝全知全能全善"这个一神教最重要的卖点。

乍看起来，这个工作似乎并不很困难。毕竟我们常常会说"罪恶使人警醒"、"苦难教人成长"之类，似乎不管什么罪恶与苦难，事后总能找到某些可以总结其"意义"的方面，并不是"完全没有意义"——这岂不就等于说它们并非"无谓"？

问题在于，神学家们所需要的"并非无谓"，是比这样的"并非完全没有意义"强得多的要求：如果这些"意义"带来的道德好处并不足以**超过（或者至少抵消）**这些罪恶与苦难本身的道德坏处，又或者如果后者的发生并非获得这些道德好处的**必要条件**，那么这些罪恶与苦难仍然是"无谓"的。

举例来说，南京大屠杀、纳粹灭绝犹太人等许多历史事件，都包含了大量极端的罪恶与苦难。我们事后回顾时，当然可以说"南京大屠杀的意义在于让我们认清了军国主义的野蛮残暴"之类，但一来我们并不是**只有**靠着此等规模的屠杀**才能**认识到军国主义的可怕，二来这种所谓的"意义"在屠杀本身的罪恶与苦难面前显然是**微不足道**的。如果一位基督徒真心实意地赞叹说："上帝是多么善良啊！他为了让世人看清楚希特勒邪恶到什么程度，宁肯让几百万犹太人在纳粹折磨下悲惨地死去！"我们一定会怀疑这位基督徒的道德感出了什么问题。

也就是说，要推翻 P4* 这个前提，就必须论证：

（a）即便是世界上发生过的**最为恐怖的**罪恶与**最为残酷的**苦难，背后

都有一个比"阻止如此恐怖的罪恶与如此残酷的苦难"**更高、更重要的**道德目的；并且

(b) 后者**只有**借助这类罪恶与苦难的实际发生**才能**获得实现。

　　试图给出这种论证的神学工作，被德国哲学家莱布尼茨统称为"**神义论**（theodicy）"；用通俗的话说就是："别看上帝干了这么多坏事，其实他是在下一盘（道德）大棋"。

三、从"神义论"到"自由意志辩护"

　　普通的"神义论"者常常引用《旧约》中约伯的故事，来解释上帝何以容许罪恶与苦难的存在。上帝和撒旦赌赛，允许撒旦在不夺走约伯生命的前提下，从肉体和精神上无限度地折磨这位"完全正直、敬畏上帝、远离恶事"的义人，借此考验他的虔诚。约伯经受住了考验，上帝于是满意地赐福于他，让他延年益寿、家财万贯、子孙满堂、举世称颂。换句话说，罪恶与苦难，是上帝有意让人类接受的磨炼与考验，而且他最终总会针对考验结果给出相应的回馈。

　　我们可以一层一层地剖析约伯故事背后的预设。首先，撒旦不能够杀害约伯，因此后者所承受的苦难可以在生前便得到回报，但世上无数在苦难中悲惨死去的人们又如何？——对此，基督教可以引入"灵魂不灭"、"末日审判"等假设，（和其它绝大多数宗教一样）声称现实的苦难总会在死后获得加倍的补偿，现实的罪恶总会在死后遭到加倍的惩罚。

　　然则为什么非要先让受害者经历苦难再加以补偿，而不是直接阻止苦难的发生？——"神义论"者宣称，这是因为只有通过罪恶的诱惑与苦难的试炼，才能确定每个人的信仰和道德坚定到什么程度，从而在末日到来时相应地给予奖惩。

　　问题是，一个全知的上帝，理应能够预知不同人面对诱惑与磨难时分

别有何反应才对，为什么不直接根据他的全知来分配奖惩，而是多此一举地实际施加罪恶与苦难？——"神义论"者会说，这是因为倘若一个人能够在重重考验之下仍然坚守道义和信仰，远比未经考验的善行更有价值。

可是从古至今绝大多数罪恶与苦难，恐怕根本说不上能够对受害者本人起什么道德上的考验作用，顶多只是在考验施害者而已。那么，上帝可以仅仅出于考验施害者的目的，而让无辜的受害者承受由此带来的痛苦和折磨吗？想象上帝对一位被绑架强奸最终虐杀的儿童（的灵魂）说："不好意思，我看着你遭那么多罪不管，不是要考验你，而是要考验那个绑架你强奸你虐待你杀害你的人，看他在恶念的诱惑面前能不能及时收手（当然你不可以怀疑我的全知，我是一早就预料到他通不过考验的，只不过想再对自己证明一下我是一贯地多么正确而已）。这种考验你知道，一定得有受害者才行嘛，刚好就选了你咯。结果很遗憾，跟我早就知道的那样，他没通过考验，所以我已经把他送下地狱，受永世煎熬去了。也算给你报了仇吧。至于你呢，作为补偿，从此以后就可以在天堂享福了。"——这样的说法，在道德上是可接受的吗？就算可以，换成比虐杀单个儿童的刑事案件更大规模、更骇人听闻的罪恶与苦难，比如前面提到的南京大屠杀、犹太种族灭绝，类似的说法还是不是可接受的呢？

当然，"神义论"者不是不可以硬着头皮声称，即便在我们所目睹的最极端的情况下，上帝仍然有理由选择考验施害者，并且因此放弃阻止罪恶与苦难的发生。而这里唯一可行的理由只能是：为了保障或鼓励施害者运用其"自由意志"。毕竟"考验施害者"这种说法，本身就预设了施害者拥有自由意志，在面对考验时能够真正地自行做出或对或错的抉择。

事实上，细究其它形形色色的"神义论"论证可以发现，它们和约伯的故事一样，最终无不殊途同归地退回到自由意志的价值上。"**自由意志辩护**（Free Will Defense）"正是"神义论"的最后防线，也因此被普兰廷加（Alvin Plantinga）等当代基督教哲学家极力试图捍卫。

这个辩护的基本思路包括两方面内容：一方面，自由意志是上帝给人

空谈

类的最大恩赐，远比消除罪恶与苦难在道德上更为重要；另一方面，只要人类拥有自由意志，就必然有一部分人会犯错、作恶，所以上帝不得不在"赐予人类自由意志"与"创造一个无罪恶无苦难的世界"之间做出取舍（因为上帝的"全能"并不包括"违反逻辑律"的能力）。具体到论证的细节，不同哲学家给出了许多大同小异的版本，我这里则采用如下表述：

F1：倘若人类拥有自由意志，这意味着人们的道德选择无法被预先决定。

F2：只要人们的道德选择无法被预先决定，就不可避免地会有一些人选择作恶，而这又不可避免地使一些人遭受苦难。

F1＋F2＝

Cf：一个"不存在罪恶与苦难、且人类拥有自由意志"的世界，在逻辑上是不可能的。换言之，上帝若想赋予人类自由意志，就必得接受罪恶与苦难的存在。

W1：自由意志本身具有道德价值。换言之，对于任何一个"存在罪恶与苦难、且人类拥有自由意志"的可能世界，只要它满足"其中所有罪恶与苦难的道德分量之和小于自由意志本身的道德价值"这个条件，那么它就比那些"不存在罪恶与苦难、且人类不拥有自由意志"的可能世界在道德上更为优越。

W2：倘若上帝全知全能全善，则在所有备选的可能世界中，他必然会选择道德上最优越的那个可能世界加以实现。

Cf＋W1＋W2＝

C*：只要在所有"存在罪恶与苦难、且人类拥有自由意志"的可能世界中，至少有一个满足"其中所有罪恶与苦难的道德分量之和小于自由意志本身的道德价值"的条件,那么全知全能全善的上帝必然会实现这些可能世界的其中一个。换言之,只要这一条件得到满足,他就必得接受罪恶与苦难的存在。

注意这个推理最终只给出了一个条件式的结论：C* 并没有声称全知全能全善的上帝要无条件地接受罪恶与苦难的存在,只说他原则上可以——并且在一定条件下应当——接受其存在。这个结论看似只得出了上帝与罪恶共存的逻辑可能性,并没有直接回应"证据版罪恶问题"的挑战。

实则不然,因为 C* 实际上是将举证责任从基督徒这边,转移到了那些否认上帝全知全能全善的人头上：在此之前,世间无所不在的罪恶与苦难,对信奉上帝全知全能全善的人而言,是亟待解释其"何以并非无谓"的现象；而现在他们已经给出了一个解释,就轮到另一方来判断这个解释能否成立了。假如后者之所以相信 P4* ("世上确有无谓的罪恶与苦难发生")为真,仅仅是因为觉得 C* 中的条件并不能实际地被这个世界所满足,那么基督徒便可以理直气壮地诘问："除了上帝,又有谁有能力判断这个世界上究竟总共发生了多少罪恶与苦难,以及它们与自由意志的相对分量呢？既然如此,我们何不在上帝面前保持谦卑,信赖于他的全知全能全善？"

四、"自由意志辩护"的困境

可惜的是,"自由意志辩护"存在两个致命的困难。在上述表述中,它们分别体现于 F1 与 F2 这两个前提。

先看 F2,它试图从罪恶选择的不可避免,推出苦难的必然性。问题是,"有人选择作恶"与"有人遭受苦难"之间的关系,既非充分也非必要。一方面,容许一个人做出罪恶的**选择**,并不等于要让这一选择的**恶果**得到实现,其间有无数施加干预的机会。比如,即便纳粹从上到下都已下

空 谈

定决心要将犹太人送进毒气室，全能的上帝仍然可以在最后一刻令毒气开关失灵。如此既不损害纳粹成员的自由意志，又避免了犹太人即将遭受的屠戮，何乐而不为？当然，纳粹们不会善罢甘休，他们会试着修复毒气开关，或者干脆再想点别的办法来折磨和杀害犹太人。但是就算次次干预，对全能的上帝而言也不过弹指间事而已。

另一方面，这个世界上发生过数不清的自然灾害，比如地震、海啸、飓风之类，它们并不是人类自由选择的后果，却给无数人带来苦难。就算上帝觉得每次都干预人为的恶果太过麻烦，难道不能在设计这个世界时，至少让无辜者免于遭受**自然苦难**？不管从哪方面说，"自由意志辩护"都不能让基督徒们甩脱道德上的麻烦。

然而更大的困难在于 F1 所面临的"**神学宿命论**（theological fatalism）"悖论，而这在前面对约伯故事的分析中其实已经有所体现："自由意志"如果像 F1 中定义的那样，指的是"能够做出无法被预先决定的选择"，则它与"上帝全知"之间就是矛盾的。因为倘若上帝是全知的，那么他必然在创世时就预知了整个世界在随后任何时刻的全部状态，包括世上每个人在任何时刻的一思一念、一举一动。换句话说，如果上帝全知，那么每个人的思想和行为都在创世时就被早早定好了，我们自以为拥有的"自由意志"——不受预先决定而自在自为地进行抉择的能力——只不过是个幻觉而已，实际上人类哪有什么自由意志可言。

单就"神学宿命论"而言，倒并非没有解决之道，毕竟它只是哲学中更一般的"**相容性问题**（Compatibility Problem）"——亦即自由意志与"决定论（determinism）"之间的冲突——的一个小小流变而已。下面是我画的一个表，简单归纳了哲学上针对自由意志问题的几种立场和解决思路[1]：

---

1. 其中对"相容性问题"、"可理喻性问题"、"重要性问题"、"存在性问题"这四个层次的区分来自 Robert Kane（1996），*The Significance of Free Will*，Oxford University Press。

问题	立场	（广义）相容论（或：修正主义自由意志论）			不相容论		
		两可论	决定论		两难论	非决定论	
			（狭义）相容论	强决定论		（形而上学）自由意志论	强非决定论
科学	决定论（在人类行动层面上）是否成立	?	√	√	?	×	×
哲学	"相容性问题" 自由意志是否与决定论兼容	√	√	×	×	×	?
	"可理喻性问题" 自由意志是否与非决定论兼容	√	×	?	×	×	×
	"重要性问题" "人类是否拥有形而上学意义上的自由意志"这个问题是否重要	×	×	√	√	√	√
科学+哲学	"存在性问题" 人类是否拥有形而上学意义上的自由意志	?	×	×		√	×
		人类是否拥有自由意志	√	√		√	

概而言之，要化解"相容性问题"、论证自由意志存在，可以采取两种办法。第一种是否定人类行为层面的"决定论"，接受"**非决定论**（indeterminism）"。当然，自由意志与"非决定论"之间同样存在"可理喻性问题（Intelligibility Problem）"需要解决，而且恐怕比"相容性问题"更加棘手。但这不是本文需要关心的——毕竟"上帝全知"本身是"决定论"的一种形式，一旦接受"非决定论"，就等于承认上帝并非全知，而这是试图化解"罪恶问题"对"上帝全知全能全善"这一信念的挑战的基督徒们无论如何不能接受的。

另一种做法是走"**相容论（compatibilist）**"的路线：修改"自由意志"的定义，使得即便在人类行为被预先决定的条件下，我们仍然可以声称自己拥有自由意志。比如我们可以把"自由意志"定义为"在思考和行动时能够完全依据本人既有的动机，而不是屈从于他人的强迫"，而这些既有的动机，又不妨由此人的性格气质、教育背景、道德观念等各种因素共同预先决定。这样一来，决定论便与自由意志不再冲突，"神学宿命论"也就得到了化解。

问题在于，相容论的办法虽然能消解上帝全知与自由意志的矛盾，却

空谈 509

让针对"罪恶问题"的"自由意志辩护"陷入更尴尬的境地。因为这种解法恰恰是以否定 F1 为前提的。倘若上帝对人们道德选择的预先决定,并不妨碍人类拥有自由意志,那么整个"自由意志辩护"岂不成了无本之木?毕竟根据相容论的定义,上帝完全可以通过预先安排所有人的成长过程,让他们接收并内化完全善良的动机,从而在任何时候都能够"自由地"做出符合道德的抉择,而不给这个世界带来任何罪恶与苦难。也就是说,"自由意志辩护"根本无法动摇 P4*("世上确有无谓的罪恶与苦难发生")的正确性。

五、理由·信仰·哲学·道德

"自由意志辩护"的失败,意味着整个"神义论"传统的失败。面对这种状况,以卡尔·巴斯(Karl Barth)为代表的一些神学家独辟蹊径,试图用"非神义论"的方式来调和全善的上帝同罪恶与苦难之间的关系。他们拒绝接受前述"罪恶问题"推理中 P3* 这个前提("倘若上帝全善,则凡是他有能力预先阻止的任何无谓的罪恶与苦难,他必然会预先阻止"),认为上帝的全善并不体现在他有意消除罪恶与苦难,而是比如体现在他与人类同甘共苦,通过把圣子钉死在十字架上,而亲身感受着人类可能遭遇的所有苦难,等等。

但这就好比说,我们看到路上有人在残酷虐待一个小孩,本来明明有机会报警,甚至有能力直接上前阻止,却只是袖手旁观,并对那个小孩说:"不哭不哭噢。我小时候也被人虐待过的,我对你现在的痛苦感同身受。"同时还要声称这样才是真正善良之举。——需要何等扭曲的道德观念,才能接受这类"非神义论"的论证?

这也不行,那也不行,另一部分神学家干脆放弃了任何否定 P4* 的尝试,转而从举证责任问题下手,采取纯粹防御性的姿态。我在前面提到,面对"罪恶问题"的挑战,基督徒们必须承担起第一轮的举证责任,给出理由说明上帝为何允许世上存在罪恶与苦难。——但这些神学家会反问道：凭什么要让基督徒承担这个责任呢？为什么不是先让那些否认上帝全知全能全善的人来试着证明，世上的罪恶与苦难**必然**都是无谓的？如果后者给不出这种证明，基督徒们难道不可以坚持说，"上帝这么做肯定有他的理由，只是凭我们人类有限的理智，永远不可能认识到这个理由究竟是什么"？

事实上这也是基督教常常采取的策略。《旧约》的作者早已将这种观点宣诸约伯之口：上帝"行大事，不可测度，行奇事，不可胜数"，人类对其行事理由的任何揣度，都纯属愚妄和徒劳。沿着这个思路发展下去，便是哲学史上著名的"**充足理由律**（Principle of Sufficient Reason）"理论：万事皆有其理由；我们不能找到某事发生的理由，并不意味着这些理由不存在，只说明我们对事情的认识不够深入。

然而这种想法归根结底建立在一个基本的、同时相当常见的谬误之上，这个谬误就是，将实然（或者说描述性）与应然（或者说规范性）两个层面的解释相混淆。这里我们不妨把实然层面所寻求的解释称为"**原因**（cause）"，把应然方面所寻求的解释称为"**理由**（reason）"。前者关心的是某个事件背后的因果链条以及这一链条所体现的自然法则；后者关心的则是某种行为或事态的正当性能否以及如何得到辩护。一方面，并非所有原因都有资格被算作理由：比如希特勒深重的反犹情结，是他最终决定屠杀犹太人的原因，但我们并不因此认为他有理由下令屠杀，相反我们会说，他的反犹情结本身就是不合理的。另一方面，也并非所有理由都是事实上的原因：比如我们有时在卑劣的动机驱使下做出某个行为，却意外地导致了皆大欢喜的局面，此时该行为赖以获得辩护的理由只能够来自其后果，而不是作为其原因的动机。

明白了这个区别，就很容易理解"充足理由律"何以是一个坏的理论。"原因"一旦被用作描述客观世界运作状况的范畴，其普遍存在与否便不再依赖于观察者对其的信念。"理由"则不然。作为应然概念，它表达的是建

空谈　511

构在我们的规范信念——包括关于认知规范的信念和关于实践规范的信念——基础上的评价与认可。当我们说能或者不能对某个行为给出辩护的理由时，我们实际上说的是，这个行为的正当性能或者不能得到我们特定的规范信念的支持，以及这个特定的规范信念本身又能或者不能与我们经过反思平衡之后的整个规范信念体系相协调。

显然地，我们不可能、也不应当对任何既成事实都表示认可，否则我们的整个规范信念体系，包括善恶、对错这些概念在内，就将失去真正规范性的意义——因为这些概念本身就是为了区分"能够得到辩护（亦即有理由）的行为"与"不能够得到辩护（亦即没有理由）的行为"而存在的。倘若非要坚持"万事皆有其理由"，就只能靠着诸如"可怜人必有可恨之处"之类"**谴责受害者**（victim blaming）"的手法，给所有本来在规范层面不该得到认可的事件安排一个相应的"理由"，以此调和实然与应然之间的分歧。试图对世上发生的所有罪恶与苦难给出更高更重要的道德目的作为解释，正是这种混乱思维的产物。

此外，由于实然意义上的"原因"独立于信念，因此我们在尚未找到某个现象的原因时，仍然可能**有理由**相信"万事皆有其原因"，从而合理地坚持该现象存在原因——只要"有**理由**相信万事皆有其**原因**"这一点能够获得我们经过反思平衡之后的整个信念体系（特别是其中关于认知规范与事实证据的部分）的支持。（这并不意味着我们要坚持决定论式的因果律；对于真正随机的量子事件，我们不妨认为量子法则与随机性本身就构成了特定事件发生的原因。）

与此相反，"有**理由**相信万事皆有其**理由**"却是一个恶性循环的说法。既然"万事皆有其理由"的信念与我们经过反思平衡之后的规范信念体系根本上完全冲突，"有理由相信万事皆有其理由"这种说法便意味着"有理由相信我们经过反思平衡之后的规范信念体系根本上完全错误"。可是一旦将我们经过反思平衡之后的所有规范信念加以排除，这个"理由"又将奠基于何处？除非我们声称，**规范层面的极端怀疑论**本身足以构成一个理由。

然而这等于说，我们"有理由"将道德判断的可能性本身加以悬置，"有理由"彻底颠覆人类所有的道德实践，"有理由"怀疑所有的善其实都是恶、所有的恶其实都是善——**即便**除了这种怀疑本身，我们再也举不出任何更为具体、更为真实的理由。但这不过回到了先前的困境：一旦沦落到怀疑善即是恶、恶即是善的地步，那么包括"上帝全善"在内的所有规范性陈述，便也全部失去了意义。

很容易看出，"有理由相信，上帝让世人遭受罪恶与苦难自有他的理由，该理由本身无法被人类参透，却足以压倒人类可能参透的所有理由"的说法，正是这种恶性循环的一个变体。

约翰·罗尔斯，20世纪最伟大的哲学家之一，青少年时代受家庭影响，曾是虔诚的基督徒，原本计划着大学毕业后进入神学院、成为牧师。二战期间他应征入伍，在军中听到了前方传来的攻入集中营、发现纳粹大规模屠杀犹太人证据的消息。罗尔斯痛苦地质问道："如果上帝连把数百万犹太人拯救出希特勒的毒手都不愿意，我怎么还能够向他祈祷，求他护佑我、我的家人、我的祖国，或者我关心的其它任何值得珍视的东西？"经过一番反思与挣扎，他放弃了基督教信仰，转而致力于对政治社会中正义问题的探索，最终以一己之力复兴了20世纪中叶死气沉沉的道德哲学与政治哲学研究。他在暮年回忆短文《论我的宗教》[1]中，针对那些企图论证"大屠杀无损于上帝的全知全能全善"的做法评论道："我所读到过的所有这些尝试都是丑陋和邪恶的。"

这也是当代哲学界近乎共识的结论。据说奥地利毛特豪森（Mauthausen）集中营被解放时，有人发现墙上刻着这样一句话，可能出自一名备受折磨的犹太囚犯之手："假如上帝真的存在，那他将必须乞求我的原谅！"道德义愤与哲学分析，在这个问题上殊途同归。

---

[1] 收录于其身后出版的 *A Brief Inquiry into the Meaning of Sin and Faith* (Harvard University Press, 2010) 一书。

空谈

需要注意的是,"罪恶问题"并不直接地否定任何宗教信仰,甚至并不直接地否定基督教、伊斯兰教等一神论宗教的所有信条,而只是针对"上帝全知全能全善"这个特定信条提出了一个严重的哲学与道德挑战(尽管不接受这一信条的宗教照样会在别的方面遭遇困难)。倘若经过哲学上的重重审视与反思之后,仍然继续接受这一信条,则要么陷入逻辑矛盾无法自圆其说,要么就得同时接受这样那样极其扭曲的道德观念作为前提。在这个意义上可以说,**宗教信仰、哲学反思、道德坚持,只能三选其二,不可三者得兼**。

当然在我看来,绝大多数相信"存在全知全能全善的上帝"的人们,包括我在本文开头提到的那位朋友在内,都绝非道德观念扭曲之辈;相反,其中肯定有不少人在品德方面比我(以及其他许多无神论者)高尚得多。他们之所以愿意接受这样荒谬的信条,归根到底,还是因为缺乏——或者拒绝——充分的反思。

冗余的冥界与虚妄的慰藉

——《寻梦环游记》背后的哲学悖论

2017年12月16日作，同月22日刊于《腾讯·大家》。

一

最近热映的皮克斯动画电影《寻梦环游记》(*Coco*)，以已被联合国教科文组织收入"人类口述和非物质遗产代表作"名录的墨西哥"亡灵节(Dia de los Muertos)"为灵感，描绘了一个光怪陆离的、与人间息息相通的冥界。根据电影的设定，从人间逝去的死者，其亡灵将以骷髅的形态继续在冥界中起居交游，直到尘世间再无生者保持或传承对其生前形象事迹的记忆。一旦遭到所有活人的遗忘，死者的亡灵便会魂飞魄散，永远湮灭于无形。此外，每年10月31日至11月2日亡灵节之际，倘若世间有人在"供桌(ofrenda)"上摆放某位逝者的照片加以祭奠，则其尚未湮灭的亡灵即可踏着由金盏花瓣铺成的生死桥返回人界，看望自己魂牵梦萦的亲旧或后人。

这样的文化观念与故事设定，大约颇能令素有祭祖与清明扫墓等传统的中国人感同身受，却也引来了不少观众对影片所传递的价值观的质疑：**如果亡灵的存在依赖于后代子孙对其生生不息的纪念与祭祀，岂不是说未能传宗接代者非但自己不得好死，还要连累祖先亡灵一同灰飞烟灭？这不恰恰是"不孝有三无后为大"的意思么？**

乍看起来，这样的批评多少有些求全之毁。一来《寻梦环游记》主打亲情牌，重点自然要放在家族记忆的传承上。二来影片的编剧已经努力通过各种细节强调：无论是维持亡灵存在的记忆，还是允许亡灵通过生死桥的供奉，都不必来自死者的亲族；生前的朋友、熟人、崇拜者等，同样可以为亡灵维系尘世间的羁绊。事实上，片中的大反派，欺世盗名的"歌王"恩内斯托·德拉克鲁兹（Ernesto de la Cruz），正是靠着人间歌迷世世代代的纪念与传颂，而在冥界呼风唤雨、尽享荣华富贵。

不过话说回来，像恩内斯托这样声名显赫、拥趸众多者，毕竟只是人类中的极少数；对其余芸芸众生而言，指望在身后得到非亲非故者的缅怀，不啻黄粱之梦。同时，"亲"与"故"又有分别。**熟人朋友的纪念，短期内固然能令亡灵在冥界稍事优游，却缺乏代际传承的"可持续性"：每代人有每代人的交际圈子，家中长辈的那些知交故旧的姓名，落到素昧平生的子侄们耳中，泰半已成茫然无所指的杂音，遑论于当事人或可回味、于非当事人则琐碎无聊的种种过从往来的细节。**我纪念我去世的朋友，却没有理由希望我的子女在我去世后接着纪念我的朋友；倘若我这位朋友在人间并无子嗣，又没有什么青史流芳的事迹，那么随着我们这些熟人朋友先后离世，尘世间对他的记忆与纪念终将戛然中断，其亡灵在冥界的日子也便到头了。

所以尽管从表面上看，家族香火并非维持亡灵存在的必要条件，但对绝大多数人来说，这却是唯一可行、可持续的手段；唯有通过族谱、宗祠、祭祖这些血缘制度，对先人的记忆才得以稳定地代代相传，确保先人亡灵在冥界高枕无忧。换句话说，一旦接受了"人间记忆传承是亡灵赖以不朽的基础"这一世界观设定，便很难不将"繁衍子孙后裔、延续祖宗香火"摆在人生任务的前列，很难不推崇起"不孝有三无后为大"的价值观；正如汉语里本义指敬拜神佛所用线香蜡烛的"香火"，最终会藉由祀奉祖宗牌位的习俗而引申为"子嗣"一样。

二

然而即便在《寻梦环游记》的世界观设定下，传宗接代、香火绵延，就一定能保证祖宗亡灵不朽吗？也不尽然。影片主角、小男孩米盖尔·里维拉（Miguel Rivera）在冥界遇到的所有亲族亡灵，除了茕茕孑立形影相吊的高祖父埃克托（Héctor）之外，均唯高祖母伊梅尔达（Imelda）马首是瞻，从未出现比高祖父高祖母更长一辈以上的祖先亡灵；与此相应，里维拉家族在人间供奉祭祀的亡者照片，同样只是自伊梅尔达始。这是否意味着，辈分高于埃克托、伊梅尔达的历代远祖，早已被尘世中的后世子孙遗忘，而他们的亡灵也早已从冥界消散无形？倘若如此，这种遗忘发生于何时？是在伊梅尔达去世之前，还是在她去世之后？

诚然，远祖亡灵与影片故事本身并无关联，出于艺术性考虑删繁就简无可非议。但若我们关注的是影片的设定，以及设定背后所反映的、在许多文化中共通的世界观和价值观，则远祖亡灵的杳然无踪，便成了一桩"细思恐极"之事。

有人或许会将里维拉家族远祖亡灵的湮灭，归咎于其人间后裔的"不孝"：倘若每代人都规规矩矩、认认真真地向下一代转述历代祖先的事迹，并确保历代祖先的牌位画像都能在亡灵节得到祀奉，而不是偷懒只从家族中最富传奇色彩的伊梅尔达的照片供起，那么历代祖先的亡灵便也能如伊梅尔达一样在冥界安享天年。

但这种想法无疑极不现实。**后人的精力与记忆容量终归有限，哪里能将数量逐代增加、关系渐次疏远、事迹未必分明的先祖一一牢记？**所以即便在勤于修缮"家谱"、维护"宗祠"的族中，绝大多数远祖对后人来说，也只剩平时绝不会翻看的家谱上诸多空洞乏味毫无区分度的生平概述中的只言片语，以及宗祠角落里层层叠叠摆放着的或蒙尘或干净的神主牌间某个了不起眼的姓名而已。所以即便尊贵且推崇礼乐到中国古代帝王的地步，也不得不采取所谓"亲尽则祧"的做法，将超过若干世代的先祖从家庙迁至远庙，只保留极个别功业辉煌的"万世不祧之祖"务为供奉。

人们之所以相信冥界的存在、相信尘世间的缅怀能令冥界亡灵不朽，最直接与最私人的动机，是不忍割舍与逝世亲友的情感纽带，希望继续保

持与后者的精神联系。因此，若单从尘世活人的视角来看，"亲尽则祧"确实是贴合人性的做法：父母、祖父母将我一手带大，他们的离去令我感伤、时时希望能够再见上他们（的亡灵）一面；但曾祖父母、高祖父母的去世远在我出生之前，人生既无交集，自然更谈不上什么情感纽带，其亡灵是否不朽自然也非我所关心。

问题在于，一旦假设了亡灵的存在，就不得不在活人之外，同时考虑到亡灵的视角与情感：诚然，曾祖、高祖于我，只是家谱上抽象的姓名符号，但他们于我的祖父母，却是亲近无匹、有血有肉的家人。当我祖父母的亡灵在冥界与曾祖、高祖重逢时，他们固然欣喜之至，**这种欣喜之上却依然笼罩着一层离别的阴霾，并且是比生前更加浓厚更加沉郁的离别的阴霾**：终有一天，人间的子孙后裔会将他们中的一人先行遗忘，令其亡灵在冥界先行灰飞烟灭；雪上加霜的是，这一次在冥界的离别，不再像上一次在人间那样还有重逢的盼头，而是真正的、彻底的、无可挽回的永诀。

对于家族中绝大多数平凡无奇的成员来说，冥界的"永诀"将与人间的"暂别"一样，按照年龄与辈分渐次发生：我的高祖父母的亡灵首先在冥界亲族的眼前湮灭，然后是我的曾祖父母、我的祖父母、我的父母、我、我的子女、我的孙辈、我的曾孙辈，以此类推。至于那些被人间后裔奉为"万世不祧之祖"的亡灵，他们却不得不在冥界一遍又一遍地承受"白发人送黑发人"的痛苦，眼睁睁看着自己不那么成器的子女、孙子女、曾孙子女、高孙子女……的亡灵因为尘世间的遗忘而先后魂飞魄散、无迹可寻。这恐怕正是《寻梦环游记》里伊梅尔达和埃克托早晚要面临的困境：二人（也许还有他们的女儿可可，以及可可的曾孙米盖尔）的传奇，当然会被里维拉家族世代传颂，但影片中伊梅尔达在冥界率领的族中晚辈亡灵，却远远达不到位列"不祧之祖"的资格，因此终有一天会像（从未在影片中出现）伊梅尔达和埃克托的父母辈、祖父母辈、曾祖父母辈一样，从冥界永远消失。不知面对子孙亡灵的一一湮灭，伊梅尔达和埃克托的心中将作如何感触？

这正是冥界设定的内在悖论之一。人们想象出光怪陆离的冥界，想象出依靠人间记忆传承维持亡灵不朽的世界法则，本意在于寄托哀思、寻求慰藉；但倘若这种想象真的变成现实，则生离死别的哀痛虽然可以在人间、在眼前暂时得到缓解，却终究要在冥界、在将来，以更加猛烈更加决绝更加无可慰藉的方式卷土重来。换句话说，为了寻求人间的慰藉，而去构想提供慰藉的冥界，无异于饮鸩止渴。冥界所能提供的慰藉，不过是虚妄的、尽管瑰丽夺目却终将破灭甚至反噬的泡沫；至于冥界的设定本身，以及依附于其上的传宗接代式价值观，也因此沦为自相牴牾华而不实的冗余。

三

对逝世亲友的眷恋与缅怀，只是人类试图通过冥界想象寻求慰藉的原因之一。**另外一类慰藉，源于冥界这种设定本身为纠正人间种种不公所提供的可能性。**譬如《寻梦环游记》中，生前懵懂遇害的埃克托，就最终在冥界（并因此在人间）等到了应得的承认与接纳，而弑友求荣的恩内斯托，则难逃身败名裂、"死"无葬身之地的下场。乍看起来，倘若没有冥界，则所有这些拨乱反正、苦尽甘来，均将无从发生。

不过在影片中，埃克托的终成正果与恩内斯托的恶有恶报，根本上逃不开运气的成分。除了米盖尔的误闯冥界以及后续一环扣一环的情节发展之外，影片对冥界法则的设定本身，也极大限制了正义在冥界实现的可能性。根据这一设定，**亡灵赖以存在的人间记忆，传承起来并不那么简单，必须由与死者有过亲身交往的人，在生前亲自将死者的姓名样貌事迹等传扬出去，其听众再在各自生前转述给后人，如此代代接力，方能生生不息；对画像或照片的祀奉，只能为存身冥界的亡灵提供暂返人界的渠道，真正维系其不朽的，唯有记忆的口耳相传。**倘若这个口耳相传的链条有所中断，亡灵便要在最后的口述记忆承载者离世之时魂飞魄散，就算此后再有人发现其生前事迹、重新纪念起来，也都无补于事了。比如假设影片中米盖尔

空谈　519

没有因为机缘巧合误闯冥界，或者假设他回到人间后未能在曾祖母完全失智之前及时将高祖父的歌曲唱给她听，那么埃克托的亡灵就将化为齑粉随风消散，从此湮灭无踪；此后就算米盖尔从埃克托生前手稿或者别的什么地方找到确凿证据，为其著作权正名，即便能令恩内斯托遭到唾弃和遗忘，也无法让埃克托在冥界复生、与爱女重逢。

然而人类历史上最不缺乏的，恰恰是叙述的中断、记忆的失落、真相的蒙尘。正因为口耳相传是极度脆弱的信息载体，人类才发明了文字书写（以及晚近的照相、录音、摄影等技术），用以保存记录、对抗遗忘。**从古至今，多少曾经被抹去的姓名、曾经被掩蔽的真相、曾经被墨写的谎言掩住的血写的事实，都是靠着后人在故纸堆中的考据钩沉，才得以重见天日、获得追认与纪念。**倘若口耳相传才是亡灵续命的不二法门，倘若存在于人世间某个角落的文字或其余记载，包括那些由秉笔直书者在焚坑之余小心翼翼收藏保留下来的材料，都并不足以阻止亡灵的湮灭，则这个看似生生不息的冥界，其实只不过是人间悲剧的延伸而已，靠它为往者与来者提供迟到的正义与慰藉，又谈何容易呢？

当然，这也许正是电影编剧的本意。毕竟《寻梦环游记》中的冥界，**虽然乍看如梦如幻、令人流连忘返，却绝不是什么比人间更值得向往的世外桃源、天堂乐土**。与人间一样，冥界有阶层分化，有权势高低，有恃强欺弱，有为虎作伥；就连城市建筑的空间格局，都与人间如出一辙，从金碧辉煌直耸入云的豪宅大厦，到层层叠叠盘山而下的市井社区，再到破败失修乏人问津的贫民窟。冥界的贵贱贫富，很大一部分是从人间直接继承而来：歌王恩内斯托生前的声名显赫，令其在死后仍然拥有无数拥趸，也雇得起许多为其卖命的打手保镖；而那些有资格参加在其豪宅举办的舞会的亡灵，去世之前也大抵是名流显贵。除此之外，冥界似乎额外还有一套势利的法则：尘世间无人祭祀的亡灵，在冥界或将因此沦为"贱民"，遭到整个亡灵社会的歧视与排挤。

如此冥界，自然不可能有什么"因果循环报应不爽"。这对讲故事的人来说并非坏事，毕竟倘若善恶报应早已注定，米盖尔们的历险与奋斗便少了一份面对未知时的惊心动魄与性命攸关。然而对于冥界设定的意义本身，这种不确定性却不啻釜底抽薪：既然冥界与人间一样充斥着不公、罪恶与苦难，我们凭什么还要叠床架屋地相信它的存在、幻想可以通过它来弥补尘世的种种道德缺憾？

四

事实上，冥界设定的冗余与相应慰藉的虚妄，恰恰是人类历史上某些宗教信仰在另一些宗教信仰面前落于下风的重要原因（这当然并非否认宗教信仰的推行很多时候靠的是血与火，而不是信仰内容本身的吸引力）。对无力在悲惨世界中对抗不义的人来说，相信因果业力的恢恢不漏、身后审判的至公至正，当然比相信冥界同人间一样藏污纳垢、死者与生者一般求告无门，要安慰得多。

这意味着对冥界的设定必须做出两项根本的改变。**一是添加某种操纵着天地人鬼各界运作的、至高无上的道德伟力**，这种伟力要么源于作为宇宙根本法则而无时无刻不自动生效的"因果循环报应不爽"本身，要么来自某个明察秋毫（全知）、公正不倚（全善）并且手段通天（全能）的最高仲裁者；无论如何，它将使得任何恶人都无法钻空子逃脱惩罚、所有善人善举都不会被遗漏奖励。**二是放弃"人间记忆传承是亡灵赖以不朽的基础"的世界观**，以免任何一条灵魂在恰如其分的奖惩最终实现之前灰飞烟灭。记忆的存失太受偶然因素的影响、在道德上也过于中性，不足以分担灵魂肩头的重负；在一个正义终将到来的完美世界中，灵魂必须无条件地不朽，要么在生死轮回中不断积累或清偿"阴德"与"孽债"，要么在冥界静候最高仲裁者早已成竹在胸的末日审判的降临。

如此改造过的冥界设定，的确不会再沦为尴尬的冗余，但它的代价，却是让用于评判人间事务的价值观从根本上变得扭曲。毕竟尘世之中存在广泛的罪恶与苦难，乃是无可抵赖的事实；倘要相信三界五行古往今来所发生的一切都在某个至高无上的道德伟力的运筹帷幄之中，则不得不同时相信尘世之中的任何罪恶与苦难都绝非"无谓"，不是对应于某些更早的道德状态（比如你现世遭受的苦难乃是你前世所造之孽的因果报应），就是服务于某些更高的道德目的（比如你眼下遭受的苦难乃是上帝对你自由意志的试炼考验）；换句话说，**不得不将人世间的所有罪恶与苦难都以这样那样的方式合理化**。正是基于这种极力将罪恶与苦难合理化的逻辑，才有了日常随处可见的"可怜人必有可恨之处"式乡愿思维，以及更加耸人听闻的"即使女人因为遭受强奸而怀孕，反映的也是上帝的旨意"、"大屠杀出自上帝的安排"之类论调。我在《上帝与罪恶问题》中对此有详细分析，这里不再赘述。

以扭曲的价值观替换冗余的世界观，所得慰藉的虚妄性并不稍减。《寻梦环游记》式的冥界设定，采取的是"拖延战术"，将别离的痛苦尽量推迟，为公义的求索争取时间，尽管痛苦必将再临且其势更烈，公义或能实现却无从担保。与此相反，对因果业力或至高仲裁的想象，则是更加彻底的"鸵鸟心态"，从根本上拒绝承认世界的不完美，拒绝正视痛苦与遗憾在人类生活中永恒的一席之地，拒绝直面公理并不总能战胜、罪恶并不总能伏法的惨淡现实，因此也拒绝投身于"知其不可而为之"的不问成败不计回报不望解脱不求拯救的付出。

也因如此，《寻梦环游记》所构想与呈现的冥界及其运行法则，**在哲学上诚属冗余，在艺术上却不妨其可亲与可爱**。试想，倘若埃克托的死于非命不是无辜罹祸造化弄人，而是对其"前世"所作之孽应有的惩罚；倘若米盖尔的奋不顾身并非胜负难料前途未卜，而是自始至终一直受到"至高神"的暗中护持甚至直接操纵，则观众哪里还能像现在这样与剧中人物同呼吸共命运，全身心地代入并投入到他们在冥界的畅游和冒险之中呢？

亚当的"肋骨"

2018年2月4日作。

人有 12 对（24 条）肋骨。对于任何人类社会来说，这本来是非常容易获知与验证的事实，但有意思的是，《圣经·旧约·创世记》中，却偏偏说上帝造人时，抽出亚当的一条肋骨来造夏娃。后来历史上，不乏有基督徒真的因此相信男人只有二十三条肋骨、比女人少一条，也不乏有反基督教人士据此嘲讽《圣经》的荒诞。但更多人则是为此感到困惑：难道撰述《创世记》的古代犹太人，真的会对人体结构无知到这种地步？男人的肋骨成对与否，就算隔着皮肤摸一摸也能判断出来吧？为什么《创世记》会讲述这样一段极其不合常理的故事，而这故事居然还能够传播开来？

2001 年，生物学家斯科特·吉尔伯特（Scott Gilbert）与圣经学家齐奥尼·齐韦特（Ziony Zevit）在《美国医疗遗传学刊》上合作发表了一篇论文《人类先天阴茎骨缺失：〈创世记〉2：21—23 的造人之骨》，对这一困惑给出了全新的解答。[1]

一如论文标题所示，两位学者认为，《创世记》故事中，上帝用来造夏娃的，并不是亚当的肋骨，而是亚当的阴茎骨。在希伯来文版的《旧约》中，此处用词为 tzela，既可以指肋骨，也可以泛指一切脊梁式的支撑结构；而且在《旧约》成文的年代，希伯来语中并无"阴茎"一词，凡是提及阴茎都必须用别的词语来指代和隐喻，所以《创世记》中用 tzela 来称呼阴茎骨,实属当时正常的语用现象。但在公元前 2 世纪前后,《旧约》被翻译成希腊文时,翻译者或许是因为对希伯来语的演变缺乏了解,望文生义地采用了希腊文中特指肋骨的 pleura 一词,从此以讹传讹,让一个本来很有"内涵"的故事变得荒诞不可索解。

大多数胎盘类哺乳动物的雄性都有阴茎骨(有蹄类、鲸豚类、兔子、大象、土狼等除外);在所有"旧世界"的灵长目中,人类和眼镜猴(tarsier)是迄今发现唯二没有阴茎骨的。[2] 近东地区的先民经常打交道的哺乳动物里,有阴茎骨的包括鼠猫狗以及各路猛兽,没有阴茎骨的主要是猪马牛羊等家畜;他们不出意外地会注意到人类相对少见的阴茎结构并产生困惑,若想出"上帝抽走了男人的阴茎骨"的故事来解释这个现象,也非常顺理成章。

不但如此,"上帝抽走亚当阴茎骨"的故事,还可被古人用来解释人类阴茎的另一个特殊之处:阴茎背面极其显眼的"阴茎中线(penile raphe)"。——《创世记》2:21 说,上帝在抽走亚当的一根骨头之后,"又把肉合起来";可是为什么要特意提上对情节无关紧要的这么一句?如果故事里抽走的是阴茎骨,那就很好理解了:在故事讲述者看来,阴茎中线正是"把肉合起来"所留下的手术痕迹,是上帝对男人阴茎"做过手脚"的证据。

最后,创世造人故事以阴茎骨为关键道具,无疑比使用肋骨"意味深

---

1 Scott F. Gilbert & Ziony Zevit (2021), "Congenital Human Baculum Deficiency: The Generative Bone of *Genesis* 2:21–23," *American Journal of Medical Genetics* 101(3):284–285.
2 不过"新世界猴"中颇有不少缺失阴茎骨的种类,比如蜘蛛猴、白秃猴等。食肉目雄性基本上都有阴茎骨,迄今已知的例外除了鬣狗(土狼)仅有熊狸(*Arctictis binturong*)。截至 2016 年,在有相关数据的 1028 种哺乳动物中,925 种有阴茎骨,103 种没有阴茎骨。见 Nocholas Shultz et al. (2016), "The Baculum Was Gained and Lost Multiple Times During Mammalian Evolution," *Integrative and Comparative Biology* 56(4):644–656 及其附录。

长"得多。毕竟阴茎的功能，恰与"造人"息息相关；由这个情节引出 2：24—25 的"教诲"（"因此，人要离开父母与妻子连合，二人成为一体。当时夫妻二人赤身露体，并不羞耻。"），便显得理所当然。

"大造必有主"吗?

2017年12月16日作。

清代回族学者刘智（刘介廉）在其传道文中写道：

工艺必有匠，大造必有主。世间一器一物，大而宫室，纤而盘盂，莫不需匠作以成，未有舍匠作，而木质自能成屋，坯土自能成为器者。乃天如此其高明，地如此其博厚，日月星辰，山川动植，如此其照耀而充郁，岂无主宰以造化之，而天遂自成其为天，地遂自成其为地，日月星辰，山川动植遂自成其为形象也？

当然，上述推理并非刘智的原创，而是来自西方几大亚伯拉罕一神教共通的神学传统，比如托马斯·阿奎那等中世纪神学家的著作中，都有过类似表述。

在哲学上，这类推理统称为"上帝存在的目的论论证（teleological arguments for the existence of God）"，亦称"设计论证（arguments from design）"。其基本论证思路如下：

【前提1】这个世界上存在着诸多精妙非凡、看起来专为实现特定功能或满足特定目的而设计出来的自然事物。

【前提2】对这些自然事物的精妙非凡、看似专为特定功能或目的而设计，唯一合理的解释是，它们确实是由某个（或者某些）具有高度智慧的力量所特意设计出来的。

【前提3】如果某个假说H是对某个事实F的唯一合理的解释，那么我们就应该相信H为真。

【结论】我们应该相信世界上存在某个（或者某些）设计了各种精妙非凡的自然事物的、具有高度智慧的力量。

这个论证存在许多版本，从生物学层面的"智能设计论（intelligent design）"，到物理学层面的"宇宙微调理论（fine-tuning argument）"等，均属此类；哲学上对这些不同版本的设计论证也各有相应的反驳，这里就不一一列举了。不过不管是什么版本，其核心思路无非是上述这一套，而反驳时，也只需要抓住其所预设的前提之一，针锋相对地予以驳倒即可。

此处仅以"智能设计论"为例，说明其所依赖的【前提1】和【前提2】错在何处。

"智能设计论"的【前提1】为什么是错的呢？因为古人们以为"精妙非凡"的各种自然事物，其实细究之下往往有这样那样功能上全无必要的"缺陷"。比如人类的眼球常常被"智能设计论"的拥趸叹为鬼斧神工、非造物主之力不可为；但是与章鱼的眼球相比，人类的眼球却有着额外的毛病：比如存在盲点、视网膜容易脱落等等。

"设计论证"没有办法解释：为什么"造物主"非要给身为万物之灵长的人类安装一对质量比章鱼差的眼球？而且为什么偏偏是章鱼——而不是大象或者孔雀或者乌龟或者蛤蟆——享受到了特殊的待遇？莫非人类和其余动物只是"造物主"头几次失败的试验品，章鱼才是真正得到青睐的选民？不论如何，假如真的有一位"上帝"预先设计了世上种种自然事物的功能与目的，那么他一定是位手艺特别糟糕的设计师，也就当不起我们的赞叹了。

反过来，从进化论的角度看，人类与章鱼的眼球差异便很好理解了：各种动物器官的功能与缺陷，并非什么超自然力量有意为之，而是演化过程中"路径依赖"的结果，每一步骤的演化都只能利用上一步骤既有的原材料，"因陋就简"地进行优化和淘汰。章鱼眼球之所以不像人类眼球那样存在盲点且容易视网膜脱落，是因为脊椎动物（包括人类在内）和软体动物（包括章鱼在内）的眼球是从身体的不同部分趋同演化（也有人认为是平行演化）而来的：脊椎动物脑部的演化先于眼部，眼球结构来自大脑神经的延伸，导致神经束不得不从视网膜中部穿过；相反，软体动物眼部的演化先于脑部，眼球结构源出头部表皮的内陷，因此不存在脊椎动物眼球结构所面临的问题。

至于"智能设计论"【前提2】的错误，就更加明显了。"智慧造物的设计"当然不是对自然事物精妙性的"唯一合理的解释"；恰恰相反，随着进化论研究的不断深入，我们早就知道，进化论是比神创论合理得多的解释。

再以眼球结构为例：进化论除了能够解释人眼与章鱼眼的结构差异之外，也阐明了"眼球结构"这种乍看起来极其精妙复杂、似乎完全无法单靠自然演化而生成的东西，究竟是如何在不同物种之间一步一步地演化、分化而成：从涡虫那种最简单的双细胞感光结构，到某些化石生物中位置不固定的、遍布全身各处的视觉器官，再到我们如今常见的、结构精妙复杂并且集中在头部的种种眼睛（比如昆虫的复眼、人类和章鱼的眼球等）；与此同时，分子生物学的研究，也在越来越深入地揭示这些演化背后的基因机制。

有人之所以仍然觉得自然演化不可思议，一是因为对相关研究了解得太少，二是因为人类心理机制中的固有偏见之一，正是对极大尺度与极小尺度的不敏感，而这又导致难以接受各种"精妙非凡"的生物器官完全可以在远超人类寿命尺度的时间内（比如数十万年、数亿年等）自然演化而成的事实。

由于"智能设计论"的前提实在错得太过低级，因此它在当代哲学中早已遭到抛弃，只有那些不懂科学也不懂哲学的神学辩护士们，还在洋洋自得地用它来宣道传教。

达尔文诞辰二百周年答记者问

2009 年是达尔文诞辰二百周年及《物种起源》出版一百五十周年，我于是年 2 月 23 日接受了《中国青年报》记者关于进化论的采访，后因故未刊。

问 1：报道中一般说，很大比例的英国人不信进化论，美国也是这样。但在中国，进化论在中学课本里被作为绝对正确的知识加以教授，大多数受过教育的人都坚信达尔文和他的学说是绝对正确的。你如何看待这种教授方式。能否认为，缺少宗教力量的反对是进化论在中国得以流行的一个重要原因。

答 1：我只讲三点。第一点，从 1968 年"厄佩森诉阿肯色州"案（*Epperson v. Arkansas*）迄今，通过大大小小一系列判例，美国公立学校中进化论的独尊地位已经基本确立。在厄佩森诉阿肯色州案中，最高法院裁定该州禁止讲授进化论的法律违宪；1981 年"麦克林诉阿肯色州"案（*McClean v. Arkansas*），法院裁定该州将进化论与神创论"同等对待"的法律违宪；同年"赛格雷夫斯诉加利福尼亚州"案（*Segraves v. California*），法院裁定在公立学校中讲授进化论并不侵犯宗教自由；1987 年"爱德华兹诉阿圭拉德"案（*Edwards v. Aguillard*），最高法院裁定在公立学校中讲授神创论违宪；1990 年"韦伯斯特诉新雷诺克斯"案（*Webster v. New Lenox*），法院裁定学校有权禁止教师讲授神创论，且此禁令并不侵犯教师的言论自由；1994年"佩洛扎诉卡匹斯特拉诺"案（*Peloza v. Capistrano*），法院裁定教师无权在生物课上讲授神创论；1999年"弗雷勒诉坦吉帕华"案（*Freiler v. Tangipahoa*），法院裁定在讲授进化论前宣读免责声明违宪；2001年"勒维科诉独立学区"案（*LeVake v. Independent School District*），法院裁定若教师相信神创论且不能恰当讲授进化论，则学校有权禁止该教师讲授生物课；2005年"基兹米勒诉多佛学区"案（*Kitzmiller v. Dover Area School District*），法院裁定智能设计论（theory of intelligent design）是神创论的一种，因而在课堂上讲授智能设计论违宪。这样看来，如今美国公立学校与中国教育系统在"进化论是目前物种起源方面唯一靠谱的科学理论，也是唯一允许在课堂上讲授的理论"这一看法上并没有区别，或者至少越来越没有区别。

第二点，至于美国公众中不信进化论的比例较高，这很大程度上属于"历史遗留问题"——看上面列出的案例时间就知道，"课堂上讲授神创论违宪"这一结论的确立已经是20世纪80年代以后的事情了，而在那之前上学的孩子们现在正当壮年，乃是社会的中流砥柱；等到二三十年后，眼下就读于中小学的孩子们成家立业教书育人，再来做个问卷调查，结果恐怕就大不相同了。当然了，从某种意义上说，宗教力量肯定是影响进化论接受程度的一个因素，但从另一个意义上说，宗教对进化论的抵抗力并不是个完全的自变量，而是随国家执行力、公立教育体系灌输力而消长，只能算是一个中间变量。进化论在中国的相对流行，要归根于国家的执行力上，而不能仅仅着眼于宗教力量大小。

第三点，以上并不是说中国的进化论教学就没有问题。诚然，不管是在中国还是美国，"好学校"与"差学校"之间的差距都非常巨大，难以一概而论，而且我本人也并不从事教育学研究，接触的学校有限，难免以偏概全；但若仅就我所了解的几个例子而言，尽管美国的中学课程里，进化论是唯一可以讲授的、科学的物种起源理论，但它并不被看作"已然绝对正确的"。事实上，无论教学实践还是上述法院判例的判决书中，都体现了科学哲学家卡尔·波普尔（Karl Popper）的观点：所谓科学理论，必须是有可能被证伪的理论。因此，在我偶然观察到的美国课堂上，教师在讲授进化论的同时，也会告诉学生（或让学生讨论分析）进化论在哪些环节上证据尚显不足、对哪些问题的解释力较弱、哪些方面易于遭受攻击、这些攻击对理论整体的破坏力如何等等。反之，中国教科书里的进化论则是完美无缺的，学生不需要对其进行批判性的反思，只要被动接受即可。由于没有接触过反面的观点与论证，对这一信条的辩护能力也就相应减弱了。当然，这些其实并不仅仅是进化论教学的问题，而是整个填鸭式教学体系的问题，我就不多说了。

问2：在苏联、东欧以及中国等共产主义国家，进化论一直非常流行，被奉为真理，由国家力量传播，如何看待这个问题。

答2：这里头两个问题。一是为何共产主义政权会有这种做法（以国家力量灌输进化论），二是如何对这种做法（以国家力量灌输某种学说）加以评价。

前一个问题大概可以归结为，由于共产主义政权所持有的意识形态与一般理解的进化论具有几个重要的共性，因此前者对后者比较有好感。比如唯物主义是无神论的一种，而进化论又是反神创论的，因此在共产主义政权看来，进化论是他们反对有神论的天然盟友（虽然理论上进化论和有神论并不冲突，见后面对问题5的回答）；又比如所谓的"社会形态五阶段论"，既有"物竞天择、适者生存"的味道（"生产工具要适应生产力需求"之类）又有"从低级到高级、从简单到复杂的进化"的意思，和庸俗化了的达尔文主义很合拍，所以除马克思本人以外（见问题3），后来许多社会主义者都同时是达尔文主义者。

后一个问题是政治理论中的关键争议之一。国家到底有没有权利灌输某种特定的学说？倘若回答"没有"，会导致若干问题，比如这样一来公立

空谈　531

教育体系还有用武之地吗？毕竟连"地球是圆的"这种说法现在都还有人反对（著名的 Flat Earth Society），如果认为国家灌输某种特定学说就侵犯了不相信该学说的人的权利，那么公立学校里就什么都别想教了。但倘若回答"有"，也会导致若干问题，比如这种做法是否（或在多大程度上）侵犯了公民的自由和权利？如何保证灌输的学说就是对的，万一错了怎么办？等等。不过这些问题似乎与进化论本身关系不大，我就不具体说了，大概意思就是前面问题 1 里说的那些：共产主义国家灌输进化论，这种做法本身并没有问题，问题出在他们采取的是填鸭式的灌输法，而非在灌输的同时保证公众批判力的培养。

问 3：你是否了解马克思对达尔文的理论有何种引用或发挥？能否略作介绍和评论？有没有文章对此进行过探讨？马克思对进化论的看重，在进化论的传播中是否起到作用？你认为这种作用是好或坏？

答 3：这个问题问得有点问题。这么说吧：首先要承认，马克思的确是"赞赏"达尔文的自然选择理论的。他在给恩格斯的信中说，自然选择理论是对自然科学中"目的论"（认为自然是被预先设计好的、自然事物的存在与变化都有着预定的目的）一派的迎头痛击。

但马克思未必"看重"达尔文的学说。相反，他认为达尔文未能区分"自然史"和"人类史"，只一味强调自然的随机选择与适应，而忽略了人类出现后，其主观能动性对进化机制的影响；由于马克思自己的着眼点在于"人"，在于"社会"，而不在于"自然"，所以他对"自然选择"概念在自己体系中的作用是抱怀疑态度的。甚至在当时一些社会主义者——比如朗格（Friedrich Albert Lange）、毕希纳（Ludwig Büchner）等——试图将自然选择概念引入社会主义学说中时，马克思还对他们大加嘲讽和批评。

真正"看重"达尔文理论的，不是马克思，而是恩格斯和当时（以及后来）的其他社会主义者。他们不仅推重、借鉴自然选择理论（如恩格斯的自然辩证法很大程度上受达尔文理论的启发),而且在马克思死后有意无意地强化人们印象中他与达尔文之间的联系。从恩格斯在马克思墓前的讲话("正如达尔文发现了有机自然界的发展规律,马克思也发现了人类历史的发展规律")开始,社会主义者不断把马克思和达尔文相提并论,认为自然选择理论与马克思的社会理论有逻辑上的内在联系。

将马、达二人相联系的企图愈演愈烈,到了1931年,苏联一份叫《在马克思主义旗帜下》的杂志声称发现了达尔文给马克思的一封信,足以证明马克思曾经想把《资本论》第二卷题献给达尔文,可见马克思对达尔文思想之重视。这种说法流传很广,连包括以赛亚·伯林在内的一批大思想史家都信以为真,纷纷在著作中引述。但政治理论家特伦斯·鲍尔(Terence Ball)在发表于1979年的一篇论文中考证发现[1],该信并非写给马克思的,而马克思也从来没有过要把著作题献给达尔文的念头。总的说来,"马克思本人"和"马克思主义者们"(马克思曾经说他自己不是马克思主义者)对待自然选择理论的态度是有较大不同的,这个应该要澄清一下。

当然了,除马克思之外的其他社会主义者,对于宣传达尔文主义还是不遗余力的,至于具体起到多大作用就不好说了,恐怕影响更大的应该还是斯宾塞(Herbert Spencer)的社会达尔文主义(social Darwinism)。但不管是社会主义者,还是社会达尔文主义者,对达尔文本人思想的传播恐怕更多的还是起到负面作用,尽管他们提高了达尔文的知名度,却把歪曲了的学说留给了世人。

问4:在中国,最早被翻译的介绍进化论的书是赫胥黎(Thomas Henry Huxley)的《天演论》。你如何评价赫胥黎的这本书。它在进化论发

---

[1] Terence Ball (1979), "Marx and Darwin: A Reconsideration," *Political Theory* 7 (4):469–483.

展中占据何种阶段？一个国家经由《天演论》而第一次接触进化论，是否准确和公正？是幸运还是不幸？

答4：很多人因为《天演论》对赫胥黎有误解，以为他是一个社会达尔文主义者。实则不然。赫胥黎和斯宾塞不同。斯宾塞是社会达尔文主义的始作俑者，认为社会竞争和自然选择一样，适者生存、弱肉强食不仅是亘古不变的事实，也是应当用于指导人类行为的准则；而赫胥黎则反对把生物界与人类社会做简单类比，认为除了自然本能以外，人还有价值观、伦理、责任感，正是这些道德情操与原则构成了人类社会的基础，因此他一方面心甘情愿做"达尔文门下走狗"，另一方面却是社会达尔文主义的坚决反对者。

《天演论》是严复对赫胥黎《进化与伦理学》（*Evolution and Ethics*）的译文，但又不仅仅是译文。严复在《天演论》里夹带私货，塞进了自己救亡图存的思想，恰恰反驳了赫胥黎那些反对社会达尔文主义的主张。历史在这里玩了一个吊诡：一本反对社会达尔文主义的著作被译介进来，却成为了鼓吹社会达尔文主义的经典文本。不过这也不能完全算作偶然，一方面救亡图存确是一时之亟，另一方面就世界（至少欧洲）范围而论，社会达尔文主义伦理学也风头正健，赫胥黎的伦理学正被越来越多人看作过了时的、温情脉脉的理想主义空谈呢。一直要等到两场世界大战之后，社会达尔文主义才会受到全面的反思。

问5：你有没有注意过，在美国，那些同时信仰宗教并相信进化论的人，如何使两种信念共处，怎样处理上帝和达尔文的关系？

答5：身边的确有这样的人，既相信上帝存在又相信"猴子变人"，不过我没有和他们讨论过这方面问题（我觉得和别人讨论宗教信仰不太礼貌，所以基本上只要对方不向我传教，我是不会主动挑起这个话题的）。再不过，从历史经验和理论上看，调和上帝与达尔文其实并非难事。大体上说，自然神论（又称理神论）者（deist）比神正论者（theist）更容易接受进化论（以及其它科学思想）。

神正论认为，上帝在创造了世界之后并没有闲下来，会时不时介入这个世界之中，对自然和人类事务加以干涉，比如和摩西订立契约啦、派耶稣下凡啦、向信徒显示神迹啦，等等，以此来维持世界的秩序，惩恶扬善。这是比较正统的观点，也是现在大多数教徒的观点。

但科学革命之后兴起的自然神论则认为，神正论其实是对上帝的贬低和亵渎，因为倘若世界的秩序需要上帝干涉才能维持，就说明世界并不完美，既然世界是上帝创造的，可见上帝的手艺也就不怎么高明（类比一下动不动就得修理自己造出来的手表的钟表匠）；反之，假如上帝是全知全能的，他在创造完世界之后就应该当个甩手掌柜才对，因为他造出来的世界根本没必要自己再去干涉。上帝在时间的开端（比如"大爆炸"那一刻）创造了我们所在的宇宙，也创造了宇宙中的自然规律，然后就睡大觉去了，剩下的一切都是宇宙在这些规律作用下的正常运转而已，物种的演变不再需要任何"超自然"力量的介入，仅仅靠"自然"选择就够了。这样一来，"创世之初"和"创世之后"泾渭分明，上帝的归上帝，达尔文的归达尔文，大家井水不犯河水。

当然了，神正论者也并非都排斥进化论，比如有些人认为上帝仅仅在人类行善或作恶时才对世界加以干涉，但并不干涉自然界对物种的选择适应过程，等等。总之，同时信仰宗教并相信进化论并不太难，只要把《圣经》里"创世记"的说法当作寓言而非事实看待，并且不认为人类从类人猿进化来是多么丢脸的事，基本都可以做到。

进化论问答四则

2017 年在线问答。

问 1：进化论明明是一种假说，为什么感觉教科书上把进化论说得跟真理一样？

答 1：如果说达尔文时代的进化论还勉强可以称为"假说"的话，进入 20 世纪后，随着达尔文自然选择理论与孟德尔遗传学结合形成"现代进化综论（modern synthetic theory of evolution）"（见下文问题 3），以及 DNA 分子结构的发现，**进化论早已不再停留在"假说"的层次，而是作为奠基性的理论框架获得了科学界普遍的接受**；其后诸如"分子中性进化理论"、"基因漂移"等微观机制的相继提出及相关争论，都在确认着这一理论框架的可靠性与有效性。

经常遇到有人说："讲这么多干嘛，我就问你一句话：你凭什么认为进化论百分之百正确、绝对不可能是错的？如果你不敢拍胸脯打包票，那凭什么不承认进化论是假说？凭什么把进化论当真理？"

但是这种"只有'绝对不可能错'才不算'假说'"的逻辑，会迅速让一切事实命题变得无意义。比如举个极端的例子：你怎么知道你现在真的是在读我的这篇回答，而不是在做梦，或者被魔鬼施了法术，或者被"黑客帝国"式的巨型计算机操纵，因此产生了"自己正在读这篇回答"的幻觉呢？你能打包票说后面这些情况绝对不可能吗？——从逻辑上说，后面这些情况当然都有可能，但**这类可能性对我们在日常层面的信念与行动而言毫无意义**。

科学理论同样如此，类似"你敢打包票说这个理论绝对不可能错吗"这样的诘问是毫无意义的。我们决定是否接受一个科学理论、是否依据它的解释和预测来实施下一步的行动，最终要落实到我们对它的"**可靠性（plausibility）**"而非"**绝对不可错性（infallibility）**"的判断上。

怎么判断一个科学理论的可靠性？大致而言，我们需要考察**理论推断与数据的吻合度**（比如进化论与化石证据以及实验观测的吻合）、**理论模型对数据背后所反映的因果机制的解释力**（比如进化论对不同物种眼睛形态差异的解释）、**理论框架对尚不能获得解释的数据偏差的合理容纳程度**（比如围绕分子中性进化、表观遗传等新假说的争论不但没有动摇进化论的基本框架、反而从细节上丰富和支持了自然选择理论），等等。

只要深入了解了进化论的内容，便可以知道，无论从哪个角度来看，进化论的可靠性都毋庸置疑；作为现代生物学研究的基础框架，其由教科书讲授也是当之无愧的。

问2：进化论有什么哲学意义？

答2：进化论最广为人知的哲学意义，大概要数它为**自然主义世界观**（及其蕴含的**无神论、非目的论**等立场）所提供的弹药。

在进化论提出之前，自然主义世界观缺少解释物种起源的环节，因此尽管在"罪恶问题论证"等其它许多方面令有神论者难以招架，却也无法有效回应对方"如果不是神创造了人，那人到底是从哪儿来的"之类诘难，无法将优势转化为胜势。进化论补足了这一环节，令自然主义的解释框架变得完整，从而为无神论的哲学立场消除了后顾之忧（但进化论也因此成为有神论者的眼中钉肉中刺——尽管进化论**本身**其实并不与有神论矛盾，见《达尔文诞辰二百周年答记者问》）。

类似情况也发生在目的论（teleology）与非目的论（non-teleology）之间：由于自然选择理论为非目的论式的演化提供了极富说服力的解释框架，亚里士多德"目的因"式的因果观终于从之前二三百年与机械论因果观的缠斗中彻底败下阵来。

当然，这种意义不单进化论才有；**历史上任何重大的科学进展，都在为自然主义的说服力添砖加瓦**。同时，**自然主义本身作为一种哲学立场，其证成需要哲学上的反思平衡，并不能仅从科学理论中推导而出**，因此进化论在这方面的哲学意义终归只是**辅助性**的。

与此同时，进化论的发展也促发了一些新的哲学问题，或者（更确切地说）**让一些旧有的哲学问题以新的形式重新引起关注和讨论**。比如对"物种"的重新定义，以及对"定义"的性质的重新理解。或者比如"科学划界"问题上的相关争论（证伪主义哲学家卡尔·波普尔早年并不认为进化论是科学，但后来承认了错误）。

又比如对演化过程中"机遇"与"概率"所扮演的角色，以及概率推定在认识论层面的"置信度"等问题的讨论。其中一个比较有趣的例子，是基督教哲学家普兰廷伽（Alvin Plantinga）提出的"反自然主义的演化论证（the evolutionary argument against naturalism，简称 EAAN 论证）"，试图证明如果进化论是对的，那么自然主义就有极大的概率是错的；当然，批评者很快就指出 EAAN 论证的推导过程隐含着多个错误，这些错误有的与对概率的理解相关，有的与传统上的一些哲学悖论相关。[1]

再比如在元伦理学中，进化论常常被道德反实在论者援引，用来挑战道德实在论[2]，其大致论点是：既然人类的道德是演化的产物，那么道德

---

[1] 感兴趣者可参考普兰廷伽与其批评者相互商榷的论文集：James Beilby (2002, ed.), *Naturalism Defeated? Essays on Plantinga's Evolutionary Argument Against Naturalism*, Cornell University Press。

[2] 比如 Sharon Street (2006), "A Darwinian Dilemma for Realist Theories of Value," *Philosophical Studies* 127(1):109–166 等。

便是路径依赖的，因此不存在完全客观的道德属性；对此道德实在论者自有一套反驳，这里不再赘述。

问 3：综合进化论和达尔文进化论有什么区别？

答 3：20 世纪头三十年出现的"综合进化论"，或者说"现代进化综论"，最重大的突破在于将**达尔文进化论的核心宏观机制（自然选择）与孟德尔遗传学的核心微观机制（基因遗传）**相结合，构成一个融贯互补的、具有强大解释力的理论框架。

与同时代其它对物种演化的解释相比，达尔文自然选择理论最独到之处在于其"非目的论"的底色。比如拉马克就认为，生物体中天然存在某种追求更高复杂度的内在驱动力（并且他猜测这种驱动力储存于神经系统某处，比如脑脊液中），令各个物种均得以自我调适，逐渐从简单形态演化为复杂形态。受这种"定向演化论（orthogenesis）"的思维影响，拉马克相信不同物种之间不必存在共同祖先，每个物种的先祖均可从自然界独立地自发诞生和自我完善；同时，著名的"获得性状遗传"概念（俗称"用进废退"），也可以顺理成章地从"内在驱动力"的角度来解释。

与拉马克以及当时绝大多数生物学家相反，达尔文坚持认为**演化是无目的、无方向的**，而自然选择就是使这种无目的、无方向的演化得以可能的机制（与此同时，他的自然选择理论也包含了**共同祖先、渐变演化**等重要组成部分）。

《物种起源》等著作出版后，由于其中记载的诸多翔实证据，"物种演化"的观念本身很快被科学界及公众接受，但"自然选择"这一具体机制却频遭挑战。一个原因是目的论思维实在太深入人心，另一个原因便是受当时遗传学研究水平的限制，达尔文无力提出一个与自然选择相配套的、有说服力的微观解释机制。

达尔文猜测，生物细胞可以产生一种他称为"基沫（gemmule）"的物质，这种物质携带亲代的全套遗传信息，随体液循环后进入生殖系统，从而将亲代性状遗传给子代。"基沫"假说避免了拉马克式"内驱力"的目的论色彩，却未脱"**融合遗传**（blending inheritance）**理论**"的窠臼（融合遗传是当时主流的遗传学假说，认为子代性状是亲代性状的融合；一个直观的例子是白人和黑人结婚生下中间肤色的子女）。

达尔文很清醒地认识到，融合遗传无法解释自然选择下适应的高度多样化与新物种的形成，是其理论的软肋所在；同时，缺乏确凿的微观解释，也让他不敢贸然排除"获得性状遗传"的可能性，只能假定自然选择是主要机制、获得性状遗传是次要机制。

由于其时自然选择理论尚不具备令人信服的配套微观解释，因此在19世纪的最后二十年，达尔文主义在生物学界并不流行，"定向演化论"的各种变体、新拉马克主义（将"获得性状遗传"视为核心演化机制）、"跃变演化论"（反对自然选择理论的渐变演化立场，认为演化的核心机制是各个物种内部的阶段性大规模变异）等替代假说相对而言占了上风。这段时间也常被史家称为"达尔文主义日蚀期（the eclipse of Darwinism）"。

孟德尔遗传学的提出与接受（包括20世纪初染色体的发现等），意味着"**颗粒遗传理论**"（每个基因作为独立"颗粒"，只携带部分而非全套遗传信息）取代了"融合遗传理论"，衍生出**等位基因**、**染色体重组**、**基因突变**、**表型与基因型差异**等概念，既推翻了"获得性状遗传"的假说，又令**物种形成**、**表型多样性**、**渐变演化**等以往对自然选择理论来说较为棘手的问题得以从微观层面获得解释；同时，通过从群体遗传学的角度将"演化"重新定义为"群体内部等位基因频次的变化"，达尔文进化论也获得了更为严谨的表述。

当然，此时的综合进化论，提供的微观解释尚不完备，关键环节之一还有待接下来DNA结构的发现、分子生物学的发展来补足；而20世纪后半叶发育进化论等领域的进展，也被一些人认为是进化论的"第二次综合"。但综合进化论的提出，作为非目的论式演化学说第一次建立起从宏观到微观融为一体的可靠框架，无疑具有极其重大的意义。

问 4：看到一篇文章（哲理庐《你并不了解的进化"论"（历史篇）：作为一种意识形态》，《澎湃》2017年6月20日）说康德比达尔文更早提出进化论，是真的吗？

答 4：那篇文章是不学无术却又假充内行的典型。作者不但完全误解康德，还把进化论早期发展过程一些最基本的事件也搞错了，显示出对科学史与哲学史的双重无知。既然题中只问到这篇文章关于康德的说法，我就暂时撇开作者在讲述进化论史时的无数低级错误不谈，留待以后有空时专门吐槽，这里先解释一下作者是怎么对康德望文生义胡乱解释的。

这位"哲理庐"声称：

在进化"论"的学说历史中，除了对拉马克和达尔文观点这一历史性的误解之外，更诡异的还在于德国哲学中的那支很少人关注的进化流派。这支流派源自18世纪末德国伟大的哲学家康德。在名著《判断力批判》和晚年手稿 *Opus Postumum*（Cambridge University Press, 1993）之中康德明确考虑了达尔文式进化"论"的有关问题。在笔记中康德讲"地球上的物种构成一个整体……它们享有共同的起源……单个物种可以繁殖并且自我保存。此外，自然还会发生革新，由此产生新的物种（人就是其中一种）"。这里白纸黑字清清楚楚，康德早于达尔文近100年就已经明确提出了物种演化，并且触及了人类起源问题。

光从这段话，已足以显示作者既读不懂康德，也搞不懂当时各种生物起源理论之间的差别。先看作者引用的 *Opus Postumum* 里的这段话。剑桥版（Cambridge 1993）的原文如下：

空谈 541

The organized creatures form on earth a whole according to purposes which [can be thought] a priori, as sprung from a single seed (like an incubated egg), with mutual need for one another, preserving its species and the species that are born from it.

Also, revolutions of nature which brought forth new species (of which man is one).

对比一下可以发现,在前一段里,作者用省略号略去了两个部分:"根据[可以被视为]先天的目的(according to purposes which [can be thought] a priori)",与"基于彼此的相互需求(with mutual need for one another)"。

这两句话对于理解这个段落——以及理解康德的生物起源观——其实至为关键。康德对于生物起源的理解,是完全"目的论"式的。比如他在 *Opus Postumum* 21:212-213(剑桥版第 65—66 页)说,我们必须把世界想象成一整个身体,其中的每个部分(就像身体里的每个器官一样)都有其目的和功能,所以一个部分衰亡了的话一定会有新的部分起而代之;什么目的和功能呢?比如植物的目的就是养活动物,动物的目的就是养活人类,人类的目的就是让彼此活得更好更完美。

对哲学史和科学史稍有了解就知道,康德这种目的论观点是达尔文进化论之前的普遍看法,也是达尔文以前的近代生物学家困惑却又找不到办法绕开的直觉;而达尔文的进化论,恰恰为生物的演化提供了一种纯粹"非目的论"的解释。这正是进化论的最大意义之一。把康德的目的论起源观等同于达尔文的进化论,无异于说亚里士多德的力学观和牛顿力学毫无差别。

有人会问:但是上面那段话里,康德不是还提到"revolutions of nature which brought forth new species (of which man is one)"吗?这算不算进化论的先驱?

这里需要搞清楚两件事的区别：一是尝试为"古生物化石与现代生物差异很大"这个当时已经被考古学家和古生物学家大量发现的现象给出一个合理的解释，二是用达尔文式的共同祖先、自然选择、积累演化理论来解释这个现象。前一方面，早在康德之前，生物学家们就已经提出了种种猜想，康德在这个问题上的思考，反映的基本上是他每个时段在读谁的书而已。比如在写下上述段落的时候，康德正在读一些"灾变论"派生物学家的著作。所谓"灾变论"，即认为上帝每隔一段时间给下界送来一次大灾难（当然这些灾难可以以看似"自然自发"的方式发生），世上所有生物都无法幸免。等到灾难过后，上帝又重新造物造人，产生新的物种，所以古化石和现存物种才那么不同。康德这里所谓的"revolutions of nature"，正是在这个意义上使用的。

澄清康德与进化论关系的文献汗牛充栋，100多年前拉夫乔伊就已经撰文《康德与进化》，批评当时开始流行的借康德名声推销进化论的做法；晚近的研究中，迈克尔·鲁斯（Michael Ruse）《定义达尔文》一书也有专门章节辨析康德关于生物起源的思想。[1] 如果"哲理庐"认真读书的话，本来可以避免这些最基本的错误。

---

[1] Arthur O. Lovejoy (1910), "Kant and Evolution I," *Popular Science Monthly* 77：538–553；Arthur O. Lovejoy (1911), "Kant and Evolution II," *Popular Science Monthly* 78：36–51；Michael Ruse (2009), *Defining Darwin: Essays on the History and Philosophy of Evolutionary Biology*, Amherst, NY: Prometheus Books, 第2章。

伪科学

2017 年 8 月 17 日作。附录散作于 2017—2018 年。

一

在定义"伪科学（pseudoscience）"之前，必须首先区分"非科学的（nonscientific）"和"不科学的（unscientific）"这两种定性。

当我们说 x 是"**非科学的**"时，强调的往往是 x 与"科学"在研究领域、对象或旨趣上的差异。比如**哲学研究**是"非科学的"，因为科学旨在研究经验层面的问题，而哲学旨在研究规范层面的问题（参见《霍金悖论》）。**艺术创作**也是"非科学的"，因为它并不旨在"研究"问题并获取相关知识，而是旨在"表达"与"创造"；但探讨"特定艺术作品为何会引起人们的审美愉悦感"等问题的**艺术理论**则有可能是"科学的"，因为我们可以尝试从心理学等科学角度来回答这些问题。

此外，即便在经验层面，**不涉及系统性知识的日常生活陈述**也可能是"非科学的"。比如"我今天早餐吃了牛奶麦片"这句话无论对错都是"非科学的"，因为这个陈述过于具体而琐碎，其对错并不在一般科学研究的旨趣范围之内。

另一方面，当我们说 x 是"**不科学的**"时，强调的则是：尽管 x 与"科学"二者**在研究领域、对象及旨趣上相重叠**，但 x 在形式上并未遵循**科学研究的基本方法论**，或 x 在内容上与**既有的科学知识体系及其可靠延伸**

相抵牾——这里的"可靠延伸"指的是，**在符合科学的基本方法论以及本体论承诺的前提下，知识体系有可能获得的合理更新**。

比如拜神求雨的做法，以及"地球是平的"的说法，一般都被认为"不科学"；同理，假如一项科学研究在方法上出现疏漏，或者假如一名科研人员伪造实验结果，我们都有可能称之为"不科学"。

可以看出，由于"非科学"和"不科学"强调的面相不同，因此"**非科学的**"未必"**不科学**"（比如哲学研究、艺术创作、日常生活陈述，因为与科学研究的领域或旨趣并不重叠，所以**谈论其"是否不科学"是没有意义的**），而"**不科学的**"也未必"**非科学**"（比如方法上有疏漏的研究，以及造了假的实验结果，虽然"并不科学"，却**仍然属于科学研究类的活动**）。

当然，也有一些理论或实践是**既"非科学"又"不科学"**的。比如宗教是"非科学的"活动；与此同时，宗教教义中的某些内容（比如拜神求雨、否定进化论）又是"不科学的"；而另一些内容（比如相信神明的存在），虽然本身超出了科学的研究范围，因此说其"不科学"并无意义，但可以通过哲学论证来反思与批驳。

"伪科学（pseudoscience）"只是"不科学"这个范畴下的一个子集，所以**并非所有"非科学的"理论或实践都构成"伪科学"**。

二

但"伪科学"与其它"不科学的"理论或实践又如何区别？一个常见的定义是："**伪科学**"**即将"不科学的"东西"伪装"成"科学"**（亦即符合科学方法的、且与既有科学知识系统及其可靠延伸从根本上相容的理论或实践）。但这个定义里有两点需要辨析和修正。

一是何谓"**伪装**"。

假如某个科研人员为了能够在顶级期刊上发表论文，对某次实验的数据**造假**（比如韩春雨撤稿事件），我们会指责他品行不端、丧失学术诚信、

空谈

违反科学伦理，会说他的实验方法和结果"不科学"，但一般不会说他是在搞"伪科学"。

但如果某个科研人员在被同行**屡次指出方法论缺陷**之后，仍然**长期坚持不懈**地用有缺陷的方法研究特定问题、并借此**向大众推销**其在该问题上（同样被同行广泛拒绝）的结论与假说，那么我们有时确实会把这类研究归入"伪科学"的范畴（比如一系列名声扫地的关于"转基因食物致癌"的研究）。

那么"伪科学"的"伪装"与韩春雨式的学术"造假"，区别何在？一方面，**学术造假**可能是**偶尔为之的孤立事件**，但**伪科学主张**必定呈现一定的"**系统性**"，方才足以让"不科学的"理论或实践上升（或者说堕落）到"伪科学"层次。这种"系统性"的表现方式不一：可能表现为特定伪科学（比如炼金术、星相学、顺势疗法、通灵学等）内部**试图建立一套理论体系的野心**，可能表现为"**科学界掩盖真相**"的阴谋论思维，也可能表现为**对超自然现象急于相信的心理倾向**。

另一方面（或许更关键的是），**学术"造假"**的首要目标群体是**科学共同体内部的同行**：只有先骗过了同行，才能把论文发在著名期刊上，然后才有名声、职称、经费、政治前途等种种好处。相反，**伪科学之"伪装"**，其首要目标群体是**普通公众**（包括特定研究领域之外"隔行如隔山"的其他科学家），科学共同体态度如何，在伪科学鼓吹者眼中根本是无关紧要的（所以完全可以绕开严格同行评议等内部规范），只要能成功让大众接受自己的理论权威和理论主张即可。

此外，前述常见定义的第二点问题是：并非所有的伪科学都会把自己伪装成"科学"；相反，**很多时候伪科学恰恰是以"反科学（anti-science）"的面目出现的**。

比如很多伪科学鼓吹者常常挂在嘴边的一句话是："世界上有太多东西是科学解释不了的，只有坐井观天的人才会拿科学来批判我们"（更具体的说辞还有"科学只能解释自然现象，不能解释超自然现象"、"科学是西方的玩意儿,解释不了中医的概念"等等)。所以如果我们仅仅将"伪科学"定义成"把不科学的东西伪装成科学",那么这个定义将无法囊括很多我们通常认为属于伪科学的理论或实践(比如民间的种种迷信说法与活动)。

但是从广义上说,这些"反科学的"主张仍然可以被视为"伪科学"。为什么呢?因为它们虽然表面上"反科学",实际上仍然是**在"科学"的研究领域、对象及旨趣范围内与其争夺地盘,企图通过否定既有科学知识系统及其"可靠延伸"作为"最可靠的知识体系"的地位**(亦即广义上的"科学性"),而包装出自身(广义上)的"科学性"。

所以我们需要适当修改前面那个定义:如果一套理论与实践既"**不科学**"(注意:不等于"非科学"),同时**其鼓吹者又力图对公众营造出"它属于就相关领域或相关对象而言最可靠的知识体系"这样一种印象**,那么这套理论或实践就属于"伪科学"。这样一来,我们就把前面提到那些基于"反科学"主张的伪装也纳入了伪科学范畴,同时也强调了伪科学的系统性与公众面相。

三

总结一下前面对"伪科学"的定义:如果一套理论与实践既"**不科学**",同时其鼓吹者又力图对公众营造出"它属于就相关领域或相关对象而言最可靠的知识体系"这样一种印象,那么这套理论或实践就属于"伪科学";这里的"不科学"有别于"非科学",指的是**尽管在研究领域、对象及旨趣上与"科学"相重叠,但并未遵循科学研究的基本方法论,或与既有的科学知识体系及其可靠延伸**(亦即在符合科学的基本方法论以及本体论承诺的前提下,既有知识体系有可能获得的合理更新)**相抵牾**。

那么"伪科学"与"迷信"之间又是什么关系?汉语中的"迷信",有时泛指盲从或盲目相信,比如"迷信权威";另一些时候,"迷信(superstition)"泛指相信超自然力量的存在及其对人间具体事务的特定影响；还有些时候，"迷信"特指求神拜佛招魂问卜等某些本土民间传统活动，却不包括教堂祷告等其它同样以超自然信仰为基础的建制化宗教活动。这里我们姑且在第二种意义上讨论迷信，亦即将其定义为对**超自然力量的存在及其在人间具体事务上所发生的影响**的信仰。

根据以上对"伪科学"与"迷信"的定义，我们可以得出两方面的结论。一方面，尽管**许多伪科学的理论或实践中都包含迷信成分**（比如基于交感巫术思维的许多中医理论，以及声称星座位置会通过某种神秘联系影响个人运势的"星相学"，等等），但**并非所有伪科学都属于迷信**——因为并非所有伪科学都涉及对超自然力量的信仰。比如不少"转基因食品致癌"的"研究"都可以归入伪科学范畴，但这些研究并不认为转基因食品会通过某些超自然的机制影响到人体健康，而是声称其背后自然层面的致病机制被主流科学界集体掩盖云云。

另一方面，迷信虽然会导致伪科学结论，但"超自然力量存在并对人类事务具有广泛影响"这一根本信念，却**不是单靠科学本身所能证伪的，必须结合哲学论证**加以剖析和辩驳——因为科学背后的**自然主义本体论承诺**本身，同样是一个哲学命题。

四

最后，根据上面的定义，中医算不算伪科学？虽然我经常"黑"中医，但若要较真起来，我并不主张"中医（在任何意义上都）是伪科学"，而更愿意说"中医是不是伪科学，一看语境，二看时代"。

所谓看**语境**，是因为不同人在不同时候使用"中医"这个词时，理解或指涉的东西并不尽然一致。有的人指的是他们眼中一套"中国独有的、博大精深的医学理论体系"（以及由此衍生出的对病理及处方原理的种种解释），有的人的理解则狭窄得多，比如只是针对某些具体的中药处方而言。

虽然我认为中医的整个理论体系（以及绝大多数中药和中医疗法）应

该被淘汰，但这并不意味着所有中药都是无效的。倘若用现代医学思维全面检视古代中医本草学所积累的经验素材，可以发现不少中药材确实有药用价值[1]，只不过古人缺乏配套的现代科学知识，对其药理机制缺乏深入理解，因而在此基础上发展出的医学理论往往是错误的。换句话说，中医体系中的小部分经验总结可能是有效的，但其理论建设却"知其然而不知其所以然"，而在这些理论基础上进一步推演出来的其它经验应用也就愈发谬以千里。——这种情况不但对于中医成立，对于其它文明的传统医学同样成立。

那么为什么说要看**时代**？回顾一下前面对"伪科学"的定义：伪科学一方面既属于"不科学"的范畴（亦即尽管其研究旨趣和对象与科学相重叠，但并不遵循基本的科研方法，或者内容与既有科学知识体系及其可能的合理更新相抵触），另一方面又被鼓吹者包装成"相关领域最可靠的知识"推销给公众。

注意在这个定义中，隐藏着几处**时间条件**：随着科学的不断发展，其研究的方法论也会不断更新，从研究中获得的知识不断积累和修正；同时相应地，科学知识体系合理更新的可能范围或路径也将不断清晰和收拢。换句话说，**在科学发展的不同阶段，一个本身错误的假说，其"不科学"程度是会逐渐升高的**：即便过去由于配套科学知识与方法的缺乏而无法判断其正误，但随着时代发展其错误将愈发明显。

在人类对世界认识水平普遍低下的古代，包括中医在内的各路传统医学，对药理与病理机制给出种种假说推测，这些假说推测在当时认知条件的范围内可能是合理的、无可厚非的；如果在那个时代就把中医打成"伪科学"，对古人并不公平。但是到了科学昌明的今天，如果还抱残守缺，一味推崇古人理论而不顾其认知水平的局限，甚至逆时代而为，动用行政手

---

[1] 参见《上海书评》先后刊登的《王家葵谈中国古典文学中的药物》（2015年12月25日）、《王家葵谈中国古典文学中的毒药和解药》（2017年7月30日）两文。

空谈

段推广早该被淘汰的医学理论（比如把中医纳入小学教材，或者鼓励西医离职学习中医），自然属于鼓吹伪科学无疑了。

附录 A：
星座

不同于天文学上将地球所见的星空划分为 88 个"星座（constellations）"以便于定位的做法，俗称的"十二星座（zodiac signs）"是"星相学（或曰占星术，astrology）"的一种，指用出生时刻对应的"黄道十二星宫"推断性格或命理、或结合占星时推得的"星盘"预测运势。这种意义上的"星座"是不折不扣的伪科学，迄今已有不计其数的研究揭露其伪，及其赖以忽悠世人的种种心理机制。

比如在著名的"卡尔森实验"中，由美国最大的星相学组织"全美占星研究委员会（National Council for Geocosmic Research）"遴选出的 28 名"顶级"占星师，按照双盲标准将实验对象的出生信息与其性格描述或性格测试指数相配对，结果准确率基本等同于瞎猜。[1] 在另一项研究中，出生间隔在 5 分钟之内的 2000 多名被试，在职业、智商、焦虑程度、婚姻状态、攻击性、社会性、体育能力、数学能力、阅读能力、艺术水平等 100 多项指标上，全都五花八门，毫无占星术预测的任何相似性。[2]

可是为什么很多人会觉得占星术说的东西很准？这就涉及人类心理机制中各种先天的认知偏误。比如由心理学家贝特拉姆·佛瑞（Bertram Forer）发现的"佛瑞效应"：人们极易受到诱导，把那些**模糊**、**笼统**、**适用于绝大多数人**的性格描述，当成是对自己量身定制的、独一无二的性格

---

[1] Shawn Carlson (1985), "A Double-Blind Test of Astrology," *Nature* 318: 419-425.
[2] Geoffrey Dean & Ivan Kelly (2003), "Is Astrology Relevant to Consciousness and Psi?" *Journal of Consciousness Studies* 10: 175-198.

描述。[1]

在其实验中，佛瑞先假装让自己的学生做一份性格调查问卷，一周之后给每个人发放"根据其回答总结出的"性格描述，再让学生按从0（非常不准确）到5（非常准确）给这份描述的准确性打分。学生们给出的平均分是高得惊人的4.26，也就是说绝大多数学生都认为收到了对自己性格非常贴切的描述。然而事实上，他们所有人收到的性格描述一模一样，都是预先写好的如下段落：

1. 你很需要别人喜欢和仰慕你。
2. 你有自我批评的倾向。
3. 你身上有着尚未充分利用的巨大潜力。
4. 你的性格之中有一些弱点，但一般来说你能够扬长避短。
5. 你表面上自律自控，内心却焦虑不安。
6. 你时不时会严重怀疑自己是否做了正确的决定。
7. 你向往一定程度的变化与多样性，当受到约束与限制时会变得不满。
8. 你以能够独立思考为荣，若别人的说法缺乏令人满意的证明便不接受。
9. 你觉得对别人太过坦诚地剖白自我并不明智。
10. 你有些时候外向开朗、乐于社交，另一些时候内向矜持、不事张扬。
11. 你的有些愿景可能不太现实。

---

[1] Bertram Forer (1949), "The Fallacy of Personal validation: A Classroom Demonstration of Gullibility," *Journal of Abnormal and Social Psychology* 44: 118 - 123；"佛瑞效应"又称"巴努姆效应"，源于传说出自美国19世纪著名马戏演员菲尼斯·巴努姆（Phineas Barnum）之口的一句话："每分钟都会有一个笨蛋出生。（There's a sucker born every minute.）"

空谈 551

12. 安全感是你人生的一大目标。

佛瑞效应是一种普遍的心理现象，但要成功利用这种效应骗人，还需要几个重要的辅助条件。[1] 比如"提问"个人信息时要越详细越好（不光问对方的出生年份，还要问对方的生辰八字；不光推算对方的"出生星座"，还要推算对方的"上升星座"、"太阳星盘"、"月亮星盘"之类），以便让被问者产生"根据这么详细的个人信息占卜得出的结果当然也会具体到我个人"的错觉。再比如，考虑到"自利性偏误（self-serving bias）"效应（人类另一种普遍的认知偏误，为了维持良好的自我感觉而选择性地接受或拒绝对自己的评价），占星师"根据星盘"给出的"性格描述"一定要以正面性格特征为主、负面性格特征只能作为点缀，否则对方有可能恼羞成怒、拒绝接受这些描述。[2] 不过只要"性格描述"足够笼统又足够正面，佛瑞效应与自利性偏误效应就会相互强化，让问卜者更容易信以为真。前面佛瑞发给学生的段落，就是一个绝佳的范本。

除了"推断性格"之外，佛瑞效应也体现在占星术的"预测运势"中。占星师用星盘推算运势，绝不会具体到"某年某月某日某时某分某秒你会因为某某问题被老板训斥（或在某条马路被车撞伤）"这样的细节，只会给出一些极其笼统、放之四海而皆准的"预测"，比如"你下个月将在工作中遇到一些烦心事"、"你未来半年的感情生活不会完全顺风顺水"，令问卜者得以自行填充细节，愈发相信占星师的"神准"。

自利性偏误效应也在其中起到一定作用：人们更愿意将自己在生活中遇到的挫折归咎于外部因素（"都怪星盘位置不好！"）而非自身性格或能力问题，以便在潜意识中维持良好的自我感觉。

---

1. D. H. Dickson & I. W. Kelly (1985). "The 'Barnum Effect' in Personality Assessment: A Review of the Literature," *Psychological Reports* 57:367–382.
2. Dany MacDonald & Lionel G. Standing (2002), "Does Self-Serving Bias Cancel the Barnum Effect?," *Social Behavior and Personality* 30:625–630.

除了这些效应外,确认偏误(confirmation bias)——选择性地注意并搜集能够支持自己已有看法的信息、忽略或屏蔽与自己已有看法相矛盾的信息——也在占星信仰中扮演着重要的角色。一旦你相信了"处女座都有洁癖"的说法,就会对身边诸多"没有洁癖的处女座"和"有洁癖的金牛座/射手座/……"的例子视而不见,却在偶尔遇到一位"有洁癖的处女座"时兴奋异常,觉得这进一步证明了星座与性格的关系。类似地,一旦你相信了"射手座本月将有好运临头"的"预测",就会把这个月里的各种大小好事当作"应验"的证据,而无视同样发生在这个月的各种糟心事。

总之,占星术的"准确",其实是人类与生俱来的种种认知偏误导致的错觉。只不过有些占星师是心知肚明地"欺人",另一些占星师(以及绝大多数星座迷)则是弄假成真地"自欺",如此而已。

附录 B:
算命

形形色色的"算命"看似玄乎,其实手法不外乎几大类:"热读法(hot reading)"、"暖读法(warm reading)"、"冷读法(cold reading)"。

所谓"热读法",指预先打探到对方某些个人信息(比如偷听到其他人的相关对话、派同伙假装推销员登门踩点),假装成"神算"所得,令蒙在鼓里的对方五体投地。热读法常见于主动出击的诈骗,对于定点摆摊的算命先生,或者在媒体上开设专栏的占星师,则属可遇而不可求。

所谓"暖读法",是指利用前面关于"星座"的问答中提到的"佛瑞效应",通过一些模糊笼统、适用于绝大多数人的套路化陈述来忽悠对方。比如"你时不时会严重怀疑自己是否做了正确的决定"(绝大多数人都曾经在人生的某些时候严重怀疑过自己是否做了正确的决定,所以这是一句正确的废话)、"你小时候曾经发生过一次与水有关的倒霉事"(绝大多数人小时候都发生过与水有关的倒霉事,可能是被开水烫到,可能是游泳呛了几口水,也可能只是房顶漏雨打湿了作业本,反正细节由你自己脑补,努力回想的话总能找到对得上号的经历)。

在此过程中,骗子们还特别擅长使用所谓的"虹式话术(rainbow ruse)",即一句话里把正反两方面的可能性都覆盖到(就像彩虹覆盖多种颜色一样),从而永远立于不败之地。比如"你有些时候外向开朗、乐于社交,另一些时候内向矜持、不事张扬"、"你在不少时候挺安静内敛的,但是一旦真正活跃起来的话,你也不介意成为众人的关注焦点"、"你的性格之中有一些弱点,但一般来说你能够扬长避短"、"你其实是一个很为别人着想的人,但是如果有人辜负了你的信任,你也会怒火中烧"。

对于星相专栏写手等"隔空把脉"者来说,"暖读法"是其依赖的最主要伎俩。至于当街摆摊看相的算命先生,或者驻店接待登门顾客的占星师、通灵师、塔罗牌师们,由于需要和顾客面对面地互动,因此必须从"暖读法"进阶到"冷读法",方能让面前的顾客深信不疑。

所谓"冷读法",即先给出一些试探性的问题和模糊笼统的陈述,根据对方回应的内容,并结合对其口音、用词、表情、身体动作、衣着、职业习惯等特征的观察,一步步调整判断、收紧圈套。

比如假设现在命理师先对你说:"根据你的命盘来看,你家里至少有一位男性长辈的心脏不太好。"(心脏病是常见的疾病,根据美国心脏协会调查,40—59岁男性患病率为6.3%,60—79岁男性患病率为19.9%,所以"家里有一位男性长辈"得心脏病的概率是非常高的;而"心脏不太好"又是比心脏病更为笼统的描述。)

你皱着眉头想了一会儿,恍然大悟道:"对啊!我的大伯前些年老喊胸口闷。但是这几年我们两家闹翻,没再来往,也不知道他情况怎么样了。唉,那回我爸跟他在电话里吵得可厉害了……怎么,我的命盘里连这个都包括了?"——从你这段回答中,命理师除了知道你大伯有心脏病外,还一并得知你们两家闹翻、推测出你父亲的健康状况可能比较好(否则你应该先想到他)、推测出你很有可能对人比较缺乏防备(所以会把两家闹翻的细节和盘托出），诸如此类。

当然，即便命理师最初抛出的问题和陈述已经非常模糊笼统，也总有说不中的时候。所以"冷读法"的一个很重要的策略是"乱枪打鸟（shotgunning）"，短时间从不同角度抛出许多笼统的说法，顾客有反应的，就深入挖掘；顾客没有反应或者指出错误的，就轻轻带过。

除此之外，由于"冷读法"要求使用者能够观察到对方肢体语言、口音、衣着等各方面细节，并根据这些细节推测其性格、籍贯、教育背景、职业等情况，因此一个"成功"的算命先生往往需要"阅人无数"、积累起对人心的敏锐洞察与充分的社会经验，方能百骗而不殆。

附录C：
识生肖，抓小偷

春节将至，鄙村华裔社区印发传单，向美国人介绍中国的十二生肖。传单我忘了拍照留念，反正来去不过是"狗年生的人正直顾家，适合跟虎、羊、鸡年生的人结婚，马年有桃花运；猪年生的人乐天知足，适合跟牛、龙、猴年生的人结婚，蛇年会发大财"之类套路，一点都不走心。

我："你看看这传单，跟洋人们玩儿剩下的星座算命术毫无区分度嘛，这样怎么行，如何能体现出我华夏文明之博大精深，如何向世界展示文化自信道路自信？"

爱人："依你看，这传单该怎么写？"

我："那还不简单，告诉这些孤陋寡闻的洋鬼子，咱们中国生肖，是可以用来抓贼的。"

爱人："抓贼？啥子？"

我："既然我的电我的光我唯一的神话你不耻下问，那我就顺手给你搜篇参考文献吧：**周敏华（2007），《〈睡〉简、〈放〉简及〈孔〉简之〈日书〉盗篇比较》，《文与哲》第十期，第101—152页。**"

空谈　　555

云梦睡虎地秦墓竹简（时间约为秦始皇三十年）：

子，鼠也，盗者兑（锐）口，希（稀）须，善弄，手黑色，面有黑子焉。疵在耳，臧（藏）于垣内中粪蔡下，多（名）鼠鼹孔午郢。

丑，牛也，盗者大鼻，长颈，大辟（臂）臑而偻，疵在目，……。臧（藏）于牛廄；草木下，多（名）徐善趩以未。

寅，虎也，盗者状，希（稀）须，面有黑焉，不全于身，从以上大辟（臂）臑梗，大疵在辟（臂），臧（藏）于瓦器闲，旦闭夕启西方，多（名）虎豻貙豹申。

卯，兔也，盗者大面，头颊（颡），疵在鼻，臧（藏）于草中，旦闭夕启北方，多（名）兔灶陉突垣义酉。

辰，盗者男子，青赤色，为人不谷，要（腰）有疵，臧（藏）东南反下，车人，亲也，勿言已，多（名）獾不图射亥戌。

巳，虫也，盗者长而黑，蛇目，黄色，疵在足，臧（藏）于瓦器下，名西茝亥旦。

午，鹿也，盗者长颈，细胻，其身不全，长耳而操蔡，疵在肩，臧（藏）于草木下，必依阪险，旦启夕闭东方，名彻达禄得获错。

未，马也，盗者长须耳，其为人我我然，好歌舞，疵在肩，臧（藏）于刍稾中，阪险，必得，名建章丑吉。

申，环也，盗者园（圆）面，其为人也鞞鞞然，凤得莫（暮）不得，名责环貉豻干都寅。

酉，水也，盗者禽而黄色，疵在面，臧（藏）于园中草下，旦启夕闭，凤得莫（暮）不得，名多酉起婴。

戌，老羊也，盗者赤色，其为人也刚屦，疵在颊，臧（藏）于粪蔡中土中，凤得莫（暮）不得，名马童彝罠辰戌。

亥，豕也，盗者大鼻而票（剽）行，马脊，其面不全，疵在要，臧

（藏）于囷中垣下，夙得莫（暮）不得，名豚孤夏谷□亥。

放马滩秦墓竹简（时间范围约从战国晚期到秦统一前后）：

  子，鼠矣，以亡，盗者中人，取之臧穴中、粪土中，为人鞍面小目，目囧囧，广颊，袁目，盗也所入矣，不得。
  丑，牛矣，以亡，其盗从北方，熹大息，盗不远勇桑矣，得。
  寅，虎矣，以亡，盗从东方入，有从之，臧山谷中，其为人方颜然扁然，名曰辄、曰耳、曰志、曰声，贱人矣，得。
  卯，兔矣，以亡，盗从东方入，复从出，臧野林草茅中，为人短面，出，不得。
  辰，虫矣，以亡，盗者从东方入，有从出，取者臧豁谷窖内中，外人矣，其为人长颈小首，小目，女子为巫，男子为祝，名。
  巳，鸡矣，以亡，盗者中人矣，臧囷屋屎粪土中，塞木下，其为人小面，长赤目，贱人矣，得。
  午，马矣，盗从南方入，有从之出，臧中厩庑，多十□□……
  未，羊，盗者从南，有从出尔，在牢圈中，其为人小颈大腹，出目，必得。
  申，猴矣，盗从西方尔，在山谷，为人美，不擒，名曰环，远所矣，不得。
  酉，鸡矣，盗从西方入，复从西方出尔，在囷屋东，屎水旁，名曰灌，有黑子候。
  戌，犬尔，在责薪粪蔡中，黑单，多言，旬、子、官，得。
  亥，豕矣，盗者中人矣尔，在屏圈方及矢，其为人长面，折鞹，赤目，长发，得。

孔家坡汉墓竹简（时间约为汉景帝后元二年）：

子，鼠也，盗者兑（锐）口，希（稀）须，善□，□有黑子焉。臧（藏）安内中粪蔡下，女子也，其盗在内中。

丑，牛也，盗者大鼻，……。臧（藏）牛牢中。

寅，虎也，盗者虎状，希（稀）……，不全于中，以上大辟（臂）臧（藏）。其盗决，疵善，象（喙）口，东臧（藏）之史耳若所（?）

卯，鬼也，盗者大面，短豙，臧（藏）草□□。盗者小短，大目，勉（兔）复口，女子也。

辰，虫也，……□中，□于器闲。其盗女子也，为巫，门西出。

巳，虫矣，盗者长而黑，虫目而黄色，臧（藏）瓦器下，其盗深目而鸟口、轻足。

午，鹿也，盗者长颈，细胳，其身不全，长躁躁然，臧（藏）之草木下，贩（阪）险，盗长面，高耳有疵，男子也。

未，马也，盗者长颈而长耳，其为人我（娥）然，好歌舞，臧（藏）之匆稟瘢（廄）中，其盗秃而多口，善数步。

申，玉石也，盗者曲身而颈（邪）行，有病，足胳，依贩（阪）险，稜之，其盗女子也，秃，从臧（藏）西方，瘊（壓）以石。

酉，水日，盗者言乱，黄色，臧（藏）之园中草木下，其盗男子也，禾白面，闲，在内中。

戌，老火也，盗者赤色，短颈，其为人也刚履（愎），臧（藏）之粪蔡之中，裹（壤）下，其盗出目，大面，短头，男子也。

亥，豕也，盗者大鼻而细胳，其面有黑子，臧（藏）囷中坏垣下，其盗女子也，出首，臧（藏）室西北中。

从上面这些出土文献可知，首先，现今十二生肖的名号次序，在战国末期已经大体成型，但直到西汉初年都还没有完全确定，不同地区流传的版本略有差别。

其次，在十二生肖逐渐形成和确定的这段时间里，人们是拿它来捉贼用的。具体做法是先将失窃日期的地支（子丑寅卯辰巳午未申酉戌亥）和十二生肖一个个配对，比如子日属鼠，丑日属牛，寅日属虎，等等。

然后呢，如果失窃那天是鼠日，就意味着小偷长得像老鼠（尖嘴、胡须稀少、脸上有黑痣等等），性情也像老鼠（比如喜欢躲在墙角下、粪堆边——呃，老鼠真的喜欢躲在粪堆边?），名字里也可能带有跟鼠相关的字。所以只要前往这些地方，寻找有着这些长相特征的、或者起了这类名字的人，就能逮住小偷。其余生肖以此类推。

怎么样，比起"兔适合嫁虎，狗适合娶猪"之类陈词滥调，咱们老祖宗的智慧，是不是不知道高到哪里去了？

附录D：
五行

人类文明生来就有认识世界、理解世界、寻找世界运行基本规律的冲动，但在人类文明发展的早期，限于认知水平及方法的落后，各个社会、各个文化都只能基于极其素朴和流于表面的经验观察，猜想、推测、概括世界的本质。中国的"五行"理论（金水木火土）就是这样一种素朴的宇宙观。

与此类似的，古埃及、巴比伦、印度、希腊等，均提出过各式各样的用以解释世界构成的基本模型。其中目前比较为人熟知的，是在土、火、风、水"四元素"的基础上，略加增减而形成的种种变体。比如古希腊哲学家恩培多克勒的"六元素"论，就是四元素再加"爱（合成）"、"恨（分离）"两个元素。而亚里士多德则在四元素之外再加"以太"（意为虚空），组成"五元素"。亚里士多德的五元素说，很有可能又受到古埃及、巴比伦或者印度文化的影响：目前考古已知这些文化里很早就都提出过"土、火、风（或气）、水、空"这样的"五界"论。后来印度的佛教又在

空谈　559

五界之上加了一个"识",构成"六界"。诸如此类,不胜枚举。

中国"五行"理论与"四元素"论的种种变体相比有几个重要区别,一是缺少"风(或气)"这个基本元素,更没有"(虚)空"这个更高阶的元素或界面;二是对固态物质做了更多细分,除"土"之外又多了"金"和"木"。当然,这些区别并不能改变这些种种模型素朴落后的认识论性质;但如果我们非要猜测中国五行的这些"特色"何以产生,很有可能跟华夏初民最早主要是用"五行"来标记农时有关(所以更为强调金、土、木之间的性质差异)。

至于为什么是"五"行而不是"四"行或"六"行,那恐怕就纯属历史的偶然了。当然,非要猜测的话,大约是因为人一只手不多不少有五个指头,所以原始社会的初民们刚刚开始掌握计数时,一般都采用五进制(一只手)和十进制(两只手),只有到文明复杂到一定程度后,才先后出现十二进制(月份、生肖、时辰)、六十进制(分秒、甲子)等计数方式。而因为数完五个手指正好数完一只手,所以初民们倾向于对世界进行五分式的对应归纳,除了"五行"之外,还有五色、五味、五音、五脏、五德等。

到了战国以后,五行学说逐渐流行,五行也就逐渐被人和五色、五味、五音、五脏、五德等挂上了钩,出现了五行相生相克论、五德始终说,以及《黄帝内经》中将五行应用于中医理论的做法。

当然,这绝不是说古人不会用两分法、三分法、四分法、六分法等来对事物归类(事实当然相反);同样地,古人也有办法将其它数量不是"五"的事物相互挂钩,并应用到各自社会文化中流行的医学假说里去——比如古希腊医学家希波克拉底就把"四元素"与所谓的人体"四体液"相对应,构成"古希腊传统医学"的理论基础。中医的"五行学说",与其它社会各自传统医学的宇宙论相比,并无任何高明之处。

毋庸赘言,无论是古希腊的"四体液说",还是古代中国基于五行的医学理论,都建立在不靠谱的宇宙论基础上,早该被现代医学所淘汰。

附录 E:
上火

中医里常常提到一个概念，"上火"。嘴唇上起疱了，中医说是上火。脸上长痘痘了，中医说是上火。牙龈肿了，中医说是上火。还有其它大大小小七七八八的不适，中医都可以说成上火。但是这个"火"究竟是什么东西、具体是怎样的发病机理？中医从来讲不清楚。

现代医学则不然。随着科学研究的不断深入，我们可以把以往被中医笼统扔进"上火"这个大筐的各种病症，从机理上细致地加以区分。比如牙龈肿痛和嘴唇起水疱同为"上火"，病因却全然不同。牙龈肿痛是因为口腔卫生不良导致牙菌斑、牙结石或软垢沉积，诱发牙龈炎，导致牙齿根部疼痛和周围齿肉肿胀。

相反，嘴唇"上火"起疱，则是因为被传染了单纯疱疹病毒（herpes simplex virus, HSV，口腔疱疹多由 HSV-1 引发，生殖器疱疹多由 HSV-2 引发），或者是因为身体虚弱、免疫力下降，而导致之前已经潜伏在体内的单纯疱疹病毒再度发作——单纯疱疹病毒在感染宿主后，能够从神经元轴突末梢钻入神经细胞，一路到达三叉神经的神经节潜伏，躲开免疫细胞的攻击；等到人体免疫力下降时，再沿轴突末梢返回口腔皮肤诱发水疱。

由于免疫细胞无法直接消灭在三叉神经的疱疹病毒，因此一旦感染 HSV-1 便终身存在"上火"的风险，迄今尚无药物可以将该"病灶"连根拔除；另一方面，潜伏的 HSV-1 只在免疫力下降时才会发作，一旦免疫力恢复便很快自愈，只要注意营养与作息、调节身体即可，并不需要专门服用什么药物来"下火"。中医所谓的"下火"药，绝大多数（如果不是全部的话）只不过是毫无用处的安慰剂而已。

诸如此类的例子还可以举出很多。古人由于缺乏生理学、微生物学等方面的知识，只能从日常经验观察中做一些笼统的归纳与推测、用"上火"

之类大而化之、玄而又玄的概念来解释病理现象，这是时代的局限，无可厚非。但今天的人们若再食古不化，死守着老祖宗的破铜烂铁当宝贝，就只能贻笑大方了。

附录 F：
中医的有效性

时常听到这样的困惑："我觉得中医明明很有效啊，为什么那么多人反对中医呢？"

问题在于，什么叫"有效"呢？或者怎么证明一种医学理论或医学实践有效呢？最一目了然的例子大概是"药到病除"——但是对于没有办法"药到病除"的慢性疾病，或者病灶复杂、病情反复的患者，我们怎么知道所采用的治疗手段确实对症？退一步说，即便是在"药到病除"的案例里，我们怎么知道"病除"确实是"药到"的结果，而不是别的原因所致？

比如我们现在知道，像普通感冒、口腔单纯疱疹（俗称的"嘴里上火起泡"）等都是自限性的病毒疾病，只要不引起并发症，就算不用药也会在几天内自行好转；再比如传统上用丹砂"治疗"小儿夜啼，实际上是通过令婴儿汞中毒后陷入半昏迷状态，以表现出看似"安神镇定"的效果。类似的例子还有很多，恕不赘述。

举这些例子，并不是想说中医的任何药物、任何治疗手段都一定无效。事实上，包括中医在内的各种传统医学，在几千年的发展过程中，多多少少都积累了许多关于特定病症、特定药物、特定治疗手段的经验，而这些经验中也一定有某些是"有效"的。

但是问题在于，一种医学要成为医"学"，并不能仅仅停留在经验层面的简单堆积，而必须将这些经验理论化，揭示特定经验素材背后的深层因果机制，并将这些机制推广运用到更广泛的案例中去。换句话说，仅仅知道"我们积累的诸多经验中一定有某些是有效的"是远远不够的；如果没有理论的支撑，我们无从确凿地得知究竟哪些经验真正有效、哪些经验遭到了其它变量混淆，也无从得知前一类经验究竟出于什么原因而有效、在哪些限定条件下有效、能够运用到未来的哪些案例中。所以任何一种医学，最终都要上升到理论层次，而我们对其有效性的辩护，也同样必须上升到"理论有效性"的层次，决不能停留在"这个经验素材确实有效"、"那个经验素材确实有效"的地步。

而一旦上升到理论的层次，中医的弱点便暴露无遗了。与其它社会与文化中的古代医学一样，中医理论是在前现代背景下根据既有经验素材提出的假说，这些假说缺乏必要的现当代科学发现（比如微生物理论、生物化学、基因学说等）作为支撑，在理论构造的过程中只能以素朴宇宙论和原始的巫术交感思维作为基本元素，围绕天地阴阳、四时五行、气血寒热、形近相补、以毒攻毒之类含混玄奥的概念或原则来大做文章（或者说大开脑洞）。类似情况在现代医学昌盛之前的西方社会也屡见不鲜，比如直到19世纪，"顺势疗法（homeopathy）"还在欧美大行其道，其后经医学界的集体揭批才逐渐衰落。

在理想情况下，一个现代社会本该能够心平气和地面对陈旧的传统，不是一味护短，而是勇于舍弃已与现代科学渐行渐远的传统医学理论，用现代医学思维全面检视过往积累的经验素材（比如前引《上海书评》对王家葵教授的两篇访谈，就是利用现代药学知识对传统中医本草学进行重新整理和检视的范本）。只不过我国自清末以降，"中西医之争"与民族主义之间的紧密联系，为这场本该聚焦于科学层面的争论平添了不少政治色彩，直到如今仍在掀起无谓的波澜，实在可叹。

附录 G：
驴皮阿胶

为什么必须用驴皮做阿胶，其它动物的皮不行？因为忽悠的诀窍是越神神叨叨越好、越让人看不透越好,这样才能收到更多智商税;"虚假区分"正是营造神秘感的有效手段。其实不管驴皮还是其它家畜皮熬成的阿胶,都不过是普通的胶原蛋白而已,再怎么熬制也起不到其鼓吹者所宣称的滋阴补血之类疗效;但只要祭出"正宗驴皮阿胶"的大旗(或者更进一步,"山东东阿黑驴皮配合当地某某泉的泉水熬制的正宗阿胶"),马上能唬住一大帮人。

根据中医典籍记载,阿胶最初其实是用牛皮熬制的,比如《名医别录》第一卷称阿胶"煮牛皮作之,出东阿"。《齐民要术》更称"煮胶……沙牛皮、水牛皮、猪皮为上,**驴、马、驼、騾皮为次**",理由是"其胶势力虽复相似,但驴、马皮薄、毛多、胶少,倍费樵薪"。"其胶势力虽复相似"这句话的意思其实就是,不论何种家畜皮熬成的阿胶,"疗效"均无实际差异(因为其实都没有疗效)。

到了五代宋初,由于官方买断牛皮作为战备物资(李剑农《宋元明经济史稿》:"五代时以牛革筋角为制造衣甲军器所需要,皆严禁出境。农民牛死,非经官验视,不得解剥,其革筋角皆输于官。"),民间才开始改用驴皮熬胶,相应地不断抬高驴皮的地位,先是与牛皮并列、把猪皮挤到二等(比如《本草纲目》"用㹀牛、水牛、驴皮者为上,猪、马、騾、驼皮者次之,其旧皮、鞋、履等物者为下"),然后逐渐把牛皮也挤了下去,营造出"驴皮阿胶最上等"的印象(比如清代周岩《本草思辨录》"阿胶以济水、黑驴皮煎炼而成")。

既然阿胶没有疗效,为什么还会列名于国家药典?既然驴皮阿胶与其它家畜皮阿胶并无区别,为何国家药典还要言之凿凿加以区分?前一个问题,涉及一个多世纪以来的中西医之争、涉及与伪科学斗争的未竟事业,这里不能尽表。至于后一个问题,除了前面提到"虚假区分"对忽悠成功的重要性外,还有一个关键原因是:即便在忽悠界,一样存在利益之争、地盘之争、"话事权"之争。这在下面一则报道中便可看出端倪:"东阿阿胶参与了自1985年版药典以来连续七版药典阿胶质量标准制定,其建立的

37项质控指标被收录到《中国药典》,参与了阿胶等十余个中药产品国家药品质量标准的起草和修订,先后共填补药典阿胶质量标准空白九项,成为行业法定标准。"[1] 有人的地方就有江湖,伪科学领域亦不能外。

附录 H:
《本草纲目》与阴毛

根据中医古书,服用男子阴毛可以治疗蛇毒。这个说法现存最早的出处是唐代**陈藏器**《**本草拾遗**》,后来被**李时珍**收录到《**本草纲目·人部**》"**阴毛**"条目中:

> 男子阴毛:主蛇咬,以口含二十条,咽汁,令毒不入腹。

除了能治疗蛇咬之外,李时珍还收录**孙思邈**《**千金方**》的记载,声称男子阴毛对分娩时防治难产有奇效——当然,必须得是**产妇丈夫本人**的阴毛,绝对不能是其他随便哪个男人:

> 横生、逆产,用**夫阴毛二七茎烧研**,猪膏和丸大豆大,吞之。

《千金方·妇人方上》"逆生"条下的原文更加掷地有声:

> 取夫阴毛二七茎烧,以猪膏和丸如大豆,吞之,**儿手即持丸出,神验**。[2]

---

1 《中国质量报》2015 年 11 月 9 日讯,《"市场参与者"变身"标准制定者"》。
2 《千金方》里除了丈夫阴毛之外,还有其它许多神奇的难产药方,比如"取蛇蜕皮烧灰,猪膏和丸,向东服"、"以手中指取釜底墨,交画儿足下,即顺生"、"取父名书儿足下,即顺生"等等。因为这些方子并未将"人"入药,所以没有被李时珍收录在《本草纲目》的《人部》中。

空谈 565

不过，作为备受后人景仰的一代神医，李时珍怎么可能仅仅满足于抄录古书"验方"？当然要有自己的发明创造，才能证明神医之称名不虚传。而且只有男子阴毛能治病，这不是赤裸裸的性别歧视吗？想到这里，李时珍不禁义愤填膺，慨然提笔，紧接着前两条记载，续上了版权归自己所有的第三道药方：

妇人阴毛：主五淋及阴阳易病。

话说回来，与《本草纲目·人部》中的其它药方相比，"阴毛"条下的这三条记载直可谓平平无奇。根据李时珍搜罗的资料，**人的头发、头垢、耳垢、膝垢、指甲、牙齿、人屎、人尿、尿垢（名为"溺白"或"人中白"）、尿液结晶（名曰"秋石"）、尿结石（名曰"淋石"）、胆结石（名曰"癖石"，因为李时珍认为其乃"有人专心成癖"、"精气凝结"的产物）、乳汁、月经、人血、精液、唾液、汗液、眼泪、"人气"、"人魄"**（"此是缢死人，其下有物如麸炭，即时掘取便得，稍迟则深入矣，不掘则必有再缢之祸"）、**胡须、人骨、天灵盖、胎盘、脐带、阴茎、人胆、人肉**……均各有妙用。

比如尿垢：

时珍曰：人中白，降相火，消瘀血，盖咸能润下走血故也。今人病口舌诸疮用之有效，降火之验也。

其下更详细抄录了用"人中白"治疗"诸窍出血"、"肤出汗血"、"水气肿满"、"脚气成漏"、"小儿霍乱"、"鼻中息肉"、"痘疮倒陷"、"小儿口疳"、"走马牙疳"等各病症的相应药方，有兴趣者可查阅《本草纲目》原文。

好了，列了这么多"中医古书验方"，读者不免要问："这些药方，遵循的究竟是哪条中医理论呢？"

从现代科学的角度看，所谓中医"理论"，其实不过是在**素朴宇宙论**与**巫术交感思维**的基础上，对日常生活中各种经验观察、口传谈资、神秘想象的杂烩、融合与提炼。这样的"理论"，由于缺乏**恰当的研究范式与方法论**作为奠基，也没有**足够庞大而可靠的背景知识体系**可资对勘，因此总体上无力对种种怪力乱神进行"去伪存真"的检验（尽管历史上时不时有一些中医学者对个别偏方的有效性提出怀疑和否定，但这些声音大多湮没在浩繁的卷帙之中），只能不断地"兼收并蓄"、传抄后人，同时还要费尽心思为这些偏方怪方做出看似合理的解释。

比如对于人的毛发为何会有其书中所宣称的种种疗效，李时珍是这样解释的：

发者，血之余。埋之土中，千年不朽；煎之至枯，复有液出。误食入腹，变为症虫；煅治服饵，令发不白。此正神化之应验也。

这段混了观察与想象的叙述，正是中医"理论"背后巫术交感思维的典型反映。

当然，在"中医粉"眼中，从现代科学的角度去批判中医，那才是真正的坐井观天、夜郎自大之举：世界这么大，你怎么知道科学就能解释一切？你怎么知道你所谓的怪力乱神就一定不存在？你怎么知道老祖宗的记载就一定是错的？没准哪天科学又证明了老祖宗的这些方子有道理呢，到时候你是不是要掌自己的嘴？……

其实同样的意思，神医李时珍先生早在评论陈藏器《本草拾遗》（就是前面提到的、现存最早记载"男子阴毛可治蛇咬"的那本书）时，就已经讲过一遍了：

空谈

其所著述，博极群书，精核物类，订绳谬误，搜罗幽隐，自《本草》以来，一人而已。**肤谫之士，不察其该详，惟诮其僻怪**。宋人亦多删削。岂知天地品物无穷，古今隐显亦异，用舍有时，名称或变，**岂可以一隅之见，而遽讥多闻哉？** 如辟虺雷、海马、胡豆之类，皆隐于昔而用于今；仰天皮、灯花、败扇之类，皆万家之所用者。若非此书收载，何从稽考？此本草之书，所以不厌详悉也。

听到了没有，但凡质疑"中医古书验方"的，都是"以一隅之见而遽讥多闻"的肤浅之士、不知"天地品物无穷"的狂妄之徒。

什么？你说"辟虺雷"（即朱砂莲）不仅没有《本草纲目》所收录的"辟瘟疫"、"解蛇虺毒"的药效，而且富含马兜铃酸，会破坏肝肾功能，导致肝癌、肾癌、尿毒症、肾衰竭？

什么？你说"万家之所用"的灯花其实根本治不了"小儿邪热在心，夜啼不止"，你说"败扇"（破掉的蒲扇）"烧灰酒服一钱，止盗汗及妇人血崩、月水不断"是瞎扯？

这些可都是中华民族数千年智慧的结晶哪！你胆敢数典忘祖、说三道四，你的自信到哪里去了?!

附录 I：
西方古代的本草学

使用草药是古代文明普遍的现象。早在苏美尔人的时代，就已经有关于如何使用植物治疗某些疾病的文字记录。古埃及文明的医学体系可以追溯到公元前 33 世纪，到公元前 15 世纪时已经发展出了极其先进、远超同时代其它文明的外科手术、骨折处理、药物辨识与使用等理论和实践。现存的古埃及医学著作包括《卡宏妇产科莎草纸手稿（Kahun Gynecological Papyrus）》（约公元前 1800 年），《埃德温史密斯莎草纸手稿（Edwin Smith

Papyrus)》，(约公元前 1700—前 1600 年)，《艾伯斯莎草纸手稿（Ebers Papyrus)》(约公元前 1550 年) 等，是目前已知人类历史上最早的一批医学专著。

古埃及医学对后来的古希腊古罗马医学、古波斯医学等均有直接而巨大的影响。尤其随着古罗马帝国的扩张，博物学家们得以见识更多种类的植物，古罗马的本草学也得到长足进步，涌现出凯尔苏斯（Aulus Cornelius Celsus）的《医术》（De Medicina）、迪奥科里斯（PedaniusDioscorides）的《药物论》（De Materia Medica）等鸿篇巨制。其中《药物论》对 600 多种植物的药用价值进行了整理和阐释，比如发现可以从罂粟中提取鸦片作为外科手术的麻醉药等。在现代医学出现之前，这些著作是欧洲 1000 多年间医疗实践的基础读物。

中世纪晚期欧洲"百年翻译运动"期间，大量从波斯和阿拉伯世界借鉴其医学知识，翻译了阿维森纳（伊本·西拿）的《药典》（Canon of Medicine，阿拉伯语 al-Qānūn fī al-Ṭibb）等一批著作。在这些新知识的刺激下，欧洲各民族的知识分子又开始对植物学和本草学发生兴趣，在 16 世纪至 17 世纪间涌现出 Hieronymus Bock 的 Kreuter Buch（德国）、Rembert Dodoens 的 Pemptades（荷兰）、Henry Lyte 的 A Nievve Herball（英国）、John Gerard 的 Herball or General Historie of Plantes（英国）等一批本草学专著。这些专著大多结合了当时博物学研究与科学革命的成果，在内容上主动（尽管未必完全）剔除了古人种种怪力乱神的记载，因此相比中国同时期《本草纲目》等药典而言更为可靠。

当然，随着现代医学的出现，完全依赖经验观察与总结、缺乏现代科研手段辅佐的这些西方传统医学与本草学，渐渐被日新月异的新范式、新理论、新知识、新实践所整合、吸收与取代。如今，只有在某些出于民族主义情结而抱残守缺的文化中，才仍然存在奉古人之言为圭臬的怪现象。

空谈

附录 J:
小学生中医课

据媒体报道，浙江五年级小学生新学期要开始学中医课，为全国首创，家长对此却褒贬不一。教材主编、浙江中医药大学校长方剑乔教授声称：除了医学知识，还能培养青少年的民族自信心和自豪感。

小学开设中医课，根本是荒腔走板的做法。中医的整个理论体系早就该被淘汰，让小学生学中医，正如这位教材主编一语道破的："培养青少年的民族自信心和自豪感"——说白了就是出于宣传民族主义意识形态的需要，而向本该多多学习严肃的科学知识的孩子们灌输伪科学。

教材主编宣称中医课能够增加学生的"医学知识"。事实上，灌输中医那些已经过时的概念与理论，只会对孩子们的认知造成混淆。比如教材中"恐惧伤肾"一节，声称"我们有时会大小便失禁，甚至吓得昏死过去。这是'恐伤肾'、'恐则气下'"——这完全是把几种不同的官能和机理混为一谈。

中医粉可能会辩护说："中医里的'肾'不是解剖学意义上的肾，而是对某些身体机能的虚指。"但一来，历史上中医的"肾"本来一开始就是指解剖学意义上的肾器官，只不过古人因为生理知识不足而对不同器官不断附加各种功能想象，而在面对现代医学更加清晰的解释时，为了面子不得不将实体器官与想象出来的"虚指"机能相剥离；二来，即便沿用当代中医对"肾"的用法，也应该明确地让孩子们知道此肾非彼肾、此肾的种种玄而又玄的"功能"在解剖学与生理学上完全找不到对应，只是存在于中医的想象之中。

除此之外，教材所犯医学错误还不仅限于中医理论本身的错误。比如网上不少批评该教材的医学专业人士已经指出，教材中"饮食有节"的部分把一个 11 岁小孩的糖尿病归结为暴饮暴食，这实际上是无视 1 型糖尿病与 2 型糖尿病的致病机理差异与人口分布差异（未成年人得糖尿病基本是因为遗传因素），不仅传播了误导性的医学认识，而且容易造成学生对未成年糖尿病同学的污名化和校园霸凌。

鲁迅曾经呼吁："救救孩子。"没想到百年之后，我们还需要发出同样的呼声。

附录 K：
鼓励西医离职学习中医

我在之前的问答中，多次对中医提出过批评。不过咱也不能老盯着中医的黑暗面不是，还是要努力在黑暗中寻找光明的嘛。比如像 2017 年 7 月 11 日国务院文件里"建立完善西医学习中医制度，鼓励临床医学专业毕业生攻读中医专业学位，鼓励西医离职学习中医"这条意见，我就觉得对解决我国当前日益激化的**医患矛盾**，有着特别重大的正面意义！

此话怎讲？有研究为证。在 2010 年的一篇论文[1]中，来自上海中医药大学中医四诊信息综合研究实验室、复旦大学公共卫生学院、上海中医药大学附属龙华医院的研究团队，**邀请上海中医药大学附属龙华、曙光、岳阳等医院的资深临床内科专家与教授**，对随机抽取的**一名住院患者以及二十多份病历**进行诊断和分析。研究发现，无论是对患者的现场望闻问切，还是对病历的双盲辨证分析，这些"资深中医专家"们的**结论一致性都非常之低**。

比如对于该患者的舌质，有两名专家判为舌质发"红"，九名专家判为"淡红"，五名专家判为"淡白"，两名专家判为"发暗"；

1　刘国萍等，《中医临床医生四诊信息判读及诊断一致性探讨》，《世界科学技术（中医药现代化）》2010 年（第 12 卷）第 3 期。

空谈　571

对于其面色，有两名专家判为"红黄隐隐"，两名专家判为"黄"，五名专家判为"萎黄"，三名专家判为"淡黄"，一名专家判为"青黄"，两名专家判为"淡白"，一名专家判为"白光白"；

对于其口唇，有九名专家判为"暗红"，两名专家判为"淡红"，两名专家判为"紫"，三名专家判为"唇润"，四名专家判为"唇燥"；

对于其脉象，有九名专家判为"脉沉"，七名专家判为"脉结"，七名专家判为"脉弦"，七名专家判为"脉细"，两名专家判为"脉滑"，一名专家判为"脉数"，三名专家判为"脉无力"；

对患者的病情定性，两名专家声称是"阳虚"，一名专家声称是"气虚"，一名专家声称是"阴阳两虚"，两名专家声称是"血瘀"，四名专家声称是"湿浊"；

对其病灶的位置，六名专家声称在"脾"，七名专家声称在"肾"，五名专家声称"脾肾兼有"。

至于对随机抽取病历的双盲分析，专家们甚至屡屡出现**对同一份病历的先后两次诊断结果不一的情况**。尤其在"痰浊"、"瘀血"、"气滞"、"心火亢盛"等几项上，诊断结果都近乎随机。论文最后得出结论：**中医临床四诊信息判读与证候诊断的一致性低、准确性差**。

读者看到这里，可能以为我又要"黑"中医了。非也非也！正如我前面说的：中医诊断缺乏一致性与准确性，对于解决医患矛盾恰恰是天大的好消息。

何出此言？首先，因为诊断缺乏标准，所以**医生说什么就是什么，患者想不同意也没法不同意**；就算连看几位中医，每位的说法都大相径庭，但是连"资深专家"、"名医"之间都莫衷一是，意味着任何一种说法最终都能找到"资深专家"、"名医"来撑腰，根本不存在"误诊"一说。其次，中医里的**概念本来就内涵模糊**，加上一篇玄远高妙的长篇大论，足以把患者绕晕；更何况中医是老祖宗流传下来的智慧，博大精深，**你不懂只能说明你没开窍，患者若敢挑战医生的权威**，等于挑战整个中华文明，罪同汉奸走狗。

所以假如所有西医都改弦更张去学中医，我敢担保中国当今的医患矛盾会立马消失于无形，不管吃多少吨马兜铃都不会影响到社会和谐稳定。鼓励西医离职学习中医，不愧为深谋远虑之举。

附录 L：
柴胡注射液

2018年5月29日，国家药品监督管理局终于将柴胡注射液（一种已经应用七十多年的"儿童退烧针"）宣布为儿童禁用药物。这一决定尽管姗姗来迟，依旧大快人心。事实上，有识之士大声疾呼包括柴胡注射液在内的各种中药注射液的危害、尤其是对儿童的危害，已经有很多年了。

关于柴胡注射液的副作用的记录，在相关论文中不可胜数，比如《中国中医药信息杂志》2001年的一篇论文[1]，就记载了四十三例柴胡注射液不良反应，其中过敏性休克二十四例，占55.8%，呼吸道反应五例，占11.6%，心血管系统反应四例，占9.3%，皮肤反应十例，占23.3%。论文作者总结说："柴胡注射液引发过敏性休克的几率相当高，务必引起医患双方的高度重视。"此外，论文作者还发现，"婴幼儿对药物的耐受性较差，本组有六例上呼吸道感染的婴幼儿在肌注柴胡注射液后，发生了较严重的过敏反应。特别是其中有一例三个月的男婴，在肌注柴胡注射液后即刻出现了痉挛性喉梗阻。"

柴胡注射液（以及其它重要注射液）的危害，由两个方面构成。一是当代中医的抱残守缺、拒绝用科学的方法来研究和披露中药药材的毒副作用，往往只肯用"毒副作用尚不明确"来敷衍过去，导致存在过敏风险的

---

1 胡勤策、季静岳、胡明灿，《43例柴胡注射液不良反应分析》，《中国中医药信息杂志》2001年（第8卷）第5期。

患者无从预先规避，以及某些潜伏性的、短期难以观察的毒性在体内积累。就柴胡来说，目前已经知道，其含有的柴胡皂苷会刺激迷走神经，若患者有循环系统疾病、耐受性降低，则易引发心律失常、心率过慢、心动过速等，严重时甚至危及生命。解决这方面问题，必须要让中医放下民族主义的包袱、彻底走上科学化的道路。

另一方面原因是将这些药物作为注射液使用。注射液直接进入肌下，绕开了口服时消化系统的屏障，导致过敏反应等更加直接，也就放大了柴胡等中药的危害。这种危害，对于儿童尤甚。

附录 M：
"是药三分毒"

如果说在人类对世界认识水平普遍低下的古代，中医（以及其余社会文化中各自的传统医学，包括"传统西医"）作为古人对病症、药物、疗法的朴素而粗浅的经验积累，其存在尚有必然性与一定的必要性，那么这种必要性早已随着现代科学天翻地覆的认知革命与日新月异的认知突破，而荡然无存。此时再出于扭曲的民族自尊心而固执地保护、鼓吹、推广中医，自害害人的效果早已远远超过微末的正面意义。

比如中医广泛采用的含马兜铃酸的药材，继 1990 年代开始逐渐被国外研究者证明会造成不可逆的泌尿系统损伤，导致肾癌、膀胱癌、尿毒症等重病之后，在最新一期《科学》子刊发表的封面论文[1]中，又被研究者揭示出其同样会导致肝癌；在中医大行其道的台湾地区，病因与马兜铃酸有关的肝癌患者比例甚至高达 78%。

---

1 Alvin Ng et al. (2017), "Aristolochic acids and their derivatives are widely implicated in liver cancers in Taiwan and throughout Asia", *Science Translational Medicine* 9(412): eaan6446.

对诸如马兜铃酸之类不断涌现的中药"黑材料",中医粉们往往会抬出"是药三分毒"之类大道理来回应:"很多西药也有毒嘛!""抗生素滥用不也会造成严重的问题吗?"云云。

问题在于:尽管中医理论(以及其它任何传统医学)里确实包含若干类似于"是药三分毒"这样泛泛的警告,但这些警告永远只能停留在分文不值的"泛泛之论"层面,完全无法用以在实践中明确地解释(更不用说预测)特定药物在特定条件下的毒性;相反,无论传统中药的毒性,还是西药(或者更确切地说,以化学合成等方法获得的现代药物)的毒理与过敏反应,包括抗生素滥用的副作用等,都是通过现代科学与现代医学的手段才得以揭示其机理、条件、应对措施。

换句话说,"西药"(以化学合成等方法获得的现代药物)的副作用要靠"西医"(依托于现代科学的现代医学)来发现、防范与纠正,"中药"的副作用同样也只能靠"西医"来发现、防范与纠正。"中医"除了给"中药"提供一堆似是而非的伪理论支持之外,根本没有对毒理与药理机制方面的认识发展起到实质的帮助,又怎么好意思拿"是药三分毒"为自己开脱呢?

除了对求医问诊者本身健康的可能伤害之外,当代中医还因为对各种"天然滋补品"、"中医神药"的疯狂追捧,而导致一波又一波的生态灾难。过去三十年间国人一哄而上挖掘"冬虫夏草",造成青藏高原的草甸退化、沙化、严重水土流失;因为穿山甲"会打洞"而附会其有"通经活血"功能(以及由之联想出来的种种药效),令中医信徒先将本国的中华穿山甲吃得濒临灭绝,然后又大肆走私东南亚和非洲现存的其它几种穿山甲,令后者也陷入岌岌可危的境地;再比如其实毫无药用价值的"驴皮阿胶",经过相关企业的营销打造之后却广受新兴中产阶层追捧,结果使得远在万里之外的非洲毛驴遭遇灭顶之灾。[1]

---

[1] 参见《疯狂的驴皮:342亿的中国阿胶市场,要杀多少非洲驴?》(2017年10月19日)。

空谈

所以，中医发展到今天，祸害的范围早已不仅限于"信而好古"的国人；随着国力的发展、庞大中国市场对世界影响力的增强，中医的破坏性也开始超越国界，殃及全球各个角落。这个问题，理应引起当代中国人更多的重视与思考。

附录 N：
不信中医的人为什么要反中医？

这个问题的思路很有趣。提问者困惑的不是"为什么有人不信中医"，而是"不信中医的人为什么要反中医"，仿佛在说："你不'信'它没关系，但是干嘛要'反'它呢？"这背后的预设是：对一件事情"信不信"与"反不反"，是完全可以——而且本来应该——分割开来的两种态度；倘若二者发生了关联，便是一件值得奇怪的事情。

但是什么叫做"不信 x 但也不反 x"呢？乍看起来，说"我不信某某说法"，不就意味着"我认为某某说法是错误的"，于是不就意味着"我反对某某说法"吗？如果"不反"某个说法，怎么还能叫"不信"它呢？比如假如一个科学家声称"我不相信地心说的正确性，但我也不反对地心说的正确性"，我们恐怕会觉得非常莫名其妙吧。

其实当我们说"不信 x 但也不反 x"时，要么这里的"不信 x"不是真的不信 x，要么这里的"不反 x"不是真的不反 x。

什么叫"不是真的不信 x"？举个例子，你考试时在一道单选题上卡了壳，已经确定排除了 A 和 D，却不知道该选 B 还是选 C，总觉得 B 有 B 的道理，C 也有 C 的道理。你犹豫了半天，最后感觉 B 是正确答案的可能性似乎要大那么一些，于是一咬牙一狠心选了 B。从你选 B 这点上看，你似乎是"相信"B 正确、C 错误的了；但是你真的"反对"C 吗？恐怕未必。这里的关键，在于你此处的"信"其实并非真信，而是"半信半疑"（或者比如"百分之六十信、百分之四十疑"），只不过你在半信半疑的两个选项中，对 B 的"信心程度"略高于 C 而已。换句话说，这类情况其实并非"不信 x 但也不反 x"，而是"既不确信'x 对'也不确信'x 不对'，因此不反对存在'x 对'的可能性"。

另一方面，什么叫"不是真的不反 x"？比如在日常生活中，常有无神论者声称"我不信宗教但也不反宗教"，表面上看符合"不信 x 但也不反 x"的形式，但真正的意思其实是"我不信宗教但也不反对别人信宗教"，或者"我不信宗教但也不反对传教活动"，等等。这里"反不反"的对象已经不再是"信不信"的对象了，可以表示成"不信 x，同时不反对基于 x 的某个做法 y（y＝'别人信 x'、'别人传播 x'等等）"。

当然，这里的"反对别人信 x（或者传播 x）"并不是说要强行剥夺别人的思想自由和信仰自由，而是说通过交流与争论说服别人认识到 x 的错误、从而放弃对 x 的信念。那么我们在什么时候可以（或者应当）明知 x 是错的、却还拒绝说服别人认识到 x 是错的呢？唯一的办法是通过对比"别人相信 x（尽管 x 是错的）"和"说服别人放弃 x 信念"这两件事的正负外部性来判断。

比如有人可能觉得，争论虽然有助于澄清真相，但也容易造成人际关系紧张，甚至群体之间的对立，弊大于利；又比如有的无神论者可能觉得，"上帝存在"的信念虽然是错的，但一来这种错误观念植根于人类内在的"过度活跃的能动性侦测（hyperactive agency detection）"等心理机制，无法连根拔除，二来它确实能够为许多苦难中人提供精神慰藉，因此应予宽容；等等。

同时，既然"是否应该说服别人放弃基于错误信念 x 的做法 y"依赖于相应的利弊判断，那么当利弊关系发生变化时，相应的结论自然也要跟着变化。比如一个无神论者可能不反对"传教"，但反对"政教合一"，因为在其看来后者的祸患远远超出前者。

回到中医的问题上来。当我们问"不信中医的人为什么要反中医"时，这里的"反中医"究竟是指什么呢？如果指的仅仅是"不接受'中医是一套根本上正确可靠的医学理论与实践体系'这种观点",那么任何真正"不信中医"的人（而不是那些"对中医半信半疑"的人）都必然在这种意义上"反中医"。

当然，很多人口中的"反中医"，指的并不仅仅是观点上对中医不接受，而是在言论上主动抨击中医，和在行动上力图阻止中医地位的提高与势力的扩张，比如"反对身边亲友生病时看中医"、"反对有关部门抬高中医地位"、"反对有关部门出台'鼓励西医离职学习中医'的措施"等等。这同样很好理解：由于医学理论和实践本身具有高度的外部性，如果你真的"不信中医"（而不是仅仅"半信半疑"），就应该非常明白，在当代中国，中医地位的提高与势力的扩张，造成的负面后果远远大于正面；尤其在各路糟粕假"传统文化"之名卷土重来的年代，"反中医"的工作便愈发任重而道远了。

科学、社会与公众参与
——读英国皇家学会《社会中的科学》报告

2005 年 6 月 18 日作,删节版刊同年 8 月 24 日《中华读书报》。

20 世纪 90 年代中期,以疯牛病暴发为标志,科学与社会的关系走到了一个转折点上。由于在 1996 年以前,英国政府及其科学顾问一再宣称疯牛病不会传染给人,因此疯牛病的暴发直接引发了公众对政府和科学空前的信任危机。一方面人们从中意识到,科学是具有不确定性的,在公共科学政策上剥夺民众对风险的知情权与决策选择权,有可能带来灾难性的后果;另一方面,当代科学的发展,如干细胞研究、克隆等,与全球化问题一道,越来越和社会、伦理、信仰、价值观、生活方式等因素紧密相连。科学不再仅仅是科学共同体和政府的事情,而是涉及社会中的其他角色,涉及广大公众。在这种背景下,英国上议院 2000 年的《科学与社会》报告(*Science and Society*,中译本 2004 年由北京理工大学出版社出版)为新世纪的科学政策与科学传播工作提出了一份战略性的纲领和理念,而英国皇家学会(Royal Society)2004 年《社会中的科学》报告(*Science in Society*)则是对这份纲领的实践、阐释与发展。

"社会中的科学"是皇家学会从 2000 年开始实施的一个项目,其宗旨是"促进公众及其他非科学家参与科学",这份报告就是对该项目三年半来成果的总结与评论。"公众参与"之所以必要,乃是由于:"从历史上看,决议者们总是认为科学所涉及的问题应当主要从科学的视角加以考虑。诚然,在考虑科学应用的范围和影响时,科学的确扮演着关键的角色,但社会因素和伦理因素对于讨论而言,同样是根本性的"(2.0.1),因而,"在具有明确社会影响的科学议题上,公众参与乃是把握社会价值观并将其与相关的科学、经济及其它因素一同加以考虑的手段"(2.0.3)。

要促进公众参与,首先要培养"对话氛围"与"对话意识"。所谓"对话",是相对于过去的"科普"和"公众理解科学"[1] 而言的。过去这两种提法,都暗示了(只有)公众(才)是无知的:科学政策遭遇抵触,仅仅是因为公众不"理解"科学、需要科学家对他们进行科学知识和科学方法的单方面"普及";因此科学家与公众的地位并不平等,科学家居高临下、优越于公众。相反,"对话"的提法则强调,尽管公众的**专业科学知识**的确不如科学家,但科学家对**其它因素**(伦理、政治、社会文化,以及不同个体或阶层对政策风险的不同耐受力,等等)的考虑未必能有公众全面,所以公众与科学家应该处于平等的地位上,以对话的方式达到双向的交流和互动。

皇家学会在 2001 到 2004 年间开展了三次"对话"活动,分别探讨对科学的信任、遗传检测问题、计算机信息安全问题。尽管这几次对话在推动科学家与公众的相互理解、影响国家的科学政策等方面起到了很好的效果,但随后的评估还是发现,"专家中总有一种在科学论证的逻辑上对参与者进行教育的倾向——这严重破坏了其它类型的交谈"(6.4.2)。有鉴于此,皇家学会强调:"无论是有专业知识也好,声音大也好,不应该让任何人充当对话进程的主宰"(6.4.1),而要通过"对公众参与者的更大支持以及对专业人士与非专业人士之间讨论的直接调节"(6.4.2)来解决这一问题。试图因公众在所谓"常识"和"科学论证"方面的欠缺而剥夺其发言权,这种思维方式在中国近年的科学政策争论中更是屡见不鲜,因此皇家学会的做法尤其值得我们注意。

---

[1] 英国皇家学会 1985 年《公众理解科学》报告(*The Public Understanding of Science*)所提出的思路;该报告中译本 2004 年由北京理工大学出版社出版。

除了培养对话氛围之外，还需要对决策过程加以改造。正如前面所说的，科学研究及其社会应用有着潜在的风险与不确定性，因此，使决策过程透明化，"尽早、尽可能充分地将争议、不确定性、政策选择权呈现给公众"(2.0.8)，就应该是政府与科学家的一项职责；而决策过程中的开放性，以及各种"协商评议进路"（"共识会议"、"公民评审团"等）的采用(6.1.3)，更是将公众价值观考虑到政策中去的必要手段。

报告中多处指出，有必要对科学家进行交流、参与的训练，以确保他们克服"科学传播的文化障碍"(2.3.5，6.6.2)。除了专门的训练课程外，报告第三章所考察的"下院议员与科学家配对方案"也可以视作这方面的实践。一如本文开始时提到的，疯牛病可谓英国的"科学与政治"关系中一个分水岭式的事件，它"凸现了在科学与政治间搭建桥梁以确保双方更好地互相理解的需要。……一个主要的'社会中的科学'议题便是关注于科技发展的步幅，以及政府施加有效勘查与规范的能力"(3.0.3)。如果说前面的"公众参与"是为了防止"政治的科学化"（the scientisation of politics），即防止把社会和伦理问题当作纯粹的技术问题来处理的话，那么这里所要考察的，便是"科学的政治化"（the politicisation of science）问题，因为"克隆、转基因作物、气候变迁、麻疹腮腺炎风疹三联疫苗，都刺激了公众的意见，并对科学与政治提出了关键的挑战。全球化促成了进一步的挑战，因为科学在世界范围的发展——以及这些发展的潜在误用——影响着社会"(3.0.1)。只有推动科学家与政界人士之间的交流与相互理解，公共政策才能更好地制定和运作。皇家学会将前者与后者加以"配对"并互访，无疑是一项富有创意的举动，而结果也证明了其成效。当然，"下院议员与科学家配对方案"作为"'对话'的另一方式"(6.1.4)，同样不能缺少对公众的关注点、期望、信仰、价值观的理解。

英国今天遇到并讨论的问题，中国明天肯定也会遇到。事实上，很多问题我们现在已经遇到了，譬如今年从"圆明园湖底铺设防渗膜工程"到"修建怒江水电站"的种种争论，均表明公众对科学丧失信任的状况绝非危

空谈　581

言耸听；而且并非所有那些不信任科学的人都是"反科学"，应该被"科普工作者"们打倒在地再狠狠踏上几脚——许多看似围绕**科学**的争论，背后折射的其实是对相关决策过程不透明，以及对我们身处的体制缺乏民主问责性作为保险与纠错机制这个更深层问题的**政治**焦虑。[1] 科学决策（以及科学技术的社会应用）只有走向民主化，走向公开化，走向"公众参与"，才能够、也才有资格重新赢回公众的信任。皇家学会的《社会中的科学》报告，值得每一个关心中国科学发展的人阅读，相信其中的理念与实践能够为研究中国的科学与社会关系提供帮助。

---

[1] 更不用说我们的政府本身对科学的态度就颇为暧昧；从 20 世纪八九十年代诸多要员力捧的"气功热"，到一直以来对中医的扶持与袒护，公众耳濡目染，自然更要对"科普工作者"们的主张与资质打个折扣。

简析康德"上帝存在的道德论证"

2017 年 11 月 15 日作。

早在其"前批判时期",康德就已经发现,传统上用来支持"上帝存在"的论证统统站不住脚;在《纯粹理性批判》中,他将这些传统论证分为三大类,"本体论论证"、"宇宙论论证"和"物理-神学论证",并逐一加以反驳(至于康德如何反驳这三类论证、后世的三类论证支持者如何锲而不舍地尝试开发新版本、这些新版本又如何一一失败,留待以后再说)。但康德作为一个虔诚的信徒,无法坦然接受自己理性推论的结果("上帝不存在"),只好极力在三大传统论证之外另找资源来为上帝的存在性辩护,即所谓的"道德论证"或者说"实践论证"。

康德首先提出:人类的道德实践(包括人类理性对道德律的接纳),只有在给定某些"**公设**(postulates)"的前提下才得以可能;这些"公设"虽然无法从纯粹的思辨理性中推导得出的,却在实践中不可或缺。并且在他看来,这类"公设"有且仅有三条:(意志的)**自由**、**上帝**(的存在)、(灵魂的)**不朽**。

这里需要首先说明的是,尽管这三条都被康德称为"公设",但它们的理论地位其实大相径庭。

一方面,康德认为,意志自由是**道德律本身的条件**,是道德义务、道德责任这些概念得以成立的基础;如果人类的一举一动是早已被因果链条决定好的、无法通过人自身的意志来选择和指导,那么对这些举动加以赞美、褒奖、谴责、惩罚,宣称"根据道德律你应当这样做"、"根据道德律你应当那样做",就都毫无意义。所以尽管在纯粹理性的思辨中,自由与决定论的矛盾是无法索解的二律背反,但在道德实践中,我们只能相信(或者说,我们必然"先天"确知)自由意志存在;因为倘不如此,就等于对"道德实践"这个概念本身釜底抽薪。

另一方面,对于上帝存在与灵魂不朽这两条的"公设",康德却不得不承认,它们并非**道德律本身**所需的条件,而"只是**受道德律决定的意志的必然对象**的条件",或者说是"**把受道德决定的意志应用于其先天给定的对象**的条件"。康德写文章一向比较拗口;翻译成大白话,其实就是说:

"欲望"是人类心理不可或缺的部分,人的意志不可能不"欲求(desire)"任何"**好处**(或者说'好报'、'好事物';the good)";那么当人们严守道德律来行事时,想要追求的"好处"究竟是什么?康德认为,只能是两个东西:一是自身"**德性**(virtue)"的不断提升与完善;二是与自身德性相匹配的"**幸福**(happiness)"。如果我既拥有**臻于完满的德性**,又能享受到(与前者成比例的)**臻于完满的幸福**,那么我就从对道德律的遵守中收获了"**最高级的好处**(highest good)"(或者不那么大白话一些:收获了**至高善**)。既然严守道德律的人**只可能追求**这两样"好处",那么它们的结合("**德性完满+德福一致=至高善**")当然就是前者"意志"的"**必然对象**"了。

可是为什么说上帝存在和灵魂不朽是"至高善"的条件?康德说:一来,只有神才可能百分之百地、完完全全地遵循道德律,相反,人类受**尘世的羁绊与寿限的约束**,是不可能在生命中的任何一个时刻真正达到"**德性完满**"的状态的;但是追求"德性完满"又是道德意志的必然对象,那怎么办呢?只好假设**每个人的灵魂在死后都不会消亡**,而且**人格、品性、记忆等都能延续**,这样心怀道德追求的人们才能接着不懈努力,**不断逼近**(虽然永远无法真正达到)和神一样"德性完满"的理想状态。换句话说,只有"**灵魂(在无穷的时间中)不朽**"为真,"至高善"里"德性完满"这部分理想才有意义。

二来，"至高善"除了要求"**德性完满**"，还要求"**德福一致**"，也就是每个人享有的幸福程度与其德性水平相匹配，好人最终会有好报、恶人最终会有恶报。但这又进一步需要两个前提：一是**每个人的"命"都长得能够等到报应来临那一天**，而不是肉身一死便灰飞烟灭无迹可寻；换句话说，"灵魂不朽"不仅是"德性完满"的必要条件，也是"德福一致"的必要条件。二是**世界上存在一个明察秋毫（全知）、公正不倚（全善）并且手段通天（全能）的仲裁者**，使得任何恶人都无法钻空子逃脱惩罚、所有善人善举都不会被遗漏奖励；换句话说，对"德福一致"的保障，还依赖于"（全知全能全善的）上帝存在"作为条件。

总结一下：在康德看来，"受道德律决定的意志"不可能不**欲求**"最高级的好处（至高善）"，后者是前者的"必然对象"；同时，**确保后者的实现**（或者至少是确保在无穷时间中无限接近极限值），又依赖于"上帝存在"和"灵魂不朽"。所以这两条"公设"，虽然比不上"意志自由"那样是道德律本身的条件，却至少是"把受道德决定的意志应用于其先天给定的对象"——也就是"最高级的好处（至高善）"——所需的条件。再说得俗一些：假如人人都对这两条"公设"深信不疑，那么人人就都有**动机**去服从道德律了（不过康德也强调，"动机"不等于"理由"；我们遵循道德律行事的理由，只能是"这样做才是对的"，而不能是"这样做才不会被上帝惩罚"）。

但是问题来了：首先，凭什么说"至高善"是道德意志的"**必然对象**"？比如，一个受道德律决定的意志，凭什么一定要欲求**自身德性（在无穷时间中）的"完满"**，而不是欲求**自身德性（在有限生命中）的尽可能提升**？当然，倘若灵魂确实能够不朽，那么"德性在无穷时间中臻于完满"似乎确实要比"德性在有限生命中尽量提升"值得艳羡和追求；但倘若不朽的灵魂根本不存在，则前者不过是镜花水月，又如何能跟切实可行的后者相比？——此处康德其实犯了**循环论证**的错误：他试图利用"至高善是

空谈　585

道德意志的必然对象"的命题,来推出"灵魂不朽"这一"公设"的必要性;但前一个命题的成立,本身恰恰又以"灵魂确实不朽"为前提。

其次,退一步说,就算我们承认"至高善"是道德意志的"**必然对象**",这和认为道德意志的应用需要以确保这一"**必然对象**"最终**必然实现**为前提,也依旧是两码事。一个人可能既想象并向往"德性完满"的理想状态,同时又深信人死如灯灭、自己在生命终点能够达到的德性水平距离"完满"根本是十万八千里。但这一定会妨碍其遵循道德律来应用自身意志吗?恐怕未必。甚至我们还可以反过来推演:倘若此人的意志真受道德律决定,那么恰恰是**对生命有限性的认识**,才更能令其对于**在寿限到来之前尽可能地提升自身德性**,产生出一种**紧迫感**,促使其更加自觉地择善固执。

类似地,对于"至高善"中"德福一致"的部分,我们的道德意志固然有所**向往**,希望(**通过自己与他人的道德努力**)让现实世界变得尽可能善有善报恶有恶报;但是我们真的需要靠**相信**"这个世界**确实**是善有善报恶有恶报的",才能够应用我们的道德意志吗?显然并非如此。

诚然,生活中常常有人会问:"倘若人类不再相信好人最终都会有好报、恶人最终都会有恶报,这个世界上还会有几个人愿意(或者说甘心)时时刻刻按照道德律来行事呢?"但事实上,**人类遵循或不遵循道德律行事的动机**,远比这种线性的想象复杂得多,涉及教育引导与规范内化、共同体的社区资源与合群压力、同理心与心理偏误机制等诸多因素;正因如此,相信"上帝存在"与"灵魂不朽"的人里不乏作恶多端之徒,不信者之中也不乏高风亮节之辈。

更何况,"上帝存在"、"德福(必然)一致"的假设,本身还会引来**进一步的道德悖论**,甚至沦为"可怜人必有可恨之处"式的乡愿(见《上帝与罪恶问题》)。声称道德意志必然**追求**"让这个世界尽可能德福一致",和声称道德意志必然**相信**"这个世界本来就德福一致",差之毫厘,谬以千里。

尽管康德把"上帝存在"与"灵魂不朽"同样称为"公设",但正如他自己也意识到的，这两者的理论含金量，与"意志自由"公设根本不可同日而语。时至今日，主流哲学界还在为"人类有没有自由意志、人类在什么意义上有自由意志、道德概念到底要不要以自由意志为前提"等问题争论不休，却早已一致抛弃了康德的另外两条"公设"。康德有力地反驳了关于上帝存在的三大传统论证，却为了维护自身宗教立场而提出一个比传统论证更不靠谱的论证，不得不说是其哲学成就上的一大遗憾。

自由意志问答七则

2017 年 9 月 25 日在线问答。

问 1：何为自由意志？

答 1：自由意志之争在哲学史上延续了两千多年没有结果，一个很重要的原因是"应当如何定义自由意志"、"自由意志是否存在"、"凭什么要关心自由意志是否存在"这几个问题之间内在地相互纠缠，不可能抛开一个问题单独回答另一个问题，同时对一个问题的回答又会极大地影响到对另一个问题的回答。但既然这里问的是何为自由意志，我们不妨先从自由意志的定义说起。

直观上说，当某时某地一个人究竟是做这件事还是做那件事是取决于自己时，其在此时此地就是自由的。问题在于什么叫做"取决于自己"？一种比较主流的解释是：所谓取决于自己，是说除了其本人实际上做出的选择（A）之外，当时还有至少一个别的选项（B）对其开放；如果其本人当时不想选 A 而是想选 B，完全可以选 B 而不是（像现实中发生的那样）选 A。

注意这里的"选项开放"（从而"自由"）同样可以在不同意义上理解。比如假设现在有个抢劫犯拿枪指着我的脑袋威胁我："要钱还是要命？"此时究竟选择乖乖掏钱还是选择送死，当然是"取决于"我自己的，但这意味着被抢劫犯胁迫的我仍然是"自由"的吗？从政治哲学的角度说，此时我当然是不自由的，因为"送死"这个选项的伤害已经远远超出了正常人合理预期的范围之外，因此并不构成一个"真正开放"的选项，我只有乖乖掏钱一条路可走，我在行动上并不自由。当然，政治哲学中的自由如何定义同样存在巨大的争议；但至少从这个例子我们已经可以看出，政治哲学所关注的自由，和形而上学层面的"自由意志"，是完全不同的东西：在被抢劫的这个例子中，至少从表面上看，我想掏钱就掏钱，想送死就送死，我自身的意志仍然是我所做的决定、选择与行动的"最终源泉"；而这些选项即便在政治哲学意义上并不"真正"开放，它们在形而上学意义上仍然是对我的意志开放的，因此我的"自由意志"并不因为面临抢劫犯的威胁而受到损害。

可是照这种逻辑，岂不是没有任何东西会损害到我的自由意志？也不尽然，实际上自由意志问题之所以引人困扰，一个原因就在于，这样定义的自由意志似乎与（决定论的）因果律并不兼容：我们的每一个决定、每一次行动，都是之前任意时刻世界上所有事态（或其局部）共同决定的后果；表面上看，我在某个时刻 t 可以（像实际中发生的那样）选 A 也可以（像某个可能世界中那样）选 B；但是如果 t 之前世界上的所有事态都已经像实际中那样发生了的话，t 时刻我就只能按照实际发生的那样选 A 不可能选 B；如果我要选 B，一定意味着 t 之前的事态与现实有什么不同。但是照这样倒推下去会发现，只要整个世界的初始状态已经确定的话，后来发生的一切事情（包括我在 t 时刻选 A、甚至包括"我在 t 时刻会面临 A 或 B 的选择［结果选 A］"这件事本身等等）都早就确定好了；所谓"我本来可以选 B 而不选 A"，在给定世界初始状态的前提下，根本是幻觉而已。这样一来，"自由意志"便不复存在了（反过来，如果世界不是决定论的而是非决定论的，同样会对这样定义的自由意志造成麻烦，见下文的"可理喻性问题"）。

这样看来，把自由意志定义为"本来可以另选它项"，似乎会导致"自由意志与因果律矛盾、不可能存在"这个结果，这是许多哲学家难以接受

空谈　589

的。所以不少哲学家试图对自由意志给出新的定义，从而回避其与因果律的冲突。举个例子，哈里·法兰克福（Harry Frankfurt）曾经提出，将自由意志定义为一种"二阶欲求"，也就是"对欲求的欲求"。我们每个人都有很多欲求：想吃饭、想睡觉、想学习、想玩手机等等；这些"一阶欲求"之间常常发生冲突，比如我今晚想要好好准备明天的考试，但又忍不住想要玩游戏；这个时候，我就需要一个"二阶欲求"来做出决断：我究竟是想要"想要学习"还是想要"想要玩游戏"。按照法兰克福的观点，如果我的"二阶欲求"反映了我"真正的自我"，那么当我按照这个二阶欲求做出决断和行动时，我就体现了自由意志；反之我就是欲望的奴隶（屈从于短期的外在诱惑去玩游戏，而放弃了长远的自我追求），我的自由意志失灵了[1]。

但这个定义又会招来许多新的问题。比如，凭什么说想要好好学习的我才是"真正的自我"，想玩游戏的我就不是？"真正的自我"不可以是贪图享乐的，甚至自暴自弃的吗？又比如，凭什么认为"二阶"欲求就是自由意志，难道我不可以同时有几个相互矛盾的二阶欲求，需要一个更高的"三阶"欲求来裁决吗（尤其在某些高下优劣不是那么明显的选择中，比如你高考第一志愿既想报数学专业又想报物理专业，且你在两方面都有足够的天赋和兴趣，那么哪个才反映你的真正自我呢），但是这样无穷倒推下去，自由意志到底停在哪一阶？又比如，假设我的"二阶欲求"其实是被别人操纵洗脑的产物，或者甚至想象科技发展到某个程度，可以通过神经生物学手段向别人脑袋里直接"植入"一个二阶欲求，而且这个过程可以做到满足法兰克福的种种理论要求，这时候我们仍然可以称被植入者是自由的吗？如此等等。

除了法兰克福的"二阶欲求"定义外，哲学家们对自由意志还给出了

---

[1] Harry Frankfurt (1971), "Freedom of the Will and the Concept of a Person," *Journal of Philosophy* 68(1):5-20.

其它许多种不同的定义，旨在规避其与因果律的悖论。这些定义各有各的长处，也各有各的短处，这里不再一一赘述。

问 2：自由意志真的存在吗？

答 2：前面我列举了哲学上对自由意志的若干定义（还有很多定义并没有列举），其中最主流的定义、也是关于自由意志是否存在的哲学讨论最依赖的操作定义，是将自由意志定义为"本可另行其是（could have done otherwise）"或者说"另行其是的能力（ability to do otherwise）"；更具体地说就是：假设现实世界中 t 时候某人做出了 A 选择，那么自由意志的存在意味着，除了其实际上做出的选择（A）之外，当时还有至少一个别的选项（B）对其开放；如果其当时不想选 A 而是想选 B，其完全可以选 B 而不是（像现实中发生的那样）选 A。

如前所述，"自由意志是否存在"这个问题之所以引人困扰，一个原因就在于，这样定义的自由意志似乎与（决定论的）因果律并不兼容：我们的每一个决定、每一次行动，都是之前任意时刻世界上所有事态（或其局部）共同决定的后果；表面上看，我在某个时刻 t 可以（像实际中发生的那样）选 A 也可以（像某个可能世界中那样）选 B；但是如果 t 之前世界上的所有事态都已经像实际中那样发生了的话，t 时刻我就只能按照实际发生的那样选 A 不可能选 B；如果我要选 B，一定意味着 t 之前的事态与现实有什么不同。但是照这样倒推下去会发现，只要整个世界的初始状态已经确定的话，后来发生的一切事情（包括我在 t 时刻选 A、甚至包括"我在 t 时刻会面临 A 或 B 的选择（结果选 A）"这件事本身，等等）都早就确定好了；所谓"我本来可以选 B 而不选 A"，在给定世界初始状态的前提下，根本是幻觉而已。这样一来，"自由意志"便不复存在了。以上就是所谓的"相容性难题（problem of compatibility）"，即自由意志与决定论似乎并不兼容。

空谈 591

但同时，并不是说如此定义的自由意志与非决定论（比如量子力学的世界图景）就一定兼容了。前面提到，所谓"本可另行其是"，前提是由行动者本人在"另行其是"，也就是说选 A 还是选 B 是"取决于"行动者本人的。这一方面意味着这个选择不能完全由过去的世界事态所决定（也就是说与决定论不兼容），但另一方面也意味着这个选择不能是完全随机的，因为完全随机意味着行动者本人对此也没有任何控制力，意味着这个选择是"莫名其妙"的、"不可理喻"的（unintelligible），无法根据行动者的任何理由、动机、欲求、性格等来获得理解——虽然说在非决定论的世界中，行动者"本可另行其是（could have done otherwise）"，但这并不反映出其有"另行其是的能力（ability to do otherwise）"，因为"另行其是"这个情况如果发生，也只是量子随机过程的结果，并不在其"能力"控制范围之内。这就是所谓的"可理喻性难题（problem of intelligibility）"，即自由意志似乎与非决定论也不兼容。[1]

但这是否意味着自由意志并不存在呢？并非如此——注意，上面说的相容性难题、可理喻性难题，针对的都是传统主流定义下的自由意志，也就是将自由定义为存在不止一个选项、并且有能力选择其中任意一个选项。但是正如我在前面一个回答中所说，并不是所有哲学家都同意这个定义：假设我（在决定论的世界中）真正能选的只有 A 这个选项，但我同时又是真心实意地、经过反思地、合乎道德地愿意选择 A，那凭什么说我的选择不是自由意志的反映？当然，这种修正性的定义恰恰又是许多哲学家激烈反对的，认为这是"靠强行定义获得论证"（argument by definitional fiat）式逻辑谬误的体现（类比一下"指鹿为马"）。那么我们究竟应不应该采纳这种修正性的定义？应不应该认为自由意志与因果律存在根本矛盾？这又

---

[1] 对自由意志之争几大难题的这一分类来自 Robert Kane (1996), *The Significance of Free Will*, Oxford University Press；我在《上帝与罪恶问题》中画了一个表格，或可帮助理解。

涉及"我们凭什么要关心自由意志是否存在"的问题，见下。

问3：自由意志是否只是一个幻觉？

答3：前面我简单总结了自由意志之争中的两个核心问题：相容性难题与可理喻性难题，即传统主流定义的自由意志似乎既与因果决定论冲突，又与因果非决定论冲突。除此之外，当代科学研究的不断发展，尤其是脑神经科学、分子生物学、发展心理学等领域的研究，似乎都在暗示人的各种选择（包括"意志力"本身）受到先天后天各种"局部"因果性因素的制约甚至决定，间接给予"自由意志是幻觉"这个看法以支持。那么自由意志真的只是幻觉吗？

回答这个问题，需要首先明确我们究竟是在什么意义上使用"自由意志"一词。如我在前面的回答中所说，与因果决定论、非决定论有根本冲突的，是传统主流定义下的自由意志，亦即"本可另行其是的能力"（或者可以称为"形而上学自由意志"）；但采纳其它定义的自由意志则未必都存在类似冲突。至于科学研究所暗示的各种"局部因果决定论"，其对自由意志构成的挑战其实只是形而上学意义上（全局）因果决定论挑战的较弱变体；如果自由意志经过合理重新定义后可以规避全局因果决定论的挑战，那么局部因果决定论也不在话下。

所以这里问题就变成：我们究竟能否找到对自由意志的合理的修正性定义？进一步地，我们需要问：怎样的修正性定义才算是"合理"的，而不是反对者所批评的那样陷入"强行扭曲定义"（argument by definitional fiat）的逻辑谬误？对此，一方面当然需要修正性定义能够容纳我们关于自由的某些根本直觉，并且不会导出新的难以解决的问题（比如我在回答问题1时，举了法兰克福的"二阶欲求"定义为例，简单说了它潜在的几个麻烦）；另一方面，修正者也需要回应"凭什么我们要关心自由意志的存在性、为什么不干脆直接承认自由意志是幻觉、而非要通过修正定义的方式

空谈 593

来保留自由意志这个概念"这样一种挑战。

那么为什么我们要关心自由意志的存在性（进而修改其定义以规避因果律困境）？多数哲学家认为，这是因为自由意志概念是与道德责任概念紧密联系在一起的；我们关心自由意志，根本上是因为我们关心道德责任。比如，之所以自由定义在传统上与"另行其是的能力"挂钩，是因为根据对"应当蕴含能够（ought implies can）"原则的一种理解，倘若一个（在现实中选了 A 而没选 B 的）人"根本不可能"选 B 不选 A，我们就没有理由指责此人"你当时怎么没选 B 而选了 A"（或者夸奖此人"幸亏你当时选了 A 而没选 B"）；既然当事人本来就只会选 A 不选 B，那么这种指责和夸奖都是没意义的。把这个原则应用到现实中，会发生"我们没理由惩罚罪犯（因为他们的行为都是早就决定好的、自己无从改变）"等推论，这恐怕是我们不愿看到的。

正是因为道德责任概念是人类社会正常运作的根基，所以当（与其密切相关的）自由意志概念遭到挑战时，我们要么就对后者的定义进行修正以化解挑战，要么就切断自由意志与道德责任之间的关系，并在此前提下将自由意志当作幻觉加以放弃。尝试修正自由意志定义者，正是因为觉得"切断自由意志与道德责任之间关系"这条路比"修正自由意志定义"这条路更难走（而且其颠覆性一点不比后者少），所以才选择去修正其定义、否定"自由意志是幻觉"这种判断。

换句话说，传统定义下自由意志与因果律的不兼容性，并不必然意味着自由意志是幻觉，而是要结合对道德责任等问题的考察，来判断究竟应该修正自由意志定义、还是放弃自由意志概念（并将其与道德责任脱钩）。

问 4：看了 2016 年的国辩总决赛，也查了相关资料，就一直想不明白，"自由意志不存在"这个反方辩题有办法辩护吗？说到底，我们只能证明某样东西存在而无法证明它不存在，因为证明某样东西存在只用看到它就行，但如果要证明某样东西不存在，即使你证据再多，也有可能只是你手段不足以去发现它而已,所以反方辩题永远不可能成立,即自由意志可能不存在,但它不是一定不存在。

答4:这个问题需要分两个部分回答,一个部分与自由意志无关,一个部分与自由意志有关。

第一部分回答:我们怎么可能证明一种东西不存在?——事实上,科学上证明一种东西不存在的例子比比皆是,比如"燃素"、"以太"等等。但是这种不存在性证明是有前提条件的:相关对象背后是一套关于世界性质、自然规律或因果机制的(局部的)描述性理论假说,该对象是假说中的一个"理论此项",其定义中包含了该对象(倘若存在的话)将会具有的种种性质及其在相关因果机制中起到的作用。于是在实验中,我们通过控制条件,对这些性质加以侦测,以确认理论假说的预测有否实现;同时,我们也检验其它替代的假说,看看相关因果机制是否可以通过其它假说对象获得实现。比如我们发现对"燃素"的预测全部落空,而与此同时"燃素"声称起到的作用都由氧气的发现获得了解释,那么我们就可以下判断说,"燃素"被证明不存在。

需要强调的是,这种不存在性证明针对的是内涵固定、对其性质及机制有明确预测的描述性理论词项。相反,对于附带属性与内在属性无关的个体(比如"变异成绿色的天鹅"),我们除非穷举所有个体,否则确实无法"证明"其不存在;同样地,对于内涵不固定、预测含糊的描述性理论词项(比如鬼神),或者对于规范性的概念(比如全知全能全善的上帝、自由意志、道德责任等等),单靠科学来"证明"其存在与否也是寸步难行的(参见《霍金悖论》),但这并不意味着我们对其"存在性"问题就束手无策。最简单的例子:"圆形的方形"不存在,是通过定义与逻辑直接可以推出的。复杂一点的,"全知全能全善的上帝"不存在,是我们通过对道德直觉的反思平衡能够得出的唯一合理结论。

而自由意志是否存在,本质上同样是一个规范性问题。正如前面所说,

空 谈

自由意志存在若干不同的定义；传统主流的定义可能最符合我们对自由意志的前哲学直觉，但它与因果决定论以及因果非决定论都存在冲突；如何解决这些冲突，是哲学上争论的焦点；有些哲学家认为鉴于这些冲突无法解决，所以自由意志根本只是幻觉；但也有些哲学家认为这只是因为我们采纳了不合理的对自由意志的定义，只要我们修正自由意志的定义，就可以规避前面那些冲突；但对定义的修正是否合理，本身又是一个争论重重的问题，一来我们需要考察各个修正定义是否自洽且足以容纳直觉，二来我们需要追问定义修正的必要性；而自由意志定义修正的必要性，又涉及自由意志与道德责任之间的密切联系，为了维护道德责任概念，我们在面对传统自由意志定义的困境时，要么修正定义，要么在切断自由意志与道德责任联系的前提下放弃自由意志概念，至于究竟选择哪条路，要看它们各自在理论上的优劣如何。

换句话说，辩论"自由意志似乎存在"，一是辩论传统定义下的自由意志是否能够化解其与因果决定论和非决定论的冲突，二是辩论（假设前述冲突无法化解的话）我们是否有必要维护自由意志与道德责任的联系、并为此修改自由意志的定义。这两个命题，当然都有极高的可辩性。

问 5：如何理解普林斯顿大学数学家康韦（John Conway）和寇辰（Simon Kochen）共同提出的"量子自由意志定理"：倘若人类拥有自由意志的话，则基本粒子也有自由意志？

答 5：这个所谓"定理"，来自两人合作发表的两篇论文。[1] 论文的细节我就不展开说了，总体评价是：从哲学角度说，这个所谓"定理"了无

---

[1] 2006 年的"The Free Will Theorem," *Foundations of Physics* 36(10):1441–1473, 和 2009 年的"The Strong Free Will Theorem," *Notices of the AMS* 56(2):226–232。

新意且在定义与论证上非常不过关，体现出作者要么对当代哲学缺乏了解，要么只是想用"自由意志"作为噱头在哲学界和物理学界两边讨好。

为什么这么说呢？我在前面已经提到，自由意志与决定论、非决定论的双面冲突，是哲学中炒过好几轮的话题，各路哲学家也对此给出了不计其数的版本（尤其是对自由意志定义的不断修正与反修正）加以回应。而康韦和寇辰对这些讨论毫无了解和借鉴，完全是闭门造车地鼓捣出所谓"定理"，导致其漏洞也相当低级：

首先，这个"定理"所表达的，实际上不过是"传统定义的自由意志与决定论不兼容"这样一个老生常谈的命题，并无任何创建可言。康韦和寇辰费尽心思从量子自旋、量子相干之类科学概念开始论证，其实无非是试图给最后的老生常谈罩上一层神秘面纱而已（而且这些科学概念几十年前就已经被哲学家引用到自由意志讨论中了）。

其次，就算是默认沿用了传统的自由意志定义，康韦和寇辰对定义严格性仍旧缺乏自觉、使用方式不合格。我在前面的回答中把重点放在如何定义"自由"上，这并不意味着"自由意志"中"意志"的定义并不重要；事实上"意志"如何定义同样是哲学争论的一个关注点。康韦和寇辰以为将自由意志定义为"本可另行其是"之后就可以将其挪用到基本粒子上，其实是未能意识到这个定义里将"意志"作为背景隐含了下来，而"意志"同样是需要界定的——我们在什么意义上可以宣称基本粒子有"意志"呢（要有一般所谓的意志，至少要有复杂的神经结构和意识能力吧）？如果基本粒子连"意志"都没有，它们又哪里来的"自由意志"呢？

最后，对"意志"问题的忽略，进一步反映出康韦和寇辰对自由意志与非决定论潜在冲突（也就是"可理喻性问题"）的无知，而想当然地以为只要否定了决定论就可以证成自由意志，却未能意识到自由意志概念要有意义，离不开其与意识、知觉、理由、能力等概念的联系，并且根本上离不开其（通过理由与能力概念）与道德责任概念的联系。

总之，关于自由意志之争的文献汗牛充栋，康韦和寇辰的两篇论文大概是其中最不值得读的一部分。

问6：和量子力学的哥本哈根诠释所包含的随机不一样，按照平行宇宙诠释，一切有可能发生的事情都会在新的宇宙分支里发生，多宇宙的并集包含了一切的可能。在这样的宇宙图景里，自由意志还有意义么？

答6：倘若我们把讨论局限在传统的自由意志定义上，那么哥本哈根阐释将会导致前面提到的"可理喻性难题"，亦即随机造成的选择在什么意义上可以说是真正"取决于"我、可以说是我的"意志"的产物，从而可以说与自由意志相兼容。这样一来，平行宇宙阐释对自由意志构成的挑战，便不是从不冲突变成有冲突，而是是否从一种冲突（非决定论导致的可理喻性难题）变成——或者在其基础上增加——另一种冲突（决定论导致的相容性难题）。

一种理解方式是将该问题转化成：平行宇宙阐释是否让世界图景从非决定论变成决定论？假设在平行世界1中，我（或者说1号我）在t时刻会选A而不选B，但在临近的平行世界2中，世界之前事态的历史完全一样，只是由于量子随机作用在t时刻导致的路径分叉，我（或者说2号我）在t时刻会选B而不选A。根据采取的观察视角不同（是将"1号我"和"2号我"当作两个形而上学上的独立实存个体看待，还是将其作为t时刻之前"我"的两种待实现的可能性看待），我们可能对"1号我是否本来可以成为2号我"得出不同答案。

但不管对"1号我是否本来可以成为2号我"给出怎样的回答，原有的"可理喻性难题"在此情境下仍旧没有消解——不管是1号我的选A，还是2号我的选B，似乎仍然都只是量子力学作用的随机结果，那么到底在什么意义上1号我和2号我需要对各自的选择负责？

注意这并不是说哲学家们对可理喻性难题没有试图做出回答，比如有人认为，非决定论并不等于"完全"随机，因为行动者可能同时具有几套相互冲突的内在动机和理由,虽然在这几套动机和理由之间的"最终决断"是随机的,但这些动机和理由的生成与内化却并不随机,因此无论最终一步"随机"采纳了其中哪一套,都仍旧是基于行动者自身的意志、是可以理喻的。当然,这种辩护同样遭到反对者的种种挑战,细节不能赘述。但从这个辩护思路中已经可以看出,"哥本哈根阐述"与"平行宇宙阐释"的差异,对于自由意志的存在与意义来说,其实根本上是无关紧要的,因为所有真正需要解决的难题都先于这种阐释差异而存在,并不因为阐释差异而在既有争论框架之外增减新的难题。

问7:不相信自由意志,对个人生活会造成什么影响?

答7:尽管前面提到,自由意志和道德责任之间或许在概念上存在着内在的关联,但就个体的日常生活实践而言,相不相信自由意志的可能性,本身其实并不会造成什么直接的影响。比如一个相信强决定论(即认为世界是完全决定论式的,并且自由意志与决定论不相容)的哲学家,他在现实生活中需要做出某个具体决定时,仍然需要对不同决定的高下好坏进行仔细的权衡,尽管他可以说:"我对这些不同考量进行仔细权衡的这个过程本身,以及我经由这个权衡过程所作出的决定的结果,都是早就被世界的初始事态决定了的,我在这个时刻不可能不进行这样的权衡,也不可能不做出我最后会做出的那个决定。"——可以注意到,这样的声称,对于他究竟应该如何权衡不同考量因素、究竟应该做出什么样的决定、最终做出的决定究竟是好是坏,是没有任何信息增量的。

现在我们假设有另外一个同样相信强决定论的人,这个人(错误地)认为强决定论信念对于自己的现实生活有影响:"既然世界上发生的一切,包括我在任何一个时刻做出的权衡和决定,都已经是事先决定了的,那我干嘛还要费心去权衡和选择呢?直接闭着眼睛随便做决定不就好了?"——可以注意到,由于我们(包括这个人自己)并不能从认识论层面预先计算

空谈 599

出每个时刻的世界事态的具体内容究竟是怎样的,因此,假如他确实按照这样的想法去做了,那么我们就可以(也只能)事后诸葛亮地说,"此人受该信念影响而一直行尸走肉地随机生活"这件事,是早就被初始世界状态所决定的;但是反过来,假如他并没有按照这样的想法去做,而是遇到重大选择时仍然仔细权衡才做出决定,那么我们同样可以(也只能)事后诸葛亮地说,"此人在某个重大关头未受该信念影响而仔细权衡决断"这件事,才是早就被初始世界状态决定了的。换句话说,不管怎么生活,都能在强决定论的框架下(以及其它替代框架下)获得解释。

科学家和哲学家的宗教信仰

初稿作于 2015 年 10 月 21 日，定稿刊于 2016 年 7 月 10 日《腾讯·大家》。

一

我们生活在一个科学主义的时代，科学家（尤其是自然科学家）常常被视为理性与真理的化身。因此一般人在讨论"神是否存在"、"应不应该信仰宗教"这样的问题时，也热衷于引用各种（或真或假的）关于科学家宗教信仰状况的说法，为本方立场张目。

这个任务对反宗教人士而言相对简单——毕竟迄今所有调查都发现，科学家群体中有宗教信仰者的比例远远低于普通公众。比如皮尤研究中心 2009 年对美国科学促进协会（American Association for the Advancement of Science，以下简称 AAAS）超过二千五百名科学家会员的访谈（见 Pew Research Center, *Scientists and Belief*, 2009 年 11 月 5 日报告）显示，41% 受访者完全不相信上帝或其它任何神格力量的存在，另有 7% 对此采取不可知论的态度。这与美国普通民众的宗教态度形成了鲜明的对比：当时后者的这两个比例分别只有 4% 和 1%，其余 83% 相信上帝存在，12% 信奉其它宗教。

有趣的是，由于"无神论（atheism）"一词在美国政治中长期遭到污名化，因此尽管受访科学家有 41% 实际上持无神论立场、7% 实际上持不可知论立场，但在问到具体教派归属时，只有 17% 自称"无神论者（atheist）"，而有 11% 自称"不可知论者（agnostic）"、20% 自称"无特别归属"。这既提醒我们，科学家（和我们所有人一样）是受到社会文化环境影响的肉体凡胎，也再次说明了引用一项调查数据时必须对相关的方法和背景有所了解，否则便容易遭到误导。

无论如何，科学家与公众在宗教信仰上的巨大差异，对科学主义时代的宗教人士而言绝非利好。倘若后者试图在科学主义的话语框架下为宗教辩护，那么除了编造"爱因斯坦信仰上帝"之类的谣言外，可资利用的工具寥寥无几，1969 年的《卡内基委员会全美高等教育调查：教员研究》（*Carnegie Commission National Survey of Higher Education: Faculty Study*）几乎是唯一的数据凭借。这份调查访谈了 6 万多名美国学者，发现受访数学家与统计学家中有 60% 自称"宗教人"，而这个比例在物理科学家与生命科学家中均为 55%，在社会科学家中则只有 45%；更有甚者，不同社会科学领域的宗教信仰比例也存在显著差异，政治学家、经济学家、社会学家、心理学家及人类学家中自称"宗教人"的比例依次为 51%、50%、49%、33% 与 29%。[1]

尽管在卡内基委员会的调查样本中，即便"宗教人"比例最高的群体（数学家与统计学家），较之普通公众的相应比例仍旧望尘莫及，但这份调查体现的学科差异，却为宗教人士提供了一种极其符合科学主义话语模式的说辞。毕竟在一般人看来，数学与自然科学的"科学性"远远高于社会科学，而经济学、政治学、社会学的"科学性"又远远高于心理学和人类学。因此人们很自然地从这份调查中得出结论：越是"科学性"高的学科，"宗教人"的比例就越高——接下来的推论，也就不言自明了。

抛开科学主义思维的对错不提，卡内基委员会的调查结果究竟能否证

---

[1] Rodney Stark & Roger Finke (2000), *Acts of Faith: Explaining the Human Side of Religion*, Berkeley, CA: University of California Press, 第 53 页。

明不同科学学科与宗教信仰比例之间存在相关性？宗教社会学家伊莲·厄克兰德于 2005 至 2008 年间主持的"学院科学家之中的宗教（Religion Among Academic Scientists，以下简称 RAAS）"项目[1]，经过对美国 21 所顶级高校 1646 名自然科学与社会科学学者的访谈，发现卡内基委员会当年的样本由于缺乏历时比较，而存在严重的误导性。

根据 RAAS 的调查结果，美国当代自然科学家与社会科学家的宗教信仰状况整体上相差无几，并且物理学家与生物学家的无神论比例显著地高于其余被调查的学科，只是被化学家拖了自然科学的后腿（见下表，据 Ecklund&Scheitle 2007 第 296 页数据计算）。这与皮尤研究中心对 AAAS 会员的调查结果（化学家信仰上帝的比例高出其余学科 11 个百分点左右）十分吻合，但却和卡内基委员会 1969 年调查所暗示的由"科学性"导致的学科差异截然相反。

学科 态度	自然科学				社会科学				
	物理学	化学	生物学	（总）	社会学	经济学	政治学	心理学	（总）
无神论	40.8%	26.6%	41.0%	37.6%	34.0%	31.7%	27.0%	33.0%	31.2%
不可知论	29.4%	28.6%	29.9%	29.4%	30.7%	33.3%	32.5%	27.8%	31.0%
无宗教信仰（总）	70.2%	55.2%	70.9%	67.0%	64.7%	65.0%	59.5%	60.8%	62.2%

二

如何解释这两次调查结论的冲突？厄克兰德等人分析 RAAS 样本后发

---

[1] Elaine Howard Ecklund & Christopher P. Scheitle (2007), "Religion among Academic Scientists: Distinctions, Disciplines, and Demographics", *Social Problems* 54(2): 289–307; Elaine Howard Ecklund, Jerry Z. Park & Phil Todd Veliz (2008), "Secularization and Religious Change among Elite Scientists", *Social Forces* 86(4): 1805–1839; Elaine Howard Ecklund (2010), *Science Vs. Religion: What Scientists Really Think*, Oxford: Oxford University Press.

现，不同学科学者在宗教信仰上的统计差异，并非源于学科本身的特性，而是来自这些学者某些特定的人口学背景，尤其一点：是否成长在宗教气氛浓厚的家庭。尽管科学家们在进入科研领域后，其"科学工作者"身份会逐渐成为一种"主导性的身份认同（master identity）"，并有效地抹平性别、种族等常见人口学因素造成的宗教信仰差异（比如在美国普通公众中，女性信仰宗教的比例高于男性，但在科学家群体中，不同性别在宗教信仰上并无显著差异），但却难以完全抵消小时候受到的宗教影响。那些在进入科研领域后仍旧信仰（或者重新皈依）宗教的科学家们，绝大多数都有着相当宗教化的童年经历。

将 RAAS 样本与卡内基委员会调查样本对比同样显示，家庭宗教背景的影响一直是导致科学家宗教信仰的最主要因素。1969 年任职于美国顶级高校的科学家中，有 89.9% 在 16 岁前是犹太-基督教徒，受访时这一比例降到 48.8%，信仰保持率为 53.8%；2005 年任职于美国顶级高校的科学家中，有 79.7% 在 16 岁前是犹太-基督教徒，受访时这一比例降到 41.8%，信仰保持率为 52.4%，同 1969 年相差无几（见下表，据 Ecklund et al. 2008 第 1814—1815 页数据计算）。

犹太-基督教徒 \ 学科	自然科学家 1969 年	自然科学家 2005 年	社会科学家 1969 年	社会科学家 2005 年	（总）1969 年	（总）2005 年
16 岁前	89.1%	76.8%	90.9%	82.3%	89.9%	79.7%
受访时	52.1%	38.8%	44.9%	44.5%	48.8%	41.8%
信仰保持率	58.5%	50.5%	49.4%	54.1%	53.8%	52.4%

此外，尽管在 1969 年时，社会科学家的犹太-基督教信仰保持率（49.4%）低于自然科学家（58.5%），但这个状况到 2005 年却颠倒了过来（社会科学家 54.1%、自然科学家 50.5%），说明不同学科的宗教信仰比例差异并非来自学科本身，而是源于学科与特定时代背景及社会文化环境的互动。比如一种可能的解释是，1969 年正值美国校园左翼运动的高潮，而

社会科学家可能比自然科学家更倾向于介入社会运动，因此在价值观上受到更多来自左翼的影响，内化了更为激进的去宗教化态度；一旦美国政治进入了"常态化"阶段，社会科学界在去宗教化方面领先自然科学界的身位被后者逐渐赶超，便也没什么可以大惊小怪的了。

不但如此，将RAAS样本与卡内基委员会样本进行历时对比，还有助于消除不同宗教之间的一些偏见。比如1969年任职于顶级高校的受访科学家中，有55.9%来自于新教家庭，但只有10.4%来自天主教家庭；而根据盖洛普（Gallop）民调，当时美国公众有64%是新教徒、27%是天主教徒（这个比例在之前几十年中只有小幅变化，比如1948年二者比例分别为69%与22%）。换句话说，根据这个样本，天主教家庭的"科学家成材率"远远低于新教家庭。在当时的美国，这个调查结果被很多人用来作为"天主教本身比新教反智、不重视儿童的科学教育"的证据。

然而在2005年的RAAS样本中，顶级高校科学家出身新教家庭的比例降到了39.2%，与以往一样略低于同期盖洛普民调的新教人口比例（49%）；反之，出身天主教家庭的比例却上升到了22.1%，基本与同期的天主教人口比例（23%）持平。回头来看，我们就会发现，1969年样本中天主教家庭的劣势，极有可能无关乎天主教与新教本身对智识与教育的态度，而来自于那个时代美国主流社会对天主教徒尚存的歧视；随着歧视的消除，天主教家庭相对于新教家庭的教育表现自然也就稳步上升。

总之，通过与RAAS样本的对比，可以发现卡内基委员会1969年的调查并不支持"（在科学主义话语中）越是'科学性'高的学科，'宗教人'的比例就越高"这个结论。另一方面，不论卡内基委员会、RAAS还是其余调查，都得出了共同的结论：科学家中非宗教信徒的比例远高于普通公众，并且从事科学研究具有相当强的去宗教化效应（尽管这一效应并不足以完全抵消童年宗教背景的影响）。近年的心理学研究纷纷显示，分析型与反思型的认知模式总体上会削弱宗教信仰、促进无神论态度[1]，而科研工作对分析与反思能力的培养，或许正是科学这种去宗教化效应的关键。

三

不过，自然科学家和社会科学家之间的宗教信仰差异不显著，并不意味着科学之外的其余学科同样如此。事实上，在当代西方学术界，宗教信仰比例最低的群体既不是自然科学家，也不是社会科学家；去宗教化最为决绝者，非哲学家莫属。

2009 年，研究者设计了一份针对专业哲学学者的问卷（PhilPapers Survey），一方面主动联系任职于英语世界及欧洲大陆 99 所顶级哲学系的教授，共收集到 931 份样本作为目标组，另一方面将问卷挂在哲学论文网站上开放回答，共收集到 2295 份样本作为对照组，两组答案差异并不显著。根据目标组的结果，哲学家中接受或倾向于接受无神论（atheism）的比例高达 72.8%，其中坚定的无神论者占 61.9%，倾向但并不坚定者占 11.0%；接受或倾向于接受主神论（theism，即传统上的一元至高神宗教，如基督教、伊斯兰教等）者只有 14.6%，其中坚定的主神论者占 10.6%，倾向但并不坚定者占 4.0%；此外，接受或倾向不可知论者（agnosticism）占 5.5%——如果把无神论与不可知论均视为"无宗教信仰"的话，则其

---

[1] G. Pennycook, J. A. Cheyne, P. Seli, D. J. Koehler & J. A. Fugelsang (2012), "Analytic Cognitive Style Predicts Religious and Paranormal Belief", *Cognition* 123 (3): 335 - 346; A. Shenhav, D. G. Rand & J. D. Greene (2012), "Divine Intuition: Cognitive Style Influences Belief in God", *Journal of Experimental Psychology: General* 141 (3): 423 - 428; Ara Norenzayan & Will M. Gervais (2013), "The Origins of Religious Disbelief", *Trends in Cognitive Sciences* 17(1): 20 - 25.

总数达到 78.3%[1]。

换句话说，哲学家群体的无神论比例和"无宗教信仰"比例，不但与普通公众判若霄壤，也远远甩开卡内基委员会、AAAS 会员、RAAS 等各种调查样本中科学家群体的相应比例（见下图[2]）。

当代不同学科学者无神论及不可知论比例
（哲学家数据来自Bourget & Chalmers 2014；自然科学及社会科学家数据来自Ecklund & Scheitle 2007；公众数据来自Pew Research Center 2006；制图：林志）

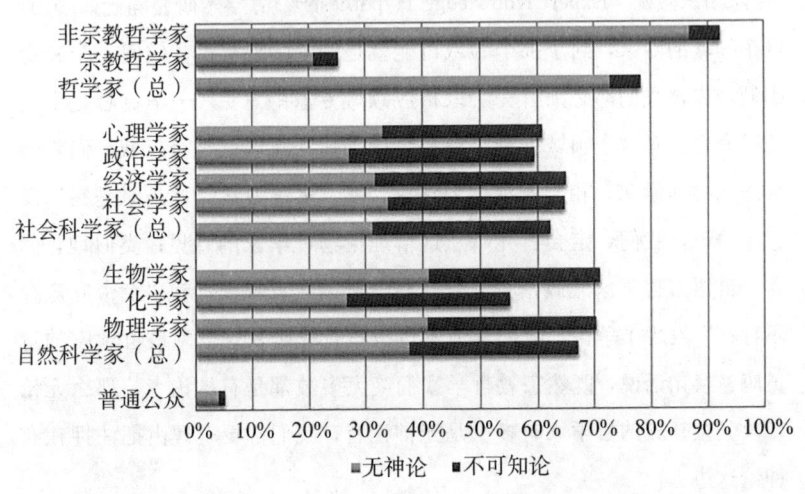

学科	无神论	不可知论
非宗教哲学家		
宗教哲学家		
哲学家（总）		
心理学家		
政治学家		
经济学家		
社会学家		
社会科学家（总）		
生物学家		
化学家		
物理学家		
自然科学家（总）		
普通公众		

有趣的是，这个调查还发现，尽管受访的哲学家绝大多数是无神论者，但在专攻宗教哲学的受访哲学家中，情况却正好相反。如果把"不专攻宗教哲学的哲学家"与"专攻宗教哲学的哲学家"分开统计，那么前者的无神论比例将会高达 86.8%，而后者的无神论比例则骤降到 20.9%

1　David Bourget & David J. Chalmers (2014), "What Do Philosophers Believe?", *Philosophical Studies* 170(3): 465–500.

2　图中哲学家、科学家及公众数据分别取自 Bourget & Chalmers (2014) 第 483、494 页；Ecklund & Scheitle (2007) 第 296 页；以及皮尤研究中心 2006 年 8 月 24 日报告，*Many Americans Uneasy with Mix of Religion and Politics*。对比仅供参考。

空谈

(Bourget & Chalmers 2014，第 483 页）。在这个问题上，"内行"与"外行"的分歧达到惊人的 65.9%，远远高于排名第二的问题"命题真值是否随语境改变"（专攻认识论的哲学家有 61.4% 认为不随语境改变，不专攻认识论的哲学家只有 32.8% 持同样看法，差距仅为 28.6%）。

怎么解释宗教哲学家和非宗教哲学家的巨大分歧呢？哲学家阿德里亚诺·曼尼诺（Adriano Mannino）在其博客上总结了两类基本的假说。一是"专家知识假说（Expert Knowledge Hypothesis）"：学术研究隔行如隔山，这个领域的专家，到了那个领域可能就是完全的外行；在任何一个特定的领域内，我们都必须首先听取相应领域专家的意见——毕竟越是专门的研究者，对这个领域就越了解和精通，其判断也就越有权威。倘若一群理论物理学家，和一群流体力学家，就"量子力学究竟是对是错"发生了争论，我们一定会首先听从这群理论物理学家的意见；类似地，倘若一群语言哲学家或政治哲学家，和一群宗教哲学家，就"上帝究竟存不存在"发生了争论，我们难道不也应该首先听从这群宗教哲学家的意见吗？换句话说，既然宗教哲学家们绝大多数都是有神论者，那么无论专攻其余领域的哲学家有多少是无神论者，我们都更有理由把注押在有神论这边。

二是"选择偏见假说（Selection Bias Hypothesis）"：并不是任何看似学术的研究领域都具有同样的学术信誉；某些领域或者出于内在的"伪学术"性质，或者出于特定的社会文化背景甚至学科内部的人事关系，而更容易招徕本来就有特定信念或动机的人，导致相应领域的"专家"样本从一开始就存在偏差。比如星相学这个东西，不是星座迷的话极少有人会在这上头浪费时间，结果就导致一堆"星相学专家"到处招摇撞骗。当然，宗教哲学本身未必是星相学这样的伪学术，但是一来对宗教哲学是否感兴趣，很可能取决于你有多大的宗教热情，二来在当代西方（尤其美国）的宗教哲学界，基督教辩护士把持着绝大部分学术资源，更加导致对无神论者（以及其余宗教信徒）的排挤。事实上，近年来美国的宗教哲学界已经有人开始反思本领域党同伐异、视野狭隘、神学味太浓而哲学性欠缺等问题。[1] 鉴于该领域存在严重的选择偏见,"内行"与"外行"在"专业问题"上的分歧,恰恰意味着"内行"立场(有神论)更有可能是错的,而"外行"立场(无神论)更有可能是对的。

哪种假说更靠谱?宗教哲学家海伦·德·克鲁兹对150名宗教哲学家的深度访谈[2]显示,在进入宗教哲学领域后,有更多人从有神论者变成了无神论者,而不是相反;在仍然保持宗教信仰的宗教哲学家中,绝大多数人对宗教信仰的热情程度有所降低,对原本深信的教义产生怀疑。这个结果说明,和从事科学研究及其余哲学研究一样,从事宗教哲学研究也具有去宗教化的作用;宗教哲学家群体的高比例有神论,并非来自对宗教哲学的"专家知识",而是来自宗教哲学入门者的"选择偏差",此后这种偏差会随着研究的深入而得到一定程度的矫正。换言之,仅就哲学家内部的宗教信仰分布而言,无神论更有可能是对的,有神论更有可能是错的。

四

当然,任何统计数据都只是对相关性或可靠性的旁证,并不能直接由此推断不同立场的正误。有神论与无神论孰对孰错,最终还是要落实到双方的论证力度。而哲学家们之所以一边倒地支持无神论,恰恰是因为后者在哲学交锋中的节节胜利:一方面,用以支持有神论(特别是主神论)的种种策略,无论是传统上的各类"本体论论证(ontological arguments)"、"宇宙论论证(cosmological arguments)"、"目的论论证(teleological

---

[1] Paul Draper & Ryan Nichols (2013), "Diagnosing Bias in Philosophy of Religion", *The Monist* 96(3):420–446.

[2] Helen De Cruz (2018), "Religious Beliefs and Philosophical Views: A Qualitative Study," *Res Philosophica* 95(3):477–504.

arguments)"、"道德论证（moral arguments）"，还是更晚近的"改革宗认识论（reformed epistemology）"、"反自然主义演化论证（evolutionary argument against naturalism）"等等，均已遭到详尽的反驳，偶有支持者耗尽心力开发出改进的版本，都会被迅速指出换汤不换药地潜藏着重大逻辑缺陷；另一方面，尽管主神论（以及其余有神论）有办法抵御各类"经验论证（empirical arguments）"以及"全能悖论（omnipotence paradox）"、"简约性论证（argument from parsimony）"等常见的诘问，但在应对其余一些反驳，特别是与道德论述密切相关的"尤叙弗伦困境（Euthyphro dilemma）"、"罪恶问题（problem of evil）"等诘难时，却一向力不从心，无论如何腾挪招架，总是落在下风。以至于在当代绝大多数哲学家眼中，再去正儿八经地研究"上帝是否存在"之类问题纯属浪费时间，顶多参与一下相关公共辩论开启民智即可。

这也便解释了，为何尽管科学研究和哲学研究同样重视对分析能力与反思能力的培养，但前者的去宗教化效应却显著地小于后者。诚然，科学在现代世界的世俗化上起到了无以替代的推动作用，也对目的论论证、反自然主义演化论证等特定的神学论述造成了严重的打击。但是像"上帝是否存在"这样的神学问题本质上是哲学问题而非科学问题，科学上的经验研究对有神论只能打击到一定限度，此后的工作便需交由哲学上的逻辑推理与反思平衡来接力完成。许多科学家因此亲近波普尔的"证伪理论"，认为神学主张虽不靠谱却无法从经验上证伪，只能采取不可知论的态度，随它去吧；而接受过良好哲学训练者则能更进一步，坚定地站在无神论的立场上。

话说回来，当代从无神论转向有神论的哲学家虽然罕见，却也不是完全没有。已故英国哲学家傅卢（Antony Flew）要算这方面比较有名的例子。曾经长期积极参与公共辩论、力挺无神论的他，却在80高龄宣布转投理神论（deism，相信存在一位只参与创世但不干预其后世界运行的至高神）阵营，成为本世纪初英国哲学界的一桩公案。傅卢随后出版的"心路历程"《存在一个上帝》[1]，因为充斥着入门级的逻辑谬误和错漏百出的个人细节（比如搞错朋友的名字、编造和同僚的通信、忽略若干关键的会议经历及讨论等），而一度被怀疑为代笔甚至冒充之作。尽管后来傅卢出面担保此书确系口授亲传，但其挚友也指出，傅卢恰好是在皈依理神论前不久，开始表现出阿尔兹海默病的迹象。

哲学作为一门高度依赖思维能力的学科，年老智衰是个中人物永恒的困扰。不少著名的哲学家晚年时会突然写出一两部质量惨不忍睹的著作，令人大发英雄迟暮美人白头之叹。比如傅卢曾经的论敌达米特（Michael Dummett）生前收官之作《哲学的性质与未来》、已近耄耋之龄的美国哲学家内格尔（Thomas Nagel）近年的《心智与宇宙》等等，[2] 出版后都令哲学界大呼失望，集体吐槽。傅卢在哲学史上的分量虽然不及达米特和内格尔，暮年境况却颇有相似之处。

尽管有基督徒为宣传起见，将皈依前的傅卢吹嘘为"世界上最著名的无神论者"、"被公认为是当代世界上最有影响力的无神论哲学家"，而且早年的他确实也在无神论的公共传播上做出了不小贡献，但其公众影响力局限于英国一隅，远逊于"新无神论四骑士"之一的哲学界晚辈丹内特（Daniel Dennett）；至于学术成就，傅卢更算不上无神论哲学家中的佼佼者，甚至就连与常年同他论战的达米特、斯温伯恩（Richard Swinburne）以及美国的普兰廷伽等当代著名的基督教哲学家对比，傅卢都相形见绌。基督徒们对他的过誉，其实也从侧面印证了，像傅卢这样从无神论转投有神论的哲学家有多么奇货可居。

---

1 Antony Flew & Roy Abraham Varghese (2007). *There Is a God: How the World's Most Notorious Atheist Changed His Mind*, New York, NY: Harper Collins.

2 Michael Dummett (2010), *The Nature and Future of Philosophy*, New York, NY: Columbia University Press; Thomas Nagel (2012), *Mind and Cosmos: Why the Materialist Neo-Darwinian Conception of Nature Is Almost Certainly False*, Oxford: Oxford University Press.

与此相反，从有神论转投无神论的当代哲学家中，倒是不乏各个哲学领域真正的领军人物，比如罗尔斯（John Rawls）、斯马特（J. J. C. Smart）、辛诺特-阿姆斯特朗（Walter Sinnott-Armstrong）等等。罗尔斯曾撰写《论我的宗教》一文，回顾其放弃宗教信仰的过程，[1] 此外，2007年有人编辑过一本题为《无神的哲学家们》的文集，辑录辛诺特-阿姆斯特朗、丹内特、刘易斯（David Lewis）等著名哲学家所讲述的各自成为无神论者的前因后果。[2] 该书从学术角度而言自然难称独到，但作为入门或休闲读物，却颇值得一观。

---

[1] John Rawls (2010), *A Brief Inquiry into the Meaning of Sin and Faith: With "On My Religion"*, edited by Thomas Nagel. Cambridge, MA: Harvard University Press.

[2] Louise M. Antony (2007, ed.), *Philosophers without Gods: Meditations on Atheism and the Secular Life*, Oxford: Oxford University Press.

霍金悖论
——顶尖科学家何以会是反哲学的哲学盲？

初稿作于 2018 年 3 月 14 日，定稿（第一至四节）刊于次月 15 日《端传媒》。

2018 年 3 月 14 日，一生饱受渐冻症困扰的著名物理学家史蒂芬·霍金（Stephen Hawking）逝世，诸多缅怀和纪念的文章应声出炉。霍金当然是值得缅怀和纪念的：他的身残志坚是对无数人的巨大激励；《时间简史》令许多非专业读者（包括高中时的我）爱不释手；黑洞辐射理论虽然排不进当代理论物理最重量级的行列，毕竟仍是很大的成就，而且若非斯疾所限，他肯定能在学术上走得更远；除此之外，霍金还是一位积极推动社会进步的活动家，从年轻时拄着拐杖参加反越战示威，到成名后坐在轮椅上反对伊拉克战争、声援以色列境内遭到歧视的巴勒斯坦人，以及毕生致力于促进性别平等，他在在不负身为公共知识分子的责任。

但在所有这些成就之外，我想借机讨论在霍金（以及其余许多当代顶尖的科学家）身上以不同程度体现、但平日不大为人关注的两个问题。我将这两个问题都称为"**霍金悖论**"，以示二者之间存在某种内在联系；其中第一个问题可称为"**霍金的智识悖论**（Hawking's intellectual paradox）"，第二个问题则是"**霍金的社会悖论**（Hawking's social paradox）"。

一、霍金的智识悖论，以及科学家眼中的哲学

所谓"霍金的智识悖论"是指：为什么以霍金为代表的许多当代顶尖

的科学家，无论智识与成就都卓尔不群，却往往在涉及与科学或有关或无关的哲学问题时，一方面相当外行，另一方面又对此毫不自知，不但热衷于在哲学问题上公开发表外行言论，而且热衷于宣称科学可以（甚至已经）将哲学取代或消灭？换句话说，为什么如此杰出的科学家，会既是哲学盲（philosophically illiterate）又反哲学（anti-philosophy）？

相信不少人会对上述问题嗤之以鼻。有人会说：这不就是斯诺（C. P. Snow）1950年代就已观察到的"两种文化（the two cultures）"之间隔阂的翻版吗，何至于现在炒冷饭？也有人会说：隔行如隔山，术业有专攻，科学家不懂哲学，哲学家不懂科学，自然科学家不懂社会科学，物理学家不懂生物学，天经地义，有什么大不了的？还有人（比如霍金自己）会说：什么对哲学外行不外行，哲学明明早就被科学淘汰了好吗！

这些反应，其实同样是上述悖论的一部分，反映的是人们（包括科学家们）对哲学的性质、哲学与科学的关系的普遍误解。首先可以注意到，斯诺的"两种文化"论，强调的是人文学者与科学家之间的对立；他举的例子是，人文学者往往不懂（而且拒绝了解）热力学定律，科学家往往不读（而且拒绝关心）莎士比亚。但是就算一位打心眼里看不起莎士比亚研究、认为比较文学对人类社会毫无贡献的科学家，也不会因为自己在科研上取得的成就而自居莎士比亚专家、觉得自己有资格在"如何理解莎士比亚某部剧本里的某段情节"的问题上指手画脚。

然而科学家对哲学的态度，却往往远不止于其对人文艺术的那种漠不关心、敬而远之、井水不犯河水；甚至也不止于（科学内部）一些自然科学家看不起"不够严密"的社会科学、（社会科学内部）一些经济学家看不起"不够定量"的社会学与人类学，乃至（哲学内部）一些形而上学家和语言哲学家看不起"不够硬核"的伦理学和政治哲学，诸如此类的学科优越感。——毕竟所有这些优越感，都是以承认对方研究领域和问题意识本身的正当性，以及自己在对方领域内的非专业性为前提的，在此基础上比拼领域之间的高下优劣；就如富国虽然看不起穷国，却并不因此不承认穷国的主权地位,也并不因此自认为对穷国的民情了如指掌。

但对于哲学,当代科学家往往拒绝承认其具有独立于科学之外的领土和主权:哲学也许曾经建立过显赫一时的王朝,但它早已被异军突起的科学王朝颠覆并取而代之,后者在建立政权的战争中节节胜利,迅速接收和平定了前者治下广袤的疆域,并按部就班地搜查和清洗着境内心存侥幸负隅顽抗的前朝遗老。哲学是前科学时代的产物,科学早已淘汰了哲学,所有哲学问题都能通过科学研究来回答——这才是当代科学界对哲学的普遍看法;譬如公众熟知的生物学家理查德·道金斯(Richard Dawkins)、天文学家尼尔·泰森(Neil Tyson)等,都常常表露此类反哲学态度。至于霍金本人,更在《大设计》(*The Grand Design*)一书的开篇劈头宣布:

我们该当如何理解自身所处的世界?宇宙如何运作?现实的性质是什么?所有这一切来自何处?宇宙需要造物主吗?……传统上这些问题由哲学来回答,但是哲学已经死了。哲学没能跟上现代科学尤其是物理学的发展。科学家如今成了我们在追求知识的道路上的举火者。(How can we understand the world in which we find ourselves? How does the universe behave? What is the nature of reality? Where did all this come from? Did the universe need a creator? ... Traditionally these are questions for philosophy, but philosophy is dead. Philosophy has not kept up with modern developments in science, particularly physics. Scientists have become the bearers of the torch of discovery in our quest for knowledge.)

诚然,霍金这段话并非全无可取之处。从纯粹的哲学思辨中,确实无法获得任何关于世界的经验知识(empirical knowledge)或描述性真理(descriptive truth),这部分工作必须交由科学来完成;现代科学的各个领域先后从哲学思辨对"原型科学想法(proto-scientific ideas)"的孵化中脱胎并独立发展,以及哲学对自身研究领域范围的不断再认识与再调整,乃

空谈 615

是人类求知的必经之途。——但这并不意味着哲学的功能仅限于对原型科学想法的孵化（然后将其移交给科学），也不意味着科学可以解决所有的哲学问题，或者声称但凡科学无法解决的哲学问题都是不可解决的问题、甚至干脆是伪问题。

要明白为何如此，关键在于理解哲学问题与哲学研究的内在的规范性（normativity）。不过在解释这一概念之前，我将先从霍金上面这段话所列举的、他认为"传统上由哲学回答、但如今已由科学解决"的问题中，取出一例略加分析，以便更加直观地展示霍金错在何处。

二、作为哲学盲的科学家：以霍金论"上帝有无"为例

如前引段落所示，霍金认为哲学家无力回答关于"造物主（上帝）"的问题，因此到了该由像他这样的科学家挺身而出的时候了。与许多知名科学家一样，霍金一生积极参与关于"上帝是否存在"的公共争论；他本人所持的立场也有所演进，早年更接近于不可知论，晚年则逐渐坚定地转向了无神论。然而宣称"哲学已死"的霍金对不可知论和无神论的"证明"，在哲学从业者看来，其实才是闭门造车而又不堪大用。

这并不是说哲学从业者们都相信上帝存在。恰恰相反，正如我在《科学家和哲学家的宗教信仰》一文中提到过的，就西方国家的相关调查而言：当代普通公众绝大多数都是有神论者；当代科学家的宗教信仰程度远低于普通公众，无神论、不可知论、有神论的比例大约各占三分之一；而当代哲学家则比科学家更进一步，绝大多数都是无神论者，其比例甚至超过科学家里无神论与不可知论的比例之和，极少有哲学家是不可知论者或有神论者。为何哲学家对"上帝存在"这一命题的拒绝比科学家更为普遍和决绝？原因恰恰在于，哲学家在这个问题上的探索，比霍金们深入得多。

霍金对上帝有无的思考，主要围绕如何回应"宇宙论论证（cosmological argument）"而展开。所谓"宇宙论论证"，是传统上用来主

张上帝存在的一类推理，其大致思路是：宇宙中的万事万物总得有其肇因（cause）和开端（beginning），但是如果我们一步步回溯上去，宇宙本身的肇因和开端又在哪里呢？倘若我们不想陷入无穷倒退，便只能相信存在某个必然的、自在自为的、超越于宇宙万事万物以及时间本身之上的永恒造物，是为一切肇因的肇因，一切开端的开端。

对此，霍金的回应大体如下：广义相对论和量子力学告诉我们，时间在极端条件下可以表现得如同空间的另一个维度，从而令日常所谓"时间先后"、"肇因"、"开端"等概念失去意义；奇点"以前"正具备这样的极端条件，时空在量子层面随机涨落，一般物理法则不再适用；我们身处的宇宙从这些涨落中随机诞生，没有"肇因"也没有"开端"，是以不再需要由一个自在必然的造物来预先推动这一切的发生。

然而霍金并没有意识到，自己的回应其实已经预设了若干哲学前提，而这些预设成立与否，恰恰也是历来争论的一部分。比如，除非我们认为肇因必然在时间上先于（temporally prior to）其效果（effect）、不存在非时间性的因果作用（atemporal causation），否则凭什么不能在时间箭头失效处（奇点"以前"）继续谈论肇因？然而"非时间性（atemporality）"或者说"超越于时间之上"，恰恰是不少论敌试图赋予造物主的属性之一。同样，对于奇点"以前"的量子涨落，有神论者仍然可以追问：这种状态之所以可能，又是出于什么更深层的原因？凭什么将其视为无需给出进一步解释的"原生事实（brute facts）"，就像以往某些反对"宇宙论论证"者将宇宙本身的存在视为无需给出进一步解释的原生事实一样？

换句话说，霍金充其量只是回应了最初级版本的"宇宙论论证"，却不知道早已存在升级版的"宇宙论论证"，以及哲学家们对升级版的回应、再升级、再回应、再再……。比如围绕肇因概念，哲学家会进一步区分"能动者因果作用（agent causation）"和"事件因果作用（event causation）"，然后辨析前者是否成立；又比如有哲学家指出在宇宙论层面，事实简洁度（factual simplicity）与解释简洁度（explanatory simplicity）之间必然发生

空谈

冲突,[1] 因此有神论者在质疑"原生事实"时总是伤敌一千自损八百;诸如此类。诚然,当代绝大多数哲学家都认为"宇宙论论证"从根本上是失败的,但这种判断并不依赖于霍金的助攻。

更何况,"宇宙论论证"只是关于上帝有无的当代哲学争论中,相对次要的一条线索。在有神论与无神论的长期相互诘难中,双方在攻防上已经形成一些基本的套路:除了"宇宙论论证"之外,有神论者还试图通过"本体论论证"、"目的论论证"、"道德论证"、"证言论证"、"认知担保论证"、"反自然主义演化论证"来给无神论制造麻烦;无神论者则使用"经验性论证"、"简约性论证"、"全能悖论"、"尤叙弗伦困境"、"罪恶及苦难问题"等来挑战有神论。

前面提到,当代哲学家绝大多数都是无神论者;这种情况正是因为,经过对所有这些论证的不同版本的反复推敲,哲学家已经基本达成共识,认为有神论方的进攻套路,都存在这样那样的破绽,缺乏预想中的杀伤力(因此至少可以接受不可知论),而无神论方的某些诘难手段,却能够对有神论构成根本的困难(因此应当进一步接受无神论,而不仅仅是不可知论)。当然,这并不是说持有神论立场的哲学家已经一个不剩,而是说就哲学界的总体情况而言,这场战役的胜负已见分晓。

在这样的背景下,霍金对最初级版本的"宇宙论论证"的回应,结合其对"哲学已死"的断言,便愈发显得缺乏自知之明。就好比两军作战,已经到了甲国丢盔弃甲望风而逃、乙国乘胜追击扩大战果的收尾阶段,此时乙国的一支民兵小分队姗姗来迟,身穿纸甲手持竹刀,登上安全线内的一座城楼,四下睥睨,傲然叹道:"多亏俺们弟兄几人及时赶到,一夫当关万夫莫开,守住了两军必争的这处要塞!"

---

1 见 Derek Parfit, "Why Anything? Why This?",最初分两节刊于《伦敦书评》第20卷第2、3期(1998年1月22日、2月5日),后收入氏著 *On What Matters* 第二卷(牛津大学出版社,2011)附录。

三、哲学的规范性

以上站在无神论立场对当代哲学整体状况的评判，想必会令许多有神论者（尤其持有神论立场的哲学从业者）不满。毕竟有神论哲学家们并不认为自己已经输掉整场战争，而是仍在努力修补旧论证或开发新论证，从未放弃绝地反击一举扭转战局的希望。当然，有神论者更不会认为霍金的论证是成功的，所以双方至少在"霍金不懂哲学"这一点上能够达成共识；而无神论哲学家对霍金的不满，恰恰在于他过分简单粗糙的论证（加上他巨大的影响力），为向公众宣传有神论者提供了可以轻松攻击的靶子（"看，无神论者的论证如此糟糕"）。

所以究竟为什么，像霍金这样绝顶聪明的大脑，会在他毕生关心、倾力思考的上帝有无问题上，止步于入门级别而不自知？如本文一开始所说，隔行如隔山、当代学术培养的专业化和壁垒化，固然可以解释霍金们对既有哲学讨论的无知：就像自然科学家不懂社会科学、物理学家不懂生物学、经济学家不懂社会学一样，科学家不懂哲学，本身并没有什么奇怪之处；事实上，对科学一窍不通的哲学家也大有人在。但光是这点却无法解释，科学家群体在对哲学的普遍无知之外，何以会再有一层对"自身对哲学的普遍无知"的普遍无知。

悖论的源头，在于哲学的研究对象的特殊性：哲学问题根本上是规范性层面的问题（normative questions），而非科学（包括自然科学与社会科学）旨在研究的描述性层面的问题（descriptive questions）。描述性，有时也称"实然"，追问的是我们身处的经验世界（包括自然、社会，以及个体的内心世界）之中究竟存在哪些事物、已经发生和将要发生哪些事件，以及作用于这些事物及事件的因果法则或统计规律；规范性，有时也称"应然"，追问的则是我们应当相信什么、应当如何行动，以及当我们在思考应当相信什么和如何行动时究竟应当出示怎样的理据和完成怎样的论证。

对于上述区分,有两类常见的疑惑。一类疑惑是:诸如"上帝是否存在"这类问题,难道不是关于世界上究竟存在哪些事物的描述性问题吗?哲学明明一直在讨论"上帝是否存在"的问题(而且本文刚刚还声称哲学家在这方面比科学家更专业),为什么又说哲学问题根本上是规范性问题呢?另一类疑惑是:科学研究难道不是常常告诉我们应该这样、不应该那样(比如应该少吃高盐食品否则对健康不好、打雷时不应该在大树下躲雨否则容易被闪电劈中、税法不应该采用累退制否则会拉大贫富差距)吗?甚至不是有人宣称科学研究(特别是社会科学研究)从来不可能"价值中立"吗?认为科学问题只是描述性问题而非规范性问题,是不是太过不接地气?

先回答第一类疑惑。首先,与"以太存在"、"电子存在"等科学假说相比,"上帝存在"假说缺乏任何可以有效检验的因果推论。我们虽然无法用肉眼看见电子(以及曾经猜想的以太),但是可以通过衍射实验、光速差值实验等,考察理论假说与现实的吻合度。"上帝"则不然,作为假想中一位超自然的行动主体,任何看似与其存在相悖的经验现象,都可以千篇一律地用其(不为人类所知的)意图与能力来解释掉:比如对于"古生物化石显示物种一直在演化,而非如《圣经》所言、自创世以来一成不变",有神论者只消答以"这一切都出自上帝的预先安排"即可,至于上帝为什么要这样预先安排、《圣经》所言创世过程究竟是实载还是隐喻,这些技术细节完全可以随意填充。

这样一来,就算无神论者驳斥了"上帝存在"的所有"经验证据"(比如某些信徒所声称的亲身体验到了神启,其实只是常见的心理幻觉机制在起作用[1]),顶多也只是双方扯平而已。如果只在经验现象层面做文章,有

---

1 参见 Oliver Sacks, "Seeing God in the Third Millennium," *The Atlantic*(2012年12月12日)的总结。

神论者将永远立于不败之地。

如何打破这种僵局？唯一的办法是去追问：当我（在经验证据永远不足的条件下）相信有神或无神时，究竟是出于哪些前哲学的直觉（pre-philosophical intuitions）？这些直觉涉及哪些关键概念、暗中依赖于对这些概念的哪种定义或理解？我在其它某个议题上的直觉，是否同样涉及到这些概念，同时又暗中依赖于对这些概念的另一种定义或理解？当我同时持有的这两部分直觉相互发生冲突时，我应该舍弃或修正其中的哪一部分？这种舍弃或修正会带来怎样的后果、会如何影响到我在二者之外的其它议题上的直觉？就这样，通过概念的澄清，思想实验的挑战，论证的构建、反驳和修正，让所有相关的直觉和信念接受反思的洗礼，最终达到一种融贯而稳固的"反思平衡态"（reflective equilibrium）。

在前面提到的"宇宙论论证"中，我们已经看到哲学家如何从"宇宙不能不有一个肇因和开端"这个普遍的直觉开始，追问"肇因"究竟应当如何定义比较合理、是否应当承认存在不需进一步解释的"原生事实"、究竟怎样的解释构成一种好的解释等一系列认识论层面的问题。类似地，我在《上帝与罪恶问题》一文中简要介绍过，"罪恶与苦难问题"对有神论的挑战，以及有神论者试图做出的回应，无不要求我们对认识论与道德层面上许多相互冲突的直觉进行修正和取舍，比如：怎样的苦难算是"平白无谓的"苦难；上帝的全知是否与人类的自由意志矛盾；被预先决定了的意志是否还能作为分配道德责任的根据；对有能力阻止的无谓苦难袖手旁观是否合乎道德；道德应当包含哪些基本内容；如果把"全善"属性从"上帝"概念中剥离，我们还有理由（在永远缺乏经验证据的条件下）相信他的存在吗；哪些事实（facts）可以被当作理由（reasons）来使用；"充足理由律"站得住脚吗；怎样的理由算是好的理由；等等。

可以注意到，这一连串的追问有着共同的特征：它们把本来看似关于"世界上究竟存不存在某某东西（比如上帝）"的问题，变成了关于"我们究竟应当被什么样的理由说服，去相信（或不相信）世界上存在某某东西

（比如上帝），并按照这种信念来行动"的问题。换句话说，它们并不是要试图"验证"某个命题与经验世界之间是否存在描述性对应（descriptive correspondence），而是要追问，当某个命题与经验世界之间的描述性对应（暂时或永远）无法验证时，关于这个命题的信念在认识论规范性层面（epistemic normativity）的合理性，以及基于这个信念的行动（或行动准则）在实践规范性层面（practical normativity）的合理性。所有哲学问题的"哲学性"，都体现在围绕这两类规范性的或明或暗的追问。

四、哲学并不只是"原型科学想法"的孵化器

理解了哲学内在的规范性，种种关于哲学的误解、关于科学与哲学之间关系的误解，便可涣然冰释。比如常有人指责说：哲学几千年都没有什么进展，还是在反复读古人写的那些书、问古人问过的那些问题，不像科学那样不断超越前人、不断积累知识、不断推动技术创新。

这话只对了一半：科学确实在认识与改造经验世界上突飞猛进，而哲学也确实做不到这一点。但这是因为科学本来就旨在研究描述性层面的问题、旨在检验理论假说与经验世界之间的描述性对应，并借助这种描述性对应介入经验世界的因果链条。相反，哲学旨在研究规范性层面的问题，关心的是各种规范性立场的合理性，通过建构和拆解论证、来辩护或挑战这些立场；所以哲学积累的"知识"，并不是关于经验世界中的事实与规律，而是关于各种规范性立场背后的理由与论证、理由的强度、论证的漏洞；哲学的进展，很大程度上便体现在，我们为这些立场提出的理由与论证，从肤浅变得深入、从粗疏变得精密、从破绽重重变得无懈可击。不了解前人已经积累的哲学论证，以及围绕这些论证的辨析和辩驳，就会出现和霍金回应"宇宙论论证"一样夜郎自大的情况。

再比如霍金所宣称的"哲学已死、科学代之"。这种观点的兴起不为无因，毕竟现代科学的诸多领域都从哲学中脱胎而出，历史上哲学家曾经争

辩不休的各路"原型科学想法"(比如世界由哪些基本元素构成、生命是如何起源的、主导情感的区域究竟是心脏还是大脑、民主制是否必然导致僭政),最后都被自然科学家或社会科学家接手研究。按照这个趋势推论,岂不是哲学的领地要被科学不断蚕食以至于最终消失?

然而对"原型科学想法"的孕育与孵化,远非哲学工作的全部,相反只是派生的、边缘的很小一部分。我们在采取行动时,需要以对经验世界的可靠描述为参考;然而在历史上的很多时候,人类既有的经验知识与科研手段,远不足以支持对相关描述性命题真伪的检验,此时我们只能在日常观察与哲学思辨的基础上,对相关命题的可靠性做出尽可能合理的揣测。这种"描述性对应暂时无法验证"的情况,便是哲学作为"原型科学想法的孵化器"这一功能的来源;由于这种不可检验性只是暂时的,所以一旦时机成熟、相关科研领域开始发展,哲学便会(也应当)把这部分工作让渡出去。

但除了这些暂时不可检验的描述性命题之外,还有诸多从根本上无法用经验手段检验的、看似描述性实则规范性的命题(比如前面提到的"上帝是否存在"),以及诸多对这种描述性对应本身所依赖的认识论概念做出更深一层的追问、理解与反思的规范性命题(比如"什么是知识"、"什么是科学")。哲学作为孵化器的功能,只有以这种更根本的规范性研究为基础,才得以可能;而这部分基础性的工作,也永远无法转手给科学来完成。

还有一种常见的看法:哲学家有必要懂科学,科学家没必要懂哲学。这话同样正误参半。哲学的发展,确实不可能完全不依赖于科学知识的积累;毕竟规范性讨论最终要回答的,是身处经验世界之中的我们应当相信什么和如何行动的问题,因此对这些问题的反思平衡,不能不将相关的描述性素材纳入其中;哲学家倘若不懂科学,只靠扶手椅上的思辨得出的规范性立场,很有可能确实"不接地气"。

与此同时,尽管描述性素材有可能影响一个人在相关规范性问题上的直觉和判断,但它本身在规范性层面却是中性的、需要解释的,而这种解释又会回到规范性问题本身的争论上,因此实质上并没有推动问题的解决。霍金试图用当代理论物理的成果来回应"宇宙论论证",就是一个例子。除此之外,当代关于"自由意志"的讨论,也常常出现类似的情况。比如经常有人声称,利贝特试验(Libet experiment)通过发现大脑信号活动总是先于个体有意识的动作意向,而"证明"了自由意志只是一种幻觉;也有一些量子力学家声称,他们提出的康韦-寇辰定理(Conway-Kochen theorem)"证明"了基本粒子和人类个体一样具有自由意志。然则这些所谓的"证明",其实都已经预先接受了某种对"自由意志"的定义,而"自由意志究竟应该怎么定义",本身恰恰是围绕自由意志的一大块争论所在,因此这些"证明"其实只是在循环论证而已。

反过来,对于从事科研工作的科学家个体来说,哲学知识确实并不必要;毕竟对哲学缺乏了解的霍金、道金斯、泰森,都在各自领域取得了卓越的成就。但就科学的整体发展而言,哲学的支持却不可或缺。科学对描述性问题的关注和解决,必须以一定的规范性预设为前提:大到本体论和方法论层面的自然主义承诺(ontological and methodological naturalist commitments),即相信其研究对象的性质和活动完全遵循自然法则,可以且只能通过合乎自然法则的(而非超自然的)手段加以揭示;小到统计显著性达到多高才意味着结论可信,或者(特别在社会科学中)当无法进行孤立因素的重复实验时,如何阐释和辩护具体的因果机制。所有这一切,都离不开哲学上的规范性反思。

爱因斯坦属于少数认识到了这一点的科学家。他在 1944 年写给年轻黑人哲学家罗伯特·索恩顿(Robert Thornton)的信中说:

今天有太多人——包括职业的科学家——在我看来都是只见树木不见森林。绝大多数科学家都深受其时代偏见的左右,只有历史与哲学背景方面的知识才能让人从这些偏见中独立出来。来自哲学视野的这种独立性,在我看来,正是一个只配称为手艺匠或专职工作者的人与一个真正的真理追求者之间的区别所在。(So many people today — and even professional scientists — seem to me like somebody who has seen thousands of trees but has never seen a forest. A knowledge of the historic and philosophical background gives that kind of independence from prejudices of his generation from which most scientists are suffering. This independence created by philosophical insight is — in my opinion — the mark of distinction between a mere artisan or specialist and a real seeker after truth.)

爱因斯坦的这番话，或许显得太过高飘（"照这么说，连霍金都只能算个手艺匠？"）。相信不少人会反诘道：看看科学为人类社会带来了多少实打实的好处，是哲学能比的吗？就算科学家们完全不懂哲学、没能摆脱时代的偏见、或者在讨论上帝有无的时候犯些初级错误，跟我们又有什么干系？

五、结语："略谈"霍金的社会悖论"

其实是跟我们大有干系的。这种干系，很大一部分就反映在"霍金的社会悖论"上。过去几十年，社会文化把霍金当作科学偶像来包装、来推崇，也确实有很多人受霍金的激励走上了科研道路。乍看起来，公众对科学家、对科学充满敬仰。但是反过来，过去几十年间科学在公共领域却也遭遇了越来越严重的信任危机：转基因食品安全不安全？核电安全不安全？疫苗安全不安全？全球变暖是真是假？心理学的研究成果到底能信不能信？诸如此类，不一而足。在某些事关重大的科技政策问题上，科学家的主流意见和许多国家的主流公众意见截然相反，或者至少公众内部存在一股强大到足以左右政策走向的反科学"基本盘"。

科学在社会文化中的崇高包装和消费，和科学在公共政策中遭遇的怀疑和阻力，二者之间是否存在某种联系？我觉得是有的，尽管当然并不能用这种联系来解释一切。

社会文化包装的明星科学家，往往是像霍金这样的"孤胆英雄"，他的研究相比于科学的平均态，是更基础性的、理论性的、计算性的、不太依赖合作的；或者也有一些主持整个实验室的科学家，这个实验室的所有运作都是由其一人主导的，是对他或她的主要洞见的一丝不苟的实现（并且研究结论呈现在公众面前是一种有整洁美的、无可争议的形态）。

然而这种理想化的包装和想象，和现实的科学运作常常相反：当代科研，越来越多涉及跨学科合作，实验范围越来越大、成本越来越高，也越来越难以被其它实验室重复（规模不够大的实验室无法承担重复检验的成本，而重复检验本身也因为"缺乏原创性"而难以发表论文）；此外随着科研活动拓展到心理学、营养学、环境改造等（比起物理学等"经典学科"来说更难以控制和分离变量的）实践领域，科研应用后果的不确定性也越来越高，而工业界、商业界利益集团的介入也越来越大。现实和理想的落差，在制造对明星科学家崇拜的同时，也制造着对实际科学从业者的不信任。但是科学从业者又往往意识不到这种不信任（及其背后的某种合理性），意识不到"科学主义"的态度只会强化而不是中和这种不信任，也不理解为什么我们需要从科学以外的视角去介入公众。

科学以外的视角是什么？伦理的、社会的、政治的、文化的……但归根到底，这些视角下面都掩藏着规范性的哲学问题（以及知识社会学等领域所揭示的若干描述性问题，包括实验室知识生产过程中的权力关系、科学界性别偏见与种族偏见对研究选题与结论的潜移默化等等），比如：科学主张的效力界限何在，如何理解知识的可错性和相应的实践风险，如何在认知不确定性下提供或衡量支持或拒绝某种主张的理由，科学主张的分量在民主决策与民主合法性中的地位，等等。

其实我们在讨论这些问题时，往往不自觉地预设和运用着各种各样的哲学前提。但由于许多当代顶尖的科学家蔑视哲学、当代主流社会文化推崇顶尖科学家的观点，对这些哲学问题的反思就愈发被屏蔽在了关乎现实决策的过程之外，导致潜在关切大相径庭的各方之间的无从对话和难以索解，进而陷入一方的傲慢与另一方的抵触相互强化的恶性循环。——至于如何跳出这种循环，则又是需要另做文章专门探讨的大题目了。

图书在版编目（CIP）数据

空谈/林垚著. —上海：上海译文出版社，2024.6（2024.12重印）

ISBN 978-7-5327-9468-3

Ⅰ.①空… Ⅱ.①林… Ⅲ.①随笔—作品集—中国—当代 Ⅳ.①I267.1

中国国家版本馆CIP数据核字(2024)第090461号

空谈

林　垚著

责任编辑/薛　倩　内文版式/胡　枫　装帧设计/赤　徉

上海译文出版社有限公司出版、发行
网址：www.yiwen.com.cn
201101　上海市闵行区号景路159弄B座
上海颛辉印刷厂有限公司印刷

开本 890×1240　1/32　印张 20　插页 2　字数 483,000
2024年6月第1版　2024年12月第4次印刷
印数：13,001—17,000册

ISBN 978-7-5327-9468-3
定价：98.00元

本书中文简体字专有出版权归本社独家所有，非经本社同意不得转载、摘编或复制
如有严重质量问题，请与承印厂质量科联系。T: 021-56152633-607